STEIDL

taschenbuch 94

Jürgen Lodemann, geboren 1936 in Essen, studierte Germanistik und Geographie und promovierte über »Deutsche Bürgerlichkeit«. Er arbeitete als Fernsehredakteur, initiierte die Bücher-»Bestenliste«, drehte Dokumentarfilme und lehrte an den Universitäten Stuttgart, Frankfurt/Main und Marburg. Er schreibt Reisebücher, Hörspiele und Romane. Im Steidl Verlag sind erschienen: »Der Solljunge« und »Anita Drögemöller«. Er lebt bei Freiburg und in Galway.

Jürgen Lodemann

Essen Viehofer Platz

oder
Die letzte Revolution

Roman

Steidl

»Essen Viehofer Platz« ist frei erfunden. Ähnlichkeiten mit wirklichen Personen, vorhandenen Verhältnissen sind beabsichtigt. Die fünf Motti sind eine Passage aus »Ästhetik des Widerstands« von Peter Weiss.

Vom Autor erheblich revidierte Fassung des 1985 erstmals im Diogenes Verlag Zürich erschienenen Romans.

Wir senden Ihnen gern unser kostenloses Gesamtverzeichnis zu:
Steidl Verlag, Düstere Str. 4, D-37073 Göttingen

97 98 99 00 9 8 7 6 5 4 3 2 1

Umschlaggestaltung: Klaus Detjen
Umschlagfoto: Dirk Reinartz
Satz, Druck, Bindung:
Steidl, Düstere Straße 4, D-37073 Göttingen
Printed in Germany
ISBN 3-88243-500-3

Inhalt

I

SCHÜTZENBAHN

Sonntag, achter August
Noch fünf Tage

Beim Herumstreunen in den
von den Musen verabscheuten
Vorstädten –

Den Wecker hört Langensiepen in dem Moment, in dem er sieht, wie die Frau neben ihm ein Bein über das andere legt, Haut über Haut, durch die der Milchkaffee schimmert, den er sich zum Frühstück macht und den er ›café-olé‹ nennt. In diesem Augenblick lärmt, was er für das Geräusch des Weckers hält. Er wirft sich herum, drückt den Aus-Knopf und schaltet zugleich, wie jeden Morgen, den Kölner Sender ein.

Von den Balken herab schwebt eine Frauenstimme, ›besser was als nichts auf Erden‹, singt sie. Bis er bemerkt, daß nicht der Wecker gerasselt hat, sondern das Telefon. ›Hausfrau muß ich nun mal werden‹, hört er noch, schaltet die Sängerin weg. Nimmt ab und sagt: »Hallo. Wer ist –«

»Bin ich da bei Langensiepen?«

»Reichlich früh sind Sie.«

»Entschuldigense«, sagt die Telefonstimme. »Sonntachs so früh is auch ärgerlich, warn Se sicher grad wat Knuffiget am Träumen, nur – ich hab wat Wichtiget.«

»Wäre das nicht auch um elf Uhr noch wichtig gewesen?«

»Eemt nich. Dann wär't vorbei.«

»Könnten Sie andeuten, mit wem ich –«

»Ich deute es Ihnen gerne an. Ich bin die Rosa Berchmann. Seit ner halben Stunde hätte ich eintlich Dienstschluß, Revier Nord, wollt grad nahause, da gibt dat hier den Auflauf, un ich denk mir, Sie, Herr Langensiepen, Sie habbich doch schomma mitgekricht auf ne Betriebsfeier und dann onnoma im Dienst und überhaupt weiß man ja über Sie so allerlei Sachen.«

»Sachen?«

»Nich wat Sie getz meinen – die Soate Sächelchen natürlich auch, aba dat geh micha dienstlich nix an – nä, ich brauch jetz sozusagen Ihre Nase.«

»Was brauchen Sie?«

»Manche machen et mitte Nase, und Sie, wenn ich dat andeuten daaf, hätten, habbichehört – eine.«

»Was, bitteschön, habe ich –«

»Ne Nase fürre Unterwelt – n schlauet Köppgen – – und Sie erinnern sich doch auch bestimmt noch an mich, oder? Hab ich doch seinerzeit den Flamenco hingeleecht.«

»Auf dem Betriebsfest?«

»Jau Kärl!«

»Ich glaube, ich erinnere mich.«

»Sehn Sie: Und jetz brauche ich Sie. Dienstlich.«

»Sonntag früh. Kurz nach sieben.«

»Is schon halb acht, Mann! – jetzt jammer hier nich lang rum, wir ham n Toten, echt tot!«

»Wo.«

»Viehofer. Liecht im Kabelschacht. Dat is kurz vorre Heine-Buchhandlung, wenn Se wissen, wo die is.«

»Wenn Sie da einen Toten haben, dann dürften Sie wissen, wer zu benachrichtigen ist.«

»Diesmal ebent nich! – Herr Langensiepen, ich darf Ihnen andeuten, daß ich *Gründe* habe! Dafür, dat jetz ausnahmsweise Sie, verehrter Herr Privatkammerjäger, Ihren verlotterten Hintern aus de Heia stemmen und zack ab hierherkommen und zwar 'n bißken plötzlich – wenn Sie zu so was noch in der Lage sein sollten – *es eilt.* Der Tote is in zwanzich Minuten in staatliche Hände –«

Langensiepen findet, daß diese ›Rosa Berchmann‹ selbst dann, wenn sie streng ist, mollig ist. In seiner Erinnerung an Betriebsfeste wackelt viel Weiches. Ruhrfrauen, die Chachacha machen. Und Aerobic. Auch Flamenco?

»Darf ich noch die Hose anziehen?«

»Wie? Sie schlafen ohne Hose? Zeit, dat sich die Sitte um Sie kümmert.«

»Wie recht Sie haben. Also die Hose und n Kaffee und einen Dauerlauf, dann bin ich am Viehofer. Halten Sie den Mörder solange fest.«

»Na toffte.«

Er hängt ein. Hält sich den Kopf.

Will erst mal sitzen bleiben. Ganz ruhig. Auf dem Bett hocken. Reibt sich Kopfhaut. Stirnhaut Hirnhaut Vorhaut.

Was war?

Eine Leiche im Kabelschacht.

Aber vorher! – Frau im Ohr. – Frau?

Mehrere.

Zuerst die mit dem Kaffeeschenkel. Kenne ich so eine? Milchkaffeefarbe. Daß ich nie bemerkt habe, wie mein ›olé‹ nach Strand und Sonne duftet und Haut – und – und? Im entscheidenden Moment wieder Schwarzblende.

Zweitens die im Radio. Rasch schaltet er den Hebel für den Kölner Sender. – Aus, weg. Das ist längst anderes. Einer von den Langweilern, Liszt, Bruckner. – Vorbei.

›Besser was als nichts‹? Wieso kenne ich das nicht. Ausgerechnet das – nicht.

Drittens diese Rosa Berchmann. Kuh im Telefon. Was wäre geworden, hätte die nicht in die Oléfarbene reingelärmt.

Drei Frauen auf einen Schlag. Im Ohr.

In achtzehn Minuten soll ich am Viehofer sein. Ich gräme mich.

Er dreht sich aus dem Bett. Steht, wankt. Tappt in die Zimmerecke, füllt den Filter mit Papier und Vorgemahlenem, gießt Wasser, schaltet ein, geht pinkeln, spült, steigt unter die Dusche. Denkt.

Im Rauschen, im Wasser hier und jetzt, alles noch mal. Höre, was du gehört hast.

Der Traum. In den Traum der Lärm. Dein Reagieren, als wär's der Wecker. Wie oft wirst du die Geräusche noch verwechseln, warum änderst du nicht diesen Weckerton (den Telefonton?), besorgst einen neuen Wecker. (Obwohl dieser hier funktioniert. Oder aber eben nicht. Denn dann schölle er nicht wie das Telefon. Schölle? Könjönktöv. Von schrillen schrölle?)

Schrulle. Laß die Lappalien. Eine Leiche liegt im Schacht, siebenhundert Meter von hier. Und du? – Frauen im Ohr.

Eine, die vom Toten unter dem Viehofer redet und ›Gründe‹ andeutet. Eine andere, die vom Nichts auf Erden tönt. Eine dritte, deren Milchbraun zu Nichts wird. – Identische Mitteilungen.

Nur Frauen überfallen so. Sonntags, noch vor acht.

Da müssen es dann drei sein. Haut über Haut. Dann, wenn ich überhaupt nicht da bin.

Am liebsten wieder hinlegen. Er trocknet, reibt sich ab.

Na und? wer hindert dich? Dort ist dein Bett, noch warm. Der Kaffee ist fertig. Wer treibt, puscht? – Frauen.

Zornig springt Langensiepen hinaus, beginnt seinen Morgenlauf. Trabt aus der Barackentür und rotiert. Rennt, stolpert auf dem Flachdach über dem achten Stock. Vierzig Meter hoch über der Stadt. Stampft auf grauen Rheinkieseln, immer den Rand des Rechtecks entlang, neben den Schienen. Schienen für die Seilwinde, der Korb der Fensterputzer. Vor ihm im Kies hat sich die feste Spur gebildet, will auf den Steinchen kein Moos mehr wachsen, keimt kein Birkenstämmchen, ist allein die Spur seines Morgentritts.

Von hier oben hat er, sich zur Tat rüttelnd, nach allen Seiten den Blick über die Stadt. Über die zentrale City inmitten von zwölf Citys. Hier wohnt er, im und über dem Revier. Über dem der alten Kohlenregion wie dem der neuen Polizisten. Von denen er einer gewesen ist.

Noch achtzehn Runden.

Vom Umbau des Warenhauses war auf dem Dach die Baracke geblieben, das Büro der Bauleitung. Und es hatte die Anfrage bei der Direktion gegeben, was mit dem Dachhaus geschehen solle; doch in den Wochen der Wiedereröffnung hatte man andere Sorgen, war mit Werbung beschäftigt und erstem Umsatz und Auffüllen der Läger und neuem Personal, mit Diebstahl auch und hatte deswegen ihn, Langensiepen, unter befristeten Vertrag genommen. Und er, der neue Detektiv, hatte bei der Suche nach den Minox-Kameras, die nur vom Personal selber beiseitegeschafft worden sein konnten, die Tür über dem obersten Fahrstuhlausgang gefunden und auf der Dachterrasse die Baracke. Von der Kaufhauskante hing damals der Korb mit den Putzern, die hatten die obere Tür offen gelassen. Langensiepen, auf der Suche nach den Fotogeräten, öffnete einen der beiden Barackeneingänge und fand das Holzgehäuse leer und ohne Minox, dafür gut installiert mit Dusche und WC.

Noch elfmal rundherum.

Es hatte dann seine Anfrage gegeben, ja, in der Direktion erinnerte man sich, man öffnete die Akte. Die Anfrage der

Baufirma war nicht mehr beantwortet, die Antwort verschoben worden auf den ruhigeren Geschäftsgang, der dann gar nicht gekommen war, die Baracke, so stellte sich heraus, war längst bezahlt, hatte verklausuliert auf der Rechnung gestanden – wozu sollte man sie jetzt abreißen lassen, wenn sie jemand nutzen wollte. Auch war sie gar nicht sichtbar von der Straße aus, blieb vom Rathaus her unbeanstandet und wurde vom Hausmeister nicht beansprucht, der wohnte im obersten Stock, nach hinten hinaus, hätte sich das Wohnen im Holz verbeten. Na gut, wenn der Herr Langensiepen das wollte, dann, bitteschön, gab man ihm die eine Hälfte des Bretterhauses und hatte mit dem ehemaligen Polizeibeamten zugleich einen ständigen Nachtwächter mehr.

Noch vier Runden.

In die andere Barackenhälfte zog ein Lagerarbeiter namens Kimmeskamp, der sich im Personalbüro als zimmersuchend gemeldet hatte. Doch Kimmeskamp wußte die Wohnlage nicht zu schätzen, war selten oben oder erst spät; war Kunde im ›Pümpgen‹ und häufiger als nebenan unten im Suffkeller.

Es hatte sich herausgestellt, daß Isolierungen fehlten; im Sommer, in der Hitze, halfen die allseits geöffneten Fenster, städtisches Rauschen wehte hindurch, Erkältungen drohten. Langensiepen gewöhnte sich den Morgenlauf an. Im Winter, gegen die Kälte, half das volle Aufdrehen der Heizkörper, denn es zeigte sich, daß die Baracke angeschlossen war an das Warm- und Kaltwassersystem der Firma, Abrechnungen ließen sich nicht erstellen, Manometer für den Barackenverbrauch hatte niemand zwischengeschaltet, Strom und Wärme und Wasser kamen direkt aus den Stockwerken unter ihm.

Noch zweieinhalb Runden.

Auch die Miete, alles ist billig hier, fast umsonst wohnt er, profitiert unmittelbar vom Konzern. Dieses Wohnen im Holz, auf dem Dach, ungesehen, aber ringsum die Sicht, das liebt er. Seit Kimmeskamp, der ›Pümpgen‹-Hocker, gefeuert ist, schätzt Langensiepen erst recht sein einsames Reich über dem Lärm. Den Duft des Holzes. Bei Regen das Knistern und Prasseln auf den Teerpappen über ihm, bei Sturm das Balkenknakken, genießt er den Blick auf den Himmel und über die

Dächer, respektiert er die zweiundzwanzig Rathausstockwerke in guter Distanz.

Zwanzig mal fast hundert Meter – an die zwei Kilometer jeden Morgen. Da versinken Kaffeesahneschenkel, verhallen Weckerschrillen und Daseinsgesänge, bleibt allein der Rathausturm und die Gertrudiskirche; im vorrückenden Alter gilt es, Kräfte zu sammeln, nicht zu zerstreuen.

Er trabt zur Mitte, läuft durch seine Barackentür, kann sie offen lassen bei diesem Wetter, zieht das Hemd über, die Leinenjacke, mischt Kaffee mit Milch, betrachtet die Farbe. Tunkt Brot.

Trinkt, ißt, tunkt. – Denkt.

Wieso ruft diese Berchmann – Bergmann? – ausgerechnet mich. Selbst wenn das am Viehofer Platz kein Mord war, sondern nur Betrunkenheit oder Verkehrsopferung oder beides, muß wenigstens der Verdacht ausgeräumt werden.

Er wendet sich zum Gehen, wird um zehn Minuten zu spät kommen, »der Tote is in zwanzich Minuten in staatliche Hände«. Er schließt die Barackentür. Sieht die Tauben ihre Runden ziehen. Die Morgenmaschine nach Düsseldorf sackt dahin. Er aber, Langensiepen, schreitet über den Dachkies zur Abstiegstür. Ein Gang im rolligen Gestein ist ohne Unsicherheiten nicht zu machen, das rüttelt; eine Festigkeit müßte unter die Füße. Wenn nun Besuch käme – wenigstens zwischen Holzhaus und Treppenhaus müßten Betonplatten liegen, am besten Waschbeton, Kiesguß, das paßte.

Er verschließt die obere, die metallene Dachtür; im Dunkel der Treppe leuchten Signaltafeln. Er verzichtet auf Licht, kennt sich aus in Ecken, Kanten, Winkeln; ungehörige Gäste, weiß er, lagern hier nicht, nicht seit die Fernüberwachung funktioniert.

Im ›Stock VIII‹ holt er sich den Lastenaufzug. Das Metallhaus hebt sich heran, graugrün, sonntags gehorcht das sofort, Langensiepen tritt ein, drückt ›Erdgeschoß‹, steht gern in dem weißen Käfig, kahl ist das hier und kühl, riecht nach Lebensmitteln. Große Räume, die er für sich hat. Im Schweben nach unten, in den Beinen das Gespür für acht hohe Stockwerke, zusätzlich zweimal ›Basement‹, Basement römisch I und II.

Im Kabelschacht. Aus wie vielen Gründen kann einer im Kabelschacht liegen und tot sein. Ist das ein Unfall, war das Absicht, wer ist der Tote, gibt es Zeugen, wozu gibt es diesen Schacht, wie war der abgesichert in der Nacht?

Langensiepen betritt den unteren Lagerflur, richtet seinen Sicherheitsschlüssel gegen die Tür im Ausgangstor. Zu grüßen hat er Ampütte heute nicht, er geht hinaus auf den Platz, die Bänke heute unbesetzt wie die Parkstellen. Bürgermeister Kopstadt denkt kupfern gen Osten, betrachtet das zu hohe Rathaus.

Langensiepen biegt um das ›Pümpgen‹. Geöffnet ist das erst ab zehn. Er sieht auf dem Asphalt die Flugblätter, die Plakate am Kopstadtsockel, die rufen noch zur Blockade, sperrt den Ruhrschnellweg; er sieht wieder den gestrigen Tag, die Schlägereien zwischen diesen und jenen Menschen.

Langensiepen, mittelgroß, schmal, Ende vierzig, geht die Viehofer Straße hinunter. Die Straße ist leer, er will aber einen Menschen sehen. Den findet er am unteren Ende, vor dem ›Freizeitpalast‹. Dort steht einer, den er nicht kennt, aber der ihn: »Langensiepen? is dat denn die Möchlichkeit? so früh am Sonntach? Schon? – oder noch! – also nee, mich mangeln die Wörter.«

Ein Saufkopf, mit Recht verdrängt aus dem Gedächtnis.

Langensiepen ist weitergegangen. Aber auch dieser, wie jeder Pöbel an der Ruhr, ein Sprechbold. Wörter, die ihn mangeln. Der mixt zwei Stereotypen, tauscht Dativ mit Akkusativ – und weiß gar nicht, was er anrichtet. Wörtermangel.

Zum Viehofer Platz geht man abwärts. Vom Kopstadtplatz auf gut siebenhundert Meter Entfernung fünfzig Meter abwärts. Der Viehofer ist das Unterste hier. Früher mal bedeutend, durch Jahrhunderte Viehmarkt, Markt für die Büchsenmacher, noch nach dem Krieg verkehrsreich, zentral. Heute haben U-Bahnen und geänderte Straßenführungen den Betrieb genommen, ist das als Platz nicht mehr erkennbar, sinkt jährlich weiter ab. Bergschäden.

Langensiepen ist noch nicht an der Gertrudiskirche, da sieht er die Leute. Zwanzig Meter vor der Heine-Buchhandlung stehen sie in Reihen, blinkt Blaulicht, bewegen sich Uniformen.

Er sieht Leute aber auch unter dem Gertrudisportal, Penner auf den Bänken. »He, Männer! was habt ihr gehört heute nacht!«

»Wat soll ichehört ham.«

»Krakeelen. Klopperei. Geschrei.«

»Hör ich nich. Hab ich kein Ohr für. Nee wirklich – sowat, da hör ich einfach nich hin.«

»Und du? warst doch genauso die ganze Nacht hier, wie?«

»Weiß ganich, wieso du mich sowat – wonach du gätz eintlich frachs.«

»Und wenn nun morgen ihr in den Schacht kippt? und ich find dann euch da unten? dann wollt doch auch ihr wissen, wie und wer euch runtergeschubst –«

»Höddo auf! höddo auf mit den Schmus.«

»Mach dich bloß nicht int Hemd. Gustav hat recht: will ich ganich wissen.«

»Danke, meine Herren.«

Langensiepen überquert die Straße, bei Ampelrot. Jetzt, so früh, gibt es hier keinen Verkehr.

» – ist denn hier los –« mischt er sich unter die Leute.

»Soll los sein. Kuck do säpps.«

»Ham se halt widder ein inne Suppe getan.«

Er bemerkt zwischen den Uniformierten und den Weißkitteln die junge Frau. Die redet mit diesem und jenem, blickt sich um, schaut suchend. Die? Rosa Bergmann? Das ist keine von den Betriebsfeiern.

Langensiepen hält sich hinter einem breiteren Rücken. Als die Unruhige wieder zurückblickt, duckt er sich leicht.

»Ausländer«, hört er.

»Aame Sau«, hört er.

»Einer vonne Mafia.«

»Wat denn Mafia – graue Wölfe!«

»Ja is dat denn n Türke?«

»Dat wa ma einer.«

»Woran siehß dat denn. Könnt genau so gut n Grieche sein. Oder n Jugo.«

»Na is doch fiffich – wenn die getz anfangen, sich gegenseitich anne Seite tun? – wär dat Problem doch erledicht, von ganz von allein.«

»Hätten se ne Menge zu tun.«

»Ah wat! is do alles ganich wahr! Der hier, der hat sich gedacht: Sonntachs früh, da is noch keiner auf Straße. Krabbel ich ma innem neu verlechten Kabelschacht, mach ich Säppsbedienung. Kupfer! krisse prima Preise – und dann? hat der Junge geglaubt, dat wär noch nich unter Strom.«

»Steht aba dran: ›Entnahme von Baumaterial wird polizeilich verfolcht‹.«

»Lesen is Glücksache.«

»Umgekehrt! – wer dat liest, der wird erß richtich schaaf! Dat heißt doch: ›Alle ma herhörn! Ihr Knoblauchs: hier unten, unterm Viehofer, da gibtet wat umsonz!‹«

»Und schon steht der unter Spannung! dat dat ga nicht mehr zum Auszumhalten war.«

Langensiepen stellt sich hinter andere Rücken, hinter eine Gruppe Älterer. Zwei in Pantoffeln, unter dem Mantel Schlafanzughosen, gestreift.

»Wat hasse zu brummeln?«

»Ich sachte: Wenn ich sagen könnte, wat ich weiß.«

»Wattän wattän – wat weiß denn du –«

»Was wissen Sie«, fragt Langensiepen.

Der Alte schaut ihn an. Ihm hat er erst recht nicht sagen wollen, was er weiß.

»Also Egon, getz lasset raus! wer hat den Türken allegemacht!«

Der schaut wieder die anderen an. »Ich sach nur eins. – Körfgen.«

»Körfgen?«

»Nee nee – komm – is schon viel zu viel. Ich muß machen, dat ich nache Else komm – die macht sonntachs extra die Brötges waam.«

»Dann ma schöne Grüße anne Else ihre waamen Brötges – hi! hat die den wohl unterm Pantoffel?«

Langensiepen eilt dem Alten nach. Steckt ihm seine Karte zu. »Wenn Sie etwas wissen – etwas loswerden wollen – hier ist meine Telefonnummer, Adresse. Nur Privatdetektive behandeln Aussagen noch vertraulich!«

Der antwortet nicht, geht weg; behält die Karte in der Hand. Nachdem die Ampel auf Grün springt, überquert er die Straße, drüben bleibt er stehen, schaut die Karte an. Steckt sie ein.

Langensiepen, wieder bei der Gruppe der Rentner, hört:

» – aba hier stand se doch, die Villa. Typisch Prunkruine. Erß nachem Kriech ham se se abgerissen – weißte dat denn nich mehr? Körfgensche Villa?«

»Türlich – aba wat hat die mit dem Toten zu tun!«

Die bemerken, daß Langensiepen zurückgekommen ist, schweigen.

Körfgen? Er überlegt, ob sich mit diesem Namen etwas verbindet – da steht sie neben ihm. So heftig fährt sie ihn an, daß die Umstehenden zurücktreten und gerne mithören.

»Ach! Sieh mal einer an! Auch schon so früh ausse Heia, der Herr Privatschnüffi? – so gut möcht ich dat ma ham wie Sie, Mann Mann, Sie Flasche! Jetz ham Se nonimma mitgekricht, wie der da unten gelegen hat.«

»Es dürften Fotos gemacht worden sein.«

»Fotos! Sie Langentrottel Sie!«

»Beruhigen Sie sich doch.«

»Ich will Ihnen hier den Auftrag Ihres Lebens zuschanzen –«

»Nicht schon wieder!«

»Wenn ich sowat schon hör: ›Beruhigen Sie sich doch‹! Man kann ja später alles gemütlich im Fotoalbum ankucken! – ja gab et denn zum Frühstück auch n Tick-Ei? und Müsli?! Mann! da kuck doch! jetz schieben se den schon rein, weg isser, ab trimmo –«

Sie zerrt ihn nach vorn, zum Auto der Gerichtsmediziner, in das die Trage eingeschoben, deren Ladetür in diesem Moment geschlossen wird – unterwegs hält sie ihn an und zischelt: »Schon wie er da unten gelegen hat! – dat *war* kein Unfall! nix von wegen Besoffener tappt nachts inne Baustelle, bricht sich't Genick –«

» – oder armer Türke will frisch verlegtes Kupferkabel ausbuddeln und holt sich den Schlag –«

»Kappes – is donno ganix angeschlossen hier –«

»War die Baustelle genügend abgesichert?«

»Ja dann kuck doch säpps! – is ja alles im Klump!«

Rotweiße Sperrlatten, Lampen liegen herum, einige sind in Gräben gerutscht. Rosa Bergmann setzt über einen der Schächte, steht vor dem Krankenwagen, Langensiepen macht ihr das nach und sagt ihr: »Das dürfte sich ja nun alles auch medizinisch nachweisen lassen.«

»Was.«

» – wie der Mann aus diesem schönen Leben hinaus –«

»Sie Waisenknabe«, knurrt sie, »die stellen fest, was ihnen paßt.«

»Das müßten Sie mir schon genauer erklären.«

»Sie Laiensiepen Sie.«

»Weiß man wenigstens seinen Namen?«

»Iman Honva – kennen Sie natürlich nich.«

»Kannten Sie ihn?«

»Eher als Sie.«

»Darf ich anmerken, daß ich schon auf der Polizeischule in Hiltrup war, als Ihr zauberhafter Hintern noch in Windeln gewickelt wurde.«

»Meine Mama nahm Schwedenhöschen. Und damit dat klar is: Dat Scheißerchen, dat sind allein Sie! Ihretwegen kricht nu schon widder die Staatskrippo die Finger dazwischen. Getz komm wacker hierher, n bißken flott. – Doktor Ashoff!« Sie ruft einen der Weißkittel, der sitzt schon im Wagen, die Tür ist noch offen; sie ruft wieder den Namen Ashoff, der Mann dreht den Kopf.

»Hier ist der Spezialist, von dem ich Ihnen erzählt habe, Langensiepen! der bekommt Ihren Befund!«

»Aha? Langensiepen? meinen Sie etwa, ich kenne nicht den berühmten Fall – wie hieß doch gleich diese Person –«

»Wann kricht er den Befund?«

»Nur keine Hektik, Fräulein Bergmann.«

Der Doktor Ashoff schlägt die Tür zu; der Wagen mit Doktor, Assistenten und Leiche schaukelt über ausgehobene Erde, ausgeworfen aus dem Untergrund des untersten Platzes.

»Könnten Sie mir wenigstens andeuten, was mich zum Spezialisten macht? für tote Türken in Kabelschächten?«

»Moment! – hier kommt n potenter Privatkläger – hallo Zoltan!«

Im Publikum, das auseinanderzugehen beginnt, steht ein Eleganter, ein Dunkelhaariger. Der dreht sich zu ihr, scheint sie zu erkennen, lächelt. »Schöne Frau, so früh schon auf den entzückenden Beinen?«

»Laß die Fisimatenten – du bis doch leitendes Mitglied im K.U.K.-Club, wie? na also! dann märk dir ma diesen Herrn hier. Langensiepen heißt der, der könnte euch ne Menge helfen, arbeitet autonom, wohnt am Kopstadtplatz. – Herr Langsamsiepen, ham Se nich wenichstens ma ne Kaate? – na also – ihr beide, ihr versteht euch getz gut und zwar sofort.«

Dieser Zoltan steht auf einem Erdhügel, schaut Langensiepens Karte an, steckt sie in eine Brieftasche, weinrotes Leder, nickt, er werde auf den Spezialisten zurückkommen, steigt herab, tritt sich den Dreck von den Schuhen, geht davon.

»Zoltan Zehrak – noch nich von dem gehört? Wie erklär ich dat denn getz auf die Schnelle – – paß auf! Zwanzich Minuten hättich noch übberich, Siepens Langen fährt gätz mit rübber zum Hauptbahnhof, hopp, da hinten anne Altenessener steht mein Ottomotor, dann krisse n Schnellkurs in Sachen Untergrund, zu mehr reicht dat heut nich – die Spurenspezies lassen wer besser alleine, ich dagegen brauch dringend 'n Kaffee, am Bahnhof is die ›Börse‹, die hat offen rund umme Uhr – hier rübber, Mann, spring!«

Langensiepen sieht sie vor sich, sieht sie springen, sieht unter dem hellen Knautschlack ihre Beine, strumpflos. Flache Treter.

Sie läßt ihn einsteigen in einen japanischen Jeep, Miniausgabe, jagt die Schützenbahn hinauf. In den höheren Teil der City.

Die lenkt, schaltet, redet und klappert mit den Holzringen am Handgelenk. Diese Hast, diese Unverschämtheit und Penetranz – wie wäre dieser Morgen so wohlversorgt und ruhevoll geblieben. Schon die Eile, mit der sie erzählt, ständig Aspekte wechselt und Themen, eine dreifache Frau, eine

Urruhrknallfrau – zu einer Zeit, in der er sonst schläft und die sinnvollsten Träume hat.

Vor der ›Börse‹, vor dem ›Haus der Technik‹ ist noch Parkplatz, drinnen schon oder noch Geschäftsgang, die Luft verraucht. »Komm setz dich und paß auf«, sagt sie, als sie ihren Mantel weghängt. Er hat es verpaßt, ihr aus dem Knautschlack zu helfen, sie ist zu schnell für ihn, die sitzt bereits. »Jetzt sind wir unter uns, Junge, jetzt werd ich rauslassen, soviel in fuffzehn Minuten drin is – 'n Bierken? nee? dann zweima Kaffee! – also: Ich persönlich hab mit dem Gewürge da unten am Viehofer absolut nix am Hut, bin auch sehr froh darüber.« Sie streift sich die Holzringe zum Ellenbogen und wieder zurück zum Handgelenk, bekommt sie aber nicht vom Arm. Die zarte Bluse, hochgeschlossen, beige, steht ihr vorzüglich, findet Langensiepen, fragil, polizeiwidrig, ordnungs, sitten, Widrig.

» – und lege auch größten Wert darauf, daß es bei dieser Distanz bleibt«, sagt sie. Was hat sie mit Distanz gemeint, er sollte besser aufpassen, zum Glück kommt Kaffee, sie trinkt, schaut ihn an, läßt ihm eine Pause, aber schaut ihn an.

»Ich mach hier seit anderthalb Jahren Sittenstreife. Und ab und zu begegnen einem unterwegs Dinger, die nicht in mein Ressort gehören und die ich deswegen auch immer fein weggeschoben hab, Dinger wie heute früh, klar?« Flamenco in Blond, das hätte er gern gesehen. Wahrscheinlich auf einem der Feste, die er nicht mehr besucht hat. »Und folgendes fällt da sogar dem Bescheuertsten auf: Wann immer das mit gewissen Entwickelungen« – sie sagt ›Entwickelungen‹, wiederholt das sogar – »mit Entwickelungen im Bereich der neuen Kommunikation zu tun hat, laufen Angelegenheiten, die – krumm sind.« Wo ist zwischendurch ihr Ruhrdeutsch, wen hat er vor sich, er sollte jetzt Fragen stellen wie ›Beispielsweise?‹ oder ›Wieso?‹ und fragt auch schon: »Wieso? Was meinen Sie – mit krumm?«

Sie schaut ihn an, als sähe sie, wie er hinter seinem Gesicht zappelt. »Krumm is zum Beispiel, dat sowat nie in die Zeitung kommt. Kuck morgen ma aus Versehen in unser westdeutsches Blättchen. Steht garantiert nichts über Iman Honva. Aber wenn du weißt, wer alles im K.U.K.-Club mitmischt, welche Verleger, welche Zeitungsverleger, dann kapierst du's. Informationspolitik!«

›Informationspolitik‹? – wer ist Rosa Bergmann. »Und seit auch von der Staatsanwaltschaft und von den eigenen Ermittlungskollegen jedesmal das tiefe Schweigen im kaputten Walde ausbricht, hab ich mir gesagt: Da muß was geschehen. Und zwar: Einer von außen muß da ran!« Sie schaut ihn an, betrachtet ihn wie ein seltenes Exemplar in einer historischen Ausstellung. »Einer der wenigen muß da ran, einer von den letzten, die ihre Finger tatsächlich noch *nicht* drin haben.« Sie schiebt die Holzringe den Arm hinauf. Er nickt. Er muß da ran. Und schafft es zu sagen: »Einer von außen. Interessant. Ist denn unsere Mordkommission neuerdings von innen? gehört nun auch die Polizei schon mit dazu – zu diesem – K.U.K.-Verein?«

»Dunnerlüttchen, wie genau du dat mit eima kapiers – liecht dat am Kaffee? Oder habbich vielleicht doch den Richtigen angemacht – hm?« Jetzt, wo ihm eine witzige Antwort einfallen müßte, mindestens etwas Doppeldeutiges, nimmt er nur den letzten Schluck aus der Tasse. »Also doch der Kaffee«, sagt sie. »Hier inner ›Börse‹ isser trinkbar. Oder aber: Et liecht anne Anita – gute Schule, wie?«

»Den Namen lassen wir lieber –«

»Schade.« Sie schaut ihn über ihre Tasse an, Augen graugrün. Widrig. »Okay«, sagt sie, »das Abgründige im Herrn Rudolf. Allerlei Sächelchen. Verstehe –«

»Auch bei mir gibt es Gründe.«

»Ich sags ja: Abgründe. Es kursieren gewisse Gerüchte über Sie, mein Herr, über Langen sein Siepenleben, nich wahr? und nach diesem Leben müßten Sie sich hervorragend eignen – für –«

»Wofür«, kann er nun fragen, kann es schon mit fester Stimme.

Sie scheint zu lächeln, streicht sich aber mit der Spitze des Daumens über die Lippen, so daß er ihr Lächeln nicht recht bemerken kann. »Ganz einfach«, sagt sie, »für diesen Filz, den mal – zu durchforsten –«

»Filz, aha. Und welchen besonders?«

»Den Vernetzungsfilz.« Sie schaut belustigt. Dieses seltene, dieses historische Exemplar amüsiert sie. Ob sie's kaufen wird? »Kabel ist derzeit der Härtefall. Kabel plus Satellit. Und ich glaube, daß der Rudolf Langensiepen, daß der – ganz persönlich –«

» – daß ausgerechnet der vom Staat den Auftrag bekommt, im Essener Untergrund zu ermitteln.«

»Wieso nicht?« Sie läßt ihre Lippen, diesen großen Mundschwung nicht in Ruhe, macht es jetzt mit dem Zeigefinger.

»Ja wissen Sie etwa nicht, warum ich diese süße kleine Dienstmarke nicht mehr vorzeigen darf?« Er kann nun eine Pause machen, kann sie anschauen. »Aus anderen Gründen als Sie offenbar annehmen. Nicht wegen ›Sächelchen‹ mußte ich gehen. Wer könnte da wohl noch bleiben. Nein – hiermit informiere ich Sie in aller Form. Ihr Gegenüber ist staatlich anerkannter Alkoholiker.«

Sie schweigt, läßt aber den Blick nicht. Und ihren Finger nicht.

»Die da oben jedenfalls, die wissen das. Und darum machen Sie sich bitte keine Illusionen. Es müßten erst einmal etliche Computer und Vorgesetzte durchdrehen, wenn ich tatsächlich einen Ermittlungsauftrag bekäme.«

»Ich mache mir aber diese Illusion. Und wenn nicht offiziell, dann kriegen Sie den Auftrag privat. Zoltan Zehrak meldet sich garantiert – ich müßte sehr irren.«

»Woher kennen Sie den.«

Sie hält sich die Tasse vor den Mund. Obwohl die leer ist. »Ach«, sagt sie, »Sie trockengelegter Suffkopp – sehen Sie, das sind nun Sachen, bei denen jetzt wieder ich – meine Gründe habe.« Sie setzt die Tasse ab, ein bißchen zu heftig. »Warten wirs doch einfach ab. Ich bin sicher, Zehrak meldet sich. Und dann stellt der sich auch schon selber vor. Hat gute Manieren. Und hier, bitteschön, in aller Form –« – sie hat ihre Safaritasche geöffnet, wühlt – » – hier, berüchtigter Herr Langensiepen, sicherheitsgefährdender Trunkenbold, hier sind meine Telefonnummern, dienstlich wie privat, obwohl –« Sie gibt ihm eine Karte, graues Papier.

»Semperstraße? Sie wohnen in Rüttenscheid?«

» – nicht mehr lange.«

»Wie bitte?«

»Auf dem Kärtgen wird sich einiges ändern. Tja. Bei mir läuft momentan eher mehr drunter als drübber. Aber reden wir doch mal von Ihnen, werter Herr: Sie wohnen, hab ich gehört, im Kaufhaus?«

»Nicht im. Auf.«

»Wie bitte?«

»Obendrauf.«

»Is wahr? Aufm Kopstadt? obenauf? – kriss die Motten! kann ich dich da ma besuchen kommen?«

Diese Offenheit erinnert ihn, ist ihm fatal bekannt. »Besuchen?

»Rosa Berchmann wollt schon immer ma die Kopstadts aufn Kopp steigen.«

»Könnte denen gut bekommen.«

Sie belauern sich. Nun ist es die Spitze ihres kleinen Fingers, mit dem sie ihre Mundkurven umrundet.

»Und? wie kommt man da rein?« Sie läßt den Mund. Lächelt.

»Unten am Lagereingang ist eine Klingel, mit meinem Namen.«

»Aha. – Also unten muß man bei dir klingeln. Um in den Kopp zu kommen? Hm. Angestellt?«

»Es gibt einen Vertrag.«

»Als Nachtwächter?«

»Auch das. Jedenfalls für die erste Hälfte der Nacht.«

»Wunderbar. Und in der zweiten Hälfte kann man dich dann besuchen kommen. Und muß unten klingeln.«

»Warum reden Sie – redest du – manchmal Ruhrdeutsch, manchmal nicht?«

»Je nach Späßges. Hab einen Sprung in der Schüssel.« Sie steht auf. »Ich sehe, Herr Langensiepen, Sie haben das richtige Gespür. Für Ihre Aufgabe. Wünsche frohes Schaffen und – bis die Tage! Ab heut nammitach bin ich widder im Geschäft.« Wirft sich den Knautschlack über den Arm, über die Ringe, und schwingt sich fort. Läßt ihn sitzen.

Was jetzt? Erst einmal zahlen. Erst einmal sitzen bleiben. Sortieren.

Ins ›Pümpgen‹ gehen. Wahrscheinlich noch geschlossen.

›Andreas Hofer‹ hören. – Vordenbäumen anrufen, ihn fragen, ob er weiß, wo, in welchem Stück je gesungen wurde ›besser was als nichts‹. Das wird er tun. Aber nicht jetzt, Vordi würde sich bedanken, so früh.

Ermitteln, wer Iman Honva war. Wo, wen hätte er zu fragen. Diesen Zehrak? Der käme von allein, sagt sie. Meldeämter, Ausländerämter, Ämter haben heute geschlossen. »Ämtern«, so nennen sie einen, den sie für bescheuert halten. – Nur die Polizei hat auch heute Betrieb.

Am besten ins Bett zurück. Mit ›Andreas Hofer‹.

Und wo holt man Informationen über den Kabelfilz? Welches Amt gibt es dafür? Das Ordnungsamt? die Universität?

Widrig.

Ihm fällt ein, daß die ›Börse‹ im ›Haus der Technik‹ ist. Er steht auf, geht zur Theke, will bezahlen. Das ist erledigt. Wieso hat er nicht mal bemerkt, wie sie bezahlt hat. Wieso hat er ihr nicht nachgeblickt, wieso trägt die selbst im Dienst diese klappernden Ringe, armauf armab. Widrig. Und wieso hält er diese Unverschämte für schön? – was ist das überhaupt, schön, wer entscheidet das? Sind lange Haare schön? kurze? dunkle? helle?

Er geht nach draußen, um das Gebäude herum, sucht die Aushängetafel, die Liste der Veranstaltungen.

Sind dicke Beine schön, dünne? Junge, alte? Das Haar rot oder blond oder brünett oder verschieden, in Strähnen? ›Sprung in der Schüssel‹.

Keine Vorträge mehr. Der letzte war vorletzte Woche. ›Neue Kommunikationstechniken II‹ hieß eine Reihe. Mit Gastreferenten aus Aachen, Hannover, Karlsruhe, Dortmund. Den Namen aus Dortmund notiert sich Langensiepen, dem möchte er schreiben, ums Manuskript bitten. ›Neue Kommunikationstechniken‹ – da hat er in den Zeitungen jedesmal weitergeblättert.

Er geht die Kettwiger. Die Hauptstraße zurück, in Richtung Kopstadtplatz und Viehofer. Nach Norden geht's hier hinunter. Süd-Nord-Gefälle. Die Eingänge der Kaufhäuser vergittert. Gefesselt die Fangarme, die Schleusen, die sich sonst zwischen die Fußgänger drängen, hinein in diese ›fußläufige Zone‹. Werktags halten diese Eingänge Kunden fest, saugen Käufer. Ziehen sie vor Regale und Theken. Heute, wo die Saugrüssel geschlossen sind, wo es ungefährlich wäre, geht hier fast niemand.

Bißchen Papier hebt sich im Wind.

Orangefarbene Arbeiter, dunkelhaarig. Die sammeln das auf. Heute, am Sonntag. BLOCKIERT DEN RUHRSCHNELLWEG.

Der Dom. Weg mit den Appellen von gestern. Weniger Arbeitszeit, mehr Frieden. – Ämtern. Frieden. Fußläufig.

Widrig. Mich mangeln die Wörter.

Vom tausendjährigen Münster das tausendjährige Geläut. Die Leute und das Läuten hört er zusammen. Betäubung braucht jeder. Woolworth neben dem Dom. *Im Trend. Manpower. Nur noch 5 Tage bis zum Start des Ruhrfernsehens.*

Langensiepen braucht das ›Pümpgen‹. Eben jetzt schließt Kalla es auf. Karlheinz Mönninghoff hat den Morgenblick, den aus Trauer um die vergangene Nacht. Kalla, ich teile deinen Kummer. Nächte bergen Gesänge, versprechen Sanftheit, sahnig wie Milchkaffee.

»Wie immer?«

»Wie immer.«

Langensiepen ist der erste Gast. Jeden Augenblick müßte Walter Kumpmann hier sein, wohnt am Viehofer. Weiß mit Sicherheit vom Mord in dieser Nacht. Oder vom Genickbruch des Betrunkenen oder die Version vom Kabelklau. Walter Kumpmann bringt sonntags Frau und Tochter zum Münster und, während die beten und singen, genehmigt auch er sich sein ›Pümpgen‹.

Aber Walter fehlt noch. Kalla setzt die Kaffeemaschine unter Dampf. Zischt sich das erste Pils.

»Kalla. Jetzt gib mir endlich mal das Foto von da oben.«

Kalla weiß, welches Foto Langensiepen meint. Diesmal findet er keine Ausrede, das Lokal ist leer. Er schiebt seinen

Hocker an den Glasschrank, steigt auf, langt über den Schrank und: »Da hasse dein Willen.«

Langensiepen bekommt das Bild, das oben über allem hängt, fast unter der Decke. Auf der Wand ist nun im Gelbbraun ein helles Rechteck. »Dat hing hier immer schon.« Kalla meint, dies ›immer schon‹, das sei genug Auskunft.

»Vor Neunzehnhundert?«

»Wat weiß ich«, sagt Kalla. »Olle Kamellen.«

Das Bild zeigt eine Wand. An der Wand hängt ein Brett. Ein Brett, eine Tafel, eine Platte – etwas, das aus mehreren Brettern besteht. Zusammen bilden sie offenbar eine Tischplattenhälfte. Auf diese Tischplattenhälfte hat jemand etwas geschrieben, mit Kreide.

Kalla Mönninghoff hat sich mit seinem Bier hinter Langensiepen gestellt. »Wer kürt heut noch Platt. Kein Aas.«

»Laß mal sehn, ob ichs rauskriege«, sagt Langensiepen.

»Ausgerechnet du«, sagt Kalla.

Langensiepen liest langsam und laut:

»Süs hadden wi wedder Statt noch Kopp
man sprak boll dütt boll dat
Nu sünd wi awer bowendrop
Wi hätt nu Kopp un Statt.«

Darunter steht: »Franz Dröge, 1821, Zum Pümpgen«.

»Dä«, sagt Kalla, »nu weißtet!«

Langensiepen hat das Bild umgedreht. Auf der Rückseite steht in steiler Schrift, bräunliches Sütterlin auf Gelb: »Diese Zeilen wurden 1870 photographiert, vor dem Umbau der Gastschenke ›Zum Pümpgen‹. Von 1821 bis 1870 hat dieser Spruch an der Wand gehangen als Inschrift des Franz Dröge (1789–1852), des gewesenen Fuhrunternehmers. Der Spruch galt der Wahl des Oberbürgermeisters Koppstatt im selben Jahre. Ab diesem Jahr 1821 ist es mit Essen aufwärtsgegangen, insbesondere im Wegebau und beim Stahl. Für die Richtigkeit: Ewald Mönninghoff, 19. Sept. 1923.«

»Na kuck«, sagt Kalla. »Mein eigenen Oppa. Fümmenzwanzich isser abgenippelt.«

»Wie alt ist der geworden?«

»Fümmenachtzig.«

»Also hat der das Fotografieren des Spruchs noch mit eigenen Augen mitgekriegt. Schon als erwachsener Mann. Hat also auch noch den Tisch gesehn, die Bretterplatte. Aber jetzt – was heißt denn das nun – – ›süs‹, was ist denn um Gottes willen dieses ›süs‹?«

»Na sisse – – süs! süs! – ausgerechnet du willzet ja rauskriegen! – ›süs‹ – tja: Wat sonz kann dat wohl heißen as ›sonz‹!«

»›Sonst‹? Aha, ›sonst hatten wir weder Kopf noch –‹ – hm – ›Statt‹? – das meint hier ja wohl nicht ›Stadt‹. Oder?«

»Ah wat ›Stadt‹!«

»Was dann?«

»Hähä. Weiß wiaklich nich, wat dat meint? Du Dösigen, du weißt dat ja wohl!«

»Nee. Weiß ich nicht.«

»Du weiß nich, watten ›Wippstert‹ is?«

»›Wipp –‹ – was is denn das nun wieder.«

»N Wackelschwanz is dat, n Schwanz, der wippt – hähä.«

»Au wei. Heißt ›Statt‹ also ›Schwanz‹?«

»Und ob dat dat heißt. Statt, Stärt – dat is doch allet datselbe. Wie Steiß!«

»Wie Steißbein –?«

»Jau Kärl!«

»Also der wirkliche Schwanz? – nicht etwa der, der sonst, heutzutage, fahrlässig Schwanz genannt wird?«

»Jau. Obwohl – garantieren kann ich dat nich –«

»– jedenfalls heißt das also ›Sonst hatten wir weder Kopf noch Schwanz – man sprach bald dies bald das – nun aber sind wir obenauf – wir haben nun Kopf *und* Schwanz!«

»Eemt. *Koppstatt!* Bravo Ruddoff! Als Belohnung krisse getz auch dein Kaffee!«

»Danke.« Er bekommt die Zwiebelmustertasse, gibt Kalla das gerahmte Foto zurück. »Dieser Spruch – das ist ja geradezu ein frühes Lob auf die Ganzheit –«

»Auf wat?«

»Kopf *und* Schwanz.« Er trinkt. »In dieser sogenannten Stadt finde ich immerzu Lyrik.«

»Wat findse? Lyrik?«

»Gedichte. Und nicht die schlechtesten. Von Walther von der Vogelweide hab ich –«

»Von wem?«

»– is auch egal. Jedenfalls ein Gedicht auf einen Essener Oberbürgermeister – um 1200!«

»Is do gelogen.«

»Frag Vordi. Der von der Vogelweide wünscht dem Stadtoberhaupt von Essen Martern und Hinrichtungen aller Arten. – Und hier schon wieder auf einen Stadt-Chef. Diesmal Goethezeit.«

»Is aba nich von Goethe. Is von Franz Dröge – Drö – ge –!«

Langensiepen überhört die Anspielung, schweigt. Da schweigt auch Kalla. Bis er sagt: »Kannze dir oben an deine Baracke schreiben: ›Nu sünd wi awer bowendrop‹!«

Langensiepen antwortet nicht, trinkt. Fühlt sich nicht obenauf. Draußen schieben die orangefarbenen Arbeiter vorüber. Schauen ins Fenster im Vorbeigehen, sehen nur den einen Gast, einen vor einem Kaffee – da schieben sie weiter. Schließlich sagt Kalla: »Möcht bloß wissen, wat heute mittm Kumpmann los is.«

»Hm. Als ich das alte Gedicht gehört hab, von dem von der Vogelweide, da hat mir der Vordenbäumen gleich noch ein anderes Essener Stück Weltliteratur gezeigt. Ob dus glaubst oder nicht – die erste komplette Bibel auf deutsch, die kommt von hier. Heliand.«

»Wat is?«

»Heiland! – kennz doch wohl n Heiland.«

Kalla zapft sich ein zweites Pils. – »Um achthundert. Kloster Werden. Komplette Bibel – ulkig wie n Abenteuerroman. Und beinahe schon im Platt von Franz Dröge. Altsächsisch.«

»Glaub dir nix.«

»Frag Vordi.« Langensiepen schaut dorthin, wo nun wieder das Brett hängt, die Bretter mit der Kreideschrift. »In Essen war mal was los. ›Süs‹! Und immer, wenn ich solche Gedichte höre, dann ist wieder was fällig. Kannst mir sagen, was du willst – es ist wieder was im Busch.«

»Hier is immer wat im Büschgen.«

»Heute nacht haben sie da unten einen umgebracht.«
»Wo?«
»Unten.«
»Wo.«
»Viehofer Platz. Lag im Kabelgraben.«
»Aha? und du? Sollz dat jetz aufklärn?«
»Wenn die Polizei nichts dagegen hat.«
»Wieso –?«
Langensiepen schweigt. »Seit damals lassen sie mich nicht mehr ran.«

Beide schweigen. Sehen betrübt auf den leeren Kopstadtplatz raus. Kein Kumpmann in Sicht.

»Apropos Kabelgraben«, sagt Kalla, »jetz kommen se auch zu uns, die mit die ganzen Verkabelungen. Hasse noch kein Bescheid vonne Post? un vom K.U.K.?«

»K.U.K. – was heißt das eigentlich?«

»Ja siehße denn noch immer kein fern?«

»Fernkucken ist nix fürn Kopf und auch nix fürn Schwanz – also: Was ist mit diesem K.U.K.?«

»Weiß doch ich nich. Frach n Vordi. Oder n Bramkamp. Heut' namittach sind se bestimmt widder hier. – K.U.K.? hat wat zu tun mit Kabelcomputer – oder so. Deswegen komm ich ja drauf: Kriss jetz auch du n Anschluß. Obdet willz oda nich.«

»Keinen Pfennig zahl ich dafür.«

»Is egal. Anschluß kricht jeder. – Tja – un wennze dann schomma so n Anschlußkasten in deine Wohnung has – eines Tages, da sachße dir: Jetz könnteße de schönsten Top-Filme ankucken, dolle Originalwestern, soga heimlich Pornos, aus Belgien und Italien, oda Bildung bis zum Bahnhof, alle Dritten sowieso, über Satellit, in Super-Qualletat – und du, Rindvieh, bloß weil de zu geizich bis, siehße dat jetz allet nich. – Und dann? Tja, dann, eines Tages, rufße doch de Post an: Kommt her, ihr Gauner, schließt mir den Kasten auf, laß't jukken!« Kalla trinkt. Einen tiefen Schluck. »So geht dat. Dat is die Psychologie von denen.«

»Tut mir leid – mit mir nicht. Könnten mir sogar noch was draufzahlen.«

»Mann Ruddoff! Wie willze eintlich als Privatschnüffelinstitut klarkommen? ohne dat ganze Computergedöns? – machs dich doch lächerlich –«

»Bin ich schon.«

»Du wirß dich erinnern an wat ich dir heut gesacht hab.«

»Danke.«

Langensiepen trinkt seine Tasse leer, schiebt das Zwiebelmuster über den Tisch. »Kalla, ich hab so das Gefühl, als ob bei mir da ›bowendrop‹, in meinem ›Schnüffelinstitut‹, als ob da seit einer Stunde unentwegt das Telefon rattert.«

»Dann würd ich auch dat Tällefon noch abschaffen!«

Langensiepen legt zwei Markstücke auf die Theke, grüßt müde Mönninghoff, den Wirt und Partner; besorgt nickt Kalla zurück. Langensiepen tritt hinaus, biegt um die ›Pümpgen‹-Ecke, betrachtet den kupfernen Kopstadt, sieht ihn nun neu und nun ganz, öffnet die Tür in den Lagerflur, sein Lastenaufzug wartet auf ihn, nimmt ihn auf, hebt ihn bis Stock VIII. Oben steigt er die Treppe bis zur Metalltür, öffnet, beschreitet die Dachhöhe, nun bin ich aber bowendrop, betritt die Baracke, hört schon in der Tür, wie in der Tat das Telefon lärmt. Er nimmt den Hörer auf. »Hallo?« Jemand legt auf.

Langensiepen setzt sich aufs Bett. Sieht die Tonkassette mit den Zeichen »A.H.«. Sieht die Sonnenlichter, die sich aus Kanne und Tasse in das Gebälk hinaufspiegeln; die zittern auf der Schädellampe.

Er öffnet zwei Fenster; zieht die Karte aus der Leinenjacke, wählt die Semperstraßen-Nummer. Ihre Nummer.

Rufzeichen. Nach fünf Wiederholungen ist eine Männerstimme am Apparat. Der klingt, als hätte er soeben fünfzig Rekruten gehetzt. »Wat is jetz schon wieder.«

»Hier ist jetzt Langensiepen. Ist Frau Bergmann zu sprechen.«

»Frau Bergmann ist hier für niemanden zu sprechen.«

»Es ist dienstlich.«

»Das kenn ich. Ende!« Und hängt ein.

Langensiepen steht auf. Schaut auf das Rathaus, das höchste deutsche. »Süs«, sinniert er. »Wedder Statt noch Kopp«. Federige, widrige Wolken; in großer Höhe über dem Regierungsturm.

Geht zurück zum Telefon, will eine weitere Nummer wählen, die dienstliche auf Frau Bergmanns Karte, da schrillt unter seiner Hand der Apparat. Er nimmt den Hörer – es wird aufgelegt.

Kaum ist das vorbei, kaum will er wieder wählen – da rattert das abermals. Geduldig nimmt er ab. »Hallo.«

»Hier is – – – wir – Sie ham mir Ihre Nummer gegeem. Ihre Kaate.«

»Schön, daß Sie sich melden, können wir uns irgendwo treffen?

»Nee nee – ich will damit nix zu tun haben – nur eins: Wenn Se wissen wollen, wat dat mit Körfgen gewesen ist, mit der Villa, die da gestanden hat, genau da, wo se getz den Toten –«

»– ja?«

»– 't gibt da einen inne alten Synagoge, issen seltenen Heiligen, ja? aba der weiß Bescheid. Gehn Se einfach da rein, zweiten Stock, ganz hinten duich rechts, n klitzekleinet Kabüffken mit ohne Fenster. Wenn Se Glück ham, dann isser da – fragen Se den. Der musset wissen.«

»Und der Name?«

»Kirchberch. Fragen Se den ma nach Körfgen. Der hat dat gesammelt – aba mich lassen Se da besser raus – schüßges.«

»Schüßges«, sagt Langensiepen, aber der hat das nicht mehr gehört. ›Schißges‹ hat der. Kirchberg also. Ehemalige Synagoge, zweiter Stock bis hinten durch rechts. Mit ohne Fenster.

Langensiepen wählt. »Hallo Vordi – gut, daß du da bist.«

»Das finde ich auch. Aber man wundert sich. Immer wieder neu.«

»Jetzt hör mir mal zu, du Wunderwaffe, schon um halb acht mußte ich zum Viehofer Platz, n toter Türke. Im Kabelgraben. Eine von meinen ehemaligen Kollegen hatte gemeint, das sei ein Fall für mich.«

»Ach ja? Eine?«

»Eine Rosa Bergmann. Von der Sitte.«

»Das wär ja ein Lichtblick für dich, nach all dem Nachtwächter- und Kaufhauskack.«

»Lichtblick? Ich seh vorerst nur Dunst.«

»Kabelgraben sagst du? Ich hab gehört, am Viehofer wollen sie das alles zusammenschalten. Und dann – find ichs schon doch interessant, daß es eine Frau war, die dir den Auftrag zuspielt –«

»– zuspielen will.«

»Rosa Bergmann? der Name –«

»Du kennst die?«

»Nur indirekt. Mehrmals haben mir hier Ausländerinnen gesagt, nur mit der könnte man reden. Wenn Probleme wären mit Kindern, mit Jobs, mit Männern, Schwangerschaften, kein Geld, keine Papiere –«

»Und kennst du einen Zoltan Zehrak?«

»Nie gehört.«

»Und was, bitteschön, heißt K.U.K.?«

»Irgendwas in Richtung Kabel und Kommunikationssysteme – etwa dieses. Mehr darf man sich darunter nicht vorstellen.«

»Wunderbar. Kennst du einen Menschen namens Kirchberg – arbeitet in der alten Synagoge –«

»Hervorragender Mann, arbeitet den Tag über keineswegs in dem Gemäuer, sondern bei ›Betten-Singer‹. Ist n kleiner Angestellter, steht kurz vor der Rente, aber abends, gleich nach Dienstschluß, tappt der rüber an die Schützenbahn und hockt sich in ein winziges Kämmerchen in der ehemaligen Judenkirche, schafft an seinem Archiv. Essener Stadtgeschichte. Wann immer du ältere Zusammenhänge brauchst, vor allem Arbeiterbewegung, Widerstand gegen die Nazis, aber auch gegen die Remilitarisierung und die Überrüstung – so was hat der. Der bekam übrigens jetzt einen Doktor – von der Uni Bremen – nicht Ehrendoktor, sondern den haben sie regelrecht promoviert!«

»Und tagsüber ›Betten-Singer‹?«

»Du sagst es.«

»Wunder über Wunder. Aber noch eins: Wo, bittesehr, wird oder wurde je gesungen: ›Besser was als nichts auf Erden. Hausfrau muß ich nun mal werden.‹ Kaum hab ich das heute früh gehört, fuhr mir diese Rosa dazwischen.«

Vordenbäumen macht eine Pause. »Und die Musik? wie klingt die – welche Zeit etwa –«

»Hab nur diesen Ausschnitt mitbekommen – ich dachte, der müßte reichen, so ein Text. ›Besser was als nichts‹ – finde ich unerhört.«

»Klingt wie von heute – aber die Musik?«

»Älter. Achtzehntes, frühes neunzehntes – sofern ich das in dem kurzen Augenblick –«

»Paßt ja kein bißchen, wie? Schon das Wort Hausfrau hab ich in einer Oper nie gehört. Allerdings – die Haltung, dieses Sich-Fügen – da nun mal alles nicht zu ändern ist – ist uralt. ›Mußt' es eben leiden‹ – Heideröslein.«

»Also gibs endlich zu – du weißt es nicht.«

»Nein. Schande über uns. Aber wozu haben wir die Folkwangschule. Die Universität –«

»Okay, ich ermittle.«

»Den Tod des Türken.«

»Beides. Alles.«

»Grüß mir den Herrn Doktor in der Kopfkissenabteilung.«

»Cherioo!«

Als Langensiepen eingehängt hat, fällt ihm auf, daß er zum Stichwort Kopfkissen unbedingt sein neuestes Essener Oberbürgermeistergedicht hätte mitteilen müssen, den Koppstatt-Text. Aber es gibt nun wohl Eiligeres. Er wählt die Nummer der Polizeidirektion, läßt sich verbinden mit den Medizinern. »Ist Herr Ashoff zu sprechen?«

»Doktor Ashoff hat diesen Sonntag keinen Dienst.«

»Ich habe ihn heute früh Dienst tun sehen.«

»Mit wem spreche ich?«

»Mit Ihrem freien Mitarbeiter Rudolf Langensiepen.«

»Ach so – der frühere Kollege? – hm, tut mir aber leid, auch Herr Ashoff hat Anspruch auf seinen Sonntag.«

»Sie können mir nicht weismachen, daß er den toten Türken erst morgen obduziert.«

»Warum nicht? Ist das so eilig? Medizinisch, das wissen Sie ja wohl, spricht nichts dagegen, den erst mal auf Eis zu legen.«

»Den Türken.«

»Wen sonst. Im übrigen habe ich nicht die Absicht, Ihnen, wie Sie sagen, etwas weiszumachen.«

»Etwas zu türken.«

»Wie?«

»Daß Ihr Doktor die Untersuchung in Wahrheit längst vorgenommen hat.«

»Wenn Sie alles so genau wissen – Glückwunsch!«

»Zu freundlich.« Langensiepen legt auf. Er muß aufstehen, muß eine Runde drehen, muß vom Schlafraum rüber zur Schreibplatte und zurück. Inzwischen ist die Sonne über den Rathausturm hinaus, es ist fast elf. Hitze knackt in den Barakkenbalken. Holz biegt sich.

Er wirft die Leinenjacke über den Stuhl. Wäre es nun gut, die gegenüberliegenden Fenster zu öffnen? Durchzug? Wirbel? oder sollte – er hat keine Zeit für solche Schwierigkeiten, er wählt die Semperstraßen-Nummer. Auch nach fünf Rufzeichen keine Antwort, er legt auf. Dem Kasernenhofherrn hätte er jetzt kontra gegeben.

Da schrillt der Apparat. Er nimmt ab, rechnet mit dem Wiederauflegen, hört aber eine dumpfe, abgeschirmte Männerstimme. Er braucht eine Weile, bis er begreift, daß Karlheinz Mönninghoff spricht. »Ruddoff? hömma! ich kann nur so – nur so stickum reden – weil, hier is seit ner halben Stunde unsern Waller Kumpmann: hat ne Mordsbirne! N Schlach gekricht, direkt überm Auge – sacht, 't wär ne Schlägerei gewesen mitm Knoblauch die Nacht. Wat sachße gätz! – au! eemt schiebt er ab – vadammich – aba wat sachße gätz!«

»Danke für die Information, kriegst n Orden.«

»›Statt n Braten gabs heute die Pfanne aufn Kopp!‹ meint der Ampütte.«

»Ich geh dem nach«, sagt Langensiepen und legt auf. Streckt sich auf dem Bett aus. Schaut hinauf. Ins dehnende Gebälk. Will als Wohltat empfinden, daß er damals, als er den Dachposten bezog, darauf bestand, daß die Zwischendecke herausgerissen wurde. So daß nicht weiß verklebter Preßspan zu sehen ist, sondern statt der Blenden das System der Balken, Gegenbalken, der Pfetten und Latten und Stützen. Im Anblick des wechselseitigen Haltens will er sich's wohl sein lassen, da fährt das Schrillen dazwischen.

»Langensiepen.«

»Gut, daß ich Sie erwische, Verehrter. Wir haben uns gesehen heute früh, nur kurz. Wir waren in Eile, alle. Inzwischen habe ich mich erkundigt, ja, hab mich beraten lassen, von meinen Anwälten. In der Tat, Frau Bergmann hatte eine gute Idee – Sie sollten –«

»Mit wem, bitteschön, spreche ich.«

»Sie wissen das nicht? Zoltan Zehrak. Aber Sie haben recht, wir sollten uns in Ruhe kennenlernen und dabei Einzelheiten besprechen – wir sind hier überaus interessiert.« – »Woran.« – »Nachweislich zu wissen, von wem unser Mitarbeiter Iman Honva erschlagen worden ist.«

»Langsam. Sie gehen einfach davon aus, daß er erschlagen wurde. Und Sie sprechen von ›wir‹ – und sagen ›unser Mitarbeiter‹ –«

»Ich sagte ja, wir sollten uns über die Einzelheiten detailliert unterhalten. Und gerne bekommen Sie Ihren Auftrag auch schriftlich. Wenn Sie darauf bestehen.«

»Wann und wo?«

»Viehofer Straße 57. Und zwar heute abend, 21 Uhr.«

»Siebenundfünfzig? – der ›Freizeitpalast‹?«

»Er erwartet Sie.«

»Na gut, ich komme.«

Langensiepen hängt auf, legt sich zurück. Schaut an die Decke. In das wechselseitige Stützen. Rohe Fichte, braun lasiert. Der ›Freizeitpalast‹. Erwartet Sie. Es knackt, der Mittag heizt. Wenn er sich jetzt wenig bewegte, müßten keine Gegenfenster offen sein. Zoltan Zehrak. Er steht auf, öffnet die Gegenfenster.

Auf dem Schreibtisch hebt sich Papier. Er hockt sich davor. Verteilt Beschwerendes. Nimmt dann einen weißen Bogen, schreibt obenhin seinen Namen, Kopstadtplatz, darunter das Datum und: ›Sehr geehrter Herr Professor Lutz, eine Ermittlungssache hier in Essen führt mich offenbar in die neuen Kommunikationssysteme, über die Sie vor kurzem im ›Haus der Technik‹ referiert haben. Leider haben meine Dienstzeiten verhindert, daß ich unter Ihren Zuhörern war – wäre es möglich, gegen die beigefügte Erstattung des Portos Ihren Vortrag als Manuskript zu beziehen?‹ Mit einer Büroklammer heftet er Briefmarken an das Blatt, faltet es, verschließt es in einem Umschlag und adressiert an Professor Rüdiger Lutz c/o Universität Dortmund.

Nun, sagt sich Langensiepen, nun wäre Kumpmann fällig. Kumpmann am Viehofer Platz. Aber statt hinauszugehen, geht er zum Regal unter dem ersten Fenster, zum Gestell neben dem Bett, greift sich aus der Reihe der Tonkassetten die heraus, die ganz links steht, auf der die Großbuchstaben AH stehen. Die AH-Kassette schiebt er in den Transistor, startet. Und legt sich wieder.

Es summt und schwebt aus dem Gebälk eine Orchestermusik. Eine, von der er nur weiß, daß es eine ›Andreas-Hofer-Ouvertüre‹ ist. Der Ansager im Kölner Sender, soweit damals nach dem Druck auf Weckerknopf und Radiohebel seine Ansage noch zu hören gewesen war, hatte nur an- und nicht mehr abgesagt, hatte mit der Ankündigung ›Hofer-Ouvertüre‹ ihn, Langensiepen, sofort zum Einschalten der Kassette gereizt. Um acht Uhr dann kam das Zeitzeichen, die Nachrichten, keine Absage. Nun weiß er nur, dies ist Andreas-Hofer-Musik.

Tirol, schroffe Gipfel; dagegen die weichen Matten, Wälder. Ihm ist inzwischen egal, wer's komponiert hat, er findet das schön. Schön? – weil es Weiten schafft, da hat er Höhen und Felsen, tut sich eine Welt auf, wie im Roman. Und jedesmal hört und sieht er Bedrohungen, spürt Wehmut. Und sieht schließlich Kämpfe eines einzelnen gegen die Übermacht. Ihm ist auch gleichgültig, daß, wie er gehört hat, dieser Andreas Hofer historisch nicht allein gekämpft habe; er will so was gar nicht wissen, entscheidend ist für Langensiepen, daß jene Tiroler mit Herz und List die damalige Weltmacht Frankreich überraschten und daß von diesen verzweifelt Hoffnungsvollen dieser eine, der Sandwirt Hofer, als Name übrigblieb.

Langensiepen jedenfalls will nichts anderes kennen – einer gegen alle. Das ist für ihn diese Musik. Das ist dieser schwere, traurig trotzige Wehmutston – das klingt aus, klingt nach.

Von draußen die Mittagsmaschine. Die sackt ab, nach Düsseldorf. Langensiepen rührt sich nicht. Oben, im Wind, schaukelt der Schädel. Ein sanftes Bild von sahnigem Gebein zieht herauf – er schüttelt das ab, springt auf, muß niesen, schüttelt das brüllend weg, will eben wieder die Semperstraßen-Nummer wählen, als, sein Finger ist schon auf der Scheibe, das Bakelit vibriert.

»Sie haben sich übernommen, Sie – notdürftig trockengelegter Säugling Sie. Mein Rat: Laß deine Fingerkes davon. Dat is um etliche Nummern zu groß für unseren Rudolf. – Klar genug?«

»Wovon und, bitte, mit wem –«

»Sie wissen genau, wovon ich rede. Und wenn Sie uns unbedingt kennenlernen möchten, dann – bitte! – dann nenne ich gerne unsere Adresse. Ahornweg 6. Schauen Sie doch mal rein. Meinetwegen schon heute nachmittag. Wir klären Sie gerne auf –«

»Mach ich.« – Es ist, als habe der eingehängt. Aber dann spricht der weiter.

»Übrigens.«

»Ja?«

»Noch etwas. Sind Sie derjenige, der bekannt dafür ist, daß er ohne Schießeisen arbeitet? – In jedem Fall?«

»Die einzige Bekanntheit, auf die ich Wert lege.«

»Ah ja –?« Der macht eine Pause. Sagt nichts mehr. Legt auf.

Der ist noch lange im Ohr. Langensiepen mag sich nicht wieder legen, nicht mehr ausstrecken. Wählt Hertas Nummer. Ohrenschutz.

»Hallo Frau?«

»Hallo Mann. Ist was?«

» – ist plötzlich viel los hier. Fast zu viel. Hab so was wie n Auftrag, n echten.«

»›So was wie‹, aber ›n echten‹? – also was nun.«

»Hat sich heute erst ergeben. Ist noch reichlich undurchsichtig. Aber – scheint aufschlußreich.«

»Von deinen ehemaligen Kollegen?«

»Indirekt schon –«

»Indirekt – du, bei soviel Indirektem, da ist es wohl besser, man sieht sich heute nicht, wie?«

»Eben, das wollte ich andeuten.«

»Dann wünsch ich dir deutlichere Zeiten.« Sie legt auf.

Er atmet aus. Die Milch müßte dick sein, die sie Freitag vorbeigebracht hat. Kuhwarm war die, die Milch. Er geht in die Küchenecke, hebt den Teller von der Schüssel, sie ist sauer.

Langensiepen ißt sorgfältig. Umschließt mit den Lippen bewußt jede Löffelfüllung, läßt das mit Behagen an den Gaumen. Naßkalte Frische.

Wieder hat er ihr nicht gedankt. Ich wünsche dir deutlichere Zeiten. Er hätte nur einfach ins Telefon »Danke für die Milch« sagen müssen. »Übrigens noch danke für die Milch« oder »Hab ich eigentlich für die Milch danke gesagt?«. – Zu spät.

Schuld.

Blödigkeit? Hemmung? Hemmung ist Blödigkeit, befindet Langensiepen. Und beschließt, hemmungslos zu sein.

Nun, da er gegessen hat und sich stark fühlt, wagt er es, den Fall Honva offiziell zu seinem Fall zu machen. Langensiepen wählt die Nummer der zuständigen Staatsanwaltschaft.

Es kommen Rufzeichen. Fünf, sechs. An Feiertagen hat man zu warten, bis die Automatik in die Privatwohnung durchschaltet. »Hier Schürmann – – Langensiepen? oh, das ist aber Ihr Glück, daß mein Mann gerade eben noch zu Hause ist.«

»Ich hatte gedacht, so um zwölf, da wird das nicht stören, jedenfalls in dringenderen Fällen –«

Die Sprechmuschel wird von Frau Schürmann zugehalten. Es dringen Geräusche ans Ohr, die scheinen unter Wasser gesprochen zu werden. Walfischsprache.

»Schürmann.« Dies ist kein Unterwasserton mehr. Den Schürmann sieht er übergroß vor sich, die Zähne mit Gold, das hohe Herrengesicht.

»Hier Langensiepen. Ich denke, Sie kennen mich noch.«

»Ich denke, ja.«

»Sie haben sicher schon gehört von dem Vorfall heute?«

»Wovon sprechen Sie?«

»Viehofer Platz –«

»Inwiefern sollten wir uns über den Viehofer Platz unterhalten?«

»Logischerweise werden da Ermittlungen fällig. Und nicht aus eigenem Antrieb oder gar Ehrgeiz, sondern aus Kreisen Ihrer Polizei wurde mir nahegelegt, mich, da ich Spezialist sei, um den entsprechenden Auftrag zu kümmern.«

»Erstaunlich. Da Sie Spe-zi-a-list sei-en. Konjunktiv. Heißt es in ›Kreisen *meiner* Polizei‹! Wirklich erstaunlich. Herr Langensiepen, ich kenne Sie. Das eben ist es. Und ich frage Sie nun, ob nicht irgendeine Selbsterhaltungsinstanz, die es ja vielleicht auch noch in Ihnen geben müßte, Ihnen seit langem rät, die Finger von Fällen zu lassen, die im Halbseidenen angesiedelt sind, oder sagen wir mal nur: unterhalb des Bürgerlichen? Ich verrate Ihnen damit schon viel zu viel, doch über kurz oder lang stehts eh in einer gewissen Presse, vor allem dann, wenn tatsächlich Sie die Fahndung aufnehmen würden. Mein Herr, Sie dürften inzwischen ahnen, daß in der fraglichen Angelegenheit mehr im Spiel ist, als es Ihr Fassungsvermögen verkraftet, darum frage ich: Wollen Sie sich unbedingt ein weiteres Mal blamieren? nach dem öffentlich-rechtlichen nun auch noch ein Reinfall als Privatunternehmer?«

»Für soviel väterlichen Rat ergebensten Dank!« sagt Langensiepen, legt auf und formt laut die Wörter »Sie« und »Arschloch«. Geht im Zimmer umher und redet immerzu, fragt den, wieso er sich für den Beruf des Staatsanwalts entschieden hat und nicht für den des Brauereipferds – ach, könnte er kontern! Er bleibt stehen, geht zurück zum Telefon, nimmt den Hörer und wählt langsam, wie unter Zwang, noch einmal die Semperstraßen-Nummer.

» – ja bitte?«

»Kann ich Rosa Bergmann sprechen?«

»Hier wohnte mal – Rosa.«

»Wo ist sie jetzt?«

»Wahrscheinlich im Dienst? Hier ist Marie-Louise –«

»Pardon.«

»De rien.«

Er legt den Hörer auf den Apparat – der vibriert und schrillt.

»Ja, hallo –«

»Meinecken – egal bisse besetzt!«

»Potz Rosa – sieh an, die Bergmann! ja, ich –«

»Übs moderne Kommunikation?«

»Hör auf – seit Stunden versuch ich, Sie zu erreichen.«

»Seit Stunden! Mich? o Sie Schlimmer, wo wollten Sie mich denn erreichen?«

»Semperstraße.«

»Laß das bloß bleiben. – Irgendwann erklär ichs dir.«

»Wir müssen uns treffen.«

»So dringend?«

»Siebenundfünfzig Fragen. Wer ist Zehrak. Was weißt du über den Freizeitpalast. Was ist inzwischen im Ahornweg 6. Kennst du einen Menschen namens Vordenbäumen, einen namens Kirchberg, wo finde ich –«

»Aufhörn! bin ich Jesus?«

»Also wo? wann?«

»Hui – geht der Kerl ran. Gut, vielleicht heut nammitach – sagen wer siebzehn – nee, libber achtzehn Uhr – bei – ja wo?«

»›Pümpgen‹.«

»Ich hoff, ich kann kommen.«

»Sie müssen.«

»O ja doch, Herr Generalstaatsanwalt – nur gibt et Winzlinge in dieser Gesellschaft, die noch mehr Sorgen haben als Sie! können Sie mir da folgen? – geistich?«

»Mein Fassungsvermögen gilt als beschränkt.«

»Vielleicht läßt sich da was machen! adio!«

›Kruzitürken‹ will er sagen, aber sie hat aufgelegt. Die jedenfalls ist zu schnell für ihn, das stimmt. Und ich sollte mir ›Kruzitürken‹ abgewöhnen. Er legt sich lang hin. Will sofort noch mal die Hofer-Musik hören. Kämpft gegen die Sucht, immer diese Musik zu hören. Oder es müßte ein Gewitter kommen. Es ist keins in Sicht. Immer wenn Entspannung gebraucht wird, ist der Himmel wolkenlos. Gnadenlos wolkenlos. Nur noch Helligkeitswechsel, aber keinerlei Wetter.

Statt dessen das Telefon. Langensiepen läßt es rattern. Zweimal, dreimal. Lebe ich überhaupt noch auf dem Dach? Oder längst unten mittendrin.

Nach dem sechstenmal: »Ja.«

»Hier auch ›ja‹.«

»Wer ja't denn da.«

»Du kennst mich nich, wie?«
»Ist es sinnvoll, dich zu kennen?«
»Von größtem Nutzen.«
»Was hättest du zu bieten.«
»Ich werde dich besuchen.«
»Und wer, bitteschön?«
»Eine, die dir klarmacht, daß du seit kurzem viel zu viele Fehler machst.«
»Da wärst du nicht die erste.«
»In der Tat. Es spricht sich rum.«
»Und du willst mir beibringen, Fehler zu vermeiden?«
»Getroffen. Jedenfalls brauchst du ein paar Informationen.«
»Worüber?«
»Zum Beispiel über gewisse Aktivitäten eines Herrn Zehrak. Oder des K.U.K.-Konsortiums. Auch über Großprojekte Ruhr, die zwar noch nicht genehmigt sind, aber praktisch längst verwirklicht werden.«
»Also: Wer kommt und wann.«
»Sibylle kommt.«
»Wer ist das.«
»Die in deinem Ohr.«
»Ist mir zu sibyllinisch – sind sie PR-Chefin bei K.U.K.?«
»Nicht ganz so weit oben. Also? wann?«
»Heute abend um acht.«
»Also dann.«

Langensiepen legt den Hörer neben den Apparat, hört das kullernde Geräusch der unterbrochenen Verbindung. Er steht auf, geht durch seinen Raum. Keinerlei Wolkenbildung. Der Himmel blaßblau, über dem Horizont dunkler. Der Dunst scheint violett.

Er geht weiter, öffnet die hintere, die Innentur, tritt in den Bereich zwischen den beiden Wohnungen, in ein Betongehäuse über den Lüftungs- und Kabelschächten. Von hier aus hat die Hochbaracke ihre Stabilität und ihre Funktion.

Er schaltet die Überwachungsanlage ein. Prüft die acht Stockwerke durch. Die Basements auch. Jeweils zwölf Mikrofone, wohlverteilt über die Etage, jeweils acht Kameras treten in Aktion. Auf den zehn mal acht kleinen Bildschirmen: Stilleben. Zehn mal acht Grabstätten. Die Waren ordentlich hergerichtet, großenteils unter weißem Tuch. Nein, da ist nirgends ein Fledderer, ist niemand eingeschlichen, verharrt alles an vorgeschriebener Stelle. Knarrt keine Ledersohle, knackt kein Türschloß, über allen Rolltreppen ist Ruh. Der Konsumturm im Frieden des Sonntags, der wahre Dom.

Er schaltet aus, verläßt den Kontrollraum, schließt die Tür und geht wieder zum Telefon, nein, legt nicht den Hörer wieder auf den Apparat, sondern greift zum Telefonbuch, schaut nach, unter ›Z‹, ›Zehrak‹ – der steht nicht drin. Auch nicht im Adreßbuch. Er schlägt das ›K‹ auf, sucht und findet ›Kumpmann, Walter, Angestellter, Altenessener Straße 4‹ – also gleich beim Viehofer, na bitte, Walter; ich werde dir und deiner Beule einen Besuch abstatten, vielleicht kriege ich von deiner Elke einen Teller Suppe und keine Pfanne auf den Kopf.

Er schließt die Fenster, Gewitter kommen bisweilen plötzlich; er legt, bevor er geht, den Hörer auf die Gabel und ist froh, schon zur Tür hinaus zu sein, als das Schrillen wieder begonnen hat.

Er überhört das Telefon, schreitet über das Kiesfeld zur Abstiegstür, grüßt noch mal das Rathaus mit seinen tausend blinden braunen Fenstern, steigt ins Dunkel hinab, schwebt im Großkasten hinunter, verläßt das Kaufhaus am Kopstadtplatz. Geht mit einer gewissen Würde, die ihn, wie er hofft, nie mehr verlassen soll, nicht bei Schürmann-Gewittern, nicht vor klappernden Holzringarmen.

Ums ›Pümpgen‹ herum, einen Gruß ins Fenster, noch waltet Kalla Mönninghoff, gleich, nach der Mittagspause, wird Else ihn vertreten. Die Viehofer hinab. Hunde suchen Gerüche, finden sie in Strauch- und Blumenkübeln, mißgönnen sich Auftritte.

Weiter unten, am Freizeitpalast, erste Kunden.

Ein zweites Mal an diesem Tag überquert er die Straße zwischen Gertrudiskirche und den Buchhandlungen Heine und Liebknecht. In der Mittagshitze jagen Blechgehäuse, die Fenster offen, die Dächer. Radios auf Brüllstufe, dazu Rufe, Stimmen der Fahrer und Mitfahrerinnen, in Sonntags-, in Bierstimmung. Schnell sind die davon, zur neuen Großdisco auf dem

Kruppgelände oder weiter fort, nach Süden, auf die Hügel über der Ruhr. Oder doch einfach gleich nebenan in den Freizeitpalast, um den Langensiepen sich also hätte kümmern dürfen. Aber seit jener alten Geschichte – widrig. In seinem Hirn kopulieren die Don-Quijote-Wörter *Roman* und *Tik*.

Die Wörtermangel.

In steiler Augustsonne liegt der Kabelgraben. Nicht sehr tief ist das, ein Sturz da hinab müßte umständlich gestolpert werden, sollte er Todesfolge haben. Nur in der Mitte, wo der Graben mit anderen, schon wieder verschütteten, zusammentrifft und wo man den Honva herausholte, da allerdings geht das tiefer hinab. Die Bausperren stehen wieder; selbst jetzt, in der Mittagshelle, blinken und flackern Warnlichter.

Die Anlage der Gräben scheint sternförmig. Aus der Altenessener Straße kommt ein Zug, aus der Viehofer, aus der Gladbecker, aus der Friedrich-Ebert, aus der Schützenbahn, aus der Stoppenberger, auch aus der Lützow- und der Gerlingstraße ziehen sich die Spuren, selbst die Karolinger scheint einen Abzweig bekommen zu haben – die meisten Kabelstrecken sind wieder zugeworfen, viele wieder verteert und verpflastert, eine dagegen, ein Stück aus der Altenessener, erst mit gelben Farbstrichen markiert. Der Stern des Viehofer Platzes scheint wieder aufzugehen in der Kabelzeit. Langensiepen würde das alles gerne exakter wissen. Er nimmt sich vor, morgen nicht nur die Ämter und die zuständigen Postreferenten auszuhorchen und die städtischen Stellen, sondern auch Wissenschaftler. Drüben, hinter der Gerlingstraße, in der rostbraunen Universität. Oder ist die für mich nicht da.

Noch immer steht er vor der Fundgrube. Dies ist der Zentralschacht. Kann sein, hier war vormals eine Villa. Körfgensche Villa. Der Viehofer Platz ist kleiner gewesen, lebendiger. Hier hat der gelegen. Er, Langensiepen, hätte heute früh getrost auf sein Jogging verzichten dürfen. Dann hätte er ihn liegen gesehen. Eine Mutter gab ihm ihre Mutterpflege; Tanten, Mütter, Schwestern haben ihn gepäppelt, verwöhnt, vernachlässigt, ein Vater war zweifellos stolz, voll Hoffnung. Wieviel Arbeit, Pflege, Liebe – damit er in einem Industrieland verendet. In diesem Loch.

Langensiepen blickt auf, betrachtet die Häuser ringsum. Von wo aus wäre was zu sehen gewesen. Ein Hotel. Der Nachtportier, heute abend. Bürohäuser, sechs-, achtstöckig; auf den Flachdächern Fahnen. Keine Baracken, sondern Fahnen und Schriften. Im Hintergrund die Universität. Gegenüber die Ingenieurschule, drüben der Turm von Sankt Gertrudis, das Pfarrhaus dahinter. Oben, hoch über dem Liebknecht-Laden, sind in kleinen Fenstern Gardinen und Blumenrot. Dort wird gewohnt.

Langensiepen spürt, daß Essenszeit ist. Er könnte zum ›Heracles‹ gehen, zum Griechen in Essen-Ost. Er geht aber zum alten Bruder Hotte. Dort weht zwar der Wind, ist es nur die Frittenbude mit Curry- und Riesenbockwurst, aber es ist Hotte. Außerdem ist Langensiepen unsicher, ob Frau Kumpmann einen Teller Suppe für ihn übrig haben wird. »Tach, Hotte.«

Nach drei Bissen Currywurst ist er sich mit Hotte einig, daß der Viehofer endgültig kaputt ist.

»Trotzdem, Ruddoff. Ich bleibe.«

»Ich weiß, Hotte.« Langensiepen kriegt zur Wurst Fritten und Ketchup. Er mag den Hotte, obwohl hier der Wind geht.

»Dreienzwanzich Jahre bin ich hier. Ich bleibe. Und windiget Geschäft? Sach mir eins, dat nich windich is.«

»Was spricht dein Transistor?«

»Rot Weiß bleibt dritte Klasse.«

»Was meldet der Stadtfunk? Neues vom Viehofer?«

»Da gibtet nix Neues. Ich bin seit dreienzwanzich Jahre hier.«

»Da hast du recht, das ist nicht neu. Aber heute früh lag hier einer unterm Platz, der war tot.«

»Unterm –?«

»Im Kabelgraben. Nix im Stadtfunk? In den Reviernachrichten?«

»Nix. – War der von hier?«

»Nicht von dieser Welt, sondern von der türkischen.«

Hotte denkt.

»Hotte, halte für deinen alten Langensiepen die Ohren offen – es könnte sein, wir kriegen raus, warum nicht nur der Viehofer kaputt ist.«

»Kannich dir gätz schon sagen.«

»Und? warum?«

»Hier is et hohl. Allet unterminiert, ja? Seit wer der Wilde Westen warn, sackt dat hier ab. Rutscht weg.«

»Und wann machst du hier Schluß?«

»Ach Ruddoff, ich mach hier mein Geschäft –«

»– seit 23 Jahren, und brüchig und windig ist sowieso alles –«

Hotte, groß und alt und rot, beugt sich über die Plastiktheke zu ihm hinunter und raunt, als dürfe dies nur Langensiepen wissen: »Ich sach dir eins, Ruddoff: windich währt am längsten.«

»Tschüßges Hotte.«

Langensiepen geht über den Platz, denkt an die Wörter, die mangeln. Essener bleiben bei Rot stehen, auch auf sonntagsleerer Straße. Noch nach achtzehn Jahren in dieser Stadt wundert ihn das. Davon, daß 98 Prozent brav sind, profitieren hier zwei. – Neben der Heine-Buchhandlung, quer über das Schaufenster des Elektrogeschäfts: NUR NOCH 5 TAGE BIS ZUM START –

Vor dem Liebknecht-Buchladen biegt er in eine Toreinfahrt, findet im dämmrigen Gang eine Tür, neben dem Eingang die Messingschilder der Firmen, darüber das Klingelschild »Hausmeister«. Der Mann heißt Hausmeister?

Er drückt den Knopf. Wartet. Sekunden, bis sich klärt, ob Leben im Stein ist. Es summt. Er drückt auf, dunkler Flur, er nimmt den Fahrstuhl, fährt in den achten Stock.

Der ›Hausmeister‹ in seiner Wohnungstür. Erwartet ihn, heute in weißem Hemd, in bunter Krawatte. »Guten Tach?« fragt er.

»Guten Tag. Mein Name ist Langensiepen, ich bin Privatdetektiv.« Er zeigt dem seinen Ausweis. Während der das anschaut, liest Langensiepen unter der Wohnungsklingel ›A. Hoffmann‹. »Herr Hoffmann, ich komme in einer Ermittlungssache, wahrscheinlich Mord. Und hoffe auf Ihre Mithilfe.«

»Jesses. Is ja wie im Fernsehen. Ja dann komm Se man rein inne gute Stube. Kammir ja schon denken, worum et geht.«

Herr A. Hoffmann geht vor ihm her, scheint zu hinken, führt den Gast durch einen Flur, in dem es eng ist und nach Fett riecht, führt ins Wohnzimmer. Ein Fernsehapparat mit übergroßem Bildschirm steht hoch zwischen den zwei kleinen Fenstern, über einer Videoanlage. Außerdem füllen die ›Stube‹ ein wuchtiges Sofa, zwei mächtige Polstersessel. Bezogen mit lilienbedrucktem Stoff, geschont von Lederimitationen, Auflagen für die Hände. Zwischen den Sitzmöglichkeiten ein Marmortisch, fast zwei Meter lang, knapp einen Meter breit. Die violettweiß melierte Platte eingefaßt in dunkle breite Eiche. Dazu ein Regal mit Sportpokalen, Trophäen. Mehr hat im Zimmer keinen Platz. »Erst mal Fenster auf«, sagt Herr Hoffmann, »steht noch de Luft von gestern aamt«, sagt er und öffnet beide Fenster. »Nehm Se doch Platz.«

»Danke, Sie essen gerade?«

»Macht nix, bin sowieso fast färtich. N Schnäpsgen nehm Se doch auch, oder?«

»Lieber nicht, sagt mein Arzt.« Langensiepen läßt sich in dem Sessel nieder, von dem aus die Tür zu beobachten ist. Spürt die Lust auf das Getränk.

»Wie? kein Schnaps? Ne bessere Medizin gibbet doch ganich.«

»Nicht für mich.«

»Würd ich glatt n Aazt wechseln.« Während er das sagt, stellt der Mann zwei Gläser aus Titisee auf den Marmor und füllt trauernd nur eins, blickt noch mal fragend.

»Nein danke.«

»Dann Prost.«

»Wohlsein.«

Der Mann trinkt im Stehen, kippt das weg, setzt sich auf das Sofa, rückt an den Kissen. »Wie kann ich Ihnen behilflich sein.«

»In der vergangenen Nacht, vielleicht erst in den frühen Morgenstunden, ist hier, unterhalb dieser beiden Wohnzimmerfenster ein Mann ums Leben gekommen, unten auf dem Platz.«

»Sie meinen den Türken. Ich hab mir dat ja heut früh mit angesehn, die ganze Schweinerei.«

»Herr Hoffmann, jetzt käme es auf Ihre Beobachtungsgabe an, auf Ihre Erinnerungsfähigkeit. Was haben Sie heute nacht von dem fraglichen Vorgang bemerken können. Was nennen Sie ›die ganze Schweinerei‹?«

Der greift wieder zum Doornkaat. »Ich muß Sie enttäuschen, Herr –«

»Langensiepen.«

»Herr Kommissar. Nich dat Schwatte unterm Fingernagel hab ich bemerken können.« Der schenkt sein Glas noch mal voll. »Unser Schlafzimmer is ja nach hintenraus. Da hörn Se vom Viehofer kein bisken. Könn mit rübberkomm, hörn sich dat an!«

»Danke! glaubs Ihnen auch so. Denken Sie mal nach. Keine Schreie? Autotüren? Geschimpfe?«

»Nix.« Herr Hoffmann kippt die zweite Portion.

»Sie waren also schon im Bett – vielleicht davon geträumt?«

»Ich? geträumt? Ich donnich! Nä. Träumen kommt nich in Frage. Wenn ich schlaf, schlaf ich.«

»Und Ihre Frau?«

»Die? Hier könnten zehn nackte Catcher Rabatz machen – wenn die mal pennt, pennt die. Gestern aamt warn wer sowieso – Samstachsaamts Sportschau – warn Thieles hier, Freunde von uns – Schalke widder ma vergeicht – warn wer schietendick, also ährlich, deswegen ja hier die miese Luft – nee, tut mir leid.«

»Und heute früh, als Sie sich die ›ganze Schweinerei‹ mit angesehen haben – fiel Ihnen da nicht nachträglich das eine oder andere wieder ein?« Langensiepen betrachtet die Teakholzreiher, die, schnabeloben, auf dem Fernsehapparat stehen, antennenspitz. – »Ihre Freunde, die Thieles, haben Sie ja in der Nacht vermutlich runtergebracht an die Tür –«

»Ja – so gegen eins war dat, war der Western zu Ende. Nix. Nix – fiel mir da auf. Nee, Herr Wachtmeister.«

»Ich bin Privatdetektiv.«

»Verzeihung. Wat ich sagen wollt: Wenn da ma Lärm is – sowat hamwer hier öfter. Die Kneipen übberall, getz onnoch die Studenten, die Ausländer. Um zwei macht dann der ›Freizeitpalast‹ zu, da is wohl öfter wat gefällich – hör ich schon ganich mehr hin, wenn sich da widder welche inne Wolle ham. Wat geht mich dat an – wenn da ein Südländer den andern bloß ma schief ankuckt oder n Türke seine Frau geht mal ohne Kopftuch – sind doch deren Probleme. Oder?«

»Wenn Ihnen wider Erwarten doch was einfallen sollte – wahrscheinlich reden Sie ja darüber noch mit Ihrer Frau, mit Ihren Freunden – teilen Sie mir alles mit, auch Kleinigkeiten à la turca.«

»Wat is?«

»Ich meine, auch das, was Ihnen unverständlich erscheint. Hier haben Sie meine Karte.«

»Mach ich, Herr Komm – Herr Detektiv. Aba nix für ungut, ich seh da schwarz. Außerdem – et geht mich janu wirklich nix an –«

»Was geht Sie nichts an.«

»Wenn die sich prügeln.«

»Sie meinen also, daß sich jemand geprügelt hat?«

»Ich sagte: wenn! – *wenn* die sich prügeln.«

»Ihre Frau ist in der Küche?«

»Hat sich sicher hingelegt. Kopfschmerzen.«

»Ja ja, nach gestern abend, ich verstehe. Na schön.« Langensiepen steht auf, will gehen. »Übrigens – lassen Sie Kabelfernsehen ins Haus?«

»Aber sicher sind wir dabei! – is zwar verdammt teuer, aber wat tut man nich alles. Nee, dat lassen wer uns ja wohl nich entgehen.«

»Wegen mehr Sport?«

»Klar.«

»Sie sind selbst aktiv?«

»Heut nicht mehr so, früher! ja. Aber stimmt, vor allem wegen Sport. Dat wer dat sehn, wann wir dat wolln und nich erß, wennet denen beim Fernsehn paßt – sind wer auch Mitglied im Videoclub. Kassettentauschen. Noch mal Deutschland gegen Italien in Mexiko. Oder Olympia letztens. Oder gegen England, dat berühmte Tor, dat dritte im Endspiel – kann man anhalten, genau ankucken, den Beschiß.«

»Ich verstehe.« Langensiepen windet sich nun zwischen Pokalen, Bildschirm, Reiher und Tischplatte hinaus, in den Flur, geht durch den Fettdunst.

»Saure Nierchen«, sagt A. Hoffmann.

»Fein«, sagt Langensiepen. Er findet saure Nierchen ungenießbar.

Auf der Treppe dreht er sich noch mal um, schaut den Mann an. Der winkt mit der Visitenkarte und sagt: »Also wenn mir noch wat einfällt, ich ruf Sie dann an, ja? Widdersehn.«

»Herr Hoffmann, Sie hinken?«

»Ich? och – n alter Betriebsunfall. Seither geh ich als Hausmeister.«

»Auf Wiedersehn, Herr Hoffmann, vielen Dank.«

»Nix für ungut.«

Im Aufzug nach unten fragt er sich, ob er darauf hätte bestehen sollen, auch Frau Hoffmann zu fragen. Die Doppelantworten der Ehepartner, ihr gegenseitiges Korrigieren – es reicht mir, beschließt Langensiepen. Tritt hinaus in die Sonne.

Ein Gewitter ist nicht in Sicht. Er geht an den Schaufenstern vorbei, biegt in die Altenessener Straße.

Früher war die Altenessener der wichtigste Zugang zum Viehofer. Heute ist sie Parkplatz. Hier stand der Jeep der Rosa Bergmann, hier ist ein Briefkasten, in den er seine Bitte an den Dortmunder Professor einwerfen kann.

Hier steht aber auch, letztes Relikt, ein Kotten. Zwischen den Neubauten das Häuschen Nummer 4, anderthalbstöckig. So also wohnt Walter. Gleich daneben eine Trinkhalle. Was woanders Palast ist, hier ist es nicht größer als ein Kaninchenstall. ›Trinkhalle‹ steht drüber. Wörter.

›Walter Kumpmann‹. Frau und Töchter passen nicht aufs Klingelschild. Langensiepen drückt den Knopf, nach dem zweiten Klingeln öffnet Walter. Über den Augen ein Pflaster.

»Nanu? Wat willz du denn hier –?«

»Dich endlich mal besuchen kommen.«

»Dat is aba ne Ehre. Wir essen zwar grade – kanns ja vielleicht noch n Tellerken mitham.«

Um den Tisch sitzen die Frauen. »Hier, nimm doch Platz. Elke, hol doch nomma wacker Teller un Löffel.«

»Bitte keine Umstände, ich habe schon was gegessen, bitte lassen Sie sich nicht stören –«

»Wirklich nicht?!« ruft Frau Elke.

»Nein, wirklich nicht.«

»Mit Herrn Langensiepen treff ich mich öfter im ›Pümpgen‹. Hab ich doch schon erzählt, oder? Der weiß immer neue

Dönekes ausem Kaufhaus, wo er auf Warenhausgeier achtgibt.«

»So«, sagt Frau Kumpmann. »Und was führt Sie da zu uns. Doch wohl kein Warenhausdiebstahl?«

»Ich bitte Sie. Nein nein, es ist wegen heute Nacht.«

»Ach du je«, sagt Frau Kumpmann.

»Sie wissen, heute früh hat man hier nebenan einen Toten gefunden.«

Walter schaut ihn mit großen Augen an, unter dem Pflaster hervor. »Dat hätt ich mir ja gleich denken könn. Jetz der Ruddoff onnoch.« Kumpmann legt seinen Löffel weg, mag nichts mehr essen. »Sach bloß, du has wat mit dem Fall zu tun.«

»Ermittlung.«

»Ach du dicken Anton.« Kumpmann steht auf. »N Schnaps! Du ja nich, ich weiß, aber ich – ich brauch ein.«

Walter Kumpmann geht vor die dunkle Schrankwand, die eine Seite des Wohnraums abdeckt, bis unter die niedere Zimmerdecke. Dort bückt er sich, öffnet die zart quietschende Tür, holt sich eine Flasche Steinhäger, ein Glas, gießt sich ein. »Auf deine Ermittlung!«

Der Vater trinkt, die Frauen schauen zu. Blicken zwischen Kumpmann und Langensiepen hin und her. Beginnen schließlich wieder, die Gemüsesuppe zu essen.

»Walter, um es kurz zu machen. Das Pflaster in deinem unnachahmlichen Gesicht verrät es jedem: Heute nacht hattest du Ärger. Was war los.«

Kumpmann läßt sich unter dem Fernsehapparat in einen Sessel sinken. »Jau, Ärger. So nüchtern kann man et wohl ausdrücken. So dröge wie der Langensiepen, so sacht dat keiner.«

»Schieß los.«

»Also. Schlafen tun wer zwar nach hintenraus, aber trotzdem: Hier in dieser Ecke, da hörße alles. Mindestens am Wochenende hasse hier regelmäßig Keilerei, Besoffene, Penner – wat soll sein, Großstadt is eemt Großstadt. Nu, heute nacht aba, da hörte dat überhaupt nich mehr auf.«

»Wann war das – heute nacht?«

»Also, wat ich jetz erzähln will, dat war kurz nach eins. Der Lärm war schon die ganze Zeit.«

»Was war kurz nach eins.«

»Ich sach zur Elke: Muß doch ma kucken, wat die da getz widder zu Kleinholz machen. Ich hier also innet Wohnzimmer, machet Fensterken auf. Wat seh ich? Erß ma nix Genauet. Mit eima aba kam so n ganzen Trupp. Ein Geschimpfe, hin und her, hatten alle wat inne Hände, schrien sich wat zu, perfekt auswärts. Nix zu verstehn, du sein Türke, ja? Kamen die –«

»Woher kamen die? Bitte genau.«

»– aus Richtung Liebknecht und liefen hier inne Altenessener rein, direkt auf unser Häusken zu. Hatten wer so ne komplette Garde rings ummen Vorgaaten – und nich lange, da kam n zweiten Trupp hinterher. Und inzwischen wurd mir auch klar, wat die inne Hand halten, Prügel, Eisenstangen, Kabel, Spaten, also ganz schöne Dingerkes – jetzt standen die sich also quer gegenüber – volle Breitseite, ja? immer schön auf Sicherheitsabstand. Warn se emsig am Diskutiern, allso sozusagen deutliche Aussprache – total türkisch. Aber der zweite Trupp, dat war n mehr. Kamen auch immer noch welche dazu, warn se am Gestikulieren un Schimpfen, die reden ja mit alle Extremitäten – rückten die denen immer dichter aufe Pelle. Und die ersten, die zogen sich da doch libber bisken zurück – nur, jetz kam ja für mich der Ärger! nu zerkrumpelten die meine Hecke, bestiegen die glatt unsern klein Vorgaaten, trampelten die hier auf unsere Rabatten rum, den ganzen Liguster, wat soll sein: Ich dat Fensterken, die andere Hälfte, onnoch auf: ›Hallo! Ihr da! Hört ma, wenn ihr euch unbedingt prügeln wollt, dann bitte woanders!‹ ›Du Schnauze!‹ – Hör ich da, mehr hatten die für mich nich übberich in dem Moment, denn nu ginget ja auch schon los, Stuamangriff sozzesagen, volle Attacke – ein Geheule, eine Hektik! den kompletten Kaanervalszuch mitten duich mein Vorgaatn! – sollt ich mir dat mit ansehn? wie da die ganzen Prügeltürken, alle wie se da warn, hopp übber unsere Hecke? direkt vorre Tür hier und einfach duiche Büsche – egal, ob dat nu die Hortensien warn, die Stockrosen, der Liguster, die Stiefmütterkes, die Studentenblumen – allet hamse plattgetrampelt! un soga die schöne Yucca, die wer extra noch letztes Jahr aus Rimini mitgebracht hatten, für dat die Omma onnowat hat von Italien – hat se grad noch n Monat wat von gehabt, bevor se aum Friedhof mußte zu ihrn Oppa –«

»Das interessiert doch den Herrn Langensiepen nich –«

»Muß icha wohl besser wissen. Is dat nu mein ›Pümpgen‹-Kumpel oder dein? Kuazum: allet walzen die mir nieder, diese Hammelherde. Nich wattu getz denks: Ich hab nix gegen Knoblauchs, also Tatsache. Aba wenn die mir an meine mühselich gefleechten Rabatten gehn, da is ne Grenze. – Ich schließlich mir die Schippe geschnappt un raus auße Tür: ›Runter von mein Grundstück! wat habt ihr hier verlorn –‹ – Bautz! schon hatt ich meinen Schlach übbere Rübe! – ›Du hier weg! Du kaputt!‹ schreit einer, schieben die mich glatt an Seite. Klabastern se hintere Trinkhalle duich, bei Duichleuchters Garage vorbei. Und gleich hinterher der zweite Proletentrupp – zur Hälfte sind die vorne rum, schlau, die Abkürzung übberm Viehofer, ab Richtung Nordbahnhof – stand ich da, banaut, merk, dat Blut läuft mir nur so runter. Nee, Ruddoff, irgendn Duichblick? der war mir da sozzesagen nich vergönnt, ja? Prost auf deine Ermittlung!« Schenkt sich neuen Steinhäger ein und kippt ihn.

»Und Sie, Frau Kumpmann? darüber hinaus –?«

»Ich hab den Mann reingeholt. Die hätten den glatt zerlöchert. Hätten die dich, jawoll!«

»Wieso? waren die bewaffnet?«

»Und ob die dat warn.«

»Ach wat denn, Mutter! die hatten Prügel: Hackebeile vielleicht, Schippen, Metallkabel und wat nich alles – ne Waffe? Nix da!«

»Da wär ich aba nich so sicher – so wie die Wut hatten aufenander?«

»Wenn ich Sie recht verstehe – Sie halten es für möglich, daß sogar Schußwaffen –?«

»Wat weiß ich? Messerkes minnigens!«

»Hatten Sie denn den Eindruck, Frau Kumpmann, daß es sich da um verschiedene Sprachen handelte, mit denen geschimpft wurde – oder war das auf beiden Seiten dieselbe –«

»Ich nix verstehen«, sagt Walter. »Woher soll ich dat wissen.«

»Wäre aber nicht unwichtig – italienisch zum Beispiel hätten Sie ja wohl erkannt.« Langensiepen wendet sich wieder an die Frau.

»Nee, italienisch war dat nich.«

»Türkisch«, sagt eine der Töchter. »Türkisch, da schwör ich drauf. Wir ham inne Klasse vier, wenn die mitenander loslegen, dat hört sich genau so an wie letzte Nacht.«

Walter nickt. »Mach wohl sein. Wie Mechthild dat sacht.«

»Kannz drauf an«, sagt Mechthild.

»Sie meinen also, die beiden Trupps sprachen dieselbe Sprache?«

Walter zuckt mit den Schultern. »Unterschied hab *ich* kein gehört –«

»Und Sie, Frau Kumpmann? Mechthild?«

»Nee, da kannich onnix von sagen – ich mußt ja den Mann mußt ich ja versorgen, dem floß dat Blut man einfach so überm Schlafanzuch, hier aufm Flur die ganze Schweinerei in den neuen Läufer, 't mußte ja unbedingt n heller sein, jetzt kanner schon inne Reinigung.«

»Dat warn alles Türken«, meldet sich Mechthild wieder, »alle, die einen wie die andern.«

Langensiepen läßt seine Stimme jetzt spitz werden und, wie er hofft, unangenehm. »Wo aber warst du heute morgen.«

»Wie? heut morgen?«

»Diesmal nicht im ›Pümpgen‹? Sonst jeden Sonntag Frühschoppen und ausgerechnet heute nicht?«

»War ich ja.«

»Erst nach elf.«

»Herrje – bin ich ausnahmsweise ma mit inne Messe!«

»Alle Jubeljahre geht der mal mit«, erklärt Elke Kumpmann und setzt lustvoll hinzu: »– wenn er't nötich hat.«

»Nötig?« fragt Langensiepen, schaut den Walter an.

»Nötich!« ruft der, »wat du da widder fürn Zoich quatscht!«

»Nun gut, Sie haben mir mit einigen Angaben schon sehr geholfen – nun aber etwas anderes. Der Tote, dieser Iman Honva, der lag, so hat jemand heute früh behauptet, genau dort, wo mal die Körfgensche Villa gestanden hätte – sagt Ihnen dieser Name irgendwas? Walter – dir?«

»Ach Ruddoff«, sagt der, »komm nu nich noch damit!«

»Warum nicht?«

»Alte Wunden.«

»Wieso –«

»Frach mal n ollen Aabeiter hier, im Norden. Proletenwunden.«

»Im Süden findße wieso kein Aabeiter mehr«, mischt Frau Kumpmann sich ein.

»Is doch egal«, sagt Walter, »jeder alte Aabeiter in Essen, also n richtiger – wenn der diesen Namen hört – Körfgen? – dann sieht der rot.«

»Erzähl.«

»Jeses – da müßt ich erzähln bis nachem Bahnhof Altenessen. Der is sowieso viel älter als der Hauptbahnhof.«

»Wir räumen schon mal weg«, sagt Frau Kumpmann, steht auf, stellt die leeren Suppenteller übereinander, zögernd machen die Töchter mit.

»Unsern Oppa«, sagt Walter und gießt sich einen neuen Klaren ein, »der hattet mir noch erklärt, wie der erste Körfgen dat hier gedreht hat. Die Körfgens, die hatten ja immer schon guten Kontakt zu unserer Kirche.« Walter trinkt den Klaren weg. »Und unsere Kirche –«

»Aber n Pudding essen Se doch mit, oder?« fragt Frau Kumpmann, in der Stimme schon das Unglück, daß Langensiepen auch den Pudding ablehnen könnte.

»Na gut, also gerne – vielen Dank.«

»Micaela! ein Schälchen mehr!«

»So, Mutter, darf ich jetz endlich erzähln? – – toll. Also: Unsere Kirche, der gehörte ja wohl schon von früh an 'ne Menge Grund hier, in Borbeck, fast überall, von damals her, vonne Äbtissinnen. Dat Land war zwar dann enteichnet, vonnem Napoleon, wat weiß ich – aber de Kirche hatte immer noch n Händchen drauf, konnte bestimmen, wer't kriegen durfte, klar? – und da eem warn die Körfgens King im Revier. Konnten et gut mitte Domänenverwaltung, mitte Priester erst recht und dann, der vorletzte, der?, hatter't mittema mittet Soziale. Für die aamen Aabeiter Wohnungen baun, für die auße Pollackei, Polen warn ja katholisch, mußte ja gesorcht werden. Wat soll ich lang quasseln: Am Ende gabet hier im

Norden keine Straße, wo nich minnigens en Drittel von diesem ganzen Gelsenkirchener Barock dem Körfgen gehört hat. Wer damals nach Essen wollt, im Wilden Westen hier, un wollt Aabeit suchen un Wohnung – ohne Körfgen lief nix. Hatter't Monopol, also praktisch. Jedenfalls im Revier Mitte. Konnter Preise nehmen, wie er se haben wollte. Und die Aabeiter? Keine Gewerkschaften. SPD verboten – nix. ›N Rochus wie auf Körfgen!‹ sacht unsern Oppa immer.«

»Der war ja schon immer n bißken nickelich«, mischt sich Elke Kumpmann wieder ein.

»Er war ja auch *dein* Oppa!« kontert Walter. »Von wegen ›nickelich‹.« Elke geht in die Küche.

»Unsere Pfarrer jedenfalls ham dat wohl nie richtich kapiert, wat da eintlich lief, wie die Körfgens die gelinkt ham – für die waren diese Körfgens edle Wohltäter. Vor Sankt Bonnifatius kannze n noch heute einen stehn sehn, als Denkmal. ›Seine treue Gemeinde ihrem Wohltäter‹, so ähnlich. Er hat ja auch der Kirche immer schön Stiftungen vermacht, ja? dat ihm die Stiftsverwalter nich stiften gingen – eine Hand wäscht wie die andere. Und darum war er dat auch, der als einziger seine Villa hier am Nordrand hatte; fürm Wohltäter war dat billiger und strategisch günstig.«

»Noch mehr?« fragt Frau Kumpmann, die Langensiepen Pudding auftut. »Danke, genügt.«

»Johannesbeersaft? Is eigene Earnte!«

»Danke!« sagt Langensiepen, bekommt Saft und ißt. »Schmeckt wirklich sehr gut.«

»Kein Wunder, dat se da getz, wo die Villa stand, den Türken reingeschmissen haben«, sagt Walter, Pudding essend. Nun schiebt er aber die Schüssel weg. »Nee, heut lieber hiervon!« und greift zum Steinhäger.

»Wieso ist das kein Wunder?«

»Weil der genau da gelegen hat, wo Körfgen sein Keller hatte. Der Keller war ja noch immer da. Auch unterm neuen Platz. Bombensicher, ja? Extra stark, nich bloß gegen Berchschäden – auch falls die Proleten ma auf die Idee gekommen wärn, sich wat zurückzuholn. Hätteße sehen solln, vorge Woche konnze da noch reinkucken. Die Wände: so dick!

Haben die neuen Kabelkünstler sofort ausgenutzt – so dick!« Walter zeigt, wie dick Körfgens Kellerwände waren und sind. Und trinkt.

»N Nachschlach?« fragt Elke Kumpmann, weil Langensiepen seine leere Schüssel wegschiebt.

»Nein danke, wie gesagt, ich hatte ja schon –«

»Wirklich nich?«

»Mutter! hasset doch wohl gehört – *er will nich*!«

Trauernd gießt Frau Kumpmann vom eigenen Johannisbeersaft in die eigene Schale.

»Gibt es die heute noch – diese Körfgens?«

»Ob die noch Körfgen heißen, ich glaub nich – unsern Herrgott hat dafür gesorcht, dat schließlich sogar die anne Reihe kamen. Inne Nazizeit oder vielmehr kurz danach, da war't vorbei mit de Herrlichkeit. Aba – dat gehört wohl nich dazu.«

»Doch doch – womöglich hängt das alles – ich meine, kann ja sein: Der eine der beiden Trupps war ein Körfgentrupp und von daher erst könnte ich mir eher deine Wut auf diese Nachtgespenster erklären als aus deiner Sorge um den zertretenen Liguster – oder? Wie sagte dein Großvater – ein Rochus –«

»N Rochus wie auf Körfgen‹ – aber wolln wer libber mal festhalten: 't war *ihr* Großvater.«

»*Unsern* Oppa war dat«, sagt Elke.

»Spielt auch egal.«

»Keineswegs egal, lieber Walter, komm!« sagt Langensiepen, »Jetzt weich nicht aus – ich hab mir euren Vorgarten sehr wohl angesehen und muß sagen: Soviel Zerstörungen hab ich da nicht bemerkt. Also bitte, deine Wut, dein Rochus –«

»Hassen ja vorher ganichekannt!«

»Wen.«

»Den Vorgarten.«

Es tritt eine Stille ein. Der Pudding ist gegessen. – Bis Walter weitererzählt:

»Mit diesem Rochus is dat heutzutage sowieso nich weit her. Mein Vatter – der hat sich zwar noch drum gekümmert, um die alten Geschichten – aber spätestens nach fümmenvierzich war dat vorbei. Die Villa, also die Außenmauern, ich seh se doch noch stehn, mit diesen schönen Steinrelief vorn übberm

Eingang – Jäger schießt Wildschwein – war schon halb kaputt, abber ich seh't doch noch, bis se't zerdeppert haben, endgültich, mittem Bagger. War dann nur noch historisch, ja? Früher – okay – da war Körfgen hier der bestgehaßte Mann inner Essener Aabeiterschaft. Wohnungshai Körfgen.«

»Und heute? – Laßt Ihr euch eigentlich anschließen? an die Verkabelung?«

»Na ja – muß man ja wohl, oder? Kommt ja drauf an, wat du draus machs – 't gibt sogar n eigenet Kirchenprogramm.«

»Sach bloß, wir kucken dann egal Kirche«, mault Mechthild.

»Du hälts dich da raus, Blage«, sagt Mutter Kumpmann.

Eine Weile wird wieder geschwiegen. Man hört die Stubenfliege. Elke Kumpmann will, das spürt Langensiepen, die Stimmung heben und das Gespräch dorthin bringen, wo man der gleichen Meinung sein kann.

»War denn da nich bei dem Körfgen auch diese ekelhafte Sache mit dem Kriegsgericht –?«

»Och Elke – dat is nu wirklich verjährt – war ja sogar noch vorm *ersten* Weltkrieg!«

»Schon *vorm?* Ich dachte –«

»Ach, wat Elke da meint – jesses! – zur Strafe machße uns getz n Kaffee! is do wahr!«

»Wie die Herren wünschen«, sagt Frau Kumpmann und räumt die Puddingschüsseln ab.

»N uralten Aufstand meint die getz, fast Militärputsch.«

»Wie bitte? Putsch? in Essen? Aufstand? Schwer vorstellbar.«

»Has du ne Ahnung. Zigarette? Nee? Hasse deine indischen nich mit? – trinkt nix, raucht nix, hoffentlich daafße wenichstens Kaffee trinken. Also, wat ich sagen wollt: Putsch? da brauchs hier nur die richtigen Hebelarme – un schon is sogar im katholischen Essen wat am Dampfen. Und zwar lief dat wie folcht: Ging eines Aamts, um Neunzehnhundert rum – unsern Oppa hattat noch säpps erzählt, also Elkes Großvatter, der hat dat noch mitgekricht – ging da eines Aamts so n einfacher Soldat nach Hause, das heißt, wollt inne Kaserne. Und inner Dunkelheit, oben hinterm Kopstadt, begegnet ihm am Kornmarkt, wo't so ganz eng is und duster, begechnet ihm der junge Fähndrich Körfgen – ja der, der sich kurz danach dann diese Villa da bauen konnte. Nu gibt et ja bei't Militär diese schöne Hackordnung – wer wen zuerst zu grüßen hat, ja? Der junge Körfgen, ob er't nu im Dunkeln nich richtig sah, wer weiß, jedenfalls meint der Körfgen mit eima, dieser Soldat – Kempgen hieß der, jau, jetz weiß ich auch dem sein Name widder – Körfgen gegen Kempgen! – also, der Körfgen meint: Kempgen hat mich nichegrüßt. Stellt den zur Rede, hält n fest – und jetzt macht der Kempgen den Fehler, reißt sich los, haut ab – Körfgen, nich faul, hinter dem her. Der Soldat, schlau, macht, dat er in die nächste volle Kneipe kommt, für zum Untertauchen. Vordenbäumen sacht ja, 't könntet ›Pümpgen‹ gewesen sein, aber Kalla lehnt dat ab, sacht wär ›Zur Kanone‹ gewesen. Dat war da, wo se die drei eingewickelten Eselsäppel gezeicht ham, in Silberpapier: ›Die ersten Gefallenen der Schlacht bei Manila‹. So sachte dat der Wirt, der Julius Fischer, die Sau. Der hat hier auch die ersten Damenringkämpfe geboten – wat soll sein – ›Zum halben Hahn‹ könntet genauso gewesen sein, is auch piepegal, den toten Kempgen kannet schließlich kalt lassen, jedenfalls, der Herr Fähndrich folcht dem in dieses Etablissemang, wahrscheinds ›Zur Kanone‹, fordert Genuchtuung wat weiß ich, Kempgen denkt nich dran, meint, hier hätt er genuch Kollegen – un? wat passiert? sticht ihm der Körfgen seinen Degen in die Brust – der, nach wenigen Minuten – warer übber de Emscher.«

»Mußt du immer so Sachen erzählen?« fragt Micaela Kumpmann. Die Mutter schenkt Kaffee ein. »Ruich, Blage.«

»Der Langensiepen hat ja recht. Et hängt ja untergründig allet zusammen – und wer weiß, wat jetzt, wo dat nu widder passiert is vorge Nacht, wo unser Detektiv noch alles hinterkommt. Kurz und klein, nu war also dieser Aufstand fällig: Putsch! Die Essener Soldaten! Deren Kaserne war noch hier am Burchplatz, direkt neben't Münster – die hatten nu allerdings ihren Rochus! – genau seit damals gabet diesen Spruch, nee, nich schon wegen die Grundstücksgaunereien, nee, erß nach diesem Vorfall kam dat auf: ›n Rochus wie auf Körfgen‹ – nich doch, Mutter! mir nich mehr.«

»Aber Sie!« Frau Kumpmann füllt Langensiepen die Tasse zum zweitenmal.

»Kam also dieser Körfgen junior vor't Kriegsgericht. Erste Instanz: Zwei Jahre Festung. Stell dir vor: *Zwei* Jahre – wegen Mord! Der Skandal ging damals überall duiche Presse, soga bis vorn Reichstach in Berlin. Denn die Soldaten hier – die warn zwar preußische Soldaten, aber die warn auch Aabeiter, und zwar Essener – und für ihrn totgestochenen Kumpel, da haben die nu tatsächlich gestreikt! Solange machten die hier keinen Dienst mehr, bis extra von Preußen runter Truppen anrücken mußten! Körfgen aber, den wollten die Arbeiter nich rausrükken, den wollten se für sich haben – von wegen zwei Jahre! dat wollten die n bißken verlängern, ja? Und die wußten auch genau, der steckt jetz da unten im Kittchen, unterm Burchplatz, gleich beim Münster. Ham die, sacht unsern Oppa, ham die da die ganze Nacht Rabatz gemacht – ob se n nu lynchen wollten, bevor die Preußen kamen, wat weiß ich – war ja n klarer Fall von Klassenjustiz. Wie meist noch heute.« Walter trinkt Kaffee.

»Den haben se aber doch hintenrum rausgeholt!« sagt Elke Kumpmann.

»Wollt ich eemt grade sagen! vermassels mir egal den Knackpunkt. Na, wie sie't nu schon verraten hat: den jungen Körfgen, den ham diese Berliner spät inner Nacht duichen Hinterausgang übert Münster rausgeholt und heimlich ab nache Hauptstadt – und in Berlin, nach zwei Jahre: zweite Instanz. Statt dat er jetzt endlich anständich verknackt wird? Freispruch! auf Bewährung. Mittlerweile war bei de Bevölkerung der Dampf längß raus, ja?«

»Der Rochus.«

»Jau – nix mehr von wegen Aufstand. Prost! die da oom, die halten ja doch zusammen. So kommentierten se dat schon immer, hier in Essen. Aba wenn heut n alten Essener bloß den Namen hört, Körfgen, ja? dann kommen halt automatisch diese Gefühle hoch.«

»Nur die Gefühle? oder auch Prügel, Schippen, Messer?«

Der Walter macht eine Pause. »'t warn doch Türken, oder? Aba vielleicht krichße dat ja raus, warum die sich verkloppt ham – würd mich nich wundern, wenn der Wildwesthai seine Finger noch heut mit dadrin hat.«

»Ich kriegs raus.« Langensiepen steht auf. »Schönen Dank erst mal.«

»Wofür!« fragt Walter Kumpmann.

»Fürn bißchen Hintergrund. Im Fall Körfgen.«

»›Fall‹ is gut«, sagt Kumpmann und erhebt sich aus seinem Sessel. »Wer andern eine Grube gräbt – am Ende isset immer noch er selber, der reinfällt. Nur manchmal – dauert et n bißken länger. Unsern Herrgott kricht se noch immer alle anne Hammelbeine.«

»Hm. Auf euren Herrgott, tut mir leid, verlaß ich mich ungern. Der hält mir zu oft zu denen da oben.«

»Wat willze dagegen machen.«

»Gegenangehn.« Langensiepen geht zur Tür.

Draußen stehen beide eine Weile stumm, sehen sich den Vorgarten an. Dann sagt Walter: »Am Viehofer n Vorgarten, dat is datselbe wie Mirabellen züchten aufm Mond. Nich bloß wegen letzte Nacht. Wie oft lassen die sich nebenan anne Trinkhalle vollaufen, freitachs, nache Löhnung. Und dann schaffen se't grade noch bis hier hinterm Liguster, nich bloß pissen – die poofen sich da den Spiritus aussem Kopp. Un ich kann sehn, wie ich dat widder inne Reihe krich.«

»Wie gesagt, so wüst, wie du das zuerst beschrieben hast –«

»Ja, hätts mal heut morgen kommen könn! 't meiste is ja schon widder geputzt – kuck domma aus Versehen aufm Kompost! da liechtet rum! Un hier dat Stöcksgen anne Malve: die hat Elke nomma festgebunden – vielleicht bekrabbelt die sich soga –«

»Und deine Schippe?«

»Wie – meine Schippe –«

»Die hast du dann gar nicht mehr zum Einsatz bringen können?«

»Wie meinst du das.«

»Na, heute nacht. Bevor Elke dich dann ins Haus zurückholte.«

»Hömma! wieso frachs du sowat?«

»Wieso bist du mit einmal so empfindlich?«

»Du has Nerven. Ich erklär dir mein Vorgarten, und du, du denkß wahrhaftig –« – Walter will sich abwenden.

»Ja? was denke ich?«

»– ich hätt womöchlich säpps dem Honva ein drübber –«

»Ich denke, daß vor nur zehn Stunden, hier ganz in der Nähe, einer in der Körfgen-Kuhle gelegen hat. Und war tot. Und sicher nicht freiwillig. Du aber redest von euren Malven. So was macht halt *mich* empfindlich. Geknickte Menschen eher als geknickte Hortensien und Studentenblumen, tschüß Walter. Grüß deinen lieben Herrgott und danke für den Pudding.«

Er geht zum Viehofer zurück. Bis hinter die erste Ecke, dort bleibt er stehen, atmet durch. Viehof. Menschenhof.

Langensiepen spürt einen üblen Geschmack im Mund. Übersäuerung. Eigener Johannisbeersaft. Er geht in Richtung Heine-Buchhandlung, sinnt auf Wege, die Verklebung loszuwerden. Sieht unter der Gertrudiskirche einen Wachmann, mit Sprechfunk. Aha, wird nun Körfgens Kabelgrube geschützt? Langensiepen geht in das griechische Restaurant, im ›Poseidon‹ ist kaum Betrieb, er greift sich die Karte.

Konstantin kommt an den Tisch. »Konstantin, mein Mund ist verdorben, bring mir Tsatsiki, Bauernsalat, Wasser.« Langensiepen kann in Ruhe die Arbeitsweise der Fliegen beobachten. Ihre Flugtechnik, ihre Angriffs-, Überfall- und Abwehrmethoden.

Dann geht er in die Toilette. Zielt den Strahl auf Stellen, an denen sich Braunes gekrustet hat. Wieder schafft er einiges weg, hat jemandem geholfen, dem, der hier zu putzen hat, wahrscheinlich Konstantins Frau. Erst darf sie kochen, dann Folgen beseitigen. Langensiepen schließt die Hose, fühlt sich gut. Immer im Dienst am Gemeinwohl, wie?

Als Konstantin mit dem Essen kommt, fragt er den: »Und? Ihr habt nichts gemerkt heute früh, heute nacht?«

»Wir schlafen Katernberg.« Er schaut beim Essen zu.

»Was meinst du, warum ist das passiert?«

»Revier wird verkabelt. Kost viel Geld. Ist dickes Geschäft. Wollen alle Geschäfte machen. Elektronik ist Zukunft. Freund von mir hat versucht, selber Firma zu machen. Computer. Telefonbau. Nach vier Monaten Pleite. Konkurrenz.«

»Hast du schon Kabelanschluß?«

»Scheißteuer. Aber man muß.«

»Danke, dein Essen ist gut und nicht teuer. So gehts auch.«

Einen guten Geschmack im Mund, die Anflugtechnik der Fliegen vor Augen, geht er zurück über den Viehofer. Am Wachmann vorbei, der steht unter der Kirche, im Schatten. Hinüber zur Schützenbahn. Wenn Langensiepen um vier Uhr am Ahornweg 6 sein soll, könnte er noch am alten Synagogenbau vorbei und sehen, ob er diesen Kirchberg trifft.

Der Weg da hinauf führt über eine der breitesten Straßen der Stadt. ›Schützenbahn‹. Jäger schießt Wildschwein, erinnerst du dich? Beliebtes Motiv, Gründermotiv. Kunst am Privatbau. – Heute ist die Schützenbahn die Straße des hohen Rathauses, des höchsten.

Auf dem weiten Innenstadtring ist Langensiepen der einzige Fußgänger. An diesem sommerlichen Sonntagnachmittag ist außer ihm keiner unterwegs. Zwischen Reklamewänden und Brandmauern fort mit dem Grauschleier – raucht reine Natur –

Wie er sich so gegen den Staubwind stemmt, da sieht er mit einemmal, wie er dort oben, in mehr als hundert Metern Höhe, im großen Sitzungssaal den Ratsherrn dieser Stadt eine Rede hält. Sieht, wie er aufträte, frech wie vor achthundert Jahren der von der Vogelweide und brächte es fertig, halbwegs so gut zu sein wie der, wenigstens so mutig; und würde denen in ihren sozialdemokratischen Ledersesseln deutsche Deutlichkeit um die Ohren hauen und auch sie, wie Walther um 1200, zu rädern versprechen, zu vierteilen, zu verbrennen, die nackte Hölle – denn auch eure Stadt hatte Ringmauer und Befestigungen, und selbst die mittelmäßigsten unter den Städten, überall in Europa, haben es geschafft, ihren Wall herzeigbar zu machen, zu Boulevards, Promenaden, zu Ringstraßenarchitektur – aber ihr? Diese ›Schützenbahn‹? – kein Café, kein Kino, kein Biergarten. Nirgends ein geschlossener Straßenzug, statt dessen Betonschleusen. Auf- und Abfahrtsrampen für schnellen Verkehr, Öl- und Blechverbrauchsrampen, lärmstinkender Wind steht dem Fußgänger ins Gesicht, und als Krönung euren Murkses nennt ihr die Autogerechtigkeit ›Porscheplatz‹ und bedeckt den mit einer Einkaufsplattform, deckelt ihr das Ganze zu wie den berühmten Ruhrpott, schottet ab den freien Himmelsblick mit einem Shopping-Center – kein Wunder, daß ihr den innersten Platz eurer verratenen und verkauften Stadt nicht ›Koppstatt‹ nennt, sondern ›Kopstadt‹. O ja, nicht ›Kopf-‹, sondern ›Kaufstadt‹.

Stopp, sagt er sich im pisseriechenden Durchgang zur Synagoge, in der Wut bin ich nicht gut genug; der Rochus muß abgekocht, kalt und kenntnisreich serviert sein; so redet er sich zu, stemmt sich schräg gegen den Wind, der, hier unter dem Pottdeckel, eine Windigkeit ist, ein Durchzug – o wäre endlich ein Sturm! so kämpft er gegenan und murmelt, ein Putsch wie um 1900! da wart ihr weiter! so brummelt er gegen das Stahlecho, im Motorengebrüll des Porscheplatzes unter der Kaufhausplatte, brummelt sich hindurch und schwört in die blaustinkende Zugluft, luftschnappend leistet er abermals jenen frühen Schwur, den er tat, als er diese Stadt zum erstenmal durchschaut hatte, nach dem achten oder zwölften Bier, damals in der ›Zornigen Ameise‹: Wann immer ich ihre wahren Gangster erwische, ich lasse sie nicht.

Rampen für die verkehrstüchtige, die obere Schützenbahn. Beton, Stockwerke hoch, mit Rillen ›strukturiert‹, von oben kümmert Grün. Darunter, in schwarzem Spray: ABER DAS ENDE WIRD LIVE.

Er ist stehengeblieben. Hinter ihm die Lärmhölle. Links, gegen den dunstblauen Augusthimmel, der Kuppelbau. Maurischer Palast, in grauem Naturstein. Namen auf den Klingelschildern, ›A. Kirchberg‹, Langensiepen drückt den Knopf. Könnte ja sein, wenn der Doktor alltags bei ›Betten-Singer‹ – daß er dann sonntags – er schaut zurück ins brüllende Loch, aus dem die Metallbehälter jagen. Zurück auf das tausendjährige Münster im Gegenlicht, auf den tausendfenstrigen blinden Regierungsturm.

Ja, da ist hinter der Tür unregelmäßiger Schritt. Treppenabstieg und Schlüsselrasseln. Der öffnet selbst, das ist der Kirchberg. Sie sagen sich ihre Namen, schauen sich an, der Zugwind wirft ihm graue Haare über die Brille. »Von Ihnen hab ich schon gehört, über Vordenbäumen, warn Sie nicht mal bei der Krippo?«

›Krippo‹ sagt der, mit zwei Essener ›p‹. »Na dann kommen Se doch mit rauf, hier die Treppe, erzählen Sie. Was machen Sie denn getz. Und wat hörn Sie vom Otto?« Während Kirchberg wieder abschließt, bleibt Langensiepen auf den ersten Stufen, wartet, läßt den an sich vorbei. Der geht, mit beschädigtem Bein, die lang gewundene Treppe voraus und sagt, schlüsselklingend: »Bei dieser Hitze is hier drin der einzige Ort, wo man arbeiten kann.« Kirchberg öffnet Türen, führt ihn in die obere Mitte des Baus, aus einer Galerie geht der Blick hinab in das dämmrige Innere, den früheren Sakralraum, heute hängen da Dokumente, Bilder. Es ist kühl im Museum, still. Dann gehen sie durch leere Büros, schließlich in das hintere, in das fensterlose Archivzimmer.

Kirchberg bietet einen Stuhl, ein Glas Burgwallbronn, schenkt ein, nimmt selbst, setzt sich. Sie schauen sich an. »Ja, Sie wundern sich. Jeder, der hier reinkommt, wundert sich. Erst mal. Bißken eng hier, wie?«

»Während andere unten an der Ruhr sind, in den Schwimmbädern, in ihren Gärten, hocken Sie bei dem herrlichen Wetter in dieser Höhle? – in der Tat, ich wundere mich.«

»Hm. Na gut, Ihnen, weil der Otto Vordenbäumen Sie schätzt – da verrat ich ja wohl nix Neues, odda? – Ihnen sach ich't, wie't is.« Er trinkt aber erst mal einen Schluck Wasser. »Es sind, auch in dieser Stadt so viele – soo viele – beiseitegeschafft worden – nur weil sie gegen Unrecht warn – ja? – Und? Wat aber machen die, die ihr Überleben denen verdanken? Sie sagen es: Gruga. Liegestühle. Fernkucken. Sport. Gelegentlich n Gedenkstein, gut versteckt und mit schöne Sprüchsken. Nee, dat kann ich nich. An den Tagen, wo ich kein Geld machen muß, in der sogenannten Freizeit, also da kann ich unmöchlich ruich bleiben. Wenigstens in meiner Heimatstadt muß dat anders gehn.« Er nimmt sich wieder Wasser. »Hier, grad unterhalb der Synagoge, wo jetzt dies Shopping-Center die Schützenbahn überdeckt, da, unter der Plattform, da war dat KZ von Essen. Heißt heut Porsche-Kanzel. Wagen des Volks. Is doch n gutet Denkmal, son Einkaufszentrum, wie? Dem Tüchtigen ne Schützenbahn. Frei nach Porsche, dem treuen Diener seines Herrn Hitler. Wie viele sind da verreckt – un ich soll mich vor die Glotze hocken? Er wendet sich halb gegen das riesige Regal, wo Papiere sich stapeln bis unter die Decke des hohen Zimmers. »Ich kann dat nich. – Einfach zudeckeln? Jede Sekunde hör ich die. Wie heißt dat im Gangsterfilm? ›Er wußte zuviel‹. Deswegen, lieber Langensiepen, deswegen hocke ich hier. Und staune, wieso die sonst niemand hört, die Stimmen hier. Kaum einer. Die prokeligen Stimmen. Et wissen noch sehr viel mehr hier gut Bescheid – sehr viel mehr. Aber der Lärm.«

»Gerade unter der Porsche-Plattform. Da ist er am lautesten.«

»Hier, direkt vor der Synagoge, wo Sie eben beim Klingeln gestanden haben, genau da wollte der Sohn von dem Karl Lomberg, der 1944 umgebracht wurde, dessen Sohn wollte da mit einigen anderen nur mal einen Kranz niederlegen, nach dem Krieg.« Kirchberg dreht sich auf dem Stuhlgewinde wieder zur Rückwand, zieht aus dem Aktengedränge einen Ordner heraus, dreht sich zum Tisch zurück, schlägt das auf, blättert. »Hier drin muß er sein, der Brief, den der Vatter grad noch zwei Stunden vor der Exekution geschrieben hat an seinen Sohn, an eben den – hier –« – Kirchberg holt, bevor er liest, was er kennt, tief Luft. Nimmt Wasser, der Doktor aus der Bettenabteilung, dann kann er das vorlesen: »›Lieber Hans! Soeben wurde mir mitgeteilt, daß heute um 4 Uhr meine letzte Stunde geschlagen hat. Alles Hoffen war vergebens. Noch zwei Stunden und alles ist vorüber – mach es der Mutter etwas leichter. Und helfe mit, daß Ihr alle einig bleibt. Für Euch wird nun noch eine schwere Zeit kommen. Ich bin der erste nicht, der so endet. Hoffentlich aber bald der letzte. – Lebe wohl und vergiß die Mutter nicht – Dein Vater.‹«

Der Kirchberg sieht eine Weile auf das Blatt. Auch Langensiepen ändert eine Weile nicht den Blick. Das ist Handschrift. Der Kirchberg biegt das hoch, damit Langensiepen das sehen kann, die Schrift auf dem Zuchthausformular.

Dann klappt er es zurück. Und sagt: »›Für Euch wird noch eine schwere Zeit kommen.‹«

Er räumt das zurück. Wendet sich wieder nach vorn, schaut ihn an. »Und dieser Sohn, der diesen Brief bekam, dieser Hans wollte nach dem Krieg vor dem Eingang, wo ich Sie grad reingelassen hab, einen Kranz niederlegen. Kaum lag der da, war auch die Polente da. Hat den Kranz abtransportiert. Neunzehnachtundvierzig.« Kirchberg nickt. »Ordnungswidrigkeit.« Groß und grau sieht sein Kopf aus. »Wozu erzähl ich dat.« Gießt sich neues Wasser, trinkt. Widrigkeit. »Wollte bloß andeuten, wieso ich hier sitz – während andere – aber was, bitteschön, kann ich für Sie tun, Herr Langensiepen. Langensiepen is übrigens n alter Name, hier aus de Gegend.«

»Ich bin aber nicht aus Essen.«

»Wer weiß? ›Siepen‹ bedeutet ›Tal‹ – so heißt dat hier überall, im Bergischen.«

Er will was antworten, vom Nutzen des Tals, des Duckens in Gräben, auf Schützenbahnen. Läßt es. »Ich hab eine Frage zur jüngsten Vergangenheit, die Sie –«

»Hat Vordenbäumen Sie geschickt?«

»Ein Unbekannter, heute früh, rief mich an. Ein älterer Mann, den ich vorher nur kurz gesehen hatte – der meinte, ich solle mich mal an Sie wenden. Es geht um die Familie Körfgen.«

»Ein Unbekannter? – Hm. – Rauchen Sie? Nein.« Kirchberg zündet sich eine Zigarette an, raucht. »So geht dat nun schon seit Jahren. Die letzten alten Täter. Organisieren ihrn Abgang. Vorher müssen se ihr Gewissen erleichtern, oder wat se dafür halten. Haben alle irgendwat mitangesehen, irgendwo mitgemacht. Und nu, wo't fast aus is, da meinen die, se müßten dat unbedingt noch loswerden. Oder se erkennen, et gibt andere, die haben viel mehr am Stecken als sie selber, und keiner is bis heut dahintergekomm. Dann melden die sich bei mir. Oder schicken Leute wie Sie hierher. Melden sich in Briefen, anonym, über Tällefon. Forschen Se doch lieber mal in folgender Angelegenheit – ich geb Ihnen mal n heißen Tip – hier:« – Kirchberg wendet sich mit dem Drehstuhl wieder gegen das wandhohe Regal – »– was sich an Informationen stapelt, an Manuskripten: fast alles erst mal unter Verschluß. ›Mit Rücksicht auf meine Familie‹, ›erst zwanzig Jahre nach meinem Tode‹, zum Teil fünfzig Jahre. Soviel Angst. Soviel merkwürdiges Gewissen.«

»Außer dem Unbekannten empfahl Sie Vordenbäumen.«

»Wat wollen Sie denn nu wissen.«

»Heute früh fand man einen Toten, am Viehofer Platz zwischen Gertrudiskirche und Heine-Buchhandlung. In einem dieser Gräben für die Verkabelung. Nun gibt mir dieser unbekannte Anrufer den Hinweis, ich solle mich bei Ihnen über die Körfgensche Villa informieren.«

Kirchberg schenkt vom Mineralwasser nach. »Meinecken! – Körfgen – ›Körfgensche Villa‹ – tja, in der Tat. Die stand im Schatten von Sankt Gertrudis. Bis März vierenvierzich stand die da. Dann krichte auch die 'ne Fliegerbombe ab. Nur noch dat schöne Äußere blieb stehen, erst mal. Dat Portal, darüber dieses Relief. Und unten der Mordskeller, den ich zufällig kennenlernen konnte, als allet noch intakt war.«

»Mordskeller?«

»Hat meterdicke Wände, der Keller. Stehen wahrscheinds noch heute. Der alte Körfgen hat von der Gertrudisgemeinde den Grund billig bekommen, darin hatte der Übung. Wat dann aber den Sohn nich dran gehindert hat, in den Zwanzigern außer den Geschäften mit der Kirche auch Freimaurerei zu pflegen. Zufällich hab ich dat mitbekommen – damals, Ende der Zwanziger, machte ich bei ner Elektrofirma ne Lehre. Und da hatte ich unter anderem diese Anlagen zu verlegen, Lautsprecher, zuerst immer im ›Hotel Vereinshaus‹, neben der ›Börse‹, dat is heut ›Essener Hof‹, da hatten die Logen damals ihre Zusammenkünfte. Später dann in dem Gewölbe unter der alten Villa, am Viehofer. Und was ich da alles zu hören bekam, während ich meine Leitungen legte und aussteuern mußte und dann die Schallplatten, Mozart und so – das war der beste politische Anschauungsunterricht, der sich denken läßt. Schon damals war ja Freimaurerei längst nich bloß Tugendfirlefanz, sonne Männerreligion, nee, dat war schon, wat die Rotarier heute machen, die Lion's Clubs und so: Unter Moral und Sozialklimbim schieben die sich ihre guten Beziehungen zu. Fragen Se unsern Vordenbäumen: Früher konnte kein Komponist wat werden, der nich inner Loge war. Dann blieben die Aufträge aus und die Mozarts konnten sehen, wo se blieben. In der sogenannten Ruhrlade, dat habbich begriffen, da blühte schon immer dat Geschäft. Im Verborgenen, als Geheimbund. Blieb die Kungelei schön stickum, hinter dicke Wände. Bis in die Dreißiger gab et keine Spitzenfigur in Essen, die sich nicht wenichstens gelegentlich im ›Hotel Vereinshaus‹ blicken ließ. Und dann unter Körfgens Gründerpalast, regelmäßich. Union der festen Hand, ja?«

»Welche Rolle spielte Körfgen?«

»Pik Bube. Auch nach fümmenvierzich noch, als ja seine schöne Villa nich mehr bewohnbar war. Die hatten zwei Töchter. In dat Kapital haben inzwischen ganz andere Namen reingeheiratet. Die alten Körfgens? Gleich nach Kriegsende lebten die oben in Bredeney, über de Ruhr – Richtung Platte – endlich da, wo se hingehörten. Da hatten die ihr Altersdomizil.«

»Ahornweg?«

»Müßt ich nachkucken.«

»Was konnte meinen unbekannten Anrufer auf die Idee bringen, ein Toter auf dem ehemaligen Körfgen-Grundstück hätte was mit Körfgens Sippschaft zu tun?«

»Ob dat noch immer deren Grund is, auch dat könnt ich rauskriegen. Aber ich weiß ja noch garnix über diesen Toten heute früh – wie is der denn reingeraten in den Keller –«

»Das will *ich* rauskriegen.« Langensiepen schluckt Wasser. »Kennen Sie die Redensart ›Einen Rochus wie auf Körfgen‹?«

»Türlich. Wird meist gesacht bei diesem Fall ›Körfgen gegen Kempgen‹. Dat belegt nur wieder, was üblich war und offenbar üblich bleibt: daß auch die Justiz mit zweierlei Maß mißt. Es gibt andere, noch aufschlußreichere Körfgen-Skandale. Unsere Eltern, Großeltern hier im Revier, die warn ja alle erst mal so was wie die Türken heute. Fremde –« – er zögerte.

»Erzählen Sie.«

»Gleich nach dreiendreißich, da waren fast alle Essener Fabrikanten un Händler glühende Verehrer. Des rassistischen Schachsinns. Ob Krupp oder Deiter oder Pfordte oder Tengelmann oder wer immer. Den Hitler ernannten die, kaum dat der zwei Monate Kanzler war, zum Ehrenbürger, mit alle Unterschriften, auch von de christlichen Parteien – wollen Sie die Namen sehen?« Kirchberg dreht sich wieder halb zur Wand zurück, schaut aber abwartend auf Langensiepen. »Die

Kopie hab ich hier. Hab von der Urkunde alle Namen entziffert –«

»Danke, ich weiß – es hängt alles zusammen, aber –«

»– natürlich war auch Körfgen dabei. Auch bei der neuen Bewegung, sofort vorneweg. Der, wie gesagt, hatte zwei Töchter. Und die älteste tat sich hervor als Schwimmerin. Leistungssport, im Dienst des Systems, schon damals, klar. Und im Frühjahr 33 wurde hier nicht nur Hitler Ehrenbürger, sondern wurde ja auch die Ruhr aufgestaut, zum berühmten, schönen Baldeneysee. Um et abzukürzen: Die erste Tote in diesem See, dat war Körfgens älteste Tochter.«

»Wie –?«

Kirchberg zerdrückt die aufgerauchte Zigarette. Der Aschenbecher ist übervoll. »Opfertod. Verstehn Se nich? Auch von den neuen Machthabern wurde dat lieber runtergespielt. Von der Presse verschwiegen. Folgendes lief nämlich ab. Ruth, so hieß diese Tochter, die war verlobt mit einem jungen Industriellen, SA-Führer aus Herne. Dieser Herr aus Herne und die Körfgen-Ehefrau, seine Schwiegermutter also, die beiden müssen zwei besonders glühende Exemplare gewesen sein. Und die haben schließlich, heute würde man sagen, ne professionelle Show organisiert, eine *performance* auf diesem See, auf dem neuen. Eine dolle Massenveranstaltung is dat gewesen – mit Zelten am Ufer, Tanzkapellen, Rundfahrten mit der neuen Flotte und als Mittelpunkt des Ganzen: ein Weltrekordversuch im Dauerschwimmen. Ruth Körfgen sollte für dat neue Deutschland so lange schwimmen wie noch nie vor ihr ein Mensch. Nun müssen Se sich den Menschenauflauf vorstellen, den ganzen Prunk: Fahnen, Musik, Eisverkäufer und Würstchenbuden – Menschenmengen wie nie zuvor auf den Wiesen und Waldhängen. Das Zentrum allerdings direkt am Ufer, gleich unterhalb der Krupp-Villa. Dort lief auch der Versuch und konzentrierte sich der Rummel. Ruth Körfgen: seit 60 Stunden im Wasser. Also seit drei Tagen. Entsprechend Hochstimmung, Besäufnis, Gesänge und immer dicht neben der zu Tode erschöpften Schwimmerin das Motorboot. Mit ihrem Verlobten, mit dem SA-Unternehmer aus Herne, und mit ihrer Mutter. Zeugen, die auf ihren Paddelbooten in die Nähe gelangten, haben mir geschildert, wie die beiden aus dem Boot auf die fast schon bewußtlose Frau eingeredet haben. Die Mutter hätte regelrecht hysterisch geredet. Hat immer wieder gefordert: ›Ruth, Ruth, mach weiter, halt durch! – denk dran, dann fahren wir nach Italien.‹ Nun hatte man zwar den Körper der jungen Frau vollkommen mit einer Fettschmiere zu isolieren versucht, aber dat Wasser in dem frisch gestauten See war übersäuert, von den überfluteten Wiesen und Wäldern – darum hatte sich die Fettschicht längst gelöst. Die Haut der Schwimmerin war gerötet, geschwollen, zerfressen – ›die konnte gar nich mehr aus den Augen kucken‹. Haben mir Augenzeugen erzählt. Stellen Se sich also vor: Im Wasser treibt und wird getrieben ein Mensch, der stirbt. Auf den aber diese Mutter immer wieder einredet: ›Ruth, du schaffst et! Schenk das dem Führer! Wir werden Mussolini besuchen. Ruth, wir sind so stolz auf dich!‹ Dazu noch dieser SA-Führer, der Verlobte mit seinem vaterländischen Gesäusel: ›Ruth, du bist das prächtigste Mädel der Welt! Du zeichß et ihnen, du siechß für Deutschland! Beweis et den Niggern, den Juden, den Moskowitern! Ruth, wir feiern dich, wie noch nie eine deutsche Frau gefeiert wurde.‹ – Und dann, nach insgesamt 70 Stunden Schwimmzeit, is der absolute Weltrekord gebrochen – dat vereinbarte Signal ertönt – die Kapellen an den Ufern unterbrechen ihre Tanzmusik. Überall spielt man dat Deutschlandlied, et Horst-Wessel-Lied, die Schwimmerin wird aus dem Wasser gehoben – der SA-Mann feuert seine Pistole in die Luft – von den Bergufern das Echo, die Leute jubeln, schwenken ihre Hüte, schreien Heil und nehmen natürlich an, diese Schüsse, dat seien Freudenschüsse über den geleisteten Rekord. Dat war aber en letzter Versuch, die Ruth Körfgen wieder zu Bewußtsein zu bringen. Die is nich mehr aufgewacht. Eine Krankenschwester, heute beinahe achtzig, erzählte mir, die Mutter und der Verlobte, die hätten die Ruth mit den Worten eingeliefert: ›Hier bringen wir Ihnen die beste Schwimmerin der Welt!‹ Aber der Arzt, nach ner kurzen Untersuchung, hat ihnen geantwortet: ›Sie bringen mir eine Tote.‹«

Kirchberg steht auf, geht dann, bedächtig hinkend, um seinen Tisch herum. Fünf Jahre hätte er hinten in einem Panzer gesessen. Er müsse ab und zu eine Runde gehen, die Hüfte, vom vielen Sitzen, täte nur weher. Er geht hinaus, die Flure entlang, Langensiepen folgt ihm, Kirchberg betritt ein Büro. »Hier waltet der Chef.« Kirchberg schaltet Neonlicht ein, bleibt vor einem schmal gerahmten Bild an der Wand stehen. Langensiepen stellt sich neben ihn, sieht, daß das eine Schrift ist, eine schülerhafte Handschrift, eine, die als ungelenk gilt. Der Schreiber hatte ein Formular zu benutzen – das ist der Brief von Karl Lomberg. »Das Original«, sagt Kirchberg. »›Alles Hoffen war vergebens.‹« Steht noch eine Weile. »Weltmeister warn die«, sagt er. Und geht zurück auf den Flur und murmelt: »›Für euch wird nun noch eine schwere Zeit kommen.‹«

Langensiepen löscht das Licht, schließt die Tür zum Chefbüro. Findet wieder die Aktenhöhle, Kirchberg steht hinter seinem Tisch, raucht eine neue Zigarette. »Sehen Sie – auch in diesem Fall, bei der Weltmeisterin, da gibt et plötzlich zahlreiche Zeugen. Manche, die noch immer n alten Groll im Bauch haben, die den nun doch noch rasch loswerden müssen – vor drei Jahren, kaum fiel in unserem Stadtblättchen dat Stichwort ›Körfgen‹ und ›Baldeneysee‹, da wollten viele nicht noch einmal geschwiegen haben.« Kirchberg trinkt einen Schluck Burgwallbronn, setzt sich wieder. »Und wenn solche Leute nun hören, dat auf dem Grundstück dieser heißgeliebten Herrschaften eine wichtige, eine zukunftsträchtige Anlage entsteht. Irgend ne Schaltstelle für dat Großprojekt Ruhr – glauben Se nich, dat die mit Wonne dabei sind, wenn sich ne Möglichkeit zeigt, denen nun endlich doch mal die Tour zu vermasseln?«

»Wie glaubwürdig, meinen Sie, sind Zeugen nach einem halben Jahrhundert?«

»Glaubwürdiger als nach zehn Jahren. Sie haben kein Leben mehr vor sich, müssen zum Schluß kommen. Stunde der Wahrheit. Als die Essener Stadtpresse – mit 50jähriger Verspätung – den Fall Ruth Körfgen darstellte, da wurde die Redaktion mit Anrufen, mit Briefen bestürmt – 't war ja damals n Volksfest gewesen, ne Massenschau, also gab't auch zahlreiche Zuschauer, noch immer – und fast alle brachten nun neue Einzelheiten, Ergänzungen oder bestätigten einfach. Und wenn heute morgen im alten Körfgen-Keller wieder mal ne Leiche lag – sowat setzt Erinnerungen im Gang –«

»Fragt sich, wo das Körfgen-Kapital geblieben ist.« Langensiepen steht auf.

»Im Nachkrieg, Herr Langensiepen. Im Nachkrieg iset geblieben.« Auch Kirchberg kommt hinter seinem Tisch vor.

»Ich weiß nicht, wie Sie das hier durchhalten – mit diesen Papieren, diesen wahnsinnigen –«

»Nur mit Arbeit. Ich geb Ihnen mal meine Telefonnummer.« Kirchberg beschriftet einen Zettel, mit ungelenken Zügen. »Hier. Und zu Hause. Bei ›Betten-Singer‹ lieber nich.« Gibt ihm den Zettel. »Möcht wissen, wat Sie rauskriegen. Und grüßen Sie unsern Mann im Norden, meinen Otto Vordenbäumen.«

Langensiepen geht die Treppen hinunter, Kirchberg kommt mit, schließt ihm auf. Nachmittagslicht, Autolärm, die Schützenbahn. Hinter ihm, in dem hohen Kuppelbau, schließt der ab. Welch ein Arbeiter.

Im Sommerlicht gleißen grüne Münstertürme, die sind grüner als die Bäume; die Burgplatzbäume neigen zur Erdfarbe, Blätter scheinen wie gelber Sandstein, taubes Karbon. Alles ist andersherum, und richtig ist verkehrt herum. Langensiepen lehnt sich an, setzt sich auf die Synagogentreppe, sieht, daß er neben einem Steinsarg sitzt. Hier also hing der Kranz, den sie entfernt haben. Widrig. »Lieber Hans –«

Nach einer Weile will er glauben, daß er weitermachen kann, er steht auf, geht über die Schützenbahn wieder hinab in den Schlund, unter die Kaufstadtplattform. Und bemerkt, wie er zuvor, in Wut, Lärm und Rochus, nicht erkannt hat, daß in den Betonlöchern Blech blinkt und Chrom. Auch die hundert Meter Rathaushöhe steht auf Garagen. Frack- und Garagenkultur. Langensiepen steigt weitere Treppen hinunter. Sollte nach tausend Jahren unseren Beton doch noch jemand ausgraben, nennen die uns ›Garagenkultur‹. Unten wartet er auf eine Bahn, die ihn hinauffahren soll in den Essener Süden, dorthin, wo man ihm für heute nachmittag Aufklärung versprach, im Ahornweg 6.

Er wartet. Die Garagen waren das letzte, lernen die dann. Die ›Garagenzeit.‹ – Betritt eine Telefonzelle, schlägt den Namen Körfgen nach. Den gibt es als ›Postangestellter i. R.‹. Der Apparat ist verstopft, Münzen hängen fest. Er geht zurück in die Stadtbahnhalle, hier unten ist Winterkühle, orangefarbener November. Zwei dunkelhäutige Männer, fein gekleidet, klein gewachsen, krumm gearbeitet. Was sollen sie in dieser untergrabenen Stadt. Sie steigen vor ihm in die Bahn, die Linie 1 fährt hinauf nach Bredeney.

Die beiden Männer steigen in Rüttenscheid aus. Langensiepen ist jetzt allein mit zwei Müttern, die sich unterhalten, ab und zu ihre Kinder mahnen. Seit die Bahn wieder oberirdisch fährt, versuchen die Kinder im Wagen herumzulaufen, durchs Sonnenlicht zu rennen; sie werden von den Frauen zurückgerufen, in der ›Elektrischen‹, sagen sie, turne man nicht herum. Die Kinder sollen gehorchen, gehorchen aber nicht, schließlich werden sie eingefangen, auf den Schoß gesetzt mit schweren Armen. ›Brav sein.‹

Er schaut in die Weite. Läßt die Häuser ziehen, die Tankstellen, Kneipen. Silben jagen Silben, Wörter wie ›irre‹ und ›parabel‹ kopulieren. Die Wörtermangel hat er abzuschütteln.

Er nimmt sich vor, dieser Rosa Bergmann den neckischen Ton abzugewöhnen. Diese schiere Vertraulichkeit, für die es nirgends einen Grund gibt. O ja, nicht noch einmal läßt er sich von diesem Ruhrton überfahren.

Eine Station vor der Endhaltestelle steigt er aus. Geht in der Nachmittagshitze, überquert die Frankenstraße, sucht. Findet schließlich die Straße, die zum Ahornweg führt. Ahorn sechs.

Er meint, Gärten wiederzuerkennen. Die Bäume, die Sträucher stehen inzwischen so hoch. Auch hier, schon im August, im Gewuchere die Herbstfarbe. Wintergeäst.

Und dann, wie damals, der Eingang. Die Ummauerung mit Ruhrsandstein; aber jetzt fehlt die große Tafel, die mit den Namensschildern. Statt dessen ein einziges Messingblech, spiegelnd blank: ›Informationstechnik KG‹.

›KG‹? Langensiepen versucht, über die Mauer zu schauen.

Die Terrassenwohnungen sind im Zierbewuchs kaum noch sichtbar, verschlungen von Immergrün. Er schaut die Straße hinauf, der Ahornweg ist unbelebt. Die Garagen in die Hänge eingebaut. Er wechselt auf die gegenüberliegende Seite, sieht von dort zurück zu den Terrassen; zwischen den Büschen keine Farbe, kein Kindergeschrei, kein Sonnenschirm. ›Informationstechnik‹?

Langensiepen geht die Straße hinauf, schaut sich um, kommt wieder hinunter. Oberhalb der Terrassenanlage steht auf dem Hügel eine einzelne ältere Villa. Die müßte dann die Nummer acht haben. Er erkennt aber keinen Zugang von der Straße her. Weiter oben geht die Numerierung weiter mit zehn. Die acht fehlt.

Schließlich bemerkt er, daß es einen Weg gibt vom Eingang des Terrassenbaus Nr. 6 hinüber – und hinauf zu dieser alten, mit schütterem Efeu umwachsenen Villa Nr. 8. Die dürfte um 1930 gebaut sein, vielleicht schon in den Zwanzigern. Die Fenster geschlossen, bei einigen sind die Holzläden vorgeklappt. Arbeitet auch dort die Informationstechnik KG?

Geht zurück zum Ahornweg 6, drückt den Klingelknopf.

Wartet eine Weile. Im Sprechgrill kein Geräusch. Er drückt noch mal. Knopf aus Messing. Nichts, nicht mal ein Klicken. Wenigstens die Sommergrille könnte sich hören lassen. Und hört das Summen. Keine Stimme, keine Frage im Lautsprecher unterm ›KG‹-Schild. Einfach das Summen des Öffners. Am Sonntag, 16.12 Uhr. Langensiepen drückt das metallgefaßte Holz beiseite. Sieht die Steintreppe zu den Terrassenwohnungen hinaufführen. Neben ihr den Kabinenaufzug, der auf Schienen die Schräge hinaufgleiten kann. Vor dem ersten Terrassenhaus zweigt seitlich der Weg ab, hinüber zur alten Efeuvilla.

In der Stille nur sein Atem. Die Verdauung. Pommes vom Hotte, Tsatsiki und Pudding. Wie gut wär jetzt eine Einladung zum Kaffee. – Aber da ist keine Stimme. Kein Kaffee. Langensiepen geht hinein in das Areal Nummer 6, hinauf zum Anschluß an Nummer 8. Hinter ihm das Klicken der Tür.

Phlox blüht. Sperrkrautgewächse. Er geht, Schritt für Schritt, die Steintreppe hinauf. Flammenblume. Wie gut, daß ich mich auskenne hier, einigermaßen. Wenn sich auch einiges geändert hat. Das Wuchern noch höher. Er steigt weiter, die

Treppe bis zum ersten Wohnungseingang. Bleibt stehen, mustert die Tür. Die Stelle, an der die Namensschilder befestigt waren, schimmern, als helles Rechteck im dunklen Stein. Blindes Seitenfenster. Ein Blick ins Innere der Wohnungen wäre nur möglich durch die kleineren Fenster, die oberen schmalen Scheiben zum Flur, zu den Toiletten. Er steigt noch bis zur nächsten Wohnung, ein dunkler Vogel macht sich aufgeregt davon. Wenn er nun wieder hinunterschaut? – KG? Körfgen? Kommanditgesellschaft?

Wie von einem Schrecken geschüttelt wirft er sich herum, sieht wieder die Treppe hinauf. Nirgends eine Bewegung. Kein Geräusch. Flieder. Die Blätter hängen dürr, staubig. Jasmin. Langensiepen wendet sich weiter herum, ganz von den Wohnungen weg, tritt an das Eisengitter des Schrägaufzugs. Drückt den Auslöser. Tatsächlich, der tut's noch. Die Kabine wandert aufwärts, schleichend langsam, mit dem Brummton. Der Automat hält vor seinem Gittertor.

Er geht, ebenfalls langsam, Schritt für Schritt, die Treppenstufen wieder hinunter. Sieht die Baumwipfel hinten, die Hügel, die den See umgeben. Segelboote. Die helle, silbrige Fläche. 1933 gestaut, und bekam sofort ein deutsches Schauspiel.

An der unteren Gebäudeecke, wo der Weg zum Nachbargrundstück Nr. 8 abzweigt, dreht er sich noch mal nach oben – es bleibt ruhig. Alles wie zuvor. Nur die Aufzugskabine steht jetzt dort, wo er sie hinbestellt hat. Sind Sie derjenige, der dafür bekannt ist, daß er ohne Schießeisen –

Er wendet sich zur Seite, betritt den Weg zur Efeuvilla. Kein Wegweiser. Etwaige Besucher müssen sich auskennen, basta. Damals hatte ein Waldemar Rentelen die Terrassenwohnungen gepachtet. Besitzer war Friedrich Bongartz, Konsul. Und die Nummer 8? Wie sind Besitz und Rechte bei Kommanditgesellschaften verteilt, welche Vorteile ergeben sich aus dieser Rechtsform und zwar für wen, warum bekommen Privatdetektive keinen Einblick mehr in Grundbücher, Handelsregister und das Verzeichnis der Vorbesitzer. Warum sollte nach dreizehn Jahren alles noch so sein wie damals?

Dieser Weg zur Villa wurde erst vor kurzem quer durch das herrschaftliche Gelände gebahnt. Durch Parkgelände, ungepflegt, der ehemalige Rasen verrottet, Wiese. Die Kiefern, die Platanen und amerikanischer Ahorn ungestutzt, Rotbuchen krank und blank wie Teppichstangen, die größeren Äste kahl, Holz liegt herum; ein Kaninchen. Unverschrecktes Hoppeln. Wo in diesem noblen Gelände sind Informationstechniken?

Wer hat die Eingangstür geöffnet.

Vor einer Biegung, kurz bevor auch dieser Weg zur Aufwärtstreppe wird, bleibt Langensiepen stehen. Schaut zurück, schließlich wieder die Treppe empor. Neben Weg und Treppe gibt es immerhin Beleuchtungskörper, neuere, kniehoch. Die Wiese darum herum ist gemäht. Einen Augenblick glaubt er, in den Lampen Kameras zu erkennen. Solche, wie sie in den zehn Stockwerken am Kopstadtplatz versteckt sind.

Drüben das Äugen, Mümmeln, Ducken. – Soll Langensiepen weitergehen? Wozu da hinauf? – Marotte, ohne Waffe durchkommen zu wollen.

Und wenn er eine hätte? Würde sie ihm jetzt helfen? Er steht als Zielfigur, mitten im Park. Über ihm eine Villa, mit diesen halb verschlossenen Fenstern –

Schützenbahn. Er biegt ab, erreicht eine Terrasse.

Kein Tisch, kein Liegestuhl. Auf den Steinen Moos. Ruhrruß. Etwaige Besitzer und Benutzer waren lange nicht hier.

Langensiepen schaut noch einmal zurück in den Park, wendet sich wieder dem Haus zu. Nähert sich nun dem mittleren Fenster, einem, das nicht mit Holzläden verschlossen ist, nein, dies ist die Terrassentür, die ist frisch geweißt. Flecken, weiße Farbflecken auf den graugrünen Terrassenplatten, hier hat man gearbeitet, hat man Absichten, jüngere, neuere Pläne.

Langensiepen tritt neben die Tür, dicht an die Hauswand heran. Dreht sich zurück. Mit dem Rücken zur Wand schaut er sich um, wieder nach allen Richtungen, schließlich auch nach oben, zur Reihe der oberen vier Fenster, senkrecht sieht er hinauf, nein, da ist keine Bewegung, niemand, der ihn beobachtet. Jedenfalls muß er das annehmen.

Dann geht er die zwei Schritte bis zur Terrassentür vor, blickt hinein in das Haus und sieht zu seiner Enttäuschung nur soweit, wie das Sonnenlicht in den Innenraum reicht, erkennt hellen Parkettboden, die Rückseite eines Sessels, eine Stehlampe, neueres Design, keine zwanziger, dreißiger, sondern moderne Absichten.

Wenn er jetzt den Arm ausstrecken würde, erreichte er den Messinggriff der Tür. Er streckt ihn aus. Hält den Knopf in der Hand. Lauscht.

Er faßt den Knopf fester, versucht ihn zu drehen, der dreht sich nicht, doch, in der anderen Richtung, die Tür ist unverschlossen. Er kann sie öffnen. Er öffnet sie. Bewegt den Türflügel mit den frisch geweißten Fensterleisten, zieht die Tür nach außen auf, vor seine Füße, erschrickt – ein Volk Spatzen quietscht ums Haus, verfolgt zeternd, wirbelnd einen einzelnen – aus dem hinteren Park schreien die noch lange. Er wartet, lauscht.

Kein Geräusch aus der geöffneten Tür, keine Bewegung in den Nachmittagsschatten.

Da geht er rasch um den aufgezogenen Türflügel herum, spürt in seiner rechten Hand die Unruhe, die Sucht, in seine Leinenjacke zu fassen, wenigstens als ein Zeichen. Diese Hand verlangt so selbständig nach Hilfe, daß er sie ballen muß, die Nerven pressen. – Und steht in der offenen Tür.

Er sieht einen Salon. Einen großen Raum, einen Kamin, Blumenpolster, Garnitur nach dem Muster, das derzeit als erlesen gilt. Niemand zu erkennen. Auch im Dunkel der Wände rechts und links nicht, dort, wo die Fenster zugeblendet sind. Da hängen Porträts, Brustbilder bedeutender Herrschaften, Gemälde aus Zeiten, in denen die Fotografie das Porträtieren längst besser konnte. Ohne Zweifel haben diese Herrschaften dies alles besessen, gegründet, besitzen es noch immer.

Langensiepen atmet durch. Es ist still geblieben. Der Salon hat zwei Türen ins Hausinnere. Je eine zu den Seiten des Kamins. Auch der ist aus Ruhrsandstein, beherrscht die Wand gegenüber. An beiden Seiten Glastüren, in den Scheiben Eisblumen, Kristalle. Gefrorene Pflanzen, beliebt, als solche Häuser gebaut wurden. – Langensiepen hört in der Erinnerung die Telefonstimme, ›Sie Langentrottel‹. Geht unter den Bildern weiter, den Rücken zur Wand, bewegt sich auf eine der beiden Türen zu, vergißt nicht den Blick auf die anderen Eingänge wie auf die jeweils mögliche Deckung – der Sessel, die Kaminmauer, schnellstmöglich, du Laie Langsamsiepen.

Er meint, in den Eisblumen einen Schatten bemerkt zu haben. Einen huschenden, den Hauch einer Verdunkelung. Augenreflex? Weil er es erwartet, sieht er das, natürlich.

Er bleibt stehen. Anfänger. Zwei Schritte vor der Tür ist er stehen geblieben, dicht bei der Wand. Und tut etwas, was er für albern hält. Aber lieber albern als nichts sein, sagt er sich und, von der Stimme überrascht, hört er sich laut in den Raum rufen »Hallo? – – ist da jemand –?«

Keine Antwort. Kein Hauch. Er schaut sich um, hier bewegt sich niemand. Stand diese Terrassentür zufällig offen? absichtlich? wer, zum Kuckuck, bestellt ihn hierher? drückt den Türöffner unten?

Langensiepen geht die zwei Schritte zur Glastür. Legt seine Hand auf die schwarze Eisenklinke. Schaut noch einmal zurück, drückt die Klinke hinunter. Öffnet und sieht eine Eingangshalle. Eine Halle mit breitem Aufgang ins obere Geschoß. Dämmerlicht. Die Wände mit violettem Tuch bespannt, Rupfen, von schwarzen Leisten gehalten. Tuch und Leisten reichen vom gekachelten Boden hinauf bis zur Decke – er tritt vor, betritt die Türschwelle. Fast nur mit der Neugier, ob diese Hallendecke bemalt ist oder stuckverziert oder ebenfalls violett –

– da weckt ihn aus der Betrachtung ein Luftzug, die überreizte rechte Hand holt aus, reißt sich im Reflex herum mit Arm und Schulter und er erwischt den Kerl voll und geballt im Nacken oder am Hals, bevor Langensiepen selber getroffen ist und wegtaucht ins Dunkelviolette, in dröhnendes Eisgestöber.

Irgendwann, aus dem Schwarz mit dem flirrenden Funkentanz, wacht er auf. Wacht auf und hört eine Stimme. Hört sie nur, sieht nichts. Spürt aber seinen Nacken. Und den Arm, den er nicht bewegen kann. Den Nacken nur mit Schmerzen. »Er bewegt sich«, hört er. Kann die Augen öffnen und bemerkt, wie jemand sie mit Schwärze füllt. Beinahe theatralisch geschieht das, denkt er und ruft sich zu Ordnung und Konzentration, jetzt keine Albernheiten, sondern: Wo bin ich, was sehe ich –

– schwarz sieht Langensiepen. Das Schwarz ist aber tatsächlich wie vom Theater, ist von links nach rechts vor ihn dahergezogen worden, als Vorhang, als Sichtblende, er soll nicht sehen, wer spricht, wer das ist, der so unangenehm nölt und zischt; fast jedes Wort zischt schmerzhaft, das ist gelispelt wie gefaucht. Langensiepen versucht noch mal, den Kopf zu bewegen, das geht nun besser, und jetzt kann er erkennen, wie das schwarze Tuch, das ihm den übrigen Raum verbergen soll, nur die halbe Höhe des hohen Zimmers abdeckt. Das Zimmer ist ungewöhnlich hoch, die alten Häuser; sicher ist er noch in der Villa, die mit der Nr. 8 bezeichnet sein müßte. Und allmählich wird als Schemen sichtbar, wer da auf ihn einredet. Da ist im Schwarzverhangenen ein hellerer Fleck. Ein Gesicht, gewiß. Daneben zwei andere helle Flecken, und aus dem mittleren dröhnt:

»– Dusel, wirklich unwahrscheinlichen Dusel hatten Sie, Mann. Wenn wir nicht gewußt hätten, daß Sie Kaufhauskanone seit Ihren Auftritten als Gorilla keine Waffe mehr anrühren, hätten Sie Ihre Frechheit nicht überlebt. Kehren sich einen Dreck um die einfachsten Höflichkeitsregeln, aber die Affen rasen durch den Wald, der eine macht den andern kalt; und dieser Affenanfänger steigt hintenrum in eine Villa ein, die ihn rein gar nichts angeht – Herr Exkommissar, wo haben Sie so etwas gelernt? – da müssen Sie sich bitteschön nicht wundern, wenn Mißtrauen mit Mißtrauen beantwortet wird und Dreistigkeit handfest; zu Ihrem Glück nicht schußfest. Aber Sie Dreikäsehoch und Kaufhausvoyeur, Sie meinen natürlich, dies alles hier sei nichts als eine Mafiazentrale oder Schaltstelle für Vernetzungsgorillas –«

Der Wörterfaucher macht eine Pause, wohl weil er ein Gelächter im Raum genießen will. Die Nebenflecken wackeln.

Langensiepen hat entdeckt, warum er nur den Kopf bewegen kann. Im Dunkel vor ihm schimmert sein Arm unförmig groß, der ist hell umwickelt. Er kann den Kopf, kann den Mund bis zu diesem Arm vorbeugen und mit den Lippen ertasten, schmecken, daß die Arme mit Tüchern festgebunden sind. Die haben ihn mit den Küchentüchern des Hauses festgeschnallt, das duftet nach Spülwasser, nach Kaffeerest. Grober

Stoff, sitzt fest. Ja, ich sitze fest, muß Langensiepen sich sagen, fest auf irgendeinem verdammten Stuhl.

Wenn es ein Stuhl ist? Mit einem Stuhl sollte man notfalls vom Fleck kommen. Hier aber geht nichts mehr, auch seine Beine sind festgezurrt, unten an den Stuhl gebunden. Er schaut sich um, sucht zu erkennen, ob es irgendwo einen Ausgang gibt, ob an den Wänden, in der abgedunkelten Ecke des Raums eine Tür – aber da schimmern nur die hängenden Rechtecke, die dick gerahmten Gründerherren, nirgends Umrisse bis auf den Boden, nirgends eine Tür. Was, wenn er sich eh nicht rühren kann, nützte ihm eine Tür. Vor ihm nur der düstere Behang, halbhoch, genügend hoch, um den Faucher und seine Leute zu verbergen.

»Sie meinen nun natürlich, wir hinterm Vorhang, diese Monster, die Sie jetzt liebend gerne genauer sehen würden, das sind weiter nichts als Kriminelle. K. und K., das heißt für Sie Kabel und Kriminalität, nicht wahr? Hiermit teile ich dem Kopstadtschnüffi mit, daß in diesem Anwesen, Ahornweg sechs bis acht, nicht mehr und nicht weniger Kriminalität rotiert als in jeder anderen Geschäftsleitung unseres geliebten Reviers – o Mann! sind Sie bloß froh, daß Sie jetzt, solange Sie Ihren Ermittlungsauftrag noch ablehnen können, kostenlosen Nachhilfeunterricht bekommen über ein paar entscheidende Zusammenhänge. Wir hier sind nur ganz wenige und sicherlich ganz unwichtige Beteiligte am Großprojekt Ruhr. Aber wir sind a) repräsentativ und haben b) ein urkomisches Interesse daran, daß Sie Ihre Naseweisheit umgehend wieder in Dinge stecken, denen Ihre Nase gewachsen ist. Nicht etwa wegen Ihres süßen Zinkens, der ist uns sowieso schnurz. Leute Ihrer Hemdgröße neigen dazu, Erkenntnisse in deprimierender Weise mißzuverstehen und diese Mißverständnisse in die Welt zu posaunen, an die Presse, womöglich an Funkhäuser, Illustrierte und den ganzen käuflichen Kack. Bevor Sie in solche Versuchungen geraten, sollten Sie kapieren, daß die Verhältnisse, die Sie durchschauen möchten, um etliche Nummern undurchdringlicher sind als das Tuch, durch das Sie jetzt uns erkennen möchten. Komplizierter und jedenfalls so, daß

Ihnen eher ein Ei aus der Hose fällt, als daß Sie auch nur ansatzweise –«

Langensiepen, während ihn das Gerede mit beinahe jedem Wort schmerzt, hat seinen Kopf auf seinen rechten Arm legen können, spürt zwischen Lippen und Zähnen ein Stück Spülwassertuch und malmt daran herum, malmt und kaut und reißt und zerrt und bekommt so Mitteilungen, wie das gewebt ist, beißt sich in genaueres Gespür ein, fühlt, daß an diesem Gewebe etwas auszurichten wäre, hat jetzt mit den Schneidezähnen ein kleineres, nur einfach gefaltetes Stück erfaßt, erinnert sich an den Vater, wie der die Alpenfaltung beim Mittagessen mit dem Tischtuch erklärt hat, hebt seinen Kopf, zerrt, zieht – das Stoffstück rutscht ihm aus den Zähnen.

»– was glauben denn Sie Windbeutel, mit welchen Methoden dieses kaputte Revier überhaupt noch auf die Beine zu bringen ist? Ob Sie die Bürotechniken und Verwaltungswege bedenken oder jegliche Art von Fertigungsablauf – Produktion wie Verwaltung: Die sind angesichts der rasanten Entwicklungen auf dem Weltmarkt nur noch elektronisch zu steuern und zu retten! – gehen Sie doch mal hin zu irgendeinem Wirtschaftsprofessor und lassen Sie sichs erklären, wie wohltäterisch Breitbandverkabelung wäre für die verrottete Ruhr –«

Er versucht es noch mal, findet mit den Lippen die feucht gewordene Stelle wieder, hebt dieselbe Stoffalte, Zentralalpen, faßt sie diesmal besser, ergreift sie mit der ganzen Reihe der Schneidezähne, das hängt nun gut fest, auch über den Eckzahn spannt das, das Matterhorn beißt, rüttelt, verschiebt, verwirft, er bewegt seine Zahnreihen in vorsichtig malmenden Bewegungen – o ja, da war's schon, im Aufgeweichten ein erster Riß, ein Ratscher. Er schnappt, beißt neu zu, allmählich erlangt er Sicherheit, für Webweise wie für Wickelart, für die Stärke, aber auch für die Schwäche dieser Fesselung, die ihn trübmuffig andunstet und immer mehr nachgibt; er zerrt, reißt wieder ein Stück, muß vorsichtiger sein, da ergeben sich Geräusche, er darf das nur dann kommen lassen, wenn der Faucher hinter dem Vorhang selber laut genug spuckt –

»– wie man Kapital unter dem Asphalt verlegt als Millionen-, als Milliardending, und am Ende freut sich jeder, sogar Rudolf

Langensiepen, nicht nur, weil der dann 50 brillante Programme sehen kann, sondern weil sein totes Revier mit einem Mal wieder rotiert und kommuniziert und zwar so schnell, daß dem kleinen Kaufhaus-Rudi schwindelig wird – und eh Sie, gutes Männeken, von alledem viel zu viel kapieren, so daß Ihr Köpfchen soviel Wohltat gar nicht mehr fassen kann und sich Hilfe sucht bei neuen Zwitschergläschen in der guten alten Pumpstation, da wollen wir auch ihm gegenüber wohltäterisch sein und ihm rechtzeitig auf die Pfoten klopfen und sagen: Stopp! Freund, laß die Finger von Sachen, die allein in potente Firmenfinger gehören und nicht in die kleinen Schnapsköpfe von Kaufhausratten –«

So hat der geredet, der Zischer. Bis dahin aber hat Langensiepen gebissen, gezogen, Zähne gezeigt, Finsteraarhornweg, Matterhornzahn, hat den rechten Arm freigebissen, frei- und aufgerissen. Hat dann mit dem rechten Arm den linken aufgebunden, hat sich die Füße freigemacht und ist aufgestanden und schleudert nun, mit Rochus wie auf Körfgen, den guten schweren Stuhl über den Vorhang, mit Wut und Wucht auf den hellen mittleren Fleck.

Das gibt Geschrei, Klirren, Bruch und Lärm, Langensiepen ist unter dem Vorhang weggetaucht, nutzt Krach und Schrekken und Halbdunkel, springt durch die Tür auf die breite Treppe, will über diese Treppe nach unten in die Halle, sieht von dort jemand entgegenstürzen, setzt bei der halben Treppe übers Steingeländer, der jemand hat ihn an der Jacke, die reißt, doch Langensiepen ist unten, wirft sich unter der Treppe durch, an der anderen Seite hervor in den Salon – dort sind aber andere und drehen ihm den Arm, daß ihm übel wird und abermals schwarzviolett.

– nach dunkelvioletten Zeiten erwacht Langensiepen aus der Übelkeit. Die modert ihn an, wälzt sich eine Weile im Hirn. Bis er begreift, daß dies nicht Traum ist, sondern Materie, er fühlt Dreck zwischen den Zähnen. Rußigen, staubigen Schmutz. Irgendwo ist Tag, er bewegt den Kopf, bemerkt, daß er auf dem Bauch liegt, im Freien. Über ihm Sträucher, Wipfel. Gleich neben ihm eine Gartenmauer, verfallend, der Putz in großen Flächen von den Ziegeln. Parkrand. Wieso fällt ihm das Bewegen schwer? wieder ein Handtuchknoten? – Langensiepen erkennt, daß er frei liegt. Nur hat man ihm die Arme so unter den Rumpf gezwängt, daß er zunächst in eine seitliche Lage rollen muß, um die schmerzenden Arme bewegen zu können. Als läge er nun selber an der tiefsten Stelle des Schachtes in Körfgens altem Keller. Auf dem Bauch, die Arme überkreuz.

Er wälzt sich in die Rückenlage, massiert sich die Schulter, die tauben Unterarme, glaubt, sich nicht mehr aufrichten zu können. Richtet sich ächzend auf. Im Sitzen atmet er tief, sieht das Laub auf seiner Hose, den Dreck, zieht die Beine langsam an, Gartenerde, Mauerkalk. Stützt sich, steht langsam auf, bemerkt im Aufstehen, daß er auf einer Klarsichthülle gelegen hat. Papiere sind darin, er bückt sich, hebt die Hülle, steht, schaut über die Sträucher, den Parkhügel hinauf. In der Ferne, in tiefer Sonne, das Dach der Villa, die Balustradenseite schon im Schatten. Er schlägt sich den Staub, die Blätter aus Hose und Jacke, reibt sich das Gesicht, die Unterarme, schaut auf die Papiere in seiner Hand, in rot gefärbter Klarsicht.

Er wendet sich, sieht die Mauer entlang. Zwischen den Sträuchern Fußspuren, aber kein Weg. Fern, zwischen den Büschen, ein Stück von den Terrassenhäusern, dorthin also. Er drückt Gestrüpp auseinander. Über die Parkwiesen herab jagt ein Hund, wild jagt der auf ihn zu, eine Bulldogge in schleimiger Scheußlichkeit. Der Hund tut, was er kann und muß, springt auf ihn zu, Langensiepen ruft ihn laut an, hebt den Arm, kommandiert, herrisch. Der wahrt Abstand, kläfft springend, dukkend, vor- und wieder rückwärts, folgt ihm, in bleibender Distanz. Hört auf Langensiepens Herrenstimme und läßt ihn schließlich, mit aggressivem Respekt, gehen, faucht, gurgelt ihm sein Getöse nach.

Langensiepen geht den Weg unter der untersten Terrassenwohnung, kommt über die Treppe hinab zum Portal, gelangt unter dem maurischen Bogen hinaus auf die Straße. Auf dem Gehweg gegenüber schaut er zurück, über die Mauer, zu den Häusern hinauf. Auch jetzt nirgends Bewegung, keine Stimmen. Das Messingschild ist blank geblieben, die Schrift deutlich. Süße Informationstechnik haben die.

In der Straßenbahn nach Norden hinunter. Der Arm schmerzt. Der Riß in der Jacke ist in der Seitennaht. Wenn er seinen Arm darüberhält, sieht's keiner. Dieser Arm ist nur mit Schmerz zu bewegen; also darf er herunterhängen, die Naht bedecken.

Auf den Knien die Papiere in der Folie. Er massiert mit dem intakten Arm das Schultergelenk. Zweimal hat's mich erwischt. Anscheinend ist Bewußtloswerden einer meiner Tricks. Nicht nur ohne Waffe, sondern auch, wenn's zuschlägt, sofort ohnmächtig.

Er zieht die Papiere aus der Hülle. Briefkopf ›I. K. G.‹. »Lieber Herr Langensiepen« – lieb, wie ihr mich zusammengedroschen habt – »inzwischen werden Sie sich längst über den Scheck in Ihrer hübschen Jacke gefreut haben« – war nicht nötig, die näh ich selbst – »mit diesem Geld wollen wir Ihnen nahelegen, nicht nur einzusehen, sondern auch nachzuweisen, ja, öffentlich zu bezeugen, daß die Firma Zehrak ihren Herrn Honva selber hat erledigen lassen. Warum? Unter anderem, um Versicherungsgelder zu kassieren. Aber wie wir inzwischen wissen, wußte der arme Herr Honva zuviel. Wußte zuviel von illegaler Arbeitsvermittlung. Bitte mustern Sie dazu die Anlagen, den Arbeitsvertrag, aber auch die Fotokopie der Versicherungspolice für Iman Honva. Sie möchten wissen, woher wir diese Kopien haben? Wir nennen Ihnen einen Konrad Grevenbroich. Sie dürften sich an Ihren ehemaligen Chef erinnern. Der wird jederzeit bezeugen, notfalls vor Gericht, wie Herr Zehrak diesen jüngsten Coup – diese Zeugenbeseitigung und den Versicherungsbetrug – mit seinen Anwälten vorbereitet hat. Damit der Verdacht auf die Konkurrenz fiel, auf uns. Leider hat sich Herr Z. diesmal verrechnet. Denn sein Mitarbeiter Grevenbroich war, so sorry, unser Mann. Und der wird alles, was wir Ihnen hier andeuten, vor Gericht bestätigen. Nun rechnen wir auch auf Sie und wünschen Ihnen so gute Erholung wie Einsichten. Ihre IKG-Verwaltung –« Unterschrift. Unleserlich.

Er schaut sich die Anlagen durch, die Kopien. Hält eines der Papiere gegen das Fenster. In diesem Moment verschwindet dahinter das Licht, die Bahn taucht ab, unter die Rüttenscheider Straße. Aber der letzte helle Augenblick hat gereicht, er hat das Polizeipapier erkannt. So wie er sich auch an Grevenbroich erinnert hat. Der also ist noch immer dabei. Auch nachdem sie ihn erwischt hatten: jahrelang gemeinsame Sache mit dem Institut für Giftmüllbeseitigung, als Schweigegeld fünf Prozent, als rauskam, auf welche Weise die ›beseitigten‹ und wie Grevenbroich sie gedeckt hatte, flog Grevenbroich nicht. Gemeinsame Sache mit Gangstern ist Tätigkeit als V-Mann. Die fünf Prozent mußte er nehmen, um glaubwürdig zu bleiben. Alkoholismus ist kriminell. Geldnehmen glaubwürdig.

Langensiepen schiebt die Kopien zurück in die Klarsichthülle; sucht in seiner Jackentasche, tastet, fühlt ein Papier, zieht das heraus. Ein Umschlag, kein Aufdruck, keine Schrift, im Inneren ein Verrechnungsscheck, von der ›Informationstechnik KG, Essen, Ahornweg 6/8‹, fünftausend DM. Unter ›Bemerkungen für den Empfänger‹ eine maschinengeschriebene Notiz: ›Weiterbildungsstipendium‹. Die setzen das glatt von der Steuer ab. Die Unterschrift auch hier nicht lesbar, offenbar ein ›-mann‹. Informationstechniken.

Seine aktive Hand will den Scheck unzerknüllt wegstecken. In den Aschenbecher vor seinem Sitz will er ihn tun, will den halb unter dem grauen Metalldeckel heraussehen lassen, so daß der nächste in die Bahn Deklassierte sich bedienen kann. Oder die Putzfrau heute nacht.

Von diesen Revierwohltätern nehme ich, Langensiepen, kein Geld. Aber der Grevenbroich in mir.

Dann sind es die Ermittlungserfordernisse, die ihn das Papier unter dem Aschenbecherdeckel wieder hervorziehen lassen. Scheck und Unterschrift und Kontonummer sind natürlich Belege. Beweise womöglich. Keinesfalls darf er das vernichten, verschleudern. Er steckt den Scheck zurück in den futterlosen Umschlag, das Couvert zurück in die Innentasche seiner Jacke.

Die Bahn unter der Oberfläche. Er würde lieber die Läden sehen, die Leute, die Kneipen, die Firmen, aber seit Jahren wird dem Straßenbahngast im Fenster nur das eigene Konterfei geboten. Düster auf Schwarz. Die Essener, denkt Langensiepen, seit sie durchs Dunkle fahren, sehen statt ihrer ausgenutzten Stadt ihre ausgenutzten Gesichter. Zum Trost rings die heiteren Mahnungen von Post und Verkehrsbund. ›Anschluß an die neue Gesellschaft? Die Post bringt sie Ihnen ins Haus, in Ihren Betrieb!‹ Die Bahn hält am Rüttenscheider Stern. ›Verpassen Sie nicht den Anschluß!‹

Er blättert noch mal die Kopien auf, die Police. Unfallversicherung für Iman Honva. Als Arbeitgeber eine Firma ›P. K. K.‹, die Langensiepen nicht kennt. Strohfirma? Er kennt aber deren Adresse. Viehofer Straße 57. Heute abend soll er dort sein. ›Iman Honva, geboren 4. 1. 1963.‹ In Izmir. Und wenn ich diese Papiere nun nähme und Anzeige erstatte? den Herrn Grevenbroich, unseren Fünf-Prozenter, bezeugen ließe? sagen ließe, dieser Herr Zehrak hätte mit dem Tod seines Mitarbeiters Honva eine Million erschwindeln und Schwarzarbeit absichern wollen?

Oder wenn ich diesen Scheck einfach einlöste? und am Schalter würde gezögert, der Angestellte würde mit dem Papier in der Hand murmelnd davoneilen, unangemessen lange in hinteren Räumen bleiben, wo kontrolliert und verglichen würde – und wie dann plötzlich, links und rechts neben mir, zwei Fremde stünden, folgen Sie uns unauffällig. – Oder aber ich bekäme das Geld schlicht ausgezahlt. Und hätte dann nur noch diesen neckischen Schnipsel ›Für den Empfänger‹. Und hockte obenauf, auf fünftausend deutschen Mark, bowendrop über dem Wald, zwar angeschlossen ans System, aber mit sorgenfreiem Ausblick ringsum. Fein heraus. Wohltäterisch, aber natürlich nicht kriminell. Jedenfalls nicht besonders. Nur normal. Glaubwürdig. Nach Körfgen-Art.

Ankunft unter der ›Freiheit‹. Ausstieg, Rolltreppen, Bahnhofsvorplatz, die große Uhr zeigt siebzehn Uhr vierzig, fast zwei Stunden ist er im Ahornweg sechs bis acht gewesen, er wird pünktlich zum Treffen ins ›Pümpgen‹ kommen, ja, jetzt so nötig wie nie muß er diese Rosa B. sprechen.

Er überquert den sonntagsleeren Platz, biegt nach links, betritt die Hauptpost. Hinten die Theke, in der die Telefonbücher der Republik liegen, die Adreßbücher der Ruhrstädte. In Essens Branchenverzeichnis keine ›Informationstechnik KG‹. Das Verzeichnis ist fast ein Jahr alt. Die weißen Farbkleckse auf dem Terrassensandstein waren jünger. Auch im Adreßbuch gibt es als ›Körfgen‹ nur wieder diesen Postangestellten i. R. Und keinen Iman Honva, keinen Zehrak.

Er geht hinaus. Im Spätnachmittag das fast leere Zentrum. Damen im Café schauen einander an. Beim Friseur Dröge vorbei über die Kettwiger. Aus der Lichtburg kommen Kinobesucher, ein paar Dutzend aus dem größten westdeutschen Kino. Ältere Leute nutzen die ›fußläufige Zone‹, ohne Kaufsog, in Ruhe, paarweise. Die Jüngeren in größeren Gruppen, laut. Alle halten sie vor der Dellbrügge. Die Ampel zeigt Rot.

Buchhandlung Baedeker, im Schaufenster ›Electronic + Fantasy‹. Immer tüchtig im Trend, seit zweihundert Jahren. Hören Sie, meine zweihundertjährigen Herrschaften, ›fantasy‹? Das Irrste, hören Sie, ist das Wirkliche.

Aber das verkauft sich schlecht, ich weiß. Da braucht's Informationstechniken, ich weiß. Was ist schon wirklich. Ein schmerzender Nacken, eine lahmende Schulter –

– unverkäuflich, ich weiß. Langensiepen betritt die ›Pümpgen‹-Station. Nachmittags steht keine Sonne auf dem Laden, ist es hier kühl. Dämmrig still. »Tach Elsbeth.« – »Huch, habbich mich verjacht. Richtich erschrocken.« Frau Mönninghoff läßt die Heißwassermaschine fauchen. Langensiepen stellt sich an einen der hinteren Tische, schaut sich um. Es dauert, bis er heraushat, daß nicht nur Vordenbäumen, Bramkamp, Predigkeit, Ampütte und Kumpmann fehlen, sondern daß er mit Elsbeth Mönninghoff allein ist.

»Bin ich froh, dattu kommß.«

»Wieso.«

»Wie immer? Mit orntlich Milch? ›olé‹?«

Er hat genickt, sie kommt mit dem Zwiebelmuster. »An son Sonntach nammittach, da frachße dich mitunter« – sie stellt ihm die Tasse vor – »bisse nu noch da? oder bisse't nich. Kannz mir glaum. Wennze so allein stehß, hier unten inne Bierbude, Kalla oom, macht sein Nickerchen untere Frankfurter, kein

Aas kommt im Laden, da – – krich ich mittenma fuachban Schrecken.«

»Wieso.«

»Könnt mir't Häaz nochma stehnbleim. Doch doch! Iset mir mit eima, als wär dat schon längß allet vorbei. Blitzaatich. Bloß ich – dofe Kuh – ich hätt dat ga nich mitgekricht. Hätt womöchlich gedacht, wär bloß so n Düsenknall. In Wahheit: Ruakumpels – alle entsaftet. Futsch, aus. Nukleardingens. Un bloß die Mönninghoffs Else, die steht noch immer in ihrn ›Pümpgen‹. Un wundert sich, wo de Gäste bleim. – Glaubße, dat ich da manchma richtich Angßschweiß hab? – Bis endlich doch widder einen reinkommt – so wie gätz du, Ruddoff.«

Langensiepen will freundlich sein, da ihm nichts einfällt, schweigt er und wartet, schaut sich um. Hoch oben das vergilbte Bild. »Sünd wi awer bowendrop.« Die Porzellanuhr, im Zwiebelmuster, zeigt zehn nach sechs. Rosa Bergmann fehlt. – Fehlt noch. Langensiepen mag es sich nicht klarmachen, daß sie fehlt. Er hat seinen Kaffee. Von seinem Tisch aus sind Kneipe, Eingang und Fenster im Blick. Und die Wand ist im Rücken. ›Ich hoff, ich kann kommen.‹ Ihr Telefonton.

Wär's nicht besser, sie käme nicht? Mein Arm, mein Halswirbel. Und einen Kopf wie zwei.

Doch der Kaffee scheint zu heilen. Der erscheint ihm heute als bester Kaffee überhaupt. Verhext, verflixt. Der erste Schluck, der zweite, jeder Schluck ein Treibriemen für den Kreislauf. Wie ich diesen Stuhl geschleudert habe, wie gut ich da Wut hatte. Ja, einen Rochus. Eine Arbeitswut wie Kirchberg. Einen Denkdurchbruch wie Vordenbäumen. Einen Zorn auf fast alles und alle. ›Ich hoff, ich kann kommen.‹

»Wer hat denn nu den Tüaken inne Grube geschubt«, hört er aus der Ferne. »Meinze wiaklich, unsern Waller tät sowat? Hatte ja ganz schön ein vorre Biane.«

»Warts ab, Else«, hört er sich antworten.

Kann sein, meine Enttäuschung darüber, daß Rosa oder Roswitha nicht erscheint. Meine Hand. Die Hand, mit der ich den Zwiebelmusterbecher heben will, zittert. Sie wie ich, wir beben.

Denn ich hasse sie tatsächlich, die das eine nie denken, nämlich wie Atmen, Trinken, Verdauen, Lachen, Lieben *und* Denken zusammengehören und eins nichts ist ohne das andere.

Langensiepen spürt einen Stich – hat sich murmelnd auf die Zunge gebissen.

Ein japanischer Jeep. Biegt auf den Kopstadtplatz. Langensiepen starrt nach draußen, sieht, wie das Fahrzeug herankurvt, dicht vor dem Fenster vorbei, links aus dem Bild heraus. Er blickt weiterhin auf den Platz und sieht ihren Jeep wieder; sieht, wie der nun von links hinten auftaucht. Der umfährt das Viereck, kommt noch mal näher; diesen Jeep lenkt aber keine Langhaarige, den fährt ein Dunkler, ein Türke, Araber, Südlicher – ja gebt's mir nur, laßt mich wütend bleiben, enttäuscht, damit ich weiß, daß ich Nerven habe und Träume – der Schwarze hat zweimal den Platz umrundet, fährt jetzt nach hinten links davon. Richtung Viehofer. Langensiepen zahlt die zwei Mark, geht zur Tür, auf zitternden Beinen.

Er tritt hinaus, sieht auf dem Platz nichts, weiß draußen nur die Richtung zum Hintereingang. Schließt den auf, sperrt im Dunkel wieder ab, findet die Postklappe, macht den Griff, obwohl Sonntag ist, fühlt ein Papier; nimmt das mit, tappt zum Lastenaufzug, geht hinein, fährt hinauf. Rund um sein Dach schreitet Langensiepen. Tritt der festen Spur seines Morgenlaufs nach und redet in unhörbarer Lautstärke.

Betritt sein Höhenhaus, fällt auf sein Bett, atmet, hochrot ist sein Gesicht, er zittert, schwört sich, nie wirklich vor die Ratsherren zu gehen und sie tatsächlich anzuschreien. Obwohl, nein, weil er recht hat, darf er so was so direkt nie brüllen, sondern die Techniken der Information anwenden – kalt, abgebruht –

Als der Atem endlich ruhig geht, versucht er, in die angerissene Leinenjacke zu fassen. In die Außentasche. Der schmerzende Arm schafft es, holt das Papier, das aus dem Postkasten, er hält es sich vor die Augen, hält den Brief über seinen Kopf. Jetzt, von den jagenden Wörtern erschöpft, aber beruhigt, öffnet er das Couvert. Was kann an Sonntagen anderes eingeworfen werden als ›Verpassen Sie nicht den Anschluß an die elektronische Revolution‹ – es ist ein Couvert von Rosa B. ›In Eile, Rosa.‹ Mehr nicht.

Doch mehr. Es enthält die Fotos. Sie zeigen den dunkelhaarigen, dunkelhäutigen Mann, den Honva. Der liegt mit dem Gesicht nach unten im Kabelgraben. Auf einer grauen Panzerplatte liegt der, ziemlich exakt in der Mitte dieser Unterlage, umgekehrt aufgebahrt. Die Arme sind angewinkelt, liegen gewinkelt neben dem Kopf. Eine zartkarierte Jacke, die Hose offenbar ähnlich. Auf den Fotorückseiten: ›Iman Honva, geb. 4.1.1963‹. Danke, Frau Bergmann, danke. Diese Fotos sind allerdings ein Beweis. Sie steckt mir Beweismaterial zu. Läßt es mir zustecken, von einem Dunkelhaarigen, der ihren Jeep fährt.

Einem Unbefugten die Tatortfotos zukommen lassen – wenn das rauskommt, kann sie das die Stelle kosten. Seht ihr, ein Mensch. Es ist bewiesen. Diese Fotos belegen, was ich sofort vermutet habe. Sie belegen, daß sie mit Recht mich angepfurrt hat, heute früh, zeigen, daß der Tote zu ordentlich, ja dekorativ lag, viel zu symmetrisch. Wäre er zufällig in das Körfgen-Loch gestürzt oder wäre er hinabgestoßen worden, er läge schief, krumm, in einer Ecke, womöglich halb aufrecht noch. Aber so – kann man ihn nur gebettet haben, hingelegt zu Demonstrationszwecken, rituell, seht her – Körfgens Leichen leben noch – und so geht es jedem, der – ja, was soll sonst der Sinn sein von solcher Aufbahrung –

Etwas Schriftliches lag dem Honva nicht bei, wird jedenfalls auf den Fotos, die den unveränderten Fundort festzuhalten haben, nicht deutlich. Nur die Kabelenden aus den Schächten ringsum, die schimmern, die Kästen, die Kupferschnüre, die neuen Industrienormnabel.

Langensiepen sinkt zurück, schaut zu den Balken. Zur Schädellampe. Das bleiche Hirngebein im Spätlicht, braun getönt. Will auch diesmal, zum Sonnenuntergang, Rouge auflegen.

Langensiepen streckt sich, löst Arme, Beine, versinkt in seiner Lieblingsvorstellung, wie es wäre, wenn alle so lägen wie jetzt er. Nichts wollen, nichts tun. Kein Rochus. Jedesmal dies Entzücken; wenn ihm die Logik ausrechnet, es fielen alle Konflikte aus. Jeder Verteilungskampf beendet, ob per Spaten oder

Kabel – wer nur hat das Wollen angefangen. Flach liegt Langensiepen, in Rumpf und Kopf entspannt und in allen Extremitäten, warum übernehme ich diesen Auftrag und mache mich verrückt und mische mich ein. Bis es mich verreißt. Er löst den Blick vom gesund glänzenden Gebein, läßt ihn frei, den Augenmuskel; der Blick fährt weit durchs Fenster in den hellen Dunst und sieht dort und weiß: Nur den will ich noch finden, der treibt. Der die Unruhe erfunden hat, das Drängeln. Denen auf die Schliche kommen, diesen unentwegt Pfiffigen, unablässig Widrigen. Den Körfgens in uns, im Hinterhalt – nicht wahr? deswegen bin ich Detektiv.

Wenn mir jemand, unter Gefahr, aufschlußreiche Fotos zustecken läßt, dann will der dasselbe. Bergmann, Kirchberg, Vordenbäumen. Diese Klänge senken sich so süß über ihn, daß er weit fort kommt, wie in seiner Hoferschen Höhenmusik. Dieses ferne Reisen hat solche Gewichte, daß er nicht reagieren kann, als es klingelt.

Er müßte nun aufstehen, zur Sprechanlage gehen. Müßte fragen, wer da an diesem Sonntag zu ihm will, aber er kann sich nicht rühren, mag nicht. Vielleicht hat er das Klingeln nur geträumt. Er freut sich, daß er nur geträumt haben wird. Da klingelt es wieder. Er versucht, den Kopf zu heben, das gelingt kaum. Hat er zwanzig Minuten geschlafen? Der Wecker stellt es fest. Er müßte nun aufstehen. Was bin ich für einer – gehe nicht zur Tür, wenn's klingelt. Schlafe zwischen 19 und 20 Uhr. Unmöglich. Ich bin Leser von uralten Romanen, Hörer von unbekannter Musik. Es klingelt noch mal. Unmöglich. Ich bin faul, habe kein Auto, kein Fernsehen, keine Waffe.

Aber wer schon – es klingelt – ist normal. Als Kafkas Eltern dem Sohn sagen, er sei nicht normal, sagt der, normal ist der Weltkrieg.

Und steht bei der Sprechanlage. »Hallo, wer dort.«

»Ihre Verabredung.« Eine Frauenstimme. »Störe ich?«

»Mit wem bin ich verabredet?«

»Auf acht Uhr – mit mir«, sagt die Stimme. »So rasch vergessen Sie Abmachungen? Soll ich lieber an einem anderen Tag wiederkommen? Morgen?«

Die Stimme klingt freundlich.

»Ich komme runter, ich muß Ihnen aufschließen, warten Sie.«

Er schiebt die Polizeifotos unter ein Blatt, bemerkt, daß dies Blatt der Durchschlag seines Briefes an den Dortmunder Professor ist; legt beides unter die Wochenzeitung, geht hinaus, fährt hinab zum Lieferanteneingang und öffnet im Tor die Eingangstür. Draußen steht eine Frau, etwa dreißig, er findet sie so übertrieben freundlich wie übertrieben hübsch, ja, sie ist aufdringlich geschminkt, getönt. Im Aufzug erklärt ihm die: »Inzwischen werden Sie sich an Sibylle erinnert haben?« Er schaut sie an. Ihr Gurren mit Farbe und Duft. »Wir haben miteinander telefoniert. Sie waren einverstanden, daß ich Ihnen Informationen gebe. Für das, was in gut vier Tagen startet. Für Ihre Ermittlungsversuche –«

»Woher wissen Sie etwas über meine Ermittlung?«

»Sie haben einen Auftrag. Von Zoltan Zehrak.« Ihr Blick. Der schillernde Blick will fest sein.

»Das ist nicht wahr. Ich habe keinen Auftrag.«

»Sie werden ihn bekommen.«

»Woher wollen Sie das wissen?«

Das Metallgehäuse öffnet sich, er läßt sie vorangehen, die Treppe hinauf, auf das Dach, auf dem Kies. Sie stöckelt, schwankt, sagt »Ach!« und muß sich an seiner Schulter festhalten. – »Wer hat Ihnen von mir erzählt?«

Eine Antwort gibt sie nicht, statt dessen läßt sie den Wind in ihren Rock, der geschlitzt ist. Über die braunen Beine ganz hinauf. »Huch – merkwürdig wohnen Sie.«

»Jeder wohnt merkwürdig.«

»Oh, ein Philosoph. Diogenes in der Dachbaracke, wie? Haha. Wer so wohnt wie Sie hier oben, der weiß natürlich nicht, was Donnerstag abend da unten beginnt.«

»Sie täuschen sich.« Er schließt auf, öffnet ihr die Tür.

»Nach Ihnen.«

Sie tritt ein. »Merkwürdig, hier hausen Sie?«

»Bitte nehmen Sie Platz.«

Sie bleibt stehen. »Zu komisch. Mein Gott, was ist das? Ein Totenkopf?«

»Eine Lampe.«

»Wirklich komisch. Ein Totenlicht – sagen Sie, haben Sie einen Drink?«

»Sie wissen alles über mich und sind so unverschämt, mich um Alkohol zu bitten?«

»O pardon – also vielleicht ein Kaffee – oder –«

»Ich mache uns Kaffee.« Er geht.

»Weia, sind Sie empfindlich«, sagt sie. Und läßt sich auf das Bett nieder. Zu dekorativ, findet Langensiepen, der von der Stelle, wo die Filterpapiere aus dem Regal zu holen sind, das Bett sehen kann.

»Woher kommt diese Empfindlichkeit«, hört er sie.

Füllt Kaffeepulver in Filter und Filterpapier und sagt: »Wenn ich über eins sicher verfüge, dann über das Gespür, wer gegen mich ist und wer für mich.« Er hört ein Feuerzeug und ihren Ruf. »O pardon, darf man rauchen?«

»Sie rauchen schon.«

»Sie Ärmster.«

Er gießt vier Tassen Wasser in die Maschine, setzt Kanne und Filter in den Apparat, schaltet ein.

Langensiepen holt die Tassen aus den Regalen, dicke grüne, mit Goldrand. Spült die Löffel nach, trocknet ab. Schon ihre Stimme ist ihm unangenehm; er kann das Klappern ihrer orientalischen Armreifen nicht ertragen, hört die bis in die Küchennische. Rosas Geklapper ist angenehm, dieses jedoch ist schrill. Wie funktioniert das, wie unterscheiden wir das? So wie Gott? als er von Anfang aller Zeiten entschied, Abels Rauch ist mir angenehm, Kains aber keineswegs, basta, der hat zu verschwinden.

Aus dem Wohnraum hört er abermals das Klappern ihrer Armreifen. Goldimitationen. Messing? Kirchberg, ich komm dahinter. Versuchen werde ich's. Mit solchen wie Kirchberg, Bergmann, Vordenbäumen müßte ich's schaffen. Diese Hexe da schickt mir wahrscheinlich der Zehrak. Letzter Test. Er holt Kaffeesahne aus dem Kühlschrank, die Dose mit dem Würfelzucker, setzt alles mit den Tassen auf das Brett, das ihm Georg, sein Ältester, in der Schulwerkstatt gearbeitet hat, stellt die Kanne dazu und balanciert das hinüber in den Wohnraum.

Als er sie sieht, zittern einen Augenblick die Tassen auf dem Brett.

»Was soll das. Ich bitte Sie, ziehen Sie sich an.« Er ist sich sicher, ihre Haut nicht wahrzunehmen. Er hält das für künstliches Sonnenbraun. Widerschein des rotbraunen Abendhimmels.

»Sie wollten mir Informationen geben. Über die Hintergründe von K.U.K. und so weiter – dazu habe ich Sie heraufgebeten, zu nichts anderem.« Als das, was er balanciert, wiederum zittert, setzt er das Brett auf den Couchtisch. Verteilt die Tassen, setzt sich auf den Hocker, richtet dann den Blick auf sie. Sie liegt entspannt. Ausgebreitet auf seinem blau bezogenen Bett, wohlig und nackt und braun, die Arme seitlich gespreizt, als liege sie in blauer Meereswoge und nicht in seinem, Langensiepens Bettzeug.

»Ich, bester Herr, bin der Hintergrund von K.U.K. – beginnen Sie Ihre Ermittlungen.«

»Machen Sie nicht solche Witze.«

»Ein fauler Witz sind offenbar Sie –«

»Es ist ein Mensch umgekommen, wahrscheinlich ermordet, und Sie erklären mir, Sie seien der Hintergrund.«

»Um so mehr müßten Sie versuchen, dahinterzukommen.«

»Sie ekeln mich.«

»Das muß an Ihnen liegen. Meine Figur gilt als gut, relativ unverbraucht – die Beine, die Arme, Sie dürfen Sie ruhig anschauen – da gibt es Gutachten – hm. Werden Sie nicht heute noch zu Herrn Zehrak gehen?«

»Wenn Sie mit ihm zu tun haben, dann sicher nicht.«

»Sehr wohl habe ich mit ihm zu tun. Elektronische Kommunikation. Noch nicht durchschaut? Jeder mit jedem. Das ist der Anschluß, den Sie heute brauchen – da nützt Ihnen hier oben der beste Überblick nichts, Herr Langensiepen, da ist es höchste Eisenbahn, einzusteigen.« Sie lächelt, breitet ihre Arme nach ihm aus. Langensiepen gießt Kaffee in ihre Tasse, in seine. »Zucker?«

»Bitte schwarz.«

Er schiebt ihr die Tasse zu. »Frau Sibylle – oder wie immer Sie heißen – finden Sie nicht selber Ihr Verhalten eigenartig?«

»Bei einem so eigenartigen Menschen wie Ihnen – mit einer solchen Wohnmethode, wie kann da irgend etwas *noch* eigenartiger sein? So was Stocknüchternes wie Sie – na, lassen wir das, sonst explodiert wieder Ihre Empfindlichkeit.«

Langensiepen hebt die Tasse, führt sie zum Mund und fragt dazu: »Was ist in Sie gefahren.«

»Leider nicht Sie.«

Er setzt die Tasse zurück, ohne getrunken zu haben, ohne zu verschütten. Steht auf.

»*Noch* nicht«, sagt sie.

»Wer schickt Sie.«

»O – schon wieder dieser Eisschrankton. – Also, sobald Sie sich setzen, hier, auf dieses Bett, sage ich Ihnen, wer mich schickt.«

Er starrt sie an, setzt sich. Auf den Hocker.

»Dann muß die Antwort leider allgemein bleiben. Mich schickt ein Interessentenkreis, im Rahmen der K.U.K..«

»Welche Interessen – hat dieser Kreis.«

»Interessen an einer reibungslosen, für alle Beteiligten ersprießlichen Realisierung des Großprojekts Ruhr. Klingt das nicht gut?«

»Ein toter Türke bereitet da Probleme?«

»Hätte nicht sein müssen. Wirft ein schiefes Licht.«

»Auf den ersprießlichen Fortschritt.«

»Sie sagen es, aber in Wahrheit bereitet inzwischen nur noch einer – Probleme.«

»Richtig. Dieser Dachneurotiker sieht einfach nicht ein, daß der arme Kerl in das Viehofer Loch nur hineingestolpert ist.« Langensiepen hält sich an seinen Kaffee.

»Türken stolpern sehr viel öfter und sehr viel lieber in irgend etwas hinein als so dröge Westfalen wie Sie.«

»Wenn alles nur ein einfacher Reinfall gewesen wäre, dann hätte Ihr ›Interessentenkreis‹ weniger Probleme?«

»Wie gut, daß Sie lernwillig sind.«

»Ist Ihr Arbeitsplatz der Ahornweg sechs? – acht?«

Sie richtet sich auf, schaut ihn an. Nimmt ebenfalls die Tasse, trinkt. Mit der freien Hand massiert sie sich eine Brust. Gibt aber keine Antwort, trinkt.

»Glauben auch Sie, daß hinter Honvas Tod ein Versicherungsbetrug steht? Heißt ›KG‹ Kommanditgesellschaft? Oder Körfgen?«

»Der Kandidat verspielt seine letzten Punkte.« Dies sagt sie sehr leise, und dann: »Wissen Sie, daß Sie unverschämt sind?«

»Sollten Sie das wirklich so empfinden, empfände ich Genugtuung.«

»Sie lassen mich hier in einer Weise auflaufen – außer zweimal verlegenes Tassenklappern – nichts. Leblos. Ausschließlich Geschäftsfragen. So, Herr Langensiepen, machen Sie sich nur noch mehr Feinde.« Sie steht auf, nimmt vom Regal ihre Bluse, zieht sie über. »Sie müssen selber wissen, wie Sie ohne Hilfe durchkommen wollen. Ich bin sicher, Sie übernehmen sich. Wurschteln sich da in einen Privatkrieg – der ein paar Fronten zuviel hat.« Sie zieht den dunkelbraunen Slip an, den Rock mit dem Schlitz bis an den Gürtel, die hohen dünnen Sandaletten. »Ich weiß nicht, wie weit jemand Ihnen noch entgegenkommen muß, bis Sie was begreifen.«

»Ich bin zerknirscht.« Auch Langensiepen steht auf. »Von einem Entgegenkommen habe ich nichts bemerkt.«

»Wie bitte?«

»Auf alle meine Fragen haben Sie geantwortet, als seien Sie hier der Eisschrank. Wenn Sie sich statt zu antworten ausziehen, halte ich das nicht für Entgegenkommen, sondern für – wie sagen Sie's selber? – für unverschämt. Spekulierend, ich sei ausgehungert, nach Fleisch, und weiter nichts.« Er gibt ihr die Handtasche. »Fallenstellen steht unter Strafe. Bei Großwild nicht unter sechs Monaten Gefängnis.«

»Wenn Sie meinen, Sie seien im Wald, Sie Großwild, dann passen Sie nur weiter gut auf. Zum Beispiel heute abend. Im ›Freizeitpalast‹ könnten die Fallen nicht nur aus Fleisch bestehen.«

»Danke für diesen Tip. Ich bringe Sie runter.«

»Nicht nötig. Ich finde den Weg allein.«

»Ohne meine Hilfe kommen Sie hier nicht raus.«

Sie wendet sich, geht voraus über das Dach; er schließt die Metalltür zur Treppe auf, sie gehen, sie immer leicht voraus, ohne zu reden, die Stufen hinunter bis in den Aufzug, dessen

Tür offen ist. Sie stöckelt in das Gehäuse, lehnt sich an die Seitenwand, schaut, während es abwärtsschwebt, nach oben.

»Ihre Auftraggeber werden mit dem Ergebnis kaum zufrieden sein. Sagen Sie denen doch, der Langensiepen hätte schamlos mit Ihnen gebumst und hinterher, als sturer Westfale, dennoch keinerlei Abstand von seinem Ermittlungsehrgeiz gefunden – so einem sei nicht zu helfen. Sie hätten alles versucht.«

Sie schaut ihn an. »Sie werden schon noch sehen, wohin Sie mit dieser Sorte Humor kommen.«

»In einen der Gräben am Viehofer? Noch sind nicht alle zugeschüttet.«

»Überaus witzig.«

Er läßt sie aus dem Aufzug, auf den dunklen Flur. »Schade, daß man mich hier so schwer heimsuchen kann. Sie sehen: alles doppelt und dreifach gesichert. Automatisch überwacht. Ist schon kein einfacher Auftrag, einen Wachhund abzulenken. Wenn der absolut keinen Appetit hat auf Fleisch –« Langensiepen versucht sie anzulächeln – sie geht hinaus, grußlos. Einen Moment noch hält er die Außentür auf, schaut ihr nach. Sie wippt zum Taxistand. Als der Wagen vom Platz ist, geht Langensiepen zu den Taxikollegen, sie versprechen ihm, Auskunft zu geben.

Als er wieder seine Wohnung betritt, schnarrt das Telefon. Am Apparat ist Grevenbroich. »Kennz mich nich mehr?«

»Du bist mir unvergeßlich. Und welch ein Zufall – gerade haben mich freundliche Leute aus den oberen Regionen Essens an dich erinnert.«

»Hat dir doch sicher was eingebracht.«

»Ein paar Erkenntnisse schon.«

»Mehr nicht? Stell dich nicht ulkiger, als du bist. Oder hassc schon n Abonnemang im ›Freizeitpalast‹ und kannz denen schlecht auf de Zehen latschen.«

»Bist du wirklich noch bei der Kripo?«

»Wieso nich?«

»Und nun? was möchtest du jetzt? Wieviel Prozent von den fünf Mille? wieder fünf?«

»Wo denkße hin – die gehörn dir – ich erlaube mir ja nur die bescheidene Anfrage, was du mit den Beweismitteln anfangen willst. Dat Geld is mir piepegal, aber die Police, der Arbeitsvertrach –«

»Ich werds dir sagen, was ich mit den Papieren anfange. Unten auf dem Dach des Nachbarhauses – du kennst doch das China-Restaurant – ›Mikado‹ – da sonnt sich bei diesem Wetter jeden Sonntagnachmittag eine Serviertochter, vollkommen nackt, glaubt, sie würde nicht gesehen, wunderbar gebaut, braun, ich sehs durchs Fernrohr, immer so zwischen 15 und 16 Uhr, heute war ich leider im Dienst – aber nächstes Wochenende wieder: Deine Versicherungspolice und der Vertrag, die sind aus dem Papier, aus dem ich Schwalben falte. Um sie runter zu der Süßen segeln zu lassen – irgendwann werd ichs schaffen und sie kapierts.«

»Langen, dat wird teuer für dich.«

Er legt auf. Der Apparat schrillt.

Er nimmt ab, es meldet sich eine Frauenstimme. »Herr Langensiepen? – ich soll Ihnen schöne Grüße sagen von Herrn Zehrak, er bedauert sehr, daß Ihr Termin heute abend nicht zustande kommen kann, er bittet um Verständnis und läßt fragen, ob es morgen um dieselbe Zeit geht.«

»Ich komme morgen.« Er legt auf, wieder schrillt das Signal.

»Langensiepen? Hier Predigkeit, Taxi zweienfünnefzich. Der Kollege hat sich grad gemeldet, der is unterwegs nach Rüttenscheid. Marthastraße. Mit dieser Dame.«

»Ich schmeiß Euch ne ›Pümpgen‹-Runde.« Legt auf. Marthastraße? Er bleibt einen Moment stehen, es bleibt still. Kein Telefon, kein Geräusch. Es ist fast Nacht.

Er geht zum Schreibtisch, zieht die Polizeifotos wieder hervor. Die dekorative Anordnung des Iman Honva zwischen den Kästen, den Anschlußkabeln. Der Zettel. »In Eile, Rosa B.« Es gibt morgen eine Menge zu tun.

Er schaut aus dem Fenster. Die Synagoge wird sonntags abends beleuchtet, orangerot. Da strahlt der alte Maurentempel und mittendrin, dies Regal. Bis unter die Decke, voller Schreie. Und kein Putsch. Langensiepen schließt ein Fenster über dem Tisch, das andere kann er offenlassen. Ein Gewitter bildet sich nicht.

Dann nimmt er einen weißen Bogen Papier, schaltet die Tischlampe ein und schreibt mit dem Filzstift: »Sehr geehrte Redaktion, in Ihrem Dritten Rundfunkprogramm brachten Sie heute früh zwischen 7.30 Uhr und 8.00 Uhr eine Opernmusik, die mich interessiert. Leider konnte ich weder Ihre Ansage noch Ihre Absage hören. Es handelt sich um ein Gesangsstück für Sopran auf folgenden Text: ›Besser was als nichts auf Erden. Hausfrau muß ich nun mal werden‹ – ich wäre Ihnen dankbar, wenn Sie mir einen Hinweis auf den Komponisten und die Oper geben könnten.« Adressiert das Kuvert an den Kölner Sender, verschließt den Brief.

Dann nimmt er aus dem Umschlag, in dem Rosa B. ihm die Fotos hat zukommen lassen, eines der Bilder, den vergrößerten Aufgebahrten. Hält das Foto gegen den Schein der Lampe. Holt aus einem Marmeladenglas auf dem Balken über dem Fenster Heftzwecken, geht zum Bett, schaltet das Bett- und Leselicht ein und heftet das Foto so an das Kassettenregal, daß er es sehen wird, vom Bett aus.

Einen Moment lang schaut er sich das noch einmal an. Diese Arme, symmetrisch angewinkelt, als wehre der noch was ab. Als ergebe der sich? – Er geht durch den Wohnraum, hinüber in den Monitorraum, zwischen die Betonwände der Aufzugs- und Luftschächte. Lauscht einen Moment – es ist still nebenan. Schaltet die Überwachungen durch. Alle Stockwerke in Disziplin. Die zehn mal acht elektrischen Augen melden Ruhe. Selbst die begehrteste, die Elektroabteilung, die mit den Bildschirmen: Ruhe.

Er kommt zurück in den Wohnraum, sieht noch den Umschlag an den Kölner Sender, frankiert ihn, will ihn in die Jackentasche stecken, findet darin den Scheck. Nimmt ihn heraus, zögert, steckt den zwischen die Polizeifotos. Fingert dann aus einer Schublade ein Garnröllchen, hellblau, zieht eine Nadel aus dem Elefanten, den ihm Detlef genäht hat, setzt sich unter die Tischlampe, fädelt ein, wendet die Jacke, näht den Riß, schließt sorgfältig die aufgeplatzte Naht. Schneidet dann ab, beseitigt Garn und Nadel, schiebt das Kuvert an den Sender in die Seitentasche, hängt die Jacke über den Stuhl.

Kommt wieder zum Bett, zur blauen Woge, schnüffelt, glaubt, den Duft zu bemerken, Sibyllenduft. Geht zum Wäscheregal, zieht einen dickgestrickten Wollpullover heraus. Hält den vors Gesicht, geht zum Bett zurück, wirft das Kissen hinüber in den Safaristuhl, legt an die Stelle des Kissens den Pullover. Zieht sich aus, hält aber noch mal an, nimmt dann den Telefonhörer von der Gabel, holt das Kissen zurück, legt das Kissen über den tutenden Hörer. Legt sich. Legt den Kopf in den Pullover. Stellt das Radio ein, Nachrichten, Kultur, Konzert, schaltet das wieder aus. Bewegt den Kopf. Hört, wie sich die Wolle reibt. Dreht sich ganz herum, sieht groß vor sich das Foto. Die gekreuzten Arme, das dunkle Haar, Gesicht nach unten. Dies Bild hat sie ihm bringen lassen, ›in Eile‹. Kam nicht ins ›Pümpgen‹.

Warum bin ich darüber zugleich erleichtert? Weil ich ihr nicht hätte standhalten können? Nach diesem Tag nicht. Nach dem Synagogen-Archiv nicht mehr. Nach der Ahorn-Angst nicht mehr. Nach diesem Doppelschrecken hätte ich endgültig ihr Tempo nicht parieren können. Wenn ich das überhaupt kann. Nicht nichtig darf sie mich sehen, nicht leer. Diese Rosa, oder Roswitha.

Er sieht durch die Wollmaschen hindurch das Foto. Den hergerichteten Honva. Hingerichtet. Die Flusen, dicht vor seinen Augen, mildern. Wenn er sich tiefer einkuschelt, verwischt das Bild. Aber er kann die Schärfe verlagern. Und wie lag er selber? im Ahornweg 6/8? Arme gekreuzt, über dem Kopf.

Einmal, im letzten Winter, hat er eine Straßenfrau mit hinaufgenommen. Die Frau hat auch hier oben noch gefroren. Obwohl gut geheizt war, obwohl er Tee gemacht hat. Seit ihrem Besuch hat sein Pullover ihren Geruch. Nelken.

Das wird allmählich schwächer. Der alte Schafwollduft setzt sich wieder durch. Aber der Rest reicht, sich die Frau noch einmal vorzustellen. Drei Tage hat sie bei ihm gewohnt. Wie sorgfältig, wie sachlich sie Sex gemacht hat. ›Gemacht‹, sagte die. Kein Als-ob, kein Reden, Girren, Seufzen, sondern Arbeit. Deren Sinn nicht in Zweifel stand. Wie man Medizin gibt oder zu essen, zu trinken. Liebe *machen.* Erste Hilfe. Erstklassig. Ihr Empfinden für Wertarbeit, ihr Berufsstolz. Wie froh sie war, wann immer sie erkannte, daß er einverstanden war, zufrieden. Zufriedener Kunde. Besser was als nichts.

Heute früh diese Stimmen im Ohr. Heute abend diese Bilder vor Augen. – Außen das Foto, innen die Frau.

Weiß er mehr als heute früh? Wer den dort umgebracht hat?

Da ist die Beule, die Wunde in Walters Stirn. Da ist der hinkende A. Hoffmann. Da sind diese Etablissements im Ahornweg. In der Viehofer Straße 57. Da ist eine ablenkende Frau, die soeben in diesem Bett war und in die Marthastraße wollte. Da ist eine ›IKG‹. ›Informationstechnik‹. Und ›KG‹? Das heißt ja wohl Kommanditgesellschaft. Nummer acht, Alterssitz der letzten Körfgens? Die Durchhalte-Mutter, auf dem Stau von 1933 – Namen, die keine guten Erinnerungen wecken, werden gekürzt. ›W.‹ wie Wilhelm, ›A.‹ wie Adolf. Revier. Schützenbahn.

Und da sind die Türkentrupps, die miteinander Konflikte haben. Und wieder diese ablenkende Sibylle, Milchkaffee olé – Und da ist –

Er legt die Andreas-Hofer-Kassette ein. Gibt ihm Raum, diesem trauernden Trotz.

Sich reinwurschteln in einen Privatkrieg. Mit ein paar Fronten zuviel.

Gegen eine Übermacht nur mit List. Im Todeskampf der Tiroler, im Anmarsch der Regierungstruppen. Sogar diese ewig geduckten Essener beim Putsch. So sieht er sie vor sich. Alle, die er gesprochen hat. Er nimmt die Schärfe zurück. Auf die Wollflusen. Das Foto wird Nebel, die Flusen in Deutlichkeit diffus. Da hört er und sieht er jeden – was ficht dich an, Höhenhofer, dich da reinzuwühlen. Hier bringe ich Ihnen Langensiepen, den besten Schwimmer der Welt.

Sie bringen mir einen Schlafenden. Im Bild und im Duft der Frau durchschaut er sie alle. Deswegen, Kirchberchmann, bin ich Detektiv. Deswegen. Und schläft –

II

VIEHOF

Montag, neunter August
Noch vier Tage

Als Erystheus noch jämmerlich
in seinen Kissen schrie und sich aufpäppeln ließ,
hütete Herakles schon die Schafherden
und erlangte beim Landvolk erste Berühmtheit,
da er nicht nur den einfallenden Wölfen
den Rachen zerriß, sondern auch dem
für unbesiegbar geltenden Löwen

Das Leuchtzifferblatt zeigt zwei Uhr, als er aufwacht und weiß, daß jemand im Raum ist. Er hat den gehört. Sieht aber nur schwarzes Wolkendrehen.

Den Atem anhalten; kein Geräusch machen – jedes bemerken. Er hatte gestern die Türen verschlossen, und jetzt trotzdem. Einer hier. Die Arme, die zu heben wären, sind zu schwer. Er atmet flach, unhörbar.

Er sollte die Schädellampe entfernen, gleich morgen. Der in diesem Schädel lebte, der ist nun hier. Oder nebenan.

Er schnappt Luft. Oder es ist der hier, der neben seinem Kopf am Regal hängt und auf dem Gesicht liegt. Und es ist auch die wollige Frau hier. Er dreht den kalt schwitzenden Kopf. Dreht sein Gesicht nach unten, in die Nelkenwolle hinein. Ich selber bin es. Stehe neben mir. Die Brust klemmt. So sehr, daß er kaum atmen kann, nur flach.

Der Weckerlärm, pünktlich halb acht, findet ihn nicht auf dem Posten. Seinen Kopf verstrickt, in Shetlandwolle. Ein Arm kriecht zum Wecker, tastet weiter zum Radio, hebelt Klassik ein, kommt zurück, umklammert das untere dicke Ende der Strickware, das dunkelgrau Duftende. So hält er sich eine Weile fest, schwimmt schweren Räumen nach, Wahrheitsbädern. Wirft sich dann auf – was ist?

Morgensonne steht durch den Raum – er will die nicht. Sinkt zurück in die Hülle. ›Italienische‹, zweiter Satz; in bedächtigem Schritt, weh und schwer. Das legt sich über ihn mit dunklem Ton, aus alten grauen Wellen; versunkene Ballade vom König in Thule, trank nie einen Tropfen mehr.

Was war? Er hat wieder seinen Wald- und Trinktraum genommen, ist ausgebrochen in sein Dickicht aus Flaschen, aber gerade dort haben die ihn eingekreist, klickten die ihre Finger nach unten, lösten Abschußhähne – doch Rudolf Langensiepen verwandelt sich, nimmt nie einen Schuß mehr, setzt auf und davon und kann sich endlich erheben. ›Garagenzeit‹.

Körfgenzeit. Montag. Die Welt wurde montags angefangen. Und die Angefangenen müssen seither montags ebenfalls einen Anfang machen, dieser Montag rumpelt einfach rein, fällt mit Sonnenstärke auf den Kopf und zieht quer vor den Siegestraum den schwarzen Vorhang, zusammengeflickt aus Terminen und Fragen – wer war Honva, wo wohnte der; wer ist Zehrak, was ist in der Marthastraße, was ist K.U.K., wohin mit fünftausend Mark zwischen Polizeifotos, ist Grevenbroich ein Mann für Verbindungen und Falschpoker, ein Polizeiagent? Wer wird ihm, Langensiepen, heute, Montag früh, Auskunft geben, ihm, dem Kaufhausknecht und Versager –

Langensiepen reißt den Pullover beiseite, sieht die Kaffeetassen auf dem Tisch, das Kissen auf dem Telefon, springt auf, öffnet Fenster, läßt die Luft über den Körper, zieht Hose an, Turnschuhe, räumt die Tassen hinüber, setzt Kaffeewasser auf, trabt zur Tür, reißt die auf, rundet an, schwingt den Leib, staucht Kies, rüttelt sich voran, schafft Tempo, Entfernungen, Räume zwischen sich und die Alps und Mare, die Mären der Nacht, Sprünge zwischen Körper und Stein, trabt den Rand entlang, die Schluchtkante, hier Kopstadt, drüben die Nachbarburgen, die Limbecker, dann Webermarkt, dann Gertrudis und, fast vor der aufsteigenden Sonne, einhundert Meter hoch, der Turm der Stadtregierung – da ist sie längst dahin, die Gewißheit, daß in dieser Nacht einer oder mehrere in seinem einsamen Versteck gewesen sind.

Nach zwanzig Runden, Atem schnappend, das Recht auf Dusche und Kaffee; auch heute hat niemand begonnen, die andere Hälfte der Dachbaracke zu beziehen, nein, Kimmeskamp kommt nicht mehr zurück, an Ersatz ist nicht gedacht, als Wohnraum hat die Verwaltung dies nicht registriert.

Das Rasieren, die tägliche Spiegelarbeit. Es hat seinen Grund, warum meine Borsten krumm wachsen. Anthroposophen wüßten, warum jede zweite zurück will in mein Fell, um sich zu entzünden. An dem, was ist. Widerborstig gegen das Widrige –

Er hört den Stadtfunk um acht. Melden die den Viehofer Fall? man meldet Verkehrsaufkommen, Verbreiterung der Brücken über die Ruhr, neue Versuche mit Verflüssigung von Kohle und mit widerstandsfähigen Bäumen. Da ist eine Warnung vor Jogging neben Autostraßen, da ist der Ministerpräsident, der für das alte Kohlenrevier durchaus noch eine Zukunft sieht, er sieht eine elektronische.

Kaffee, Toast, Butter, Honig, Zähneputzen und dann das Kissen vom Telefon, den Hörer auf die Gabel, das Sibyllenkissen ins Fenster, den Wind drauf, die Sonne. Dies unverschämte Weib, gebräunten Arsch anzubieten. Immerhin, nachher war sie es, die klein war.

Kaffee geht aus, Butter auch, ich sollte einkaufen. 60-Grad-Wäsche wäre fällig. Ein anderer Wecker. Die Schädellampe? Ich sollte in den Briefkasten schauen, zumindest in das Essener Blatt und was da berichtet wird über die Viehofer Grube – nichts? wie im Stadtfunk?

Langensiepen fährt hinunter, der Dienst in den Stockwerken hat begonnen, man grüßt ihn, kennt ihn; die mit dem Acht-Uhr-Beginn rollen warenbepackte Karren, heben, schieben herum, erzählen von den rotweißen Spielern, die für immer unten bleiben werden, jedenfalls so, wie sie gestern gespielt haben, für immer drittklassig. Die Grugahalle, der Ausflug; der Sonntag all dieser Leute kriegt Glanz, man muß ihn nur erzählen können.

Im Briefkasten Nachrichten für den Montag. Bevor er die Umschläge öffnet, das Gespräch mit dem Dienstleiter, nein, die Befürchtungen haben sich nicht bestätigt, es fehlt weniger als angenommen, die Differenzen von der Vorwoche unerheblich, die Essener werden ehrlicher. »Oder blöder, je nachdem«, sagt der Dienstleiter. – »Oder wir werden cleverer«, sagt Langensiepen. – »August war schon immer problemlos«, mildert der Mann. – »Die Elektronik jedenfalls dürfte sich rentiert haben«, antwortet Langensiepen. Dagegen sagt der nichts, Langensiepen grüßt, fährt wieder hinauf.

Der Lastenaufzug hält in fast allen Stockwerken, derweil sieht er die Post durch. Da schreibt eine Katharina Ledermacher – woher kennt er die? – aus Dänemark, offenbar aus ihrem Urlaub, und da ist die Zeitung und ferner ein amtlicher Bescheid, von der Post? und da ist ein unfrankierter Umschlag, mit ›R.B.‹ bezeichnet, an ›R.L.‹, den reißt er auf: »Tut mir leid, daß ich um 18.00 h nicht konnte – was sagst Du zu den Fotos? Vorschlag: Heute, 14.00 h im Kiepenkerl. Will sehn, ob ich noch mehr abstaube im Präsidium. So long, Deine Sittenwacht.«

Welches Interesse hat sie, meine Sittenwacht zu sein. – Ich werde mich mit ihrem Ruhrdeutsch nicht länger abspeisen lassen. Will Antwort, keine Spielchen, weder im ›Pümpgen‹ noch im ›Kiepenkerl‹. 14 Uhr, na bitte.

Im Höhenhaus öffnet er die übrigen Kuverts, zuerst den amtlichen Bescheid, per Vordruck bittet die Post, sich am 11. August gegen zehn Uhr in der Wohnung aufzuhalten ›zwecks Vorbesprechung Ihres Kabelanschlusses‹. Solln nur kommen. Dann die Post aus Dänemark, launiger Urlaubsgruß, von einer ›Kollegin‹? ›Ledermacher‹? Die tut vertraut, duzt, ob auch er Urlaub? ob er wieder ›richtige‹ Fälle – »oder bleibst Du Gorilla?« – die habe lange nichts von ihm gehört, in der Tat, die weiß noch nichts von seinem Aufstieg aufs Kaufhaus. Jetzt wird's ihm klar, die ist die Kollegin von der Polizeischule, ja, Hiltrup, 1963, die Jüngere, die nicht mehr an ihn herankam, da alles mit Herta geregelt war oder schien. – Ob er wieder mal nach Berlin? – Als ›Gorilla‹ war er oft dort; damals, 77, hat er sich die Waffe abgewöhnt.

In der Zeitung neben der Horrorzeile »18 Prozent im Revier« – so hoch sei inzwischen der Anteil der Arbeitslosen – die Erklärung des Ministerpräsidenten, auch hier fehlt nicht das ›durchaus‹. Alle Seiten blättert Langensiepen auf – es fehlt der Bericht über den Fall am Viehofer Platz. Auch in den ›Notizen aus dem Polizeibericht‹ keine Notiz. Der Viehof findet nicht mehr statt. Dagegen oben quer über jeder der inneren Seiten die tägliche Mahnung des Verlags NUR NOCH 4 TAGE BIS ZUM START DES RUHRFERNSEHENS; außerdem ein längerer Artikel über eine Rede des Bundespostministers, der beabsichtige nicht, als Fortschrittsverhinderer in die Geschichte der Republik einzugehen. Solange er Minister sei, werde vernetzt, und zwar von Flensburg bis Friedrichshafen,

Maschinenstürmer hätten am Ende noch immer einsehen müssen, daß die neuen Techniken Segen brächten.

Langensiepen telefoniert, wählt die Nummer der Hauptpost. »Können Sie mich mit einer Stelle verbinden, die für die Verkabelung zuständig ist.«

»Ja, Moment mal – geht es um eine Beschwerde? einen Anschlußantrag? eine Verweigerung?«

»Um eine Auskunft. Polizei.«

»Ich verbinde.«

Nach einigen Schaltgeräuschen: »Barntrup.«

»Langensiepen. Ich brauche eine Auskunft über die Verkabelungsarbeiten am Viehofer Platz.«

»Auskunft? Inwiefern –«

»Wie auf diesem Platz die Pläne aussehen, die Zuständigkeiten, die Besitzverhältnisse –«

»Hm. Ich verbinde Sie mal mit dem Referenten.« Weitere kullernde, kippende Geräusche, Klick-Klock. »Holtkamp.«

»Guten Tag. Ich habe eine Ermittlung zu führen im Zusammenhang mit einem Todesfall gestern früh am Viehofer Platz und benötige Auskünfte, wer dort die Kabelarbeiten durchführt –«

»Dann wäre es besser, Sie könnten hier mal vorbeischauen – da kann ich Ihnen die Pläne zeigen. Anhand der Karten läßt sich das schneller einsehen, als wenn ich jetzt lang und breit am Telefon –«

»Wann?«

»Meinetwegen noch heute vormittag, am besten vor elf.«

Langensiepen legt auf, wählt seine alte Dienstnummer: »Heinz Nöggerath? – schon am Schreibtisch?«

»Hallo Ruddoff! dat du dich ma widder hörn läßt? wie gehts denn so? stimmt dat, dat du getz ganz ohm auf sonnem Kaufhaus wohnz?«

»Stimmt. Kannst mich mal besuchen.«

»Aber ja doch, mach ich.«

»Verrate mir, wie stehen die Untersuchungen im Fall Honva.«

»Wie bitte?«

»Der Tote gestern früh, am Viehofer.«

»Hass ja n guten Horchposten.«

»Und was hörst du?«

»Hm. Tja, ich komm eben von der Frühbesprechung un hab gehört – – nee, hör mal, du, bei aller Freundschaft, tut mir leid – dat is ne Dienstsache, un seit du nich mehr unter Diensteid stehß, da –«

»Wobei ich denselben Dienst schiebe wie du, Heinz. Du staatlich, ich privat.«

»Ich dachte, du fängß Kaufhausgauner.«

»Nebenberuflich auch andere. Zum Beispiel den, der den Herrn Honva aus diesem wunderschönen Leben geschmissen hat.«

»Gratuliere zu dem Auftrag. Aber – ehrlich, ich darf dir da konkret nix sagen, dat weißte doch säpps – außerdem is ja noch überhaupt nich raus, ob – also, et is noch nichts entschieden, ja?«

Heinz Nöggerath seufzt. »Heut mittach, wenn der Obduktionsbefund vorliegt, dann haben wer hier ne neue Besprechung mit Schürmann, ob also überhaupt hinreichend Verdacht besteht –«

»Du könntest diesen Obduktionsbefund ohne Mühe ins Kopiergerät legen.«

»Bin ich lebensmüde? Solange keine Öffentlichkeit zugelassen is, also offiziell, solange kommt sowat nich in Frage.«

»Seit wann bin ich Öffentlichkeit.«

»Ruddoff, versteh doch – du kennz do säpps die Vorschriften.«

»Ja, kenn ich. Ich kenne deinen ›Ermessensspielraum‹. – Gib mir mal die Datenstelle.«

»Die sagen dir datselbe. Könnt ja jeder kommen.«

»Ich bin nicht jeder.«

»Versteh doch –«

»Wieso sind Unfälle am Viehofer Platz Staatsgeheimnis?«

»Vorläufich! Heut mittach wird dat ja allet entschieden, kannz denn nich solange noch –«

»Danke Heinz.«

Langensiepen steht auf. Schaut sich seine Leinenjacke im Sonnenlicht an, hängt sie weg, sieht aus dem Fenster. Noch heißer wird es heute, ich gehe ohne Jacke. Er nimmt den Brief an den Kölner Sender aus der Seitentasche, schließt die Fenster, sieht eine Boeing südwestwärts sinken, geht hinaus, verschließt die Wohnung; rings auf den Konsumburgen das Fahnengrün, Fröhlichkeit im Wind, er bemerkt die Fensterputzer, die sich im Korb abseilen wollen über die Kante, grüßt sie.

Er macht seine Gänge durch die Stockwerke. Bei der Poststelle läßt er seinen Brief an den Sender; jedes Stockwerk hat seinen Aufseher, nirgends Ärger, die Fehlbestände Lappalien. »Heut können Se baden gehn, Herr Langensiepen.«

Im Erdgeschoß geht er zwischen Kurzwaren und Zeitschriften und Schreibwaren hindurch, hinaus in die Sonne. Grüß dich, Kopstadt, wie nur hast du's geschafft, diese lahme Stadt auf Touren zu bringen?

Er will einbiegen ins ›Pümpgen‹, da sieht und hört er einen älteren Mann, einen weißhaarigen, einen ›Herrn‹ hätte er den wohl genannt, sieht, wie der flucht. Pfiff, Schrei, Lästerung, dann den Riemen, halb gerafft, auf den Hunderücken. – Fort, ins ›Pümpgen‹.

»Kalla, meinen Kaffee brauch ich. Kaffee und Mett.«

»Marschiert.«

Langensiepen stellt sich an seinen hinteren Tisch und sinnt. Braucht der deutsche Herr immer noch ein Wesen, das den Schwanz einzieht? Pfötchen gibt? »Immer mit dir« – stand auf dem Halsband. Des Führers Schäferhund. – Nie so süße Flötentöne aus Greisinnenhälsen wie für ihre Hundchen. Nie so heiße heisere Wut der Herren. Da sind wir ohne Falsch. Ganz.

»Danke, Kalla.«

»Hasse't gesehen? Steht nix inne Zeitung, nix von deim Viehofer.«

»Ich kriegs raus, Kalla.«

»Hasse dir aba schön wat vorgenomm.«

»Neues vom Kumpmann?«

»N ganzen Tach gestern war er nich mehr hier.«

»Paß mal auf, was er so erzählt. Garantiert läßt ers noch ein paarmal raus.«

»Un jedesmal n bißken anders, wie?«

»Eins steht fest – er hat sich rumgeprügelt.«

»Am Ende war't unsern Waller Kumpmann.«

Langensiepen ißt das Mettbrot. Trinkt aus dem Zwiebelmuster, zahlt.

»Kalla, halt mirn Daumen.«

»Mach keine Sachen.«

»Mach ich.«

Er geht auf den Platz, zu den Taxis. »Wer von euch hat mir gestern den Bescheid gegeben über die Marthastraße –«

»Der Willi war dat, der Predigkeit. Un hier der Häbbärt, der hat se gefahrn, die Spinatwachtel.«

»Wohin?«

»Martha elf.«

Er geht zum Predikeit. »Bitte zum Polizeipräsidium.«

Predigkeit schraubt den alten Benz um den Platz, zur Schützenbahn, von dort nach Süden, hinauf nach Rüttenscheid. »Hau Mann«, sagt Predigkeit, »dat war vielleicht ne Schnepfe. Gestern die. Beine bis zum Gehtnichmehr.«

»Sollten diese Beine je wieder auftauchen am Kopstadtplatz – die werden Sie doch wiedererkennen, oder? – dann wär's nett, Sie gäben mir Bescheid. Sie und Ihre Kollegen.«

»Gärne.« Der macht eine Pause. »Sind Se dran interessiert – an de Beine?«

»Danke nein. Rein dienstlich.« Pause zwischen den Männern.

»Hat die etwa wat mit die Kabelleiche zu tun?«

»Könnte sein – woher wissen Sie –«

»Och, spricht sich rum.«

»Gibt es Taxis am Viehofer?«

»Türlich.«

»Auch nachts?«

»Nur bis 24 Uhr. Dann widder ab sieben.«

»Schade. Was halten denn Sie vom Kabelfernsehen. Machen Sie da mit?«

»Bin donnich bescheuert. Is do nix als Geschäftemacherei. N Anschluß ham wer ja längß im Keller. Aber solang dat soviel kostet? Nee. Mehr als zwei Augen hab ich nich, un mehr als einen Film gleichzeitich kann ich wieso nich kucken. Und dann – mir sind da zu viele Amateure am Drücker! Solln ärß ma üben. Solln öfter ma im Kinno gehn. Bißken Bewegung!«

»Aber Taxi sollten die dabei schon auch benutzen, wie?«

»Klaro. Wenn die nachm haaten Film noch ne Stein-Pils-Kur nehmen, also Steinhäger un Pils, abwechselnd –«

»Das würde Ihnen so passen.«

Langensiepen zahlt, »Tschüßges«, sagt Predigkeit.

Er überquert die Zweigertstraße, betritt das Präsidium. Der Pförtner ist zum Glück der alte, der kennt ihn. »Na? fängße widder an bei uns?« – »Bei euch nie wieder.« – »Aua! bisse sauer?« Der läßt ihn passieren. »Immer noch der alte Querkopp.« – Er geht über die bekannten Flure, durch die Gerüche, die muffig traurigen Passagen, aber hinten, im Dämmer wie ein Engel, eine junge Angestellte, frisch braun; heute, am Montag, soeben zurück aus der Sonne; mit einem Nichts an Rock, einem Mindestmaß an Bluse, herrje, das ist Gabi, die liebe graue Gabi – Mann Mann. Olé – »Unwahrscheinlich siehst du aus – wenn ich das früher gemerkt hätte, dann –«

»Sie Schwerenöter, Herr Langensiepen. Sie!«

Die schwebt davon. So zeigen die, wie sie aussähen, wenn man sie ließe. – Er drückt, ohne anzuklopfen, die Klinke. Betritt Doktor Ashoffs Büro.

»Wer sind Sie, was wollen Sie hier –«

»Mann, sind Sie nervös – ich wollte Sie natürlich umbringen.«

»Ihren Namen.« Der Ashoff steht dicht vor ihm, ist größer als er.

»Einen Namen hab ich, doch doch. Einen, den Ihnen gestern wiederholt Ihre Kollegin Bergmann empfohlen hat.«

»Empfohlen? nicht daß ich –«

»Zur Mitarbeit im Fall Iman Honva.«

»Sie sind – Sie sind also dieser –«

»Langensiepen.«

»Wie kommen Sie hier rein.«

»Durch die Tür.«

»Wer läßt Sie in dies Haus!«

»Mann Doktor, Sie schwitzen sich noch Flecke in Ihren weißen Kragen – wenn Sie nichts dagegen haben: Ich war länger als elf Jahre lang Ihr Kollege. Ohne daß bei Ihnen davon offenbar was ankam. Und nun stellen Sie sich vor: Ich besuche regelmäßig alte Freunde hier – tja! Und nun hab ich neuerdings den Auftrag, mich um die Aufklärung des Falles Honva zu kümmern. Ihr Befund interessiert mich.«

»Herr Langensiepen, wenn Sie einen entsprechenden Auftrag haben, werden Sie den Befund zugestellt bekommen.«

»Warum können Sie mir nicht jetzt – in wenigen allgemeinverständlichen Worten – klarmachen – vielleicht justament an diesen schönen Röntgenbildern – was unser Herr Honva nun nicht überlebt hat –«

»Mann Gott, der hat sich das Genick gebrochen.«

»Hat sich –? – oder ist es ihm gebrochen worden –«

»Dies zu beantworten gehört nicht in mein Ressort.«

»Was gehört denn in Ihr Ressort, wenn nicht mal dies?«

»Na dann sehen Sie doch hier mal hin – diese beiden obersten Wirbel, wie sich die gegeneinander verschoben haben, hier! und ein deutlicher Riß! Dies festzustellen, das ist mein Ressort.«

»Aha. Und diese Schädelaufnahme? – ebenfalls mit ›I. H.‹ gezeichnet –? auch die zeigt einen schönen Riß, und sogar mehrere. Und die laufen hier auf diesem Punkt zusammen, wenn ich recht sehe – wie beim Viehofer Stern –«

»Ja wenn Sie eh alles besser wissen, wieso fragen Sie dann überhaupt noch. Natürlich hat der Mann sich auch den Schädel verletzt – bei vier Metern Fallhöhe, Sie Schlaumeier. Nachdem Sie mir dermaßen eindrucksvoll demonstriert haben, warum einer wie Sie in ein Team nicht paßt, muß ich Sie dringend bitten, mein Büro zu verlassen. Ich habe zu untersuchen, meinen Bericht zu formulieren.«

»Ich freue mich auf Ihren Bericht.«

Der Mann ist an ihm vorbei zur Tür gegangen, hält sie ihm auf. Langensiepen geht, bleibt aber in der Tür, fragt den großen schönen Mann: »Sie lieben Opern?«

»Opern? Gewiß, warum?«

»Weil ich auf der Suche bin nach einer Stelle, in der gesungen wird: ›Besser was als nichts auf Erden‹.«

»Wie? ›Besser was als nichts‹?«

»Ja.«

»Nicht daß ich wüßte. Auch hier kann ich nicht dienen.«

»Nicht Ihr Ressort? Nochmals Dank, Doktor.«

Der schließt die Tür. Langensiepen eilt durch die Flure, die Treppen hinab. Erschlagen worden ist der Honva, nicht gefallen. Fällt dem Doktor natürlich nicht leicht, an so was vorbeizuformulieren. Wenn schon die Röntgenbilder –

»Alles klar?« fragt ihn der Pförtner.

»Fast alles«, sagt Langensiepen, »ich übernehm hier die Öffentlichkeitsarbeit.« – »Toffte!« – Langensiepen überquert die Zweigertstraße und sinnt schon wieder. Zur Post muß ich, zum Referenten Holtkamp. Der soll ihn mir lichten, den Filz, die Union festen Schweigens, wenigstens Postbeamte dürften sachlich bleiben, sachlicher als Sibyllen oder Doktoren im Dienst am Revier. Oder ist auch die Post längst gekauft.

Heiß wird es heute. Er nimmt die erste Bahn Richtung Norden, zur Innenstadt hinunter. Woher diese plötzliche Frechheit wieder. Herr Doktor, Sie hinken? Flecke in Ihrem Kittelkragen? Der muß Angst ausgeströmt haben, übles Gewissen, und ich beiß den? Tier ich.

Am Hauptbahnhof steigt Langensiepen aus, fährt die Rolltreppen hinauf, vor die Hauptpost. Auf den fahrenden Treppen wieder der Ärger mit den Breitärschigen, kaum stehen die auf Rolltreppen, bleiben die stehen. Als wären Stufen nicht zum Steigen da – fett und plump stellen die sich hin, mitten auf die Treppe. Kriegen was Glasiges ins Auge, lassen sich fahren.

Um Gottes willen nicht selber gehen; nein, sich gehen lassen. Und an ihrem treuherzigen Hintern führt kein Weg vorbei. »Pardon«, sagt Langensiepen und will sich vorbeischieben – nur zwei verlassen ihren Standpunkt. Langensiepen gibt auf.

Murrend übers Träge und Temperamentlose geht er in der Hauptpost zum Informationsschalter, fragt nach dem Referenten Holtkamp. Der Informant ist uninformiert, erkundigt sich, nein, hier nicht, drüben im Postscheckamt, 19. Stock, Zimmer 1908.

Neues Rolltreppenvergnügen, hinüber auf den Platz, der, seit Führerzeiten, ›Freiheit‹ heißt. Immer mit dir. Er betritt das Postscheckhaus, kann dem Pförtner klarmachen, daß er mit Herrn Holtkamp verabredet ist, fährt im Lift in den neunzehnten Stock. Schaut oben im Flur erst einmal hinunter.

Zurück über die Stadt. Tief unten die tausend Jahre alte Straßenschneise, die schon immer nach Norden hin abfiel, zum ›Viehof‹. – Findet dann die Tür Nummer 1908, daneben das Schild »Referat Öffentlichkeitsarbeit«, klopft und tritt ein.

Holtkamp ist Mitte vierzig, sieht aus wie Langensiepen, findet Langensiepen. Schmal, aber eigen. »Guten Tag, es geht um eine Ermittlung, wahrscheinlich Mord, mein Name ist Langensiepen –«

Er solle doch Platz nehmen. »Einen Kaffee?« Der schüttet aus der Glaskanne in weiße Kantinentassen. »Milch? Zucker?« – »Milch.« – »Mord?«

»Gestern früh ist in einem Kabelschacht auf dem Viehofer Platz eine Leiche gefunden worden. Ein Türke, vermutlich erschlagen. Ich bin mit der Ermittlung beauftragt, darum interessieren mich bestimmte Hintergründe dieser Verkabelung. Welche Rolle spielt der Viehofer Platz, wem gehört dort das Gelände, wer hat da welche Aufträge –«

»O weh. Wollte ich das gründlich beantworten, säßen wir noch heute abend hier. Aber sagen Sie – eine Leiche –?«

Eine Sekretärin ist eingetreten, flüstert mit ihm, er schüttelt den Kopf. »Auf keinen Fall«. Die Sekretärin, sommerbunt, hebt die Schultern, geht schulternhebend davon, »dann nicht.« – »Pardon noch mal, so kurz vorm Start des Ruhr-Tiwi ist hier der Deubel los, Anfragen, kurios, furios, ich sag Ihnen – wenn Sie bitte nicht übelnehmen, daß wir mitunter gestört werden –«

»Ich versuche, mich knapp zu fassen.«

»Aber nein doch, grundsätzlich hat ja jeder hier Einsichtsrecht und – aber – wie sagten Sie? – eine Leiche? in unserer Anlage? ausgerechnet dort – wieso weiß ich das noch nicht?«

»Die vorläufigen Ermittlungen werden erst heute mittag abgeschlossen. Sobald der Bericht vorliegt und offizielle Erkenntnisse, dürften Sie schon noch informiert werden.«

»Na wunderbar. Also, wo fange ich an – Sie wissen also über den Viehofer nichts?«

»– über die heutige Situation so gut wie nichts.«

»Ich könnte, was die heutige Situation betrifft, anfangen bei den Starkstromschächten, die wir hier zum großen Teil nutzen konnten, schon 1948 hatte man den Bunker unterm Viehofer als Schaltstern erster Ordnung erkannt und genutzt, ich sag ja, wenn diese Terrorszene nur ein kleines bißchen von ihrem Rigorismus ersetzen könnte durch Köpfchen, dann könnte – aber ich rede zuviel, das interessiert Sie ja schon gar nicht –«

»Schon habe ich vergessen, wie das Industrierevier lahmzulegen wäre und frage statt dessen: Was, bitteschön, ist K.U.K.?«

»Unter der Bezeichnung K.U.K. läuft im Ruhrgebiet das größte Verkabelungsprojekt des Kontinents – sechs Millionen Einwohner, eine Fläche doppelt so groß wie Berlin, größtes Industrierevier Europas. Nach außen koordiniert K.U.K. die neuen Fernsehprogramme, das ist die populäre Fassade; in Wahrheit gehts um eine entscheidende industrielle Veränderung, um den Anschluß des Reviers an alle Möglichkeiten der Computerelektronik, um alles, was BIGFON beziehungsweise INTERNET leisten kann – das breitbandig integrierte Fernnetz. Lassen wir die Technologie aber mal außen vor: Ob nun Kupfer oder Glasfaser oder digitalisiertes Fernsprechnetz, die Kombinationen obendrein mit Satellitenservice – was das im einzelnen bedeutet, inwiefern Veränderung, dazu sollten Sie, falls Sie's fachlich wissen wollen, Fachleute fragen –«

Sein Telefon schnurrt, er nimmt ab. »Wer? – Okay. – Hallo Willäm! alte Flaume, hätts mir ja omma n bißken ähr verraten könn, wat sich bei euch zusammenbraut –« Holtkamp hört eine Weile zu, der ›Willäm‹ gibt offenbar entschuldigende Erläuterungen, Holtkamp muß nicken, muß grinsen, muß Kaffee trinken und sagen: »Is nich wahr! – Sach bloß. – Hat der dat also widder ma gedeichselt? – Ja ja, übberall die Fingerkes drin. – Musser doch mitmanschen, klar. – Un wenner't übber die EPF nich packt, dann, meint er, schafft er't übber Rhein-Tiwi, na warte, Büaschken, dich kriegen wer – gut, datte Bescheid gibs, Willäm – getz nur noch eine Bitte: Schleunich Düsseldorf anrufen, den Thomas Gronau, der weiß dat – ja ja, is der Referent, genau! die Nummer von dem sacht dir Monika, ich stell dich duich! und tschö! – bisse Donnerstach aamt widder dabei? – jau! also tschökes Willäm.« Er legt auf, sieht etwas verwirrt auf seinem Tisch herum. »Warten Sie, das muß ich mir eben doch notieren – dringend – so, wo waren wir stehengeblieben?«

»Sie sagten, ich solle mich, was die industriellen Auswirkungen angehe, an einen Fachmann wenden – wen empfehlen Sie?«

»Wegen der Breitbandvernetzung am besten gleich drüben den Fachmann im entsprechenden Uni-Ressort –«

»Wen?«

»Witvogel vor allem, Professor Witvogel, oder nee, besser sein Assi, Bredenfeld, der is aufm neueren Stand und drückt sich auch, wolln mal sagen, verständlicher aus.«

»Also Bredenfeld. Nun zu Ihrer Rolle.«

»Zu meiner?« Holtkamp hat die Augen aufgerissen.

»Zur Rolle der Post.«

»Na hören Sie, Sie wissen ja wohl, daß die Post, vorerst noch, eine Art Monopol hat auf alles, was Informationstechniken betrifft. Vom Briefverkehr über Telefon bis zum drahtlosen Sendeverkehr – und nun erst recht bei BIGFON und INTERNET. Wobei freilich auch hier die alte Telefon- und Elektrolobby als erste zum Zug kommt und die meisten Milliarden unter sich aufteilt: Siemens, der alte Postdauerlieferant, aber auch AEG-Telefunken, Standard Electric Lorenz, Telefonbau & Normalzeit und einiges mehr –« Das Schnurren seines Telefons läßt ihn stocken, er nimmt ab. »Wer is da? – Ach so, die heilige Regierung selber – na dann sach ich auch nix, okay – Ja, hier Holtkamp, Essen, guten Morgen.« Die Regierung redet einige Zeit. »Ja, ich bin auf dem laufenden. – Nein nein, das kenne ich.« Doch dann bringt der Anrufer Neuigkeiten. »Aha? Ist ja doll. Ja, sollen wir daraus ne Meldung machen? wenigstens hier, fürs Lokale? – noch nicht? – überhaupt nicht? – Ah ja, verstehe. – Erst wenn – und dann natürlich nicht diese Beteiligungen an der Spitze, sondern – überhaupt nicht, na gut, verstehe – aber sagen sie, der –« – er sieht Langensiepen skeptisch an – »– der sogenannte Konzern ist aber doch, wenn ich das richtig gespeichert habe, dann ist der doch fest in der Hand dieses Münchner Unternehmens und damit praktisch Eigentum von unser aller – na ja, sehn Sie? wußt ichs doch – bin ja mal gespannt. Wie die sich am Donnerstag einbringen werden ins Programm, nach all dem Theater bisher – ja, vornweg der Staatsopernakt, nach hinten Volksgetöse – o ja, aber natürlich gehören auch die Junghans-Uhren dazu, keine ernstzunehmende Waffe ohne den Zünder aus dem Schwarzwald – ich bin gespannt – wie die selber zünden werden, ha – haben ja n eigenes Designteam, wie? wußten Sie nicht? – o nein, nicht bloß für die Deko-Details, wo denken Sie hin – von denen geht kein Satz an die Öffentlichkeit, den nicht das Werbeteam durchgelutscht hat, der Erfolg spricht für sie – ja dann danke ich doch sehr für diese kleine Akzentverschiebung kurz vor Ladenschluß – ist bereits notiert, freilich – adios!« Holtkamp notiert sich wieder was, schaut dann seinen Besucher an. »Ich kann Ihnen sagen, wenn dieser Start am Donnerstag vorbei ist, dann muß ich erst mal in Urlaub. Aber das sage ich jetzt schon seit zwei Jahren. – Nun, wie, was – hatten wir zuletzt –«

»Sie hatten etwas über die Monopolstellung der Post sagen wollen.«

»Also so lupenrein monopolistisch ist die Post schon seit langem nicht – immerhin, das Verfassungsgericht hat anerkannt, daß auch die Breitbandverkabelung sinngemäß unter dieses Vorrecht gehört und daß sie von einem öffentlich kontrollierten Bundespostminister zu betreiben sei.«

»Sie reden so rechtfertigend – ich klage ja hier niemanden an. Nicht mal wegen der Leiche unterm Viehofer Platz.«

»Sie nicht – aber Sie können sich nicht vorstellen, wie viele Versuche es schon gegeben hat, unser Bundesmonopol zu brechen. Länderinteressen, die Interessen der Städte, der großen Industrie – nun ja, wir haben uns verpflichtet, auch diese neuen Techniken nun nicht bloß mit eigenen Mitteln zu realisieren, sondern möglichst breit und möglichst gerecht die Aufträge zu verteilen, angefangen bei den regionalen Gewerben.«

»Sie vergeben also –«

»– laufend Aufträge – Lizenzen waren schon beim Telefonbau zu vergeben, erst recht nun im Kabelbau, oder bei der Digitalisierung für Btx, was ja noch einmal eine ganz andere Dimension –«

»Aufträge an –?«

»Angefangen beim Elektrohandwerk – oder sagen wir angesichts der neuen Entwicklung besser: Firmen mit elektronischem Know-how, mit Möglichkeiten also zu allen Arten elektronischer Fertigung, das reicht vom kleinen Elektrohandwerker immer noch bis hinauf zum High-Tech-Weltkonzern.«

»Und kostet Milliarden?«

»Am Ende viele Milliarden. Arbeitsstunden, Material, Geräte – aber schon vorher Planungskosten, Planfeststellungskosten –«

»Was darf ich darunter verstehen.«

»Um ein so riesiges und seit langem – fast möchte ich sagen – verbautes Einzugsgebiet wie das Ruhrrevier sinnvoll zu erschließen, muß man sich zuvor einiges klarmachen: Wo werden die Knotenpunkte sein, Schaltstellen, Relais, die Kopfstation, wo gehen die Hauptstrecken, wo die Verzweigungen.«

»Und da ist der Viehofer Platz eine Zentralstelle?«

»Sie sagen es. Bei unseren Vorüberlegungen –« Das Telefon unterbricht ihn, er redet mit der Sekretärin, verlangt, daß der Anrufer sich nachmittags nach zwei Uhr wieder melde, legt auf. Die Post, sagt er, baue und lasse bauen, nicht nur Kopfstationen und Verteilerstellen, sondern auch, wie er sich ausdrücken müsse, die »Anbindungen bis an die Endabnehmer«, beziehungsweise sie vergebe ihre Aufträge auf allen drei genannten Netzebenen.

Welche ›Netzebenen‹ der meint, fragt sich Langensiepen, doch der redet nun von den Satellitensignalen, die mit großen Parabolantennen aufgefangen und in die Breitbandverkabelung eingespeist würden, »Signale und Programme übrigens, die hier –« Holtkamp zeigt auf das Fenster seines Büros, zeigt offenbar in die Stadt hinunter, »– die hier unser stadteigener Zeitungsriese zu großen Teilen selber veranstalten wird. Manche sagen ja, die Verleger sägen damit an dem Ast, auf dem sie sitzen – mit ihrem Engagement für mehr Fernsehen, für Bildschirmtext und allen weiteren Computerzauber, so heißt es, beschleunigen ausgerechnet Verleger, wird behauptet, die Verbreitung von – ja, letztlich von Analphabetismus – nun, da will ich mich, habe ich mich gar nicht einzumischen, aber es ist sicher was dran – und, unter uns –« auch Holtkamp beugt sich nun vor, als sei er Hotte und wolle was über die neue Windigkeit verraten »– unter uns: Erst haben die Parteien die alten Sender von innen ruiniert – zu Ausgewogenheits-Armleuchtern – jetzt zertrümmern sie die Reste von außen und liefern das, was sie zur Langeweile plattgewalzt haben, dem Verkauf aus. Das heißt, die Politiker zwingen die alten Sender, selber so kommerziell wie möglich zu sein –« – wieder unterbricht ihn das Telefon, Holtkamp hört in die Muschel. »Wer? wer will das wissen?« Er ärgert sich. »Wieso fragt der da uns! soll er sich doch in Dortmund oder gleich in – na gut, geben Sie n her – hallo, Herr Weidner – doch doch, ich erinnere mich natürlich – o ja, sollten sich ruhig mal wieder sehen lassen, jeden ersten Donnerstag im Monat – ›Essener Hof‹ – na wie schön – womit kann ich dienen? – Sie möchten also wissen, wer hinter ›Pay your Paradise‹ steckt, hm – ehrlich gesagt: möchten wir auch, mein Lieber – is uns ja klar, muß nicht – – kann sogar eher sein, es ist gerade deswegen kein amerikanischer Anbieter und hat das nur nötig, ja? – nötig, sich so zu dekorieren, verstehen Sie? Unter uns – ich vermute sogar – weil uns nämlich gerade deren Konzept merkwürdig bekannt vorkommt – daß hier einer, den sie vorn rausgeworfen haben, hinten wieder hereingekommen ist im Gewand des good old fellow – und dann natürlich gleich in die Küche, is ja klar, dorthin, wo gekocht wird, o ja – darauf weist alles hin, vor allem, daß er sich gleichzeitig als Betriebsträger anpreist für die Ergänzungsprojekte Wuppertal, Remscheid, Solingen – als wenn wir von der Post nicht mit genügend Erfahrungen selber – wer das wissen müßte? – es interessiert mich ja selbst – fragen Sie doch, tja, fragen Sie doch mal in Hamburg nach bei dem Doktor Esser, der – ja, Esser – der flog nämlich soeben im hohen Bogen, natürlich ›in gegenseitigem Einvernehmen‹, aus eben diesem feinen Hause – jetz isser bei ›Film- & Fernsehproduktion Alster AG‹ – kommt mit frischen Kenntnissen aus eben diesem Stall, von dem ich sicher bin, daß er dahintersteht – fragen Sie den mal, was ihm zu ›Pay your Paradise‹ einfällt. Und sagen Sie ihm, seinen Namen hätten Sie von mir – ja ja, dann erschlägt er nicht Sie, sondern nur mich – sehen Sie? wenn wir uns nicht gelegentlich – na, wer fände sich denn alleine noch durch, o ja, darauf dürfen Sie Gift nehmen, daß auch ich Sie gelegentlich – also, Herr Weidner – im ›Essener Hof‹ – erst wieder im September, richtig – und falls Sie was rausbekommen haben, wie gesagt: interessiert mich genauso – nichts zu danken – aber für Sie doch immer!« Er legt auf, seufzt. »Helfen Sie mir auf die Sprünge, worum gings zuletzt.«

»Wie sind Sie auf den Viehofer Platz gekommen und wie vergeben Sie die Aufträge.«

»Anhand der schon vorhandenen Schächte ergab sich wie von allein für diesen Viehofer Platz eine Mittelpunktsfunktion. ›Kopfstation‹ heißt das im Vernetzungsdeutsch. In diese Zentrale fließen auch die Satellitenprogramme, aus den Großantennen auf den Hochgebäuden rings um den Platz. Alte Knaben versichern uns, daß der Viehofer schon sehr viel früher mal zentrale Bedeutung hatte – Krupp, was weiß ich – nach dem letzten Krieg haben sie den Platz völlig verbaut, aber trotzdem – oder vielleicht gerade deswegen – weil er als Autokreisel sozusagen unbrauchbar geworden ist – für uns bot er sich einfach an, zahlreiche Straßen münden noch immer in diesen Bereich, Platz kann man ihn ja gar nicht mehr nennen. Kommt halt hinzu, daß schon andere Versorgungen auf diesen Dreh gekommen waren. Das erspart Kanalarbeit, Kosten –« Der Holtkamp steht auf, geht zur Wand neben der Tür, zeigt auf eine Revierkarte. »Das sehen Sie ja schon von weitem, der Platz liegt nach wie vor exakt in der Mitte des ganzen Systems – und das hieß für uns: Von hier werden wir ausgehen – beziehungsweise, hierhin müssen wir uns aus all diesen Richtungen vorarbeiten. Übermorgen werden wir komplett durchschalten, Proben laufen schon jetzt auf den meisten Strecken –«

»Heißt das: Wer den Auftrag hatte in und um den Viehofer Platz herum, also für die ›Kopfstation‹, der war mittendrin? hatte sozusagen Vorrechte?«

»Hm. Es gab da, ich will nichts beschönigen, allerhand Rangeleien. So isses nunmal, bei jedem Wettbewerb, bei jeder Ausschreibung. Ne Zeitlang wurde sogar behauptet, die Post werde die meisten Arbeiten mit ihren eigenen Betrieben ausführen – vielleicht haben Sie's mitbekommen, wie da der Aufstand der Branchen losging, bis nach Bonn, na ja, ist inzwischen gegessen.«

»Welche Firmen sind an diesem Knotenpunkt eingesetzt.«

Holtkamp tritt ins Dunkel neben dem Fenster, zieht einen Ordner aus dem Regal, kommt zum Tisch zurück, setzt sich und blättert. »In der letzten Zeit hat es eine solche Unmenge an Firmenneugründungen gegeben, daß ich – muß ich gestehen, Sie haben ja hier meine Telefonate mitbekommen – daß ich selber die Namen – die meisten sagen auch mir nichts – allein die Elektronik – ein wilder Tanz von Interessenten, Programmanbietern, zum Teil im Verbund mit den Technikanbietern, all diese Verlage, Zeitungen, Unterhaltungsproduzenten – wie das alles zu werten ist, das sollten Sie sich von diesem Bredenfeld beschreiben lassen –«

»Am Viehofer ist welche Firma beauftragt?«

Referent Holtkamp tut einen Seufzer. Beugt sich über den Ordner, blättert zurück, wieder vor, hält an. »Sie wollen das jetzt wissen, weil Sie unterstellen, mit einer dieser Firmen könnte Ihr Mord was zu tun haben?«

»Der mutmaßliche Mord. Ich unterstelle nicht, ich vermute. Und ich frage noch mal, und noch enger, bei welchen Aufgaben am Sternpunkt Viehofer werden unausgebildete Arbeitskräfte gebraucht. Leute, die nur halbwegs Deutsch sprechen.«

»Na, endlich was Einfaches – bei Betonarbeiten. Bei Erdarbeiten. Der Kanalarbeiter, der nur Hacke und Schippe bewegen muß – der kann natürlich aus Italien oder vom Balkan kommen. Die Firmen suchen sich halt die Leute, die sie brauchen.«

»Welche Firma tut dies am Viehofer Platz?«

Er blättert. In unmittelbarer Nähe und auf dem Platz selbst kommen da in Frage folgende zwei Adressen: ›Projektgesellschaft für Kabelkommunikation mbH‹, Abkürzung ›PKK‹, und –«

»Mit Sitz – wo? –«

»Hm, die geben zwei Anschriften an: Altenessener Straße 212, Viehofer Straße 57.«

»Und die andere Operettenmarke?«

Holtkamp muß lachen. Diese Bezeichnung gefällt ihm gut. »Die andere Operette, die dort ebenfalls Erdarbeiten ausführt, das ist die ›Informationstechnik KG, Ahornweg 6/8‹. ›ITKG‹ und ›PKK‹, in der Tat, alles Namen, die so gut wie nichts mitteilen – operette sich wer kann –«

Das Telefon schnurrt. »Zum Kuckuck, sachma Monika hasse Knöppe aufe Augen oder is dir dat egal, ob ich hier Besuch hab – – kruzzitürken, dann stell n duich – Ja, hier Holtkamp, großer Meister? ich höre, Sie brauchen mich? – – in zehn Minuten? – – okay, ich bring die Unterlagen mit – – nein, die Werbebroschüre ist ja längst raus – – also nur die genaue Zahl? wieviel Teilnehmer nun tatsächlich – – – ja, da hatten wir doch warten wollen bis zuletzt – – nein nein, ich meine jetzt die echten Programmabnehmer – – ja, und dazu wiederum die, die auch Btx – nicht geschönt, sondern – – okay, in zehn Minuten bin ich oben. – – Monika, hark mal das Programm Carl Funke raus – ja, weiß ich doch, aber er braucht die Zahlen von *heu – te* – – – sach sowat dem Tengelmann, nich mir.« Holtkamp legt auf. »Puh, Sie haben keinen guten Tach erwischt. Zwei Großkunden wollen aussteigen, jetzt noch, weil sie behaupten, sie seien getäuscht worden über die wahre Zahl der Teilnehmer – aber –« – er wirkt verwirrt, müde, merkt, daß Langensiepen an ihm vorbeischaut, zur Kartenwand, » – nun gut, das sind nicht Ihre Sorgen. Ihnen gehts um die Rache des Kanalarbeiters. Also, diese ITKG und auch die andere, na, wo hab ich die jetzt wieder – das sind alles, nach meinem Geschmack, windige Firmenstrukturen, im Handelsregister oder sonstwie sollten Sie das im Zweifelsfall nachprüfen, wie da die Beteiligungen sind–«

»Sie sagten, diese zweite Firma, die ebenfalls mit Erd- und Kanalarbeiten beauftragt war, die werde, wenn ich das richtig gehört habe, nicht unmittelbar am, sondern nur in der Nähe des Viehofer eingesetzt –?«

»Kommen Sie doch mal mit rüber, hier an die Wand.« Langensiepen geht mit Holtkamp an die Kartenwand und schaut, wie Holtkamps Finger, schmal, mit gepflegtem Nagelbett, auf eine gestrichelte Linie zeigt, an dieser Linie entlangfährt: »Sehen Sie – das ist die Zuständigkeitsgrenze für diese Art

Arbeiten und, in diesem Fall, für die beiden – wie sagten Sie? – Operettenmarken – haha – wir mußten da zu klaren Einteilungen kommen, damit der Ärger endlich aufhört – na sehen Sie, hier stehts sogar: ›PKK‹, und hier wieder, ist ordentlich eingetragen. PKK gehört also dieser Zentralbezirk. Dagegen ITKG, das beginnt erst hier oben, hinter der Schützenbahn, Verlängerung Karolinger –«

»Das bedeutet für PKK die bessere Ausgangslage?«

»Was heißt Ausgangslage. Das sind lange Verhandlungen gewesen –« – er setzt sich wieder.

Auch Langensiepen nimmt wieder Platz.

»Was heißt bei ITKG das ›KG‹?«

»Ich hätte spontan geantwortet: Kommanditgesellschaft. Jetzt, wo Sie fragen, fällt mir auf, daß wir diese Rechtsform bei den Anbietern möglichst umgehen wollten, wegen der Haftungsfragen. Es geht schließlich um saftige Kapitalsummen – nein, ›KG‹ is wohl was anderes, aber schlagen Sie mich dot – ich weiß es nicht, müßte nachfragen.«

»Ich werds herauskriegen. Mich interessiert im Moment auch mehr folgendes. Sie würden, wenn ich Sie unter uns frage, eingestehen, daß im zentralen Bereich Viehofer eine Firma der anderen vorgezogen wurde. Oder?«

»Derzeit meint jeder, er würde übers Ohr gehauen. Aber sehen Sie doch –« Holtkamp geht wieder an seine Kartenwand, Langensiepen folgt ihm »–PKK kann sich von diesem zentralen Bereich in gleicher Weise nach Westen ausdehnen – und hat dies auch getan – wie ITKG das, in bezug auf die Erdarbeiten, nach Osten getan hat. Die Trennungslinie läuft Nord-Süd – da kann keines der beiden Unternehmen erklären, uns gebt Ihr nur die schlechteren Viertel, das Industriegelände und die alte Arbeitergegend im Norden, die Montangegend mit den sogenannten ›Siedlungen‹, den anderen Anbietern aber gebt Ihr, was als bürgerliche Wohnviertel gilt, den Süden – nein nein, das ist vielmehr so, daß –«

»Trotzdem: PKK hat die Zentrale. Die ›Kopfstation‹.«

»Wir hätten doch nicht zweien gleichzeitig den Knotenpunkt vergeben können –«

»›Konsortium‹ hieße das dann.«

»O je – wissen Sie, Herr – wie war doch Ihr Name?«

»Langensiepen.«

»– wissen Sie, Konsortium – auch wenn Sie mich das ›unter uns‹ fragen, ich kann es Ihnen sogar dienstlich verraten: Konsortien sind das ausschließlich! – alle diese Neugründungen, die Sie an Operetten erinnern. Was liegt da denn anderes vor als Zusammenschlüsse der verschiedensten Interessenten, aller, die sich einen Reibach mit der neuen Technologie ausrechnen – ich kann Ihnen sagen, die – wie sagen wirs hier im Revier? – die merkwürdigsten ›Konsorten‹ haben sich da zusammengefunden, von Soft- und Hardware über Verleger, Unterhaltungsmacher, das ging fast immer auf die Schnelle, so rasch, wie sich n Briefbogen mitm neuen Kopf bedrucken läßt, die Zeit eilt, der Postminister treibt, die Konditionen scheinen günstig – in so einem Konsortiengedrängel müssen dann irgendwann auch Entscheidungen fallen und muß man wohl auch nicht so pingelig sein: Wer über die eine Hundemarke nicht zu Potte kam, kommt garantiert über ne andere ran – na ja, im Fall Viehofer haben Sie – grundsätzlich – schon recht: Auf ner gewissen Fertigungsebene hat hier die eine Gruppe eine bessere Ausgangsposition erwischt als die andere – nur: wem schadets? Zumindest von denen da ganz oben, bei den Konzernen, hat jeder seinen Fuß in jeder Tür. Lassen Sie sich die Verflechtungen, wie sie INTERNET über Nacht möglich gemacht hat – diese Union zwischen Kapital, Kabel, Kommerz, Künstler und Kanalarbeiter – lassen Sie sich das alles vom Bredenfeld erklären – ja, ich komme!« sagt Holtkamp seiner Monika, die zum zweitenmal in der Tür steht –

»Ja, ich komme. Sie sehen, ich muß rauf – falls Sie noch Fragen haben –«

»Wem gehört das Grundstück, auf dem Sie den Viehofer Schaltstern bauen lassen, Ihre ›Kopfstation‹.«

»Über Grundeigner sollten Sie drüben im Rathaus Auskunft holen – und hier, bitteschön, habe ich für Leute wie Sie eine kleine Mappe zusammengestellt, ein Dossier mit Basisinformationen zu dieser neuen – grandiosen – Operettenwelt, zugegeben, leicht – ge – ge –«

»Geschönt –«

Holtkamp lacht wieder, flüchtig hebt er die Hand, »So sorry –«, eilt zur Tür, bleibt aber im Ausgang stehen, schließt die Tür noch mal, von innen, und sieht ihn an, forschend.

»Wenn Sie all Ihre Fragen nicht an das Postfaktotum richten, sondern an den Peter Holtkamp, dann würde der Ihnen sagen: Diese Verkabelung ist ein kapitaler Mumpitz. Für Zigmilliarden kommt Kupfer unter den Asphalt und das nicht etwa, wie die Propaganda behauptet, für den industriellen Fortschritt, sondern für die Verbreitung schwachsinniger Programme. Daten-Highways aber wie INTERNET, die finden ihre digitalisierten Wege auch drahtlos oder über die vorhandenen Telefonkabel – Kupferkabel ist dazu noch immer ungeeignet – der Staat verschuldet sich bis in alle Ewigkeit für einen gigantischen Betäubungspomp! auf Pump! Einige wenige scheffeln sich daran gesund – ich muß gehen – hier ist die geschönte Mappe, sehen Sie sich das in Ruhe an, meinetwegen hier –« – und verläßt den Raum.

Langensiepen besieht sich die Mappe. Pläne, Fotos, Schemata, Karten, Reden im Wortlaut, Ministerreden, Kommunalverbandsreden, Regierungsbezirksreden, aber auch Antragsformulare zum Heraustrennen und die Aufforderung, man solle den kostenlosen Telefonservice 0101 nutzen, dort werde laufend über den aktuellen Stand der Modernisierungsimpulse informiert: 0101 – er läßt das auf Holtkamps Tisch liegen.

Geht an die Wand, vor den Straßenplan. Links Duisburg, der Rhein, rechts Dortmund und Hamm. Der Fall Honva exakt im Mittelpunkt. In der Mitte von hundert mal vierzig Kilometern. Straßen, Eisenbahnlinien, U-Bahnen, Siedlungen, Industriezonen, Grünresten. Die gestrichelte Linie, die Grenze zwischen PKK und ITKG läuft vom Rhein-Herne-Kanal im Norden bis zur Ruhr im Süden, halbiert Essen – aber nicht ganz genau, nicht durch den Mittelpunkt läuft die Grenze, sondern hart rechts, zwei-, dreihundert Meter östlich am alten Viehofer vorbei.

Er verläßt Holtkamps Büro durch Frau Monikas Zimmer, sie grüßt flüchtig, die Telefone lenken ab.

Im Flur, der Lift gongt, Langensiepen steigt zu kicherndem Lehrlingsvolk, ist denn schon wieder Mittag, Erdgeschoß,

Langensiepen geht hinaus, über die ›Freiheit‹, meidet Rolltreppen, kommt vor den ›Handelshof‹. Von diesem Hotel kennt er ein altes Foto, an der Hotelfront ein Buchstabenband: ›Die Waffenschmiede des Reichs grüßt den Führer.‹ Jetzt, auf dem Dach, in Stahl und Neon, acht Meter hoch: ESSEN DIE EINKAUFSSTADT. Kopstadt, gib zu, du warst es, der die Gewehre auf den Viehofer Platz ließ, Platz schaffend am Ende auch fürs nahtlose Kanonenrohr, für die makellose Bertha –

Um vierzehn Uhr, sagt Rosa, sei sie im ›Kiepenkerl‹. Da bleibt Zeit fürs Grundbuchamt. Am Uhrenhaus vorbei, dem ersten am Platze – hier, im Glockenhaus über der ›fußläufigen Zone‹, ›erklingt ab heute das Horst-Wessel-Lied‹. Das zeigte Vordenbäumen in der Zeitung von 1933, so zeigte sich der Uhrenhändler damals selber an, so annoncierte der im Stadtblatt. Als Ruth Körfgen um Deutschland schwamm, 19jährig. Damals wurden Kettwiger und unten die Viehofer Straße gemeinsam ›Hitlerstraße‹. Die Hauptstraße. »Die Waffenschmiede«. Die Verkaufsstadt. Vor dem Münster habe schon damals die ›Fliegerbombe‹ gestanden, vier Meter hohe Attrappe: Leute, es kommt bös! vergrabt euch! Normal ist der Weltkrieg.

Vor dem Münster hat er den Türgriff zur Telefonzelle in der Hand, zieht auf. Tastet am Apparat die Ziffern 0101. Und hört: »– – mit wenig Prozent mehr Chipfläche für Redundanz läßt sich die Ausbeute auf das Fünffache steigern.« Er hält den Hörer weg, fragt sich, ob er den richtigen ›Service‹ gewählt hat, hört wieder zu: »– in unseren Laboratorien wird derzeit an Systemen gearbeitet, die mehr als 1000 Wörter verstehen. Unser Ziel ist es, daß der Computer den Inhalt von Wortfolgen begreift. Dazu kommen Methoden der Linguistik und der künstlichen Intelligenz, das Ergebnis sind Compilerfamilien mit einheitlicher Sprachoberfläche. Die Umsetzung der Zwischensprache auf Maschinencode übernehmen maschinenspezifische Codegeneratoren, so daß ein einmal in einer Quellsprache erstelltes Programm auf mehreren Rechnern ablauffähig wird. Die Sprachen PEARL, PASCAL, CHILL und ADA ermöglichen –« – Langensiepen hängt ein, verläßt die Zelle, öffnet sich das Hemd. Mich greifen die Wörter.

Er geht über die Porsche-Kanzel zum Rathaus hinüber, über den Deckel auf der Schützenbahn, dort, wo diese Schützenbahn KZ war, Außenstelle von Buchenwald.

Umsetzen der Sprache auf Maschinencode. Leben ist Vernichten von Leben. Ob mit Gewehr oder mit Mikrochip, unter immer anderen Verhältnissen und Verkleidungen.

Geht durch die Ladenstraßen, über den Pott-KZ-Deckel. Koppstatts Stadt. In der Rathaushalle der Stockwerksplan. Die künstlich Erblondete, uniformiert in Blau und Gelb, den Farben der Stadt, erklärt ihm die Wege. Mit dem Lift muß er ins elfte Geschoß und dort in den C-Flügel. Heiratende gehen vorbei, Väter, Mütter, ein Foto bitte, aber hier ist doch kein Hintergrund, dann stellt euch vor den Marmor, nicht vor die Kohle. Das Zwanzig-Zentnerstück, die kompakte Tonne Kohle, gestiftet von Zeche Carl Funke. Silberschwarz.

Im elften Stock nennen die Türschilder Stadtteile. Langensiepen betritt ›Innenstadt Nord‹, ein ›Amtmann C. Muhrmann‹ blickt ihn an – ›C.‹? doch wohl nicht für Cäsar. »Sie wünschen?«

»Langensiepen. Kommissariat 7. Ich wünsche, das Grundbuch einzusehen für den Bereich Viehofer Platz.«

»Ihre Dienstkarte?«

Langensiepen zeigt ihm die, die er mal verloren zu haben meinte. Die Ersatzkarte mußte er, beim ›Ausscheiden aus dem Beamtenverhältnis‹ zurückgeben. Auch die wiedergefundene hätte er zurückgeben müssen, jetzt beeindruckt sie den C. Muhrmann. »Aber wo da. Der Platz is groß.«

»Uns interessiert in etwa das Dreieck Gertrudis-Heine-Liebknecht-Buchhandlung.«

»Seit wann sind da Buchhandlungen?«

»Seit zwanzig Jahren.«

Der Mann schiebt ihm einen Band über die Theke. »Sie finden dat selber.«

Langensiepen versucht zu verstehen, hat Karten auseinanderzufalten, Kopien, Korrekturen zu entziffern. Er findet die Gertrudiskirche, schafft es schließlich, von dort aus das aufzuschlagen, was nördlich angrenzt, aber das ist es nicht, nordöstlich wäre richtiger; er kann dann auch diese Blattnummer finden, dort, im Vergleich zum Gertrudisbezirk, wird es kleinkariert. Die Felder sind neu durchnumeriert, mit Zahlen und Buchstaben, er muß zu den Buchstaben die Namen auf Sonderblättern nachlesen und dann, in der Tat, steht da zu lesen der Name ›Körfgen‹. Dazu, unmittelbar angeschlossen, das Kürzel ›Nachf.‹ und, ebenfalls ohne Kommata oder andere Zeichen getrennt, die Angabe ›Berlin‹. Und das Signum für Dauerpacht.

»Danke, mir reichts.«

Unten, im Marmorfoyer, kauft Langensiepen eine Ansichtspostkarte, die zeigt die Eingangshalle, Marmor auf Hochglanz. Er setzt sich auf eine der Lederbänke und schreibt: »Liebe Katharina« – er zögert, entschließt sich dann, den Nachnamen hinzuzufügen –« – Ledermacher, über Deine Grüße aus Dänemark habe ich mich um so mehr gefreut, als ich gerade selber an Dich hatte schreiben wollen – ja, privat, allerdings auch dienstlich. Im umseitig abgebildeten Palast (dem hiesigen Rathaus) hat man mir dokumentiert, es existiere eine Berliner Firma ›Körfgen Nachf.‹, die hier, am Viehofer Platz, Grund besitzt. Da auf diesem Grund eine Leiche lag –« – er zögert, bedauert das zweifache ›Grund‹. Versucht, daraus Ulk zu machen – »– bis jetzt noch grundlos, habe ich Grund zur Bitte: Wer leitet dieses Unternehmen ›Körfgen Nachf.‹? mit was handeln die – und überhaupt. Vielleicht wird's jetzt was mit meinem Besuch in Berlin, halb dienstlich, halb herzlich – Dein Hiltruper Rudolf.«

Steht auf, geht an weiteren Heiratenden vorbei, hinaus, durch die Ladenstraße, ›manpower‹, ›trendgirl‹, ›rustikales Leuchten-Center‹, ihn graust's, er klemmt die Postkarte fest zwischen die Fingerspitzen, fürchtet, sie wird ihm weggestoßen. Er merkt, wie ihm eine Art Kopfscheu oder Ekel das Denken zu lähmen beginnt, alle diese wuselnden Fußgänger und Autofahrer, von denen offenbar jeder unbedingt von A nach B gelangen will, ob nicht, so fragt sein Kopf, Ruhe zu schaffen wäre, wenn jeder dort bliebe, wo er ist. Man müßte sich verständigen – er weiß nicht, wie er sich vor seinen Kurzschlüssen schützen soll.

Bei Radio-Fern, über den neuen Geräten für 50 Programme, betet der Sensibilissimus Karajan, großformatig. Und quer übers Fenster, in Wechselbuchstaben: NUR NOCH 4 TAGE BIS ZUM START DES RUHRFERNSEHENS.

Vanillegeruch bei Eis-Toscani; Brauch- und Brühluft aus dem Wertheimkasten. Hier stand, sagt Vordenbäumen, das alte Rathaus, im Backsteinjugendstil. Hier stand das Rathaus mitten im Zentrum, noch nach den Bomben. Aber die alte Waffenschmiede war nun Einkaufsstadt und verkaufte am Ende sogar sich selber. Das Rathaus kommerzwärts, weg mit dem Milltelalterimitat, mit dem Klinkerschnörkel, her mit dem Wertheimkasten, mit dem grau gemauerten Würfel.

In der Buchhandlung unter der Marktkirche ein Restposten Fontane und ›Essen damals‹. Er kauft das Bildbändchen und nimmt den ›Stechlin‹. Vordenbäumen hat gesagt, in diesem Buch redeten einige Figuren das Niederdeutsche, andere darin verwendeten es nie, dritte manchmal. Das wird er prüfen, will er wissen. Will Rosa Bergmann ergründen, ihr hinter die Schliche kommen. ›Essen damals‹ schlägt er auf, sobald er draußen ist, blättert, buchstabiert in der Sonne Bildunterschriften; da steht ›Kopstadtplatz um 1930‹: ein orientalischer Palast. Ein wildes Getürme, barockes Liniengeschling mit morgenländischen Gitterchen, ›Colosseum‹ hieß das, sagt die Fotounterschrift. Ein Vergnügungshaus sei das gewesen, mit Kinos und Varietés, man sieht, kann deutlich lesen: die Comedian Harmonists gastierten – hier, in der kubischen Wüste ein solches Märchen?

Mit ›Stechlin‹ und den Bildern macht er im Kaufhaus die Stockwerkrunde, diesmal von unten nach oben. Keine besonderen Vorkommnisse, sagt der Dienstleiter: »Läuft alles bestens.« Die lieben Essener. »Riskieren nix.« Nix Putsch, nix manpower, bei Rot bleiben die stehn. »Aber diese Kamera hier, die Nummer 14, die is nich richtich eingestellt – kucken Se säpps.« Ja, die müßte um fünfundvierzig Grad weiter nach rechts, so daß nicht das moderne Grafikangebot, sondern der beliebte Bestsellerteller im Blick ist mit dem Durchlauf zur Kassettenabteilung.

Endlich auf dem Dach. Helligkeit und Kies machen zu schaffen, auch die Wut auf den Putztrupp: die Fensterwischer haben wieder die Metalltür offenstehen lassen. Im Zimmer legt er die Karte an Katharina neben den Apparat, telefoniert mit dem Hausmeister, fragt den, wann endlich die Drahtseilakrobaten das begreifen würden – »– wie soll ich denn, Herr Langensiepen! Kaum dat die't kapiert ham, iset n Trupp ausse Walachei, die schicken egal wen anders.«

Der Wecker zeigt 13 Uhr, bis zum ›Kiepenkerl‹ noch eine volle Stunde. Rosa Stunde. Schaut zum Ostfenster hinaus, auf die Automatik: 13.02 Uhr, 26 Grad Celsius. Die Tauben, wenn sie ihre Runde fliegen, bekommen über dem Weberplatz die Sonne in die Federn, beginnen zu leuchten, wie Möwen würden sie glänzen, käme nur endlich eine schwarze, eine Gewitterwolke und die ›Möwen‹ flögen vor dem Dunkel ins Licht.

Er sollte das Zimmer aufräumen. Wenn sie nun mit hinaufkäme, die Sittenfrau. Nur um mal zu sehen, wie er so wohnt. Alle Fenster auf. Sibyllenreste raus.

Er ruft im Präsidium an, seine alte Nummer. »Heinz, liegt der Befund vor.«

»Ja, Rudolf, der liecht vor. Aber wie gesacht, ob irgendwat an die Öffentlichkeit kann oder nich, dat entscheidet sich ja nu gleich, ab zwei Uhr.«

»Ist der Honva gestolpert oder hat ihm einer den Schädel –«

»Rudoff, du has mich doch verstanden.«

»Nein, ich verstehe dich immer weniger, tschüß Heinz.«

Er nimmt sich wieder die Leinenjacke, prüft die Naht, sieht Restfäden. Schneidet das ab. Dieser Heinz, diese Flasche. Zum Glück weiß ich genug, wüßte aber auch gern, was Doktor Ashoff befunden hat. Auf welcher Ebene das Vertuschen anfängt.

In den ›Stechlin‹ tauchen. Dazu Hofers Landsturm. Je ferner, desto wahrer.

Das Telefon. Er steht auf, schaut wieder hinaus. 13 Uhr 42 und 27 Grad C – am Apparat ist Kirchberg, der Doktor aus den Betten. »Sie, Langensiepen, ich bin hier grad in der Mittagspause und muß Ihnen unbedingt sagen: Sie hatten recht mit Ihrer Vermutung. Noch gestern abend hab ich nachgekuckt und hab et gefunden: Die Körfgens, nach fümmenvierzich – Sie erinnern sich, ich sagte, die seien dann rauf nach Bredeney, hätten da ihr Altersdomizil gehabt, und Sie fragten, ob dat der Ahornwech war – Sie hatten recht!«

»Nummer acht.«

»Jau – woher wissen Se denn die Nummer?«

»Ich erzähls Ihnen mal genauer; dazu brauchen wir n vollen Tag, wird immer komplizierter.«

»Dat kenn ich. Nur dat mit dem Grundstück am Viehofer, da muß ich Sie enttäuschen, dat is seit achtenvierzich städtisch.«

»Ist aber verpachtet, auf neunundneunzig Jahre – an eine Firma ›Körfgen Nachfolger Berlin‹.«

»Du kriß dat Reißen.«

Nachdem sie sich versprochen haben, in Verbindung zu bleiben, ›Einzelkämpen erst recht‹, legt der auf.

Langensiepen geht zum Ostfenster, blickt durch die steile Sonne zur Gertrudiskirche hinunter. Im Schatten der heiligen Gertrud bleiben die bei Rot stehn. ›Die Kinder müssen doch n Vorbild ham.‹ Muttermuster. Zwiebelmuster.

Er fährt im Lift hinunter, im Kantinenduft Hungergefühle. Diese Bergmann ißt spät; nachtschichtenspezifisch. Unterwegs wirft er die Post nach Berlin ein.

›Zum Kiepenkerl‹ ist neben dem ›Essener Hof‹, dem früheren ›Vereinshaus‹, dem Logentreff. Vor dem Restaurant hält er an. Steht herum. Diese Ecke hier, diese acht-, neunstöckigen Hotel- und Versicherungshäuser hat er nie gemocht, die Garagen, das Windige, Hinterhofmäßige; wieso scheint das heute erträglich, wie ein Versprechen? Die gehaßten schweren Limousinen – plötzlich aus einem Musical?

Vierzehn Uhr. Wird sie ihn auch diesmal versetzen? Schließlich geht er hinein, er hat Hunger. Im ›Kiepenkerl‹ gibt's Spezialitäten, preiswert. Er bleibt stehen. In der Dunkelheit sieht er kaum die Tische, muß sich erst gewöhnen –

»Langen? wat siehße mich nich?« Sie sitzt gleich neben ihm. Fensterplatz. Er setzt sich ihr gegenüber. Versucht, sie zu erkennen. Keine Holzringe an den Armen. »Kuck her, ich hab uns schon Selters bestellt, prost! Ich heiß Rosa, du Ruddoff – Rr und Rr – dat gäb ne flotte Firma, wie?«

Er hebt das Glas. Ihre Zudringlichkeit blocken? Sie trinken, sie rollt wieder dieses »Rr«. »Ich hab ma n ollen Frankenstein-Film gesehn: Jedesmal wenn Frankenstein ne Frau sah, dann machte der nur RrrRrr! – gut, wie?«

»Ich werds mir merken. Sind – bist du schon länger hier?«

»Zehn Minuten, hatte Hunger.« Sie schiebt ihm die Speisekarten zu. »Die haben hier elend viel Zeugs, alles so bunt hier, italienische Küche, jugoslawische, französische, westfälische – alles.«

»Französische?«

»Hier, violett ist französisch. Und kein bißken teuer.«

Er blättert, bestellt schließlich Zürcher Rösti, verschiedene Gemüse. – »Kein Fleisch?« – »Nein, es sei denn, hier gäbs das griechisch-türkische Feta-Köfte.« – »Gibt es!« Er bestellt das.

Rosa Bergmann bestellt Meerestiere, Tintenfisch, der Ober geht, sie schauen sich an. So also sieht sie aus. Leicht gerötetes Gesicht, die Augen unruhig, blicken in die seinen. In das eine, das andere. Ein Glück, daß die Holzringe fehlen, kein klapperndes Handwerk mehr. »Macht es dir was aus, daß ich hier Wein – – ich mein, sollt ich getz nicht besser –«

»Nein nein«, wehrt er ab. »Das kann ich. Muß es können.« Und, nach einer Pause: »Wie gut, daß du endlich mal vorhanden bist. Ich muß erzählen, alles, was du mir eingebrockt hast.« Er erzählt; blickt auf seine Hände, erzählt den Sonntag, die erste Hälfte des Montag.

Das Bestellte kommt. Das Erzählen ging gut. Es schmeckt, sie lassen einander probieren. Sie hat genau zugehört, hat Einzelheiten genauer wissen wollen.

»Ich weiß nicht –«

»Wat weißt du nicht.«

»Ob ich das packe. Nervlich. Gestern nachmittag, im Ahornweg – Bestechung, gleichzeitig Drohung. Ich weiß nicht, für welches von beiden ich empfänglicher bin. Auf jeden Fall – als Einzelkämpe –«

»Getz hör auf. Erstens bist du nicht einzeln – oder ist dir noch nicht aufgefallen, daß an diesem Tisch noch jemand sitzt? Rr und Rr?«

»Und was ist zweitens?«

»Zweitens?« Sie tut, als müsse sie's sich überlegen. »Und zweitens mußt du schön alles aufessen. Groß und stark werden. Fleisch und Käse zermanschen.«

»Hm. Besser so was als deine Meerestiere.«

»Am liebsten tote.«

»Die sehen noch so ganz aus. Erst *du* machst sie tot.«

»Du ißt *keine* Tiere?«

»Tiere nur als Mett. Als Kaßler. Als Gyros, als Köfte.«

»Typisch, Tiere nur zerstückelt; nie dann, wenn der Kopp noch dran is. Da grausts dich plötzlich, wie? Aber massenhaft Rind und Schaf mampfen, Schwein fressen – Hauptsache: genügend vermanscht – Lügentechnik! Rrr!«

Er schaut sie an. Nickt. »Hast ja recht.«

Sie bestellen Kaffee. Sie schaut ihn an. »Ich hab dir was mitgebracht.«

Sie kramt in ihrer rauhen Ledertasche. Findet schließlich ein einzelnes Papier, auf dem etwas notiert ist, in eiliger Schrift. »Lies mal! Befund über einen gewissen Iman Honva. Geriet mir einfach vor die Nase, ganz kurz, jetz vor ner Stunde. Aufm Tisch vom Heinz Nöggerath, der ganze Ordner Honva. Nöggerath war grad ab in die Kantine. Konnte aber jeden Moment zurückkommen – hab rasch abgepinnt – also: die ›Schädelfraktur‹ ist drin, immerhin. Wird aber ›mit hoher Wahrscheinlichkeit‹ als ›Folge des Sturzes‹ gedeutet, ›Fallhöhe drei Meter fümmensechzich‹. Das reicht aus, erklärt der Doktor. Die Ecken der Kabelkästen sind dem Honva sozusagen direkt auf den Schädel gesprungen.«

»Und zwar gleichzeitig an mehrere Stellen«, sagt Langensiepen und liest. »Nun ja, wer das Röntgenbild nicht kennt, kann das für glaubwürdig halten. Aber nach dem Mediziner kommt das Entscheidende: der Staatsanwalt. Keine Bemerkung darüber, wie der da unten gelegen hat, regelrecht aufgebahrt –«

»*Nach* dem Mediziner? Merkst du nicht, wie alles genau umgekehrt läuft? Erst mal der Herr Entscheidungsrat und erst danach fand der Befinder seinen Befund. Merke: Im INTERNET hört der Spaß auf. Beginnt Staatssicherheit.«

Wieder nickt Langensiepen, schaut sie an. »Danke für die Notizen, für die Fotos –« Der Kaffee wird serviert. Er hebt sich die Tasse vor den Mund, trinkt. ›Rr und Rr‹? Er schaut wieder auf das Papier in seiner Hand: »Ich kann nicht jedes Wort lesen – was –«

Sie nimmt den Zettel zurück, buchstabiert.

»Dein Honva war angestellt bei ›TFA, Zweigniederlassung Essen‹ – mehr stand nicht da. In dem Moment wollt ich nich weiterblättern –«

»Ich dachte, er war Zehraks ›Mitarbeiter‹ – ›TFA‹? was heißt das nun wieder –«

»Alles heißt dat. Tintenfischakademie. Titten für Amerika. Mußte halt selber rauskriegen.«

»Krieg ich.«

»Auf deinen Erfolg!« Sie trinkt jetzt Rotwein.

»Was weißt du über den Ahornweg 6.«

»Da wohnte doch eine gewisse –«

»Da wohnt jetzt niemand mehr, jedenfalls nicht privat. Damals hatte sich die Firma Rentelen eingenistet. Die Polizei hatte das nur vorübergehend in Sicherheitsverwahrung –«

»Warum?«

»– damit keine wichtigen Herren dort um ihr Bestes gebracht würden – weißt du doch selber ganz genau, du als Sitten- – sag mal, heißt du nicht in Wahrheit Roswitha?«

»Spionierst mir nach? Konzentrier dich auf deinen Kabeltürken.«

»Tu ich ja. *Ich* ja. Im Ahornweg 6 ging es mir ausschließlich um Iman Honva.«

»Und ich, als Sitten-Witha, hab über diese Bredeneyer Adresse seit dieser Affäre Langensiepen nie mehr was Sittenwidriges vernommen. Mein Revier ist die Nordstadt.«

Er zieht es vor, auf den Zettel zu schauen. Dann zum Fenster. Als er sie wieder ansieht, sagt sie leise: »Hee. Hab ja längst kapiert. Willz über den alten Kram nix mehr hörn.«

»Kann man so sagen.« Er schweigt. Und hört, wie sie sagt: »Das hat dich – – um n Haar kaputtgemacht, wie? Sprung in der Schüssel?«

Er schaut sie mit Mühe wieder an.

»Du und Mordkommissar! Langensiepen und Sittenwächter – da warn mir so zwei süße Exemplare beisammen. Der eine von den beiden konnte die toten Tiere nur essen, wenn se kleingeschnippelt warn – wollz dich drübber wegsaufen?«

»Nein. Nicht so.« Er schweigt. Merkt, daß er sich sperrt.

»Oder wie hieß die Begründung?«

»Die Begründung hieß ›Sicherheitsrisiko‹. So ein Unheilbarer wie ich, der sei erpreßbar.«

»Hm. – Süßensiepen. – Kein Job. Chronisch krank. – Warße ganz schön unten, wie? – Und wer hat dich wieder hochgeholt? den Herrn Langsamsiepen?« Sie hat ihren freundlichen Ton noch zarter machen können – wobei sie ihn nun mit Augen ansieht, von denen er nicht weiß, warum er sie noch aushält. »So einer wie du – is n Wunder.«

»N Wunder?«

»Einer, der von sich belegen, der sogar beweisen kann: Ich bin unheilbar. Wir andern tun doch alle so, als könnte uns keiner und nichts – und lügen uns so durch. Aber du –«

»Erzähl mal ausnahmsweise von dir. Über deinen Sprung in der Schüssel –«

»Ooch. So interessant wie du könnte ich nix –« – »Wie bitte? jemand, der Nacht für Nacht in der Nordstadt Sittenstreife macht und der dann auch noch, Verzeihung, so schön ist, der –« er fühlt, wie er rot wird und ist doch froh, daß er das raus hat. »– ich meine, das allein sorgt schon für – Aufregungen, oder?«

»Hey – das sind die Sachen, die erzähl ich dir – später mal –«

»Das sind die Sachen, deretwegen du diesen Fall Honva so schnell wie möglich aus den Fingern haben wolltest?«

»Deretwegen ich versucht habe, diesen Fall ausnahmsweise nicht in die Staatsfinger zu lassen.«

»Das dürfte der Firma R und R mißlungen sein.« Langensiepen zeigt auf den Zettel aus dem Präsidium.

»Wieso? sieht doch ganz so aus, als ob der Staat den Fall gar nicht als Fall behandeln möchte, sondern als Unfall – und damit ergibt sich die Chance, mit individuellen Fingern zu ermitteln, schön ungestört.«

Sie schweigen eine Weile, schauen sich an. »Ich finde es nicht fair, wenn du von deinem Job so gut wie nichts rausläßt. Ich alles – du nichts. Wenigstens irgendeine Einzelheit, irgendwas plagt dich da, in deinem Nordrevier. Beschreib das mal – konkret.«

»Konkret. In meinem Mordrevier. Ach ja.« Sie trinkt ihren Wein.

»Mord?«

»Ja, Mord. Aber da liegt kein Türke im Loch. Oder im Kanal, dat Messer im Rücken. Nee. Ach du mein süßen Bangensiepen – dat sieht doch romantisch aus, sone ölichqualmige Industrielandschaft – kuckst gewiß nach Feieraamt ach zu gerne mal von deinem Hochhaus runter nach Nord-Mord-West – da unten, da liegt Borbeck. Altenessen. Bottrop. Gladbeck.«

Er hat auf den Tisch gesehen, hebt nun den Blick, schaut sie an. »Hast du Lust, jetzt ebenfalls da runterzuschauen? aus meiner übelbeleumundeten Wohnung?«

Ihre Augen sind ruhig, aber müde. Nun ist sie es, die ihr Glas vor den Mund hält. Er meint, durch die optischen Verschiebungen zu erkennen, daß sie lächelt. »Ja. Die Wohnung würde mich interessieren. Obwohl ich ab 15.30 Uhr wieder Dienst hab.«

»Dann nimm doch schon diese Wohnungsinspektion als Dienst. – Bitte die Rechnung –«

»Ich zahle selbst.«

»Diesmal ich. Nimm es als Provision.«

»Wofür?«

»Für den Transport gefährlicher Fracht.« Er greift nach dem Papier aus dem Präsidium, steckt sich das ein.

Sie setzt ihr Glas ab, lacht. Nimmt seine Hand, gibt der einen lauten Handkuß. Und sagt, die Hand nicht freigebend: »Und bist dann auch noch, Verzeihung, so richtig schön häßlich.«

Der Ober kommt, sie läßt ihn los, er zahlt. Sie ist aufgestanden und scheint, als sie sich dem Ausgang zuwendet, immer noch zu lächeln.

Sie gehen durch die Toscani-Passage, den Vanillegeruch, die Kettwiger hinunter. Die Flitterwände glänzen wie im Revuefilm. Die schon hundertmal gesehenen Häuser im Hollywoodlicht; ein Amerikaner in Essen.

Sie neben ihm. Geht schwingend. Er macht Bemerkungen über ihre Schuhe. Wieso sie heute nicht die breiten Treter trage. – »Ab heute sowieso nicht mehr.«

»Warum?«

»Später«, sagt sie, »oder bald.« Und lacht ihn an. Aus irgendeiner Bitterkeit heraus? Aber dann sagt sie: »Sitte ist nicht Heilsarmee. Mann – der erste Blick ist entscheidet. Und die komische Alte bleibt mir noch lange genuch.«

Vor dem Münster hauen jüngere Menschen auf die Pauke. Alle mal herhören. Der Frieden. Die Umwelt.

»Wieso wohnst du nicht mehr in der Semperstraße.«

»Später. Beziehungsweise bald.«

Schon wieder dieses *bald*, nun auch noch *beziehungsweise.* »Wie wärs mit dem ›Kiepenkerl‹, morgen um dieselbe Zeit?«

»Morgen kann ich nicht. Erst wieder Mittwoch.«

»Dann Mittwoch, 14 Uhr. Restaurant für tote Tiere.«

»Und für Frankenstein-Kannibalen. Die sich als Röstibeißer vermummen.«

»Liebst du Opern«, fragt er.

»Igitt! – Kenn ich zu wenich.«

»Aber ›igitt‹. Na gut – ich ermittle da was. In eigenem Auftrag. Irgendwo wird in einem dieser Igitts gesungen, was sogar Tierfresser akzeptieren könnten.«

»Und was?«

»Besser was als nichts auf Erden.«

»In ner Oper?«

»Kein Mensch kennt diese Stelle. Kam über WDR III, zehn Sekunden bevor, nein – während du bei mir angerufen hast, gestern früh.«

»Und weil ich dazwischengequatscht hab – ich werd nie wieder anrufen.«

»Beziehungsweise –«

»Wie bitte?«

»Beziehungsweise bald.«

Sie schaut ihn mißtrauisch an. Da tut er, als habe er ihr etwas streng Geheimes mitzuteilen, biegt ein bißchen vom Weg ab, hinter die Marktkirche, wo mit TreppchenBüschchenBänkchen ›Ruhezone‹ gestaltet wurde. Dort legt er seine Hand gegen ihre Schulter. Sie bleibt stehen; er ebenfalls, nimmt die Hand weg und sagt: »Nun will ichs endlich genau wissen. Wie war das – Sonntag früh. Wer hat den Honva gefunden. Wie kamst du rein in die Geschichte.«

Sie lacht. »Wurd aber höchste Zeit, daß du endlich auch mich als Täter durchrechnest. Also, paß auf. Um sieben Uhr fangen diese Kanalaabeiter mit Buddeln an, alle diese Abschiebekandidaten aus Turkistan. Und genau um diese selbe Zeit hat die Berchmann, wenn se Nachtschicht nich umgehen konnte, Schichtschluß – Schicksal, woll? Mach ich Feiaaamt in meine Nordpampas und seh zu, daß ich wieder raufkomm nach Rüttentütt. Dürfte also zwischen zehn bis zwanzich nach sieben gewesen sein – da kommt die Rosa alias Roswitha wie immer an der Uni vorbei, die Gladbecker rauf, durch die Unterführung auf den Viehofer – stehn da diese Kümmelbrüder rum. Wat? denk ich, sonntachs auf Malooche? – Palavern die da und erkennen meinen Jeep, erkennen die Flamencofrau, winken wie die Geistesgestörten – ich links raus aufm Mittelstreifen, und hab se mir angekuckt, die Bescherung. Frau Rosa du helfen. Ein Älterer mitm grünen Käppi. Okay. – Ich zum Tällefonhäuschen inne Altenessener, such mir die Nummer von diesem übelbeleumundeten Langensiepen – ruf als erstes dich an. Noch Fragen? Wer als erster von dem Trupp den Honva gefunden hat – müßteße säpps rauskriegen. Tja. Wenn denn nun auch meinerseits eine Frage gestattet is? nach anderthalb Tage Denk-Bohr-Grübel?«

»Ich bitte darum.«

»In welcher Richtung vermutet Firma Langensiepen denn nun den Killer?«

»In welcher Richtung? Hm. Ist richtig gefragt. Mehr als so was wie 'ne Richtung will ich im Moment – nicht mal vor mir selber – vermuten.« Er macht ein paar Schritte, will weitergehen.

»Hey, alten Zurücknehmer – komm! Butter bei de Fische!«

Er bleibt stehen, nickt. »Ja gut, schon gut. Also: Wenn ich im Moment an den denke, der den umgebracht hat –«

»An *den?* Rum nich an *die?*«

»Rrr! – dann seh ich nicht mal ne Richtung, dann hab ich eher einen Stern vor Augen. Richtungen von allen Seiten. Kurze Pfeile, lange Pfeile. Zwei kurze in die nächste Nachbarschaft, direkt am Viehofer Platz. Ein dritter rüber in die Viehofer Straße 57. Ein längerer bis in die Marthastraße. Der längste bis rauf nach Bredeney – aber auch nach Berlin, auch in deinen Norden gehen Linien – sozusagen erst mal nur gestrichelte. Heute noch kümmere ich mich um diese Nordpfeile.« Sie gehen langsam weiter, bis er fragt: »Und wer hat dann den Staat benachrichtigt?«

»Wer wohl. Ich habe mir erlaubt, eine Zigarettenlänge zu warten – zwischen dem Hilferuf beim berühmten Langensiepen und der Information bei meinen pensionsreifen Kollegen. Aber – dieser Vorsprung für den privaten Ehrgeiz – der blieb leider ungenutzt.«

»Künftig komme ich ungefrühstückt.«

»Ich bitte darum.« Und, nach ein paar weiteren Schritten: »Immerhin, nun vermutet er schon. Im Klartext: Du siehst den Wald vor Bäumen nicht.«

»Siehst du ihn? Ein guter Detektiv vermutet immer. Ein guter Detektiv *ist* überhaupt nur eine Vermutung. – Ist leider nicht von mir. Ist aus einer Oper.«

»Ich sag nie wieder *Igitt.*«

»Aber ich verrate dir nicht, woraus und von wem. Ermittlungshausaufgabe für die staatliche Rosa-Roswitha.«

»Rrr.«

Sie kommen auf den Kopstadtplatz, er zeigt auf das Kaufhaus: »Vor dir – *mein* Revier. Acht Geschosse, zwei Kellergeschosse. Hier halte ich Tippelbrüder fest, wenn sie Schnürsenkel klauen oder einen Ratzeputz.«

Sie bleibt stehen, steht vor dem Kopstadtsockel, schaut das Denkmal an. »Der sieht dir ungeheuer ähnlich. So richtig schön erfolgreich. Denkmal für den vom Schnürsenkel-Marlowe vom Kopstadt-Kaufhaus.«

»Hintenrum, wenn ich bitten darf.«

Sie fahren mit dem Lastenaufzug, Ampütte hat gegrüßt, ihnen wortlos nachgeschaut. Das Metallhaus hält in jeder Etage, so, stockwerkweise, kommen sie hinauf, derweil erzählt Langensiepen, spürt wie Nervosität ihn zum Reden drängt. »Eines Tages fehlte eine Serie Minox-Kameras. Das konnte nur einer vom Personal gewesen sein. Diese Kameras sind bekanntlich sehr klein – also such die mal auf sechstausend Quadratmetern. Es schien so, als müßten die noch im Haus sein – am Schluß stand ich hier oben und sah, daß die Tür zum Dach offen war, ich ging, genauso wie wir jetzt, hier herauf und heraus –«

»Oh –« Sie freut sich. Macht mit ihrer Stimme, daß er aufhört zu reden. Daß er bemerkt, wie sie sich umsieht, wie sie zwischen dem Holzhaus und der freien Sicht hin- und herschauen muß.

»– so also«, sagt sie.

»Damit hatte auch ich nicht gerechnet.« Und beginnt wieder zu reden, sagt, daß er damals die Barackenräume hätte untersuchen müssen, nach den Minox durchstöbern, daß er die Kameras zwar auch hier nicht gefunden habe, dafür aber seine Wohnung. – »Ideal«, sagt sie.

Da redet er weiter. Wasser, Strom, alles sei installiert gewesen. – Endlich hört er auf, ist still. Hat begriffen, wie sie sich freut. Hat angefangen, um das Haus herumzugehen; er folgt ihr, er setzt noch mal an, sagt noch was von der zweiten, von der leeren Wohnung, dann gibt er's auf. Er geht mit, versucht, ihren Blick zu beobachten.

Sie bleibt stehen, schaut in die Nordrichtung, in die Trübe, aus der die weißen Türme steigen. – »Romantisch, ja ja«, sagt er.

»Warum, Herr Langensiepen, wohnen Sie hier oben.«

»Warum? Soll ich das – ohne Rest – beantworten?«

»Ich bitte darum.«

»Unmöglich. Ohne Rest sagen, warum ich mich hier oben wohlfühle? Dazu müßt ich auf die Couch. Ich kann nur sagen, ich fühl mich hier oben am – sichersten. Wie hast du mich genannt? eben noch? – Bangensiepen.«

Sie setzt ihre Runde fort, um das Haus herum. Und geht dann in sein Höhenhaus.

Im Eingang stellt er sich neben sie, sucht mitzukriegen, wohin sie blickt, nach oben? Da fängt er wieder an: Unter die

Dachbalken habe man Preßplatten genagelt, die vom Baubüro hätten das Holz fein verblendet, er aber habe die Träger sehen wollen und das Holz, die ganze Konstruktion –

Sie geht ein paar Schritte vor, bis vor den Sessel – einen Augenblick sieht es so aus, als wolle sie sich setzen. Sie schaut sich um.

»Kaffee?«

»Gern.«

Er geht in die Kochecke, redet dort weiter. »Der Clou war natürlich, daß die zentrale Videoüberwachung hier heraufkam. Dort drüben, geh ruhig da durch, siehs dir an. Seitdem bin ich – unentbehrlich.«

Er hört, wie sie die hintere Tür öffnet und ruft: »Pfui! So was machst du?«

Sie hat dann noch in die Nebenwohnung geschaut, kommt nun zurück. »Anfangs wohnte da einer vom Lager. Kimmeskamp. Mehr als ne Matratze hatte der nicht – auch nicht soviel Glück wie ich, im Umgang mit dem Suff. Seit er weg ist, haben die hoffentlich vergessen, daß hier oben noch eine Wohnung wäre.«

»Kein normaler Mensch zieht in so was ein.« Sie schwingt an seiner Küchenecke vorbei, zurück in den Wohnraum, läßt sich im Ohrensessel nieder. Das heiße Wasser beginnt zu tropfen, im Kaffeepulver entsteht der schäumende Trichter. Ihn ärgert seine Nervosität, dieser Redeschwall.

Er geht in den Wohnraum, öffnet eines der Fenster. Sie steht wieder auf, kommt zu dem Fenster, steht neben ihm, schaut überall hin. Die steilen Fahnen drüben über dem Kaufhaus, die Maschine im Anflug auf Düsseldorf; sie sieht wieder zurück in den Raum, nach oben, auch auf das, was im Wind in den Balken zu pendeln beginnt.

»Man kann ihn auch als Lampe nutzen. Nach Mitternacht verscheucht er Geister. Duldet keinen neben sich.«

»Wie der Herr, so's Gescherr.«

»O, ich dulde viele neben mir.«

»Kimmeskamp offenbar nicht.«

»Wie sollte ich den ertragen. Wenn einer mir jede Nacht vorlärmt, was ich selber – noch mal so grade eben –«

»Brauchst dich nicht zu rechtfertigen. Sag mir lieber, wer dir diesen wonnigen Pullover gestrickt hat.« Sie hebt das Shetlandstück, kuschelt ihr Gesicht hinein.

»Herta. Ich sollte den endlich forthängen.«

»Herta.« Sie legt ihn über die Sessellehne, schaut sich um.

»Wollen Sie nicht Platz nehmen?«

»Wollen schon. Hab aber keine Ruhe. Private Ermittlungsaufgabe.« Sie geht wieder herum, zur Schreibplatte, schüttelt den Kopf und murmelt: »Chaot. Berchmann Berchmann, laß die Finger von dem. Und dann schreibt der onnoch alles mitte Hand: gottochgott, der hat se nich alle. Möcht bloß wissen, wieso der nu wirklich –« Sie schaut ihn an. Ins eine, ins andere Auge – »beziehungsweise. Sind Sie eine Beziehungswaise?«.

»Was möchten Sie wissen –?«

Sie geht ein paar Schritte auf ihn zu. So dicht steht sie vor ihm, daß er sie umarmen könnte. »Du willz ja jetz auch nix anderes als alle!« – »Was?« – »Mich vernaschen – los! gibs zu!«

»Schon damit ich mir das Siesagen abgewöhne.«

»Nur nicht aus Versehen die Wahheit sagen.« Sie dreht sich weg, setzt sich. Steht aber wieder auf, geht zum Regal neben dem Bett, liest die Kassettenaufschriften, die Buchtitel – »Leiht sich Bücher aus der Uni.« – Hatte sie ›vernaschen‹ gesagt?

»Hm – so was also liest der Kerl. ›Emerson‹. – Und was hat er sich unterstrichen? ›– groß ist, wer mitten im Menschengewühl mit vollendeter Liebenswürdigkeit die Unabhängigkeit eines Einsiedlers zu wahren weiß –‹ – ›Vollendete Liebenswürdigkeit‹? Da fehlt dem Herrn aber noch einiges –« Sie sieht ihn wieder so an, daß er sicher ist, er habe vergessen, einen seiner Hosenknöpfe zu schließen. »Liebst ja wohl nur – diese Bücher hier! wie? die Kassetten! Bücher bis zum Bahnhof –«

»Das Leben der Seligen sei nur mit Büchern vorstellbar – erklärte Casanova, als er aus der Wolfenbütteler Bibliothek kam.« Langensiepen, während er dies sagt, geniert sich, weil er so etwas sagt.

»Schwarzdenker. Ich weiß, ich bin für dich 'ne Ruhrkanallje. Hättst mich gern als Optimismus-Steinbruch. Gibbet zu!«

»Wir müssen noch so viel sprechen miteinander«, bringt er heraus. Zum Glück wendet sie sich anderen Büchern zu.

»›Stechlin‹ sagt sie, »und ›Geomorphologie des Mars‹. – Au weia, wo bin ich hier. Der tickt tatsächlich nich richtich. – Als Lesezeichen n Zettelken – was hat er sich notiert? – ›Vordenbäumen‹?«

»Mein Informant in Karnap.«

»Den kennst du? Und? was schreibt der? ›Wenn jetzt die Naturwissenschaftler jammern, ihnen sei – in der Elementarteilchenphysik – das Objekt verlorengegangen, ihre Naturwissenschaft sei also keine exakte Wissenschaft mehr, dann haben die Geisteswissenschaftler keinen Grund, schadenfroh zu sein. Hatten die je – ein Subjekt?‹ Hm. – Vordenbäumen. So was trichtert der dir ein. – Wahrscheinlich immer dann, wenn du mal wieder kein Objekt, keine Minoxe gefunden hast oder keinen, der arme Türken umbringt, wie? Trost dafür, daß man dann gar nicht mehr weiß, wozu man und wer man eigentlich ist, wie? Nix Gewisset, dat isset.«

Sie stellt die Bücher zurück, setzt sich auf das Bett. Er lächelt, er weiß, er ist verlegen und ist zugleich erleichtert, daß er nun nichts mehr geredet hat. Er geht zurück in die Küchenecke.

Dort kontrolliert er seine Hosenknöpfe, findet sie gut verschlossen. Aber schon wieder ist da ihre Stimme.

Er erschrickt. Sie steht neben ihm, ihre Stimme ganz nah. Er verteilt Kekse auf der alten Tonscherbe. Die hat er neben einer römischen Mauer gefunden, im frisch geernteten Kornfeld, zwischen den Stoppeln. Wie hieß diese Römersiedlung? ›A –‹? Ja, ›Adventicum‹, ›Avenches‹, ›Waadtland‹. Das könnte er jetzt erzählen. »Bitte keine Sprüche«, hört er dicht neben sich. »Was meinst du mit ›Wohlfühlen‹ – ›Sicherfühlen‹ – Ich höre nichts.«

»Laß mich das erst mal da rübertragen.«

Er balanciert Tassen, Kaffee und Scherbe auf dem Brett hinüber. Die Tassen bleiben ruhig. Er setzt das ab, sie hockt sich wieder aufs Bett. Ihre Hochhackigen hat sie vors Regal geworfen. Er setzt sich ihr gegenüber in den Ohrensessel und sagt: »Jetzt nennst du, was ich vorhin gesagt habe, Sprüche.« Er tut, als halte er ihr ein Mikrofon vor den Mund: »Bitteschön, erlauben Sie eine kleine Frage: Warum leben Sie? halten Sie sich eigentlich für wichtig? wieso atmen Sie überhaupt? weshalb trinken, essen Sie denn immer wieder? Erst wenn du darauf schlüssig geantwortet hast, antworte auch ich.«

»Verdammter Typ, ich will wissen, warum *du* dich hier oben wohlfühlst. Nicht Casanova und Co –«

Er verteilt Tassen und Kanne und Kekse über den niederen Tisch. Bietet ihr an vom Gebäck, sieht aber ihren Blick und zieht die Scherbe zurück. »Ja, hm. Ich, obwohl ich kein Subjekt habe und keines bin, soll nun antworten. Also gut, ich fühle mich hier oben genauso wohl wie du, wenn du auf dein Ruhrdeutsch umschaltest.«

»Das ist das genaue Gegenteil.«

»Wieso?« Er schenkt den Kaffee ein.

»Ich red Ruhrdeutsch, weil dat sacht, wat Sache is – is deutlich – und du? genau dat Gegenteil! Verziehs dich! hier ohm aufn Mars, ins Undeutliche!«

»Jeder nistet dort, wo er sich am wohlsten fühlt, am sichersten. Der eine im Direkten. Der andere, der Spinner, eingesponnen – klar?«

»Aber aus welchen *Gründen* – mußt du dich hier einigeln –«

»Krieg ich erst mal n Schluck Kaffee?«

»Wird erlaubt – aber danach –«

Er trinkt. Sieht sie an. »Warum wohne ich hier.« Er sieht sich um. Zum Fenster, zu den Balken hinauf. »Ich sage mal: Einfach deshalb, weil ich die Schreie der Vögel nicht mehr hören wollte. – Konkret genug?«

»Vogelschreie? Vögel singen. Für mich singen die.«

»Ich hatte vor diesem Lufthaus eine Wohnung im Keller. Pardon, im Souterrain. In einer Gartengegend, oben bei Bredeney. Ich schlafe bei offenem Fenster. Fast jeden Morgen, kurz vorm Hellwerden: Schriller Schrei. Schmerzens-, nein: Todesschrei. Im ersten, fast nicht bemerkbaren Licht holen die Katzen sich Vögel. Sie töten sie nicht sofort. Machen sie nur flugunfähig, halten sie fest, krallen sie, so daß sie schreien, noch lange. Immer noch mal wieder. Das sind Töne, so durchdringend – schon deswegen, weil man sie im Schlaf, in seinen Träumen hört. Nichts eindringlicher. Und dann hofft man, lauscht und, fast wieder einschlafend, möchte man glauben, jetzt ist es geschafft, das Tier ist tot. Weil alles still geblieben ist. Da kommt das noch einmal. Aufschrei. Angstschrei. Das ist dann von Mal zu Mal matter, und da will man wieder wegschlafen, zurück in den Traum – und hat immer noch mal den Todeslaut. Ich konnte das – kann das unmöglich ertragen. Natur wird unaufhörlich verherrlicht, von Malern, Dichtern – Natur ist ein einziger Skandal.«

Sie trinkt, sieht ihn an. »Es spricht der Mordkommissar.« Es ist das Knacken zu hören, das Dachholz in der Mittagshitze. »Und? Hier oben – überm achten Stock ist das alles *nicht* so?«

»Hier hör ich das nicht. Und hör es doch. Keine Stunde, keinen Augenblick ohne diese Stimmen. Ein Freund, der sich nach seinem Studium hinter einen Nordseedeich in die Natur zurückgezogen hat, der erklärt mir in seinen Briefen, die Natur ›bedarf dieser Auslese‹. Sonst würden zu viele ›Wesen‹ leben. Ich glaube ihm seinen Genitiv nicht. Oder aber, wenn er recht hat, dann bedürfen wir Menschen ›ihrer‹ ebenso. Der Selektion. Immer mehr menschliche Wesen wuseln, wurscheln, würgen sich durch, pochen auf ihr gutes Würgerrecht. Die gefräßigste Bestie ist die mit dem aufrechten Gang. Und zugleich die geschickteste in allen Fragen der Tarnung.«

»Der Schnörkel.«

»Der Vorwände. Vor allem gegenüber sich selbst. Der Planet ist überfüllt, aber weiß sich zu helfen. Ist Revier. Ob im Wald oder per Chip und Bit – Leben findet statt auf Kosten von Leben.«

»Und du meinst, die Flucht aus dem Stadtwaldgestrüpp, hier rauf auf deine Hochfläche, die hilft dir, wie?«

»Erst mal. Übers Gröbste. Obwohl – wie gesagt – die Stimmen hör ich auch hier –«

»Die Vogelstimmen. So wie *du* sie hörst.«

»Ich hör sie natürlich ganz falsch, ich weiß. ›Natürlich‹ hör ich sie. Es ist ein ungeheures Geschrei überall. Seit langem. Die Menschen betäuben sich, um die Schreie nicht hören zu müssen. Mit Geschrei, mit Musik, mit Bildern, mit Geschichten. Die das alles überdröhnen, heutzutage mit Walkmen, Video, mit Lärm. Hör dir da draußen das an, das Maschinenrauschen aus der Stadt. Hier oben ist es wenigstens nur noch ein Rauschen. – Deswegen.«

»Und der Schädel baumelt.«

Er sieht, wie sie hinaufblickt, in die Konstruktion. Sie nickt. Trinkt. »Kopf über den Wolken. Kopfstation. Casanovas Lufthaus. Die absolute Beziehungswaise.«

Sie sitzt auf seinem Bett, hockt dort, wo gestern die Nackte lag. Wie gern er diese hier anschaut. Wie schön so ein Mensch anzusehen ist. So eine. Und ist verwirrt. Das Würgerrecht, die Todeskralle – in dieser Frau appelliert sie, blüht, lockt. In die Falle geraten, die das Leben ist.

Er hört, wie sie leise vor sich hinspricht. »Leben findet statt auf Kosten von Leben. Du hast doch Kinder. Was machen denn die?«

Er gießt Kaffee nach. »Anderes tun die. Zum Glück. Noch. Obwohl – ins Gestrampel sind sie genauso festgesteckt wie du, wie ich.« Er spürt, daß er wieder ins Reden gerät und kann und will sich nicht dagegen wehren. »Der Ältere hat mir gerade geschrieben, ist in seinen großen Schulferien unterwegs, auf einem Frachtschiff in Westindien, als Schiffsjunge.« Langensiepen ist aufgestanden, findet unter den Papieren auf der Schreibplatte den Luftpostbrief. »Aus Curaçao schreibt er. Schildert, wie der Frachter erste Landberührung hatte, auf der anderen Seite des Ozeans – ›– unser Schiff ist 208 Meter lang. Beim Einlaufen in Ponce (Puertorico) haben wir die Hafenmole zerbröselt. Das heißt, wir sind mit einem halben Knoten (1 Knoten = 1,852 km/h) gegen die Mauer gefahren. Wir haben eine Delle und die Mauer auch. Mich hat's dabei fast umgeworfen. Ich stand auf der Brücke. Der Kapitän sprach mit dem Lotsen, da kommt vom Bug her, über Funk, ganz monoton, vom Zweiten Offizier: Noch drei Meter, noch zwei, noch einen – ZACK! Der Kapitän hatte immer weiter mit dem Lotsen geredet und die Zahlen nicht beachtet, hatte sich auch nicht festgehalten. Nun stolperte der über die eigenen Füße – au, war der sauer! – ich nix wie weg – ‹«

»Herrlich«, sagt sie, »›zerbröselt‹.«

»Der Schiffsjunge sieht, wie der Oberste, wie der Kapitän, im entscheidenden Augenblick mit dem Lotsen schwätzt.

Aber da er ja, wie jeder Parzival, gelernt hat, daß man als Unterster nicht bei den Obersten dazwischenquatscht, daß man im Anblick der Helden den Mund hält, hat er sichs in Ruhe mit angesehn – bis zum Rums.«

»So hältst auch du dich raus, wie?

»Hast recht. Von hier hört man, wie's unten rauscht und kracht. Stündlich die Polizeisirenen –«

»Weit weg sind die Zerbröselnden. Und du hier oben kannst eh nix ändern –«

»Ach verehrtes Stück Leben namens Rosa oder Roswitha – irgendwie sieht jeder, wie ers übersteht. Du direkt, ich anders, indirekt. Ich sag es noch mal: ich *höre* das alles! da unten – zu deutlich. Und gerade deshalb –«

»– mußtest du hier rauf. Habs kapiert.« Sie steht auf, kommt um den Tisch herum, auf ihn zu, nimmt seinen Kopf in ihre Hände, küßt ihm die Stirn. »Schon gut, Langensiepen. 't is soweit. Ich muß runter.« Sie geht zurück, steigt in ihre Schuhe. »Unten Aufsicht machen, damit jeder – gleiches Hackrecht für alle –«

»Ich bring dich –«

»Nicht nötig. Sone Sittensau merkt sich immer ihren Rückzug. – Na nu? machße fürn Gesicht? Is wat?« Sie kommt wieder näher und fährt mit der Spitze des kleinen Fingers seine Mundlinien nach. »Ach Ruddoff. Hasse dir gedacht, nu läuft wat hier oom? Ne gegenseitige Zerbröselung? Ma abgesehen von 15.30 Uhr – wenn schon, denn schon! je lieber desto genauer – und konzentrierter – und ausführlicher – bald – später – beziehungsweise –«

»Rrrr«, macht er.

»War das jetzt Frankenstein?«

Lächelt, schwingt hinaus. »Mittwoch im ›Kiepenkerl‹.« Fort ist sie.

Vor seinem Sessel steht Langensiepen. Nicht mal zur Tür hat er sie begleitet. Draußen, im Licht über dem Kies, schwingt, schwankt sie vorüber, Platten müßten her, Waschbeton – sie geht in die Treppentür, wendet sich nicht mehr zurück.

Die Wespe, die über dem Couchtisch schwebt, setzt sich auf die Kekse. Er sieht in den weißlichen Himmel. Wünscht sich, er hätte Vorhänge angeschafft, könnte die jetzt zuziehen. Er braucht Vorhänge gegen sich selber, will sich in sich verkriechen. Ihm ist heiß; er zieht sich aus, wirft sich aufs Bett. Die ist einfach hier weg. Weil es 15.30 Uhr wird? weil er ihr von seinem Sohn erzählt hat? wovon nicht alles. Hemmungslos rausgelassen. Alles falsch gemacht. Und weil er auch noch so schön häßlich ist. *je lieber desto –. bald – später – beziehungsweise. – und konzentrierter* – auf was will sie sich konzentrieren. Er sieht sie vor sich, sie steigt in ihm auf, ihr Lächeln, ihre Wärme, ihre Mundlinien, ihr Schritt. Er braucht nur zuzugreifen, ihr appellierender Leib, zum Greifen, blüht, lockt, wenige Bewegungen genügen – wie schön doch die Auslese – er bedarf ihrer –

– aus einem rötlichen Schwarz wacht er wieder auf.

Die Kekse. Keine Wespe. Er steht auf, duscht sich, kommt naß zurück, läßt sich wieder auf das Bett sinken, denkt, bemerkt das Buch. In den ›Stechlin‹ tauchen.

Nach langer Zeit reißt ihn das Schrillen heraus. Er nimmt den Hörer. »Langensiepen –« – es meldet sich niemand, jemand legt auf.

Er springt aus dem Bett, knickt das obere Eck der Stechlin-Seite, stellt das Buch ins Regal, räumt Tassen, Kanne, Scherbe und Kekse auf das Brett, trägt das in die Küche, kommt zurück, nimmt den Luftpostbrief, legt den zurück auf die Schreibplatte, will dem Sohn antworten. Aber der Norden. – Langensiepen kleidet sich an.

Geht wieder zum Telefon neben dem Bett, fragt die Tagesleitung des Kaufhauses, ob man für die 45 Grad Rechtsdrehung der Kamera Nr. 14 gesorgt hat – »Ja, längst passiert« – »Sonst was?« – »Nichts von Belang, Herr Langensiepen, heute isset zu heiß, säpps für die Klauer, nix los, im August sowieso nich.«

Er legt auf, schaut auf die Notiz, ihre Handschrift. Ashoffs Befund, ›mit hoher Wahrscheinlichkeit‹. Er läßt die Fenster offen, nimmt aber die Jacke mit, steckt eines der Polizeifotos in die Innentasche, Iman in der Aufbahrung, geht hinaus. Auch ich gehe nach unten, trau mich in deinen Norden. Als wäre der gefährlicher als der Stadtwald, als Bredeney. Tücke und Tarnung sind das Gefährliche. Wenn die Verbrecher graumeliert sind, sich auf gute Kleidung verstehen, aufs Formulieren und auf Schnörkel. Er wirft sich die Jacke über die Schulter.

Unten geht er aber erst mal ins ›Pümpgen‹. Er braucht das. In seine hintere Ecke stellt sich Langensiepen. Mit dem Rükken zum Lokal, zum Fenster.

»Is wat?« fragt Elsbeth.

»Nix.«

»Man siehts.«

Sie wischt den Tisch vor ihm ab, er muß die Ellenbogen heben. Sie legt ihm ein Stück Zeitung vor: »›Aus dem Polizeibericht‹. Soll ich dir zeigen.«

»Kenn ich.«

»Verzeihung.« Elsbeth stellt sich auf die Zehen, flüstert ihm ins Ohr: »Wollt die nix von dir wissen?«

Er schaut sie an, lächelt. »Elsbeth – n Kaffee.«

Sie zieht ab, er sieht auf der Tischplatte die Feuchtigkeitsstreifen aus Elsbeths Lappen. Schaut zur Seite, nein, nicht ins Lokal. Will nicht wissen, wer im Lokal steht, sieht nach oben. Über dem Glasschrank hängt, gerahmt, der alte Kreidesnack. 1870 fotografiert. ›Nu sünd wi awer bowendrop. Wi hätt nu Kopp un Statt.‹

›hätt‹ – conjunctivus irrealis; abhängig, von ›beziehungsweise‹. – Kennen die Essener Konjunktive? die Plattköpfe? – Elsbeth kennt mich.

Schon gut Else, diese R wollte was – von mir –

Aber da steht einer am Nebentisch. Im Mantel steht der da, im dunklen Mantel. Bei dieser Hitze im Wintermantel, der redet und ist betrunken. Redet mit einem, der nicht hier ist. Un dann habbich, redet der. »Habbich dem gesacht: deinen Beethoven, der? Der wär n Windsack. Jau, habbich gesacht. Wär der, wenn – wohlgemerkt: wenn! Nich voreilich sein! langsam langsam, bin ja nonnich färtich. Kannze mich omma ausredcn lassen? Kuck nich so blöde. Als hätte ich gesacht, Beethoven issen Windsack. Nee, habbich nichesacht. Höddo ma ausnahmsweise zu! ›Wenn‹ habbichesacht. Wenn dat Wörtchen wenn. ›Wär‹ habbichesacht. Der wär nix, der Beethoven, wär überhaupt nix ohne't Volk. Globße nich? Nee?

Hatter mir nicheglaubt. Wie? hatter getönt. Wie bitte?! als hätte ich ihm seine Mamma gevögelt. Beethoven! seinen heiligen Beethoven anpinkeln is schlimmer als Majestätsbeleidigung. Beethoven unnet Volk, Chottochott! mich macht dat ja auf die Stelle fuchtich, sobald ich weiß, da is widder sone Null ausse heiligen Ästhetikkiste, tu ich sofort einen drauf un sach: deinen bullerigen Beethoven, weiße wat? wat der wär? Nix! Nullkommanix wär der, wenn et nich – Volksmusik – gäb. Seinerzeit gegeem hätte. – Hau Mann – Wa? schrie er, wa? ›Genie!‹ – schrie er – un kricht fast sein Infarkt – wie konnte ich sein Genie sowat antun. Nix, sach ich, ne Null wär dein Geistesriese, ne komplette Null, nur so einer wie ich un du. Hau Mann! Nahm der sein nächsten Infarkt, krakehlt, du hass keine Ahnung, du Ichnorant, du Banause, sonne Wörter wie Beethoven sollte so einen wie du nie in sein Maul nehmen in sein dreckiget – ich mein, nu hätt ich em ja eine scheuern solln. Hätt ich tun müssen. Ja, Josef Rempart, hättse ruich tun können. Aba nä – kalt schmeckt so einer am besten. Ganz cool sach ich: Wer keine Ahnung hat, Freundchen, dat bis du! Würdse nur ma aus Versehn genauer hinhörn an dein Beetzart, hätteße gätz kein Infarkt nötich, könnz ganz ruich bleim – da wüßteßes längß: Woße da hinhörß – egal wo – steckt alles proppevoll mit Volksmusik. Hu! dat war't. – Wie konndich sowat sagen – Wa?! schrie er. Un hat – jawoll, hat der! – mittema sein Glas Bier – haut der dat einfach – so! ja? boing!! – haut der dat zack, aua, verdollich –«

Der im Mantel hat sein Bierglas auf den Stehtisch gehauen, es ist zerbrochen, das Bier ist hochgespritzt, läuft über die Tischkante. »Hömma!« schreit Elsbeth Mönninghoff, »nimm dich zusamm! noch eima un ich hol den Karlheinz! fliechße hier raus, dumme Sau; kannz drauf an.« Und wischt dabei schon den Tisch, den Boden.

»Quack!« sagt der Alte, sammelt Scherben in den Glassockel. »Als wenn du wat davon verstehß. Von dem, wat ich hier ausführ. Ihr Bildungsattrappen – Bier und Beethoven, um Gottes willen nich ma feste anpacken. Gib mir n Neuet.«

»Wenne dat no eima im Klump haus, kannze wat erleem.«

»N Bier, Frau Beethoven!«

»Noch eima un du fliechs. – Rote Kaate!«

Elsbeth, hinter der Theke, zapft. Das Bier am Boden hat zu Langensiepen gewollt. Die Feuchtigkeitsstreifen.

»Da!« sagt der Betrunkene, hebt den Stumpf des Bierglases, »da! hasse dein Beethoven! habbich dem gesacht. Dat is, wat von übberich bleibt, wennze allet Volksmäßige wegmachs! Hoo! – konnt der ganichmehr – war vielleicht am Bluten – die ganze Hand –« Der im Mantel schaut sich seine Hand an: die blutet ebenfalls. »Au Mann«, sagt er und wühlt sich ein Papiertuch aus der Manteltasche, ein gebrauchtes, schiebt sich das zwischen die Finger. – »So isser dann ab, mein Genie. Schlappt ab, mit sein göttlichen Genius. – Konnze genau sehn: übberall wo der hergegangen ist: *sonne* Blutspur. Ungelogen. Bis rübber anne Treppe und noch die ganze Treppe rauf, bis in sein Zimmer. Ungelogen. Die vom Hotel konnten sich ganich beruhigen. Remmtemmtemm.« Mit der papierlosen Hand trommelt er auf den Tisch. Die blutige hebt er bis an den Kopf. »Remmtemmtemm, n Bier! aba sofort! Hätts den nämlich sehn solln: Am annern Morgen – unsern Schlaumeier? – da kam er an, zum Frühstück: soo klein! Na gut, maulter rum, na gut na gut, ich hätt ja recht – remmtemmtemm – recht hätt ich. Auch er hätt ganix gegenet Volk, un der Beethoven erst recht nich. – So sacht der. Und so iset. Kein Stücksgen HaydnMozartBeethoven ohne't Volk! jawoll, Freunde! ›nichts als die Wahrheit‹! – So wahr mir't Volk helfe. Amen. Gedet Wort, geder Takt, geder Schluck – wat wär dat wohl ohne – vadammich Elsbeth, wird dat bald?!«

»Wehe wennze dat widda –«

»Remmtemmtemm«, sagt der im Mantel, gibt ihr den Dekkel, »da hasse dat Genie« und nimmt sich das neue Bier, trinkt, setzt das Glas sorgfältig ab, sieht sich seinen blutenden Finger an, Elsbeth findet noch feine Glassplitter am Tischrand, legt die zu den Scherben, »Remmtemmtemm!« äfft Else ihn nach, »hör bloß auf mit dein Remmtemmtemm!« und trägt die Glasreste fort.

»Ästheten un volkstümlich! Kannz mich mit jagen! Gefressn habbich die. Häddich se längß, wärn se bloß nich so unverdaulich, kaputt un blaß wie'n Glas. Jau. Nur ›Teetisch‹ reimt sich auf ästhetisch. Dat wußten schon Heine, Lortzing und ich. – Aba genutzt? haddet ganix, prost! Remmtemmtemm! Kennze't nich, Nachbar? Sach bloß, du kennz nich Remmtemmtemm? Is ja wohl nich wah – kennz doch't Schumänneken? der immer mit seim Remmtemmtemm: Pollaka? Sämtliche Tonleiterkes ruff un runner: remmeldebemm Schumänneken Stolpermänneken – wat wär wohl unsern Robert Florestan ohne sein 1830 – nicht zum Widdererkenn, allet alla Pollaka Pollakalla wo is überhaupt der Kalla! – wieso sperrße eintlich dein Oberschweiger nammittachs ein? Unverantwortlich, sonne Else gehört geschlachtet remmeldebemm. Wer im Wilden Westen schweigt am besten? un kennt sich aus wie ne Eins? der Kallheinz!«

Der Mann trinkt. Langensiepen hat sich ihm ganz zugewendet, soll er den fragen? Kinder und Betrunkene. »Wo«, fängt der wieder an, »wo wär dat ›Pümpgen‹ ohne't ›Colosseum‹ und wo wäre unser fliegendes Robertchen, ja wie weit wärs denn je geflogen ohne't polnische Bassateremmtemmtemm –«

»Kennen Sie«, hört Langensiepen sich fragen, »kennen Sie aus der Schumannzeit einen Gesangstext ›Besser was als nichts auf Erden‹?«

»Remmtemmtemm wer? wie – wat auf Erden? Wer sind denn Sie!«

»›Besser was als nichts‹, so was ist wohl nicht von Schumann, oder? von Beethoven?«

»Aua! tu minnich weh! von Schumann? – ›besser wat als nix‹, weißte, wat dat is?«

»Eben nicht.«

»– dat is die Waaheit! nix als die Waaheit – so wahr mir dat Volk helfe – siehße doch an mir, Männeken! ›Nichts‹? dat bin ich! Kuck!« Der reißt seinen Mantel auseinander – steht nackt. »Vergessen Se nich et Atmen, Herr – Herr – Dingensbummens. Denn so total nix is dat nu au widda nich – is immerhin ne Pulle drin, noch halbvoll – ›besser wat als nix‹ – Schumänneken! dat ich nich lache –« – er läßt die Mantelflügel zurücksinken über den dürren Leib – »– nur is leider fast nix mehr drin – inne Pulle. Aber't gibt Pfand, beim Aldi. Besser dat als n Pastor de Hand geküßt. Ansonsten – nix. Kuck säpps, nich ma ne

Zarette. Und deswegen, Freundchen, verrät dir getz der Josef Predigkeit, genannt Otto zur Linde, verrät der dir, eh der selber im Kabelgraben liegt wie dieser Kollege auße Pollackei – Prost! – verrät der dir, daß ich *bin*! – weil ich wat trinke! im Gegensatz zu dem Kanalkollegen unterm Viehofer. Erkennze dat an? Bin ich grade so ein klein winziget Schlücksgen mehr als ganix.«

»Aber wer – wer kann denn so was nun gesagt haben, gesungen, komponiert.«

»Huch, mach dich man bloß nich inne Strampelhose – wer hat denn das nun gesagt! – gesungen! – Mann, Sie staatlich verordnete Musikattrappe, Sie öffentlich hingerichteten Musikdetektiv, ich will Sie wat sagen: Der, von dem dat is, der verdiente ne goldene Nase! vonnem Kaanervalsverein trübe Tomate, du kolossale Tasse du – Remm – Remmeldebemm – du bis mir man auch bloß so'n Teetisch! mittem Schumännlein dran, rüttelt sich un schüttelt sich, wirft sein Synköpchen hinter sich – ein Hoch auf unsere teutschen Höhenakrobaten! einsam Spitze! Zauberberchleute!« Er trinkt sein Glas leer, schwingt es über dem Kopf. »Höddo auf!« hört man Frau Mönninghoff von der Theke her, »Zauberberchleute! Du hassese nich mähr alle.«

Der im dunklen Mantel schaut sich um, mustert die neben ihm stehenden, die schweigenden Männer. »Gätz kuckter aba ganz schön aabeitslos, wa? Dat kommt, weil wir so grauenhafte Höhen haben. Wa der jemals anne Emscher, unsan Übermann Thomas Mann Mannesmann? – Schon Goethe, alzer ne Kohlengrube sah, hat angeekelt kehrtgemacht. Dat wa ihm zu duster! zu brenzlich. Diese Spitzennullen. Hätten se nich von uns die EINS vorndrangekricht, wärnse Nullen geblieben. Un gäbet keine Pollackei: säpps Schumann wär en hohlet Ei. Jau! Glaubße nich, Herr Detektiv?«

So redet der weiter und unterhält die schweigende Runde. Langensiepen hat ausgetrunken, schiebt das Zwiebelmuster zurück; geht, flüchtet aus diesem Geruch. Nichts wie raus aus der Schluck-, Wörter- und Volksschwemme, aus dem Schattendampf hinaus ans Licht. Den Kalla Mönninghoff muß ich fragen nach dem ›Colosseum‹. Aber jetzt wieder die Spur aufnehmen, Honvas Spur. Die Viehofer Straße hinunter, in der Spätsonne den Weg hinab, den Honva gekommen war.

›Der Freizeitpalast erwartet Sie‹, Langensiepen beachet ihn nicht, geht rascher als sonst die Fußgängerzone hinab. Am Viehofer wird gearbeitet, eine Fracht Mischbeton ausgeladen. Den ›Mordskeller‹ panzern. »Tach Hotte.«

»Ruddoff?«

»Du solltest aufpassen.«

»Habbich doch.«

»Und?«

»Heut mittach. Da warn se hier. Bei mir.«

»Die da?«

»Jau. Deine Kanalabeiter. Ham sich widder Gehacktet geholt, Kebab a la Hotte, ja? reines Rind! un Wasser un Cola.

»Und? was haben sie geredet?«

»Nix. Fast nix.«

»Was fast –«

»Sonz sind se de reinsten Brüllaffen. Alle am Reden, keiner hört zu.«

»Nur du.«

»Aba ich versteh ja nix. Die andern Tage, mein ich.«

»Und heute?«

»Kein Ton. Gesichter – ich kann dir sagen. Wie ne Beärdigung.«

»Ist das verwunderlich? Einer von denen ist tot, vielleicht umgebracht.«

»Eemt. Dat iset. Wenn der Kollege sich bloß de Gräten gebrochen hätte, im Suff, dann – hätten se nich so fürchterlich kucken müssen. Dat iset.«

»Das wars?«

»Reicht dat nich? – Mann! die –« Hotte beugt sich vor, sagt es leise »– die ahnen wat! mehr als de Polizei lieb is – vorhin noch, vor ner Stunde, standen zwei rum bei denen. Schnieke gekleidet. – Die schienen sich zu kennen, gegenseitich –«

»Hotte – ein Wasser.«

Hotte öffnet die Flasche Burgwallbronn. Langensiepen bekommt keinen Plastikbecher. Hotte holt ein Glas aus dem hinteren Winkel seines ›City-Imbiß‹.

Er trinkt, lehnt sich an Hottes Theke, beobachtet die Arbeiten bei den Gräben. Wieder rutscht Fertigbeton. Fließt dorthin, wo Honva lag. Auf dem Gertrudisturm bemerkt er die Parabolantenne. Satellitenempfang.

»Die schütten schon den ganzen Tach. Als wollten se't atomsicher machen.«

»Als hätte nicht Körfgen schon genug gepanzert.«

»Körfgen? meinz, der hatte da –? richtig, da stand ja seinerzeit noch dieser Rest – der? ach du grüne Neune!«

»Ich war heute bei der Post und im Rathaus, die Pläne ansehen.«

»Und? Wat gibt dat hier?«

»Zentrale Schaltstelle. Kopfstation. Für K.U.K. – Modernisierung des Ruhrreviers.«

Hotte genehmigt sich sein Bier, trinkt langsam. Setzt ab und redet. »Wat der Viehofer nich alles duichmacht. Nu auch dat noch. Anfangs warn't die Viecher –«

»Und ist es heute weniger Viecherei? weniger windig?«

Hotte wendet bedächtig den Blick, sieht den Detektiv an. »Sisse. Nu hasse widder wat duichschaut.«

»Wann haben die Feierabend?«

Er schaut auf den Gertrudisturm. »Zwanzich Minutn.«

Langensiepen trinkt.

»Willze die interviewen? – – – brauchs aba n Dolmetscher.«

»Die können doch deutsch.«

»Die könn eem fast nix könn die. Höchstens den einen, der mit dem grünen Käppi.«

»Hier hast du'n Tacken.« Langensiepen trinkt sein Glas leer, will gehen.

»Stop – kriss noch zwei Maak!«

»Tschüß Hotte.« Er geht an der Gertrudiskirche entlang. Überquert den Viehofer. Stellt sich dort, in der Mitte, neben die Arbeiter. Wartet. Bretter werden gelöst. Als ihn endlich der mit dem grünen Käppi ansieht, ein Älterer, sagt er dem »Hallo?« Und spricht leise: »Ich muß Ihnen was sagen.« Der hört zu, schaut aber weg. Arbeitet weiter. »Ich habe Nachrichten für euch. Wegen eurem Kollegen.« Langensiepen beugt sich vor, sagt den Namen. »Wo wohnen Sie, wo kann ich Sie sprechen.«

Der antwortet nicht.

»Ihre Adresse.« Noch mal nennt er Honvas Namen.

Da sagt der: »Du machs, daß du wegkomms.« Und schlägt weiter die Bretter ab, Verschalungen vom Beton.

Langensiepen geht hinüber auf die andere Seite des Platzes. Zu Konstantins ›Heracles‹-Restaurant, an der Heine-Buchhandlung vorbei, immer den Blick hinüber zu den Arbeitenden, so daß er erst im letzten Moment bemerkt, wie ihm ein Volvo entgegenkommt, das heißt, es kommen ununterbrochen Autos entgegen, aber dieser Volvo biegt plötzlich halb auf den Gehweg, fährt auf ihn zu, Langensiepen ist zu überrascht, ist so überzeugt von der Unmöglichkeit dessen, was er sieht, daß seine Reaktion sehr spät kommt. Die hätten ihn glatt überfahren – er springt hinter die Säule. – Quietschend haben die gebremst, im Leerlauf den Motor heulen lassen; es sitzen mehrere Männer drin; einer, während die wieder losjagen, schreit raus: »Idiot, paß endlich auf!« – Weg sind die. Die Nummer hat er. Berliner Nummer.

Er sieht, daß die Grabenarbeiter zu ihm herüberschauen. »Ham Se sich verletzt?« fragt eine Frau im ärmellosen Kittel. »Unverschämtheit!« Er antwortet ihr nicht, notiert sich die Fahrzeugnummer, schreibt mit Zitterfingern. Beobachtet dann die an der Baustelle. Die haben das Quietschen gehört, sind aus den Löchern gekommen, zeigen und erklären sich: so wenig Abstand, demonstrieren das mit den Händen. Die reden weiter, es ist fast siebzehn Uhr, die machen Feierabend, rühren für heute nichts mehr an, reinigen die Schippen, sammeln die Werkzeuge. Ziehen sich zurück, gehen rüber in die Altenessener Straße, in den gelben Baukarren dort. Einer nach dem anderen stapft hinüber, die meisten einzeln, mühsam, krumm, alle mit dem kurzen Blick auf ihn. Verschwinden drüben hinter der Trinkhalle.

Langensiepen schlendert rüber in die Straßenmitte, auf die Halteinsel der Straßenbahn. Nun müßten sie kommen – aber es kommt anders, die steigen in keine Straßenbahn, lassen die Bahnen in Richtung Altenessen davonfahren; statt dessen kurvt ein grüner Bus auf die Altenessener Straße, Langensiepen muß wieder hinüber, um die Nummer lesen zu können; er hält sich hinter Kumpmanns Liguster, die steigen ein, auch dies ist eine Berliner Nummer. Der grüne Bus fährt an, wendet, fährt dicht an ihm vorbei, auf dem Blech nirgends ein Signet, grün überspritztes Blech, ältere Bauart, Rostränder, verschwindet nach rechts, nimmt wahrscheinlich die Bahnunterführung, dann die Gladbecker.

Die sind weg. Statt hinterherzustarren, hätte er besser ein Taxi –

Aber an der Baustelle hantiert noch einer. Ein Älterer. Holt Absperrgatter, stellt rotweiße Signale bereit, zündet Lampen, schließt Kontakte, bringt neue Gestelle und Gatter. Die trägt er aus dem Gelände hinter der Baubude heran, geht direkt an ihm vorüber, ohne ihn zu beachten. Während der die Absperrsachen zur Baustelle schleppt, verzieht Langensiepen sich in den Schatten der Bahnbrücke und läßt den wieder bei der Trinkhalle einbiegen, Langensiepen nähert sich der Trinkhalle, bemerkt an der verschlossenen Thekenlade einen Zettel, handgeschrieben: »Betriebsferien. 9.–31. August«. So plötzlich? Am Tag nach der Tat: Muß er dem ›Betriebs‹-Boss nachreisen? nach Titisee? Torremolinos? Langensiepen biegt rasch um das Eck herum, dort belädt der Alte sich grade neu, bückt sich, Langensiepen springt vor, umklammert den von hinten, drückt den runter auf die Querlatten, das Knie rein in die Nierengegend – der, runtergepreßt, spürt die Bretterkanten am Hals, zappelt mit den Armen nach hinten, Langensiepen fängt seine Hand, faßt, zieht, biegt ihm den Arm nach hinten, daß der endgültig festklemmt über den Brettern und ächzen muß. »Wo wohnt ihr! – Adresse! sag die Adresse!« Der schnauft, spuckt, roter Kopf, Halsader – »Vogelheimer achte – achtzich –«

Langensiepen stößt den nach vorn, daß der in die Gestelle kippt und mit denen hinstürzt. Das reicht, um unbemerkt zurückzukönnen, hinter die Bude, die Trinkhalle, den Liguster; Langensiepen läuft, springt dann auf eine der in langer Schlange haltenden Bahnen.

Überfüllt sind die Bahnen in Nordrichtung. Er zittert, versucht, das Keuchen wegzuatmen. Er hat gekrallt. Nach Gelsenkirchen-Horst geht diese Bahn, die Beine wollen nicht, aber Sitze sind jetzt nirgends frei. Er klammert die blanke Stange. *Vogelheimer achte achtzig.* Die Vogelheimer. Die geht in Altenessen irgendwo ab, von der Altenessener irgendwann nach links; an der Wagendecke sieht er die Stationen, möchte die Streckenübersicht begreifen, doch die Buchstaben wackeln, sind weich. Erst nach fünf Minuten Fahrt, beim zweiten Halt, kann er wieder lesen, die Namen der Stationen entziffern. Zeche Carl, dort dürfte das sein.

Die Bahn ist voll. Schichtarbeiter, Büroleute. Es ist noch sonnig draußen. Die schweigen. Die Frontseite der billigen Zeitung, dreimal kann er die sehen; wo sonst der Leichenhorror gemeldet wird, ist heute die Zahl 18, handgroß und rot. Dreimal, 18 PROZENT.

Langensiepen steht bei zwei Arbeitskollegen. Der eine, der die Zeitung liest, der andere, der mit hineinschaut; manchmal, wenn der eine umblättert, sieht der andere mit rein, guckt kurz, schaut bald wieder heraus. Nirgendwohin. Was vor dem Fenster, was in der Bahn ist, hat der schon gesehen, das kennt der. Auch die lärmenden Zeitungsziffern.

Die Bahn hat über Nebenstraßen wieder zur Altenessener Straße gefunden, die Fortsetzung der Süd-Nord-Achse, längs durch die Stadt. Reste der Kraftwerksburg, Gärten, ›Abraxas‹, griechische Spezialitäten. Die neuen Computer, NUR NOCH 4 TAGE BIS. Die Fahrt geht von Essen nach Altenessen, links parallel das offene Abwasser, grün angelegte Köttelbecke, *bitte weiter aufrücken,* dies Abwasser war die Berne. Vor mehr als tausend Jahren standen an der die Eschen, nach denen Essen, sagt Vordenbäumen, den Namen hat. Alles so grün hier. Doktor ›Ashoff‹ – ›Eschenhof‹. *Gehen Sie doch bitte weiter durch!* Wenn er einen Schritt macht, spürt er in den Beinen wieder das Zittern. Er selber ist es, der krallt. Vogelkraller. Den Platz in seinem Rücken bekommt eine Ältere, er hört die schnaufen, ihr Dankeschön, wär aba nich nötich gewesen, ich steich ja wieso am Bahnhof widda aus.

18 PROZENT; er schaut mit hinein. Arbeitslose? »Nee, et is kein Vergnügen mehr mitte Bahn, aba ich sach mir, solang et geht, besuchße noch dein Werner. Doch, gede Woche eima.

Nee, frische Blümkes hatter immer gekricht. Früher war dat ja alles eine Teilstrecke, nich ma ne Maak. Heute? ham se de Grenze so geleecht, dat et zwei sind bis nachem Friedhof. Dieselbe Strecke, aba doppelt so teuer. Un daduich, dat et wieso allet mehr kostet, iset getz fast dreima so teuer. Staaket Stück, is do wah! Dabei sind kleine Leute doch angewiesen aufe Elektrische. Staak is dat. Abba auf unserein hört ja keiner.«

Mit wem die wohl redet. Irgendwer wird sie ansehen, wird ab und zu nicken. Sie schnauft noch immer. – Wird ein Dolmetscher nötig sein in der Vogelheimer Straße? Der hat mein Gesicht nicht gesehen. Ich seins auch nicht. *Achte achtzich.* Der mit der grünen Kappe wird mich erkennen.

Langensiepen muß lachen. Die Knie weich, aber wieder lachen? Ihm ist eingefallen, was er zuletzt mit einem Türken geredet hat. Er war nach Oberhausen hinübergefahren, hatte in der Zeitung gelesen, die hätten dort eine nie gespielte Oper ›ausgegraben‹, ›die einzige 1848er Oper der Deutschen‹. Ja, hatte Vordenbäumen erklärt, das sei in der Tat beachtlich und denkwürdig, ein einmaliges Stück – aus dem Jahr des deutschen Revolutionsversuchs – ›Igitt‹. – Er ist also dorthin, steigt am Hauptbahnhof aus, kennt aber die Stadt kaum. Es ist Sonntag, wenig Leute unterwegs. Er spricht einen Mann an, der ist sehr gut gekleidet, sonntäglich, bitte, wo ist hier das Opernhaus. Da dreht der sich um, lächelt ihn an, dunkler Oberlippenbart, schwarze Augen, schüttelt den Kopf und sagt, vollkommen korrekt: ›Ja ja! Du sein hier in Opernhausen.‹

Die Kotten wieder, anderthalbstöckig. Kumpmannbauten, Backstein. Körfgen en gros? Nein nein, das war Eigenbau, Antikörfgen, geduckt wie Hühner, eingekuhlt, unter den Flügeln die Menschen. ›Sexshop‹ steht an einer der Glucken. Auf rauhen rostgrauen Backsteinen der Blick ›in die reine Natur‹. Und quer über den Zigaretten ein KP-Plakat. *Arbeit statt Raketen.*

Och Gott is dat getz schon Bahnhof gewesen? – Nee, Omma, ganz ruich bleim, Bahnhof kommt ers. – Die nächste! sagt ein anderer. – Danke! jedesmal denk ich, jetz hasset verpaßt. – Die schnauft schon mal und stellt sich auf. Daaf ich ma bitte hier duich? Danke! vielen Dank auch. Sie darf.

Der Arbeitskollege faltet die Zeitung zusammen. – Steht widder nix drin? fragt der andere. – Alles bloß Sport. – Da grinst der. Seit Rot Weiß dritte Klasse bleibt, machße'n Sport nich mähr leiden, woll? – Der mit der Zeitung antwortet nicht. – Intressier dich domma aus Versehn für Eishockey! Oda Handball! Da wird no ährlich gehackt. – Der Rot-Weiß-Mann schaut sich das Gefaltete an. Oben auf der Seite steht die Zahl 18. 18 Prozent. Steht obenauf. *Bovendrup* stehen jetzt die Arbeitslosen. Der schiebt sich das unter den Arm. 18, sagt er. Zwanzich, antwortet sein Nebenmann.

Am Bahnhof steigen fast alle aus, die beiden noch nicht. Wirß sehn, dat geht mit uns weiter wie im Skat. Die Roboter machen uns alle. Die Rechner. Die Steuerpulte. Achtzehn, zwanzich, zweienzwanzich. Und dann kommt: Nülleken.

Passe, hört Langensiepen vom Mann mit der Zeitung. Der hat sich umgewendet, Richtung Ausgang. – Die steigen aus.

An der nächsten Station, bei der Zeche Carl, ist auch Langensiepen ausgestiegen. Die Bahn fährt weiter Richtung Emscher und Kanal, nach Gelsenkirchen. Hier müßte es sein. ›Hotel Böll‹. Zeche Carl liegt still, die Waschkaue ist Kulturzentrum geworden, Szenetreff. Hier irgendwo, wahrscheinlich noch nördlicher, muß die Vogelheimer sein.

An der nächsten Straßenecke, schon von weitem erkennt er das Schild ›Zum Stadion‹. Das wird sie sein, ja, Vogelheimer Straße; in den Berichten aus dem rot-weißen ›Hexenkessel‹ heißen die Gesänge der Jüngeren ›Vogelheimer Fanchor‹.

Eine Bäckerei bietet Schwarzwälder Kirschtorte. Die Hitze läßt nicht nach, der Himmel ist weißlich, steht wie heißer Dampf über den Gärten, den Lauben, dem Spalierobst. Die kleinen Siege überall gegen den Ruf, dies sei der ›Pott‹. Vor einem Schrottplatz wieder der Zigarettenblick in die reine Natur. Der Kommunistenaufkleber fehlt hier. Ein Linienbus, vollbesetzt, lärmt vorbei. Rechts der wolkige Turm, das steigt und quillt, hebt sich weiß in den weißlichen Himmel.

Drei Häuser. Auch diese Reihe nur angefangen, endet als Ziegelwand; weil das Geld ausging? Oder Körfgen senior sah hier keinen weiteren Handel mehr mit dem Unbeweglichen und Unvermehrbaren. ›Im Trend‹ sagt die Brandwand am letzten der drei Häuser, im Trend sei man mit dem neuen Sport-Cabriolet; im gleichen Format nebenan die glückliche Familie beim Ruhrfernsehen, auf der Mattscheibe glitzert ein Prinz. Rock als Operette, im Trend, auf der dritten Reklame der Kriegsgott: MARS MACHT MOBIL.

Hinter den drei Häusern über einer Mauerlücke ein Torbogen. Western-Look. Roher Balken, *natural way of life.* Wie dort, wo mein Schädel hängt. Aber hier hängt am Querbalken eine Schrift. Auf dem Brett steht ›TFA W. Körfgen Nachf.‹.

›Du krið dat Reißen.‹ Du sein hier in Opernhausen. Das Tor steht offen, im Dreck der Einfahrt frische Fahrspur. Eine automatische Anlage, das Stahltor könnte seitlich herbeirollen. TFA? Über dem Holzzaun Stacheldraht, die Zaunlatten betongestützt. Er geht bis dorthin, wo er durch das Tor ins Gelände sehen kann. Baracken. Die Fenster verschlossen, mit grünen Läden. Auch diese Baracken nicht mit Mittelfirst, sondern mit schrägem Pultdach, kaum anders als meine Höhenburg; aber älter, schäbiger. Die Häuser stehen dicht hintereinander, quer zum Tor. Niemand zu sehen. Die Fahrspur, der Autoweg führt in engen Kurven zu den Seiten links und rechts und gleich um die Barackenecken herum, ein Pfeil weist Autos nach links, so haben sie das Lager zu umkreisen. Küchengeruch.

Was heißt TFA. Tintenfischakademie. Die Antwort der Ledermacher fehlt, er hätte sie anrufen sollen. Telegrafieren. Wahrscheinlich ist die noch in Dänemark. Trottel ich. Langsamsiepen.

Er nähert sich dem Linkspfeil, geht dann gegen die angewiesene Richtung, traut sich vor bis zur Ecke. Hinter der ersten eine weitere Baracke, ebenso verschlossen. Die Fenster versperrt. Er bleibt stehen, horcht, riecht.

Zwischen den Barackenenden und der Brandmauer der drei Körfgen-Häuser ist nur dieser Autoweg. Ausgefahren, aschig. Die Schmalseiten der Baracken ohne Fenster, keine Türen. Bis hinten hin, zum Ende des Geländes, acht gleiche Bauten, dicht hintereinander; zwischen dem vierten und fünften Haus ein größerer Abstand. Lager, Stacheldraht. TFA – Television für Altenessen? für Ausgetrickste? Weiter hinten eine Gestalt, kommt vor, kommt näher, biegt wieder ein.

Er geht wenige Schritte weiter, bis zur Ecke, wo er den Bereich zwischen erster und zweiter Baracke übersieht. Unbenutzt, überwachsen. An den Längsseiten sind die Eingänge. Er geht weiter, zwischen zweitem und drittem Haus das gleiche, dann aber, in der vierten Baracke, sind die Fenster geöffnet, Musik, arabesk. Er wartet einige Momente, geht dann wieder vor, bis er den Blick hat auf den Platz zwischen dem vierten und fünften Bau –

– da sitzen sie. Auf den Steintreppen, reden, rauchen. Die Gerüche, sie kochen. Einer hat ihn gleich bemerkt, hat etwas gesagt, die anderen wenden sich um, sehen ihn an, reden darüber. Einer von denen steht auf, kommt auf Langensiepen zu. Könnte der sein, der mit dem grünen Käppi – was oder wen er hier suche.

»Iman Honva.«

Der macht eine Pause. Hat der nicht verstanden? Hat Langensiepen den Namen falsch ausgesprochen? Der hat über der schwarzen Hose nur das weiße Unterhemd. Die Haare schwarz glänzend, frisch geduscht, gekämmt.

»Iman Honva.«

Der schüttelt den Kopf. »Kein Iman Honva. Hier nicht.«

»Doch. Hier hat er gewohnt. Bei euch, Vogelheimer Straße achtundachtzig.«

Der schaut ihn an, die dunklen Augen. Dann schaut der zurück, wieder vor: »Warte.«

Der geht zu seinen Kollegen, die sprechen miteinander.

Langensiepen bewegt sich nicht von der Stelle. Die reden, sind alle aufgestanden, debattieren, einige gehen in die Baracke, kommen wieder zurück. Jetzt lösen sich zwei, kommen auf ihn zu, der erste ist wieder dabei.

»Warum Iman Honva. Warum«, fragt der Neue.

»Iman Honva ist tot. Ich weiß: Er ist ermordet worden, erschlagen. Er war euer Kollege. Ich bin Detektiv. Ich muß mit euch sprechen. Wer von euch –«

»Polizei?«

»Nein nein, Detektiv! Privatdetektiv. Mit Polizei hab ich nichts zu tun. Kein Bulle. Ich ermittle für – für Zoltan Zehrak.«

»Zehrak?« Die beiden schauen sich an.

»Zehrak hat mir gesagt, ich soll den finden, der Iman Honva erschlagen hat – totgemacht –«

»Warte.« Die gehen wieder zurück, zu den Kollegen. Inzwischen sind noch mehr aus den Baracken gekommen. Man gestikuliert, es wird jemand gerufen, gesucht. Dann kommt der schließlich, der mit dem Käppi, der hat eine grüne Schürze um, redet mit denen, schaut herüber zu ihm, bindet sich seine Schürze los, gibt sie einem von denen, zu dritt kommen sie nun heran. Der mit der Schürze, der, hat Hotte gesagt, kann am besten deutsch.

»Wer sind Sie.«

»Ich bin Detektiv. Mein Name ist Langensiepen. Hier ist meine Karte.« Er zeigt ihm den Ausweis. Der Mann, der noch schwitzt, vielleicht haben sie ihn vom Herd weggeholt, der schaut das an, vergleicht das Lichtbild. »Sie waren eben auf dem Viehofer Platz?«

»Ja.«

»Haben mich gefragt. – Und dann sind Sie fast umgefahren worden, von einem Volvo.«

»Sie haben es gesehen?«

»Und Sie haben unseren Kollegen verprügelt.«

»Wie bitte?«

»Tun Sie nicht so scheinheilig. Sie wissen, wovon ich rede – der hat hier angerufen, hat uns gewarnt, wird gleich selber hier sein.«

»Meinen Sie –«

»Ich meine, Sie sind scheinheilig. Kommen hierher, obwohl Sie gerade einem Arbeitskollegen die Gurgel eingedrückt haben.«

»Hätten Sie mir gesagt, wo Sie wohnen, wäre das nicht nötig gewesen.«

Der schaut ihn an. »Warum sollten Sie unter den Volvo –«

»Ich kenne diese Herrschaften nicht – kennen Sie sie?«

Der Mann antwortet nicht. Dann sagt er: »Ganz schön frech.«

»Sie meinen die Leute im Volvo.«

»Ich meine Sie, Herr Langensiepen.«

»Wieso.«

»Kommen Sie mit rein. Wir essen jetzt.«

Der geht voraus, redet vor der Tür mit den anderen, die schauen zwischen ihm und Langensiepen hin und her, der versteht wiederholt das Wort ›Volvo‹. In der Gruppe vor der Steintreppe bildet sich ein Spalier. Der Mann kriegt seine grüne Schürze zurück, bindet sie sich wieder vor. »Bitte hereinkommen«, sagt der und geht vor Langensiepen her in einen Vorraum. Man macht Platz, läßt ihnen den Vortritt. Hinter dem Schürzenmann gelangt Langensiepen in einen größeren, dunklen Raum. Lange Tische, auf den Plastikplatten Teller, Besteck, Pappbecher, ein Älterer sitzt schon, er solle sich dem gegenübersetzen, er, der Koch, werde jetzt das Essen auftragen lassen, dann könne man sich unterhalten.

Er setzt sich auf den angewiesenen Platz. Auch die anderen Männer kommen nun, setzen sich ebenfalls, einige reden, einige schauen ihn an, auch der Alte, der ihm gegenübersitzt. Als der bemerkt, daß Langensiepen ihn ansieht, spricht der: »Bier? Du trinken Bier?« – »Nein danke, kein Alkohol.« – »Islam?« – »Nein nein, mein Doktor hat es mir verboten.« – »Du trinken Airan?« – »Sehr gerne.« Er kennt das säuerliche Joghurtgetränk, der Alte gibt einen Wink, jemand nimmt Langensiepens Pappbecher weg, ersetzt ihn durch einen kleinen Krug, ein anderer kommt mit einer Kanne, füllt Airan ein, schaumiges Weiß. Auch andere nehmen Airan, andere Cola. Langensiepen zögert einen Moment, dann hebt er seinen Krug, sagt dem Alten: »Zum Wohl, vielen Dank.« – »Guter Appetit.« Man trinkt.

»Volvo Schweine.« Das hat der Alte gesprochen. Langensiepen nickt, will da weiter reden, aber jetzt kommt der Mann mit der Schürze. Der setzt eine riesige, kupfern glänzende Platte auf den Tisch, eine große Schale unter einer Kuppel aus ähnlichem Material, der Mann hebt den Deckel, im Dampf glänzen Reis, Gemüse, am Rand ringsum Gehacktes, Fleischstückchen. Dem Koch ist ein Jüngerer gefolgt, ebenfalls mit einer solchen Schale, die kommt auf den Nebentisch; ob er davon essen möchte, aber ja, sehr gerne. Der Älteste erhebt sich, tut Langensiepen auf, dann sich selber. Schiebt die Platte dem Koch zu, der hat sich neben Langensiepen gesetzt, jeder nimmt. Es wird gegessen.

Dann sagt sein Nachbar: »Samstag saß hier noch Iman Honva. Hier, an diesem Tisch.« Eine Weile wird weitergegessen. »Ich heiße Kemal.« Kemal, der Mann mit dem grünen Käppi, trinkt Airan. Kemal schwitzt.

»Woher können Sie so gut deutsch?«

»Ich bin seit siebzehn Jahren hier.«

»Und die anderen, Ihre Kollegen, wie lange sind die hier?«

»Alle fast ganz neu. – Iman war erst Ostern gekommen.«

»Wie kam er hierher?«

Der hört auf zu essen, schaut ihn an. Trinkt. Schaut ihn wieder an. »Du bist kein Polizist?«

»Ich war Polizist. Bin seit dreizehn Jahren privat.«

»Warum? – Rausgeflogen?«

»Ich war nicht sauber genug.«

»Ha, ausgerechnet. Nicht sauber? – wo hast du gearbeitet damals.«

»Mordkommissariat. War schon einer von der Polizei hier?«

»Warum sollten die kommen. – Meinst du, *die* sind sauber?«

»Was willst du damit sagen.«

Der hört wieder auf zu essen. »Staatspolizei ist die größte – – na gut, laß es dir schmecken.«

»Diese Polizei hat mir verboten, den Fall Honva zu ermitteln.«

»Verboten? ah ja? – wer hat dir das verboten.«

»Staatsanwalt. Das Ganze soll ein Unfall sein. Honva ist in die Grube gefallen, aus Zufall.«

»Und? was meinst du?«

»Ich glaube es nicht.«

»Also sollen alle glauben, der dumme Türke ist nur so da reingefallen.«

»Ich glaube, es hat ihn jemand umgebracht.«

Der Mann übersetzt.

»Noch Airan?« – »Gerne.«

Der Kemal winkt die Kanne heran, sie wird herübergeschoben, Kemal hebt sie selbst, schenkt ihm nach. Und fragt dann: »Du kennst die ITKG?«

»Nur flüchtig.«

»Du kennst PKK?«

»Ich weiß, was das heißt, mehr nicht.«

»ITKG und PKK sind beides Baufirmen. Kabelbau für die Vernetzung. Beide brauchen im Moment dringend billige Arbeitskräfte. Beide sind wie Feuer und Wasser. Haben große Konjunktur und brauchen Drecksarbeiter, unterbieten sich gegenseitig.«

»Und? Die ›Drecksarbeiter‹, die sollt ihr sein?«

»Sehr geehrter Herr Langensiepen«, fängt Kemal an und redet dann längere Zeit. Von den Skinheads seien sie hier schon zweimal besucht worden. Aber nicht von Polizei. Die neuen Nazis hätten beim letzten Mal so viel Prügel bezogen, die würden sich hier in der nächsten Zeit nicht wieder sehen lassen – mit denen würden sie fertig. Angst hätten sie aber vor den Staatsschnüfflern. »Wenn wir rauskriegen, daß du doch Polizist bist, geht es dir nicht gut.«

»Ich wollte heute morgen den Obduktionsbericht einsehen, also den Bericht, den der Polizeiarzt macht über Iman Honva. Sie haben mich rausgeworfen. Meine alten Kollegen lassen mich nicht an die Informationen.«

Es kommt einer von außen in den Saal, fast alle hören zu reden auf, drehen sich zu dem Neuen hin, der bleibt stehen. Findet mit den Augen Langensiepen, schaut ihn an, knöpft seinen Kragen auf, hält das Hemd weg vom Hals – man sieht den dunkelroten Striemen quer unter dem Adamsapfel.

Kemal erhebt sich, geht zu dem Mann hin, beugt sich zu ihm. Legt einen Arm über seine Schulter, redet leise auf ihn ein und zieht ihn gleichzeitig aus dem Raum zurück in den Flur. Die anderen haben wieder mit dem Essen angefangen, mit ihren Gesprächen.

Langensiepen wendet den Kopf immer wieder zurück zum Ausgang, in dem die beiden Männer verschwunden sind. Ringsum beenden die Männer ihre Mahlzeit, man räumt zusammen, einige tragen ab; Langensiepen bemerkt, wie der Alte, der ihm gegenübersitzt, sich über den Tisch vorbeugt und ihm etwas sagen will. Langensiepen beugt sich ebenfalls vor, und hört, kann deutlich verstehen, wie der sagt: »Du Lebengefahr.« Da Langensiepen keine Reaktion zeigt, wiederholt der: »Lebengefahr – ja ja!« Und nickt ihm zu. Der hat einen dünnen grauen Bart, bißchen Ho Chi Minh. »Ja ja«, nickt der noch mal.

»Warum?«

»Volvo Schweine.« Der Alte scheint erregt an etwas zu kauen, will noch mehr sagen, schließlich hat er die Wörter beisammen. »Volvo und Bullen – Schweine. Arbeiten zusammen. Kollegen! Ja ja«, nickt er. Auch Langensiepen nickt. »Staat bezahlt«, murmelt der Ho Chi Minh noch, »Staat alles bezahlt«. Und nickt. Und nimmt von den Zigaretten, die jetzt herumgeboten werden. Auch Langensiepen soll sich bedienen, er verzichtet, dankt, schaut wieder zurück zur Tür.

Erst nach vielen Minuten kommt Kemal zurück, geht mit dem Mann vom Viehofer an den Nebentisch. Dort nimmt der, den er erpreßt hat, Platz und beginnt zu essen. Kemal beugt sich zu ihm, der hört ihn aufmerksam an, nickt dann und schaut mit seinem unbewegten Gesicht hinüber, zu ihm, Langensiepen. Kemal legt ihm noch mal die Hand auf die Schulter, richtet sich auf und kommt nun herüber, setzt sich wieder neben Langensiepen.

»Langensiepen – du hast Glück gehabt. Bist in Ordnung, jedenfalls keine Polizei. Ich habe telefoniert, mit Zoltan Zehrak.« Nun redet er türkisch, erklärt offenbar den anderen, was er gehört hat; Langensiepen erkennt die Wörter ›Zehrak‹, ›Polizei‹. Und dann, als Kemal wieder schweigt, räuspert sich Langensiepen, wendet sich an seinen Nachbarn. »Dein Kollege, dem ich den Hals zugedrückt habe – was kann ich ihm tun, damit er – – er ist – gekränkt, oder?«

»Es ist in Ordnung. Er hat kapiert.«

»Er ist sicher nicht gut auf mich zu sprechen, nicht wahr?«

»Schon gut.«

Da alle rauchen, fallen Langensiepen seine kleinen indischen Beedies ein – er fingert in seiner linken Jackentasche, findet die Blechdose, holt die hervor, bietet Kemal an, der nimmt, wie es scheint, ganz interessiert, eines der Röllchen, schnuppert und sagt: »Es ist zum ersten Mal, daß einer rauskommt zu uns und will helfen.«

»Meinst du, dein mißhandelter Kollege wird ein Beedy nehmen?«

»Er heißt Bazargan.«

Langensiepen, in den Knien wieder nicht recht sicher, steht auf, geht die paar Schritte hinüber – der Bazargan hat seine Mahlzeit beendet, den Teller beiseite geschoben, nun schaut er zu ihm auf, dann auf die vorgehaltene Dose mit den indischen Zigarillos. Langensiepen spürt, es ist im Raum still geworden. »Mögen Sie eine von denen? Ich war nicht freundlich zu Ihnen. Entschuldigung. Ich wußte keine andere Möglichkeit.«

Der schaut noch mal zu ihm auf, wieder zurück auf die angebotenen Beedies, nickt dann, ohne zu lächeln, nickt als wollte er sagen, so ist das bei euch, ja ja, und nimmt eins von den Tabakröllchen. Feuer holt er sich bei seinem Nachbarn.

Langensiepen hat das Gefühl, der Bazargan hätte ihm unter die Schachtel hauen müssen. Spürt seinen Arm, schwer ist der geworden, er kommt zurück, setzt die Blechdose vor sich auf den Tisch, nimmt Platz, mag erst mal nicht sprechen.

»Langensiepen, du wolltest wissen, ob wir die ›Drecksarbeiter‹ sind. Das hast du richtig gesagt. Aber wichtiger ist: wir sind fast alle illegal. Mußt du wissen. Die meisten sind schwarz hier. Viele über Berlin reingekommen, manche über München, Frankfurt.« Der Koch schweigt, raucht.

»Und das vermittelt die Firma Körfgen Nachfolger?«

»Die vermitteln Jobs. Wohnung. Mußt alles akzeptieren, damit die dich nicht verpfeifen. Damit sie dich nicht zurückschicken. Keiner kriegt hier Asyl, aber niemand will nach Hause. Zu Hause ist keine Arbeit, ist Ärger, ist Verfolgung. Die Volvo-Schlepper zwingen uns zu allem, weil sie wissen, mit uns kann man es machen. Muß man alles mitmachen, halb so billig arbeiten wie andere, kein Krankengeld, keine Versicherung, keine Papiere. Nichts – aber ein bißchen Geld. Prima Geschäft für die.«

»Und die Polizei? Anderswo jagt die Polizei Ausländer, die illegal arbeiten, anderswo werden die in Haft genommen, abgeschoben – und hier?«

»Vernetzung ist was anderes. Ist Staatsinteresse.«

»Und zwischen diesen Firmen gibt es Krieg?«

»Geldkrieg. PKK holt sich seine Arbeiter bei TFA Körfgen. Die Konkurrenz –«

» – die ITKG?«

» – die und andere Bauunternehmen arbeiten mit anderen Leihfirmen, manche auch genauso mit Körfgen Nachfolger. Aber für alle ist nicht genug Arbeit da. Auch in den neuen Netzen nicht.« Kemal winkt, es kommt einer mit dem Kaffee. Kemal hebt zwei Kännchen von dem Messingtablett: »Du möchtest, bitteschön?« Langensiepen nickt, bekommt seinen Mokka, das andere Töpfchen kriegt der Alte gegenüber, Kemal nimmt ein drittes für sich selbst. »Darum war Krach in der Nacht zum Sonntag?«

Kemal rührt in seinem Kännchen. »Spät Samstag abend, da krieg ich einen Anruf. Von einem guten alten Kollegen, Mahmed Brezan. Der ist auch bei so einem illegalen Arbeitstrupp. ›Kemal‹, sagt der, ›paß auf, heute nacht läuft noch was – an euerm Viehofer. Sieh dich vor!‹ ›Vor was soll ich mich vorsehen!‹ ›Sabotage‹, sagt der bloß, mehr nicht. Das heißt, unsere Arbeitsstelle, die ist in Gefahr. Irgendne Zerstörung, eine Provokation. Damit alles auffliegt, und wir werden abgeschoben. Irgendwas von der Konkurrenz. Der alte Kollege, der Brezan, der gehört zu den anderen, aber wir kennen uns von früher, darum hat der mich gewarnt. Wir also, nicht faul, legen uns auf die Lauer, ja?«

»Habt ihr den Zehrak informiert? oder einen von seiner Firma –«

»Zehrak ist Kapitalist. Macht Reibach, egal mit wem. Kein Freund, sind andere Interessen, anderer Schmutz. Unsere Arbeitsstelle schützen wir besser selber.«

»Bist du sicher, der Mahmed Brezan, der dich angerufen hat, daß *der* dein Freund ist?«

Kemal schaut ihn an, nimmt dann den Löffel aus der Tasse. »Kann sein, auch Brezan ist scheinheilig. Kann sein, er war vorgeschickt von der anderen Partei. Als Lockvogel für mich. Kann sein. – Gut, daß ich es so genau nicht weiß.« Er trinkt.

»Wann genau kam der Anruf.«

»Samstag spät. Fast zwölf. Es war schon Ruhe hier, die meisten Kollegen schon in den Betten. Nach diesem Anruf – da haben wir beraten, ein paar von uns. Ich sage: Leute, nur keine Hektik, erst mal nachdenken. Wir also reden und beschließen, wir stellen Wachen auf, für diese Nacht. Unsere Arbeit lassen wir uns nicht kaputtmachen. Aber machen wir uns nicht verrückt, nicht alle müssen hin, nur einige, wenige passen auf, die anderen können schlafen.«

»Zu der Wache gehörte auch Iman Honva.«

»Außerdem ich und noch der Kollege da hinten im karierten Hemd, Jogdan. Wir drei fahren mit Rädern da rauf. Das geht leise, ohne Licht – so kann man sich gut ranschleichen. Als wir rankommen, du weißt, der Viehofer ist groß, ist gar kein Platz, kein richtiger, da haben wir nichts gesehen. Haben wir uns verteilt – du möchtest noch Airan?« – »Danke, erst mal nicht.« – »Einer von uns steht an der Kirche, einer in der Altenessener Straße; ich, als dritter, gehe bei der Buchhandlung Liebknecht hinter die Ecke – mag sein, von dort kommen die, in der Richtung ist ihr Lager. Nun, damit wollten wir besonders schlau sein.«

Er setzt den Kaffee wieder an den Mund, trinkt. »Ja, extra schlau wollten wir sein. Aber die – garantiert – hatten auch ihre Wache. Schon vorher. Vielleicht war alles eine Falle, du hast recht, Rudolf. Haben die sich den armen Iman geschnappt, ohne daß Jogdan und ich das sofort gemerkt haben. Um ein Uhr, so hatten wir uns verabredet, da treffen wir uns alle wieder vor der Kirche. Um ein Uhr war da aber nur der Kollege Jogdan. Wir warten, reden, warten noch fünf Minuten – gehen dann mit den Rädern rüber zur Altenessener Straße – wo Iman stehen sollte, ist kein Iman zu sehen.«

Einige Leute sind inzwischen aufgestanden, die gehen vor die Tür; es ist wieder die Musik zu hören. Nur der Alte ist sitzen geblieben, einige, auch der Jogdan, haben sich vom Nebentisch herübergesetzt, Jogdan neben Langensiepen, sie geben sich die Hand; Kemal erklärt ihm kurz etwas. »Jetzt, wie wir da rumstehen und noch überlegen, wo ist Iman, da kommt hinter so einem kleinen Häuschen, ja genau da, wo unsere Baubude steht, da kommt ein ganzer Trupp raus und gleichzeitig von gegenüber auch noch welche – ich schnell zum Jogdan: ›Hau ab, du da rüber!‹, ist der zurück auf den Viehofer Platz geradelt, ich genauso fix die Altenessener runter, unter der Eisenbahn durch, nur schnell weg und hinterm Kraftwerk dann ans Telefonhäuschen und hab hier die Kollegen alarmiert: He, der Iman ist weg! Die haben den geschnappt, die machen den kalt, wir müssen helfen. Na, da haben die sich alle wieder in ihre Klamotten geschmissen, haben Schippen genommen und Spitzhacken und alles mögliche und sind in unserm Bus zum Viehofer. Warn in zwölf Minuten da und zwar, wie verabredet, vor der Universität, Westseite, Segerothstraße. Dort haben wir dann gesagt, wir verteilen uns jetzt nicht wieder, den Fehler machen wir nicht noch mal. Die sind mehr als wir, wir müssen zusammenbleiben.«

»Keine Schußwaffen?«

»Nee. TFA Arbeitsvermittlung filzt. Streng. Allerdings – nun kam also die Prügelei. Wir wieder in die Ecke, die da noch übriggeblieben ist von der Altenessener, wo unsere Materialbude steht.«

»Vor dem Häuschen Nummer vier – und ihr habt den Vorgarten zertrampelt.«

»Kann sein, ja – aber wir haben Prügel bezogen. Die andern zum Teil auch. Aber den Iman, den hatten die da längst umgebracht.«

»Warum glaubst du das?«

»Weil die uns angeschrien haben: ›Euch geht es so wie Iman! – verschwindet hier, ihr Faschisten!‹ Dabei sind wir kein bißchen Faschisten. Oder sagen wir, das interessiert uns nicht. Wir wollen arbeiten, Geld machen, sonst nix. Im Gegenteil, die meisten suchen hier sogar Aufenthalt, Asyl vielleicht, weil sie zu Hause Militär verfolgt. Aber so ist es – für die einen bist du Kommunist, für die andern das Gegenteil, je nachdem, wie sie's brauchen. Sonntag früh, als es hell wurde, haben wir ihn gefunden.«

»Du hast heute nachmittag diesen Volvo gesehen – wer saß da drin – was meinst du?«

»Eben die.«

»Mit denen Ihr euch in der Nacht zum Sonntag –«

»Nein nein, nicht unsere Prügelkollegen. Sondern die das alles gelenkt haben, die unsern Iman schon vorher erledigt haben, vermute ich. Leute im Auftrag von ITKG.«

»Dieser Volvo hat eine Berliner Nummer. Eure Verleihfirma hat ihren Sitz in Berlin. Aber ITKG ist in Essen.«

»Die hängen alle miteinander zusammen, sind Konsorten.«

»Die Körfgens versorgen beide Firmen mit Arbeitskräften?«

»Die haben noch Unterfirmen und immer wieder woanders. Wegen dem Finanzamt.«

»Ich glaube nicht, daß in dem Auto Türken saßen.«

»Ich auch nicht. Sie werden dir sicher wieder begegnen, Rudolf. Paß nur auf.« Er trinkt, schaut ihn dann plötzlich an: »Aber jetzt du. Was hast du rausgekriegt über Iman!«

Langensiepen zieht das Foto aus der Innentasche der Jacke, eines der Tatortfotos. »Verdammt. Also bist du doch Polizist – das ist Polizeifoto.«

»Reg dich ab, Kemal. Das ist geklaut. Eine Freundin, Rosa Bergmann, die kennst du, die habt ihr angehalten Sonntag früh, die ist Kontrollbereichsbeamtin. Die arbeitet hier im Norden, die hat das rausgeschmuggelt aus dem Präsidium – schau dir lieber an, wie der da liegt.« – »Rosa ist deine Freundin?« Kemal schaut ihn groß an. Langensiepen kann nicken. Kemal nimmt nun das Foto, sieht es an. Schaut lange und flucht dann, in der anderen Sprache. Reicht das Bild hinüber an den Alten, redet mit dem. Der Alte stößt Laute aus, Jammertöne. Auch Jogdan bekommt das Foto, von draußen und aus der Küche kommen auf die Rufe des Alten die anderen, das Bild geht von Hand zu Hand.

Kemal hat nur noch geschwiegen. Läßt die andern zetern, blickt auf den Tisch, beißt seine Nägel. Langensiepen beobachtet ihn, die Gruppe, wieder den Kemal. Der wendet sich ihm zu, schaut ihn an: »Ich nehme an, du hast recht. Brezan hat mich reingelegt.«

»Und ich nehme an, auch du hast recht: Euer Iman war schon tot, bevor eure Prügelei überhaupt anfing.«

»Einen Toten so hinzulegen, das bedeutet – das ist eine Sitte von manchen Türken: Wehe, versucht ja nicht, etwas gegen uns zu machen; sonst endet auch ihr so. Signal für Rache, ja?«

»Aber im Volvo saßen keine Türken.«

»Was weiß ich. Die arbeiten mit allen Tricks, zum Täuschen. Damit wir uns hier fertigmachen gegenseitig, klar?«

»Jetzt sag mir: Was macht ITKG?«

»Der gleiche Gaunerclub wie der von unserem Zehrak, nur eben Konkurrenz. Was die genau machen – außer Vernetzung – versteh ich zu wenig. Mußt du den Zehrak fragen.«

Kemal will wieder schweigen. Im Raum ist eine andere Stimmung jetzt. Jemand gibt ihm das Foto zurück. Er hört Töne zwischen Trauer und Wut, einige schweigen wie Kemal. Einer hält Langensiepen ein Foto vor: Auf dem Bild sieht er viele Menschen, versteht das Wort ›Izmir‹ und wieder ›Iman‹, ja, der ganz rechts, das sei Iman. Offenbar mit seinen Geschwistern, seinen Eltern, den Großeltern. Ob Iman schon gut Deutsch konnte, fragt er schließlich. Nein, noch überhaupt nicht.

Langensiepen bittet um die Telefonnummer des Lagers. Schreibt sich das auf, notiert die Namen, die er gehört hat, Mahmed Brezan, Jogdan, Kemal, Bazargan, bedankt sich, steht auf, gibt Kemal seine Karte, auf Wiedersehen Kemal; der nickt nur, schaut auf den Alten. Der hat sich erhoben, beugt sich vor, greift mit beiden Händen nach Langensiepens Kopf, zieht ihn herüber, küßt ihm die Stirn.

Verwirrt geht er aus der Baracke. Ich war in Opernhausen? besser was als nichts? Er merkt, neben ihm geht der Kemal. »Warte einen Moment.«

Er sieht, wie der mit zwei Jüngeren spricht. Kommt mit denen vor bis an den Ausgang, bis zum Torbogen, dem Holzbogen im Western-Look. »Wir bringen dich ans Auto – wo parkst du.«

»Ich bin mit der Straßenbahn hier.«

»Die bringen dich bis zur Haltestelle.«

Kemal redet mit denen in der anderen Sprache, die nicken. »Wiedersehen. Sag uns Bescheid, wenn du den Gauner hast, wenn du was weißt –« – sie umarmen sich. Plötzlich hat der ihn an beiden Schultern gepackt, ihn an sich gezogen.

Die beiden Jüngeren gehen mit ihm, hinter ihm her. Die Vogelheimer nach Osten. Hinter ihnen, tief über der Straße, rostrot, die Sonne. Die beiden Beschützer schauen fortwährend zurück. Erst jetzt merkt Langensiepen, daß die Straße Allee sein soll, Bäume in gleichen Abständen. Die meisten kahl.

Wie kann sich ein solches Lager, eines mit so vielen Illegalen, so lange halten? Unbemerkt? Was weiß Rosa B.? ist dies der Ärger, den sie offenbar hat mit ihren Chefs? »Kennt ihr Rosa Bergmann? – Roswitha Bergmann?« fragt er die Begleiter – die beiden hören aufmerksam zu, ziehen dann die Schultern, kennen den Namen nicht oder verstehen ihn gar nicht.

›Vogelheimer achteachtzig‹ ist Arbeitslager, eine Art Schutzhaft. Von der Polizei geduldet wie ignoriert. Sklaven zu Dumpingpreisen. Offenbar unentbehrlich für die ›friedliche‹, die elektronische Umrüstung. – Von hinten, aus dem Rostrot, kommt ein Lastwagen. Im tiefen Sonnenlicht ist kaum zu erkennen, was für eine Art Wagen sich da nähert, plötzlich schieben ihn die beiden jungen Leute hinter eine Hausecke, stellen sich vor Langensiepen. Auffallend langsam fährt der Truck an ihnen vorbei. Im Fahrerhaus drei Männer.

Sie gehen wieder vor, schauen hinterher. Chemietransport. *Vorsicht Feuergefahr.* Essener Nummer. An der Ampel biegt der Lkw nach rechts.

Wieder die Ruhe, die rote Sonne. Die fortschrittlichen Raucher gibt's noch, in Farbe, aber verschattet. Die Schwarzwälder Torte fehlt, der Laden hat geschlossen, das Schaufenster ist leer. Rings aus den Häusern dröhnen die Abendnachrichten. Die Entführer drohen, die Maschine in die Luft zu sprengen, wenn ihre Forderungen nicht bis 21 Uhr mitteleuropäischer Zeit – MARS MACHT MOBIL –

Der Malakowturm, die alte Zeche Carl. Sie sind an der Haltestelle, beim ›Hotel Böll‹. Heinrich, hierher, aus dem Grauen, kommst du. Weiß Vordenbäumen.

Auf der Altenessener Straße ist noch Betrieb; er bittet die beiden, nicht mit ihm auf die Straßenbahn zu warten – doch, sie wollen das, haben ihren Auftrag und sagen »Du unser Freund« und »Die machen kaputt, sagt Kemal«. Sie wollen noch mal das Foto sehen: Iman. Sie schauen es sich an. Ihre Gesichter. Von Norden kommt die Bahn, hat schon Licht, er legt die Hand auf ihre Schultern, ich werde den finden, der das getan hat. Sie geben ihm das Foto, bleiben draußen stehen, bis er abfährt.

Er sitzt neben einer Glitzrigen. Haare schwarz getönt, rote Hosen, schwarze Lederjacke. Die fährt zum Dienst. Tief ausgeschnitten unter der Jacke – Wieso juckt ihn das wieder, in allen Spitzen, in den Fingern, die Fingerspitzen drängen einfach dahin, wo es zarthügelig sich andeutet. Mobilmachung. – Blödes Tier, ich Mensch.

Und? warum bedrückt dich, daß dich das hochbringt?

Weil das von solchen Simpelsignalen abhängt. Weil dies so sorgfältig verwickelte Unternehmen Langensiepen, weil das ein ärgerlich einfacher Mechanismus beherrscht.

Ein unaufhörlicher Skandal. Wir wie die Blattläuse.

Erhaltung der Art, basta. – Gen-Hack. ›Bedarf ihrer‹.

Er spürt, daß diese Frau ihn anschaut. Er fühlt Gänsehaut. Nein, das Gegenteil, fliegende Hauthitze. Magen, Zwerchfell. Er muß aufstehen, geht in der Bahn nach hinten, steigt am Bahnhof Altenessen aus. Geht auf und ab. Nimmt plötzlich die Gegenbahn. Fährt wieder zurück in den Norden, wieder hinunter zum ›Hotel Böll‹ und dann noch eine Station weiter, Kanalregion, Emscher. Hier irgendwo war sie, die ›Zornige Ameise‹. Er liest die Nummern, eilt weiter – und hier ist nun auch diese Nummer 212. Diese Zahl hat Postreferent Holtkamp vorgelesen.

Ein zurückliegendes Gebäude ist das, Parkplatz davor, mehrere PKWs abgestellt, keine Berliner Fahrzeugnummer. Ein vierstöckiges Haus, Containerzuschnitt, vier mal zwölf gleiche Fenster, Büros; in einigen noch Licht, links der Eingang.

Unter der Nummer 212 blankes Messing, nach Art des Ahornwegs, ›PKK Essen‹. Zehraks Büro? Und darunter das nächste Schild aus gleichem Metall, ›ITFH Körfgen Nachf.‹ – wer hätte das gehofft, es wird immer besser, die Tür ist angelehnt, ein Lederballen blockiert das Zuschnappen, eine Arztpraxis legt Wert auf offenes Haus, der Doktor praktiziert noch, da kann Langensiepen hineingehen, nimmt die Treppen zu je zwei Stufen, ist an der Arztebene vorbei, kann ungesehen weiter bis zum PKK- und ITFH-Stockwerk.

Dort ist kein Licht im Flur. Dafür von außen, von der Straße und vom letzten Abendlicht, das kommt trübgrau von den beiden gläsernen Enden des Flurs. Auf der rechten Seite des Ganges, in drei Büroräumen, brennt noch Licht. Langensiepen hört ein Telefonat, kann Worte nicht unterscheiden, aber da wird gesprochen.

Er bleibt stehen im Flur, lauscht, wartet, gewöhnt sich gut an das Zwielicht. – Der hat jetzt aufgehört zu telefonieren, doch nach kurzer Pause ist er wieder in neuen Verhandlungen. Derweil kann Langensiepen die Täfelchen neben den Türen entziffern, ja, die drei mit dem Lichtritz unten haben eine gemeinsame Firmeninschrift, im Namen Körfgens.

Sind das Gespräche mit Berlin? mit dem Ahornweg? mit der Vogelheimer Straße? der Marthastraße? dem ›Freizeitpalast‹? – Unten vor dem Haus stand kein Volvo.

Langensiepen geht vor, bis ans Flurende. Neben dem Fenster ein Garderobenständer, drei Kleiderbügel hängen am Metall. Er sieht unten die Straße. Von und nach Gelsenkirchen. Im Norden, in der Ferne Fackellicht, gegen die verdunkelten Dampftürme. Er läßt die Bügel baumeln. Nimmt sich einen davon herunter. Wiegt den in der Hand, der ist gut zu fassen. Metall, kunstgepolstert. Nimmt den mit, geht wieder zurück bis zur Tür, hinter der telefoniert wird.

Nein, der hat aufgehört zu sprechen. Der macht Schluß, der schaltet das Licht im ersten der drei Zimmer aus. Schritte. Jetzt verschwindet die Helligkeit unter der dritten Tür, also kommt der aus der mittleren. Langensiepen stellt sich neben diese mittlere, dicht an die Wand, hebt den Bügel – die Tür wird geöffnet, der schaltet hinter sich das Bürolicht aus, nun steht der im Dunkeln. »Zum Kuckuck, wer macht denn gedesmal die Funzel hier –« – den Satz kriegt der nicht zu Ende, den trifft der Schlag, runtergebügelt sackt der auf den Flurboden. Ein Schlüsselbund rasselt nach, vielen Dank, Körfgen-Nachfolger, daß Sie das passende Stück schon steckbereit halten zwischen Daumen und Zeigefinger. Langensiepen schleift den knurrenden Menschen zurück in sein Büro, schaltet das Licht wieder ein, schließt die Tür ab, dreht dann den jungen Mann auf den Bauch, zieht ihm den Arm in den Rücken, drückt ihm das erstaunlich sichere Knie ins Kreuz, wie dem Bazargan, aber hier ist das noch gar nicht nötig. Der ITFH-Herr im Sommeranzug knurrt nur, leistet keinen Widerstand, der wird doch nicht von dem gepolsterten Metall ernstlich – da zieht Langensiepen ihm den blonden Parfüm-Schal aus dem Kragen und wickelt dem das Tuch um die Augen und knotet zu. Keine Abwehr, nur dies Geknurre. Knapp dreißig ist der, aber wohl eingeboren, kein Südvolk. Tja, nun möchte der doch wissen, wer auch ihm ›die Funzel‹ ausgemacht hat, nun zieht der doch am Arm, merkt, daß was falsch angeordnet ist, meldet sich mit »KuckuckWasScheiß« –

»Hallo, junger Mann – bitte, ganz ruhig! – es geschieht Ihnen beinahe nichts –«

Der mault vernehmlicher.

»Ja ja, Ihre Lage ist unangenehm, ich weiß, aber die meine ist nicht viel besser.«

»Was – was wollen Sie.«

»Ich will, daß Sie jetzt schön ruhig bleiben. So liegen bleiben wie jetzt – und mir ein kleines bißchen erklären, nur ein bißchen, ja?«

Der macht eine Pause. Redet nicht, knurrt nicht mehr. Aber dann kommt's: »Steuerfahndung?«

»Na das ist ja schon fast was. Sehn Sie, wir kommen offenbar schnell auf den Punkt. Und wenn Sie mir jetzt nur noch ein paar weitere kritische Punkte nennen, dann ist alles schon fast überstanden – ich habe Ihr Gesicht nicht gesehen, Sie haben meines nicht gesehen – wir beide können nachher beruhigt auseinandergehen, klar? die Sache wird für Sie persönlich folgenlos bleiben.«

»Ich sach aba nix. – Ääiih!« So schreit der. *Ääiih.*

»Pardon. – Also? wir sind uns einig? Sie sagen lieber doch etwas? Ich weiß nämlich tatsächlich nicht, um wen es sich bei Ihnen handelt und das interessiert mich auch gar nicht – interessieren würde mich dagegen, wie Ihre Tricks laufen – konkret –«

»Machen doch alle.«

»Was denn. Illegale Arbeiter ausleihen, wie?«

»Ääiih!« schreit der, »ich red ja schon, laß do endlich den Scheiß, ich hab et sowieso anne Bandscheiben.«

»Pardon, also dann?«

»Okay. Wat willze wissen.«

»Alles, Sie Lümmel. Zahlen, Waren, Termine, Lieferungsbedingungen, alles – los! oder Ihre Bandscheibe tut den letzten Rumpler –«

»– schon gut, zum Kuckuck. Mann Mann – keine Projekte gibt et, keine Großbaustelle – wieso wißt ihr dat nich? – wo keine Illegalen eingesetzt sind, zum Steuern sparen.«

»Steuern?«

»Türlich! wer tut denn dat nich? Sozialabgaben und den ganzen Tinnef, kommt doch keiner mehr auf'n grünen Zweich mit all dem, wat ihr uns da eingebrockt habt, ihr da, ihr Staatskomiker.«

»Wie löhnt ihr.«

»Wöchentlich.«

»Bar auf die Hand?«

»Türlich.«

»Keine Quittung, keine Bücher. Und als Nettolohn glatt vierzig oder dreißig Prozent von dem, was Tarif ist.«

»Wat brauch ich dann noch erzähln, wenn de't schon allet weißt – is do üblich! Hunderttausende laufen so! minnigens!«

»Hier im Ruhrgebiet.«

»Frankfurt genauso, Köln – kuckt euch doch libber bei denen ma um! Hunderttausende!«

»Ausländer.«

»Is doch natürlich.« – »Natürlich?« – »Ausländer sitzen eh inne Klemme. Mit denen können se't machen.«

»Wer ist jetzt ›sie‹?« – Der schweigt. – »Also du selbst gehörst gar nicht dazu. Hast nichts damit zu tun. Sitzt hier nur zufällig am Schreibtisch und vermittelst nur. Der Engel der Arbeitslosen. Macht abends die Buchführung, wie?«

»Beste Buchführung is ga keine Buchführung.«

»Und darum Barzahlung, kapiere. Auf der Baustelle, freitags, immer direkt auf die Hand, dafür aber bloß dreißig Prozent.«

»Bis ja Mords auf Zack.«

»Wer ist denn deiner Meinung nach der Gauner – der, der die armen Schweine ausleiht? oder der, der sie sich vermitteln läßt –«

»Kannzet dir aussuchen.«

»Mit wem hast du zuletzt telefoniert. Mit Berlin? Körfgen Nachfolger? TFA oder ITFH?«

»Mit meiner Frau. Wennßet genau wissen willz. Und zwar, dat ich jetz komm.«

»Mir kommen die Tränen. Also! – mit wem! Marthastraße? Viehofer? Ahorn?«

»Bis du'n ehemaligen Mitarbeiter?«

»Und wieso kommt euch die Fahndung so selten dahinter? – fällt dir das nicht langsam auf die Nerven?«

Der Mann schweigt. Das Telefon rasselt. Dreimal, dann bleibt es still. »Meine Frau. Wohnt hier umme Ecke. Die wundert sich, wieso ich getz imma nonnich –«

»Ich hatte gefragt, wieso euch die Fahndung laufen läßt.«

»Weil wir mit Firmengründungen schneller sind als eure Behörde überhaupt wat kapiert.«

»Sobald irgendwas passiert, sobald Fahndung droht, weil vielleicht einer verunglückt und tot im Loch liegt, zieht die Firma ab ins nächste Bundesland, möglichst nach Berlin, wie? – in Berlin findet ihr ja auch am ehesten Menschenmaterial, oder?«

»Wat wolln Sie eintlich rauskriegn, wenn Se't schon alles wissen. Bei uns ham die Knoblauchs dat doch gut!«

»Okay, ich weiß nur eins – daß Scham bei euch was ist mit Haaren dran, ansonsten Fehlanzeige. Pardon, daß ich dich zehn Minuten beim Sklavenhandel aufgehalten habe, soll nicht wieder vorkommen!« – und er stößt dem – »Ääiih!« – noch mal ins Kreuz, nutzt den Druck, um aufzuspringen, ist hinaus und schließt den ein. »Rufen Sie in Berlin an!«

»Ich werde mich beschwern! bei deinen Chefs! Dienstaufsichtsbeschwerde! dann bisse dran, du dumme Sau!« hört er den trommeln.

Es ist dunkel geworden, die Elektrische jetzt fast leer. Kurz vor dem Bahnhof Altenessen hält rechts der Chemietransporter, Essener Nummer. Langensiepen blickt nach vorn und spürt, wie nun wieder alles vibriert, die Knie, die Hände. Vor allem die Finger, mit denen er den Arm festgekrallt hat, den Schreibtischhelden.

Der Tramfahrer hat das automatische Tonband ausgeschaltet, sagt lieber selber die Haltestellen an, ist guter Laune, hat wahrscheinlich gleich Feierabend, spricht die Stationen wie Empfehlungen. Und wieder wurde die Mauerstraße erreicht – auf ganz besonderen Wunsch halten wir jetzt doch an der Gerswidabrücke – wie? niemand möchte raus? da bin ich aber enttäuscht – jetzt aber, auf vielfaches Bitten eines einsamen Herzens, das Tor zur City: Viehofer Platz! – Er steigt aus.

Der Platz jetzt im Dämmer. Hinter den Universitätstürmen noch der hellere Himmel. Er geht an der Baustelle vorbei. Die Warnlampen blinken korrekt, die Gräben sind gut markiert. Bazargan hat die Absperrungen noch fertiggestellt, ordnungsgemäß.

Die Viehofer Straße hinauf. In zehn Minuten sollte er bei Zoltan Zehrak sein, *der Freizeitpalast erwartet Sie.* Ihn geniert seine Pünktlichkeit. Wie oft hat er gelesen von Lebenskünstlern, die ohne Uhr leben und deswegen, so hieß es, leben.

Viehofer 57. Musik, Licht, Blinklampen. Neben der Tür, unscheinbar klein, die Leuchtschrift ›Hot girls‹. Langensiepen weiß aus den ›Pümpgen‹-Palavern, daß die Geschäftsleute ringsum nicht wollen, daß neben den ihren auch solche Geschäfte laufen. Das Kind auf dem Töpfchen macht sein ›Geschäft‹. Anrüchig. Nutten gehören nicht neben Edelsteine und Videotheken. Stadtverwaltung und Kripo sind stolz, daß es in Essen keinen Straßenstrich gibt, nur die Stahlstraße, Sexbaracken außen vor. Schutzhaft. Sankt Ludgerns sei Dank.

Langensiepen drückt die Schwingtür auf. Die Musik, Lichtblitze, Farben flackern, Automatensignale, Tonbandstimmen, Plakate vier mal acht Meter, ein wassertropfiger brauner Nakken, Wasserperlen auf öliger Haut. In einem Nebenraum ›Hygiene‹-Utensilien. Vor den Wänden rings Kabinen, telefonzellenklein, ›gegen Einwurf von nur einer Mark‹ drei Minuten lang ›Sex pur‹, in Farbe. Die Menschen, die in Aktion sein werden, sind auf den Türen abgebildet, in Aktion. Wo könnte hier Zehrak sein. Langensiepen vermeidet es, Personal anzusprechen, will beobachten.

Vor den Großfotos die Elektrospiele. An den Automaten Jüngere, ohne Blick für die riesige Haut an den Wänden. Panzerspiele, Raumschiffe. Bewegungslos sind sie, nur mit den Fingerspitzen unablässig der Druck, zappelnd am Vernichtungskitzler. Sie üben, sagt sich Langensiepen. Sie üben das einzige, was ihnen bleiben wird. Gen-Hack.

Er geht eine lichtflackernde Treppe hinauf. Oben wieder Kabinen, dazu Kinos. Angebote in Schrift und Ton, kaum verständlich, die Lautsprechermusik wird unterbrochen, Sie werden zufrieden sein, Fräulein Irene erwartet Sie. Und die bezaubernde Siggi aus Bayern. Die Naturbedarf ihrer.

Muffige Herren, nicht zufrieden. Der Mann als Fehlkonstrukt. Auch hier Jugendliche bei Videospielen, tief im winzigen Weltraum. Langensiepen geht an allem vorbei, ganz hinten, in Sesseln, sitzen Frauen; sitzen in Trikots, die das Bein verlängern bis in die Taille, eine lutscht Eis. – Wo, bitteschön, finde ich hier Zoltan Zehrak, bin mit ihm verabredet.

»Ich bring Sie hin.« Eine der Frauen steht auf, die hat er gemeint, die hätte er gewählt. In hautengem Schwarz geht sie vor ihm her, Beine bis zu den Nieren, wieso wählt er diese – – alles wissen wir übers Liebes- und Werbeleben der Tiere, wie wenig vom Menschentier. – Sind Sie schon wieder einer von der Zeitung? – Nein, aus Hollywood. – Das wird den Chef aber freuen.

Die junge Frau spricht bayerischen Akzent, zeigt ihm eine Tür. »Da wird er drin sein. Und wenn Sie Ihre nächsten Filmrollen verteilen, denken Sie an mich.« – »Was könnten Sie spielen?« – »Alles!« – Ist sie die ›Siggi aus Bayern‹? Die ist dunkelhaarig. Schaut ihn allesversprechend an und geht davon, nierenförmig.

Langensiepen klopft. Er hört nichts, öffnet die Tür. Ein Vorraum, schwach beleuchtet. Dahinter eine weitere, eine Glastür; im Glas stärkeres Licht, er klopft auch hier: ja bitte.

Langensiepen betritt ein Büro. Da ist der elegante Herr von gestern früh, der ist allein, ist gut frisiert, ein Bärtchen auf der Oberlippe, ah ja, sagt er, der hatte die Beine auf dem Schreibtisch, hat sie rasch heruntergezogen, richtig, wir hatten uns verabredet und haben uns schon flüchtig gesehen. Sonntag früh, dank der eifrigen Frau Bergmann, setzen Sie sich doch! Whisky? Sherry? sonst was? ach ja, ich vergaß, Sie müssen abstinent bleiben, pardon – Tonic-Wasser, Bitter Lemon, wie wärs? – Bitter Lemon, sagt Langensiepen.

»Und gleich noch mal Vergebung, daß ich Sie gestern versetzen mußte, das ging einfach nicht anders, Sie wissen vielleicht, unsere lieben Nachbarn hier in der Straße machen mir die Hölle heiß, also sagen wir, heißer als ich das brauche –«

»Ich weiß.«

Der drückt eine Sprechtaste, gibt die Trinkwünsche bekannt. »Bis Mitternacht mit zwei Rechtsanwälten, Gegenanträge, Gegenklagen, das, mein Lieber, ist die wahre Hölle; tja diese Essener, diese selten verlogene Sorte Mensch, ich weiß, Sie sind keiner, haha, also die hier, im Schatten von Gertrudis und Sankt Ludgerus, die schieben ihren Puff nach draußen ab, ins alte Kruppgelände, gut isoliert, nur ja fein das Gesichtchen wahren, die Biedermaske. Und wenn endlich mal einer Rambazamba in die City bringt – was heißt City, tote Hose ist das, Geisterstunde ab 22 Uhr – dann? auf das einzige Nachtleben, das diese sogenannte Einkaufsmetropole bietet, hagelt es Prozesse, Geschrei, Empörung, Leserbriefe, Boykott, Bürgerbegehren – Mann! woanders ist die Nutte akzeptiert, schon drüben in Holland: Geschäftsfrau wie andere! Neppt und täuscht ein bißchen, wie andere auch. Aber bietet auch was und wurde jedenfalls nicht abgeschoben in die Kaserne, hinter Beton und Sichtblende – ach reg ich mich schon wieder auf, ich Trottel, Sie Unterweltspezialist dürften von alledem längst wissen, ich langweile Langensiepen, der geradewegs aus der Vogelheimer Straße kommt, wie ich einem Telefonanruf entnehme – nun ja, ich rede viel zu viel –«

»Ich war auch in der Altenessener zweihundertzwölf. Auch im Ahornweg acht.«

»Acht?«

»Acht, nicht sechs.«

»Gut getarnt, wie?«

»Auch ihr ›Freizeitpalast‹ scheint mir gut getarnt zu sein, nach außen brav und steril, wie?«

»*Muß* ich doch!« Der Mann holt sich ein Zigarettendöschen aus dem Jackett. »Rauchen Sie?« Danke nein. – Wieso sein fast fehlerloses Deutsch – weil ich erwarte, einer mit exotischem

Äußeren muß radebrechen? Während Zoltan Zehrak sich mit einem vergoldeten Kanönchen, das wie ein Phallus auf Hodenrädern rollt und Stichflammen sprüht, die Zigarette anzündet, eine überlange natürlich, beschließt Langensiepen, dieser Zehrak sei entstanden, als sich eine Essener Deutschlehrerin in Amsterdam mit dem Leiter des Reisebüros vergaß, dem ortseigenen Dandy, algerischer Herkunft natürlich.

»Muß ich«, sagt der noch mal. »Haben Sie eine Ahnung, was ein Ordnungsamt ist, das in Essen arbeitet? Aber, nun ja, es gibt auch in Essen Zwischenlösungen. Den umgekehrten Nepp sozusagen, mehr bieten als scheinen. Aber davon später – nun will ich endlich wissen, was Sie rausbekommen haben – apropos Ihre Ermittlungen: Hier liegt, fertig ausgeschrieben, Ihr Vertrag, ich hab ihn schon unterzeichnet, fehlt noch die Gegenzeichnung. Wöchentlich ein Bericht – mindestens – als Anzahlung ist beigeheftet ein Verrechnungsscheck über dreitausend – – als Anzahlung. Spesen und Fahrtkosten gegen Belege. – Verehrter, mir liegt viel, sehr viel daran, möglichst umgehend zu wissen, wer mir diesen Ärger einbrocken wollte, jetzt noch, drei Tage vor Beginn.«

»Kamen keine Mitteilungen vom Kommissariat?«

»Ja, doch doch – die Verdachtsmomente reichten für eine polizeiliche Ermittlung nicht aus – ›mit großer Wahrscheinlichkeit‹ handele es sich um einen Unfall, erklärt mir ein Heinz Nöggerath heute nachmittag, am Telefon.«

»Sie bezeichneten Honva als Ihren Mitarbeiter?«

»Ist er. War er. Zu unserer Projektgesellschaft für Kabelkommunikation, abgekürzt ›PKK‹, gehören Firmen und Firmengruppen aus den verschiedensten Bereichen, auf den unterschiedlichsten Ebenen –«

Die Tür geht auf, die hautenge Bayerische kommt herein, trägt ein Tablett. Bringt dem Chef Whisky. Dem Gast Bitter Lemon. »Siggi, dieser Herr hier, der ist unausstehlich wichtig für uns.«

»Weiß ich längst. Hat versprochen, mich an Woody Allen zu vermitteln. Als nächste Traumfrau, verstehst? zum Komplexe lösen –«

»Im Moment löst dieser Traummann andere Komplexe –«

»Verzeihung, störe ja schon nicht mehr.« Die Riesenbeinige geht hinaus. Zehrak hebt das Glas, schüttelt das Eis herum, hebt es Langensiepen zu, trinkt. »Wie gesagt, in der PKK ist alles vertreten. Auch diese Siggi. Vom Kanalarbeiter bis zum Künstler. Zwischen den technischen Bereichen, dem Telefon- und Fernsehhandwerk – heute ergänzt durch Computer- und andere elektronische Techniken – hat sich zum Programmlichen, zum Kreativen hinüber eine ganz neue Beziehung entwickelt, ja friendship. Das schreibt man neuerdings ›friend chip‹. Schon aus ökonomischen Gründen: Wer Geräte herstellt, all diesen Computerkram, der ist auch an Programmen interessiert, und alle Programmleute lauern auf die noch besseren, noch billigeren Techniken, auf INTERNET per Kabel und Satellit. Die Firmennamen trennen das zwar meist noch, aber schon wenn Sie sich die Beteiligungen anschauen, wissen Sie Bescheid.«

»Über den Filz, meinen Sie –«

»Da gibt es sehr viel sinnvolle Kooperationen –«

»So daß Sie den im Tiefbau beschäftigten ungelernten Arbeiter Iman Honva aus Izmir als Ihren Mitarbeiter bezeichnen können.«

»Auch er hat mitgearbeitet am Großunternehmen K.U.K., dem Großprojekt Ruhr – an dem ist PKK, jedenfalls hier in Essen, entscheidend beteiligt, technisch wie programmlich.«

»Entscheidend. Hm – aber es gibt neben diesem kreativen Filz auch so was wie Hackordnung, Verteilungskampf – pardon, Sie würden lieber ›Konkurrenz‹ sagen.«

»Sagen Sie, was Sie wollen, Hauptsache, Sie kommen auf den Punkt. Genauso wie hier in dieser Straße unser ›Freizeit-Palast‹ rausgeekelt wird aus dieser sogenannten City, so soll auch unser Anteil am kommenden Ruhrfernsehen schon in der Basis gestört werden, kriminalisiert – wobei das Getue ums neue Fernsehen nur die Oberfläche ist, ein Windei, jedenfalls im Vergleich zu dem, was dahintersteht an industrieller Neuerung –«

»Wie herzlich sind Ihre Beziehungen zum Ahornweg 8, zur ›ITKG‹?«

Zehrak trinkt. »Diese friendship ist so, daß sie mir kalt den Rücken runterläuft.«

»Die Herren von der ›Informationstechnik‹ haben mir erklärt, auf ihrem Rücken spiele sich Ähnliches ab, wann immer sie an Sie dächten und Ihren ›Freizeitpalast‹.« – »Haben diese Herren das näher begründet?«

»Sie selber hätten Iman Honva in die Grube gebracht – oder bringen lassen. Beseitigung eines Zeugen. Versicherungsbetrug.«

Zoltan Zehrak greift wieder zum Glas, schaut, während er trinkt, seinen Ermittler an. Dann, ohne den Blick zu ändern, drückt er die Sprechtaste und sagt: »Scotch.«

»Im Ahornweg 6 bis 8 steckte man mir – nach einer überaus informativen Behandlung – einige Unterlagen zu, aus denen hervorgehen soll, daß Sie eine Versicherungssumme kassieren wollten – von einem offenbar nicht Versicherten –, daß Sie Honva aber vor allem deswegen beseitigen ließen, weil er die Praktiken der illegalen Arbeitsvermittlung aufdecken wollte. Ein Polizist will demnächst alles belegen und beeiden, auch vor Gericht, er rief mich an.«

»Grevenbroich«, sagt Zehrak ungerührt. »Was halten Sie davon?«

»Zu Ihrem Glück war Grevenbroich nicht nur Mitarbeiter in Ihrem PKK-Konsortium, sondern auch dort, wo auch ich mal mitarbeiten durfte. Und zum Glück sind Sie einer, der seine ungelernten Kanalarbeiter kein bißchen zu versichern pflegt. Überdies war Honva erst seit wenigen Monaten in Deutschland – seine Sprachkenntnisse prädestinierten ihn geradezu, den Putsch gegen den neuen Sklavenhandel zu leiten.«

»Für Versicherungen, wenn ich Sie da aufklären darf, wäre, auch in diesem Fall, die Firma zuständig, bei der man Leute wie Honva ausleiht.«

»Altenessener Straße 212, ITFH Körfgen. Zufällig dieselbe Adresse wie für Ihre PKK. Oder arbeiten Sie eher mit TFA W. Körfgen –«

»Mann, Sie rotieren ja regelrecht.«

Die Tür geht auf, Siggi bringt Scotch. Sie will wieder frotzeln, merkt aber, daß die Stimmung nicht danach ist, geht.

Zehrak trinkt, schaut Langensiepen an. Dann sagt er: »Ich erhöhe. Auf fünftausend. Bringen Sie mir Belege dafür, wie im Ahornweg 8 manipuliert und geschoben wird.«

Zehrak nimmt das Vertragspapier, korrigiert die Zahl, vermerkt mit Unterschrift und Datum die Korrektur.

»Die Jungs versuchen, mich zu imitieren. Nicht nur in den Techniken und in der Struktur der Firma, sondern auch – die wollen mich fertigmachen.«

»Und Sie? Wollen Sie das nicht auch?«

»Wie bitte?«

»Auch Sie wollen die doch ausschalten, die Jungs dort oben. Zum Beispiel dadurch, daß Sie ›erhöhen‹. Dieser Langensiepen soll – egal auf welchem Weg – Belege besorgen dafür, daß die Konkurrenz mit kriminellen Methoden –«

»Jesses, ist es denn nicht schlicht zu begreifen, daß hier ein Kollege erledigt wurde und daß ich wissen will, wer, verdammt, hat das getan?«

»Nein, schlicht ist das nicht zu begreifen. Falls Sie nur das Bedürfnis quält, ein guter Mensch zu sein, gehen Sie lieber zum Psychiater, die kriegen das – momentweise – hin.«

Zehrak lacht. »Daß ich kein Unhold bin, weiß ich seit langem – und kann es sogar beweisen, sogar Ihnen – – Sie sollten meinen Palast inspizieren, dann wüßten Sie's.«

»Welche Interessen, also welches Geld steht hinter Ihnen und welches hinter denen dort oben in Bredeney?«

»Bin kein bißchen zu einer Antwort verpflichtet.« Er nimmt lieber wieder eine seiner Zigaretten mit Sonderlänge. Läßt das Phalluskanönchen Feuer schießen. »Ich sage Ihnen nur: Hier in diesem Haus, da werden keine roten Zahlen geschrieben. Und in drei Tagen auch auf einem weiteren Sektor nicht.«

»Ich dachte, beim Ruhrfernsehen muß zunächst jeder nur investieren?«

»Mancher hatte schon früher geübt. Zum Beispiel in der Film- und Kassettenbranche. Und die Bredeneyer, nach denen Sie so liebevoll fragen, die machen halt – noch – kein eigenes Geld. Nur steht hinter deren Pump mehr Ruhrindustrie als es meine Magenwände mögen.«

»Die Industrie steht doch auch hinter Ihnen.«

»Nach zwei Tagen können Sie diese feinen Unterschiede natürlich noch nicht sehen. Bei uns, bei PKK steht im Vordergrund –«

»– im Hintergrund –«

»– für mich steht im Vordergrund das künstlerische oder, sagen wir, das unterhaltsame Handwerk. Aber ich merke, Sie haben von all dem immer noch keine gute Meinung – was stößt Sie ab? Die Lokalzeitung hier, das sollten Sie wissen, die mischt bei *beiden* mit, bei PKK wie ITKG.«

»Deswegen bringt die auch so hinreißende Berichte über die Leiche im Viehofer.«

»Wenn Sie schon so fieberhaft kombinieren und schon so genau wissen, daß es hier ums gegenseitige Ausschalten geht, dann, bitteschön – wie also beurteilen Sie diesen Fall im Viehofer?«

»Iman wurde umgebracht.«

»Ach ja? – Von wem.«

»Sie bekommen das schriftlich. Mit Namen und Anschrift und Firmenverbindung des Täters oder der Täter. Vielleicht sehr bald. – Aber noch mal zurück zur Zeitung, das will ich genauer wissen. Der Verlag möchte keinen Stunk, natürlich nicht. Hatte selber in Sachen K.U.K. gewiß zu viele Unkosten! Wenn nun rauskäme, was hinter den Kulissen läuft – unter anderem an der Basis, sozusagen im Tiefbau – das vermasselte auch denen die Tour, wie?«

Zehrak stößt Rauch aus, schaut aufmerksam durch die silberblauen Schwaden. »Dies Ruhrfernsehen und was dahintersteht, die auf Breitband und *Online* basierenden neuen Industrien, das alles ist so was wie eine heilige Kuh, und die wird, Unkosten hin oder her, gepäppelt, die soll das kaputte Revier aus dem Tief ziehen – die ganze Republik – das ist ein Dollpunkt für den Kommerz und ein Dollpunkt für die Politik, sozusagen der letzte Glaubensartikel für unsere Wachstumsideologen. Und da dies alles so ist, kommt, bitteschön, nicht mal die Spur eines Schmützelchens auf diese unsere rosige Zukunft.«

»Dafür sorgt nicht nur die Presse, sondern auch die Polizei.«

»Lassen Sie mich das überhören.«

»Ich weiß, auch Sie brauchen die Polizei. Und darum bestehen auch Sie nicht auf einer gründlichen, einer staatlichen Ermittlung und beauftragen statt dessen mich.«

»Ich sehe, Sie verschaffen sich Einblicke – hier ist Ihr Vertrag, unterschreiben Sie.« Der dreht das Papier auf der Schreibtischplatte herum, schiebt es ihm zu. Langensiepen liest. Da steht, knapp formuliert, daß er, Langensiepen, den oder die Mörder des Iman Honva ausfindig machen und genügend Beweise zu sammeln habe, mindestens wöchentlich erwarte man Bericht; Anzahlung in Höhe von dreitausend, korrigiert in fünftausend, darüber hinaus Spesen gegen Belege und, falls erwünscht, Schutzpersonal, Langensiepen nickt, unterschreibt. »So viel ist Ihnen das wert – Schmützelchen aufs ITKG-Tüpfelchen.«

»Sie sind unverschämt. Sie haben halt Ihre vorgefaßte Meinung. Und im übrigen: In diesem Vertrag steht nichts darüber, was ich mit den Resultaten anfange. Ob ich darin ein Schaum- oder Schlammbad nehme oder –«

»– die Öffentlichkeit informiere. Letzteres sicher nicht. Sie werden höchstens, unter der Hand, Ihrem Mitbewerber den neuen Kanal absperren.«

»Alles dieses geht Sie nicht das geringste an!« Der schöne Zehrak trinkt sein Glas leer, schaut über den Glasrand weg, aus der Tiefe seines dunklen Ledersessels, mit schwarzen Augen. Jetzt denkt der sich was aus, denkt Langensiepen.

»Herr Langensiepen. Sie scheinen nicht schlecht zu arbeiten. Aber ich fürchte, Sie machen sich unnötige Gedanken.«

»Sie selber betonen, wie kompliziert das System ist – ich bin sicher, ich bin erst am Anfang.«

»Aber es klingt bei Ihnen immer wieder so was wie Verachtung mit. ›Filz‹ haben Sie gesagt, ›Schmutz‹. Sie halten auch mich – wofür halten Sie mich?«

»Für einen, der es versteht, andern das Geld aus der Tasche zu ziehen. Und sie dabei glauben zu lassen, sie hätten etwas bekommen.«

»Ausgerechnet über Ihren Auftraggeber wissen Sie am wenigsten. Langensiepen, ich lade Sie ein. Seien Sie unser Gast. Kommen Sie auf positive Gedanken. Und begreifen Sie, was umgekehrter Nepp ist. Mehr bieten als scheinen. Sie kriegen nicht nur Spesen, nicht nur, wie Sie gelesen haben, Objekt- und Personenschutz je nach Bedarf und Anforderung, sondern ich stelle frei, sich in diesem und in meinen anderen Häusern umzusehen; ich gebe Anweisung, daß Sie uneingeschränkt Zutritt haben, bevorzugt informiert und bedient werden, kostenlos, versteht sich, wann, wie und von wem Sie wollen.«

»Meine arme unnötige Gedankenarbeit.«

»Vielleicht, am Ende, nehmen Sie mir ab: Dafür, daß ich anderen in der Tat Geld aus den Taschen ziehe, biete ich mehr als nur den Glauben, sie hätten was dafür bekommen.«

»Was Sie hier zu bieten haben, riecht nach familiengerecht. Sterile Lustshow, die Sie in drei Tagen auch übers Ruhrfernsehen verhökern werden.«

»Es ist jetzt fast 22 Uhr. Lassen wir Ihren Vertrag hier liegen, gehen wir hinunter ins ›Eldorado‹, in zehn Minuten läuft unser Programm an, familiengerecht, wie Sie sagen.« Der Zehrak ist aufgestanden, hebt das goldene Kanönchen, wiegt es in der Hand. »Das schenk ich Ihnen – wenn Sie mir den genannt haben, den ich brauche.« Er stellt das zurück, geht zur hinteren Wand. »Kommen Sie!« Zehrak öffnet eine Tür. Eine Wendeltreppe führt nach unten. Die Stufen hüpft der wippend, in engen Kreisen hinunter, Langensiepen folgt, unten ist wieder eine Tür, sie kommen in plüschiges Foyer, schwach erleuchtet, ein rötlicher Teppichgang führt im Kreis herum, an Türen vorbei. Auf der gegenüberliegenden Seite Bars, Sitzgruppen. Langensiepen sieht, wie Zehrak mit dem Personal redet. Getränke werden serviert, hinter Vorhänge getragen. Zoltan kommt zurück, öffnet eine der Türen, zeigt ihm eine Art Loge. Langensiepen geht da rein, sieht in ein tiefes rötliches Rund hinab, offenbar in einen Theaterraum, der rings von anderen Logen, von verhangenen Nischen umgeben ist; da schimmert Spätzeit, Belle Epoque, Goldleisten auf Weinrot, das Ganze erinnert Langensiepen dennoch an einen höllischen Trichter, in dem unten, am Grund, die Sauerbruchs ihre Gebrechlichen und Gebrochenen vorführen. »Hier oben ist der beste Platz«, hört er hinter sich den PKK-Chef, »von hier haben Sie den

Überblick. Sie sehen die Bühne, bleiben aber selber ungesehen. Falls Sie wegwollen, können Sie durch den Gang nach hinten zur Garderobe, meine Leute sind informiert. Nun inspizieren Sie meine Gangstertricks – Ihr Vertragsdoppel liegt morgen früh, samt Verrechnungsscheck, in Ihrem Briefkasten am Kopstadtplatz. Sie entschuldigen mich.«

In einer Drehung, elegant, will der davon, rundet aber die Drehung zum Kreis und steht wieder vor ihm: »Noch eins. Im Guten: hüten Sie sich vor Volvo-Fahrern. Jedenfalls vor solchen mit Berliner Nummern – notfalls hätte ich für Sie einen Gorilla – oder auch zwei – denn Sie Trottel gehen ja ohne Waffe.«

»Und ohne Gorilla.«

Zehrak schüttelt den Kopf. Dreht schüttelnd ab, eilt weg.

Langensiepen schließt die Tür zu seiner weinroten Goldkabine, läßt sich nieder auf die Polsterbank, beugt sich vor. Hinter ihm geht die Tür wieder auf, eine Bedienung fragt, was er trinken möchte.

»Bitter Lemon«, sagt er rasch.

»Mit Schmackes?«

Die Stimme ist bayerisch getönt, er schaut sich um – die Riesenbeinige, das schwarze Trikot geht davon.

Der Milchkaffeetraum vom Sonntag um sieben. Er zwingt sich, wieder in den Logentrichter hinunterzuschauen. Auf der hinteren Bühne startet eine Band, lärmt in großer Besetzung, Gershwin-Aufguß, das paßt, das brauchen die hier, Kultur-Sound. Die Logen scheinen besetzt, man kommt, nimmt Platz. Auch unten, vor der Bühne, am orangerot durchleuchteten Grund. In den Ecken scheinen Kameras zu stehen – Zehrak produziert, natürlich, Programme für seinen Kabelkanal. – Die Bayerin ist wieder da, setzt Flasche und Glas ab, setzt sich neben ihn und sagt: »Sie kommen ja tatsächlich aus Hollywood, Herr – Longo Siépi.«

»Hatten Sie das bezweifelt?«

»Unser Chef befiehlt, Ihnen jeden Wunsch von den Augen abzulesen. Von den Lippen, von überall – ich heiße Siggi.«

»Langensiepen.«

»Ich weiß: Rudi!«

Die setzt ihm zu: »Rudi«, sagt sie noch mal und: »Rudi Longo Siépi, aus Pasadena. Hm? welchen Wunsch hat der Herr am dringendsten?«

»Wenn ich dich wirklich an Woody Allen vermitteln soll, dann –«

»Dann?« –

»– mußt du mir jetzt erklären, was da unten abläuft.«

»Unten?«

Er schaut angestrengt zur Bühne hinunter, die Beleuchtung wechselt.

»Ah ja, richtig«, sagt sie. »Sie wollten die Show aufkaufen.«

»Woody Allen will einen Film drehen über die Frage, wer besser ist, er oder Chaplin.«

»Im Bett?«

»Natürlich. Was anderes meint er ja nie. Aber auch in diesem Film versteckt er das hinter Ulkigkeiten.«

»Wenn Sie da mitmachen würden, wär klar, wer gewinnt.«

»Geht mir hier alles viel zu schnell.«

»Nur keine Panik, Herr Rudolfo. Wenn *ich* mitmach, kommen Sie schon auf Trab.«

»Du hast von Zehrak Anweisung, mir alles zu bieten?«

»Ich sag ja, jeden Wunsch.«

»Kriegst du's bezahlt?«

»Jesses, bist du von der Steuerfahndung?«

»Hat man mich heute schon mal gefragt.«

»Ich bin hier angestellt – nette Kunden allerdings, die –«

»– für ›Sonderleistungen‹ –«

»Schrecklich. Bist also doch nur'n ›Rudi‹.«

»Ich habe hier nichts weiter zu tun, als den Laden kennenzulernen. Werde also auch nichts zahlen. Nur damit du dich nicht unnötig ins Zeug legst.«

»Piefke.«

»Ich ermittle hier einen Mord.«

»Verdammte Hacke. Besser, ich geh.«

»Nein, bleib! – erklär mir die Show! Ich zahls dir und setz das dem Zehrak auf die Spesenrechnung.«

»Pfiffig, der Piefke.« Sie setzt sich wieder, nimmt seine Hand, tut sie zwischen ihre Beine. Die Band jagt etwas Schnelles herunter, es entsteht der Eindruck von furiosem Tempo durch einen Rhythmus, der wie schüttelndes Schwingen durch die Logenhöhle schwirrt und zuckt, dies kennt er – ist das aus einem Musical? »Was ist das für ne Musik?«

»Hair.«

»Hair?«

»Genau das, was du mit deinen Fingern befummelst – falls ich dir auch das erklären darf.«

Er beugt sich wieder vor, eine Nancy Caldera wird angekündigt, ein Abgrund, ein Vulkan sei sie, auf der Bühne erscheint eine Schwarze, die, auf spiegelndem Glasparkett, swingt und tanzt, tanzt den Schüttelrhythmus und singt *when the moon is in the seventh house,* das ist gut gemacht, findet Langensiepen; das singt und tanzt die und ist dabei nackt und zugleich nicht nackt, er schaut offenbar fasziniert genug hin, so daß seine Nachbarin sein Ohr mit Informationen beknabbern kann: »Hey. Dir fallen noch mal die Augen runter – bist wohl nix gewohnt, wie? – Das vibriert da unten auf der Bühne sonst ganz anders. Die hier ist neu, die haut sich da lange nicht so rein wie die vorher – eine Weiße, eine Blonde, Rita, die powerte voll raus, ganz anders – zog dann am Schluß jedesmal mit Jack die Sexnummer durch –«

»Tat so, wie? pantomimisch –«

»Nix da, genauso echt wie das, was du in deiner Hand hast. Die Geschäftsleute, die Zehrak vor den Kadi zerren, die konnten sichs gar nicht oft genug reinziehen. Mußten ja genau wissen, wogegen sie prozessieren wollten. Verdammte Hacke – da lief am Ende jedesmal alles ab wie bei Mammi zu Hause, nur 'n paar Gramm aufregender.«

»Wo ist die heute abend, die dolle Nummer?«

»Sie sagt, s ging nicht mehr. Is bitter, vor allem für uns hier, fürs Personal, denn die Rita – – ach, vergiß es.«

»Unfair. Etwas anfangen, nur andeuten und dann – also, was ist los, warum ist die weg?«

»'s gab gewisse Konflikte. Die Dame kam aus guten Kreisen. Da waren Leute, die sie plötzlich hier wiedererkannt haben.«

»Aber diese hier tanzt doch auch nicht wie von vorgestern – solche Bewegungen, kann denn das ne Weiße?«

»Ach du Süßer. Hast du ne Ahnung, was ne Weiße alles kann.« Diese Siggi zeigt ihm, was sie kann, bewegt sich eng und deutlich.

Er springt auf.

»Is was?«

»Wird mir zu heiß hier.«

»Kannste die Jacke nicht –«

»Du machst mich arbeitsunfähig, im Ernst. Geilst mich auf.«

»Is eigentlich mein Job. Aber bitte! was hatteste dir denn so vorgestellt? Gespräche über das Traurige im Menschen? Über Vor- und Nachteile des Menschen im Netzwerk?«

»Ich bin im Dienst und –«

»Ich auch.«

Sie schauen sich an. Er steht, sie sitzt. »Aber red 'n bißchen leiser, du Woody! Was solln die nebenan denken –«

»Dann halt auch du dich bitte um ein paar Gramm zurück.«

»Piefke! Rudi! Dann hau besser ab!«

»Das ist die Lösung. Hier hast 'n Blauen, als Anerkennung –«

»Steck das bloß weg. Ich kann verzichten, auf welche wie dich.«

»Wie?« Er setzt sich wieder hin, schaut sie an. »Du lehnst Geld ab? – phänomenal –«

»Noch mal so ein schweinisches Angebot und ich ruf den Geschäftsführer.«

»Sagenhaft.«

»Hopp ab ins Kino, hol dir da einen runter, aber – verdammte Hacke – mit mir nicht.« Sie läuft aus der Tür, Langensiepen hinter ihr her.

Auf dem Flur hält er sie fest: »Verzeihung, das ist ein Mißverständnis – ich find dich wirklich – olé – unwahrscheinlich –«

»Bulle bleibt Bulle. Ab ins Kino.«

Er seufzt, schaut sich um.

»Nur eine Treppe höher, mein Herr.« Aus der offenen Logentür schwirrt die ›Hair-Musik‹, das langgezogene »Aquarius«. Er läßt sie los, die Riesenbeinige eilt weg. Er geht in die Nische zurück, schaut wieder hinunter. Das ist alles erstaunlich in Fahrt und doch diszipliniert – er weiß nicht, ob er nicht besser hier bleibt, aber den Betrieb sollte er inspizieren, nicht

Schüttelmusik und rätselhafte bayerische Dienstauffassung. – Er tritt wieder raus auf den Gang.

Am Kinoeingang tut ein Mädchen, als erkenne es ihn, öffnet ihm die Tür, okay, die will mit ihm ins Dunkle – nichts da! Allein muß ich das, werde beweisen, daß ich, nach all dem, stabiler, härter bin als je zuvor.

Im Kino zunächst die Schwärze. Scheinbar gut besetzt, in der Dunkelheit stolpert er über Männerbeine, pardon, findet weit außen eine leere Sesselgegend, sitzt, hält sich die Augen zu, erst einmal klarkommen im Kopf, Rrr, so eine verdammte Siggihacke holt mich aus dem Trott – er hört Geräusche, etwas wie Blasebalgtreten, oder? *Inspizieren Sie!* Aber ja, Monsieur Zehrak; er öffnet die Augen –

– was spricht gegen solche Filme, außer daß sie schlecht gemacht sind. Er macht die Augen wieder auf, schaut hin. Aber da läuft keine dümmlich dünne Spielhandlung als Vorwand für möglichst viel Sexualaktion – sondern dies ist – ja, was sieht er, Glieder, Teile, Getrenntes, Vereintes, im Ablauf ungeschnitten und ohne Dialog – eine ›Kohabitation‹, würde Ashoff sagen. Live, offensichtlich im eigenen, im PKK-Studio hergestellt. Ohne Zäsur, ohne Spiel- und Redevorwand zeigt ein Paar, wie es Liebe macht; Langensiepen fühlt sich erleichtert über diese Art Sachlichkeit. Er muß nicht leiden unter Gerede, künstlichem Getue. Die vögeln halt, tun's für Geld, und zu hoffen ist, und manches deutet darauf hin, daß es ihnen sogar Vergnügen macht; interessiert, taxierend schaut er zu, beobachtet, wertet das Handwerkliche, findet Mängel, entdeckt Anregendes, Brauchbares; das Paar, das offenbar schon längere Zeit bei der Sache war, beendet seine Nummer und gibt sich einen Abschiedskuß, fast fidel – Honorar inbegriffen. – Schwarzblende: – ein neues Paar, dasselbe Studio, dasselbe Lager – Langensiepen ist elektrisiert, denn diese Frau kennt er, das ist die bayerische Hacke, ist Siggi. Die läßt sich ihr Trikot ausziehen, ein Blondling darf das tun, zieht den Reißverschluß. Langensiepen schaut ihm auf die ungeschickten Finger, auf den viel zu groben Zugriff; beanstandet dann diese allzu trägen Lippen, ja, passiv und träge findet er die und zugleich viel zu besitzergreifend. Sieht, wie Siggi auch ohne

Trikot ein hautenges Bild abgibt, die Brüste sehr klein, sieht, wie auch sie aktiv ist, glaubwürdig aggressiv und wie sie nun dem Langweiler keine Gegenaktionen mehr gestattet, wie sie den vernascht, o doch, hier ist dies Wort die richtige Mangel, da ist das Fachausdruck, Siggi verspeist den, schlingt dem Blondling die Show weg, von dem bleibt so gut wie nichts übrig, nichts mehr zu melden hat der, und dann ist der auch wirklich nicht mehr zu sehen, sein Kopf muß hinten oder seitlich irgendwo weghängen, aber ja, der hätte nur gestört, diese violette Blondlingsbirne, es reicht, daß man noch immer seine Beine im Blick hat, bildbeherrschend aber ist ab jetzt die straff zupackende, aufsaugende, ausweidende Siggi, mit samtrundem Hintern füllt sie die Optik, federnd, mit einem Cellokörper, einem Rücken aus – gerade will Langensiepen sich Melodien dazu denken, da spürt er im Dunkeln neben sich das Trikot. Eben dies. Das der Lackel öffnen durfte. »Wie findest du mich?« hört er. – Und dann, als er nicht antwortet: »Nimmst du mich also mit? zu Woody?« – »Mit dir würde der endlich zu Erfolgen kommen. Dieses Faultier da. Das hat dich kein bißchen verdient. So eine wie dich –«

»Ach ja?« Sie schweigt, immerhin faßt sie ihn nicht an. Betrachtet, soviel er erkennen kann, ihre Videoarbeit. Dann hört er sie wieder: »Was war vorhin los?«

»Frag ich dich.«

»Du warst grantig.«

»Ich dachte, du warst es.«

»Hey. Ich will mich entschuldigen bei Longo Siépi.«

»Ist wahr?«

»Du mußt verstehen. Einer, bei dem ich merk, daß der scharf ist wie Nachbars Lumpi – wenn der trotzdem nicht will? da dreh ich durch. Kapier ich einfach nicht. Ungewohnt, ja?«

»Und ich hab nicht begriffen, wieso du den Blauen nicht wolltest.«

»Eben drum. Weil mir beim Zahlen die Lust nicht kommt, sondern vergeht.«

»Aha? Und was jetzt?«

Sie zögert. »Sollten wir nicht besser hier raus?« Sie steht, zieht ihn nach vorn, neben das Bild. Ins Schwarze. Hat eine

Tür aufgedrückt; sie stehen in einem engen weißen Flur. Der ist leer, ein geheimer Gang? »Auch ich hab inzwischen ermittelt«, sagt sie. Dich haben sie tatsächlich auf die Wölfe angesetzt. Zehrak ist ein Sack, ein mieser, fieser –«

»Auf was für Wölfe?«

»Die türkischen, die grauen! sag bloß, du weißt nicht – ich jedenfalls weiß jetzt Bescheid. Wer da verreckt is am Viehofer und warum.«

»Wieso Wölfe? graue? meinst du die Volvos?«

»Ich hab auch Türkenkunden. Und hab n bißchen was kapiert.«

»Und was?«

»Wer bei denen das Sagen hat, is verkappter Faschist, wie bei uns. Wo lebst du – vielleicht fahren die sogar Volvo, säh denen ähnlich, möglichst gepanzert, kugelsicher. Aber davon wollte ich überhaupt nicht erzählen –«

Eine Tür wird aufgestoßen, ein Mann kommt auf den Gang, kämmt sich die Haare, schaut nach links, nach rechts, murmelt, kommt murmelnd auf sie zu, ohne sie zu bemerken. »Mönsch dat kannzoch mit mir nich machen.« Er steckt sich den Kamm weg. »Siehßattänich? wat denkßich eintlich. Gewitterdonnerkeil«, so wankt der vorüber, »nu habbich abba 'n Schmacht. Matjes un Bratskatoffeln.«

Als der, durch eine andere Tür, hinaus ist, fragt Langensiepen: »Was wolltest du erzählen.«

»Komm.« Sie zieht ihn auf zwei Stühle, die da im Leeren stehen, an der weißen Wand wie vor einer Arztpraxis. Sie schaut den kahlen Flur hinauf und hinunter und sagt dann: »Jetzt, wo ich weiß, was du schnüffelst – da hör ich den wieder, den einen Freier, letztes Wochenende, wie der getönt hat über die ›Prügeltürken‹, die ›Knoblauchpaschas‹ –«

»Wann –«

»Langsam. Eben genau in der Nacht, in der das passiert is. Samstag spät. War garantiert schon Sonntag früh – ich wollt eigentlich längst Schluß machen, mich verkrümeln und war froh, daß ich 'n Grund fand, den Kerl einfach rauszuschmeißen.«

»Was für ein Kerl, wie sah der aus –«

»Der typische Samstagabendkerl. Angeschickert, eine Fahne bis nach Altenessen, Klamotten bekleckert, widerlich, ich kuck da lieber erst gar nicht so genau hin und seh bloß zu, daß ich die Herrlichkeit wieder loswerd, aber dessen Hose, die war verdreckt, also von außen, mit Lehm, kann sein auch angerissen – als ob der auf der nackten Erde –«

»Die Tür, aus der der Mann gekommen war, geht wieder auf, eine Frau – »Hallo, Irmgard«, sagt Siggi – Irmgard kommt auf den Flur, weiß gleich, wo es langgeht, betastet sich im Gehen die Hochfrisur, sagt »Puh!«, als sie vorüberstöckelt, »noch ma so'n Bescheuerten un ich kann bloß noch brüllen«, und, bevor sie zur Tür hinausgeht, dreht sie sich noch mal zu Siggi um und erklärt: »Ob Dartmund, Düsburch, Härne – nur in Gesellenkiarchen mach ich sowat gäarne!«

»Irmgard aus Gelsenkirchen, irgendwann verreißt die's«, sagt Siggi.

»Was war am Samstag. Was wollte der.«

»Was der wollte, ist wohl klar. Aber obendrein mußte der unbedingt was loswerden, ne knackfrische Geschichte, irgendn Zoff, den aber keiner hören wollte – wahrscheinds, hab ich mir hinterher gesagt, wahrscheinds hatte der sich mit nem Türken geprügelt und hat noch gedampft, vor Wut, ja? mußte sich Luft machen. Schimpfte wie ein Kesselflicker auf die Ausländer, die Türken, diese Escheks, diese Hassans, Spalucken, Kaffer, Käsköppe, Haremshengste, was hat der nich alles – die hätten keine Kultur, lebten noch in der Steinzeit, die in Bonn – zehntausend Mark? – 'n Tritt innen Arsch verdienten die, mehr nicht, diese Zigeuner, Knofelknackfüße und und und – da hab ich gemeint, er soll entweder sofort diesen Dummquatsch lassen oder ich hol den Geschäftsführer. Wurde der fuchtig, griff mir hier an mein kaum vorhandenen Milchladen und sagt, den hätten mir wohl die Kümmelbrüder abgefingert. – Da hab ich rot gesehn, Beinchen gestellt – die Schnapsgurke lag da, hat aber weitergeschimpft und is dann auch tatsächlich abgezottelt, griff sich dabei an die Stirn, so zum Grüßen, ja? und hat aber beim Abgang noch was gerufen – hab ich halt zu spät kapiert, wie link das war –«

»Was?«

»Hab ich erst gar nicht beachtet, weil solche Sprüche, die sind ja üblich: Ich sollte, hat er gerufen – noch von der Lichttreppe her, kennste doch, den großen Aufgang – ich sollte nur aufpassen, daß nicht auch ich eines Tages zu Türkenwurst würde. – Also auf Essenerisch, ich kann dat nich so – ich machte mich da ›noch viel dekorativer‹. Das hat er sogar wiederholt, alles von der Treppe her, durch die ganze Turnhalle: ›sehr dekorativ, Siggi!‹ –«

Sie schaut ihn an, fragend. – Langensiepen nickt, blickt nach oben. Blickt über die weiße Decke langsam die weiße Wand hinunter und sagt dann: »Iman Honva lag allerdings – wie dekoriert. Die Arme über dem Kopf. Wie sah der Kunde aus?«

»Gott, ich war doch heilfroh, daß der Drecksack abzog. Hab den auf der Stelle verdrängt. Erst als am anderen Tag geredet wurde, sie hätten am Viehofer einen Türken im Loch gefunden, großer Auflauf und so, hab ich mich erinnert.«

»Klein? Groß? Ausländer?«

»Nee, eben nicht, gegen die Ausländer hat er ja –«

»Haare – hell? dunkel?«

»Eher hell, eher wenig. So um die vierzig, schätz ich. Nicht besonders groß. Aber, wie gesagt, diese verdreckte Hose, am Knie – das seh ich noch genau vor mir. Unsereins hat ja den Blick erst mal in Richtung Sauberkeit – darfste hier mit allem rechnen –«

Langensiepen sieht in der weißen Wand allerhand Umrisse. Stellt sich Kumpmann vor und A. Hoffmann und dritte und vierte graue Wölfe und Grevenbroich.

»Meinste, ich hatte Besuch vom Mörder?«

Er sieht sie an, zieht die Schultern. »Möglich.«

»Genügend Haß hatte der. So richtig in Heldenstimmung. – Hinterher müssen die ja gackern, wenn sie ihr Ei gelegt haben. Big Macs, wie ich sie gefressen hab.« Sie schaut ihn groß an, im trüben Licht sind ihre Augen schwarz, nur Pupille. »Ich weiß jetzt endlich, wie ich den wieder ausm Kopf kriege. Kennen Sie den Bestseller ›Befriedigung ist möglich‹?« Sie steht auf. »Jetzt, Herr Hollywood, nach all dem Ärger, brauch ich ne Stärkung. Und zwar sofort.«

Sie hat eine Tür aufgetan, zieht ihn da hinein, schließt ab. Ein enger Raum, ausgefüllt mit einer praktikablen Großliege, in dunkelrotem Licht.

»Jetzt ist also Siggi aus Bayern meine Sonderbewachung?«

»Schalt dein Polizeiprogramm weg.«

»Bringt jetzt ihren Service«, sagt er ihr in die Augen. »Weil Zehrak angewiesen hat –«

»Ausschalten! Dienst is erst wieder morgen früh.« Ihre Hände greifen unter seine Leinenjacke, schaffen sich Platz unter dem Gürtel, beginnen zu öffnen, zu knöpfen –

»Hören Sie, Madame, was nehmen Sie sich da heraus.«

»Was drin is.« Aber dann läßt sie seine Hose in Ruhe, schaut ihn wieder an. Krallt ihre Hände in seinen Nacken, hebt sich mit den großen Augen dicht vor ihn. »Hör mal, du Unterweltheld. Du Reserve-Jesus. Ich weiß jetzt, welche Schweinereien du ermitteln willst, Rudolfo Longo Siépi – und ich find das gut. Wahrscheinlich tust du's nur, weil du keine Ahnung hast, in was für ne Mafia du reingehst. – He! jetz hab ich nämlich Lust. Ob de's nun magst oder nicht. Und du? Häi –?« Sie säuselt dich an seinem Ohr. »Kontakt mit Siggi kann deiner Wahrheitsfindung nur nutzen. Und tu bloß nich so scheinheilig – du bist genauso scharf, Rudi Allensiepen. Tut ständig wie ein Bubi, der lieber zu seiner Mutti nach Haus will – aber ständig mit Ständer, so daß man sich fragt, wie der Kerl überhaupt noch gehen kann –«

»Aber hören Sie –«

»'s Maul hältste. So oft mach ich das als Service und jetzt, wo ich mal Lust hab, hältst du dich raus! Klar?« Sie öffnet weiter, knöpft.

Wieso macht er mit, fühlt sich statt widrig bowendrop? »Ganz still biste – weg mit dem süßen Jäckchen; alles knistert, voller Papiere – Schecks, wie? – ja ja, ich häng das ordentlich weg, kommt nichts unter die Räder – och, ist der Mensch weiß! Hochsommer ham wir, und der is weiß wie'n Semmel – ich hab schon gehofft, dieser Kopp, so hübsch braun, das gefällt mir, so is vielleicht der ganze Kerl – und dann so was! Gehst wohl nie baden, du Sau –«

»Ich kann auch wieder gehen, wenn ich deinen Ansprüchen –«

»A Ruah gibst. Erst nicht waschen und nie frische Luft – und dann noch's große Maul! – Wenigstens Unterhosen hat er an –– gehabt. Aha. Was haben wir denn da – is ja krankhaft! immerzu in der engen Hose, das war aber schon fast Fesselung – he, gibs zu! bist schon ganz erwartungsfroh hierhergekommen, gesteh's! Du Scheißkerl. So einer. Da steht er. Schmales Hemd. So ein Handtuch – nimmt es auf mit denen von der Elektronikmafia – na gut, schmal is auch gut, wenn sie's Schießen anfangen, trifft dich so schnell keiner. Aber der hier ist ja krankhaft, will sich dicke tun? Heldenstimmung, wie? hey – wart! –« mit einem Zug hat sie ihr Trikot geteilt, es fällt auf den Boden. »Ich weiß, den Busen hättste gern größer, du Wildsau. Aber merk dir: Je weniger Vorbau, desto mehr Elektrizität.«

So läßt er sie, läßt sie sich ausreden, bis sie still wird. So, nur mit seinen Händen aktiv, läßt er sie über sich ergehen. Läßt sie sich ausdehnen und Überhand gewinnen, nur mit den Fingerspitzen geht er ihr durch flaumiges Fell, über den Rücken, den Hintern, mehr besser nicht, die ist eh verrückt erregt, die hat tatsächlich Lust und keinen Dienst, auch Langensiepen will wegschalten, eintauchen in Milchkaffee, läßt allein sie regeln, schieben, fliegen, steuern; schließt die Augen, überall ist Hollywood, auch in Opernhausen. Er hat noch sagen wollen: Vorsicht! in dieser Stellung schlief Lilith, Adams erste Frau. Und wurde dafür bestraft, mußte als erste raus aus dem Paradies und wurde des Teufels Großmutter. – Doch das Sagen ist ihm vergangen.

Nur seine Hände tasten wie Blindenhände. Und nur wenn er will, sieht er sie über sich, diesen angespannten Mund, wie wütend; glühende Siegesenergien sieht er, spürt er, Siegesmund. Und wie sie jetzt siegt, rüttelt und jagend den Lilith-Punkt gefunden hat, an dem sie davon kann, hinauf kann, hinüberkommt, keuchend; teuflisch heulend – bis sie endlich, furienhaft, zusammensackt.

Nur die Haare, in dunklen Kaskaden, die Haare sind noch zu sehen, und ihr Nacken, der dem Keuchen nachgeht. Lange ist das noch so da. Und treibt hinüber wie in einen Schlaf –

– aus dem fährt sie auf, wirft sich die Haare über den Kopf zurück und sieht ihn an, mit großen Augen: »Jessas, jetzt hab ich schon wieder? – ja? – *scho* widda? – mich daneben benommen? Au weia. Pardon –« – sie versucht, tröstende Küsse an seine Schulter zu schmiegen, an seinen Hals, seinen Mund – »– Pardon, Sie armer, wonniger Longo Siépi – was mußt denn du von mir denken, he? – vernasch dich hier – gegen alle Regeln – des Betriebs – und bei dem Tempo kommt so ein langer Siepen doch überhaupt nicht zum Zug, oder?«

»Nichts heißer, als wenn so eine wie du –«

»Was –?« Sie richtet sich auf, lauert auf seine Worte.

»– sich holt, was sie braucht.«

»So einer sind Sie? Schmeckleckeriger Widerling! Genießt das einfach? Du gehörst geschlachtet, ist dir das klar? Na warte! notgeschlachtet wirste!« Sie beugt sich wieder herunter, ihr Haarschwall fällt, sie küßt ihm die Brust hinunter; rutscht zur Seite, küßt weiter hinab, raunend: »Hm – so ein Dreckskerl – findet wonnig, wie er hier ausgenutzt wird – Unverschämter – und sogar – ganz offensichtlich – mit immer noch wachsendem – Vergnügen –« – ist dann wieder still, rollt sich herum, bringt sich in die Lage, von der er sich gewünscht hat, daß sie die einnimmt, woher wußte sie's, die teuflische Großmutter, das geht schnell und wie im Reflex oder im Schlaf oder in einer anderen Art Wachheit –

– da legt er sich weit zurück, starrt an die Decke; schließt dann die Augen, um sehen zu können, wie ihre Schlingen Fallen legen, wie sie mit gleichgeschalteten Schwingungen die alten Kraftfelder ausschalten, die Köpfe anders einrichten, ins Vibrieren bringen –

Das erkennt er bis es ihm vergeht, bis die Köpfe und Knöpfe und Töne und Lichter verlöschen, die Drähte und Gräben und Absicherungen für die Nacht –

III

DAS HIMMELSTIER

Dienstag, zehnter August
Noch drei Tage

Erystheus, sein Vetter,
rezitierte, mit weinerlicher Stimme,
Gedichte und spielte dazu, falsch, die Leier.
Herakles aber zog Linos, dem Lehrer,
der ihm weismachen wollte,
die einzige Freiheit, die es gäbe,
sei die Freiheit der Kunst,
den Hut so hart über die Augen,
daß ihm das Nasenbein
brach.

Er wacht auf unter Mühen. Unter Schlägen. Die nicht er bekommt, die aber auch ihn treffen. Das sind Hiebe, die ein glatzköpfiger, schwerhöriger Zwerg auf eine Figur am Boden niederfahren läßt, auf eine im Shetlandpullover. Immer wieder setzt der nach, das schmerzt, das nimmt die Luft, reißt Langensiepen hoch – er liegt woanders, in einem engen Zimmer. Das ist fast ausgefüllt mit einer Liege in Weinrot; neben ihm die Frau, aber ohne Shetlandwolle, bekleidet mit Sonnenkringeln und Sommersprossen.

Sie hat ihm das Kissen genommen; ja, die bedient sich, er erinnert sich. Dafür hat er unter seinem Kopf ihr Trikot. Das schwarze enge, an den Beinen ausgeschnitten bis zum Gehtnichtmehr. Ginge ich zum Analytiker, ich müßte mit der Geschichte meiner Kopfkissen beginnen.

Langensiepen steht auf, weiß, es ist Weckerzeit; halb acht vorbei; neue Forderungen, dringende – er bleibt kurz still, sieht den Traumschläger wieder. Die Geschlagenen, die Honvas; das war Mahnung, hier ist keine Minute länger erlaubt, nicht in Siggis Freizeitkabine; er zieht sich an, hört sie knurren.

»Hey – Hollywood. – Was is –«

Die hat sich das Kissen über ihren Kopf gezogen.

»Ich schau nach, ob du die Rolle kriegst. Als Traumfrau für Woody.«

»Lieber die in ›Hair‹. Mit dir.«

»Okay, ich red mit Goldwyn. Üb schon mal. Aber wehe, du wirst mir untreu.«

»Bin allen treu.«

Sie schläft wieder; er kann's nicht lassen, legt Geld und seine Karte in ihr Trikot. Schreibt unter seinen Namen: »Einer deiner treuesten Kunden. Die türkischen horch bitte aus. Was immer die reden über den Viehofer. Wieder im Dienst,

Piefke.« – Einen Moment Zögern. Geld? Sie hatte gesagt, sie würde –. Er nimmt die Karte noch mal, schreibt über seinen Namen »Informationshonorar«. Und: »Fa. Woody Allensiepen«.

Vom Flur aus geht es am anderen Ende eine enge Treppe hinab, zwischen farblosen Wänden, unten steht er in der Sonne. Die Einkaufszone wird gefegt, die orangenen Männer schaufeln, Läden werden aufgetan, gelüftet, der Billardsalon im oberen Stock gegenüber entläßt den Nachtmuff, nur ›Piano Schmachtenberg‹ ruht.

Die Straße hinauf, Kopstadt, du Pseudo-Krupp, sei gegrüßt, wie strahlt dein Kupfer in der Sonne. Das achtstöckige Haus stellt Waren hinaus, die Sommerfähnchen, dreißig Mark das Stück, auch dieser Tag ist Fang- und Fallentag. Die halbnackte Saison geht in die letzten Runden, T-Shirt-Reste werden restlos abgehen, man kann mit der Preisreduzierung zurückhaltend bleiben.

»Ach, Herr Langensiepen«, begrüßt ihn Rombeck, »wie gut, daß ich Sie seh – Ihre Idee mit Kamera vierzehn war fundich. Schon gestern nammittach haddet sich gelohnt.« – »Wen hats erwischt?« – »En Studienrat –«, der Schichtleiter beugt sich vor, sagt es leise: »– stelln Se sich vor – außem Gymnasium Borbeck – hat sich drei Sachen eingesackt.« – »Was für Sachen.« – »Schweinkram. Bücher.« – »Wissen Sie die Titel?« – »Frau Eidmann, wissen Sie noch die Titel?«

Frau Eidmann schaut von der Kasse auf.

Rombeck geht zu ihr, sagt es wieder leise. »Wissen Se denn nich mehr die Titel, die gestern dieser –«

Frau Eidmann, ohne die bilanzierende Miene zu ändern, liest vor: »›Mein heimlichet Auge‹ – ›Über den Orgasmus des Mannes‹ und ›Die Nuba. Fotos von Leni Riefenstahl‹.«

»Kolossal. Stellen Sie die drei Bücher, je ein Dutzend, vorn ins Eckfenster. Dazu, gut lesbar: ›Ihr Kaufhaus am Kopstadtplatz weiß, was Studienräte wünschen‹.«

Den Schichtleiter hört er noch lachen – »Eidmänneken – weiße, watter gesacht hat –?« – da ist Langensiepen schon im Verladeflur, beim Briefkasten, schließt auf, findet Post von der PKK. Außerdem die Zeitung und Post aus Dortmund – das Manuskript des Professors? Dafür ist der Brief zu dünn, man wird sehen. Er steigt die Treppen, eilt durch Stockwerke und Abteilungen; wechselnde Bereiche, unverstörte Gesichter.

»Morn, Herr Langensiepen. Kein Ärger – ich glaub, wir müssen Sie entlassen, haha –«

»Und wie soll ich Frau und Kinder ernähren?«

»Wußten Se dat denn nonnich? Et gibt Leute, die rationalisieren so blendend, dat se sich am Ende säpps –«

Er steigt die letzte Treppe, kommt auf das Dach. Die Holzburg im hellsten Morgenlicht, weißrosa. Die Tauben ziehen ihre Runde, die Fahnen drüben stehen grün. Der fliegende Schwarm taucht weg und schwirrt am anderen Ende der Baracke wieder auf, von Sankt Gertrudis über Cramer & Meermann segeln sie bis in die Sonne hinein, hinter das Rathaus. – Er geht nur kurz ins Innere, wirft die Post auf das Bett, setzt Kaffee auf, zieht Jacke und Hemd aus, trabt hinaus, beginnt seinen Morgenritt, parallel zur Tiefe, gegen die ihn die Planken sichern, die Schienen für die Gondel der Gebäudereiniger. Langensiepen tritt unsichere Kieselmassen, hält Richtung auf schwankendem Grund, hört auch jetzt von unten das Rauschen, im Keuchen die Geräusche, das Revier. – Wo aber bleibt das Wetter. Seit Tagen keine Wolke – ohne Wolke und ohne Bewegungen am Himmel kein Wetter, wo bleiben die oberen Ereignisse, die Höhen sind gottlos wolkenlos, unerträglich wetterlos.

Nach zehn Runden schon bricht er ab, schweißriechend schnauft er unter die Dusche, die klarwäscht, Gerüche verschlingt und spült, Gerüche des Verschlingens ebenso wie Rauch und Knoblauchaura aus Vogelheimer achte achtzig, Volvos wie Vulvas, alles, unter dem Wasser, scheint lösbar. Er wird telefonieren. Diese Türken, ob Opfer oder Täter, sind nirgends gemeldet, weder in diesen noch in anderen Ämtern; Ämtern, widrig, aber löslich; Türken, sonst von den Ordnungs- und Meldeämtern umlauert, hier, als Erdarbeiter, läßt man sie; die K.U.K.-Gruben, ihre eigenen, die dürfen sie graben.

›Körfgen Nachf.‹, warum ist das nur im Grundbuch verzeichnet; wem gehört das Barackenareal in der Vogelheimer

Straße. ›Der hatte nur Töchter‹. Die eine schwamm sich tot, von der anderen wüßte ich gern Näheres. Daß mich nun auch die Dateikollegen abblocken, das werde ich mir nicht bieten lassen – Langen, da kann doch jeder kommen, du bist ein Wicht, Flaschenpiefke. Rudi Allensiepen.

Ja, ein Rumpelstilz. Aber aus Hollywood, in Heldenstimmung. Und übermorgen hol ich mir der Königin ihr Kind. Das tut gut, daß niemand weiß. Er trocknet sich ab. Füllt Toastscheiben ein, zieht sich an, frisches Hemd, er muß 60-Grad-Wäsche endlich, der Pullover noch immer, nun häng ihn endlich weg, ja, jetzt, wo du dran denkst, sofort, sonst liegt der noch zehn Tage, arme geschlagene Shetlandfrau, eine im engen Trikot warf dich aus dem Rennen. Wie schön ist die Auslese. Der Mensch »bedarf ihrer«. Siggi Siegfrau. Neues aus Opernhausen.

Während die Toastscheiben springen, wählt Langensiepen das Präsidium, läßt sich mit der Kraftfahrzeugfahndung verbinden. »Grüß dich, Lutz. Hättest du die Güte, folgende Nummer einzukreisen.« Er nennt ihm die des Volvo.

»Möglichst schon vorgestern?«

»Nein, nur bis heute nachmittag. Rauskriegen, wem das Fahrzeug gehört, dann ruf ich dich wieder an.«

»Welche Probleme hatteste mit dem Nümmerken?«

»Das wollte mich vor der Heine-Buchhandlung aus dem Verkehr schieben.«

»Dort läßt man sich aber auch als ordentlichen Essener nich blicken.«

»Den Bürgersteig zu benutzen, ist mein gutes Bürgerrecht.«

»Bürgerrechte am ›Viehofer‹?«

»Würgerrecht.«

»Dat soll eine ekelhaft linke Buchhandlung sein Langen, Langen, wie viele Fehler mußt du dir noch leisten. Anita hielt sich ja noch fast im Rahmen – Kavalierszone – aber dann? Wenn dir nun einer am Viehofer ein klitzekleines Mon Chérie angeboten hätte! – schon wär die mühsam aufrechterhaltene Sicherheit der Ruhrmetropole zusammengebrochen.«

»Lutz, ich ruf dich heut nachmittag an.«

Er geht vor den Spiegel, das Widerborstige rasieren, Vermeidung der Selbstentzündung. Die tägliche Linie um den Mund.

Links, vom Nasenflügel um den Mund herum, ist die Linie besonders tief. In der Kerbe das nicht mehr erreichbare Widrige. Beginnende Kräuselung. Vom Lachen natürlich, vom vielen Lachen.

Aus der Selbstbetrachtung reißt ihn das Telefon, reißt ihn Rosa: »Ich habe nachgedacht heute nacht, über dich, du Blindgänger, über deinen Sprung in der Schüssel. Wer behauptet, ›Leben lebt auf Kosten von Leben‹, der sollte sich fragen, ob nicht auch Leben Leben belebt.« – »Gut nachgedacht. Beides ist untrennbar. Ich bin sicher. Das schafft ihn, den Sprung in der Schädelschüssel.« – »Unverbesserlich ist der Kerl. Ich komm auf dich zu, demnächst, vor allem, weil du heute nacht telefonisch nicht erreichbar warst – oder? oder!« Dröhnend hängt sie ein.

Langensiepen drückt die Toasttaste ein zweites Mal, hebelt das dritte Kölner Programm: Klassik und Neues aus dem Wirtschaftsleben, so heißen die Stunden zwischen acht und zehn. Die Alarmsirene in der *Egmont*-Ouvertüre und der Kampf gegen die weiter steigende Arbeitslosigkeit. ›Das schafft ihn, den Sprung.‹ Wie ernst muß man es nehmen, Herr Polizeidirektor, daß sich in Ihrem Gelsenkirchener Bezirk immer häufiger spontane Arbeitsloseninitiativen bilden, außergewerkschaftliche, die Betroffenen reden selber von ›Arbeitsarmee‹, Ihre Beamten haben bereits Bewaffnungen festgestellt. Marmeladentoast und als *Römischer Karneval* der treue Husar von Berlioz, würdiges Auftrittssignal für die neuerliche Erhöhung des Lombardsatzes was sagen Sie dazu als einer der Entscheidungsträger noch immer gibt bei uns Amerika den Ton an und wenn weiterhin Investitionen so erschwert werden dann folgt die Arie des *Cavaradossi.* Und es blitzten die Sterne und liebe doch so sehr so sehr das Leben, AUS Exekution – dies und das Frühstück, aber da ist zugleich Post zu öffnen und zu sinnen, denn Langensiepen findet den Vertrag, findet wie angekündigt den Scheck, *herzlich Ihr Zoltan Z.,* wie herzlich, der Nachname nur als Initial tatsächlich fünftausend, wein oder lach ich, Götter was mach ich, nun kassiere ich in zwei Tagen zwei mal fünf – ›kapitaler Mumpitz‹? – vom einem, damit ich's bleiben lasse, vom Gegner, damit ich es tue, das schafft den ›Sprung‹, das sollte ich systematisieren, da verbergen sich Engrosdimensionen – Langensiepen hat beide Fünftausender nebeneinander gelegt *und nun auf einmal Kapitalist,* wie sich die Schecks gleichen, nur die Signaturen sind verschieden, die Kontonummern leicht variiert, die Bank ist dieselbe, Dresdner hier wie dort –

Die Post aus Dortmund ist allerdings vom Professor, aber nur ein Briefchen. Der zeigt sich erfreut, dankt fürs Interesse, will aber aus rechtlichen wie aus Kostengründen das Manuskript privat nicht verschicken, verweist mit Bitte um Verständnis, so sind nun mal unsere Vorschriften, auf den Universitäts-Innendienst und wird diesem ›mit gleicher Post‹ seinen Vortragstext absenden, bittet, das Skript im ›Haus der Technik‹ abzuholen, Dienstzimmer Nr. 302, *was gleicht wohl auf Erden dem Jägervergnügen* fragen Carl Marias Jägersänger und bejubeln dies Vergnügen mehrfach mit ›Juchhuchfallera‹, ›Juchhuchfallera‹.

Durchs Fenster dröhnt ein Düsenjägerchor, von drinnen wieder Neues aus dem Wirtschaftsleben MARS MACHT MOBIL, ›Leben belebt Leben‹ – heute nacht ›nicht erreichbar‹ – ja ja – oder? oder! – Langensiepen hat sich die Zeitung vorgenommen, Meldungen über die Erhöhung des Zinssatzes und der Umsätze und über die leider immerzu wachsende Zahl der Beschäftigungslosen, die unterlassene Sprengung des Flugzeugs, den Sprung des Türken, den sie ausliefern wollten an die Heimatfolter, aus dem sechsten Stock.

Auf allen Seiten NUR NOCH 3 TAGE BIS ZUM START. Und weiterhin nichts über den Toten am Grund des Kabelsterns. Nichts. Besser nichts als was? *Siegfried-Idyll* und das Schweigen im Wirtschaftsleben. Überall ist Opern-, ist Oberhaus und Siegesmund, was kann denn der dafür, daß der so schön ist –

Das Telefon. Langensiepen schaltet den Finanzminister aus, die Leute tun, als ob die Schönheit ein Vergehn ist, nimmt ab. »Du Wüstling, jetzt antworte, wo warst du heute nacht –«

»Rosa, ich –«

»Kappes, will ganich wissen, mit wem du wo wat gemacht has, will nur wissen, obwohl erst morgen, also Mittwoch ausgemacht war, ob der Herr Ex-Inspektor womöglich schon heute gegen vierzehn Uhr zu Hause zu sein gedenkt –«

»Hey langsam, wieso – wenn du Nachtschicht hast, bist du doch in diesem Augenblick –«

»– an sich seit kurzem im Bett, aber auch dich geht dat nix an, wo wie lange und mit wem und wat ich treibe –«

»– und wieso kannst du heute mittag nun doch?«

»Tote Tiere erst wieder wie vereinbart morgen vierzehn Uhr – aber heute: ob der Herr zu Hause ist, will ich wissen –«

»– um vierzehn Uhr? Wie Sie wünschen.«

»Gibts einen zweiten Schlüssel?«

»Wozu –?«

»Ich zieh heut mittag ein.«

»Wo –«

»Bei dir. Zu dir auf dein Dach. Rosa Berchmann zieht in dein Wolkenkuckucksheim!«

»Wie? – sag bloß –«

»Ich sachet nich bloß, ich tu et. – Pause? Sendepause? Ich dachte, da wär noch Wohnraum frei – und du hätt's nix dagegen –?«

»Mann – Sitten-Witha – bombastisch – sittenwidrig –« – »– ja?« – »Phantastisch –«

»Aha, es kommt. Spät zwar, aber es kommt. Er beginnt zu begreifen – also: Hast du was dagegen? Und falls nein, darf ich also mit dir rechnen?«

»Ich bin zerbröselt. Ich rufe sofort die Verwaltung an, damit die einverstanden –«

»Umgekehrt: Die wird gleich dich anrufen, um rauszukriegen, ob hingegen du was einzuwenden hättest, wenn ab sofort neben dir eine Dame eindeutigen Geschlechts wohnhaft wird.«

»Famös!«

»Wie bitte?«

»Das ist ein Wort aus so einer, wie sagst du, ›Igitt‹ – aber nun noch mal langsam, für Langsamsiepen: Wie viele Klaviere, wie viele Waschmaschinen und Wandschränke darf ich erwarten?«

»Heb dir'n Infarkt für was Schöneres auf. Nicht mal'n Fernsehkasten kommt auf dein Dach.«

»Kommst also mit zwei Koffern.«

»Und noch'm halben und mit zwei lieben Kerlen. Kumpels, von Beruf Hausbesetzer, die du liebhaben wirst.«

»Solange sie deine Koffer hinaufwuchten, habe ich sie garantiert lieb.«

»Sie wuchten nicht nur Koffer.«

»Was soll das heißen –«

»Über die Hintergründe, wie gesagt, bald mehr – *beziehungsweise* –! Nun iß wacker dein Müsli, werd groß und stark und hau den Türkentöter tot – adios!«

Die legt auf. Er behält den Hörer in der Hand. Um sicher zu sein, daß dies ein Anruf war, kein Siegfried-Idyll. Aber es scheint alles zu stimmen. Die Morgenmaschine ist vorhanden, sackt ab, Richtung Düsseldorf. Die Helligkeit ist groß, die Balken rüsten sich knisternd, strecken sich unter der neuen Hitze. Er legt auf.

Stellt sich hin. Geht dann im Zimmer umher. Er öffnet weitere Fenster, schließt andere.

Dieses Licht macht zu schaffen. Vorhänge, das wär's. Er geht in die Dunkelzelle; an den Bildschirmen geht er vorüber, sieht in den leeren Raum dahinter. Geht hinein, macht ein Fenster auf, noch eines, öffnet die in immer schnellerer Folge – trabt dann zurück in die Dunkelkammer, zum Handwerkskasten, zieht aus den Geräten den langen Hammer, den mit der Spalte zum Nägelziehen, schnappt sich die Leichtmetall-Leiter, geht wieder in den leeren Barackenraum, klappt die Leiter auf, steigt hoch, klopft, zieht, hebelt, löst Nägel, schlägt Leisten los, hämmert im frischen Morgenzug gegen die grauen Platten der Decke, zerrt, reißt, die erste fällt, die zweite hängt, die Leiter weitergerückt, das Ziehen und Schlagen wieder, er schafft das – Leben belebt Leben – untrennbar – Rrr und Rrr – in knapp einer Stunde hat er aus seiner Aufregung das Beste gemacht, ist hüben das Fichtenholz frei wie drüben, die Balken duften schon herab, Morgenluft und Balkenduft, so, befeuert von der Wörtermangel, wirft er das graue Gepreßte durch die Fenster, hinaus auf den Kies, zieht und schleppt das bis an die Tür zur Treppe, geht schwer atmend zurück, will telefonieren, das Telefon schrillt, er nimmt ab. Jemand legt auf.

Er setzt sich, bleibt eine Weile ruhig, atmet durch. Er müßte aufräumen nebenan – wieder schrillt es. Er zögert, muß er sich das bieten, sich foppen lassen? – er nimmt ab: Dienstleiter Rombeck, im Stockwerk II, Langensiepen möchte bitte sofort –

– er läßt Leiter und Hammer nebenan, läuft hinaus, die Treppen hinunter. Unten hält Hausmeister Volkradt eine Frau am Kragen und bei den Armen, die wehrt sich, es wird geschimpft, gedroht, diese Frau, ja, die habe unbezahlte Ware bei sich, habe mit der das Kaufhaus verlassen wollen.

Die Frau, die mit den festgehaltenen Armen zwei Taschen trägt, klammert mit den Fingern einen Zettel, einen Kassenbon, den versucht sie zu heben, vorzuzeigen: »Hier! Herr Kommessar, kucken Se doch säpps – hier is doch der Bon, is alles bezahlt! Mannometer, hier!«

»Pardon, aber Sie sehen selbst, da oben an der Decke flackert unser rotes Licht, und wenn Sie bitte einen Augenblick still sind – ja? – jetzt hören Sie deutlich den Ton, das ist unser Signal – wir müssen leider Ihre Taschen untersuchen –«

»Dat is mir doch egal, obbet bei Ihnen piept! – nie mehr im Leem geh ich in diesen Saftladen – ja, dann kucken Se doch rein in meine Taschen!«

Volkradt hält sie noch immer, sie läßt es geschehen, Langensiepen und Rombeck nehmen die beiden Leinentaschen, karierter Stoff, andere Kunden beschweren sich, »Sonne Person, rausschmeißen würd ich die«, »Endlich ham se so eine ma erwischt«, »Gott sei Dank«. Langensiepen leert die Tasche, legt Apfel- und Tomatentüten und Eierpackung und Klosettpapier auf eine Glasplatte. Die Frau ist jetzt still, blaß, Volkradt hat sie noch immer im Griff, von hinten, an den Armen hat er sie gepackt, ihre Ärmel beulen sich, Jägershaus hieße die, sagt Volkradt, und ein Kunde sagt: »Dat die sowat nötich hat – nä! ekelhaft!« und ein anderer »Sonne Leute hammer zu verdanken, dattie hier alles nur noch mit Kontrolle – und wer darfet bezahlen? Kundschaft! geht doch alles aufe Preise!«

Langensiepen hebt jetzt die beiden Tonkassetten aus dem Beutel, Udo Lindenberg, er schaut sie sich an, zweimal die gleiche Kassette, er zeigt die dem Rombeck, dann der Frau: »Ein Versehen. Die Kassiererin in unserer Phono-Abteilung.

Die hat vergessen, die Sicherheitsstreifen herauszunehmen. Diese hier.« Langensiepen zieht die Streifen ab, Volkradt läßt die Frau los. »Mann! schon widder den Ärger. Immer mit die Streifen.«

»Wir«, sagt Rombeck, »bitten sehr um Nachsicht, Frau Jägershaus. Bei solcher Automatik is menschliches Versagen – die Methode is offenbar noch nich ausgereift –«

»Dat habbich gemerkt! dat die nonnich ausgereift is – nä, nix da mit Nachsicht, ich werd mich beschweren.«

»Sie müssen verstehen – jährlich wird für zwei Milliarden Mark geklaut.«

»Aba nich von mir!«

»Irgendwie wehren muß man sich da schon, oder?« fragt Langensiepen.

»Aber nich so. Sie werden von mir hören.«

Langensiepen packt das Eingekaufte zurück in die beiden Taschen. »Neulich kaufte hier jemand einen Elektronikbaukasten, der hatte bezahlt wie Sie, und da waren sogar die Streifen richtig entfernt worden, aber so eine Elektronik, die sendet halt ihre Signale aus – wir mußten den Mann durch den Hinterausgang schleusen, das hätte sonst immer wieder Alarm gegeben.«

»Interessiert mich kein bißken, Sie hörn von mir.«

»Der Mann war noch humorvoll und meinte, ob er denn seinen Baukasten zum Fenster rauswerfen und ihn unten schnell wieder auffangen solle.«

»Lenken Sie man nur ab – ich weiß, wat ich zu tun habe.«

»Darf Ihnen die Leitung des Hauses ein Dutzend Kassetten gratis –« – Stockwerkleiter Rombeck bleibt mit seinem Präsent stehen. »Leckt mich im Aasch!« Die Frau geht davon. »Tja. Diesmal«, sagt der Leiter, »diesmal isses wohl danebengegangen. Aber immerhin, man sieht doch: es funktioniert.«

Langensiepen fällt dazu nichts Nettes ein, er schwebt im Ladekasten wieder nach oben. Auf dem Dach stört ihn der weißliche Himmel, diese dröhnende, piepende Gesichtslosigkeit, grell und konturlos nun schon seit Tagen. Nirgends die stummen Wolkentumulte, wie er sie liebt und wie sie sonst immerzu umgehen –

– im Wohnraum findet er hinter den Bornholmer Wackersteinen seine indischen Beedies, die müssen jetzt her, müssen Schleier machen, das Leben als Falle, zum Piepen.

Er setzt sich, legt sich. Liest Stechlin. Raucht und taucht ein.

Nach einer Stunde kann er anrufen: ja, zwei Leute aus dem Lager werden heraufkommen, die Platten abholen. Und übrigens, wir wurden informiert, Sie, Langensiepen, seien einverstanden, hätten nichts gegen Untermiete, dann natürlich auch wir nichts; aber bitte, er selber, als Hauptmieter, solle das regeln, er könne nutzen, wie er wolle – und noch was, Herr Langensiepen, im Jahresbericht gab's jetzt eine sehr lobende Erwähnung Ihrer Anregungen und Neuerungen, die Fehlbestände sind, sehr schmeichelhaft für Sie, in nur zwei Jahren um mehr als die Hälfte zurückgegangen, ja, ich kopiere Ihnen das, doch doch, beantragen Sie getrost Erhöhung, Ihr Gehalt kommt ja, haha, um das Vielfache wieder herein, und ich glaube auch nicht, daß die strenge Überwachung atmosphärisch so viel zerstört, wie immer behauptet wird, die Kunden, die ehrlichen, haben da ein gutes Gefühl, also im Gegenteil, und das spricht sich rum in Essen – am Kopstadt, das ist ein sauberer Betrieb – der Chef dankt Ihnen!

Er legt auf.

Legt sich wieder, raucht wieder. Setzt den Hofer in Marsch. Das lumpige Volk. Geht sich beschweren, mit Äxten Steinen Knüppeln. Er denkt sich zurück auf seine Höhen und sinnt. Ab vierzehn Uhr – Instandbesetzung. Und taucht wieder ein in seinen ›Stechlin‹.

Nach weiteren hundert Seiten klappt er das zu, fährt in den Stock III hinunter, Reisebüro und Bank, legt die Schecks vor. Dagmar Stecher hat Dienst. »Aufs Sparkonto?« Er nickt, sieht ihr zu, wie sie gutschreibt und tippt, am Bildgerät schaltet, ihre sicheren Griffe, hier ist Ihre Quittung. »Könnten Sie rauskriegen, wer jeweils die Kontoinhaber sind?«

»Steht doch drauf, Herr Langensiepen – oder sagen Se bloß, Sie wüßten nich, woher Sie dat Geld haben. ITKG«, beginnt die Sommerbraune zu buchstabieren.

»Darüber hinaus krieg ich keine Auskunft? Personennamen? wer zum Beispiel hier unterschrieben hat? der muß Ihrer Bank doch als zeichnungsberechtigt bekannt sein –?«

»Dürfen wir nicht, tut mir leid; Bankgeheimnis.«

»Und – wenns um Mord geht?«

»Huch! Sollten Se ma mit Herrn Mattussek reden – aba ich vermut, Sie brauchen n Nachweis vonner Polizei. Dat Sie Ermittlungsauftrag haben und – aber getz hörn Sie mal! Sie kriegen hier zehn Mille und? wissen echt nich von wem?«

»Ich sag bloß: Bankgeheimnis«, sagt Langensiepen. Nimmt die Quittungen, geht. So milchkaffeebraun, so oléfarben ihre Haut auch schimmert, heute ist Dagmar Stecher nicht interessant. Er geht, macht weitere Besuche. Alles klar, läuft bestens. ›Das nächste, was wir erleben werden‹, so hat er eben im ›Stechlin‹ gelesen, ›sind Luftschifferschlachten‹. Und: ›Sollen, das ist die Hauptsache.‹ Sollen. Er sollte weiterlesen, zurücktauchen.

Er geht aber hinaus auf den Kopstadtplatz, in die sonnige essendische Luft und wieder zurück ins Dunkle, ins ›Pümpgen‹. Kalla Mönninghoff hat kaum Betrieb.

»Kalla, wer war gestern dieser Betrunkene im dicken Mantel.«

»Else hat mir't erzählt. Dat war Josef. Josef Rempart. Oder Predigkeit. Kennze nich? Zur Linde. Weiß ich do onnich, wie der nu wirklich heißt. Früher sachter immer, er hieße Kriegeskotten.« Kalla läßt sich Zeit, beobachtet die sich füllende Tasse. »Meist heißter aba Rempart. War ma anne Zeitung hier. Krittiker. Ham se n rausgeschmissen. Er wär viel zu – viel zu krittisch, ja? also – frach dein Vordi. Der kennt den. Und? Hasse den Türkenmörder denn no immer nich?« Kalla stellt ihm die Tasse hin.

»Eingekreist hab ich ihn.«

»Is nich wahr.«

»Wohl wahr. Wohnt zwischen Duisburg und Dortmund, Recklinghausen und Remscheid.«

»Aua. Da bisse aba unheimlich dicht dran.«

»Und trotzdem hat mich die Zeitung noch immer nicht porträtiert.«

»Eher porträtiert unser Blättgen einen wie mich! ›Pümpgen‹! seit hunnertfuffzich Jahre inne Familie! – eher mich als dich.«

»Wieso werfen die einen kritischen Kritiker hinaus?«

»Frach 'n Vordi oder'n Kumpmann – heut mittach isser widder hier.«

Langensiepen trinkt aus. »Solltest du noch einmal verheimlichen, daß hier am Kopstadt ein ›Colosseum‹ stand, ein Palast aus Tausendundeiner Nacht, dann hast du mich die längste Zeit hier gesehn –« – er will gehen.

Kalla hält ihn am Ärmel fest. »Mein lieben Kuckuschinski, wenn ich hier alle Dönekes erzählen wollte, die rings ummen Kopstadt je passiert sind – da würd ich ja blöd!«

»Hauptsache, wir *bleiben* blöd, wie?« – Mönninghoff schaut ihn großäugig an, trauernd; Langensiepen läßt den so stehen, geht hinaus.

Die Einkaufsschneise abwärts, im Sog. *Sollen.* Das Rauschen wie immer, die Steinplatten, unsicher wie gestern, Wörtermangel. Bis zum Start des neuen Fernsehens. K.U.K. bricht an, Abkürzung für ›Körfgen und Kopstadt‹? ›Der Freizeitpalast erwartet Sie‹, hat Türen und Fenster offen, Staubsauger. ›Hot girls‹. Gönnen Sie sich den Abend der Sensationen im ›Eldorado‹. Siggi gönnt sich. Wer gebaut ist, gerüstet wie Siggi, muß nicht sollen, der darf. Auslese befriedigt. Rrr – nun werden wir reden, die Vogelschreie hast du unmöglich verstanden, oder doch? nun, ab vierzehn Uhr – zwei liebe Kumpel – Rrr – Hausbesetzung –

Er betritt den ›Palast‹. Im Dämmer die Kampfautomaten, in Ruhe. »Entschuldigen Sie, ist Herr Zehrak anwesend?«

»Also dafür iset 'n bißken früh, ja?«

Die Lichttreppe flackert schon. – Er geht wieder hinaus. Nähert sich dem ›City-Imbiß‹. Am Viehofer werden Gräben verdeckt. Teerarbeiten. »Tag Hotte. Machen die hier Schluß?«

»Glaub nich. – Die werden doch *nie* fertich. Nächste Woche merken se, wat se alles vergessen ham, un dann machen se alles wieder auf.«

»Hat sich irgendwann einer meiner Ex-Kollegen blicken lassen?«

»Mitunter, mach ja sein, hab ich Knöppe vorre Augen. Kuck dir dat an: nu schütten se de Zentrale zu, wo se dein Türken rausgeholt ham. Verschütt. – Aba wo du mich gätz drauf ansprichs: Diese Panzerwagen, diese grauen schwedischen –«

»Volvo?«

»– von denen war noch ebent einer hier – direkt vor meinen Imbiß hatter geparkt, als gäbet mich ganich, einfach hier so davor, dat ich em beinah dat Frittenfett drübbergekippt hätt – aber der war mir zu schräch, ja? – ich will ja meine Bude noch zwei Jahre – dann mach ich se wieso zu.«

»Wann genau war der hier?«

»Halbe Stunde – höchßens. Und fracht mich schlußendlich: ob mein Freund Langensiepen ma widder vorbeikäm! – sonne schiefe Kucke hatte der, dat gibtet ga nich.«

»Schielt?«

»Einfach keinen Blick hatte der – falsch, ja?«

»Kennst du da unten den Trinkhallenbesitzer?« – »Un ob ich den kenn. Ewald Kortenkamp.« – »Wieso macht der plötzlich dicht?«

»Weil er im August imma im Schwarzwald gitscht mit seinem Benz. Schon zwanzich Jahre, immer nach Triberch. Weiler die Wasserfälle so gärn hat. Meinzoch nich etwa, der hätt n Türken gehaun? Dä doch nich. Is beinah so n Treudoowen wie den Hotte.«

»Danke Hotte. Du kommst ins Kriminalmuseum. ›Das Auge des Viehofer Platzes‹ –«

»Kokkolores.«

Langensiepen geht über die Hauptfahrbahn, läßt die Baustelle links. Kurz vor der Liebknecht-Buchhandlung wendet er sich wieder in die Hofeinfahrt, drückt im Hauseingang den obersten Knopf, ›Hausmeister‹. Es wird aufgetan, er nimmt den Lift, fährt bis in den obersten Stock, steigt die Treppe – oben erwartet ihn A. Hoffmann.

»Entschuldigen Sie, Herr Hoffmann, daß ich Sie schon wieder stören muß, aber es ist bei den Ereignissen vor Ihrer Haustür noch einiges unklar.«

»Ja? Na dann kommen Se man widder rein.«

Er geht durch den Flur mit hinein ins Wohnzimmer, dort steht Frau Hoffmann, sommerlich geblümt, vor dem dröhnenden Bildgerät. »Also *Sie* sind das!« lächelt sie. »Nehmen Se doch Platz. Wir wollten gerade die Wiederholung kucken von gestern aamt, mein Mann mußte ja widder unbedingt sein Krimi sehn, ich könnte mir ja, sacht der, den Rudi Carell genausogut den andern Vormittach –«

»Mutter! kein Alkohol«, ruft der Mann, weil sie die Bar geöffnet hat.

»Ach ja, warten Sie mal, ich hol Sie n bißken von unsern Brombeersaft, is sogar ganz frisch, noch von letztet Wochenende. Eigenen Gaaten, Stoppenbärch.«

Langensiepen sitzt im Sessel, Herr Hoffmann schaltet das Gelächter ab, setzt sich auf das Sofa, in der Hand eine Flasche Stern-Pils. »Find ich jetz nett, dat Se sich nochma blicken lassen.«

Frau Hoffmann kommt zurück, aus dem Geblümten drängen breite Arme, schütten aus einer dunklen Flasche, von der sie einen Gummihut gelöst hat, Zähfließendes. Das leckt dunkelrot in ein rotes Glas. »Soll ich't Ihnen verdünnen? bißken Wasser? ja?« Langensiepen nickt. Sie geht, die Tür zum Flur bleibt offen, ihre Sandalen schlappen. Hoffmann nimmt sein Stern-Pils, trinkt.

»So pur is dat ja einfach viel zu süß, nich?« Sie kommt mit angebrauchtem Selters, öffnet den Verschluß. »Sie gießen selbs zu? – So viel Sie mögen, nich wahr – so.« Sie setzt sich in den anderen Sessel.

Langensiepen trinkt, setzt das Glas auf den Marmortisch. »Herr Hoffmann – haben Sie sichs inzwischen überlegt?«

»Wie? – was überlegt.«

»Warum Sie hinken.«

»Aber hörn Sie mal, ich hab Ihnen doch –«

»Als Sie in der Nacht Ihre Gäste hier aus dem Haus ließen, da haben sie einiges bemerkt.«

Frau Hoffmann schaut ihren Mann an. »Ja sicher – hast du wat bemerkt. Hasse mir doch selber nachhär –«

»Ja, aber wat meinz *du* denn?! ›bemerkt‹! Hab *ich* gesacht?«

»Hat er Ihnen was erzählt, Frau Hoffmann?«

»Ach Addoff, wat is denn dabei! – wie er raufkam – später in der Nacht – da sachte er, ich war schon ausgezogen, aba noch wach: Ilse – dat weißte doch säpps, datte dat gesacht has! – Ilse, ich glaub, da unten sind die diesmal ganz schön dabei gewesen. Und dat gefiel mir gar nich –«

»Hab *ich* gesacht?«

»Ja woll! Aber so sicher wie ich hier im Sessel sitz hass du dat gesacht.«

»Muß ich ja ganz schön beschickert gewesen sein.«

»Warße auch.«

»Was war es denn, was Ihnen da unten ›gar nicht gefiel‹?«

»Och! is ja, wie schon gesacht, sehr oft, dat da unten Streiterei is – und Wochenende erß recht – nur halt diesmal – Mann Mann –«

»Was meinen Sie mit ›Mann Mann‹?«

»Die Thieles, also unsern Besuch, der – die hatten ja ihren Wagen wie immer unten in dem Fitzken vonne Altenessener.«

»Is ja sonz nirgends Platz hier«, sagt Ilse.

»Könnt man ja drüm im Paakhaus geben, aba wär bescheuert – extra bis hintere Gertrudis – un wat dat teuer is –«

»Was sahen Sie, als Sie mit Thieles nach unten kamen?«

»Wie wir da also hinter den Kotten kamen –«

»Nummer vier.«

»– wat weiß ich – diese kleine Hütte da, weiß gar nich, wer da noch wohnt, die mit dem Gärtchen davor. Dahinter ham die Thieles immer den Wagen, zwischen Trinkhalle und Bahndamm, in dem Winkel, da sieht den nich jeder sofort.«

»Ham die ja vorgen Monat erst angeschafft – Corolla«, erklärt Ilse. »Und seit da diese Baubude steht, dachten wir – stelln wer n ruich da hin, da vermutet erß ma niemand so n Wagen.«

»Ich kenne die Ecke. – Was lief da? Ihr Mann kriegt das jetzt garantiert wieder zusammen.«

»Erst dachten wir ja – also die Thieles und ich – da macht sich einer an dem neuen Toyota zu schaffen, Corollalimousine! – kaum n Monat un schon heidewitzka? neuer Kapitän? – aber nee, war ganz wat anderet. Die nutzten den Wagen wohl nur als, wie soll ich sagen, als Deckung. Sichtblende, also die wollten da was verbergen –« Hoffmann trinkt.

»Du has doch gesacht, der Ältere von den beiden hätte immer –«

»Laß doch ma – wollt ich ja eemt von anfangen! – also, was ich jetz sagen wollte: Merkten wir nun allmählich, da stehen wohl einige in der ganzen Ecke herum, also n Dutzend – wenichstens – so im Kreis. Die kuckten aber bloß zu, wie zwei von denen, ein Jüngerer und n Älterer, wie die abwechselnd auf einen draufbleuten, der da am Boden – also jedenfalls der Ältere, von dem könnt ich et bezeugen. Die hatten ganich mitgekricht, dat jemand kommt. ›Da kricht einer Klassenkeile‹, sacht noch der Thiele – und macht, dat er in sein Corolla reinkommt, die Monika auch – weg sind se! – un lassen mich mit die Prügelperser alleine –«

»Perser?« – »Wat weiß ich.« – »Womit haben die geprügelt?«

»Hab ich dat denn nich schon bei Ihrm vorigen Besuch –«

»›Wenn‹, hatten Sie gesagt, ›*wenn* die sich prügeln‹ – also nun: Konnten Sie erkennen, womit die zugeschlagen haben?«

»Also nur noch der eine – aber womit? Dazu war't zu dunkel, und – zweitens – hab ich mich sofort verdünnesiert, kamen se ja schon um die Baubude drumrum: ob ich hier irgendwat suchte, pfiff mich da einer an –«

»Der eine – dat war doch n Türke, hasse gesacht – der hat dir doch gesacht, hasse gesacht – wie sachte der? – wenn dir dein Katoffelsalat noch lieb wär, sollteße schleunich verduften!«

»Nee, Mutter, du wirfßet allet duichenander: Ich Katoffelpuffer soll hier verduften. Sonz würden die mich zu Brei machen.«

»Ich sachet doch, zu Katoffelbrei.«

»Salat hasse gesacht, getz schmeißte aba wirklich alles untert Sofa. Nu laß mich domma endlich in Ruhe erzähln –«

»Is doch wohl egal, ob Brei oder Salat – ich fand dat oregenell –«

A. Hoffmann trommelt einen Marsch auf die geschützte Sessellehne. Das ist kaum zu vernehmen, aber Ilse hört nun lieber auf. Nach einer Weile endet der Marsch.

»Wie gesacht: Dieser Mensch, der mit dem Kartoffelspruch, der greift mich also regelrecht an, direkt am Schlawittchen, zocher mich aussem Verkehr, so dat ich –«

»Haben Sie sich mit dem geprügelt?«

»– och, kaum. Also wat ich Ihnen erklären wollt, dat ich nur, während ich mit dem so rummachte, nur halbwechs einen Blick riskieren konnte –«

»Hat dir doch noch n Tritt in n Aasch gegeben, datte drei Tage kaum de Treppe bis raufgekomm!«

»Mein Gott, Mutter! Sonne Einzelheiten intressiern doch den Herrn kein bißken.«

»Schon doch«, sagt Langensiepen. »Mir erzählten Sie ja was von einem Betriebsunfall.«

»Betriebsunfall? – Anton! Du Schuft, wieso denn dat denn?«

»Ich seh ja ein, Herr Hoffmann, warum Sie beim vorigen Besuch noch zögerten, darüber zu berichten. Sie waren eingeschüchtert –«

»*Der* un eingeschüchtert?«

»Zweifellos hatten Sie Angst nach diesen Drohungen.«

»Katoffelsalat«, lacht Frau Hoffmann. »Mein Addoff als Katoffelsalat.«

»Beschreiben Sie mir doch, sozusagen zur Wiedergutmachung, so genau wie möglich diese beiden Schläger. Wie sah dieser Ältere aus, also der da weiterschlug, weil er offenbar nicht bemerkt hatte, wie Sie sich näherten –«

Herr Hoffmann hält die Bierflasche über den Mund.

»Woraus schließen Sie überhaupt, daß er ›der Ältere‹ war?«

Die Flasche wird gesenkt, der Rest Stern-Pils gluckst. »Ne Glatze hatte der. Jawoll. Soviel war wohl deutlich zu erkennen. Der war ärstens kleiner als der andere. Und er hatte 'ne Pläte. Voll. Vollmond – fällt eim schon auf bei de Knoblauchs, die ham ja meist ganz schön volle Wolle.«

»Hm. Und das war alles? – um wieviel Uhr?«

»Eins rum.«

»Und der Schläger war Türke?«

»Ja nu! – getz könnten Se mich totkloppen – wie soll ich dat denn getz beweisen sozzesagen – nich wahr: der hat ja in dem Moment keine weiteren Erklärungen von sich gegeben –«

»Aber wie er aussah, wissen Sie ganz sicher? Ich meine, neuerdings wissen Sie das.«

»Ich sach nur, wat ich gesehn hab. Mähr weiß ich nich. Ja?«

»Danke. Nun haben Sie Ihre Carell-Show verpaßt. Dafür haben Sie beim Viehofer Vernetzungskrimi, na sagen wir: neunhundertfünfzig Punkte. Sollten Ihnen noch weitere Erinnerungen kommen – Sie wissen, wie Sie mich erreichen können.« Langensiepen steht auf.

»Krisse tausend Punkte«, droht Ilse mit dem Zeigefinger.

»Hörn Se! komm ich da getz – irgendswie in Ihrn Bericht? – womöchlich inne Zeitung oder so? also die – dat gefiele mir wie gesacht kein bißken, wie die da ihrn Kumpel allemachten –«

»Die Zeitung wird nichts bringen. Dafür sorgt schon die Zeitung. – Danke Ihnen beiden; Frau Hoffmann, achten Sie auf Ihren Mann, besonders samstags, wenn er die Thieles runterbringt.«

Die Eheleute schauen sich an.

»Wie meinen Sie dat«, fragt Adolf Hoffmann.

»Wir beiden müßten gelegentlich – unter uns Männern – ein bißchen weiterreden.«

»Mit *mir*? Nix da. Mähr als ich jätz gesacht hab, war nich!« Und um das zu unterstreichen, verschwindet Hoffmann grußlos, die Tür knallt.

»Also der kricht se noch, Lügenbolzen der! – Betriebsunfall? Schiß hatter gehabt!« Diesmal bringt Ilse Hoffmann den Gast zur Tür, mit schlappenden Schuhen. Steht dann noch oben am Geländer, geblümt und augenzwinkernd: »Der kricht se! heut mittach noch kricht der n Aasch voll! könn Se ein drauf lassen! – Aba hörn Se –« – sie beugt sich vor, über die Brüstung, spricht mit einemmal leiser, lockt mit dem Zeigefinger. »Wat ich Sie noch verra –«

»Ilse!«

»Lutsch mir doch die Tüte ab! N Schuft is der –« – sie zögert, schaut in die Wohnungstür.

»Ilse!« Sie zieht für Langensiepen die Schultern hoch. »Rufen Sie mich an«, sagt Langensiepen. Sie nickt heftig und schlappt zurück in die Wohnung.

Langensiepen fährt mit dem Lift hinunter. Unten versucht er, durch die Reihen fahrender Autos in die Mitte des Platzes zu kommen, in die Nähe der Arbeitenden. Am Zentralschacht wird ein runder Metalldeckel eingefaßt. Stahl in Beton. Jemand hat ihn bemerkt, er sieht, wie man sich aufmerksam macht. Der mit dem grünen Käppi faltet einen Plan zusammen, steigt über einen Schuttberg, kommt auf ihn zu. »Rudolf, guten Tag.« – »Hallo Kemal. Ich muß etwas mit dir besprechen – kannst du mit rüber auf die Bank?« Kemal nickt, geht stumm mit hinüber, wo vor der Kirche die Bänke stehen, sie setzen sich.

»Kemal, ich habe jemanden gefunden, der gesehen haben will, wie Iman umgebracht worden ist.«

»Du hast –? – wie?«

»Ich wußte schon vorher, von Röntgenbildern, daß ihm der Schädel – zertrümmert worden ist.«

Kemal starrt ihn an.

»Magst du?« Langensiepen bietet die indischen Tabakröllchen an, Kemal hört es nicht, sieht nicht hin. – »Ein Mann, der hier in der Nähe wohnt, hat ausgesagt. Es sei ein Älterer gewesen. Ein kleinerer. Ein Landsmann von euch, einer mit Glatze. Und gut ein Dutzend hätten drumrumgestanden und zugesehen.«

Kemal dreht sich zu ihm hin. »Landsmann?« Schüttelt den Kopf. »Falsch. Ich kenn keinen mit Glatze. Kein Türke hier in Essen.«

»Überleg mal.«

Er wendet sich wieder ab.

»Wo, meinst du, wohnen die, mit denen ihr euch geprügelt habt.«

»Nix. Hier bei uns nicht, in Essen nicht.«

»Wirklich nicht? 650 000 Einwohner, wie willst du wissen, daß sie hier nicht wohnen.«

»Ruhrgebiet ist groß, ja. Und diese Kollegen von den anderen Trupps, wo die Chefs uns die Arbeit kaputtmachen wollen, die sind so illegal hier wie wir. Kriegst du nie raus, wo die leben.«

»Vielleicht doch. Jetzt noch eins: Wer sind die Leute, die euch von Berlin und von anderswo hierhergeschleust haben.«

»Hab ich doch gesagt, hast du doch aufgeschrieben.«

»Nicht den Firmennamen brauch ich, den Namen wenigstens von einem dieser Leute, dieser Volvo-Leute.«

»Wohnen alle in Berlin.«

»Gibt es keinen, der ab und zu als Aufpasser reinschaut?«

»Ich bin der Aufpasser. Ich bin ja legal. Ich kriege Anruf, von Altenessen: Kemal, ab 11. August seid ihr Segerothstraße – heute morgen kam so ein Anruf.«

»Von wem.«

»Von einem der Berliner Typen, Krone heißt der, Jürgen Krone – was hast du von dem Namen. So nennt der sich – vielleicht nur, weil der die Zahnkrone hat. Spitzname.«

»Du hast ihn also schon gesehen.«

»Sicher, sogar heute morgen schon, sie haben nach dir gefragt – sieh dich vor, Rudolf. Aber er wohnt in Berlin, die alle von der TFA. Das ›T‹ heißt ›Treuhandstelle‹.«

»Aber der Trupp, mit dem ihr euch hier um die Arbeitsplätze streitet, von dem dieser Brezan dich angerufen hat, dein sogenannter Freund –«

»– der wohnt wer weiß wo. Vielleicht, kann sein, findest du, wo sie jetzt arbeiten. Wenn du 'n Auto hättest, müßtest du einfach Straßen auf und ab fahren, von hier ab: im Osten, bis nach Steele, Kray, Stoppenberg. Da findest du vielleicht den Bautrupp – meine sogenannten Freunde.«

»Okay, ich habe ein Auto ab heute nachmittag. Könnte sein. Noch was: Woher kommt Mahmed Brezan?«

»Ankara. Wie ich. – Ach Langensiepen, die findest du nie – hunderttausend Türken sind im Ruhrgebiet, und das sind nur die legalen. Einer mit Glatze? den Iman erschlagen? Ich glaub kein Wort. – Aber wenn du Leute brauchst –?«

»– mit Messern? mit Besenstiel, Spitzhacke? ein Toter ist einer zuviel. Kemal, ich kriegs allein raus.«

»Wär ein Wunder. Ist wie beim Kabel. Wird verbuddelt.«

»Und hängt doch alles miteinander zusammen, Mann! ›Detektiv‹ heißt auf deutsch: Ausbuddler. Rauskrieger.«

»Viel Glück im – im Rauskrieg.«

Sie sind aufgestanden, wieder die Umarmung. »Ich besuch euch wieder. Hast du es in den Nachrichten gehört? In Berlin, dein Namensvetter hat sich umgebracht.« – »Sie haben ihn umgebracht.« – »Die so was hier im Revier machen, die werde ich rauskriegen.« – »Viel Glück.« Kemal geht zurück zu seinen

Leuten. Verschütten. Rauskrieg. Langensiepen geht in die andere Richtung, will nun zu den rostenden Türmen hinter der Bahnlinie. Die Universität. Die ist draußen gebaut, außen vor der Stadt. Wie das Puff.

Er muß durch die lärmende, zugige Bahnunterführung, will wieder eine Walther-Rede halten an die Ratsherren, aber er sollte, findet er, ruhig bleiben im Rauskrieg.

Steht dann vor einem der Eingänge. Bredenfeld hieß der Mann. Wie find ich den. Er geht hin und her, liest Hinweistafeln, studiert Farblegenden, Übersichtspläne. Schließlich geht er in eins der Telefonhäuschen und will die Universität anrufen. Die erste Kabine schlägt ihn zurück mit Hitzegeruch; die zweite ist außer Betrieb. In der dritten bleibt sein Geld stecken. Er öffnet einige weitere Glaszellen, sieht dann eine Studentin telefonieren, stellt sich vor diese Tür, wartet, bis sie keine Münze mehr hat und ihr Gespräch beendet ist, hilft ihr beim Türöffnen; der Hörer mit ihrem Duft, Seife, Parfüm; er wählt die Nummer der Zentrale.

»Ein Herr Bredenfeld? wo soll der beschäftigt sein? Dozent bei uns? Assistent? Wo? bei wem?«

»Witvogel.«

»Professor Witvogel, na, das sagt doch schon eher was. Institut für Kommunikationsforschung.«

»Wo ist das?«

»Wir haben hier unser visuelles Leitsystem. Sie gehen jetzt vom Haupteingang aus –«

»Wo, bitte, ist der Haupteingang.«

»Kommen Sie von der Unterführung? Gladbecker Straße?«

»Ja.«

»Dann gehen Sie von dort aus in den Innenhof und orientieren sich am besten an den gelben Signaturen. Sind Sie dann im Bereich Gelb, dann –«

»Woran merke ich das.«

»Sind sie blind?«

»Fast.«

»Sie sind wirklich blind?«

»Geblendet, ich schließe hier lieber die Augen, sonst werde ich blind, taub und stumm.«

»Sie scheinen nicht ernsthaft interessiert zu sein an Professor Witvogel –«

»Zu ernst.«

»Also ich hab kein Zeit, hier flackern fünf Apparate – keine Zeit für Blindgänger.«

Langensiepen geht aus der heißen Glaskabine, setzt sich auf eine Mauer, schließt die Augen. Öffnet sie dann vorsichtig wieder, inspiziert noch mal den Eingang, die Farbschemata. Taucht seine Hände in ein Brunnenwasser, in dem Milchpakkungen schwimmen. Tut sich Wasser in den Nacken, auf die Stirn, geht dann durch das Gebäude in den Innenhof. Weiträumiges Kunstland, hier ist es ruhiger, gibt es Rasen, Wasser, einen Teich; auf den Bodenwellen, auf gilbendem Gras sitzen, liegen Leute. »Das Institut für Kommunikationsforschung?«

»Keine Ahnung.«

Er geht weiter, fragt einen anderen. Der zuckt die Schultern.

»Wieso wissen Sie das nicht.«

»Ich mach Literatur. Musikgeschichte. Wieso soll ich –«

»Na gut. Wo gibt es in einer älteren Oper den Text ›Besser was als nichts‹?«

»Nirgends.« Der Student hebt sein rechtes Bein, das er auf sein linkes Knie gestützt hatte. Setzt den rechten Fuß auf den gelben Rasen, hebt statt dessen das linke Bein und legt es auf das Knie des rechten. »Da können Sie sicher sein: Vor 1900 nirgends.«

»Besten Dank.« Langensiepen wendet sich wieder an die Wände, sucht ringsum die Gebäude ab. An allen Türen in der Tat Farbsignale. Gelb ist wiederholt dabei. Große Zahlen und Buchstaben ebenfalls.

Er wählt einen der Eingänge aus, geht dort einfach mal hinein. Findet Tafeln, Hinweise. *Ihr Standort.* Er glaubt eine Ahnung zu bekommen, wie alles gemeint sein könnte. Geht Flure, steigt Treppen; wer sich hier durchfindet, hat die erste Auslese schon überstanden. Die Gebäude als Vorprüfungen, Architektur als Feuerprobe der neuen Freimaurer. Entdeckt dann zum erstenmal den Namen des Instituts – vertut sich nur noch zweimal in der Stockwerkhöhe, findet dann, im offenbar gelben Bereich, die Tür *Witvogel, Anmeldung im Sekretariat, zwei*

Türen weiter. An der Sekretariatstür hängt maschinengetippt ein Hinweis auf die Semesterferien. Aber es gebe Sprechstunden, auch im August. Mittwoch, den 11. 8. um 10.00 Dr. Bredenfeld. Schon morgen, na bitte; die schriftlichen Arbeiten zum Seminar ›Rundfunk im Dritten Reich‹ müssen spätestens bis Ende August im Sekretariat –

Er geht zurück. Die Flure, die Treppen hinunter, in den Innenhof; auf den Wiesen weiterhin einige, die lesen, liegen, schlafen; hinaus vor den Eingang Ost, durch die brüllende Unterführung zurück auf den Viehofer Platz, über dessen westliche Ränder.

»Hotte, gib mir Sprudel.«

»War't so fuachbar?»

»Kann sein, ich hab mich nur dumm angestellt.«

»Übrigens war Presse hier.«

»Presse?«

»Kaum datte wegwarß. Fotografen un so, auch Färnsehn. Drüben anne Sankt Gertrudis sind se rein.« – »In die Kirche?« – »Jau! in dat schwatte Türken anne Seite. Hinterher kam einer hierher, brauchte n Bierken un hat erzählt. Von der Kirche aus, da gäbet ganz schöne Anlagen untere Erde, der nannte dat Katakombe. In drei Tage gehdet doch hier los, dat ganze Ruhrfärnsehn, und da müßten se getz gede Ausgabe wat melden oder n Fotto minnigens.«

»Haben sie was von der Oberfläche fotografiert?«

»Nee. Is ja nix zu sehn außer de Satellitenantenne aufe Gertrudis.«

»Und die Arbeiter?«

»Wat du dir schon widder denks – als wär n Aabeiter interessant fürre Essener Zeitung!«

»Hast ja recht. Jetzt zeig mir das mal genau: Durch welche Tür gingen die?«

»Direkt die unter dem rechten Turm, die schwatte, die kleine schwatte, da kannze runter inne Unterwelt!«

»Hotte, du Auge des Viehofers – tschüß.«

»Frohes Schaffen.«

Langensiepen geht die Viehofer Straße hinauf. Siggis Siegespalast saugt an, hier wird schon wieder ernsthaft gearbeitet; da will er nicht stören, geht weiter hinauf, an Toscanis Vanillegeruch vorbei, am verkauften Rathaus, am 1000jährigen Münster. Findet gegen den Strom der Gehenden immer die Lücke, die eigene Bahn; die Füße machen das selbständig. Aber man gibt Signal, Kopf und Blick nach rechts sagt dem Gegenüber, ich werde an dir rechts vorbeigehen.

Kopf nach rechts zeigt bei Baedecker *medienpolitische Fachliteratur,* nach links die Lichtburg. Die lockt in den neuesten Agenten-Thriller *für die ganze Familie.* Hinter dem Glockenspiel sieht er eine Gestalt, deren Schritt, deren gestörten Gang glaubt er zu kennen; den holt er ein, das ist Kirchberg. »Hallo, Herr Doktor, kennen wir uns nicht –«

»Ach ja, der Detektiv. Was macht denn Ihre Leiche.«

»Ist ordnungsgemäß zersägt und in allen Teilen als Unfallopfer anerkannt – darf ich Sie zu ner Tasse Kaffee einladen.«

»Aber nur n Augenblicksgen. Ich soll nämlich zu unserer Bettenfiliale an der ›Freiheit‹, bei denen is einer ausgefallen und –«

Sie sitzen vor dem ›Café Overbeck‹, Langensiepen bestellt und sagt: »Ich bin im Moment nur hinter Unklarheiten her. Nur soviel: Körfgens andere Tochter, die, die nicht an den SA-Mann aus Herne geriet, muß einen tüchtigen Unternehmer geheiratet haben, jedenfalls hatte der eine Nase fast wie der Alte und hat ganz wie im alten Wilden Westen Arbeitsstellen vermittelt und Wohnungen, zwar nur Baracken, aber alles ganz unkompliziert und unbürokratisch, ohne umständliche Belästigung der Meldeämter. Tja, es gibt eine oder gar mehrere Berliner Firmen ›Körfgen Nachfolger‹. – Genaueres erfahre ich in den nächsten Tagen. Und diese Nachfolger haben auch den Mann vermittelt, der in der Grube gefunden wurde, Iman Honva.«

»Und warum mußte der in die Grube?«

»Verteilungskämpfe. Es gibt lebhaftes Interesse daran, daß es wie Unfall aussieht. Oder daß man am besten gar nichts sieht –«

»Sie verbrennen sich noch Ihre Finger. Können Se sich dat denn als Privatdetektiv einfach so leisten? einer gegen alle? wie wolln Se da je wieder an Aufträge ran –«

»Machen Sie's anders? Wahrscheinlich kriegt so was *nur* noch ein einzelner raus. Einer, der wie Sie –«

»Am Ende sind Sie unmöchlich hier in Essen.«

»Werden wir sehen. Aber was sagt denn der Archivar dazu, daß noch heute der alte Grund, auf dem mal die Körfgen-Villa stand, daß der nun Körfgens Nachfolgern gehört und daß nun auf eben diesem Grund scheinbar die Schaltstelle unseres Revierfortschritts installiert wird. Ein kapitaler Mumpitz sei das, hat mir ein Postreferent versichert. Man betritt diese ›Kopfstation‹ durch die Gertrudiskirche.«

Kirchberg blinzelt in die Sonne. »Gott Gustav, manchma bin ich froh, dat ich mich bloß mit historische Fälle plagen darf – wer da nu wieder mit wem und wie – diese Stadtratten! Unausrottbar. Ich beneide Sie nicht –«

»Eine andere Frage. Heute morgen hab ich genauer wissen wollen, warum jemand hinkt. Und plötzlich wußte ich –«

Kirchberg lacht. »Und jetzt sagen Se bloß, Sie ermitteln getz auch gegen mich Hinkepot!« Die Serviererin, jung, eine Ferienaushilfe, bringt die Kaffees, will gleich kassieren. Während Langensiepen zahlt, fragt er: »Wahrscheinlich im Krieg, wie? – wenn Sie's nicht beantworten wollen, bitte! dann –«

Kirchberg, der Synagogen-Archivar, nimmt sich einen ersten Schluck Kaffee. »Sie haben vielleicht eine Art – aber na schön! Und wenn wir hier schon sitzen, in der Kettwiger, da erzähl ichs Ihnen mal so: –« er trinkt einen weiteren, vorsichtigen Schluck, setzt die Tasse ab und schaut sich um. »Im Anfang der Fünfziger, in den ersten Adenauer-Jahren, da is dat gewesen –«

»– als Karl Lomberg den Kranz für seinen Vater niederlegen wollte – Sie zeigten mir seinen letzten Brief –«

»– kürz danach. Da war ich aktiv dabei. Wann immer irgendswat gegen Adenauers Remilitarisierung lief. Hier inne oberen Kettwiger, da hammer demonstriert. Flugblätter verteilt. Genau hier, wo wir getz sitzen. Weil hier schon immer der dichteste Betrieb war. Weil wer uns hier im Gewühl am besten verkrümeln konnten, wenn Polente auftauchte. Und ich kann Ihnen sagen – un dat is dann auch schon meine Antwort – die zogen damals ihren Knüppel duarch! dagegen is dat heute eher Räuber und Schandarm. Oder Ritterdrama. Wenn ich dat so seh im Färnsehn, mit Helme und Schilder wie die letzten Hunnen? – nee, damals gingen die sofort zur Sache. Dat wissen heute die wenichsten. Nich umsonst gabet hier in Essen nach fümmenvierzig den ersten Toten bei Demonstrationen. Erschossen vonne Polente. Darauf hat doch der Brecht noch in seinem Gedicht, im ›Herrenburger Bericht‹, losgestänkert, wat se dann nie genehmigt haben zur Uraufführung hier drüben hintere ›Freiheit‹, anner Brechtstraße – na, diese SPD-Stadtratten, diese sogenannten linken Stadträte – ich kann Ihnen sagen – knüppeln lassen se nich mehr, aber dat se weniger reaktionär wären, dat kann ich nich behaupten.«

»Diese Knüppeleien damals, Ihr Flugblattkrieg, der beschädigte also damals Ihr Gelenk – oder wie –?«

Kirchberg nimmt sich wieder seine Tasse. »Ich klage keinen Einzelmenschen an, dat is zu billig und is auch viel zu kurz gesehen. Schon vorher – die fünf Jahre hinten im Panzer. Ich erzähl Ihnen lieber wat Lustiget. Da drüben, da is doch die Hauptpost. Wir mit unseren Fluchblättern gegen die Atomwaffen – tja, schon damals. Und weil wir ja auch nich Lust hatten, egal verbläut zu werden, ham wer uns schließlich n Trick ausklamüsert. Einer von uns hatte n Vatter bei de Post, hat gewußt, wie man da auf dat Flachdach raufkommt. Und da oom ham wer dann, direkt an der Kante von dem Dach, ham wir ne Wippe aufgestellt, ganz einfach: Ein Brett quer über n Balken, also als Wippe – auf der einen Seite auf dat Brett n dikken Stapel Fluchblätter, dicht am Rand – erst mal mit'm Steinchen oom aufe Blätter, dat die nich schon gleich wegflatterten – aufm andern Ende vom Brett ein Eimer Wasser. Der Eimer bis obenhin voll, aber er war angebohrt. Langsam lief dat Wasser also da raus – wir uns verdünnisiert. Zuärst war der Eimer schwerer als die Blätter, aber dann, nach so fünf Minuten oder n bißken länger, da wurden die Blätter schwerer – und – kippten, bautz, dat Steinchen runter und die ganzen Fluchblätter gegen dem Strauß seine Aufrüstung, die purzelten übbere Kante und trudelten munter abwärts. Der Wind, der is da ja genau günstig – in der Regel: Südwest – der wehte dat alles exakt hier rein, inne Hauptstraße, mitten in dat Menschengewühle, wo wir hier getz sitzen – und währenddem waren wir dann ja schon längß ab übbere Berge – nix mehr mit Knüppelei und so. – List, sacht der alte Brecht, List is dat Wichtichste.«

»Sie müssen öfter erzählen.«

»Hier is jede Straße proppenvoll mit so Geschichten – aber wer will die denn hören! Die Jugend heute? brüllt sich die Ohren voll, hauen sich elektrisch ihrn Kopp zu. – Is do wahr. Früher warn de Aabeiter froh, wenn se aus ihre Fabriken na Haus kamen, dat die ärß ma ihre Ruhe hatten – heute, mit dem Getöse? Da verblöden die sich freiwillich – tja, erklärt mir mein Enkel, wat willze denn Oppa, die da oom machen ja doch, wat se wolln – der alte Spruch – wissen Se't noch? ›Ein Rochus wie auf Körfgen‹ – dat is vorbei! Es regiert das Geschäftsfärnsehen. *Privatfernsehen?* heißt dat? Narkose! nenn ich dat. Ruhichstellung. Und ich seh doch schon, wie die auch unsere Aachive – die werden se genauso auf Computer zusammenstutzen. Erzählen? öfter erzählen? Sie Naivling. Spätestens in zwanzich Jahre, Langensiepen, da werden Se keinen mehr finden, der Ihnen noch wat erzählt! Weil't keiner mehr kann. Egal ob vom Weltrekord im Baldeney oder vom Putsch der Aabeiter am Buichplatz oder von Körfgens Wildem Westen oder vom Runterknüppeln gegen die ersten Friedensfreunde – bis dahin? da gibtet dann nur noch Disketten. Un kommt dann so n seltenen Heiligen wie der Langensiepen, dann drückt der dat Nümmerken für ›Körfgen‹ – und nur wenn er Glück hat, findet er noch irgendn Hinweis aufn Buch und wenn er großet Glück hat, dann sogar auf sowat wie den Brief von dem Karl Lomberg: ›Für Euch wird nun noch eine schwere Zeit kommen‹. – Tja. So iset. Ich muß jetzt rübber, zur ›Freiheit‹. – Schönen Dank auch un toi toi toi!«

Der hinkt davon. Langensiepen schaut ihm nach. Widrig. Sieht, wie Kirchberg zwischen den Gehenden verschwindet. Langensiepen geht zwischen ›Handelshof‹ und ›Essener Hof‹ hindurch zum ›Haus der Technik‹. Dienstzimmer 302? Bitte in den dritten Stock, dort den Flur rechts. – Durchquert das kühle leere Haus, findet das Zimmer 302. »Ist hier, bitteschön, im Innendienst der Universitäten eine Briefsendung aus Dortmund für mich eingetroffen?« Er nennt seinen Namen, die

Dame schaut nach, nickt, er muß eine Empfangsbestätigung unterschreiben. Der große braune Umschlag, vielfältig zerknittert, zeigt mehrere ältere Adressierungen, frühere Ruhrtouren hatten zu Universitätsstellen in Bochum und Duisburg geführt, einmal nach Wuppertal, zuletzt an die Folkwangschule; von dort hatte ihn der Innendienst zurückwandern lassen nach Dortmund zu Professor Lutz.

Draußen die Helligkeit, es ist fast zwölf. Er hat zu lange mit Kirchberg – nicht lange genug. Wenn nun die Bergmann schon mit Sack und Pack, vor seinem Kaufhaus steht? – er drängt sich zur Ruhe. Bleibt vor dem ›Handelshof‹ mit Absicht stehen, liest eine Inschrift. ›... erste Pächter dieses Hotels waren die Eltern des Volksschauspielers Heinz Rühmann, der hier, in der Kettwiger Straße 1, zur Welt kam. Nach zwei Jahren mußten sie das Unternehmen ...‹ Und der Sohn mußte anderes können als das Hotelfach. Voller Geschichten. Und oben auf den Bau setzen sie Leuchtbuchstaben, schaufenstergroß. DIE EINKAUFSSTADT. Vormals: DIE WAFFENSCHMIEDE –

Er taucht wieder ein in den Konsumkanal, in die Kettwiger, fühlt sich eingesogen, vor dem Glockenspiel stehen sie, gleich ist es Mittag, der Stadtgründer wird erscheinen, die Schmiede, die Vögte, und einen von denen hatte Walther nicht mal foltern wollen, nein – zur Hölle mit dem.

Unterm ›Wachsamen Hähnchen‹ betritt er eine Telefonzelle, die scheint nicht zerstört, mit dem Fuß hält er sich die Tür halb offen, damit Luft hineinweht. Er wählt, Vordenbäumen ist zu Hause. »Wann läßt du dich endlich wieder im ›Pümpgen‹ sehen. Wenn man dich braucht, spielst du die Diva. Was weißt du über Unterkünfte für illegale Arbeitstrupps, vor allem Türken und zwar in deinem Essener Norden.«

»Mit Sicherheit kenne ich nur eins: Vogelheimer Straße.«

»Eben diese Adresse habe ich inzwischen selber herausgeschnüffelt – hättste dich mal blicken lassen, hätte ich unerfreuliche Ellenbogenarbeit vermeiden können.«

»Warum haste mich nich angerufen?«

»Dazu mußte ich erst mal wissen, was ich wissen mußte. Inzwischen muß ich wissen, wo sonst noch Illegale gelagert werden. Ich such nämlich einen mit Glatze, aber ohne Holzbein.«

»Damit du das arme Schwein verhaften lassen kannst? nein, da mach ich nicht mit.«

»Kann sein, die illegale Glatze ist die Erfindung von einem, der damit von sich selber ablenken will. Wenn ich den Mörder von Iman Honva finde, dann erheben die mich glatt zum Emir.« – »Zum Sultan.« – »Und Vordenbäumen kommt in meinen Harem, als Holzbeindiva. Tschau, Vordi.«

Er geht hinaus, hört die Münsterglocken. Radio Fern verspricht die Programme der Zukunft, gesegnet von Karajan in betender Haltung. Hinter einer plastikgrünen Häuserecke im Wind eine Flötenstimme; Langensiepen biegt unterhalb der Marktkirche nach Westen, hier stand das alte Krupphaus; das ›Stammhaus‹, das dann auf dem Werksgelände nachgebaut, zerstört und wieder nachgebaut wurde. In den gläsernen Quadraten sieht er das schiefe Häuschen. Koppstatt und Krupp?

Vor dem Kaufhaus, schon jetzt, wartet ihr Jeep. Bepackt bis über den Überlaufbügel. Regalbretter, Zimmerpflanzen, Kleiderbündel. Langensiepen steht noch so da und schaut, da kommen Rosa und zwei junge Männer aus dem ›Pümpgen‹, sie lacht, umarmt ihn. Sie seien früher fertig geworden als gedacht, es wird gegrinst, er schaut die Männer an, ist sich nur in einem sicher – er würde jetzt nicht beschreiben können, was er empfindet. »Dies ist Peter, dies ist Frank.« Sie schütteln sich die Hände. Die beiden tragen weiß bekleckerte Anstreichklamotten, sind groß und bärtig. »Hier hast du das zweite Schlüsselbund«, sagt Langensiepen, »der runde Sicherheitsschlüssel ist für die Tür hier unten, im Lieferantentor, an Sonn- und Feiertagen. Und nachts. Der eckige Sicherheitsschlüssel ist oben für die Baracke – für beide Eingänge.« – »Und dieser große Bolzen?« – »Für die Metalltür: von der Treppe aufs Dach.«

Rosa nimmt die Schlüssel wie einen Blumenstrauß – hält sie empor und gibt ihm einen Dankekuß. Dann ihre schnelle Drehung, sie hätten im ›Pümpgen‹ zu trinken bestellt, »seit sieben Uhr im Trab, bis jetzt die Zimmer renoviert.« – Sie gehen in Mönninghoffs Kneipe, Rosa vor ihm her, sie trägt Blaumann-Klamotten wie die Kerle, mit weißen Farbspritzern.

Langensiepen, unter dem Arm immer noch den braunen Innendienstumschlag, setzt sich an die Theke, neben sie, bestellt seinen Kaffee. Die redet mit diesen Kerlen sehr schnell, in guter Verständigung, die frotzeln und erzählen, Rosas Bett sei zu breit gewesen fürs Treppenhaus, da hätten sie's aus dem dritten Stock an einem Seilzug in den Hof runtergelassen. – »Die Nachbarn ham vielleicht gekuckt!« – dies riesige Bett, sittenwidrig, Rosa sei für die doch das ›Fräulein Berchmann‹ gewesen – am Ende hätte sich das prompt im Rosenspalier verhakt, so reden die und lachen und kennen sich; der Frank sei, erklärt Rosa, Gärtner, aber auch Bäcker, übermorgen abend würde er's ihnen beweisen; und der Peter sei Maurer, »aber auch in Elektronik ein As«. Langensiepen spürt, obwohl er immer wieder zu lachen hat, daß seine Lachmuskeln krampfen. Er ist froh, den Kaffee zu bekommen, den vor den Mund halten zu können.

Wie oft hatte er Sorge, im Nachbarraum könnte jemand eingezogen sein; und nun? – öffnet er selber? »Heut nammittach«, hört er den Wirt reden, »da kommt der Bramkamp. Kam eemt vorbei vom Einkaufen – da kannzen ja ma löchern: von wegen ›Colosseum‹!« – »Danke, Kalla.«

Er spürt Rosas Hand auf der Schulter. »Um es nun auch dir zu sagen, Langen: halt dich fest! Ich bin geflogen. Schluß mit Polizeidienst. R wie rausgeflogen! Nich so wie du, wegen Durst, nee: ich tatsächlich wegen unsittlichen Lebenswandels – Die Einzelheiten später mal – beziehungsweise bald.« Langensiepen nickt, obwohl er verwirrter ist als zuvor.

Die drei haben ausgetrunken, der Durst der Möbelpacker. Rosa zahlt; dann geht es hinaus zum Jeep, jeder greift sich ein Teil, Langensiepen hat nur zwei Lampen erwischt, hölzerne Schwenkarme, Scherengitter, er will noch mehr nehmen, er soll das lassen, er soll ihnen die Türen öffnen, den Weg zeigen. Führt sie in den Lift, zeigt, erklärt auch den Jungen alles; oben auf der Kiesfläche rufen nun auch dieser Peter und dieser Frank die Bewunderungstöne, ›ideal‹ sei diese ›Gipfelhütte‹, diese ›Eigen-‹ und ›Überwelt‹ – Rosa hätte recht gehabt mit ihrem Entschluß.

Die drei sind vor ihm in die Baracke gegangen, Langensiepen, die Scherengitter in der Hand, sieht noch die Tauben am Himmel, auch das Stahltier, wie es in Richtung Düsseldorf sackt. Von drinnen Rufe, Rosa freut sich laut über die veränderte Barackendecke, über die Balkenfreiheit, die wäre das erste gewesen, was auch sie hier gebastelt hätte – wieder kriegt er einen Dankekuß.

Langensiepen, der Handwerksmann. Auf die Balken kommen die Lautsprecher, sagt sie und hierhin das Bett, na klar. »Hey, ich freu mich so.« – »Die Leitung des Hauses hat nichts gegen Weitervermietung, solange ich selber keine Einwände erhebe.«

»Heißt dat etwa, du erhebst?«

»Das heißt, das du dich meiner Hausordnung zu fügen hast.«

Die drei machen Lärm, stampfen in der Runde, schwingen die Arme: »Hab ich et euch nich gesacht? – der is wonnich!«

»Wenn ihr mich braucht –«

»Such gefällichst deinen Mörder!«

Er geht in seinen Wohnraum. Öffnet dort den Universitäts-Innendienstumschlag, liest, hört aber zugleich, wie sie nebenan reden, lachen, wieder über den Kies gehen, die Tür klappen. In der Hand hält er einen Sonderdruck aus den ›Gewerkschaftlichen Monatsblättern‹, Heft 6, ›Bewußtseinsverändernde Medien‹ hieß der Vortrag. Draußen bleibt es still, er legt sich auf sein Bett. Der Bildschirm biete nicht, wie es scheine, Bilder, »sondern«, so erklärt Professor Lutz, »er schießt pro Sekunde Millionen einzelner Lichtpunkte ab, und zwar mit 25 000 Volt über elektromagnetische Strahlen. Millionen Punkte, die ständig wechseln und erst vom Empfänger zum Bild zusammengesetzt werden.«

Langensiepen schaut vom Papier auf, nimmt Bilder wahr; den Knochenkopf oben im Dachschatten, leicht in Bewegung. – ›erst vom Empfänger‹ –.

»Diese viel zu rasch abgeschossenen Scheinbilder können von der linken Gehirnhälfte, die für das Vergleichen und Erkennen zuständig ist, nicht verarbeitet werden, fließen dort sozusagen ungeklärt durch und gelangen ins visuelle Zentrum der rechten Gehirnhälfte – unbewußt – unterbewußt. Das

Bewußtsein, die linke Hälfte, hatte kapitulieren müssen. Fernsehen, egal, welche Art Programm man sieht, ist per se eine Tätigkeit, die unsere kritischen Möglichkeiten überfordert. Fernsehen, obwohl es ständig den Schein davon erweckt, ist keine Information, sondern –«

Das Telefon lärmt. Am Apparat ist Ilse Hoffmann, die Frau des Hausmeisters.

»Hörn Se. Mein Mann is getz unten, Treppe kehrn. Wir ham ja hier die Häuser sechs bis vierzehn –«

»Warum rufen Sie an?«

»Ich wollt Sie doch noch wat sagen – der Schuft, der Addoff, der hat Sie verkohlt. Der falsche Fuffziger, der is ja in Waaheit is der ärß kuarz nach drei is der widder hier raufgekommen.«

»Sonntag früh? Nachdem er nur kurz Ihre Freunde, die Thieles, hatte runterbegleiten wollen, zum Auto?«

Die Frau schweigt.

»Kurz nach drei?«

»Ich habbet genau gehört. Dreima hat die Glocke gepengelt, die vonne Gertrudis. Wenn ich nich schlafen kann –«

»Ich denke, Sie schlafen fest; ›ohne Traum‹ sagte mir Ihr Mann.«

»Der erzählt viel, wenn der Tach lang is.«

»Hat er Ihnen erzählt, wo er so lange gewesen ist?«

»Eemt nich.«

»Was vermuten Sie?«

»Wär gut, wenn *Sie* dat ma n bißken rauskrichten bei der Gelegenheit. Schietendick warer. Stuarzvoll – un ne kaputte Hose onnoch, am Knie, falls Ihnen dat weiterhilft, allet voller Lehm.«

»Die Thieles, wo wohnen die?«

»Stoppenbärch, Hallo-Straße sippzän.«

»Danke. Sie hören von mir.«

»Eh der mir stiften geht, hab *ich* en am Kanthaken, Herr Langensiepen.«

»Haben Sie schon einen Verdacht?«

»Aba dat sach ich Sie doch die ganze Zeit!«

»Tut mir leid – ich habs nicht bemerkt.«

»Mann Sie – der is ärß um nach drei – *nach* drei! – hier widder aufgetaucht! un wo warer? schietendick wie er war? Mann, doch widder bei de Schicksen. Drüüm im Pornoladen. Sowat, dat könn wir uns doch kein bißken leisten! kleine Leute – allet wat übberich is, trächt der nache Weiber. Video is noch nich bezahlt, Kassetten kosten n Heidengeld, nu musset natürlich onnoch dat Kabelfärnsehn sein. – Ich weiß überhoppt nich mähr, wie dat allet ma enden soll! Also, Herr Langensiepen – wenn Se dat rauskrichten, *ein* Beweis, ja? dat der –«

»– im ›Freizeitpalast‹?«

»Jau! – die Krücke. Dann könndich vor Gericht gehn, wärichen los, den Schubiak, un müßt ich mir nich mehr alles gefallen lassen. Der Addolf schlächt ja sofort los – wenn der dat gewahr würd, dat ich Sie angerufen hab? der? mich sofort ein inne Schnauze.«

»Frau Hoffmann, wahrscheinlich kann ich Ihnen helfen.«

»Klasse wär dat!«

Er hört, daß sie schnieft, nicht mehr sprechen kann. Auflegen muß.

Er legt den Hörer zurück, schaut eine Weile in die Balken hinauf. Die Spur des Windes. – Hört von nebenan wieder Gelächter, Rufe.

Zieht sich wieder die ›Gewerkschaftlichen Monatsblätter‹ heran. »Fernsehen, obwohl es ständig den Schein davon erweckt, ist keine Information. Versuche belegen immer wieder, daß unser Steppen- und Steinzeitgehirn vor dem Bombardement der flackernden hochfrequenten Scheinbilder einfach ausschaltet. Hypnose und ausgiebiges Fernsehen erzeugen nahezu identische Zustände. Beide erregen, wie jede Droge, einseitig den rechten, den Visualbereich des Hirns.« Fernsehen, so sagt es Professor Lutz, sei die ›am weitesten verbreitete Einstiegsdroge‹. Wobei – im Gegensatz zu aller geistigen Konzentration – dieses Fernsehen die Einbildungskraft nicht willentlich und eigentätig von innen aktiviere, sondern von außen füttere, steuere, fremdbestimme, brachlege, lähme.

Langensiepen legt das Papier auf das Regal; nebenan wird geklopft, gehämmert. Er versucht, sich zu konzentrieren. Von

›innen heraus‹. Er hört, wie Kirchberg von ›Ruhigstellung‹ geredet hat.

Er richtet sich auf, hört eine Weile die Schritte nebenan – die laufen wieder hinaus. Er steht auf, geht auf die Toilette, wäscht sich, betritt den Kontrollraum, schaltet die Bildschirme durch. Pro Sekunde Millionen Lichtpunkte. Erst der Empfänger macht sich sein Bild. Er löscht die Geräte, geht wieder zurück, bleibt stehen. Er müßte jetzt nach Stoppenberg. Hallo-Straße siebzehn. Müßte. Sollte. Und hört, wie von der Treppe her die Dachtür aufgestoßen wird. Stimmen aus dem Treppenbauch. »Ja, es reicht«, »Mehr nach rechts«, »Ich habs.« Schritte im Kies. Dann im Nebenraum.

Er geht hinaus, ruft denen durchs Fenster zu. »Bin im ›Pümpgen‹.« Springt die Treppe hinab bis in den sechsten Stock, gibt sein Schlüsselbund in den Schnelldienst. »Von jedem zwei Stück. Ich hol die in zwei Stunden.« – »Machen wir, Herr Langensiepen.« – Er wendet sich, von Stockwerk zu Stockwerk, grüßt und nickt sich nach unten durch. Man kennt ihn, schätzt ihn. Dankeküsse.

Im ›Pümpgen‹ grüßt er Kalla.

»Wer war denn dat nu wieder«, will Kalla wissen.

»Meine neuen Untermieter.«

»Au weia. Bis aba n Menschenfreund.«

»Bitte zweimal Mett.«

»Brötchen oder Brot.«

»Beides. Und Wasser.«

»Brot und Wasser. Den aamen Langensiepen. Der reißt sich widda ma n Beinken aus. Für andere.«

»Kommt drauf an, wat für n Beinken. Hähä.« Das war Walter Kumpmann. Langensiepen dreht sich um. »Wie gehts dir? Kuckste wieder durch?«

»Wat soll dat. – Hatte ja nur n Augenblicksgen sozusagen die Besinnung nicht mehr ganz zur Verfügung. Un du machs gleich wieder n Endspiel draus.«

»Warst ganz schön daneben.«

Karl-Heinz Mönninghoff serviert: »Hier hasse Mett auf Brötchen, auf Brot. Un Wasser, macht vier Mark achtzich.«

Langensiepen zahlt und trägt seine Mahlzeit in den Hintergrund, neben den Walter Kumpmann. Auch Bramkamp steht dort, »Woffgang« nennen sie den.

»Tachchen«, grüßt der.

»Der Kalla sagt, du wüßtest Bescheid über diesen, also wie er nun wirklich heißt, weiß offenbar niemand –«

»Na über diesen Krittiker! den kaputten im schwatten Mantel!« ruft Mönninghoff von der Theke her.

»Josef Rempart. Nennt sich zwar öfter mal anders, neuerdings am liebsten Otto zur Linde, is n verkorksten Essener Dichter von vorigen dammals – aber heißen tut er Rempart. Wa ma ne Spitzennummer inne Essener Musik. Hat nur leider ne Macke.«

»Mitten weggeworfenen Doppelaxel inne Zirbeldrüse, hä!« lacht Kumpmann.

»War der Rempart nich früher im ›Colosseum‹?« fragt der Wirt.

»Aber ja doch«, weiß Bramkamp, »›Colosseum‹ war sein Hauptrevier. Deswegen turnt er ja noch heute rings ummen Kopstadtplatz.«

»Karl-Heinz und Wolfgang«, meldet sich Langensiepen, »erklärt mir endlich: Was lief im ›Colosseum‹!«

»Wat da lief?« fragt Kalla. »Alles!«

Kumpmann präzisiert: »Da gabet nix, wat et nich gab. Flotte Bienen, Kaputtnixe wie den Rempart und Konsoaten. Stenze, Knacker, die Öligen, die Dämchen untie Eumels mitte Klunker – dat ganze ›Colosseum‹: dat wa überhaupt nur so n einziget Geklunkere.«

»Gekungele!« korrigiert Bramkamp.

»Nix da, Woffgang – war haamlos alles. Amateursport! Nee – gekungelt wurde ganz woanders: inne ›Börse‹! im ›Hotel Vereinshaus‹, bei de Logenspezies – nee, dat ›Colosseum‹ war nur wat fürre Lappesse, fürre –«

»Für wen?« ruft Langensiepen.

»Lern erß ma n anständiget Deutsch, Kumpmann!« mahnt Kalla, »bevorße dich hier einmischt in sonne Gespräche. Solltes erß ma n Kuas belegen bein Predichkeit oder wie der Rempart sich grade nennt –«

»Wat denn wat denn? Lappesse sind Lorbasse«, erklärt Kumpmann.

»Danke. Nun weiß ichs exakt.« Langensiepen kaut Mett und Brot.

»Nu mach doch unsern Langensiepen nich alle«, bittet Bramkamp, »der interessiert sich für unsere glorreichen Zeiten, dann soll er't auch hören: ›Colosseum‹? Dat war Kintopp. Dat war Varieté. Früher soga Operette, Revue! – später mehr Tanzcafé – allet dat, watte heute vergebens suchs in diese Plastik-City.«

»Und das ›Eldorado‹ im ›Freizeitpalast‹? Ist das nichts?«

»Huch!« ruft Kalla, »In sowat krisse mich nich mit zehn Gäule rein! kannze doch gleich zwei Blaue im Schornstein pusten, nä, für Tittenschlenkerbar, da sind mir die Kohlen zu schade.«

»Mit anderen Wörtern«, erklärt Bramkamp, »seinerzeit gab et dat Geglitzere für jedermann.«

»Jau«, ergänzt Kumpmann, »unsern Oppa soga hat sich da blicken lassen, zum Billard und zum Skatkloppen. Molche, Macker, Herrschaften, Freier, Kotzbrocken, Schlaffis, Schicksen, *alle* warn se da! Pinkel, Ritzenschieber, Saftärsche, Seger, Fuzzis. Un am öftesten die Stenze und die Scheiche. Mit andern Wöatern: Lappesse un Lorbasse.«

»Danke«, murmelt Langensiepen und bemerkt zugleich, wie er in Gedanken eher acht Stockwerke höher ist. »Heute ist von all dem nur noch Kallas ›Pümpgen‹ übrig, wie?«

»Heute hammer't Fäansehn«, sagt Walter Kumpmann.

»Wieso?« fragt der Wirt, »kannze dich im Fäansehn produzieren? Du packß dich doch bloß im Sessel und muß dir bieten lassen, wat kommt – jeden Schwachsinn – hasse da je auch nur ne Chance? mitzumischen?«

»Dat Knöppgen habbich! zum Abschalten!« ruft Bramkamp.

»Nix da«, befindet Kumpmann, »dat neue Ruhrfäansehn is Büagerkanal! – da sind wer selber am Drücker! ›Rückkoppelung‹ total – jeder is gefracht!«

»Dat seh ich ja schon«, tönt es von der Theke her, »dat weiß ich genau, wie unsern Waller Kumpmann da gefracht is – wennet hochkommt, dann bohnert der dat Studio – is dat klaa?«

Bramkamp widmet sich seinem Bier. »Eines Tages fällt soga dem Kumpmann der Kitt auße Brille.«

»Früher«, sagt Kalla, »früher hatte unsern Kumpmann richtig klare Augenblicke – aba seit er mit die Muselmänner zusammengerumst is, sieht er kein bißken mehr duich.«

Bramkamp bestätigt: »Geistich Tomaten aufe Augen.«

»Langen!« ruft der Wirt, hass wenichstens du den Duichkuck? wer Sonntach den Tüaken im Loch getan hat?«

Langensiepen hat sich zurückziehen wollen, fühlt sich unangenehm berührt. »Ihr Rentner bedöst euch hier im ›Pümpgen‹ – an eurer kolossalen Vergangenheit – und drüben, bei ›Betten-Singer‹, da schuftet einer –«

»Du meinz getz den Kirchberch –«

»Er meint wat anneret«, sagt Walter Kumpmann und trinkt sein Glas leer, »er meint: Diese Stadt hier, Essen, ja? die is – in Wahheit wie n Flipper.«

»Wie?« fragt Bramkamp.

»N Flipper! – weiß doch, wat n Flipper is. – Schräch is der! Schiefe Ebene! Vonne ›Freiheit‹, von ›Handelshof‹ un ›Börse‹, da geht dat runter – bis nach m Viehofer. Immer schön abwärts. Kannze't rollen lassen. Als Kugel, ja? Kannze zucken und strampeln so viel de willz – Schwerkraft bleibt Sieger. Zieht dich runter, bisse unten am Viehofer schwuppdich – verschütt bis. Im Loch untere Ärde. Kannzen Schließmuskel noch so oft zukneifen – futschikato isse – ich mein: de Kugel –« Walter Kumpmann, nach dieser ungewöhnlich langen Anmerkung, trinkt das neue Glas, das Mönninghoff ihm hingestellt hat, auf einen einzigen Zug leer.

»Bravo Kumpmann«, sagt Bramkamp. »Bloß eins, dat stimmt nich an deine Flippertheorie. Frach diesen Kirchberch, den der Langensiepen erwähnt hat. In Essen iset nich allein Schwärkraft, die nach unten zieht. Da gibbet viel zu viele, die helfen von oom mit! märkse oft gar nich so genau. Langen! stimmdet – oder hat n aamen doowen Rentner ma ausnahmsweise recht.«

Langensiepen, als wachte er auf: »Kaum einer, der nicht mitmacht, beim großen Flipper.« Er blickt zum Fenster, sucht seine Beedies-Büchse in der Jacke, fingert sich ein Zigarillo heraus. »Hat einer Feuer?« Ein Streichholzheftchen mit Aufdruck ›Pümpgen – seit 1817 in Familienbesitz‹ segelt durch den halbdunklen Raum, landet auf seinem Tisch, Kalla zielt sicher. Langensiepen raucht, eine Weile ist es still.

»Ah!« ruft Kalla Mönninghoff von der Theke her, »jetzt kommt er! nun kommt unsern Herr Professor für Colosseumsfragen.« Draußen auf dem Platz nähert er sich, im dunklen weiten Mantel. – »Jau«, bestätigt Bramkamp, »Rempart!«

Rempart kommt herein, heute ist er offenbar nüchtern; beachtet die Gäste nicht, stellt sich an einen der vorderen Tische. »Einen Kaffee, bitte.«

»Tachchen Rempart«, sagt Bramkamp.

»Guten Tag.«

Eine Weile bleibt es still. Das heiße Wasser aus Kallas Maschine lärmt, zischt, spratzt.

Rempart schaut niemanden an, aber redet. »Wir alten Deutschen«, sagt er, »wir leben mit halber Kraft. Arbeiten dafür mit doppelter. Aber leben? mit halber. Mit eingezogenem Bauch. Brust raus, Bauch rein. Um Gottes willen nie Bauch. Als wir den mal riskiert haben – hier in Essen – da drüben, wo jetzt der Container steht, damals, im ›Colosseum‹ – da waren wir der Sumpf. Lasterhöhle. Bauch war Laster! Jazz war Laster, Swing war Laster. Sogar Foxtrott, Dixie. Genauso wie heute, wenn die Jüngeren alles rausstampfen. Aus ihrem Bauch. Dann ist das natürlich wieder Abgrund. Und Untergang. Aber wo sollen die denn den Wahnsinn lassen, wenn nicht im Lärm.« Rempart schlürft, setzt die Tasse ab, schaut in die Runde. »Aber das deutsche Bauchproblem ist alt. Das werden auch wir nicht lösen. Wenn ein Deutscher italienische Arien singt – schon mal richtich hingehört? Grauenhaft. Als wollt Ännchen von Tharau vögeln gehn. Ohne Beine, ohne Bauch. Statt Unterleib das liebe Gemüt, in ›ewiger Treu‹. Beim deutschen Gesang knistert der Damenbart, beim italienischen zischt das Schamhaar. – Die germanische Musikkritik, wie hat die zweihundert Jahre lang übers Belcanto hergezogen – des Teufels! Wie ordinär, wie gequetscht, wie keifend kläng die edle Menschenstimme. Ja, klingt sie! nämlich als reibendes, als vorgezeigtes Organ! weil auch die Stimme sich prostituiert! Italienerinnen streckten beim Singen schon immer die Möse nach vorn, artikulieren mit Schamlippe – da wurde *Organ* noch ernstgenommen! und wehe, das endete nicht mindestens Akt für Akt mit Orgasmus!«

»Wat erzählz du da widder«, traut sich Kalla Mönninghoff zu sagen, »dat eine sach ich dir – ganz ährlich, ja? – wenn meine Elsbeth bei't Vögeln ihrn Bauch einzöch, ja? so wie deiner Meinung nach die deutschen Sängerinnen, ja? weißte, wat die dann krichte? – Senge! Kannz drauf an.«

»Ja. So wird das hierzulande geregelt.«

»Hömma, du fliechs außet ›Pümpgen‹, wenne nomma so Andeutungen rausläßt.

»Ich gehe freiwillig.« Rempart verläßt das Lokal.

Langensiepen drückt sein Beedy aus, geht ebenfalls zur Tür. Draußen, vor dem ›Pümpgen‹-Fenster, steht Rempart.

Langensiepen atmet tief durch, muß sich bewegen. Eilt die Kettwiger hinauf, die Hauptstraße. Gegen die Käufer, gegen die Verkauften. Sieht die Puppen überall, hinter den Gläsern wie in der Sonne; und er mitten darin. Und ertappt sich, wie er die Gesichter in den Fenstern lieber sieht als die um ihn herum. Einen kleinen glatzköpfigen Türken soll er suchen. ›Soll‹. Wo unter all diesen Figuren. Und warum. Weil ein Adolf Hoffmann den gesehen haben will – ihn sich ausgedacht hat? Kemal, du hast recht, es gibt hier so einen nicht.

Vor der Dellbrügge-Ampel halten die Gesichter, warten; Langensiepen geht wieder zurück. Wieder hinunter – kopflos?

Aber sieh doch, wie sie sich Mühe geben, sich angenehm zu machen. Vordenbäumen hat ihm erzählt, es gebe eine Vogelart, bei denen bauten die Männchen Häuser nur für die Schönheit, für die Verzauberung der Weibchen. Aber gebrütet und gewohnt werde später in einfachen Nestern. Nur die Werbehäuser, sagt Vordenbäumen, putzen sie heraus, so prächtig sie's können. Stehlen zwar kein Silber wie die Elstern, aber diese Vögel holen sich Blumen, Blüten, blaue Blüten, und die stekken sie ihren Gebäuden ein, zu regelmäßigen Mustern – – –

– dann freilich kommen die Weibchen und begutachten. Und wählen. Das grausigste, die Selektion, ist die Schönheit.

Was zwecklos zu sein scheint, selig in sich selbst, ist in Wahrheit der Krieg.

Im ›Basement I‹ des Kaufhauses, kauft er Butter, Waschmittel, Tee, Quark, Brot, Knoblauch. Und eine Platte Butterkuchen, für die Hausbesetzer oben. Bei den Haushaltswaren sucht er einen neuen Wecker, probiert bei mehreren den Klingelton durch, sucht aus. Beim Schlüsseldienst sind die Kopien für Rosa fertig.

Die letzten Treppen zu Fuß; oben auf dem Dach ist er außer Atem, bleibt er auf dem Kies eine Weile stehen. Er hört Sägen, Klopfen, Reden. Und sieht durch die geöffneten Fenster der Baracke wie auf der gegenüberliegenden Seite der Dachfläche einer der jungen Leute – Peter? – mit weißen Ziegelsteinen arbeitet, mauert, er will hinübergehen, ist aber unschlüssig, ob er an Rosas Fenstern vorbei soll. Wählt schließlich die eigene Wohnungsseite, geht um die Barackenecke und schaut sich das an. Dieser Peter hat auf einer garagengroßen Fläche den Kies beiseite geräumt; nun baut der auf die geteerte Dachschicht eine Art Häuschen.

Und sagt, während er weiter Speis streicht und Steine setzt: »Prima Wetterken. Kannze direkt zukucken, wie dat trocknet. Immer bißken Wind hier. Sonne sowieso. Könnt heut aamt schon mit Backen anfangen –«

Da spürt er die Bergmann, die faßt ihn von hinten bei den Armen, lehnt sich leicht an seine Seite. »Nu? – Grämt sich unser Einsiedler? – Mannomann, sachter sich, auf was hab ich mich da eingelassen. Gibs zu – hey!« Er spürt ihren Mund an seinem Ohr. »Dieses hier, Herr Vermieter, wird ein Häuschen. Man nur klein – aber oho. Wie jenes Behältnis, in dem eine sagenhafte Alte sich ein Knäblein backen wollt –« Sie drückt sehr sanft mit ihrer Hüfte. »– und in dem sie dann am Ende selbst gar geworden ist –« Wieder drängt sie kaum merklich ihre Seite gegen seine. »Heute bau ich. Morgen back ich. Und übermorgen lädst du *deine* Freunde ein. Ich meine. Samt Siggi Bayernland und alle unsere Beziehungswaisen.«

Hat er richtig gehört? hat sie ›Siggi‹ gesagt? Die redet längst weiter. »Und dann wird hier geknuspert und gezischt: Pizza,

Kuchen, Brot, Römertopp, Ente – zur Eröffnung von Fiarma Rrr und Rrr! – oder hat der Vermieter Bedenken?«

»Nur gegen Backwahn. Dabei hab ich schon selber Kuchen mitgebracht – und hier alle meine Schlüssel ein zweitesmal. Ich geh und mach euch Kaffee –« – Sie hält ihn fest. »Statt den Mörder zu jagen, kauft der Kuchen – ich sags ja: viel zu wonnich bist du!« Er spürt ihren Kuß in der Ohrmuschel.

»Übrigens – wenn du schon nicht mitmachst beim Mörderfangen, dann benötige ich jetzt mal dein Auto.«

Sie kramt in ihrem grünen Hosensack. »Paß auf dich auf!«

Er nimmt ihren Schlüssel, will gehen, hört aber ihr »Hey!« Er bleibt stehen, sieht sie an.

Sie nickt ihm zu. »Wenn bei dir alles so sagenhaft ist wie dein Dachstübchen, dann – könnte es gut werden –«

»Er freut sich, daß sein Lächeln von allein kommt. Kein Zugzwang in den Backen. Nickt dann ebenfalls und meint: »Warts ab. Wenn es hier oben erst mal so richtig stürmt und hagelt. Und in den Balken und Brettern kracht – obs dir auch dann noch gefällt.«

»Dann erst recht.«

Er wendet sich ab, merkt, wie sie ihn benommen macht, geht in seinen Wohnraum, versorgt das Eingekaufte, läßt den Kühlschrank zuklappen – das Telefon schrillt. Er nimmt den neuen Wecker, läßt ihn klingeln, ist zufrieden über den Tonkontrast, stellt den Wecker aus, nimmt den Hörer ab, hört Ampütte, den Pförtner:

»Ebent kamen hier so zwei Ekel duich, die ham getönt, se wärn vonne Gebäudereinigung. Se müßten ummedingt oom aufm Dach die Anlage inspeziern. Ausweis wollten se keinen zeigen, onnich sagen, wer se bestellt hätte, dat wär ›routinemäßich‹. Ich sollte mich bei de Verwaltung erkundigen. Habbich aba ärß ma bei Ihnen angerufen, Herr Langensiepen – die sehn mir kein bißken aus als wie auf Montage, der eine hatte seine feine Jacke so ausgebeult – soll ich Hausalaam geben?«

»Nein, danke!« Langensiepen wirft den Hörer hin, läuft in den Nachbarraum und ruft: »Wir kriegen Besuch! – einen, der mich zu Hackfleisch machen will.«

Die starren ihn an. Peter schaut zum Fenster hinein, hält noch die Maurerkelle. Frank springt durchs Fenster zu ihm hinaus, greift sich zwei der weißen Ziegelsteine, Peter schnappt sich ebenfalls Steine.

Langensiepen hat sich seinen alten Eichenhocker gegriffen und sieht, wie die beiden Rosa-Freunde bei der Metalltür, die ins Treppenhaus hinab führt, den Schlüssel umdrehen und hinter den Aufbau laufen, von hinten die Schräge hinauf, so daß sie schließlich über der Tür knien – jeder einen weißen Stein in beiden Händen. »Wehe et fließt *ein* Troppen Blut!« droht Peter, »ich krich die Steine nich mehr sauber.« – »Nur keine Panik.« – »Und wenn nu statt dessen der Kaufhausdirektor raufkommt? nur ma zum Kucken, wat wir hier so machen?« – »Schlach au'm Hinterkopp könnt der omma vertragen.« – »Denkmal des unbekannten Direktors.« – »Aufhörn!« schimpft Rosa, »dies hier ist Ernst!« – »Hauptsache, die Steine bleiben ganz«, murmelt Peter.

Langensiepen, den schwarzen Hocker in der linken, prüft mit der rechten Hand, ob der Schlüssel richtig gedreht ist. »Mach ruich widder auf«, meint Peter. »Sonz kommen die glatt um ihre Abreibung.«

»Schnauze«, flüstert Rosa.

Langensiepen geht zwei, drei Schritte zur Seite – alle schauen nun auf die graue Stahltür, auf die schwarze Klinke. Langensiepen spürt, wie Rosa näher kommt, einen Moment schaut er sie an, ihre hochgezogenen Brauen, mit der Hand deutet er an, auch sie sollte besser etwas zur Seite gehen, er zeigt auf das Schloß und macht mit der Hand automatische Schußbewegungen. Sie stellt sich hinter die andere Kante. Im Rauschen, das aus der Stadt heraufdringt, sind gedämpftere Laute kaum hörbar. Jedenfalls kein Klicken und keine Schritte hinter dem Türmetall.

So warten sie. Auf dem Schrägdach die beiden Kerle, schlagbereit. Hoch hinter ihnen der graue Regierungsturm. »Erlaubt is nur n sauberer Schlach!« zischt Peter, der Maurer. »Old Shatterhand.«

Da bewegt sich der Türgriff. Das dunkle Klinkenteil wandert langsam nach unten. Dreht sich bis zum Anschlag. Bleibt so, eine Weile. Bleibt in Ruhe – die Tür scheint sich zu spannen. – Der Türgriff schnappt zurück, wieder nach oben. Die vier schauen sich kurz an, dann auf die Klinke. Die bleibt in Ausgangsstellung, keine Bewegung mehr. – Aber nun hören sie Eisengeräusche. Es klappert, scharrt, von innen wird geprokelt, mit Schlüsseln oder mit Dietrich, man versucht, den Verschluß aufzudrücken. Kaum wahrnehmbar bewegt sich der Schlüssel. Millimeterweise hin und her. Doch der wackelt nur zart in sich, verläßt aber nicht die Schrägstellung.

Langensiepen tritt zwei weitere Schritte zur Seite, auch Rosa steht nun fast hinter der seitlichen Wand des Dachtüraufbaus – Langensiepen hält den massiven Hocker hoch über den Kopf, auch die beiden auf dem Dach heben ihre Steine um einiges höher –

– es bleibt still. Kein Schlag. Kein Schuß ins Schloß. Nichts mehr an Bewegungen. Keine Geräusche mehr im Rauschen der Stadt.

Langensiepen senkt sein Holz, die Kerle ihre weiß gebliebenen Steine. Sie schauen sich an, Langensiepen zieht die Schultern, sieht noch mal zurück auf die Tür, die Klinke bleibt ruhig. »Kommt! Jetzt werden wir sie sehen, kommt! helft mit!«

Er läuft in seinen Wohnraum, ruft die Pforte an. »Hallo Ampütte, die zwei Gauner kommen wieder runter – wenn sie bei euch vorbeigehen, bitte genau ansehen, Kleidung, Aussehen, Autonummer und –«

»– ich mach dicht! ich mach Alaam!«

»Nichts da! auf keinen Fall!!« Langensiepen legt auf, wählt die Fotoabteilung. »Mertens selbst? – bitte sofort die Dauerauslösung an allen drei Ausgängen.«

»– is fast schon am Laufen – wo solln die Bilder hin?«

»Zum Ampütte!« Langensiepen legt auf, eilt in den Überwachungsraum. »Kommt jetzt! glotzen helfen!« Die folgen ihm, er schaltet die Anlage ein, die Bildschirme flackern auf. »Knopf rechts unten ist Bildfang, daneben Helligkeit – probiert das selbst! – Frank übernimmt Nummer eins bis fünf, Peter sechs bis zehn, Rosa elf bis fünfzehn, ich die letzten – so, jetzt kuckt superstereo avanti dilettanti! und wehe, ihr seht da nicht irgendwo zwei unauffällige, voraussichtlich gut gekleidete Herren paarweise in gebremstem Tempo durch eins der Bilder traben – zum Glück ist Dienstag, kurz nach Mittag, üblicherweise kaum Betrieb – noch immer nichts? – derweil läuft an drei Ausgängen ohne Blitz und Zuck unser Polaroid-Dauerauftrag, alle fünf Sekunden je ein Stimmungsbild, detailscharf, wär doch gelacht, wenn wir von unserm Besuch nicht wenigstens ein Erinnerungsfoto –« – »Kottsmisecki is der aufgekratzt! Langsamsiepen! kaum isser Bildjäger, da drehter duich!«

»Ruhe, kuck auf deine Mattscheiben – halt! da! Das könnten sie – das müssen sie sein! – Herrenoberbekleidung, o ja, da gehören die hin, kuckt sie euch an, hier, Bild siebzehn, fein und fein gesellt sich gern. Und genau in dem versammelten Trab, wie ich mir das gedacht hatte, im locker verkrampften Eilschritt – schon haben wir die auf Kassette, Kamera 17, na bitte, seht ihr? natürlich meiden die jetzt erst mal den Künstlerausgang, mengen sich unters Konsumvolk, aber dienstags um halb drei ist davon viel zu wenig vorhanden, merkt ihr, wie nervös die – die dezenten Herrschaften fühlen sich offensichtlich unpäßlich – hatten wohl schon Erfahrungen mit Videokontrolle –«

»Wattu fies bis – schließlich verdienen auch die bloß ihre Brötchen –«

»Verstehe, warum die Polizei diese Rosa rausgeworfen hat – da! jetzt nehmen sie den Kundenlift, jetzt kommts drauf an, ob Meister Mertens Schnappschüsse helfen oder –«

Er richtet sich auf. »Das war erst mal wieder genug Fernsehen. Ich danke den Mitarbeitern.« Er schaltet die Anlage aus. »Und ihr begreift, daß pingeliges Türenabschließen hier oben kein Psychospaß des Vermieters ist.« Aus dem Wohnraum hören sie das Telefon.

»Hier is widder Forte«, hört Langensiepen den Ampütte, »eemt sind se raus – soll ich denn getz nich Polizei?« – »Schick einen hinterher! die Autonummer brauche ich.« – »Is ja schon längs unterwegs, unsern Häbbärt. Ich fand aba, die warn doch irgendwie nich von hier – ähr wie auße zweite Bundesmafia, ja?« – »Wir hatten sie im vierten Stock fast eine Minute auf dem Bildschirm, Kamera 17, später können wir sie ansehen auf Kassette.« – »Ebent holt Mertens hier die Fottos auße Automatik.« – »Der soll damit unten auf mich warten.« – »Getz liefert Häbbät auch schon die Nummer, also: – wie heißt dat? Mann, has du ne Klaue, ›Volvo‹, ja? und dat soll wohl n ›B‹ sein wie Berlin, jau, also: B Strich A Strich Vierzig Siebzehn Null Fünnef – klar? sollichet widderholn?« – »Danke, die Nummer kenne ich – ich komme runter.«

Langensiepen legt auf. Küßt Rosa ans Ohrläppchen, macht den Freunden zwei erhobene Fäuste: »Halali! Nun macht euch selbst Kaffee zum Kuchen. Denn jetzt besteigt dein, wie sagt du so treffend? Langsamsiepen – als einsamer Jäger deinen japanischen Sittenjeep.«

Sie geht mit ihm hinaus bis zur Dachtür. »Und immer sorgsam abschließen«, mahnt er, »niemandem aufmachen.«

»Nur dem, der ein so süßes Stimmchen hat wie dieser Wolf im Langsampelz. Der so gerne die kleinen Volvos träfe und fräße.«

»Rrr!« macht er, schließt die Metalltür auf. In der Helligkeit hinter sich sieht er sie noch lachen. Hört dann im Dunkeln, wie sie hinter ihm abschließt, den Schlüssel herauszieht. Einen Augenblick bleibt er stehen. Hier also haben die eben noch versucht – er atmet tief, wischt sich über die Stirn. *Schreie. Widrig.* Er vermeidet den Transportlift, nimmt die Treppen, findet unten beim Pförtner den Mertens – beide haben vor sich auf dem Tisch, über Ampüttens Essener Zeitung, die 38 Fotos vom Lieferantenausgang nebeneinandergelegt und suchen die ›Leute von der Gebäudereinigung‹.

»Hier! – dat sind se!« sagt Ampütte.

»Woran siehße dat!« fragt Mertens.

»Soga *zwei*ma getroffen – onnoch auf diesem hier! – woran ich dat seh? Anne Zorro-Stiefeletten! Gabet vor vier Wochen bei Häatie für umme Hälfte. Bei denen habbich doch gleich gesehen, wie nix zusammenstimmt: Piccobello Anzuchjacke, aba dadrunter die letzten Jeans-Heuler. Die Stiefelkes sowieso ummöchlich.«

Langensiepen bekommt die beiden Fotos umgedreht zugeschoben. Auf dem einen sieht man zwei Gestalten in Jacketts, wie sie derzeit nur noch die Stockwerkleiter tragen, jedenfalls in diesem Hitzesommer. Die Gesichter sind verdeckt von einem Preisschild, vom Sonderangebot für die Lederjacken mit dem Antikeffekt, *abgewetzt wie echt.* Das zweite Foto zeigt auch die Gesichter. Die beiden Herren gehen geradewegs auf die Kamera zu, ihre Hosenbeine werfen sich auf, zeigen auf beiden Fotos Stiefeletten vom Typ Zorro.

Ampütte hat sich neben ihn gestellt: »Meinecken, hatten die dat wohl eilich? – ich hab die noch nachgerufen: ob se denn schon färtich wärn mit Fensterputzen –«

»Danke, Mertens«, sagt Langensiepen, »das läuft auf meine Rechnung.«

»Machen Se doch keine Witze – seit wann –«

»Der Fall war privat – *mich* wollten die Gauner putzen, nicht das Kaufhaus.«

Langensiepen geht mit beiden Fotos hinaus auf den Kopstadtplatz, schaut sich das bessere Bild im Tageslicht an. Zwei Südländer, normal groß; keine Glatze, voller Haarschopf; in den sonst gut sitzenden hellen Jacken in der Tat Ausbeulungen. In wessen Auftrag? PKK Essen? ITFH? TFA? Informationstechnik. ITGK? K.U.K.? Treuhänder? W. Körfgen Nachfolger?

Er steckt die Bilder in die Jackentasche, bleibt vor dem Jeep stehen. Sollte, müßte jetzt auf die Suche gehen. Sieht das Gefährt, sieht den Kopf des Kopstatt. Spürt Gewichte an den Händen. Hat er sich verhört? hat sie ›Siggi Bayernland‹ gesagt? die wolle sie einladen? – übermorgen abend. Die meint eine andere. ›Kaum isser Jäger, drehter durch‹.

Honvas Jäger jagen. Er steigt ein. Sind noch Kleiderbügel drin, paar Bücher, ein Heft, Peter Weiss, *Der neue Prozeß.* Er schaut sich die Schaltung an. Probiert sie durch, findet die Zündung, die Signale – wie schnell solche Starts immer im Kino, und du Wicht, Piefke, Langsamrudi, willst erst einmal üben und wissen, wo die Gänge sind.

Das Gefährt bewegt sich. Ohne Rempelei kommt das Viereck aus der Parklücke; er fährt, fährt hinüber zum Weberplatz, von dort hinunter, Richtung Viehofer. Was ist in ihn gefahren. *Wolf im Langsampelz.* In der Hand hat er ein Steuerrad, kann sanftes Gas geben, davonrollen. – Auf dem Viehofer sieht er die Erdarbeiter, fährt halb auf die Straßeninsel, hält an.

Kemal kommt. Beugt sich in den Wagen, beglückwünscht ihn zum Auto, hat aber eine besorgte Miene – wegen der Überführung von Iman Honva. Die Polizeimedizin hätte angerufen, es gehe um den ›Verunglückten‹, was nun geschehen solle, Überführung oder Beerdigung. Aber wie sollen nun die Verwandten einreisen; wenn es schon den lebenden Honva hier offiziell gar nicht gegeben habe, dann erst recht nicht den toten. Also er, Kemal, hätte telefoniert mit Izmir, zwei Freunde wollten die Fahrt machen mit der Leiche – unmöglich, die Hitze, die Grenzen, er, Kemal, hätte Krematorium vorgeschlagen, aber verbrennen passe nicht zur Religion; nun käme morgen Imans ältester Bruder aus Izmir, man werde sehen. »Und wohin willst du, Rudolf?« – »Solange herumfahren in der Ost-Stadt, bis ich den kleinen Kollegen mit Glatze finde.« – »Den gibt es nicht.«

Kemal läßt den Wagen los, richtet sich auf. »Den gibt es nicht.«

Langensiepen fährt weiter, hat sich in eine Kolonne einzureihen. Nur stockend kommt er voran, gelangt in die Lützowstraße, von dort nach rechts in die Herzogstraße, überall Spuren von Erdarbeiten, alles beendet, frisch verteert. Wieder nach rechts, in die Gerlingstraße, auch hier Spuren der neuen Breitbandkanäle, aber keine Trupps mehr, hier nicht. Das ist alles längst fertig, übermorgen abend, wenn Rosa ihr Backfest feiern will, dann startet die moderne, die vernetzte Ruhrzeit.

Über die Schützenbahn wieder nordwärts, hinunter, auch hier Kolonnenfahren, bis in die Stoppenberger, jeweils frisch kaschierte Gräben, bis in die Gelsenkirchener Straße hinein. Endlich, als er eben bemerkt hat, wie er mitten in diesem Gewühl müde wird und offenbar zurück will, am liebsten zurück in den ›Stechlin‹, wie er wieder zu träumen beginnt und eintaucht, da, zwischen Katernberg und Stoppenberg, sieht er, hundert Meter voraus, einen Arbeitstrupp. Die rechte Straßenhälfte ist gesperrt, da sind Ampeln, ist Baulärm, Engpaß. Auch hier werden Kabelgräben geschlossen, wird Erde verschüttet, wird festgestampft mit Walzen, Rüttelhämmern, da ist auch der Teertrupp und da ist schon der Testwagen in Postgelb. Hauptrelais, Ausbau, Erweiterung des vorhandenen

Systems. Türkische Gesichter. Aber Langensiepen kann in der Kolonne unmöglich halten, muß an denen vorüberfahren, kann auch in diesem Schrittempo nicht jede einzelne Figur ins Auge fassen, will zusehen, daß er nach der Ampelstrecke in die nächste Nebenstraße einbiegt. Hinter einer Tankstelle findet er freien Platz, stoppt, steigt aus, zögert einen Moment, unsicher, ob er das Verdeck zuklappen sollte.

Er geht in die Gelsenkirchener Straße zurück. Biegt in den schmalen Pfad, der für Fußgänger freigelassen ist, schlendert sehr langsam an allen Arbeitenden vorüber, vergißt nicht, deutlich vor den Schaufenstern stehen zu bleiben, sich sichtbar für westfälisches Katenbrot und rohen Schinken zu interessieren, fragt in einem Zigarrenladen nach Beedies, die sind hier unbekannt. Schließlich ist er am anderen Ende der Arbeitsstelle. Hat er nicht genau genug hingesehen?

Er wendet sich wieder zurück. Nein, ein kleiner Älterer, jedenfalls einer mit Glatze, ist nicht dabei. Nicht mal einer mit Halbglatze. Der Haarwuchs überall in gutem Zustand.

Der Lärm, der Gestank, Staub, Schweiß. Galeeren. Soll er es riskieren, auf sich aufmerksam zu machen? mit einem von denen reden? ständig die Sorge, schwedischer Autostahl könnte in der Nähe sein und überrumpeln. Wie einfach wäre es, das Foto aus der Jacke zu ziehen, denen die Kaufhausaufnahme hinzuhalten und zu fragen, ob sie diese Herrschaften kennen.

Er geht in eine Telefonzelle – die steht zum Glück im Schatten. Wählt das Präsidium. Läßt sich mit der Kfz-Fahndung verbinden: »Lutz, hier ist der Trunkenbold.«

»Gemütsathlet, ich dacht schon, hätts mich vergessen. Ich wollt dir nämlich wat verraten –«

»Hat das die Polizei auch wirklich erlaubt?«

»Sachet keinem weiter: Dein Volvo is geklaut. Ein Berliner Tierarzt weint schon seit zwei Monate hinter seinem Blech her. Doktor Erwin Angermann, Dahlemer Weg 17.«

»Hiermit kriegste ne Einladung! zur Gründung meiner neuen Firma, Donnerstagabend.«

»Au Mann, auf dein Dach?«

»Ab sechs Uhr! Tschüß Lutzeputz.«

Er hat eingehängt und drückt die Zellentür auf – und hat die Tür gegen einen vorüber gehenden Dunkelhäutigen gestoßen.

Beide bleiben voreinander stehen.

»O Pardon!« murmelt Langensiepen. – Hat der meine Entschuldigung nicht gehört? nicht verstanden?

Der kommt auf ihn zu, noch näher, funkelt ihn an. »Du has genau gesehen, daß ich komme!«

»Tut mir leid – habe ich *nicht* gesehen.«

Der atmet einmal tief durch, als sei Langensiepen zu schäbig, auch nur durch die Luft gewirbelt zu werden. »Deutsche Schwein«, sagt er. Und geht weiter.

Auch Langensiepen atmet tief. – Der Mann scheint mit dem Arbeitstrupp nichts zu tun zu haben. Und drüben steht nach wie vor Rosas Jeep, hinter der Tankstelle sieht er den, und keine eleganten Herren machen sich zu schaffen an dem vollgerümpelten Exemplar.

Er nähert sich wieder den Arbeitern, schlendert schließlich auf einen älteren zu, der beschäftigt ist, die rot-weißen Fußgängersperren um einige Meter weiterzutragen. Mit einem, der die Absperrung versorgt, hat er Erfahrungen, ist er zu Resultaten gekommen. »Entschuldigen Sie, ich suche Mahmed Brezan – Brezan. – Ist der hier?«

»Mahmed?« – Der Mann setzt eine Sperre auf den Boden, schaut Langensiepen an. »Was wills du.«

»Grüße bringen von seinem Freund.«

»Der bei der Walze. Der mit rote Hemd.« Und hebt die Sperre wieder und trägt das weiter.

Da muß auch Langensiepen weitergehen, darf sich nicht verdächtig machen, wird harmlos weiterschlendern und dann den Herrn Brezan für einen Moment um Gehör bitten. Den dort hinten bei der Walze, rote Hemd. Und darf dabei die Gelsenkirchener Straße keinen Augenblick unbeobachtet lassen, jederzeit sind Volvo-Fahrten möglich. Und im Lärm, im Staub und Gestank immer die Frage, ob nicht der, den er sucht, nur eine Erfindung dieses A. Hoffmann ist. Siggi Bayernland weiß, wie dieser Hausmeister schon kurz nach der Tat in der Viehofer Straße auftauchte und von ›dekorativ‹ faselte und drohte. Diese ganze Suche hier nur, weil ein Ehemann seine

Ausrede brauchte? oder weil er selber den Iman – ›dekorativ‹ – ?

Er schaut dem Mann im naßgeschwitzten Hemd zu, der geht neben der Walzenrolle her, verteilt mit der Schaufel Steine, füllt nach, schüttet sie in die Lücken, damit alles glatt wird und die Teerdecke ohne Ecken und Kanten bleibt und ohne Risse. »Hallo? Herr Brezan? Mahmed Brezan?« ruft er in den Lärm hinein. Der hört auf zu schaufeln, rührt sich nicht mehr, dreht sich dann, schaut ihn an.

»Kann ich Sie einen Moment sprechen?«

Der kommt, die Schaufel in der Hand. Zwischen ihnen nur noch das rot-weiße Plastikband über den Eisenstöcken. »Du Polizei?«

»Quatsch! ich bring Grüße von Kemal, Vogelheimer Straße.«

Davon hellt sich nichts auf in Mahmeds Gesicht, wird es höchstens noch starrer. »Was sagt Kemal.«

»Er sagt mir, ich soll mich an Sie wenden. Sie wären ein guter Kollege von ihm – ich suche Adressen in der Türkei. Im nächsten Monat reise ich dorthin, und wenn Sie mir was mitgeben wollen –«

»Kann Kemal auch – Adressen geben.«

»Aber er sagt, Sie wissen noch mehr und hätten sicher Sachen für zu Hause, die ich mitnehmen könnte nach Ankara – hier ist es viel zu laut, Sie müssen arbeiten: Kann ich heute abend mal kurz zu Hause bei Ihnen reinschauen?«

Der sieht ihn nur an. Kaum anders blickt der als der, dem er die Tür vom Telefonhaus gegen die Brust gestoßen hat. – »Nein!« sagt Brezan dann und geht zur Walze zurück. Hilft die Gelsenkirchener Straße glätten.

Langensiepen wendet sich um, schaut dorthin, wohin Mahmed hat sehen können. Ihm ist, als hatte der dort etwas bemerkt – es kommt aber eine neue Fahrzeugkolonne heran. Ein leerer Lkw donnert über den noch nicht verteerten Teil des Quergrabens. Über ausgefahrenen Schlaglöchern fliegen Eisenteile, Spaten und Geräte auf der Ladefläche hoch; dahinter, im Staub und Auspuff, die Reihe der Personenwagen, alle dichtauf, die Pkw-Fahrer, die lauern auf das Ende der engen Strecke, auf die erste Überholmöglichkeit.

Mahmed schaufelt, beachtet ihn nicht mehr. Der andere, der die Sperren gestellt hat, schiebt mit mehreren Männern den Teerofen weiter. Langensiepen geht zurück. Bemerkt, daß sein Schlendern dort, wo alles eilt und arbeitet, das Auffälligste ist.

Irgendwo aber ist jetzt der, der den Iman Honva geschlagen hat. Der ihn *er*schlagen hat. Fegt der jetzt die Treppe Viehofer Platz neun? Schaut Video? – Oder kümmert sich um Zweithaar? – Wo sind diese Arbeiter hier zu Hause. Soll er warten, bis sie Schichtschluß haben, um dann dem Trupp zu folgen? Dieser Mahmed hat die Reiseerzählung nicht geglaubt. Seit Samstag abend ist der hellhöriger als sonst; da haben sie ihn anrufen lassen, seinen alten Freund Kemal mußte der anrufen, die Schlinge legen. Für wen? für die beiden Herrschaften in dem Wagen, der dem Doktor Angermann gehört, Dahlemer Weg 17?

Er sieht das schon zwei, drei Sekunden lang vor sich, bis er es begriffen hat. Vor ihm, nur zehn Meter vor ihm, parkt noch immer Rosas Jeep – aber es sitzt einer am Steuer. Der hat den Kopf hinuntergebeugt, neben das Steuerrad. Da versucht einer, die Zündung kurzzuschließen. – Plötzlich die Taubheit in Brust und Bauch.

Der kleine, hochgebaute japanische Wagen macht ein paar Sprünge nach vorn, bleibt stehen, der Mann beugt sich wieder vor, unter das Lenkrad. Langensiepen rennt die zehn Meter bis dorthin, der Wagen macht wieder die ruckelnden Vorwärtssprünge, der Motor läuft nun, der Fahrer richtet sich auf, schaltet, fährt los, will links raus auf die Straße, muß kurz anhalten, Langensiepen springt auf den anfahrenden Jeep, steht auf der hinteren Stoßstange, Hände und Unterarme um das Reserverad gekrampft. Dann, im Fahren, einen Arm um die hintere Wagenkante geklemmt, stellt er den einen Fuß auf das Reserverad, stemmt sich hoch, zieht sich in den rückwärtigen Wagenteil, fällt auf die Bank hinunter, der Motor ist laut genug, der Kerl hat nichts bemerkt. Langensiepen kriecht weiter, liegt endlich im Graben vor der Rückbank. Kauert, beobachtet über sich diese sorgfältige Frisur. Schwarzglänzender Wellenberg, mit einem guten deutschen Scheitel. Wieso bedenkt er jetzt so was, warum nichts Hilfreicheres, wo fährt der ihn hin, soll er sich jetzt direkt ins Mafiaquartier steuern lassen und so endlich rauskriegen – und wenn auch nur für einen letzten Augenblick – wo denn nun dieses Volvo-Nest ist? – oder ist dieser Schwarzkopf nur ein Kleinunternehmer auf eigene Faust, hat mit K.U.K. und Co. nichts zu tun – Langensiepen, statt eine Entscheidung zu finden, bemerkt vor sich auf Rosas Jeepboden Bücher, das obere heißt *Liebesleben*, auf der Vorderseite eine große, fröhliche Frau, die zieht an ihrem schwarzen Trikot, zieht es eng und knapp hinunter –

– der Schwarzgescheitelte hält den Wagen an. Kreuzung? Ja, aber der hat was bemerkt. Der greift sich plötzlich ins Jackett, zieht ein Eisen, blitzschnell fliegt der Arm mit dem Eisen herüber und will hinabstoßen auf den blinden Passagier unten im Loch, von dort kommt aber im selben Moment und mit derselben Geschwindigkeit Langensiepens Arm, schlägt Handkante gegen Handgelenk – nach der Kollision fliegt die Waffe in einer dritten Richtung weiter, fällt neben *Liebesleben*, wo Langensiepen sie gegriffen hat, um den Waffengriff auf die Frisur zu schlagen.

Dazu hupt es von hinten immer wütender. Die Kreuzungsampel zeigt Grün, Langensiepen stellt sich auf, wendet sich zurück und macht regelnde Armbewegungen, die um den Jeep herumbitten; das Hupen hört auf, böses Brummen um ihn herum, der letzte, ein Lkw-Beifahrer, ruft noch im Vorübergleiten aus dem Führerhaus herunter: »Dat nächste Ma kloppter euch auf'm Frankfurter Kreuz!«

Langensiepen nickt. Ein Porsche überholt, die Ampel geht auf Rot, und Langensiepen bemerkt, wie der Gutfrisierte sich wieder aufrichten möchte und wie er, Rudolf Langensiepen, diesem Schwarzkopf in die Locken greift, ihn nach hinten reißt, die Haare über die Nackenstütze zerrt und dem das Eisen gegen die Stirn schlägt. *Drehter duich.* Ein zweites Mal sackt der zusammen – diesmal mit dem Oberkörper ganz runter, kippt auf den Beifahrersitz. Langensiepen hebt und zieht den Menschen nach rechts ganz hinüber, steigt über die Rücklehne auf den Fahrersitz, drückt, schiebt die fremden Beine ebenfalls zur Seite – Stiefeletten Typ Zorro. Und fährt den Jeep von der Kreuzung.

Ist wieder auf der Gelsenkirchener Straße, jagt die hinunter, weiter nach Nordosten. Und sieht, wie gut fünfzig Meter vor ihm aus einer Reihe parkender Wagen ein Volvo quer auf die Straße biegt. Er zieht nach links, kurvt in eine Seitenstraße, sieht für Momente ein Bahnhofsschild vor sich *E-Katernberg Süd,* überlegt rasend, welche Vorteile ein Mini-Jeep gegenüber einem Volvo haben könnte, den er im Rückspiegel nun immer deutlicher erkennt. Schneller dürfte der Volvo sein, aber nicht geländegängiger, Langensiepen hält auf eine Eisenbahnunterführung zu, scharf davor wechselt er noch mal, fährt links durch ein offenes breites Tor, durch ein Tor in einen Zaun aus Maschendraht, der Jeep beginnt zu springen, tanzt über Furchen, tiefe Spurrillen, der Schwarzkopf neben ihm rutscht von der Sitzbank hinab, runter in den Fußabtritt, der Wagen holpert weitläufiges Haldengelände hinauf, hier wird gearbeitet, deshalb stand das Tor offen, Wege, gut ausgetrocknete Schlammwege führen den Hügel hoch, Lkws bringen Erde, Gartenerde, auch dieser Berg aus Schlacken und Abraum soll grün werden, ein Ausflugspunkt – Arbeiter winken, brüllen ihm zu, die meisten eindeutig anfeuernd, er rumpelt vorbei an den gestikulierenden Männern und an den schiebenden und kippenden Maschinen, immer weiter und steiler hinauf, bis auf die flache Höhe. Oben sind schon Bäumchen gesetzt, mit Pfählen gestützt. Wege sind vorbereitet. Bänke aufgestellt. Gras sprießt. Dort, vor einer der Bänke, endet, in einer Schleife, die Auffahrt.

Er blickt kurz zurück, hält. Stellt den Motor aus. Sieht, wie tief unten, hinten bei der Toreinfahrt, der Volvo zurücksetzt. Die verlassen das alte Zechengelände.

Er atmet tief, wischt sich die Stirn. Betrachtet den Schönfrisierten in der Blechkuhle. War das alles so? War das ich? – der den hier – zweimal gegen den Kopf?

Den Scheitel muß der sich nun erst wieder ziehen.

Er zündet sich ein Beedy an. Nie, sagt sich Langensiepen, habe ich in Krimis gesehen, wie einer den anderen einfach an den Haaren gezogen hat. Einfach so, den Kopf nach hinten gezerrt. Um ihm dann – nein, sieht wirklich nicht gut aus. Im Film. Wäre ganz und gar unpassend. Und ist so praktisch.

Er stellt sich auf den Sitz, schaut sich um. Diese Haldenregion müßte einen zweiten Ausgang haben. Vielleicht einen, der direkt unter die Werkshallen der Zeche Zollverein führt, zwischen die Ziegelwände, die Kühltürme.

Er bückt sich, holt die Pistole vom Jeepboden. Hält sie in der Hand, sieht sie sich an. Wirft sie dann in weitem Bogen über den Steilhang der Halde. Unten sind Gärten. Heckler & Koch zwischen Katernberger Stachelbeeren. Die Polizei, an die sich diese Kleingärtner gewiß wenden, wird wissen, wer Waffen aus dem Schwarzwald bezieht, könnte die Nummer registrieren, wird aber auch dies ablegen zum Ungeklärten.

Jetzt erst beginnt das Kniezittern.

Langensiepen setzt sich wieder auf den Fahrersitz, raucht zu Ende. Beobachtet den Ohnmächtigen neben sich, auf der Stirn die violette Wölbung. Der läßt regelmäßige, leicht seufzende Atemzüge hören. In der Innentasche seiner Jacke eine Brieftasche. Führerschein, Personalausweis. ›Jürgen Krone, Berlin 61, Freiligrathstraße 4‹. Langensiepen steckt ihm das zurück und fährt wieder an. Langsam die Wegschleife herum. Und dann über die Hochfläche, über zartes Rasengrün. Hinüber auf eine zweite, noch unbenutzte Fahrspur. Die führt in der Tat hinunter zur Zeche Zollverein. Zeche und Halde sind mit Maschendrahtzaun getrennt, zusätzlich mit einem Graben, aus Natursteinen gesetzt, für das Regenwasser aus der neuen Grünanlage.

Er hält an, steigt aus. Stakst um den Jeep herum, zieht den Seufzenden aus der Tür. Schleift ihn in den Graben hinunter, auf die Ruhrsandsteine. Dreht ihn, das Gesicht nach unten. Winkelt ihm die Arme neben den Kopf.

Schaut sich um. Von hier aus ist niemand zu sehen. Die Gärtner wühlen auf der anderen Seite des Berges. Er geht zu dem Tor, es ist unverschlossen, läßt sich aufstoßen. Er kehrt zum Jeep zurück, in den Beinen das Zittern. Steigt ein. Schaut noch mal zum Haarschopf dort unten – und fährt weiter, durch das halboffene Tor im Maschendraht.

Auf dem Zechengelände winken zwei Männer mit Helmen, winken ihm energisch ab, hier sei keine Durchfahrt, er winkt ein Danke zurück und biegt seitlich ab. Fährt unter drei gewaltigen Röhren hindurch, die rechts aus der Aschenerde steigen und gleich links wieder darin verschwinden, offenbar nur, um ihn und Rosas Mini-Jeep durchzulassen. Kurvt weiter, zwischen Röhren, Türmen und Ziegelwänden, über Schienen, Rampen- und Buckelstrecken, nun immer sicherer beim Schalten, auch wenn der Schönhaarige nun ungescheitelte Kopfschmerzen hat. Langensiepen erblickt fern einen Parkplatz, in der Sonne blinken Blechdächer – doch groß vor ihm baut sich wiederum Empörung auf: o ja, pardon, er hat sich hier vollkommen verfahren, tut ihm leid, richtig, er hat hier in der Tat überhaupt nichts zu suchen. Dort also geht's hinaus? Danke, vielen Dank auch.

Findet zurück zur Gelsenkirchener Straße, reiht sich ein in den stockenden Verkehr kurz vor der Baustelle, noch einmal geht's an den Arbeitern vorbei. Im Vorüberrollen sieht er, wie der Mahmed Brezan seine Schaufel abgestellt hat, um sich zu stützen und mit dem Mann zu reden, der die Sperren gestellt hatte – ja, die beiden stehen zusammen und die erkennen ihn. Zwei Meter höchstens ist die Entfernung. Nichts zu machen, die schauen ihn an, hinter ihm her. Und wenn sie sich nun die Jeep-Nummer merken? und herauskriegen, wer die Besitzerin ist? – Die Volvo-Fahrer kennen die Nummer längst.

Zurück in die Innenstadt. Er nimmt den direkten Weg, könnte zwar noch mal bei Hotte, bei Kemal vorbei, fährt aber lieber gleich zum Kopstadtplatz. Parkt dicht bei den Taxiständen, man nickt sich zu.

Er greift sich die Bücher aus dem Jeep, klappt das Verdeck zu. Schließt ab. Und fährt im Lift hinauf, stockend – die Frühschicht will nach unten, hat Feierabend. Glucksend, kichernd die Lehrlinge, die müssen erst mal mit ihm bis ganz hinauf, die Aufwärtstour. Als die überfüllte Kabine im sechsten und auch noch im siebten Stock hält, steigt er lieber aus, geht über die leere Treppe den Rest zu Fuß, im Halbdunkel offenbar in Vorfreude auf die Helligkeit da oben? auf die neuen Menschen?

Oben ist die Metalltür verschlossen. Er spürt Schweiß auf dem Rücken, unter den Achseln, natürlich kommt das nur vom Treppensteigen, nicht von der Angst, es könnten in diesem schwarzen Winkel wieder zwei stehen. – Er öffnet, schließt wieder ab, sieht die Dachfläche im Schräglicht leer. Die Fenster geschlossen, kein Arbeitslärm mehr. Die Tauben ziehen ihre Runde über Limbecker Straße und Weberplatz – da steht sie.

Vor ihrem Eingang steht sie, die Bergmann, im Rock jetzt, dies Gesicht wieder leicht rot, oder ist das der Widerschein. »Hey, Vermieter, wollen Sie gar nicht sehen, was wir so angestellt haben?«

Er, die Bücher noch unter dem Arm, gibt dem roten Widerschein einen Kuß – nimmt Abstand und sieht sie an. Nickt und sagt: »Eins erkläre ich Ihnen schon jetzt in aller Deutlichkeit: Meine Untermieter nehmen ihre Orgien immer erst nach achtzehn Uhr. Vorher keinerlei Ausschweifung. Jede Art pornographischer Betätigung, auch das Betrachten von zweifelhaften Fotobüchern wie diesem hier ist rund um die Uhr –«

»– dringend erforderlich!« Sie gibt den Kuß zurück. »Wo warst du mit meinem Auto? erzähle!«

»Rosa, im Ernst, ich brauche dringend deinen Eintritt in die Firma Rr & Rr – der Solist ist steckengeblieben.«

»Bin startbereit. Nur noch ne kleine Fete, dann schlagen wir zu.«

»Wo sind deine Helfershelfer?«

»Erst mal die Inspektion –« – Sie nimmt ihm die Bücher ab.

Sie stehen voreinander, lächeln; er geht dann hinein. Sieht die breite Liege, das Regal ums Eck, die Schreibplatte, die Lautsprecher oben. Von den Balken herab ein chinesischer Papierfisch; an den Wänden und am Boden Berber, Schafsteppiche; ein Schaukelstuhl, Sitzklötze, als Clou ein Schrank, der exakt eingepaßt ist zwischen die Barackenwand und den Betonvorsprung des Überwachungsraums. Das Wort ›Clou‹ wehrt sie ab, wenn schon, dann auch das, was er bitte auf der anderen Seite des Daches bemerken möge. – Nach dort, zur Spätsonne hin, stehen die Fenster offen: Das niedrige weiße Backhaus ist fertig, und ringsherum frisch genäßte Wiesenplacken. Das Wiesenareal umrahmt von niederen Gehölzen, in Trögen, in Kübeln. »Respekt, Respekt – aber hoffentlich ist nicht alles aus der Fußgängerzone. Als Hausdetektiv habe ich veraltete Ansichten –«

»Du Barbar, dieses sind glückliche Pflanzen! geliebte, handbetriebene! so was sieht man doch! – gemopst! Gärtner Frank, wenn er das hört, geht dir an die Gurgel.«

»Und dieser riesige Tisch da draußen?«

»Ist die Tür, die mein göttlicher Verflossener eigentlich gestern mit nach Südfrankreich nehmen wollte; da aber alles so überstürzt werden mußte, blieb sie in Essen; schon für unsere Einweihungsfete übermorgen ist die optimal – oder?«

Er beugt sich aus dem Fenster. Die große Holzfläche scheint auf zwei Kisten gut und fest zu ruhen. Er schaut Rosa an; sie, aus ihren grüngrauen Augen, blickt eher frech, jedenfalls vergnügt und sagt dann, mit hochgezogenen Brauen: »Es ist mir schrecklich peinlich, ich hab Hunger. Und hab mal wieder nix eingekauft –«

»Ich hätte Lust –«

»Lust? Ja?«

»– auf die ›Schwarze Lene‹ oder auf die ›Heimliche Liebe‹.«

»Gleich so hoch rauf?«

»Seit ich deinen Wagen steuern darf –«

»Sieh dich bloß vor! oder mein Getriebe fliegt dir um die Ohren!«

»Keine Sorge, ich schalte einfühlsam.«

»Noch einmal so n Vergleich und du kurvst alleine auf deine zoarnige Lene! – fahr n wer nu oda nich? ich hab Hunger!«

Sie geht aus ihrer Wohnungstür hinaus; er folgt, sie schließt ab. Er macht Sprünge und Schwünge im Kies.

»Ich hab hier den ganzen Tach gewullackt, und der Hallodri bildet sich ein, er wär't einzige, auf was ich Hunger haben könnte. Fängt ja gut an, Herr Nachbar. Aber mit mir nicht! Gleich am Anfang klare Grenzen!«

Er nickt. »Später kann man dann ja immer noch«, er öffnet ihr die Metalltür, »den kleinen Grenzverkehr eröffnen.«

»Unverschämt – Wer hätte so was vermutet von diesen Langsamtrottel.«

Er schließt die Dachtür hinter ihnen ab. Im Dunkeln bemerkt er, daß sie stehen geblieben ist. Er geht zu ihr, umarmt sie, küßt sie sanft. Schaut sie an, bis sich die Augen an das schwache Licht gewöhnen.

»Sie«, hört er sie sehr leise raunen. Wie in unterdrückter Wut. »Sie – – Sie können ja bloß froh sein, daß ich seit Montag nicht mehr bei der Sitte bin – hätt Sie längst abgeschleppt.«

»Abgeschleppt?« – »Eingelocht! Als notorischen Frauenschänder. Gestern die Siggi – heute mich, wie?«

Er macht sich los, schaut sie an, findet mit der Hand das Geländer. Wendet sich dann lieber ab, geht vor ihr die Treppe runter, drückt unten den Liftknopf. »Typisch Polizei. Auf die Idee, daß diese Siggi in Wahrheit mich geschändet haben könnte – darauf kommt so eine Sitte erst gar nicht.«

»Ich werd dafür sorgen, daß es zu einer Gegenüberstellung kommt!«

Der Lift ist leer. Sie stellt sich an die hintere Wand und schaut ihn von dort an. Voll vergnügter Unruhe, wie es scheint. »So einer. Spielt mir erst mal den tiefschürfenden Melancholiker vor. Mindestens Steppenwolf. – Und kaum bin ich bei ihm eingezogen? – pah! immer wieder dasselbe. – Männer.« – Schließlich fragt sie: »Weißt du nun eigentlich, von wem das ist: ›Besser was als nichts‹?«

»Nein. Eher kriege ich raus, wer Iman Honva erschlagen hat. – Oder das, was du von Männern wirklich hältst.«

Als der Lift stoppt und die Tür sich öffnet, geht er, statt auszusteigen, zu ihr hinüber. Küßt sie zart und sagt: »Du – ich hätte es ebenfalls nicht für möglich gehalten.« – »Was –« – »Wie du bist.« – »Vertu dich nur nicht«, raunt sie. »Du hast noch immer nicht die geringste Ahnung, auf wen du dich einläßt.« – »Eine Ahnung schon. Und vielleicht auch eine –«, er küßt ihr die Hand, »– eine geringste.« – »Pfui.«

Im sechsten Stock steigt einer ein. »Oh! bitte sich nich stören zu lassen! Ach *Sie* sind es, Langensiepen? – ja, was hör ich? Gangster wollten unseren Hausdetektiv umlegen?«

»Wir hatten oben dummerweise den Schlüssel von innen steckenlassen, da mußten sie umkehren.«

»Aber Fotos haben Sie? hat man mir gemeldet?«

Langensiepen zeigt die Fotos dem Kaufhausdirektor.

»Ja, schau an. Hm. Aber das funktioniert ja offenbar sehr gut. Ich freue mich, daß diese Maßnahmen nun auch mal Ihnen persönlich nützen konnten.« Er sieht Rosa an. Wendet sich ab, steigt vor ihnen aus dem Lift. »Schönen Abend noch.«

Langensiepen hält Rosa kurz fest, läßt den weggehen. »Das war der Direktor Bräutigam. Zuständig für meinen Vertrag. Für mein Gehalt – ich hoff, das ging noch mal gut.«

»Aber klar doch – Dynamiker, die reihenweise Miezen abschleppen, erzielen am Arbeitsmarkt Spitzengehälter.«

Langensiepen schaut sie groß an, schluckt. Nickt. »Die ›Sitte‹ muß das ja wissen.«

Sie gehen zum Jeep hinüber. Sie öffnen das Verdeck. Die gemeinsamen Handgriffe. Langensiepen erzählt, was bei der Zeche Zollverein ablief, und Rosa erklärt, daß sie ihn von nun an nie mehr allein losfahren läßt.

Unterwegs im offenen Auto, im lauen Wind. Sie fährt, er schaut sie an. Ihr Haar. Ihr vergnügtes Lachen.

»So so. Wenn diese Siggi dich bongt – dann muß vielleicht doch was an dir dran sein.«

»Woher kennst du sie?«

»Sittenwitha kennt alle einschlägigen Damen. Samt ihren Dramen.«

»Und wieso fauchst und kratzt du jetzt nicht?«

Sie tippt sich an die Stirn. »Würd dir so passen! Pascha! – Siggi, bis übbern Hals hat sie im Dreck gesteckt. Drogenkaschemmen, geschäftsmäßig eingelocht, zum Verhökern in Sklavenboxen. Zwanzigtausend Abstecke waren fällig. Blockschulden bei den Loddels, den Menschenhändlern – dem Macker-Gesocks. Und die? Immer wieder die Platte geputzt. München, dann Frankfurt, dann Hamburg. Hier beim Zoltan hat sie's gradezu formidabel. Hab ihr neue Papiere beschafft, ist jetzt unauffindbar. Ach, keine Ahnung habt ihr von der Kiezmetzgerei. Siggi und mich kannste so schnell nicht auseinanderkriegen. Sag mir lieber, in welches Freßlokal wir nun also fahren.«

»Heimliche Liebe.«

»Ausgerechnet.«

»Wieso?«

»Ach. – War mal unser Sonntagsrestaurant. – Familienspaziergang. Der Rundgang über die ›Heimliche Liebe‹. Auch öfter zum edlen Essen dort oben.«

Sie fahren am ›Uhlenkrug‹ vorbei, durch den Stadtwald.

»Der Witz von der Vanillien- oder Familiensoße, die alles schön zudeckt und verklebt, war bei mir kein Witz. Ich hab ›Familie‹ anfangs mit ›V‹ geschrieben – wie ›Vater‹. Familie war Vater. Und der war ein Abgrund.«

Sie fahren die lange Gerade an der Schillerwiese entlang, kommen zur Reithalle. Langensiepen glaubt, im rechten Außenspiegel etwas zu erkennen. Eine Karosserie von eindrucksvoller Stabilität. Er schaut noch mal – kein Irrtum. »Sag, hättest du was gegen eine Geländefahrt?«

»Ich dachte, deinen Test mit meiner Karre hättest du schon hinter dir.«

»Ich fürchte, wir müssen – noch mal – die Kabelfalle – will wieder zuschnappen. Kuck dir mal hinter uns den dritten Wagen an. Den braunen. Mal sehen, ob der auch nach dem Stadtwaldplatz noch folgt.«

»Und wenn ja?«

»Dann sitzen da die drin, die uns heute nachmittag auf dem Kaufhaus besuchen wollten.« Er klopft sich an die Jacke, dort, wo die Fotos stecken.

Der Stadtwaldplatz. Sie biegt in die Heisinger Straße hinauf. »Die bleiben hinter uns.«

»Wie schätzt du die Reifen ein. Können die ne Treppe vertragen?«

»Klar, der klettert wie ne Kakerlake!«

»Es geht nur runter, ein kurzes solides Steintreppchen.«

»Wo?«

»Wir tun, als führen wir runter zur ›Schwarzen Lene‹. Kurz vor der Einfahrt auf den Parkplatz: scharf nach rechts, über ein paar Stufen runter, in einen Waldweg, danach sofort wieder steil bergauf, Richtung Isenburg.«

»Ich kenn die Ecke – gehört zu unserem Vanillien-Rundgang – probiern wirs!«

»Kannst du erkennen, ob der ne Berliner Nummer hat?«

»Der Mercedes ist dazwischen.«

Langensiepen konzentriert sich auf den rechten Außenspiegel, dreht sich um. »Der Volvo kommt an dem nicht vorbei. Fahr weiter geradeaus.«

»Hast recht. Berliner Nummer.«

Die Heisinger Straße ist eine Allee, ein breiter Grünstreifen mit Bäumen trennt die Fahrbahnen. Nach rechts geht es jetzt hinauf zur ›Heimlichen Liebe‹, dem höchsten Punkt der Stadt. Rosa macht Tempo, sie bleibt auf der Heisinger Straße, der Volvo ist knapp hundert Meter hinter ihnen, versucht zu überholen. Doch der Mercedes besteht auf Stadtgeschwindigkeit und bleibt in der Mitte der breiten Fahrbahn.

Rechts wieder ein Hinweisschild, schon erleuchtet: ›Schwarze Lene‹. Rosa biegt rasch ab, ohne vorher zu blinken, ruckartig. Eine kleine Straße führt steil abwärts, durch ein Gehölz, nach einer Kurve kommt Hochwald mit mächtigen Buchenstämmen. Kurz vor der Einfahrt auf den Restaurantparkplatz bremst sie scharf, hält an, schaltet die Lichter aus. Rechts sind die Stufen. Hinter ihnen, zwischen den Bäumen ist noch nichts zu sehen, der Volvo noch hinter der Kurve – das ist die Chance, sie kurvt nach rechts, rumpelt das Treppchen hinunter, über eine Bachbrücke, dann gegenüber steil in den Wald hoch. Während sie die Steigung nehmen und eine Gruppe Spaziergänger auseinanderspringt, mit wütenden Zurufen, kann Langensiepen erkennen, wie hinter ihnen zwischen den grauen Buchenstämmen die Volvo-Lichter an der Treppe vorbeijagen, auf den Parkplatz der ›Schwarzen Lene‹.

»Halt mal!«

Sie zieht die Handbremse, stellt den Motor aus, schaut ebenfalls zurück. Unten murren noch die Fußgänger. Hinter den Büschen und Bäumen, heult der Motor auf, der Volvo des Doktor Angermann aus Berlin wird gewendet, prescht nun das Sträßchen wieder zurück, hinauf zur Heisinger Straße.

Sie läßt den Motor wieder an, fährt langsam den rutschigen Waldboden weiter hoch. Links unter dem schmalen Weg öffnet sich der Blick auf den See. Auf die seit 1933 gestaute Ruhr. Ruth Körfgens Weltmeistersee, unten zwischen den Buchenleibern als hellgrauer Schimmer. Der Weg vor ihnen ist eng, frische Abrisse den Hang hinunter haben ihn noch schmaler gemacht, aber sie kommen weiter. Auf der Höhe rechts jetzt die Mauern, gegen den dunklen Himmel – hier hauste er, jener

Stadtvogt Isenburg, dem Walther statt aller Folter die Verdammnis wünschte.

Über einen Feldweg kürzen sie ab, zwischen abgeernteten Kornfeldern hinauf, zum Essener Gipfel, zum Aussichtsrestaurant ›Heimliche Liebe‹. Vor dem Parkplatz halten sie an. Da ist kein Volvo – es nähert sich auch keiner. Sie steigen aus.

Laue, fast bewegungslose Luft. Erste Sterne. Sie hakt sich ein, zieht ihn zum Restaurant um das Gebäude herum. Ein Lichtstrahl auf der Außenwand des Hauses zeigt Wörter: ›Kein Feuer, keine Kohle kann glühen so heiß wie heimliche Liebe von der niemand nichts weiß.‹ An den Tischen draußen zwei ältere Paare, sie gehen über die Terrasse, bis vor das Holzgeländer.

Unten der See. Die Hügel, wenige Lichter. Die Villa der Krupps. »Diesen Langensiepen zieht es offenbar immer hoch hinaus, in die Vogelperspektive.«

»Hier oben hat sogar Alfried Krupp zu dichten begonnen.«

»Wirklich?«

»Folgendes Gedicht hat er an dieser Stelle geschaffen – neben seinen sonstigen Werken, die bekanntlich weltberühmt wurden – ich kann es auswendig, so tief hat es mich bewegt –

Es liegen vor mir Wälder
und auch die holde Ruhr,
wie bin ich doch erfüllet
vom Reize der Natur.«

»Wie bin ich doch erfüllet? – wunderbar!«

»Auf ›Ruhr‹ reimt sich nun mal nicht Stahl oder Kohle. Sondern ›Natur‹.«

»Und ›Aufruhr‹«, sagt Rosa.

»›Aufruhr‹ auf ›Ruhr‹? wird als Reim von den Ästheten abgelehnt.«

»Typisch. Deswegen konnt ich die auch nur zwei Semester lang ertragen.«

»Du?«

»Ich.« Sie schaut auf den See hinunter. Stülpt der sich auf? Er holt tief Luft und sagt: »Annette von Droste-Hülshoff beginnt eine ihrer Mordballaden mit der Feststellung: ›Es kocht die Ruhr –‹«

»Und warum kochte die? Vor Wut?«

»Mordswut. Ruhr als Aufruhr. Sie schildert, wie der Graf von Isenburg den Bischof von Köln erschlug.«

»Solln sich nur alle selber umnieten – ich hab Mordshunger, hoffentlich kochen die hier nicht bloß aus Wut. Ich weiß, daß ich damals, mit meiner Vau-Familie, immer nur Schnitzel gegessen hab. Wiener Schnitzel. Diese Tochter hatte einfach keinen Sinn für Vaters Eßkultur.«

Sie nehmen einen der Tische im äußersten Winkel; sehen von dort das Tal, den See. Die Waldberge gegen das Abendlicht, unten Villa Hügel. Am Himmel, im letzten Violett, eine Federwolke.

Ein Ober bringt die Karten. Langensiepen beobachtet, wie sie darin liest, blättert. ›Zwei Semester‹. ›Sprung in der Schüssel‹? Er schaut sie gern an. Wieso fühlt er sich jetzt so sicher. Beim ersten Mal, in der ›Börse‹ – wie hatten ihn da ihre Armreifen irritiert – und? was ist nun anders? Daß heute keine Ringe an ihren Armen klirren?

Sie ist zu ihm gezogen. Oben auf sein Dach. Interesse zeigt sie, will er glauben. Selbst in ihren ruppigsten Koddereien. Ein Interesse, das ihn nicht nur sicher macht, das ihn auch irgendwo, ungefähr beim Zwerchfell, zittern läßt.

Zwischen den Bäumen Lautsprechermusik, Mantovani, Geigenkonserve. Aus Boxen, die wie Kameras auf die Tische gerichtet sind. »Verstößt gegen das Grundgesetz«, murmelt er. »Recht auf Trommelfell. Ist unantastbar.« Und ist wieder aufgestanden. »Toilette«, nuschelt er.

Im Restaurant ist jeder Tisch besetzt. Neben der Kuchentheke findet er die Nische mit dem Plattenspieler. Er sieht, wie das Personal rennt und beschäftigt ist, hebt den Tonarm, hat mit einem Hebeldruck den Kopf gelöst und in der Hand.

Als sie wieder seine Schritte hört: »Nanu? bist du mit allem so schnell?«

»Jedenfalls bei Körperverletzung«, sagt er. Und legt ihr, wie der Kater den toten Vogel, den Tonkopf vor. »Mein Trommelfell gehört mir.«

»Aba hömma –«

»Ich höre – und zwar, daß ich nichts mehr höre.«

Sie hören fernen Autolärm. Aber auch die Blätter im Nachtwind.

Sie liest die Speisekarte, er versucht, ein Windlicht zu zünden. Im Restaurant drinnen ist festliches Licht, einige Fenster sind beschlagen. »Ich weiß noch unseren Tisch«, sagt sie, »immer der an der Fensterecke. Vatters Vau-Effekt.« Das Flämmchen vor ihnen ist jetzt nicht mehr erloschen. Der Ober nähert sich; hält die Hände hinter den Rücken. »Haben die Herrschaften entschieden?«

»Ja! Hörn Se ma – hier mitten zwischen Ihrm Gulasch-Fressi und Hawai-Chi-Chi, da les ich, oder is datten Druckfehler: Fasanenbraten gespickt, mit einem Füllsel aus Schnepfenfleisch, Ochsenmark, Speck, Würzkräutern und Trüffeln, dazu Brunnenkreßsalat – hörn Se, dat steht doch hier bloß for show! – oda?«

»Wenn Sie ein Augenblickchen länger warten können, etwa zwanzig Minuten, dann steht das hier auf dem Tisch!«

»Knuffich, rattenscharf! und hinterher? – schreim Se't gleich dazu! – Omelettes Soufflées. – Aba innen dat Schaumige auf ja keinen Fall verbacken! nur hauchdünne Kruste! scharf gebrannt in sekundenstarker Hitze! Wehe! – und dieser Herr, der den Mund nich mehr zukricht, der ist mein Gast – also: haben der Härr sich entschieden?«

»Alles dito!« stammelt Langensiepen, »sie nennt mich zwar ›der Herr‹, aber was die Frau sagt, wird gemacht.«

»So wars schon immer«, nickt der Mann. »Etwas zu trinken?«

»Für mich Côte d'Or, und dieser Herr kriegt sein Gesundheitswässerchen.«

»Burgwallbronn«, nickt der Ober, »sehr wohl.« Er sammelt die Karten ein, schaut wohl auch kurz und nicht ohne Neugier zwischen den beiden hin und her und will verschwinden.

»Noch was! – diesem Herrn den Fasanenkadaver bitte mit ohne Kopp!«

»Wie bitte? – also wir – servieren *nur* ohne Kopf –«

»Da is der Herr aba froh.« – Der Mann geht. Seine Schritte, zwischen Tischen und Bäumen, scheinen unsicher.

Sie schaut ihn an. »Und du? – beziehungsweise? Von dir weiß ich nun schon einiges. Daß du Türken quälst, daß du absahnst, Schecks, wo immer du sie kriegen kannst, daß dir die Volvos unangenehm sind und um so angenehmer die Siggis, und zwar heftig. Soweit alles paletti. Und jetzt? Bin ja wohl ich dran. Hm. Will ich mal kucken, wie ich das hinbekomme.« Sie blickt seitlich hinauf, ins Dunkelviolette, flüchtet sich noch mal in eine ihrer kleinen Kurven, redet was von den neugierigen Vermietern und Chefs, ob die noch nie was vom Schutz der persönlichen Daten gehört hätten. Läßt das dann aber und sagt: »Ich fang mal mit dem Bernd an. – Bernd. Wir kannten uns seit dem zweiten Semester.«

»Rosa B. hat studiert?«

»Theaterwissenschaft. Vorher schön brav Abi, denn was der Vater sacht, wird gemacht. Und dann ab nach München. Und dort den Bernd. Der wurd Architekt. Wohingegen mich der Wahnsinn umzingelt hat, die gesellschaftliche Veränderung. Hingegen Bernd – kurzum, der schaffte tatsächlich sein Examen. Wurd Raumplaner. Hier in Essen. Beim Kommunalen Siedlungsverband Ruhr. Vaters Beziehungen. Aba auch den Bernd haben sie schließlich eingespart. War mein Bernd arbeitslos. Nun durft ich ihn, wie man so sagt, aushalten. Seine Stütze investierte er fröhlich in ein altes Bauernhaus im Morvan, irgendwo hinterm Burgund, da gabet für n Appel un n Ei n Gehöft, oom bei de Berge rechts umme Ecke. Da wollt er nun dringend sein Ich vawiaklichen.«

Der Ober kommt mit den Getränken, schenkt ein, zieht sich wieder zurück.

»Bernd hat im Morvan eine Ruine wieder aufgebaut. Das Dach gezogen, Möbel geschreinert, eins a Möbel, Küchensachen, Skorpione geschlachtet. Brunnen gegraben, Wege, Treppen, Wasserleitung – ich durfte hier die ›fremdbestimmte‹ Arbeit aushalten. Damit der dort seine Selbstbestimmung fand.« Sie trinkt. »Nicht, daß nicht auch ich mir meine Ecke freigeboxt hätte. Aber so läuft das doch – mit den alternativen Frühgreisen. Die Frauen dürfen rackern, damit die Herren sich ihre letzten Paradiese leisten. Die viel bestaunten ›Gegenmodelle‹. – Bernd war mal. Und nun isser über sämtliche Berge, mit einer aussem Morvan.«

»Marie Louise?«

»Woher weißt du das?«

»Sie war am Telefon.«

»Ach je, sonne Sachen, da hätt der Bernd umgekehrt gegen mich wohl n bißken mehr Munition. Ich war nämlich, mußt du wissen – nicht nur staatliche Sittensauberfrau. Sondern auch unsittlich von Berufs wegen – na gut, schön der Reihe nach – erst mal der ordentliche Teil – Prost!«

»Auf deine ordentlichen Teile.«

»Sie! Beherrschen Sie sich!« Sie trinkt. Erzählt dann. Immer wieder mit Pausen.

»Theaterwissenschaft – schwuppdich war ich ungeheuer politisch. Mit meinem eigenen ›langen Marsch‹. Jawoll: Schluß mit dieser Flaschenpostkunst! statt dessen mittenrein ins Zentrum! – in den harten Kern dieser Kommerz- und Ausmerzgesellschaft.« Sie trinkt. »Jau! bin ich zu den Bullen. Studium fini. Statt dessen Polizeischule Hiltrup. Die ›Schaltstelle des Gegners‹! Die wollte ich treffen. – Die Kopfstation, die wollte ich zerbröseln.«

Sie trinkt, schaut sich um – drüben verlassen Gäste die Terrasse. Sie sind nun allein unter den Bäumen.

»Da war dann nur noch die Frage: Wer zerbröselt hier wen. Das muß ich nicht ausgerechnet dir erklären. Wie man im harten Kern des Gegners weich wird. Wieße plötzlich Schiß kriss, obbe nich schon längß dazugehörß. – Dammals habbich dat ganz gut mitgekricht, wie da so ein gewisser Kommissar Langensiepen versucht hat, die Ruhe an der Ruhr aufzuknacken. Als Einzelkumpel gegen den Revierfilz. Den habbich dammals richtich bewundert. – Hätteste das gewußt, hättse dich ganich so tierisch betrinken müssen, wa? – aba Schmonses beiseite. Irgendswann hörte ich dann nur noch: ›Der Langensiepen? Der is im Eimer.‹ – Ich dagegen mit meinen sogenannten Fortschrittchen. Wacker wacker auf flache Treter – dienstlich vorgeschriebene Verstaatlichung des Kopfes. Auch bei den Fischen, wenn se faul werden, geht dat im Kopf los. – Hab damals, neben dem Dienst, meine ganz private Kurve gekratzt – bin wieder ausgebrochen. Herr Vermieter: Nun wird es gar ernst. Ich hab n doppeltes Leben gelebt. Die Flamenco-Rita war die Attraktion in gewissen Etablissemangs. Zum Beispiel da, wo du't gestern mit Siggi getrieben hast.«

Langensiepen will Luft schnappen, will Fragen stellen, findet aber nicht sofort die Wörter – und zwischen den Tischen und Bäumen nähert sich nun eine Schar Ober. »Chefvisite«, sagt Rosa. Man rückt Beistelltische, stellt Rechauds, zündet Wachslichter. »Vorsicht, die Teller sind heiß. Ich hoffe, Sie werden zufrieden sein – ist der Wein recht? – Die Fasanen wollten, sagt der Chef, vorgestern noch bei Kleve die Grenze überfliegen, nach Holland –«

»Wenn nun jeder Fasan einfach den fliegenden Holländer machte, wo kämen wir da hin!«

»In die Pfanne, meine Dame. In die Pfanne.« Der Ober tut auf.

»Richtich – nur gebraten sind so Schlawiner zum Aushalten.«

»Käme dann immer noch auf die Füllung an«, lächelt der Ober und tut Langensiepen auf.

»Sie sind mir ja einer«, beschwert sich Rosa.

»Lassen Sie sichs munden!« Die Visite entfernt sich.

»Hasse dat mitgekricht? – wie sacht dat der Krupp? – wie gern wär ich erfüllet – vom Reize der Natur – wohl bekomms!«

Sie ißt mit Heißhunger. Rosa genießt hörbar, greift mit den Fingern, verspeist mit Wohlbehagen und bittet um Nachsicht – sie als höhere Tochter aus Essen-Stadtwald habe gerade in diesem Restaurant jahrelang ihre Freßlust unterdrücken müssen. Redet beim Essen vom Vaterdrill, von der Vau-Familie vom Zwang zu Manieren und zum Delikatessen-Essen – das sei Kinderschinderei. – Nicht mal Schmatzen, nicht mal *diese* Sorte Wollust werde freigegeben. – Mit ihrem ewigen Schnitzelwunsch habe sie, das sei ihr klar, dem Vau-Effekt widerstehen wollen. – So redet sie und rühmt das ›Mampfen‹, das ›Spachteln‹. – Und erklärt, dieses hier, das sei ein Freudenfressen – aus Lust daran, daß dieser Staat sie nun beide nicht mehr haben wolle. Ihn, Langensiepen nicht, weil der Betrieb ihn chronisch krank gemacht habe und er sich dazu sogar bekenne. – Sie aber, weil sie chronisch bewegungssüchtig sei, ausbruchslustig.

»Übrigens, das Zahlen übernehme ich.«

»Ach? Kannzat nich verknusen, dat dich ne Frau aushält?«

»Übermorgen, zur Einweihungsfete, lädst du ein, heute ich. Hey! neuerdings schwimme ich doch im Geld, binnen zwei Tagen zehntausend Mark – wahrscheinlich nicht mal zu versteuern, da alles ohne Quittung und Legalität.«

»Du bist ein Luder, ich weiß. Trotzdem zahlt Rosa, von ihrem Sündenlohn.«

»Honorar vom ›Eldorado‹?«

»Richtig!«

Sie essen eine Weile. Als sie fast fertig ist und Fasan und Füllung wiederholt gerühmt hat, fängt sie an: »Du – ich hab einfach Spaß daran. An Bewegung. – Mich interessiert nicht, was die Männer sehen wollen. Mich interessiert, was ich *selber* will. Den eigenen Körper akzeptieren – so wie er ist. Nicht mehr. Aber auch nicht weniger. N anderen Körper kriegen wir in diesem Leben nicht. Also nimm diesen hier. Und zwar ganz.«

»Dürfen wir schon die Omelettes Soufflées bringen?« Es wird abgeräumt.

»Warst du also – ›Rita‹?«

»Hast du mich etwa gesehn?«

»Leider nein. Aber Siggi – hat von dir geschwärmt.«

»Prost auf Siggi, die süße Sau.« Sie trinkt. Die Ober entfernen sich mit dem Geschirr. Er schüttelt kaum merklich den Kopf. »Du warst – bist – also regelrecht – Tänzerin? – oder wie –«

»Trauße dich nich? das Wort auszusprechen: Die feinen Herrn Ober sind nun alle fort! Tänzerin! Jau. – War ich, aber Nacht- und Nackt-! Mann, auf deutsch: Schtrippties! Jede Nacht drei Auftritte. In den teuersten Schuppen. Drei Shows pro Nacht. Un jedesmal anders, andere Fummels – führ ich dir alle vor – anderes Tempo, andere Figuren. Und im Finale, ohne irgendeinen Stopp und Flop, absolut blank! – hey! dat kennze doch säpps: übberall anne Haut Luft? Macht Waugh! Anti-Vau! – mit schönen heißen Typen! aus Trinidad – Jamaica – hm! – da kommt ja das Hitzewunder –«

Zwei Ober servieren die Soufflées. »Nach den speziellen Wünschen der Dame!« sagt der Ältere. »Innen hauchzart, außen knusprig.« Sie ziehen sich zurück.

Langensiepen betrachtet sein Dessert. »Und die ›jungen heißen Typen‹? hast du etwa – vernascht?«

»Genauso gern wie dies hier. Zum Verwechseln ähnlich. Außen knackig braun«, sie probiert, »innen weich und sanft – wahrhaftig! – hm, lecker! Hast du dagegen grundsätzlich irgendwas einzuwenden?«

»Ich registriere nur die vielen Seiten deiner Freßlust.«

»Alle kennst du noch nicht. Sieh dich bloß vor.« Sie ißt mit Bedacht. Schaut ihn nach jedem Bissen an. Als verspeise sie ihn.

»Rosa. Rita«, murmelt er. »Und in Wahrheit Roswitha?«

»Roswitha ist gut katholisch. Oder Gertrud oder Elsbeth, so heißen wir hier in Essen. Wär ich n Junge, hätten sie mich Ludger genannt. Der hat die Abtei gebaut, für Karl den Großen und für Jesus. Ludger oder Bernhard, so wie mein Bernd.«

»Wie hast du das alles bloß nebeneinander organisiert.«

»Wie gesagt: Das eine Leben belebt das andere.«

»Und dein Doppelleben hat nie jemand entdeckt?«

»Irgendwann – hast ja recht – es mußte ja mal schiefgehen. Und ich weiß auch ziemlich genau, wer dafür gesorgt hat. Einer aus der Vau-Truppe, Vau wie Verwandtschaft.«

»Und jetzt?«

»Die schlimme Rosa denkt nicht dran, ihren Nebenjob, der klammheimlich ihr Hauptjob war, an den Nagel zu hängen. Polizisten dürfen zwar Vierzehnjährige abknallen, in Bayern jedenfalls, die dürfen auch wissen, wie die Post von Telefonbaufirmen bestochen wird und dürfen in Dortmund mit Knakkis jahrelang gemeinsame Sache machen, Schüttelschecks decken, Strom teilen und hinlangen, wo immer was zum Abstauben ist – das sind alles nur Opfergänge für Vau-Männer. Da gibt es höchstens Disziplinarverfahren – aber wenn einer die Sauflust nicht mehr los wird, dann ist das egal, ob er die beherrschen lernt und sogar in der ›Pümpgen‹-Pinte aufrecht bleibt – nein, dann darf der gehen. Und wenn eine Spaß hat an ihrem und an anderen Körpern – wohlgemerkt, nicht an dem von kleinen Jungs – und macht aus diesem Spaß ihr zweites oder das wahre Leben; dann ist das absolut amoralisch. Wo kämen wir denn hin, wenn die Hüter der Lust selber Lust hätten! O war dat toffte – ich platze.«

»Ist nur gut, daß ich all das erfahre – ein paar Stunden, *nachdem* du eingezogen bist.« – »Prost, Langen!« – »›Spaß an Körpern‹? nach wie vor – an fremden also hast du zum Glück keinen?«

»Kann dir da wenig Hoffnung machen. Denn das ist ja das Fürchterliche – daß ich das im Ernstfall überhaupt nicht mehr auseinanderhalten kann – eigenen Körper und Spaß am anderen – wie Vanilleeis mit heißer Schokoladensoße – gehört zusammen.«

»Wie Rosa-Rita-Roswitha und das Schokoladenwunder aus Trinidad.«

»Na bitte, du beginnst zu begreifen.«

Sie schaut ihm in die Augen, in das eine, das andere. »Aber die Onkels im Präsidium und überhaupt alle diese Ludgers und Vau-Typen, die haben enorme Schwierigkeiten mit mir – schon mit diesem klitzekleinen Unterschied zwischen Sex und Erotik. Ein guter Strip? Unheimlich kühl und klar – wie überall in der Kunst!« Sie trinkt aus.

»Cool mit heißen Typen? Hm.«

»Tja, Langen – deine Untermieterin steht auf Rhythmus. Nachts und ›nackich‹, wie das in Essen heißt. – Und das läßt die sich auch von niemandem mehr nehmen. Hab zu lange Vaumilie ertragen – also, lieben Siepen, ich garantier für nix. Wenn es dir zuviel wird: sag rechtzeitig Bescheid. Das müssen nicht alle: nackich. Und ›nackend‹!«

»Und Bernd?«

»Das war der casus knaxus. Vorigen Winter fiel er aus allen Wolken – taucht plötzlich in der Viehofer Straße auf und kriegt alles voll mit – aus un vorbei. Nu isser widder hinter seim Morvan-Wald. Mit Marie Louise.« Sie lacht. »Wenn Frauen sichs einfach selber besorgen, inklusive Jux un Vergnügen, sowat bringt euch zum Wackeln, euch Vau-Männer, euch Fasanenprinzen – nix wie ab nach Frankreich!«

Sie gießt aus der Flasche noch einen kleinen Rest ins Glas, trinkt den aus. Trinkt, ohne ihn aus dem Blick zu lassen. »Siggi hat mir erzählt. Von dir – Luder.« Sie trinkt nicht mehr. Hält aber das Glas weiterhin vor ihren Mund, sieht ihn an. »Kann sein, das ist es – was mich zu dir zieht – zu dir ziehen läßt. – Du willst keinen beherrschen. Oder?«

»Schön wärs. Wenn du nach nem halben Jahr noch so urteilst, dann – – – heute mittag, als du so gut mit den beiden Jungen operiert hast – da –«

»Da –?«

» – da spürte ich – tja. Was war das.« Er blickt unter den Bäumen herum, zum See hinunter, als fände er dort das richtige Wort. »Eifersucht? – Hab mich geärgert. Über mich selbst. Was hilfts. – Fand mich mies. – Aber es war so.« Er schaut zur Seite, wieder in die Bäume. Über den Waldsaum steigt ein mirabellengelber Mond.

»Hey, Langen. Wir zwei – da oben auf dem Kopstadtdach – meinz, wir packen das?«

»Hab mich über mich selber gewundert, wie schnell ich dir die Schlüssel gegeben habe. Auf meinen Hochsitz wollte ich eigentlich niemanden hinauflassen.«

»Und nun? sogar so eine wie diese Flamenco-Flaume? – mitten hinein in die Firma, ›Rr & Rr‹?«

»Ich schlag vor, du machst weiter das, was *du* willst.«

Sie setzt das Glas ab, beugt sich vor, gibt ihm einen Dankekuß. »Das heißt aber, mußt du wissen: Ich will weiter auftreten. Mit avec!«

»Und wenn mich die Volvo-Ganoven jagen? Und ich alleine komm nicht mehr klar? Schau nicht mehr durch? Zum Beispiel: Was gibt es an Gründen für den Hausmeister Adolf Hoffmann, einen Türken zu erschlagen? Mit lädierter Hose, lädiertem Knie erst gegen drei Uhr nachts nach Hause zu kommen? Dazu müßte man ihn ein wenig genauer auskundschaften. Siggi hat ihn nur flüchtig kennengelernt, als ziemlich brutal. Und ziemlich primitiv. Vielleicht – wie wärs, wenn du dir so einen mal zur Brust nähmst?«

»Ich wüßt, wen ich lieber zur Brust nähm –« – er bekommt einen weiteren Kuß, diesmal auf den Mund. Sie steht auf, kommt um den Tisch herum. Sie stehen voreinander, zum Anfassen nah.

»Jetzt«, sagt Langensiepen, »kommt der beliebte Moment, in dem die Dame zur Toilette geht und der Herr die Gelegenheit nutzt, unauffällig zu zahlen.«

»Untersteh dich! – tut mir leid, diesen Moment gönn ich dir jetzt nicht, in dem beim Zurückkommen die Dame betörend duftet, nach ›feurige Stute‹ und ›tosender Lenz‹, und den Herrn damit endgültig in die Flucht schlägt.«

»Tolle Aussichten. – Ich erlaube mir also nur, unauffällig den Tonkopf zurückzugeben.« Er küßt sehr sanft ihren Mund, der unbewegt bleibt, aber halb geöffnet. Er sieht sie an. Ihr Gesicht wie in einer starken Vergrößerung. Tonkopf. Kopfstation. »Erkennst du, daß ich grüne Augen hab? ›Grüne Augen Froschnatur. Von Gefühlen keine Spur‹.«

Er nickt. »Die beste Voraussetzung – sagten Sie soeben selber. Für Kunstwerke.«

»Warts ab!« Sie geht vor ihm ins Restaurant, an die Theke; zahlt. Der Ober ist von ihren Scherzen über die Füllung des Fasans so abgelenkt, daß Langensiepen unbeobachtet den Kopf wieder auf den Tonarm setzen kann. – »Danke für die Einladung«, sagt er draußen. »Nun bin ich also erpreßbar.«

»Ich schon längst.« Sie erpressen sich sanft. Mit den Lippen, den Händen. Üben Druck aus.

Gehen dann wieder über die Terrasse, bis in den hinteren Winkel. Dort, nach einem kurzen Halt, zwischen zwei Holzpflöcken hinaus auf eine Wiese. In die Dunkelheit. Ein großer sanfter Wiesenbauch, kuppelrund gewölbt, mit Bäumen in großen Abständen. Sie bleiben stehen. In der Ferne, im Norden, das Licht und die Türme der Innenstadt. Das Rathaus. – Sie halten sich die Hände. Sehen unten Ruth Körfgens blassen See. Schauen zum Nachthimmel. Die Mirabelle über dem Stadtwald hat rostige Flecken.

»Stände hier ein Turm, nur 20 Meter hoch, überblickte man ein Fünf-Millionen-Revier.« – »Immerhin, ohne Turm überblickt man die Sterne.« – »Die Plättchen.«

»Plättchen?«

»Paillettenstickerei. – Mehr nicht. – So sorry. Riesenhafte Leichname. Unvorstellbare Massen. Tote Materie. Leblos blubbernd, unnötig rotierend, strahlend, platzend. Nichts fertigbringend als immerzu diesen Wechsel. Von Masse in Energie und wieder zurück in Masse. Und so ad ultimo. Was du da siehst – sagenhafte, nicht mehr vorhandene Vorzeiten des Todes. – Und darum ist nun endlich auch das wahre Bild des Universums überdeutlich zu sehen – die himmlische Kuh.«

»Wer bitte? Was ist zu sehn?«

Langensiepen schaut unbeirrt über die Tiefe; sie versucht, seine Blickrichtung zu finden. »Kuh?« Schließlich entdeckt sie im unteren Sternenhimmel tatsächlich so was wie einen großen einfachen Umriß. Nicht allzu hoch über dem Horizont. Das Bild eines Spieltiers, einer hölzernen oder ausgestopften steifen Kuh.

»Mannomann – extra für mich? – die rosa Berchmannskuh? – wär aba nich nötich gewesen.«

»Ist ja auch keine Ziege. Sondern eindeutig eine Kuh. Neben Milchstraße und Großem Wagen ist dies das einzige Bild am Nachthimmel, das auf Anhieb einleuchtet. Seit je steht das so am Himmel. Als riesiges Steifftier. Selbst wenn wir mit Lichtgeschwindigkeit fliegen könnten – in weniger als zwei Sekunden am Mond vorbei – selbst dann bräuchten wir vom Hinterhuf bis zur Stirn Millionen Jahre.«

»Wahnsinn.«

»Aber keiner Epoche ist es je eingefallen, dieses Vieh zu erkennen. Zu benennen.«

»Erst Rudolf Langensiepen mußte kommen.«

»Du siehst, welche Chance selbst der Geringste hat. Göttlichen Stab im Tornister. Dem Sinnlosen Sinn geben. Ich glaube, das ist unser Haupttrick. Aus dem Nichts machen wir Bilder. Und sind entzückt. Hingerissen von der eigenen Einbildungskraft. Angesichts des Chaos: Ordnungswut. Es darf doch nicht alles so unendlich nichtig sein! Der Postreferent selber hat es mir gestern gestanden, hinter verschlossener Tür: Diese Milliarden für die Kupferverkabelung, schon die sind ein kapitaler Mumpitz.«

»Deine Kuh steht aufm Hinterhuf!«

»Das macht sie fast immer. Streckt ihre Stirn in Richtung Zenith. – Ist eigentlich nur im Winter zu sehen. Im Sommer nur in einer der ersten Stunden nach Mitternacht, dicht überm Horizont.«

»Und wann hast du diesen astronomischen Mumpitz entdeckt?«

»Wenn sie mich rübertrugen in den Luftschutzbunker. Ist nun mal kinderleicht zu erkennen, ist das einfachste Bild am Himmel. Meine Mutter hat es mir erklärt und hat später erzählt, auch sie hätten als Kinder in ihrem Provinznest in Westfalen natürlich die Kuh gekannt. Sie hätten sich nur gestritten, obs ne Kuh sei oder ein Ochse. – Kommen tatsächlich nur Kuh oder Ochse in Frage. – Nicht etwa Stier, Bulle. Denn dies Vieh steht steif da, klobig, dick; kein bißchen dynamisch, alles andere als aggressiv. Bauchlastig. Dabei selten klar, im Vergleich zu all den komplizierten Himmelsgebilden, die man uns sonst weismachen will am Firmament. Nur – eine Kuh ist zu ohnmächtig und einfach zu einfach für mythologische und priesterliche Ehren. Ich bin sicher, es ist das Sternzeichen für die einfachen Leute.«

»Unser Himmelstier.«

»Dieses Bauch-Tier hieß von Beginn an Orion.« – »Orion?« – »Der riesige Jäger.« – »Aha?« – »Der aber selber erjagt wurde. Erschossen. Eine Göttin, die eifersüchtig war, verwandelte ihn in ein Sternbild. Orion, der jagende Riese.«

»Gegen den hatte die Kuh nie eine Chance.«

»Die drei Stirnsterne gelten als Orions Jagdgürtel. Und was eindeutig ihr Vorderhuf ist, das gilt offiziell als das Schwertgehänge. Das Gehänge des jagenden Riesen. Dieser Vorderhuf aber ist in Wahrheit der Nebel M 42 – eine leuchtende Gaswolke von zwanzig Lichtjahren Durchmesser – größer als unser Sonnensystem. Von dort bis zum Hinterhuf ist es acht Billionen mal die Entfernung von der Erde zum Mond. Dieser Hinterhuf wiederum leuchtet real zwanzigtausendmal heller als die Sonne. Hätten wir den Stern so nahe wie die Sonne, wären wir geblendet – mindestens. Ein weißer Überriese, der siebthellste Stern überhaupt.«

»Klar, da mußte die Kuh erst mal zurücktreten. Gegen solche Treter? gegen solches ›Gehänge‹ – «

»Aber nun wird sie ja gesehen. Von dir, von mir. Besser was als nichts.«

»Sieht jetzt so aus, als stünd sie auf Villa Hügel.«

»Ein zeitloser Standpunkt.«

»Die Kuh als Mercedes-Stern?«

»Die Kuh ist genau das Gegenteil. Nicht Kampf, nicht Härte. Weder Mercedes noch Krupp noch Vau. Deswegen wurde sie ja auch nie anerkannt, als Sternzeichen. Denn, so besingt der Dichter Jägersberg das weibliche Rind: ›Tadellos in seiner Unschuld. Rein von allen Sünden. Gänzlich ohne Leidenschaft‹.«

»Und so – hättest du auch mich gerne?«

»Ich will dich ja nur mit dieser himmlischen Leere –«

»Leere? – mit oder ohne ›h‹ –?«

»*Wie* Sie's brauchen, Senora RosaRitaRoswitha. Wie Sie's brauchen – ich wollte mit dieser himmlischen Kuh nur Ihren reizenden Hintern besingen –«

»Mich ›verarschen‹ kann ich alleine am besten – hören Sie – um diese Uhrzeit steh ich sonst auf der Bühne, und zwar –«

»Ich weiß, in Hochform.«

»Dafür bist du im Besitz des allumfassenden Mumpitz, der ewigen Nachtkuh.« Sie drängt sich an ihn. Tastet ihn ab. »Göttlichen Stab im Tornister?« Und raunt ihm ins Ohr: »Wie gern wär ich erfüllet – vom Reize der Natur.« So stehen sie. Die Hände heiter bei Stab und Tornister.

Da faßt er sich ein Herz und sagt: »Ich hab gestern von den Singvögeln erzählt, die schreien, wenn sie die Katze krallt. Hinterher, als ich, wie du sagtest, ›durchdrehte‹ und selber durch die Stadt jagte, hinter Volvos und anderen Vau-Sachen her, da dachte ich, wieso erzählst du ihr so was. Wofür muß sie dich halten. Kennst die doch kaum. Heute denke ich – ja ja, so ist die halt – diese Berchmann. Die ist so – daß ich reden kann wie ich will.«

Sie küßt ihn – tut dann aber, als habe sie doch nicht ganz verstanden. »Wie – bin ich?«

»Eine, die ins Rollen bringt. Was ich alleine nie locker gekriegt hätte. Jetzt fällt mir zum Beispiel ein, daß ich seit kurzem einen Traum habe. Der kommt in verschiedener Form wieder. Geht aber immer auf eine ziemlich alte Geschichte zurück, auf ein steinernes Bild. Das kannte ich seit der Zeit, in der du das Wort Familie nur mit ›V‹ schreiben konntest. Da kam ich jeden Tag an einem Relief vorüber. Neun Jahre führte mein Schulweg dran vorbei, an einer Hausfassade mit einem steinernen Bild, mit einem Bild vom Wald. Und in diesem Wald war ein Jäger, der auf ein Tier schießt. Künstlerisch sicher nichts Besonderes. Um 1900 wohl ein beliebtes Motiv. Gründermotiv. – An manchen Tagen habe ich einen Umweg gemacht, um nicht an dem Jäger vorbeizumüssen und an dem Reh. – Kennst du diese Tage, an denen man beim Gehen nicht auf die Grenzlinien der Steinplatten treten will, an denen man das aber nicht schafft? An solchen Tagen wußte ich, daß einer, dem nicht mal das gelingt, zum Abschuß freigegeben ist. Hab lieber die Umwege gemacht.«

Er sucht, findet den Beedy-Behälter, bietet an. Rosa schüttelt den Kopf, hält lieber ihre Arme eng um ihn. Er raucht. »Immer wieder hab ich an dies Haus denken müssen. Und träume neuerdings davon. Wie konnten Leute das Erschießen auch noch vorzeigen. Das Abschießen – vorn, an der Front des Hauses: Victory. *Wer mag der Herr wohl von diesem Häuschen sein.* – Wir wohnten selber nur ein paar Häuser weiter, gleich neben dem Gründermotiv. – So, mein Junge, so geht es zu im Leben. Hart wie Kruppstahl. So bist auch du, sagte das Bild.«

Es ist windstill. Sie lehnen aneinander, sie hinter ihm, eng. Es bewegt sich keiner. Nur das Rauchen, ab und zu das Reden.

»So bist also auch du. – Wie das Tier?«

»Aber ja. – Inzwischen weiß ich, ich bin auch der, der schießt.« Er dreht sich um, umarmt sie.

»Das Monster als Kuschelkuh«, sagt sie.

Dann gehen sie weiter, setzen sich im Dunkeln auf eine Bank. Am Restaurant werden die Lampen ausgeschaltet.

»Wenn ich von diesem Bild träume, dann sind manchmal die Bäume zum Flaschenwald geworden. Und manchmal bin ich beim Aufwachen erleichtert und will wissen, daß das Tier im

Steinwald gar nicht zusammenbricht, sondern im Gegenteil: es springt davon. So wie du – immer wieder ab und weg! Aber an ganz anderen Morgen weiß ich etwas, was mir vorher nie aufgefallen war, da sehe ich, wie die Bäume im Rücken des Jägers gar nicht aussehen wie Bäume, sondern wie Tierleiber. Die scheinen aufgehängt, wie in Schlachthöfen, am Haken. Tja –« –er merkt, daß sein Zigarillo ausgegangen ist. Wirft es weg. »Siggis ›verdammte Hacke‹. Viehof, Schützenbahn. Nicht erst diese süße blaue Siamkatze, die – als ich Detlef morgens in den Kindergarten brachte – die vor uns aus dem Jasminbusch auftauchte, die sich von dem Kind streicheln ließ, um dann die Sprünge seitwärts unter das vorüberjagende Auto zu tun. Sie zuckten noch. Bis sie sich streckte und der Fahrer, der ausgestiegen war und zurückkam, den Körper packte und unter den Jasmin warf – das Kuscheltier. – Das, Detlef, haben sie auch schon mir nie eingestanden, daß Leben nichts anderes ist als sich und andere heiß- und wieder kaltzumachen. Masse in Energie und umgekehrt. Ad ultimo, wie gesagt. Und wenn einer, der gerade 21 war, gefragt hat, was das denn sei, das in uns mordet, stiehlt, lügt, so hat auf diese Frage, Detlef, nie jemand geantwortet. Sie haben einfach gar nicht erst hingehört.«

Er spürt ihre Wärme. Ab und zu hören sie nun einen Nachtwind gehen; aus dem Baum über ihnen kommt dann das trokkene Rascheln. Lange bleiben sie still. Er wagt nicht, die Wärme neben sich zu küssen, zu streicheln.

»Was denkst du jetzt. Von mir –?« fragt er.

»Ich denke, wie du so mit deinem Detlef zu reden versuchst – es wär schön, so einen wie dich gehabt zu haben – als Vater.« Sie gibt ihm einen kleinen Kuß auf die Backe, einen Tochterkuß. »Auch mir fallen Kindergeschichten ein – zum Beispiel diese Wiese hier – daß hier mal Schrebergärten waren, nach dem Krieg. Haben die sich immer erzählt, im Restaurant. Und ich weiß noch, wie ich hier runter – genau hier vor uns! meine erste Schlittenpartie gemacht hab. Erstes Solo! Endlich nicht mehr ziehen lassen, sondern – ungezogen – wunderbar!«

Er lacht, gibt ihr einen Vaterkuß. Schweigt dann wieder eine Weile. »Kann sein, ich hätte dich abfahren lassen, gern und oft. – Aber sonst? Ich fürchte, du hättest mit mir Trauerkloß nicht viel anfangen können.«

»Trauerkloß?«

Im Dunkel sieht er ihren Blick. Er schaut weg. Zum Kruppwald hinunter. »Dauernder Durchblick auf das Jagen. So was macht keine Frohnatur.« Er wendet sich wieder zu ihr, erkennt in der Schwärze ihre Augen und hört, wie sie sagt: »Für mich bist du – was ganz Neues. Vielleicht so was wie ein – darf ich dich so benamsen? – so was wie n Melanchoholiker.«

In dem Wald dahinten, am Werdener Berg, die Autolichter. Tauchen kurz auf, im Schrägfall wie Sternschnuppen.

»Dieser Vogelschrei in den Katzenkrallen, der ist ja nicht phantasiert. Der ist Prinzip. Dem haben Milliarden die Verkürzung ihres Lebens zu danken. Nicht nur die berühmten sechs Millionen, gekrallt von Herrenmenschen. Auch nicht nur die zehn Millionen schwarzer Sklaven, vom gleichen Herrengefühl zerquetscht – und etwa all jene Tode, die nötig waren, damit die Pracht Venedigs möglich wurde, die Unterjochung der mittelmeerischen Untermenschen, die Ausplünderung Kretas und so weiter – wer denn von unseren derzeitigen Herrenmenschen und Schöngeistern verschwendet beim Bewundern der Paläste auch nur die Spur eines Gedankens an die Ausgebluteten – dick verschmalzte Ohren, fett verpackte Nerven. Halten die Schreie fern. Der *kapitale Mumpitz*, er kostet nicht bloß Milliarden.«

Die Positionslichter eines Flugzeugs. Das Wechselblinken zieht langsam über den hinteren Huf der Kuh. Gleitet ab in Richtung Düsseldorf. – »Melanchoholiker? Okay. Sag mir was anderes. Die Muttermilch vergiftet Säuglinge, Tiere sterben aus, Pflanzen, der Boden, das Wasser – soll ich mich etwa über die Kabelknete freuen? die Zehntausend? – Nach allem, was ich bisher rauskriegen konnte über Honvas Tod – ich bin fast sicher: Dereinst stehen die harfenzupfenden Verklärer auch vor den Kabelkanälen. Vor dem High-Tech-Wunder, dem Breitbandmirakel. Bewundern das Venedig der neuen Zeiten. Den gelungenen Funktionalismus der elektronischen Technologien, Gipfel der Industriekultur – und kein Aas interessieren dann noch die Kosten. Die Opfer. Ein einziger kleiner Computer, schon ein PC vernichtet 25 Tonnen erlesener Grundmaterie –«

Die Jumbolichter verschwinden hinter dem Kruppwald. Dafür erscheint unten auf dem See ein einzelnes rotes Licht, jagt schnell hinüber zum Werdener Ufer. Wenig später dringt auch der Motorenton herauf.

Als das sägende Geräusch wieder vergeht, weht der schwache Wind andere Töne herüber, trockenes Rascheln.

»Schluß mittem Klammer-Blues.« Rosa schnippt mit den Fingern, scheint zu hüpfen. »Kuhbauch als Himmelsbild? Wonnig!« Sie gehen zum Parkplatz.

Unterwegs, im Jeep, während er steuert, streckt sie die Arme hoch, um den Fahrtwind zu haben. Und lehnt sich an ihn. »Hey. – Trauerklößgen. – Mag dich. – Eß ich sogar am liebsten – Trauerklöße. Fasan – mit Trauerfüllung.« Eine Weile kuschelt sie, schaut ihn dann wieder an, grinst, freut sich über den neuen Namen. Dabei rutscht sie allmählich tiefer, hat schließlich ihren Kopf in seinem Schoß, ihre Beine stellt sie auf die Tür und streckt sie hinaus und genießt ihre Lage. »Wenn dich jetzt deine Kollegen sähen? – Wüßten sie sofort Bescheid: Langen sein Siepen hat wieder zugeschlagen. Der stadtbekannte Schwerenöter! Kuckt mal wieder ein Frauenbein aus sei'm Auto – Weiberschluckspecht! Und macht ein auf Trauerkloß! dat ham wer gäarne! alten V-Fasan! Wennze nur halb so gut schmecks wie der inner ›Heimlichen Liebe‹, aber – da dich ja letzte Nacht schon diese Siggi ausgenommen hat – hasse denn für mich gätz überhaupt noch wat übberich?«

»Die Sorge habe ich auch.«

»Welche Sorge?«

»– das deutliche Empfinden, daß ich für dich einfach nichts übrig habe. Bist halt um einen Tag zu spät gekommen. – Aus, vorbei, Halali, das Wild ist schon zur Strecke gebracht.«

»Na gut. Kuck ich halt im Mond.« Sie tut es, sieht, wie die hellgelbe Mirabelle durch die Buchenwipfel jagt. »Bist du sicher, daß kein Volvo hinter uns herjagt? – Du fährß, als wollzet denen schon widder zeigen.«

»Die warten auf uns am Kopstadtplatz.« – »Wieso hasse eintlich keine Waffe?« – »Hm.« – »Nich ›hm‹! Ich will dat wissen, Paatner.« – »Gangster-Comment. Wenn bekannt ist, daß einer ohne Waffe geht, auf den schießt so schnell keiner. Wer das täte, wäre untendurch, sogar bei denen, die man die Schmutzigen nennt, die Letzten. – Außerdem – ohne Waffe bist du schlicht gezwungen, nachzudenken. Vor allem darüber, wie Schießsituationen zu vermeiden sind. Waffenlosigkeit regt graue Zellen an. Statt auf der Schützenbahn mitzujagen, geh ich leidenschaftlich gern türmen. Das sieht zwar nicht besonders gut aus, so nach Fasanenhahn und so, ist einfach nicht die V-Mode, aber – zum Beispiel heute, unsere beiden sogenannten Gebäudereiniger: Wenn ich die aufs Dach gelassen hätte? weiß nicht, ob das gutgegangen wäre. Die beiden Herren rechneten nur mit mir. Hätten die aber plötzlich vier angriffslustige Gegenüber gehabt – ich weiß nicht – die Kollision kann man sich vorstellen. – Und konnte sie vermeiden.«

Sie drückt ihren Kopf gegen seinen Bauch. »Ich wünsch dir, du schaffst es.«

Er will sie zurückstreicheln, berührt aus Versehen ihre Brust. Hört ein überraschtes »Hm –?« Er wiederholt das Versehen.

Sie, immer noch die Beine über der Tür, beginnt mit den Füßen zu wippen, beginnt zu singen – Wörter im Stakkato. Während er die Rüttenscheider Straße, die Huyssen-Allee hinunterfährt zur Innenstadt, hört er neben sich fortwährend diese Wörter. »Aufruhr pur Ruhrnatur rückwärts vorwärts un retour ockidocki heckmeckspeck rambazamba Hexendreck letz am Bändel nix Getändel Rotz am Ärmel Scheiß am Bein klotzich trotzich rotzich sein au Vau-Weh du Ruhrnatur, immer noch das Schaf in Schur rückwärts vorwärts un retour und von Aufruhr keine Spur, inviteischen sex veibreischen letz am Bändel Matsch am Paddel nix Getändel Chefgebrabbel bleib nicht klein klotzich trotzich rotzich sein –«

Während sie immer so weitertrommelt, kommen die großen Leuchtbuchstaben in Sicht. ESSEN DIE EINKAUFSTADT. Sie swingt »Schluß is – mit Busineß –«, derweil fährt Langensiepen den Jeep über den leeren Kennedyplatz. Stellt ihn weiter hinten ab, bei der Industrie- und Handelskammer.

Sie zieht ihre Beine ein, steigt aus; sie klappen das Verdeck zu, schließen ab, gehen über den leeren Kennedyplatz. Sind die einzigen Fußgänger, hören ihre Schritte. ›Himmlische Leere‹.

An der neuen Stadtsparkasse gehen sie vorbei, die Erste Weberstraße hinunter, dort von hinten heran an das Kopstadtkaufhaus; bei einer kleinen Tür faßt der Schlüssel, ein enger Gang tut sich auf. Sie machen Licht, schließen ab und sind im Heizungsgang unter Belüftungsschächten, Rohren. Müssen weiter hinunter, in hohe Lagerräume, Kühlschränke achtfach gestapelt bis unter die Decke. In neuen Regalen die Videokunst, die Spiele, die Heimcomputer. Wieder hinauf, in die Lebensmittelabteilung und dann in den Ladeflur; der Lift steht offen, sie steigen ein, fahren hoch. Er sieht sie an, spottet, fragt, wie sie sich fühle vor der ersten Nacht hier, worauf sie erklärt, mit einem Fasan koste es sie Überwindung wie schon lange nicht. Bevor er antworten kann, verschließt sie seinen Mund mit ihrem. Schlingend und schlingernd kommen sie bis vor die obere Stahltür, sie öffnet.

Dann ist da wieder der blinkende Himmel. Der Mond, der bleiche Kies.

Sie gehen in die Überwachungskammer, schalten die Bildschirme durch. Nirgends Bewegung, die Stockwerke aufgebahrt wie immer; er löscht, zeigt ihr noch mal die Schaltung, damit auch sie diese Kontrollen beherrscht. »Leichenschauhaus.« Er schaltet aus, wendet sich ab in ihren Wohnraum.

Sie folgt. Er hat sich in den Safaristuhl gesetzt, kein Licht eingeschaltet. Sie steht vor dem offenen Fenster. »Hey du! – wie hältst du das hier oben bloß durch?«

»*Nur* hier oben, momentweise. Durch Selbersteuern – ungezogen! So wie du auf dem Schlitten, als Kind – so – besser das als nichts.«

Sie kommt zu ihm, nimmt seinen Kopf, küßt ihn.

Sie füllt dann einen Eimer mit Wasser – die Tröge draußen, die Kübel wolle sie wässern. Sie schleppen das hinaus, setzen die Sträucher, auch die neue Wiese rings um den Ofen unter Wasser. Dann gehen sie noch einmal vor, bis an den Rand des Daches, bleiben dort stehen und sehen über die leere Stadt. Sie schmiegt, klammert sich von hinten an ihn. »Deine Kuh. Getz bäumt se sich richtich auf – auf Cramer & Meermann.«

»Als universale Leiche muß sie auf so was stehen. Wieso sollte sie was Besseres sein als du und ich.« Er spricht leise. Sie beugt sich vor, legt den Kopf auf seine Schulter, zweifellos, um seine leisen Worte besser hören zu können. »Das gestirnte Vakuum«, murmelt er, »verbreitet zwar Horror. – Aber es gibt – manchmal welche, die zittern – auf der gleichen Frequenz. Erkennen beide im Jäger das andere, die Kuh. – Da entstehen dann so merkwürdige Verbindungen zwischen Einzelkämpen. – Vordenbäumen – Kirchberg – Bergmann – Bangensiepen. – Und so, als Kirchbergmann, nur so, glaub ich, schafft mans irgendwie. – Tut mir leid, Rosa – hier oben hab ich mich – in allem – auf Angst eingerichtet – von Kopf bis Bauch. Und das Bedenkliche: Wenn ich ›Angst‹ sage, ist das keine Koketterie. Es ist so.«

Sie löst sich von ihm, dreht ihn sanft zu sich her, schaut ihn an, nickt. Sie findet bei ihm Knöpfe, Reißverschlüsse, ohne ihren Blick von seinen Augen zu lassen. »Klar. Nur Ängstliche – sind mutig.«

»Und Sie? – was machen Sie da?«

»Ich? um diese Zeit, mein Herr, beginnt mein berüchtigtes Duo. – Wie ging Ihre Universaltheorie? Heißmachen? Kaltmachen? Ad ultimo? – Hm. Irgendwas drängt mich jetzt zu Programm A. Zu meiner eigentlichen Berufung – – aber bitte! wenn es Sie stört, laß ichs!« Sie dreht sich aus seinen Armen.

So stehen sie nun nebeneinander und halten sich die Hand. Aus den Straßen dringt kein Geräusch, nur Licht. Über der inneren Stadt erscheint ihnen der Himmel blaß. »Die Pailletten«, sagt er, nachdem sie beide wieder hinaufgesehen haben, »sind zu schwach gegen Citys, die sich selbst anstrahlen. Wer das tut, sieht bekanntlich nichts.«

»Diese sogenannte Stadt strahlt und glitzert und ist in Wahrheit ein leergefegtes Riesenloch, exakt wie deine kaputten Massen am Himmel.«

»Irgendwo muß die Erde ja mal anfangen, wenn sie ein Stern gleicher Güte werden will.«

»Ohne mich!« ruft sie. »Wenn du so weitersülzt, krich ichet anne Pimpernellen! Wir werden die von hier oom befeuern!«

»Wen?«

»Die Plastikstadt! mit Fluchblättern besemmeln!«

»Fluch –?«

»Ja, Fluch! ›Babylon ging unter am eigenen Gift‹! ›Mene tekel upharsim‹!«

»Wunderbar! und auf dem zweiten Blatt steht ›Koppstatt‹! so hieß der erste Manager von Essen, und weil sein Name auf Hochdeutsch ›Kopf und Schwanz‹ heißt, wurde das kastriert, auf die Schreibweise ›Kopstadt‹, ›Kaufstadt‹. – EINKAUFSSTADT!«

Sie hebt beide Arme und dreht Pirouetten: »Putsch! Umsturz! Raserei! Aufruhr! Es kocht die Ruhr! – Stellt die Einkaufsstadt auf Kopp und Bauch und Schwanz! Hurräi – ich könnt mich an allem gewöhnen, sogar am Dativ!« So turnt sie herum, balanciert über die Schienen, kreiselt, rotiert in der warmen Nachtluft. »Die Kopp- und Schwanzstadt! – jau Mann! wir machen das! wir laden uns Leute ein, die bringen das auf n klaren Nenner, schon übbermorgen – hey!« Sie schaut ihn an. »Ich glaub, zwischen diesen Konsumsärgen sind wir zwei hier – in diesem Moment – die einzigen Bewohner? oder? – Mann Langen! mir scheint die Sonne außem Arsch! – ringsherum hunderttausend Stockwerke! und wir zwei beiden absolut allein! – ich dreh duich! –«

Sie wippt, swingt herum, im blassen Licht steigt sie nun auf die neue Fläche des weißgeziegelten Backofens. »Peter sagt, heut abend dürft ich n besteigen – den Ofen! – Okay! Jetz isser alt genuch, nu isser reif!« Sie geht die zwei Schritte an allen Kanten entlang, vor und zurück, hat dann die Längen und die helle Fläche sicher im Schritt, schaut dann nicht mehr auf ihre Füße, sondern über die Stadt, hebt wieder die Arme, wiegt sich, neigt den Kopf; nach links, nach rechts, dann den Körper, seitwärts und vor und zurück, hört offenbar einen Rhythmus, der bewegt, der treibt, sie dreht sich und federt mit wippendem Leib und wirft erst die eine, dann die andere Sandalette vom Fuß, schwingt, zuckt, schnalzt mit der Zunge »Bibobdibibob« – Langensiepen, in sicherer Entfernung, hat sich auf die

Schiene der Säuberungsgondel gesetzt. ›Sie ist nur ein Lichtreflex‹, versucht er sich zu beruhigen. ›Mirabellenspuk. Alles leerer Raum. Aber irrsinnige Geschwindigkeiten. Und unvorstellbare Vibrationen. Rosa Energie.‹

Während er reflektiert, schimmert sie im Licht, läßt sich schütteln in Kopf und Bauch und Schultern und beginnt zu sprechen. Zwischen langen schwingenden, wippenden Pausen redet sie. Fällt dann wieder zurück in die Pausen, in die schweigenden Schritte. »Auf den Köpfen der Katzen«, sagt sie leise und schnippt mit den Fingern die Gegenschritte, »auf den Köpfen der Katzen – – werden Vögel sitzen – – und die Vögel werden keine Käfer fressen, sondern werden singen – – und das himmlische Manna ernährt sie alle – – und werden keine Krallen mehr sein – – und keine Bisse und keine Schreie – – und kein Rauschen und kein Hacken – – und wird niemand in die Gräben stürzen – – und bei den Schlangen schnäbeln sich Tauben – – gurren, keckern, rollen – –« –so redet sie, im Schwung der Arme, der Schritte, des Körpers, im Takt der Wörter und der Bewegung – »– – wir machen hier oben – – ein Höhenwunder – – ein Freiheitslicht – – Antimaterie – – mit einem Löwen – – und einer Kuh – – mit einem Jäger – – und einem Reh – – und wird Leben nicht leben auf Kosten des Lebens – – sondern wird Leben das Leben beleben – – und da wird niemand sein – – der dem anderen die Falle stellt – – und wird nicht schon am Kinderzimmerbildschirm – – der Abschuß geübt – – und wird kein Knopfdruck gelehrt – – und wird keine Maus sein im Katzengebiß – – und wird keine Siamkatze sein unterm rechten Vorderrad – – sondern oben auf dem Autodach – – wird sitzen Detlefs blaue Katze – – und auf ihrem Kopf hockt – – der singende Morgenvogel – – auf daß erfüllet werde der Gesang des Franziskus – – als er die Hacke verfluchte – – und den Fluch ausstieß – – auf die Kaufstadt –«

Während sie weiter auf den weißen Steinen, mit weißen Füßen, hin- und hergeht und sich dreht, hat sie ihre Bluse aufgeknöpft und abgezogen, ohne den Gang der Arme und Beine zu unterbrechen, hat, wieder in einer Drehung, das helle Tuch hinübergefeuert auf den mirabellenhellen Kies und wirbelt weiter, »Bibopdibibop«, und lacht dann stumm. Langensiepen, vom Rand des Dachs, sieht in der weißen Gestalt den großen Mund, sieht ihn geöffnet, die Zähne, sieht die Augen, sieht auch, wie sie ihren Haarschopf, die Mähne mitschwingen läßt, das Haar, den Kopf in den Händen und hört: »– hey – ich bin süchtig – – tüchtig sternensüchtig – – als erste Katze hier oben – – Siam Quasar Siam Quasar – fühl mich wohl hier – fühl mich tierisch gut – – halt du mich bloß fest, hey – – sonst Bibopdibibop heb ich ab – hebe lebe ab – auf daß erfüllet werde – – die Reize der Natur – – hier und in der ganzen zerstückelten Stadt – – und kein Gegensatz wird mehr sein – – zum Worte des Wildhüters – – liebe deinen Nächsten – – o ja, der Nächste bitte ! – – sein Name sei Langsamsiepen – – und ist mein Nächster – –«

Im Keuchen flüsternd, wippend, schnippend mit den Fingern, mit Drehungen und Gegenschwüngen, als wolle sie auf und davon, so, in einer Pirouette, ist auch der Druckknopfrock offen, einen Moment lang hält sie den wie einen Schleier, im nächsten wie eine Stierkampf-Capa, dann ist auch das davon, auch der schwarze Slip springt auf, fliegt hinterher »Bibopdibibop«, Langensiepen, am Rand auf der Schiene, sieht auf dem neuen Sockel ihren Körper im Nachtlicht. Als gäbe es Bewegungen, die in sich selber bleiben, wellen sich ihre Arme, schlangenhaft, von den Fingern hoch über ihrem Kopf, von den Fingerspitzen schlangengleich über den langen Leib hinab, wie Schlagzeug wirbelnd, dann, wieder gleitend, wie im Fließen. Er bemerkt, daß er nicht sehr genau hinschauen will, daß er sich eher den Umrissen überläßt, dem Spiel von Licht und Schatten, aber, sagt er sich, schau hin, dies gibt es an überhaupt keinem anderen Tag, wie sie jetzt mit den Händen hinabstreicht, von der Taille hinunter über die Hüften und wieder hinauf bis zu den Brüsten, wie sie die – ja, sie liebkost sich – ist es das?

Wie sie jetzt ihren Bauch kost, nein, ihre Hand liegt tiefer, das Nachtlicht reicht aus, ich erkenne, sie hat die Hand auf dem buschigen Dunkel, die andere hebt das Haar über den Kopf, legt es nach vorn, übers Gesicht, sie bewegt sich nur noch langsam, die Schenkel gleichmäßig gegeneinander, die Hand dazwischen –

Jede Bewegung strahlt das, dieses ich mag mich, so wie ich bin, so liebe ich mich.

Nimm wahr, wie sie dich anschaut, sieh ihre Augen, hör, wie sie in hellen kleinen Lachlauten Bewegungen genießt, wie sie, die Arme steil empor, breitbeinig stehengeblieben ist, sich hin- und herwiegt und nun sagt: »Zero – Admission! – Auch das heißeste – und auch das mörderischste Tier – wird himmlisch sein. Indem es göttlich vögelt.« Weht ihren Leib sacht zu dieser, zu jener Seite hin, nimmt dann die Arme herunter, springt weg, verschwindet in der Hütte. Langensiepen klatscht und hört durchs Fenster: »– und nun, meine Herrschaften, könnten Sie unsere bezaubernde kleine Rosetta aus Curaçao – auch einmal privat – ein wenig – näher – kennenlernen? – freilich ohne Konsumzwang – im AntiDorado gibt es nur – Nächstenliebe pur –«

Sein tapernder Gang, von der Schienenkante, wie blind über die Kiesel. Schwankend übers Gras, zu feucht hier. Schwindlig vor Entschlossenheit, jetzt nicht die Besinnung verlieren.

Vor der Tür, an ihrer Seite der Baracke, taub in Bauch und Brust, greift er zweimal ins Dunkel. Erwischt keine Klinke. Weil die hier auf der anderen Seite ist. Er findet sie, öffnet. Tritt ins Schwarze, schließt hinter sich. Mißmutig, daß ihm der Türgriff beim Schließen aus den Fingern gerutscht ist. Tappt ins Zimmer vor, ins Dunkel.

Er bleibt stehen. Will warten, daß das Schwanken nachläßt. Und stellt fest, er steht vor ihr. Dicht vor ihm der schnell atmende, ihr Leib, heiß, im matten Licht sagt er noch, eigentlich habe er nur eine kleine Firmengründung feiern wollen, ›R & R‹, und Rosas neuen Ausbruch. »Also?« hört er sie dicht vor sich, aus dem Schatten. »Dann feiern wir doch – Rrr –« – und spürt sich in festem Griff, der gleitet mit Fingerspitzen unter sein Hemd, seine Rückenwirbel hinauf. Und es fällt ihm auf, wie auch seine Hände ins Gleiten geraten.

Und hört sie flüstern, »nu habbich glatt verschwitzt, tosenden Frühling anzutun. Wilde Stute. – Unmöchlich, wie ich widder nach mir selber riech.« – Während sie sein Hemd öffnet: »Unangenehm. – Unangemacht. – Ohne allet. – Natural dressing – au Mann –«

Er erkennt im Schimmer, der aus dem Fenster kommt, wie sie lächelt, sieht das fidele Leuchten in ihren Augen, Mirabellenmirakel, ich freu mich, hatte sie gesagt, mag nun mal Bewegungen. Ihn wärmt ihre Hand in seinem Nacken, die kraulende, kosende Hand, sein Mund wie seine Hände streifen behutsam durch Mondlandschaften, schnurren in die Mulden, gleiten über Rücken und Grate, erzeugen zarte Beben. Mondbeben. Mundbeben, bis zum Zittern der Zungen, Schneckenzungen in Schneckenzungen, ineinander erzuckend –

Eine Weile Wolkendrehen. Nischenschwindel. Dann taucht er auf, ins Dampfen, ins Keuchen.

Von irgendwo ihre Stimme. Er spürt sie neben sich, über sich. – »Mein Herr. Sie haben vielleicht n Führungsstil. Paßt kein bißken zu Ihren makabren Theorien.«

»Ich paß eh nicht zu mir.«

Im Dunkeln reden. Ihr summendes Schnuppern, ihre lustvollen Drohungen: Ich rieche Menschenfleisch.

»Sonntag früh am Viehofer dacht ich, das kann nicht wahr sein! der? gegen den Rest der Ruhr? – so n Krümeltiger? Und dann erklärt das Christkind, tote Tiere könnt es nicht essen. Am liebsten kleingehackt. – Und könnt auch keine Waffe – und keinen Alkohol – und überhaupt: das Leben wär ganz furchtbar. – Aber: er hängt Volvos ab! und kleine Siggis – und schnappt sich zwischendurch im Kaufhaus arme alte Wermutbrüder – läßt sie dann wahrscheinlich wieder laufen, säh dem ähnlich. Kaum aber hat man den im Bett, kennt er nix mehr, ein Appetit, – drehter durch! – unverschämt!«

»Unverschämt?«

Er findet die Blechdose mit den indischen Stäbchen. Im Dunkel flammt ihm ein Licht entgegen.

Langensiepen zieht an der schmalen Blattrolle. »Vordenbäumen sagt, in den Vorzeiten, die das Unwesen Mensch mehr entwickelt haben als alle späteren – nicht nur sein Verhalten, schon auch seine Organe – in diesen Endloszeiten, sagt Vordenbäumen, hätte sich der Steppenmensch abgesondert, wann immer er intim war – wenn er kackte, wenn er kopulierte. – Und warum? weil er sich schämte? – Einfach deswegen, weil er in diesen Momenten gefährdet war. Unfähig zur Flucht, wehrlos. Wegen seiner Feinde und Konkurrenten, nur deswegen, versteckte er sich.«

»So wie du hier oben! Nur damit du hier oben um so affenartiger herumsauen kannst.«

Sie nimmt ihm das glimmende Zigarillo ab, raucht, gibt es zurück.

»Wer hier oben Ruhe hat«, sagt er, »und nachdenken kann, zum Beispiel über diese Behauptung ›Scham‹, der sieht plötzlich, was Scham mal gewesen ist: Angst. Nicht vor Geistern und Gewissen und Ungewissem und sonst Unermeßlichem, sondern vor den Nachbarn. Vor dem Schützen nebenan. Vor dem in uns selber. Vorm Fall des Lebens als Falle. Aber die Priester nützen's aus. Machen aus Familien Vau-Waffen.«

»Fall des Lebens als Falle!« wiederholt sie. »Und statt dessen? lieber Kuh?«

Er zündet sein Beedy neu an, das beim Reden ausgegangen war. Atmet den süßen Rauch. »Mir ist oft so, als ob wir was Besseres wüßten. Als ob der Schöpfungstrick auszutricksen wäre. Als ob man auch ohne Ellenbogen vital sein könnte.« Eine Weile bleibt es still.

»Wenn ich sage, da über uns läuft eine Totenshow, dann ist auch das Gegenteil richtig. Seit der neuen Atomphysik erkennen wir endlich doch, was die Welt im Innersten zusammenhält.«

»Und? – was hält sie zusammen?«

»Was den Verstand überfordert. Was unser Raum-Zeit- und Ursache-Wirkung-Denken kreuzigt. Das Absurde.«

»Also gut, du nimmst nichts mehr ernst?«

»Man kann die Welt entweder mit dem p-Auge ansehen oder mit dem q-Auge. Sieht man sie aber mit beiden an, wird man irre.«

»Wie? ›q-Auge‹?« Sie schaut ihn groß an. »Kuh?«

»Das ist der Satz eines Atomphysikers. P und q sind Geschwindigkeit und Ort eines Körpers. – Nichts ist Materie, was nicht auch Kraft ist. Nichts Körper, was nicht auch Energie ist.

Sein ist identisch mit Nichtsein. Das Verwandeln und der Widerspruch erscheinen als einzige Wahrheit. So wie schon immer das Lächerlichste das Erhabenste war. Wie zum Beispiel seit je der äußerlich alberne Fick, schleimhautschmatzend, zugleich das war, was uns in Bewegung bringt bis ins Innerste und ins Entfernteste.«

»Hurräi!« ruft sie, »ich steh unter Strom!« Sie küßt ihn, »ein Kopf wie ein Rathaus! mein lieber Scholli – Sein ist Nichtsein und trotzdem Sein? – Mann! ich fang mir n Sockenschuß du! wie gern wär ich schon wieder erfüllet von deiner albernen schmatzenden Materie, so schwanzwarm, wie du dat sachs, macht mich dat ganz alle. – Meinze denn, et würd sich je wat ändern? bei die Vau-Fasanen?«

Sie legt sich auf ihn, sehr sorgfältig tut sie das, sieht zu, daß jedes Teil sein Gegenteil findet – »– es fängt ja schon damit an, daß kaum einer von euch in der Lage ist, es richtig mit sich machen zu lassen.«

»Was –«

»– mit Lust – unsere Lüsternheit zu genießen. – Unsere Geilheit –« – sie rutscht an ihm hinab, mit dem Mund über Bauch und Schwanz und Beine bis an die Zehen. »Um Herrgottswillen – dat daaf nich sein. Is shocking. Unsittlich. Weiberlust ist des Teufels. Gefährdet eure Herrlichkeit.« Ihre Zunge wandert wieder hinauf, schließlich liegt Rosa wieder paßgenau auf ihm. Er sieht, wie sie ihn forschend anschaut. »Der Herr im Haus – – muß Übersicht behalten – – kein Augenblicksgen sich unterbuttern lassen – – ins Hexen und Schleuderprogramm – – bring mir die Puschen! – – um Vatters willen no Revolljuuschen – – da kann der Melanchoholiker noch so schön reden, wat in Waaheit die Welt zusammenhält – – Rosa Berchmann weiß, wat se in Wiaklichkeit in Gang hält! Wat hilft mir deine neue Atomphysik – wenn unsere Priester und Familljenkanzler – im Aungblick hammer n Kanzler, der spricht ›Familie‹ wie ›Vamillje‹! – wenn so welche einteilen in Pappa un Mamma – in Himmelhalleluja da oben und in Pfuibah da unten –« – sie beginnt mit vorsichtigen Bewegungen, ihre Arme auf seinen Armen, ihren Mund auf seinem Mund, ihren Bauch auf seinem, scheint auf ihm schwimmen zu wollen. »Die altbekannte

– – Dominante – – abgestandene Familiensoße – – Vernichtungswaffe Vau – – Vatter oom bleim! – – wär da nicht ab un zu so n Schwein wie dieses hier – – nix von wegen ›zusammenhält‹ – – auseinanderfällt! – – wahlich wahlich, als Gott den Mann erschuf, da hat sie erß ma nur geübt.«

Setzt sich nun lachend auf, fest auf ihn, er läßt seinen Kopf zurücksinken, er hört sie weiterlachen, sie reibt, krault, schwimmt, kommt mit Energie zur Materie und zur Tat, raunend, grummelnd, singend dringen sie einander unter die Haut in Siggis federnd auserlesenem Siegesritt, bis beide abermals, in aller Vernunft, wahnsinnig sind und in nur zwei Sekunden weit über den Kopf hinaus am Mond vorbei explodieren–

IV

REVIER

Mittwoch, elfter August
Noch zwei Tage

Als der Magister
weiterhin behauptete, die Kunst
sei zu allen Zeiten unabhängig zu genießen,
steckte Herakles ihn kopfüber
in die Jauchegrube
und ertränkte
ihn.

Unablässiger Lärm arbeitet sich hinein in ihn, er sträubt sich, wehrt ab, mit immer schnelleren Bildern, in denen Tonköpfe zerknicken und Schwedenstahl. Aber das Geräusch bleibt, siegt, kriegt ihn wach.

»Hey, wohin –« hört er sie knurren.

»Bin gleich zurück.« Und eilt hinüber in seine Wohnung, nimmt dort den Hörer; diese dunkle Stimme, die kennt er, aber wer ist das: »Rudolf, du mußt gleich hierherkommen, dir das ankucken, neue Schweinerei –«

»Was ist denn schon wieder so früh – sag lieber deinen Namen.«

»Kennst du Kemal nicht mehr?«

»Klar doch, wo steckst du.«

»Im Telefonhäuschen Segerothstraße, gleich hinter der Uni, wir hatten gestern hier angefangen, kommen heute früh wieder hierher – na sieh dir das an, du mußt es sehen, Feuerwehr ist unterwegs.«

»Ich auch, in zehn Minuten.«

»Kann sein, dann ist es zu spät.«

Fluch, kruziteufel. Er hat den Hörer geknallt – elender Job, bin hoch hinaus, *bowendrup* – und doch nicht.

»Was war? – hey – – Fasan mit Trauerfüllung –«

»Ich muß ins Segeroth. ›Neue Schweinerei‹, dem Kemal helfen.«

»Kommst du wieder?«

»Natürlich nicht. Ich wandere aus. Nach Irland.«

Er küßt das versträhnte Gesicht, sie zieht ihn an sich, aus dem Körper, dem Laken ihr Duft.

»Du riechst gut«, sagt er.

»Aber dein Job stinkt mir.«

»Such mir n andern.«

»In Irland.«

Den Rundlauf ums Dach schenkt er sich, sonst ist auch diese Leiche wieder weggeräumt – und überhaupt – er spürt seinen Körper genug.

Im Lift ohne Stopp nach unten, Pförtner Ampütte ist schon hinter Glas. »Ham Se die beiden Gebäudereiniger?«

»Nee, eher haben die mich.« Er eilt in die Frühsonne; neben dem Licht das blinde Rathaus, er trabt, versammelten Trab, Ersatztrab zum Kennedyplatz, dahinter, bei der Handelskammer, der Jeep, startet hinaus, hinunter in die Hindenburgstraße, über den Limbecker Platz in die Segerothstraße; links hinter den Mauern ruht, im Frühtau, das Puff.

Rechts wuchtet, rostschwarz, unter Türmen, die Universität – aber vor ihm, kurz vor der Straßenkurve, das Blaulicht der Feuerwehr. Wieder stehen sie in Gruppen um das Ereignis herum.

Er parkt, schließt auch jetzt ab. Steigt über frisch aufgeworfene Erdhügel. Kleistergeruch in der Morgenluft – nein, keine Leiche heute früh, aber: »Kuck dir das an, Rudolf, die werden immer unverschämter – Sabotage! die machen unsere Jobs kaputt.« Kemal funkelt.

Unten in den neuen Gräben, am neuen Breitband hängt ein feiner Herr. Fast hätte Langensiepen den für Zoltan Zehrak gehalten, dieser hier ist ganz ähnlich gekleidet, gelber Kamelhaarmantel. Nur dürfte dieser jünger sein, ja, das ist sein Bruder, Osman Zehrak. Osman spricht ebenfalls fehlerfrei Deutsch. Und kann in diesem Deutsch, während die Feuerwehr versucht, ihn freizukriegen, korrekt schildern.

Zwei Mann hätten ihn niedergeschlagen, in ein Auto gezerrt, in was für eins, das hat er nicht sehen können, aber er könne sich schon denken, welche Marke – man habe ihm die Augen verbunden, die Hände auf den Rücken gefesselt und hierhergefahren. Zwei Männer, ja, zwei Landsleute von Kemal, jawohl, Türken, die hätten ihn hier reingestoßen und hätten ihm die Hände in seinem Rücken an diese Kabel gebunden, nein nicht verbrannt, nicht elektrisiert, sondern – tja, wie? Die Feuerwehrleute schütteln den Kopf, der Mann jammert, Osman hat Schmerzen. Er hängt fest.

Man findet kein Mittel – diese Hände sind nicht zu lösen. Jedenfalls nicht ohne Jammer und Haut- und Handschäden. Die Feuerwehrmänner verzichten schließlich. Osman Zehrak kniet im Lehm, hängt am neuen Heiligtum. Die Uniformierten schleppen Schweißgerät heran, sie werden das Stück Kabel in Osmans Händen erst einmal lassen. Werden hinter den Händen das Stück abschneiden vom übrigen, damit sich ›der arme Kerl‹ endlich wieder aufrichten und bewegen kann.

Derweil erklärt Osman, in der Firma seines Bruders beschäftigt zu sein, ja, im Rahmen der PKK. »Sie kennen meinen Bruder?«

»Ich habe einen Vertrag mit ihm.«

»Er hat mit vielen Ver – hee! – verbrennt mich nicht – schneidet doch mehr dahinten! Diese Schweinerei, ich spüre sämtliche Knochen einzeln, stelln Sie sich vor: Seit zwei Uhr häng ich hier fest, immer in dieser Haltung, ich komm ja nich hoch, nur soweit, bis so – und immer wieder Autos, alles fährt vorbei, alles Freier aus dem Puff, können eh nich mehr klar kucken. Kein Aas hält an und hilft.«

Der Feuerwehrmann beruhigt ihn, noch knapp zwei Minuten, dann sei er frei. Nicht in die Flamme sehen.

»Von wegen frei! nichts da! Hab Handschellen aufm Rücken –« – der Mann richtet sich nun auf, wankt, wird gehalten von Landsleuten in Arbeitskluft, ja, die Arme hat er auf dem Rükken, wo sie von dem Kabelstück zusammengezwungen werden oder vielmehr von der Substanz, mit der man ihn unlöslich an dies Kabel geheftet hat.

Sie heben ihn aus dem Graben, legen ihn auf eine Bahre, da liegt er nun auf dem Bauch. Im gelben Mantel, auf Taille geschnitten.

Langensiepen schaut sich das an, geht dicht mit den Augen heran, an die Hände, die am Breitband kleben – das ist eine braune Masse, mit der man ihn – er riecht daran, das kommt ihm bekannt vor.

»Wo hat man Sie überfallen?«

»Am Viehofer. Ich bekam einen Anruf in der Altenessener Straße. Zoltan hatte zu tun in der Stadt, ich war allein, krieg also den Anruf, der Mann am Apparat will mich unbedingt sprechen, ich sag, er soll zu meinem Bruder in die Viehofer 57 gehen, aber der sagt – halt! wieso erzähl ich Ihnen alles? sind Sie Feuerwehr?«

»Ich hab, wie gesagt, einen Vertrag mit Ihrem Bruder. Zur Ermittlung im Fall Iman Honva.«

»– ah, der sind Sie –«

»Langensiepen.«

»Also, der Kerl fragt mich am Apparat – ah, ist das blöd, so zu liegen wie ein Idiot – fragt mich, ob ich mit der Firma zu tun hätte, die Kabel gelegt hat am Viehofer. Ja, sag ich, warum? Er sähe aus seinem Fenster, wie da unten ein Mensch seit einiger Zeit Aufnahmen machte, Blitzlichtfotos, der hätte mit einem Kanthaken den Deckel am Zentralschacht gehoben und fotografiere was da drin. Ich sag dem, beruhigen Sie sich, wahrscheinlich ist das noch einer von der Presse, die waren jetzt alle da, um Reportagen zu machen für den Start des Ruhrkanals Donnerstag abend, ob er das denn nicht wüßte. Na, ihm käme es aber komisch vor, daß der das abends im Dunkeln macht. Also gut, sag ich, komm ich mal vorbei – kaum bin ich da ausgestiegen am Ende der Altenessener, krieg ich den Schlag übern Kopf. Zerren die mich in ihr Auto.«

Ein Feuerwehrmann beugt sich zu ihm: »Wir bringen Sie zur Gerichtsmedizin, damit die analysieren, wat für n Teufelszeug dat is – wir machen Ihnen ja sonst die Footen kaputt.«

»Habt ihr ja schon«, beschwert sich Osman.

Langensiepen hält den Feuerwehrmann am Arm fest: »Halt – mir ist klar, um was für ein Teufelszeug es sich handelt.«

»Wie – wat denn –«

»Erinnert sich denn keiner? Kürzlich in Dortmund? – stand doch in allen Zeitungen – oder kams über Stadtfunk? – da haben sie den Chef eines Elektroladens kurz nach Geschäftsschluß – die Angestellten waren schon weg – haben sie den überfallen, als er gerade dabei war, die Tageseinnahmen zu zählen und einzuschließen – und haben dann diesen Mann einfach an die Wand gestellt, mit den Händen – so! – an die Wand! und haben ihm die Hände festgeklebt – wie bei ihm hier. Als seine Angestellten am anderen Morgen zum Dienst kamen, stand ihr Chef immer noch da, die Handflächen an der Wand, mit dem Bauch halb überm Tresor – so hatte der mit ansehen müssen, wie die Gangster ihm seine Kasse und den halben Elektroladen ausgeräumt haben.«

»Und womit haben die geklebt?«

»Fliegenleim.«

»Auch das noch«, ruft Osman, »Fliegenscheiß! Dortmund, sagen Sie? Jetzt weiß ich, wer das war – diese Knoblauchkraken – das gibt n Nachspiel! Schwör ich.«

Langensiepen beugt sich zu Osman herab und zeigt ihm eines der Polaroidfotos, auf dem die beiden Volvo-Fahrer durchs Kaufhaus eilen. Er hält Osman das Bild vor die Augen, der hebt den Kopf, versucht zu erkennen, starrt mit dunklen Augen, gekniffener Stirn und –

»Verdammt ja, die, die waren das! – hier der linke, der hat mich angerufen, jetzt weiß ich wieder, woher ich diese Stimme –«

»Woher kennen Sie die? Und wo finde ich die jetzt? Ahornweg, Marthastraße?«

»Wenn sie in Essen sind, dürften die in Rüttenscheid wohnen, Paulinenstraße, fragen Sie mich nicht die Nummer – die wechseln dauernd. Gemeldet sind die sowieso nur in Berlin.«

»Sagen Sie Ihrem Bruder, in zwei Tagen kriegt er von mir einen Zwischenbescheid. Vielleicht schon die Adresse der Mörder.« Langensiepen richtet sich auf. »Gute Erholung.«

Die Feuerwehrleute, die darauf gewartet hatten, die Bahre in ihren Mannschaftswagen zu heben, lachen. »Hasse't gehört? Fliegenleim!« – »Da kannze ma kucken, wat die am Kabel kleben.«

Langensiepen geht hinüber zu Kemal. Der sieht ihn kommen, gibt eine Anweisung, geht dann mit ihm die Straße entlang.

»Heute werde ichs versuchen. Ich gehe mitten rein, in den harten Kern.«

»Was meinst du.«

»In die Volvo-Zentrale. – Es hat keinen Sinn, deine türkischen Arbeitskollegen zu suchen, gar keinen. Hast ja wahrscheinlich recht, es gibt hier keinen mit Glatze. Allmählich ahne ich, wo ich hin muß und wohin nicht – machs gut.«

»Paß auf, Rudolf.«

Langensiepen geht zum Jeep zurück. Fährt unter der Nordbahn durch zum oberen Viehofer Platz. Hotte öffnet gerade seinen ›City-Imbiß‹. »Tach, Hotte wie iset?«

»Wat soll sein, Langen. – So früh? Un mit ne Gitsche?«

»Leihgabe. – Hast du Nachrichten gehört?«

»Nachrichten ja immer. Is doch seit Tagen anne ärsten Stelle, dat se nu morgen aamt loslegen. Auf ihrm Ruhrkanal. Beblubbern sich n Knoten int Gehian. Aba anne zweiten Stelle sind da neuerdings – noch nichehört? – immer diese Aabeitslosen-Kundgebungen – hilf mir domma eem, brauchs nur festhalten, so! – Riesenaufläufe, Gelsenkiarchen, Härne, Obberhausen – un vor allem: dat äagert die ja gewaltich, allet ganz ohne Gewäarkschaften! dat geht die unheimlich anne Eier –« – er schiebt den Rolladen über der Theke hoch.

»Ohne Gewerkschaften –?«

»Und ohne Politicker. Endlich kapieren die Kumpel, wie staatstragend die is, sonne Gewerkschaft – – so, getz kann de Sonne widder rein im Katong. Gestern aamt in Doatmund widder, war Mords wat los. Doatmund hat übber zwanzich Prozent – da wa wat gefällich! die ham n halben Westfalenpaak zu Muus gemacht. Nu könnten se die Stützebrüder gleich widder als Gäatner einstellen.«

»Tschö Hotte.«

Langensiepen fährt durch die Rottstraße hinauf zum Kopstadtplatz. Mönninghoff hat's ›Pümpgen‹ noch geschlossen, das Kaufhaus aber steht auf Durchzug, hat Lieferbetrieb, er verteilt sein »Guten Morgen« durch alle Stockwerke hinauf, bekommt dafür »alles in Butter«, »wiaklich bestens«, »läuft spitzenmäßig«, »wenn dat so weitergeht, müssen de Diebe stempeln gehn«.

»Oder ich.«

Oben die Sonne auf den Fenstern, auf dem feuchten Kies, drinnen das Gluckern des Kaffeeautomaten, Duft, gezupfte, glitzrige Musik. Harfe, Zart-Rock. Sie, unter den Laken, richtet sich auf, er zieht sich aus, will unter die Dusche, »untersteh dich! Ich brauch dich und zwar sofort und pur!« Sie zieht ihn aufs Bett.

»Auch mit Fliegenleim?« Er erzählt. Sie lacht, wühlt sich wie mit Schweineschnauze trüffelsuchend in ihn, unter ihn. »Warum hasse nich – bißken von den Zoich mitgebracht – könnt' ich dich jetz ein für allemal hier festleimen – Knuddelärschken – würd ich dich frühstückn, spätstückn, verhackstückn –«

»Machst du ja eh –« – er streckt sich aus, sie küßt ihn weiter, wühlt, er will zurückstreicheln, sie wehrt das ab mit der Hand, verbietet das, grast und saugt statt dessen ihn ab, greift und tastet, züngelt und rieselt an ihm hinauf und hinunter, er versucht, seine Wallungen und Anfälle mit Atemtechnik zu überstehen – sie bemerkt das. Er sieht ihr Gesicht über sich, sieht es strahlen, hört sie reden, sie sähe Sterne in seinen Augen, o ja, deutlich zu sehen sei seine Himmelskuh und überhaupt, er mache sie wahnsinnig, nein, antwortet er, umgekehrt, sie ihn – er solle sich da gefälligst raushalten, was sie in ihrem Bett anstelle, ginge ihn einen feuchten Matsch an – von wegen! versucht er zu entgegnen, sie, Rosetta Bergmann, taste seine Menschenwürde an, sie benutze ihn, jawohl, als pures Objekt, er werde ein Männerhaus gründen für ausgebeu – – er solle endlich still halten und vor allem seinen Mund, sonst treibe er sie zum Äußersten und dann würde er erleben, was ausbeuteln bedeute, sie stehe jetzt – Vorsicht Lebensgefahr! – unter derartigem Starkstrom, daß sie unentwegt Schläge spüre und auf der Stelle – Entladungen – auf daß erfüllet werde –

Als er die Augen öffnet, sieht er vor sich das Frühstück, den Kaffee. Er setzt sich langsam auf – »– hm?«

»Stört es den Herrn Kaufhausinspektor, wenn ich mein Nuttenzobel nonnich anhab? – Nein? darf ich also sitzen bleiben –«

Er reibt sich ein Auge, lacht etwas, nimmt sich den Kaffee. Sie essen. »Du kuckst wie geistesgestört.«

»Ich überlege, ob ich einen solchen Grad von Bestechung schon je erlebt habe. Und wie ich damit fertig werde. Wahrscheinlich beginnst du anschließend, meine Hemden zu bügeln, die Socken zu stopfen, Kartoffeln zu schälen – Fenster zu putzen –«

»Kannst wohl nur noch als Fallensteller denken, oder? – Wie sie ihn – oder er sie – reinlegt, austrickst, leimt, türkt, frißt, lackmeiert, betuppt, abschießt –? – hey!«

»Scheinst dich genau auszukennen in den Beziehungskisten. Noch mehr interessiert mich, daß du den Namen Körfgen offenbar schon gekannt hast.«

»Verrat erst mal mir, wo der dir begegnet ist.«

»In verschiedenen Firmennamen. Alle zuständig für den neuen Menschenhandel. Verleihen billige Arbeitskräfte, möglichst vertragslos, jederzeit zu heuern wie zu feuern. Noch immer in Gültigkeit: ›Ein Rochus wie auf Körfgen‹. Und was weißt du?«

»Wenn unten im Essener Norden der Name ›Körfgen‹ auftaucht, dann heißt das: Es gibt Ärger. Dreitausendachthundert Wohnungen haben die Körfgens allein im letzten Jahr – allein in Essen-Nord – umgemodelt. Von Miet in Eigentum. Über Papierfirmen aller Schattierungen, über Hypotheken krummster Sorte schaffen die's, sich Tausende Wohnungen untern Nagel zu reißen – städtische, Zechenwohnungen, vor allem Werkssiedlungen. – Die Mieter werden entweder rausgeschmissen oder müssen Verträge unterschreiben als Käufer – mit Abstottern bis zu den Enkelkindern. Auf alle Fälle verdienen die sich, ganz ›legal‹, fast ohne Einsatz von Eigenkapital, nur durch Schuldverschreibungen, dumm und dusselich. Die Körfgen-Nachfolger haben da unten den kleinen Mann inner Hand, eins a Kombinationshaie: Arbeits- mit Wohnvermittlung.«

»Einer der Volvos hatte eine Autonummer, die seit Monaten in Berlin als gestohlen gemeldet ist.«

»Wozu denn die Nummer fälschen. Die Grauen stehn unter Naturschutz. Unter ›Wirtschaftsförderung‹. Warum sollte ne Stadt, die sich ›*die* Einkaufsstadt‹ nennt, anders regiert werden als ein Bankcomputer.«

Er setzt die Kaffeetasse ab, schiebt das Tablett zurück. »Ja, warum. – Ich will heute versuchen, mitten reinzugehen. Die Zentrale ist entweder in der Martha- oder in der Paulinenstraße. Kommst du mit? – Zu zweit ist – der Rückzug eher abgesichert – das Türmengehen –«

Von drüben lärmt das Telefon. »Klar komm ich mit!« ruft sie.

Am Apparat ist Hausmeister Hoffmann. »Herr Langensiepen – kann ich Sie ma kuarz stöarn – so früh?« Adolf Hoffmann muß husten, findet nur auf Umwegen die ersten Worte. ›Kurz‹ wird die Störung also nicht. »Ich wollt Sie – schon vorgestern – Sie hatten ganz recht, wir müßten noch unter uns dat eine oda andere – nich wah? – bitten wollt ich Sie jedenfalls, dat Sie verstehn, warum ich seinerzeit ärß ma nix gesacht hab, also nich alles! wo Sie dat ärste mal hier warn – weil – ja, nä, nich wegen Schiß vor de Tüakenbrüder, alles Quack. Da bin ich schon mit ganz andere Kuffnucken klargekommen, alles halb so wuchtich – nä, habbich, ährlich gesacht, mähr zum Ablenken gebraucht. Für dat mein Ilseken, dat die – also unter uns: Ich hab halt in diese Samstachnacht, nachhär, als ich da die Thieles runtergebracht hatte und dat mitansehen mußte – habbich noch ein draufgemacht. ›Freizeitpalast‹. Un ich mein, dat wern Sie ja wohl verstehn, als Mann. Muß ja sonne Olle nich alles aufe Nase gebunden kriegen –«

»Herr Hoffmann, ich vermute, Ihre Frau Ilse bekommt mehr mit als Sie ahnen. Jedenfalls ist die Nase Ihrer Frau –«

»Wie meinen Sie dat.«

»Sprechen Sie doch mal mit ihr. Und im übrigen, Herr Hoffmann, auch ich will offen sein. Sie hatten Samstagnacht einen eindrucksvollen Auftritt. In diesem ›Freizeitpalast‹. Alle reden noch davon.«

»Is wahr?«

»Dolle Töne haben Sie gespuckt –«

»Na, ich wa halt ganz schön beschickert.«

»– und Sie hätten so merkwürdig ausgesehen. Ihre Hose sei kaputt gewesen, wird erzählt. Am Knie. Und verschmiert.«

»Ja – sach ich doch. Hat mich doch der eine Schubiak – habbich dattännichesacht? – ja sicher! – zu Katoffelbrei wollten die mich doch machen –«

»Ich erinnere mich. Haben Sie gesagt. Aber – und jetzt bitte eine genaue Antwort. Sie haben den Frauen dort, wird mir berichtet, Sie haben ausdrücklich und wiederholt gedroht, auch andere würden demnächst dekorativ daliegen. Wörtlich: dekorativ. Wie kommen Sie auf dieses Wort?« Langensiepen setzt sich auf sein Bett, sieht das Foto an der Seitenwand des Regals.

Schließlich kommt Hoffmanns Antwort. »Na ja. Eben dekorativ – wat dat halt heißt –«

»Und was heißt das?«

Es kommt keine Antwort.

»Hände überm Bauch gefaltet? Oder wie –« Er wartet. Sagt schließlich: »Hoffmann, Sie haben Dreck am Stecken. Man wußte erst am Sonntagmorgen, daß Iman Honva dekorativ hingelegt worden war. Sie aber wußten das schon mitten in der Nacht. Wo und mit wem Sie rumbumßen, ist mir egal und bleibt unter uns. Aber erklären Sie mir das Wort ›dekorativ‹. – Die Frauen haben sich nicht verhört.«

Nach weiterem Husten und Räuspern beginnt A. Hoffmann: »Na gut, wenn Sie denn so drauf bestehen. – Ilseken is ja getz auch rübber nach neeman, auf en Käffgen bei Frau Kriegeskotten. Na gut. – Also. – Et war so: Nachdem die Knoblauchs mich da, wie schon gesacht: Tritt im Aasch, Katoffelbrei – wissen Se ja – da hatte ich wohl, wern Se mir glaum, de Muffen ganz schön am Flattern. Mußt ich mich ärß ma abreagiern, ja? – Wa ich ärß ma inne ›Stolperecke‹. Aba dann – schietendick wie ich wa, wußt ich doch imma noch eins ganz klar: Dat waddoch getz Moard, odda? Un wollt schlicht wissen, wat da nu echt draus geworden war. Ich also mit mein kaputtet Bein, stimmt ja, de Hose ganz schön, also, in Fasern – ich zurück inne Altenessener, hinter die Baubude gehümpelt, da wo die Trinkhalle is. Wa aba nix. Finster! Aus un vorbei, Schluß mittem Tüarkenrummel. Wußt aba ganz genau: Diese Gromniks, die ham hier noch vor kuarzem einen zu Mus gemacht. Wo ham die den denn nu hingetan. War mir dat geradezu unheimlich – ich da rumgeplinst – un denk so für mich: Wo, wennze hier nu ma säpps ein Schlampampel hätts – wo hättße den denn wohl selber hingekippt. Da wuard mir't sofoart klar – im Graben! Ich rübber, aum Viehofer – die Laterne übberm Platz, also die Beleuchtung, dat war zu düarftich – hatte aba mein Flammwäarfer mit: auf Groß gestellt un reingehalten – un da habbichen gesehn. Den Kaputtnik. Konnt ich ja wohl ganz deutlich liegen sehn. ›Dekorativ‹, wie gesacht. Ärmkes hatten se m hochgebogen, nebene Biarne, die Strategen. Wat ja bei de grauen Wölfe heißt: Foten weg! Oder du bist der nächste. So. Getz könn Se mir doch wohl nachfühln, dat ich da nu nich einfach nahaus konnt zu unser Mutter inne Heia? wo die eh' schon imma so nervös is. Mußt ich dat irnswie loswern – ummedingt. Bin ich ab. Rübber zu de Tussis. – Nu wissen Se't. Wa dat nu genau genuch? – Bloß eine Bitte hätt ich: die Ilse, so im einzelnen brauch die dat ganich wissen.«

»Wie gesagt, Sie weiß es schon. Aber danke – für Ihre Offenheit.«

Er hängt ein, geht langsam hinüber. Setzt sich wieder aufs Bett, nimmt neuen Kaffee. Murmelt: »Vielleicht könnten wir uns den Besuch beim harten Kern sparen.« Trinkt. Erzählt.

Er sieht sie vor sich, dicht vor sich. Ihre Augen, graugrün, groß. Spürt ihren Kaffeemund. Im Gehölz über ihnen ein leises Knacken. Die steigende Sonne, die Dehnungen. – Das Rauschen von unten, durch die geöffneten Fenster.

Aus der Stadt lärmen Polizeisignale. Das ist lange Zeit zu hören. Als die Rufe im südlichen Teil verstummen, nähert sich von Norden ein zweites Gefährt, das offenbar die gleiche Strecke entlangschreit. Sie setzt sich und sagt, es sei noch Kaffee warm. Er läßt sich einschenken. Und sie fragt ihn dann, ob er – eines Tages – doch lieber weggehen werde? Nach Irland oder so? Er schüttelt den Kopf. Überall sei Ruhrgebiet. »Den Dschungel nimmst du mit bis zu den Gegenfüßlern. In deinem Kopf, deinem Bauch.«

»Meinecken!« ruft sie und rückt auf den Knien auf ihn zu, »und in so einen hab ich mich verkuckt!« Sie küßt, beißt seinen Hals, seinen Rücken, den Bauch.

Er sieht, wie eine Wespe durchs Fenster hereinschwebt. Die schwingt vor und zurück, ist dann plötzlich auf dem Frühstückstablett.

Als sie ihm endlich Luft läßt, schaut er sie eine Weile an. Und sagt nach einer guten Pause, sehr langsam: »Du? Du hast mich so vollendet verführt – daß ich jetzt nur noch eins denken kann – du? Du bist Agentin. Agentin der Zehrak-Mafia.«

»Verflixt. Jetzt hat ers doch noch gemerkt. Verrat mir: was hab ich falsch gemacht.«

»Keine Eifersucht auf Siggi. Überaus auffällig war das.«

»Ich mag Siggi. Und wenn du nach Luft schnappst, sobald du nur an sie denkst, dann kann ich bloß nicken: Versteh ich! Das ist die Sache mit den Frequenzen. Frag deine Atomphysiker.«

»Ich glaub dir kein Wort.«

»Siggi und ich arbeiten seit fünf Jahren engstens –«

»Ja, als Zehraks Agenten! Kabelaufträge erpressen, Referenten aufs Kreuz legen –«

»Also schön, sind wir halt Agenten. Und wer, bitteschön, hat nach deiner Meinung unsern Kollegen Iman Honva abgemurkst?«

Er spürt, daß ihm das Lächeln nicht ganz von allein kommt. »Wenn das alles nicht die private Nummer von Adolf Hoffmann war, dann ist mit dem Mord am Viehofer was passiert, was so von niemandem kalkuliert war.«

»Kalkuliert?«

»Bei der Verkabelung versuchen fast alle Anbieter, einschließlich deinem Zehrak, ihre Profite damit zu vergrößern, daß sie die Lohnkosten drücken. Durch Arbeiter, die sie unter Tarif bezahlen und jederzeit wieder rausschmeißen können. Die kriegen sie bei Neppern und Schleppern in alter Körfgen-Tradition. Heute wie damals liefern Körfgens Nachfolger Erpreßbare, die froh sind, wenn sie überhaupt noch was verdienen können und wenn sie relativ sicher sind vor Ausweisung. Einen idealen Schutzraum bieten vor allem größere staatliche Projekte, zum Beispiel diese Reviervernetzung. Was höheren Interessen dient, wird weniger kontrolliert. Allerdings – so was wie ein Mord – der ist auch da überaus unpassend. Muß unter den Teppich.«

»Warum ist er dann überhaupt passiert?«

»Da muß irgendwas aus der Kontrolle gerutscht sein. Kann sein, ursprünglich wollte die eine Schlepperbande der anderen nur ein bißchen Ärger machen, Sabotage, Sand ins Getriebe – aber das lief schief. Immer vorausgesetzt, Hoffmanns Erzählungen vom kleinen Türken mit Glatze stimmen, dann dürften die Leute, deren Ängste man zur Sabotage nutzen wollte, die dürften in irgendeiner Art Panik, die mir noch nicht ganz klar ist, überreagiert haben. Und nun wollen die sich das mißratene Ei gegenseitig ins Nest drücken – und ich steh mitten dazwischen – Geld, Psychodruck, Sexagentinnen, Gewalt. Gestern nachmittag, in der Gelsenkirchener Straße, war ich fast vorm Ziel. Hatte endlich Leute vor mir, die wissen müßten, was Sonntagnacht passiert ist, die, falls es den wirklich gibt, den kleinen älteren Türken genau kennen dürften. Dabei sprach ich sogar mit Brezan, der den Lockvogel hat spielen müssen. Aber der denkt nicht dran, irgendwas rauszulassen – verschanzen sich alle hinter ihren Sklavenhaltern. Schwedenstahl. Außerdem können die kaum Deutsch, ich kein Türkisch. Und jetzt ist eigentlich der Moment da – in dem der Engel des Nordreviers – als Teilhaberin der Firma R & R – mit zarter, einfühlender Hand, als Doppelagentin, mit mir versuchen müßte, die Zentrale anzugehen. Im Knacken von harten Institutionen bist du doch geübt –«

»Bröselbrösel – ockidocki – mit einfühlender Hand«, sagt sie und kommt ihm näher – aber er springt auf.

»Wat is?«

»Ein Termin – außerdem rasselt seit ner Minute wieder mein Telefon.« Der Apparat drüben, als er den Hörer greifen will, ist still. Er geht unter die Dusche.

Er kommt zurück in Rosas Raum; sie sitzt unverändert, schaut ihm zu, wie er sich anzieht.

»Um zehn hat heute«, sagt er, als müsse er sich entschuldigen, »ein Doktor Bredenfeld Sprechstunde, der wird mir alles erklären, darf ich noch mal dein Auto –?«

»Türlich. Wir sind ja nun diese Firma Rudi und Rosa. – Longosiépi: wat mein is, is auch dein. Ich bleib hier am Telefon und regele die Nachfrage, nach dem begehrten Herrn. Nach Siepen sein Langen. Außerdem muß ich mein Agentenbericht abliefern und mit Siggi die nächste Umzingelung abstimmen. Wie wir diesen wild gewordenen Kaufhausschnüffi einkreisen – um ein Uhr im ›Kiepenkerl‹! –«

Stürmt über den Kies zur Metalltür, schon zehn Uhr fünfundzwanzig und 26 Grad Celsius; man sollte sich hier oben in die Sonne legen. Aber zweimal fünf Riesen wollen verdient sein, er rennt die Treppe hinab, meidet den Lift, der um diese Vormittagszeit wieder mehr steht als fährt; unten hetzt er so rasch hinaus, daß Pförtner Ampütte aufsteht, ihm nachstarrt und später beteuern wird, er habe bei diesem Anblick schon die Hand auf dem Alarmknopf gehabt.

Hinter der Universität Kemal und seine Leute, er stoppt den Jeep neben dem Mann mit dem grünen Käppi, der legt die Schaufel weg, kommt auf ihn zu, und Langensiepen fragt: »Haben sie ihn losgekriegt?« – »Weiß nicht. Hoffentlich nicht.« – »Ist doch euer Auftraggeber.« – »Kapitalist. Soll ewig kleben.« Langensiepen schaut sich um, fährt weiter, biegt in eine Nebenstraße, findet eine Parkstelle, die zur Hälfte Halteverbot hat, schließt ab, geht die lange Reihe der parkenden Wagen zurück, die blendende Sonne, auf jedem Blech die Spiegelung. Überquert die Segerothstraße, sieht das Volvo-Maul überall und nirgends, kommt in den eingegilbten Innenhof der Hochschule, folgt der gelben Signatur, findet fast ohne Umweg den Flur und das Zimmer von Doktor Bredenfeld. Öffnet die Tür, pardon – der Doktor hat Sprechstunde. Er schließt wieder, wendet sich um; auf dem Gang steht ein Mädchen in Türkenhose, blickt in kritisch an. »Warten Sie auch?« – »Ja.«

Er setzt sich auf einen der abgesessenen Stühle. Eine Zeitung bräuchte er. Wieso hat er nicht mal in den Briefkasten gesehen; warum eigentlich diese Eile.

Ins ›Eldorado‹ will sie also zurück. Nun ohne Sorgen vor Bernd oder der Polizei. Mit Partner, mit Schokoladenwunder. – Welch eine Luft hier. Diese Flure. Gifthauch, umstellt von Zettelwänden. Hier sollten Fliegenleimfrachter hineinfahren, mit einem halben Knoten Geschwindigkeit, sollten diese Wände zukleben und zerbröseln –

»Ja, bitte? Wollen Sie zu mir?«

Er hat nicht bemerkt, daß die Türkenbundhose wohl nur ihre Semesterarbeit abgab – »Ja, zu Doktor Bredenfeld –«

»Kommen Sie! – nehmen Sie Platz. – Was führt Sie zu mir.« Der Doktor schaut in den Flur, ob sonst noch jemand zu ihm möchte, nein, das ist nicht der Fall, er schließt die Tür. »Sie waren noch nicht bei uns?«

»Ich komme auf Empfehlung von Postreferent Holtkamp, der meinte, Sie könnten mir Hintergründe schildern –«

»Hintergründe?«

Langensiepen versucht, in Kürze das Wichtigste zu erklären – wieder hat er das Gefühl, Ursache und Folgen zu vertauschen. Facettenaugen bräuchte er für den Kabelwirbel, Facettenwörter? Netzwörter?

»Sehr interessant«, sagt Herr Bredenfeld plötzlich, weil er wohl meint, Langensiepen habe ein Ende gefunden. »Ein Nachbeben des üblichen Verteilungskampfs. Gleichgültig, welche Technik genutzt wird, ob Kupfer oder Glasfaser oder das vorhandene Netz digitalisiert oder Satelliteneinspeisung.«

»Verteilungskampf? –

»Es wird auch nach dem Start am Donnerstagabend weiterhin wild geprügelt werden. Dazu sollten Sie wissen –« Herr Bredenfeld schreitet sein Zimmer aus. »– beim Kommerzfernsehen gehts zuallererst um den Werbemarkt. Und der Dollpunkt ist: Man kann nicht einfach deswegen mehr Werbegelder schaffen, weil mehr Leute welches haben wollen. Aber da mehr Leute mehr haben wollen, als vorhanden ist, wird geprügelt. Schon auf dem Weg zum Kuchen. Einige Anstalten leisten Pionierarbeit – dann aber kommt plötzlich die Bank XY und frißt die ganze heißgeliebte Pflanze! Kauft kaltlächelnd, kraft größeren Kapitals, das mühsam Aufgebaute und schleudert seine Billigprogramme in die neuen Kanäle – ob Warnerbrothers oder RTL oder Time Life oder Bertelsmann oder Kirch oder Kohl oder sonst wer, die tun es alle nicht für die blauen Augen der Bundesbürger, sondern für den Werbemarkt.«

»Ich seh nicht ganz, was das mit meiner Nacht von Samstag auf Sonntag zu tun haben könnte.«

Bredenfeld ist enttäuscht. »Nachbeben, sagte ich. Viel zu enger Markt.« Er seufzt, sieht ein, daß er es dem Detektiv anders aufrollen muß, stellt sich ans Fenster, blickt hinunter, mustert das gilbende Binnenland der Universität. »Bei Ihnen gehts um Problempunkte an der Basis, unter Kanalarbeitern, die, wie Sie andeuten, illegal beschäftigt werden, zu halbierten Löhnen, ohne soziale Sicherung.« Er startet wieder ins Zimmer. »Über der Ebene dieser Grabenkämpfer folgt dann die Ebene der Arbeitsvermittler und Schlepper, die ihren Reibach machen im Auftrag wiederum der dritten Ebene, wo dann eigentlich erst die Legalität anfinge, im Auftrag also jener Firmen zwischen Fernmeldehandwerk und Kabel- und Elektronikindustrie, wo es dann auch schon durch die ständig neuen Verflechtungen hinübergeht in die namhafte Unterhaltungselektronik und weiter hinauf in die Programm-Anbieter und Konzerne – ein neuer, ein elektronischer Wilder Westen ist das!«

Bredenfeld bremst nun seinen Marsch zwischen Fenster und Tür, sein Gehen wird behutsamer, ja, es wird denkwürdig, sein Gang trauert. »Es ist halt diese unsere Gesellschaft so etwas wie ein vielfältiges Schichtenpaket – wie in der Geologie – da gibt es durchlässige Gesteinsschichten und undurchlässige – und von den Machenschaften derer da unten, vor Ort, von den Problemen der einfachsten Erdarbeiter und gar von den Schlammschlachten der Schwarzarbeiter erfährt schon die mittlere Lage der Inspektoren oder Industriellen so gut wie nichts.«

Nun steht der große blonde Mann wieder an seinem Fenster und schaut hinab. Ins Untere, ins Vertrocknende. »So gut wie nichts«, wiederholt er. »Und *will* das ja auch gar nicht erfahren.«

Langensiepen sieht sich die Wände an. Hinter ihm hängt, quadratmetergroß, ein farbiges Foto. Eine Unterschrift erklärt, dies sei ein »Automatisch generierter Baustein, 1300 logische Gatterfunktionen, Fläche 29 mm^2.«

»Hinter all dem steht ein *Bündel* von Motiven«, hört er, »eine Gitterstruktur aus Interessen.«

Bredenfeld macht sich auf seinen Weg. »Da INTERNET und die Folgen eher unanschaulich sind und da die sogenannte breite Masse für die Breitbandvernetzung weiterhin so gut wie nicht zu interessieren ist, für diese unter ihren Füßen vorbereitete Revolution, für die letzte, die endgültige Moderne, hat sich die Presse auf eine Teilmenge eingeschossen, auf das Kommerzfernsehen. Was morgen abend als Ruhrfernsehen zu starten ist, ist seit langem der Lockvogel. Mit dem man, mühsam genug, die Aufmerksamkeit von vorerst höchstens einem Viertel der Bundesbürger gewinnen kann.«

»Revolution unter unseren Füßen?«

»Ab morgen abend wird eine Entwicklung legalisiert, die sich unter der Hand schon lange eingeschlichen hatte, nämlich die, daß nun auch die Informationen käuflich werden. Ab morgen ist, ganz offiziell und staatlich gebilligt, *alles* ein Geschäft: Unterhaltung, Kultur, Information. Die größere Einschaltzahl wird entscheiden, was eine Nachricht ist. Alles Kompliziertere – wie zum Beispiel gerade diese elektronische Revolution – wird gar nicht mehr vermittelt. Die Abschaffung oder Einschränkung der journalistischen Kontrollen ist nun mal seit je ein Hauptinteresse der Macht. So wie das Aufkaufen und Beseitigen jeder Information, die wahr sein könnte, seit je ein Interesse jedes Menschen ist – ich wollte nur andeuten: Auch bei diesen Kommerzprogrammen geht es um Ruhestiftung. Um ein Einschalten, das die Leute ausschaltet – aus dem, was ist. – Nun, Sie nicken, diese Gedanken sind Ihnen offensichtlich bekannt. Kabelkommunikation ist Revolution von Freizeit wie Arbeitszeit. In Zukunft leben wir in Welten, die nur simuliert sind, in Als-ob-Realitäten, in virtuellen Spielräumen – die digitalen Technologien bringen die absolute industrielle Revolution.«

»Und damit auch die endgültige Arbeitslosigkeit?«

»Langsam. Sie wissen, daß dieses Ruhrgebiet mit seinen fast zwanzig Prozent Arbeitslosen vor dem Ruin steht. Die großen Zeiten von Kohle und Stahl – längst dahin. Und nun will ich Ihnen hier mal was zeigen –« – der Doktor Bredenfeld wendet sich zurück zu seinem Bücherregal, zieht Papiere heraus, glänzendes Papier, blättert das auf. »Kommen Sie her, schauen Sie sich das an!« Langensiepen geht um den Tisch herum, sieht auf den durchsichtigen Seiten des Hefts merkwürdige Liniengebilde übereinanderfallen, wie Schnittmusterbögen, verschiedenfarbig, so daß sich, als alle Seiten wieder übereinander liegen, der Blick in ein engmaschiges Dickicht ergibt.

»Sehen Sie – dieser Kringelwirrwarr«, Bredenfeld blättert aufs neue, »ist das Ruhrgebiet. Nur sind seine inneren Grenzen auf jeder Seite unter anderen Kriterien eingetragen.« Bredenfeld blättert nun Seite für Seite, langsam: »Die Zuständigkeitsgrenzen von gut einem Dutzend Großstädten. Darüber die

Grenzen der Regierungsbezirke Münster, Düsseldorf, Arnsberg. Dann, wiederum darübergelagert, die Grenzen der Landschaftsverbände, Rheinland und Westfalen-Lippe. Auf der nächsten Seite der kommunale Siedlungsverband Ruhr; alsdann die jeweils wieder ganz anders geregelten Zuständigkeitsgrenzen der Finanzbehörden, der Katasterämter, der Gerichte, der Bauordnungsbehörden, des Bistums, der Straßenbaubehörden, der Wasserverwaltung und so weiter und immer so weiter – wir haben die Blätter transparent gehalten – und Sie sehen nun auf einen einzigen Blick die inneren Reviergrenzen, unter 32 verschiedenen Aspekten – ein heilloses Durcheinander. Es schaut niemand mehr durch. Ein Mensch, der so lebensmüde sein wollte, ins Ruhrgebiet zu ziehen, um dort zu bauen oder ein Unternehmen zu gründen, der sähe sich einem Chaos von Kompetenzen gegenüber. Selbst ortskundige Wirtschaftsexperten zappeln sich fest.« Bredenfeld nimmt das Schnittmusterheft in seine Hand, hebt es ein bißchen und sagt: »Nun fragen Sie mich bloß nicht, warum das hier so ist, so labyrinthisch. Nirgends blüht so sehr das Kirchturmsdenken wie in den Städten, in denen die Kirchtürme zu den kleineren Gebäuden zählen. Im größten Industrierevier Europas kommt dies alles noch direkt aus dem Mittelalter! Als um 1300 der alte Raufbold und Liedermacher Oswald von Wolkenstein in seinem lebenslangen Rechtsstreit mit einem Nachbarn – der ebenso räuberisch war wie er selber – als Ritter Oswald nach Jahrzehnten des Prozessierens das nicht bekam, was er für sein Recht hielt, da ritt der einäugige Kämpe von seinem Südtirol quer durchs teutsche Land – wohin? Hier hinauf zur Ruhr, nach Arnsberg! zum Femegericht, und konnte dort endlich seine Forderungen durchsetzen – Sie sehen, wie alt die ist, so eine Bezirksregierung! – Arnsberg ist noch heute, als winziges Städtchen an der oberen Ruhr, Bezirkshauptstadt – regiert Halbmillionenstädte wie Bochum und Dortmund! Oswalds Mittelalter und elektronisches Multimedia stoßen im Ruhrgebiet direkt aufeinander. Und da sich die berüchtigte westfälische Querköpfigkeit so lange erhalten hat, wird es wohl auch für weitere tausend Jahre kein sinnvoll gegliedertes, womöglich autonomes Ruhrgebiet geben – da dies mit dickschädeliger Sicherheit so sein wird, unterläuft sozusagen diese Ruhrverkabelung die alten Schwachsinnsstrukturen und schaltet die Kolonisation und das Mittelalter einfach ab. Elektronisch. Freilich mit dem Risiko, daß nun eine andere, eine elektronische Kolonisation möglich wird.« Bredenfeld verstaut sein Gitternetzwerk wieder im Bücherregal.

Dann wendet er sich um, schaut seinen Gast an. »Ja ja, was interessiert Sie das eine oder andere Kolonisieren. Sie wollen wissen, wer da gemordet hat –«

»Ihre Idee, hier begänne eine neue Form von Kolonisation, die hat sicher damit zu tun –«

»Man hat jedenfalls früh gewußt, daß in der ersten Ausbauphase siebzig Prozent der Gelder in den Tiefbau gehen und hat sich rechtzeitig drauf eingestellt – reden wir auch gar nicht von diesen neuesten Windeiern, von dem, was unsere Provinzler für Fernsehen halten und morgen abend mit viel Amateurgetöse starten – nein, mein Lieber, reden wir von dem kaputten Revier, das, so seh ich es, allein über elektronische Infonetze noch zu retten wäre – aber ich weiß, das ist für Ihresgleichen alles nur ein noch heimtückischeres Mittel zur endgültigen Herrschaft –«

»Etwa nicht?«

Bredenfeld hebt beide Arme. »Mann! kommt doch drauf an, wie ich dies neue Spiel- und Denkzeug nutze! Hier hab ich Ihnen doch die Alternative aufgeblättert, den Kirchturmswirrwarr – bitte! wenn Sie wollen, behalten wir den doch! Da wir ja laufend aufgeklärt werden, wir seien eh nichts anderes als die hin- und hergefetzte Kugel in einem großtechnologischen Flipper – obwohl uns diese Vernetzung verbinden wird mit riesigen Speichern, weltweit mit unserer derzeitigen Wissensexplosion –«

»Weltweit? – Uns? – doch wohl nur ein paar Auserlesene, die Konzerne – sagen wir auf der Nordhalbkugel.«

Der Mann steht vor seinem Fenster, schaut in die Helligkeit. »Was ich Ihnen hier nur mal angedeutet habe, vollzieht sich auf der Nordhalbkugel so rasant, daß wir doch, bitteschön, nicht warten können, bis der letzte Steinzeitstaat aufgeholt hat. Hören Sie: Gegen die derzeitigen Umwälzungen waren die Mechanisierungen im neunzehnten Jahrhundert ein Schneckenrennen! Und diesmal, werter Herr, werden nicht unsere Arme und Muskeln entlastet, sondern unsere Köpfe!«

»Wird also das Denken überflüssig.«

»Ich sagte nicht ›ersetzt‹ – ich sagte ›entlastet‹! Aber was solls, das sitzt halt tief und es wird geliebt, das Feindbild. Der Computerstaat. Der Computer als Killer. Dabei sind erst vorm Computer Kreativität und Phantasie wirklich gefragt! und frei! – die einfacheren Denkarbeiten, das Quantifizieren, die Gedächtnismaloche, die erledigen die Maschinen – Intuition darf sich tummeln! Irgendwann werden Sies schon merken, wahrscheinlich, wenns zu spät ist, wenn längst andere diese niederen Rechnerfertigkeiten beherrschen, dann werden Sie erkennen, wie inzwischen Konzerne entstanden sind, gegen die unsere bisherigen Multis Tante-Emma-Läden waren.«

Bredenfeld geht nun nur noch hin und her und murmelt. Endlich mag er sich setzen.

»Und wenns dann soweit ist«, versucht Langensiepen zu fragen, »in der vernetzten Nordhemisphäre – dann ist der restliche Teil der Menschheit – Heizmaterial? – oder was –«

»Wie bös, wie grimmig. Hören Sie: Mikroprozessoren sind, ob Sies wollen oder nicht, sparsamer als die billigsten Schwarzarbeiter. Eine vollautomatisierte Autofabrik benötigt keine Arbeitssklaven mehr. Die endgültige Fabrik braucht nur noch sehr wenige, hochspezialisierte, findige Fachkräfte.«

»Und der Rest? Die nicht so findigen? – zum Abschuß freigegeben?«

Der Doktor springt auf und schlägt die Hand auf seinen Tisch, erschrickt darüber auf der Stelle, entschuldigt sich, ist traurig über sich und über alles: »Ich schaffs nicht. Ich schaffs nicht. Ich seh schon, das sitzt alles viel zu tief.« Er schweigt, kneift die Lippen zusammen, geht zum Fenster und findet dann im Innenhof seiner Universität offenbar doch noch noch ein Argument: »Die Entwicklung ist unaufhaltsam. Da kann gezetert werden wie immer. Profite sind heute nun mal nur – *nur* noch über Rationalisierungen zu machen. Wer den Unternehmen verbieten will zu rationalisieren, der müßte zuvor den Kapitalismus abschaffen, den Markt. – Da sollte er dann konsequent sein. – Aber reden wir von dem hier!« – Er zeigt aus dem Fenster. – »Reden wir von unserem kranken Revier. Vielleicht kann sich dies Gebiet allein über die – von Ihnen als Personal-›Abschuß‹ eingestufte – Elektronisierung noch einmal verwandeln in ein modernes Elektronikgelände. Die Ruhr als Silicon Valley – eine Region an der Spitze der technischen Möglichkeiten.«

»Auf Kosten der meisten Bewohner.«

»Es wird Arbeit geben, Tätigkeiten, von denen wir uns vorerst nicht mal was träumen lassen. Meine Meinung.«

»Für die werden Sie bezahlt. Auf diesem staatstragenden Beraterposten.«

Bredenfeld dreht sich um, schaut ihn an: »Wenn Sie meinen, ich verkünde Ihnen hier die Staatsideologie – warum kommen Sie dann hierher? und stehlen mir die Zeit?«

»Weil es immer wieder interessant ist, zu hören, wie die wichtigen Leute – von oben her – die aus dem obersten Schichtpaket – die Dinge bewerten. Wenn Sie Unkosten hatten durch diese zwanzig Minuten, dann schicken Sie bitte Ihre Rechnung an diese Adresse. Mit freundlicher Empfehlung!« Langensiepen legt seine Karte auf den Tisch. »Eine letzte Frage: Wäre all dieser schöne Fortschritt, diese wahre, diese endgültige Revolution nicht auch drahtlos machbar gewesen? oder übers vorhandene Telefonnetz?« – Bredenfeld blickt überrascht, scheint ärgerlich. – »Wozu diese Milliardenverschuldung für Kupferkabel? Nur für zweifelhafte Fernsehunterhaltung?«

»Das rührt nun doch sehr an technische Fragen, an Leitungsfragen.«

»Nicht auch an das Grundgesetz?« – »Wie bitte?« – »Der Staat lädt sich ungeheure Schulden auf, nur für internationale Unterhaltungsgiganten? für die Betäubung seiner Untertanen? für eine gewaltige Tarnkappe? Und zu wessen Vorteil? Ist das alles nicht in Wahrheit ein kapitales Täuschungsmanöver? womöglich eine Selbsttäuschung? um so was wie Wirklichkeit endgültig aus der Welt zu schaffen?« – »Betäubung der Untertanen? Tarnkappe? Hören Sie, das rührt nun doch sehr an unser Staatsverständnis, und hier, mit Verlaub, sind wir offenbar sehr verschiedener Ansicht.«

Langensiepen hat sich verbeugt und ist hinausgegangen. Im Flur schaut er aus dem Fenster. Weiter gleißt die Sonne, gilbt der Rasen. Hier und da sitzen oder liegen junge Leute. Das historische Verwaltungschaos. Da mochte der Doktor recht haben. Auch beim Ruhrfernsehen als Windei. Und er hat immerhin die Käuflichkeit angeprangert. In Zukunft Nachrichtennutten. Marktpropaganda.

Langensiepen steigt langsam die Treppen hinab. Und ganz unten, unter dem untersten Undurchlässigen, da zwergen und werkeln Kemal und Kompanie. In der Mitte die angemessen verflochtenen Konsortien. Ganz oben die neue Nordhemisphäre. Mit neuen Sklaven. Der war gar nicht so übel, der Bredenfeld. Nur ich – war plötzlich so empfindlich. Wieso eigentlich. Weil's dem auf ein paar hunderttausend Stellungslose nicht so ankam? auf sechs oder mehr Millionen?

Langensiepen steht in einer Kreuzung verschiedener Flure, ist verwirrt, schließlich fragt er einen Studenten: »Gibts hier so was wie ein musikwissenschaftliches Institut?«

»Sowat? weiß nich. Ich denk, dat is alles unten anne Ruhr. Folkwangschule.«

»Doch«, mischt sich ein anderer ein, »n Musikhistoriker gibt et hier, der Vollmann, der müßte heut sogar da sein. Mittwochs hat der Sprechstunde.«

»Ist auch der im Bereich Gelb?«

»Nee, Blau! – blaue Blume!« Und zeigt aus dem Fenster.

»Danke.« Langensiepen geht die Treppen hinab. Nett sind die. Richtig zutraulich. Er durchquert den Innenhof. Längst ist es wieder heiß, der Seerosenteich scheint verdunsten zu wollen. Vereinzelt Studenten auf dem Gelände; zwei sieht er, die ein Buch über ihren Kopf gelegt haben, gegen die Sonne.

Im blauen Bereich hält Professor Vollmann Sprechstunde, von elf bis zwölf. Niemand sitzt hier und wartet. Langensiepen klopft. Hört ein sanftes »Herein«.

Professor Vollmann, im mittleren Alter, zeigt sich erfreut über Langensiepens Eintreten, läßt ihn gern Platz nehmen.

»Ich bin, na ja, vielleicht was Selteneres, auf der Suche nach einer Opernstelle. Rein privat. Es ist eine Stelle, bei der gesungen wird: ›Besser was als nichts auf Erden. Hausfrau muß ich nun mal werden‹. Ich hab im Radio leider nur dieses Bruchstück mitbekommen –«

»Und die Musik?«

»Die ist, soviel ich davon versteh, erste Hälfte neunzehntes Jahrhundert. Vielleicht noch früher – also in der Machart eher altertümlich. Dagegen fand ich den Text so ungewöhnlich, daß ich auf die Suche gegangen bin.«

Der Herr Vollmann dreht sich auf seinem Stuhl langsam zum Fenster hin. Schaut hinauf in die weißgelbe Himmelswand. Und wiederholt dazu leise den Text.

»Hm. Ja«, sagt er dann, »in solcher Lakonie ist das allerdings selten. Und dann diese Selbsteinschätzung der Hausfrau? so gerade eben etwas mehr als eine blanke Null? Doch doch – das würde auch mich interessieren. Tut mir leid. Da kann ich Ihnen spontan gar nicht helfen. Vorerst nicht. Ich schreibe mir das gerne auf –« – Herr Vollmann dreht sich zurück zu seinem Tisch und notiert den Wortlaut. »– und krieg ich dazu Ihre Adresse? ah ja, eine Karte haben Sie, schönen Dank. Detektiv sind Sie? ha, auf der Suche nach der unbekannten Musik? besser was als nichts, tja –« – der Herr Vollmann lächelt.

Langensiepen geht wieder über die Flure. Kein Fliegenleimfrachter hat abgezettelt. Er sagt sich, daß heute auch die Post von den Kölner Musikredakteuren im Briefkasten liegen kann, vielleicht wird er umgekehrt dem freundlichen Herrn Vollmann bei seiner Arbeit helfen können.

Er müßte jetzt auch den Heinz Nöggerath noch mal anrufen, seinen Nachfolger im Mordkommissariat, müßte ihn fragen, ob er sich's inzwischen überlegt hat. Ob er zugibt, daß die Fahndung schon in jener Montagskonferenz eingestellt wurde, natürlich aus Mangel an hinreichendem Verdacht.

Er müßte. Aber er zögert, im Universitätsgelände noch mal in eine Telefonzelle zu gehen. Auch mit der Rosa Himmelskuh hätte er gern telefoniert, aber die ist jetzt im ›Freizeitpalast‹, ›er erwartet Sie‹. Im schattigen Durchgang zur Segerothstraße zwei Telefonzellen, leer. Da geht er hinein, wählt aber nicht Nöggerath, sondern 0101 und hört den ›Siemensservice‹. »In den Industriestaaten arbeitet heute die Hälfte aller Beschäftigten im Büro. Ihre Leistung und Effizienz hängen immer stärker davon ab, wie schnell Informationen beschafft, vermittelt und verarbeitet werden können. Dieser Effizienz zuliebe befaßt sich derzeit unsere interdisziplinäre Forschung mit der benutzergerechten Gestaltung der Schnittstelle Mensch/Maschine. Die Aufgabe besteht hier darin, Hardware und Software optimal an die geistigen Fähigkeiten des Menschen anzupassen.« Langensiepen hält den Hörer von sich weg, hört das von Bredenfeld beratene Gerede. Siemenschen. Nimmt die Kunstplatte mit den Teesieblöchern zurück ans Ohr: »Datenverarbeitungsanlagen können reibungslos miteinander korrespondieren. Da wird die Telekommunikation fast so schnell und bequem, als säße man dem Partner direkt gegenüber. Um Leistungsverlust abzufangen, kann man die Befehlsstrukturen in kleine Schritte auflösen und durch Paralleleinsatz Befehlsvorbereitung, Befehlsbearbeitung und Konflikterkennung gleichzeitig abwickeln. Vor allem in der immer wichtigeren Büroanwendung, in der Datenverarbeitung und in der Prozeßautomatisierung wird die Anpassungsfähigkeit der Rechnerarchitektur wesentliche Bedeutung gewinnen –«

Er legt auf, verläßt die Zelle; bemerkt, wie er auf der Universitätswiese bereit ist, sich hinzulegen; er beugt sich, beobachtet zwei unansehnliche Käfer, von denen er sicher ist, daß sie als Läuse gelten – bis er sich einen Ruck gibt und unter dem Gebäude hindurch in die Segerothstraße biegt. Dort ist Mittagspause, die Kabelarbeiter sitzen auf der Bordsteinkante, essen. Er hockt sich neben Kemal.

Eine Weile sitzen sie, blinzeln in die Sonne. Kemal hat eine Wasserflasche, bietet ihm an; Langensiepen trinkt, setzt ab, schaut Kemal an: »Den Brezan – habe ich gefunden.«

Kemal nimmt die Flasche. »Gratuliere.« Trinkt von dem Wasser. »Und?«

»Er ist mißtrauisch. Läßt mich nicht ran. Schlechtes Gewissen. – In seinem Trupp ist kein Kleiner mit Glatze.«

»Muß aber«, sagt Kemal. »Wenn es so einen gibt, dann kann er nur dort sein.« Langensiepen nickt. Dann ist wieder Pause.

Und danach will der Mann im grünen Käppi plötzlich wissen, wo Brezan arbeitet. Wie nach einer Nebensache fragt er.

»Gelsenkirchener Straße.« Langensiepen beobachtet ihn.

»Noch Wasser?«

»Danke.« Der Wind weht Staub auf, in kleinen Wirbeln. Am Boden kreist Papier. »Kemal«, sagt Langensiepen und weiß plötzlich nicht, wie er weiterreden soll.

»Rudolf«, fragt der im gleichen Ton und holt Brot aus einer Tüte. – »Versprich mir, daß ihr heute abend nicht selber loszieht. In den Rauskrieg.«

»Was meinst du.«

»Ich seh euch schon. Mit Spaten und Hacken. So lange suchen, bis ihr den Mahmed Brezan findet. Und eventuell, wenn es den gibt, seinen kleinen Kollegen.«

»Brezan hat es also verdient?« Kemal schaut ihn jetzt an.

»Es schien, als hätte Brezan kein gutes Gewissen. Als ich deinen Namen nannte, hat er nicht gerade gestrahlt.«

»Magst du von dem Brot?« Kemal bietet von dem runden würzigen Fladen an. Bricht ihm, als Langensiepen nickt, Stücke ab. »Eines Tages werde ich ihn kriegen.«

»Nichts wirst du.« – Langensiepen kaut das Brot. »Du weißt doch selber am besten, wie eure Volvos arbeiten. Die haben gesagt: Brezan, du mußt jetzt deinen Freund Kemal anrufen. Mußt ihm sagen, hör mal, ich hab mitbekommen, an deiner Arbeitsstelle läuft Sabotage. Und wenn Mahmed zurückgefragt hat, wieso oder was soll das, dann haben die gesagt, frag nicht, du kriegst hier Geld, du machst das. So haben sie den rumgekriegt, gekauft, erpreßt. – Haben ihm erklärt, wenn du nicht telefonierst, mußt du raus aus Deutschland. Oder haben ihm noch handfestere Freundlichkeiten versprochen, Probleme bei der Familie in Istanbul.«

Kemal bricht sich neues Brot. »Er hätte mir mehr sagen können. Man kann das. Wenn man will.«

»Vielleicht wußte er wirklich nicht, was die vorhatten.«

»Die hassen uns. Weil wir Arbeit haben bis Weihnachten. Dagegen die haben den Job nur bis Oktober. Weil die Planung besser ist für PKK als für die ITKG. – Hast du Mahmed gefragt nach einem Kollegen mit Glatze?«

»Nein. Ich hab versucht, nicht zu zeigen, was ich weiß und was ich möchte. Aber er hat gespürt, daß ich was anderes will als Reiseadressen. Hat geschwiegen.«

Er wickelt die Tüte zusammen. »Ist noch so ein Lager. Ein größeres, in Herne, Kronprinzenstraße. Ist auch von Körfgen Nachfolger.« Er trinkt die Flasche leer. »Da kannst du ja mal überprüfen, ob es stimmt, was dein Hausmeister gesehen haben will.«

»Macht keine Dummheiten. Auch gegen den Hausmeister. Es ist noch nichts bewiesen.«

»Die Schwester von Iman haben sie gestern abgeschoben. Sie wollte wenigstens noch so lange hierbleiben, bis die Überführung von Iman organisiert ist. Aber nein, sie muß weg; hat keine Arbeit, keinen Mann, keinen Bruder, muß weg.«

»Mahmed hat das nicht getan.«

»Aber ohne ihn wär das nicht gekommen. Weißt du Rudolf, es gibt eine große Wut.«

»Die Wut auf Körfgen und Co. – die wird nicht vergehen, wenn ihr den Mahmed verprügelt. Oder den Hausmeister.«

»Am besten beide.«

Sie schweigen eine Weile. Kemal hat seine Brottüte in einen Beutel gepackt.

»Hättest du Lust, morgen abend zu mir zu kommen? Wir machen ein Fest – oben auf dem Kaufhaus, wo ich wohne, am Kopstadtplatz. Wir haben einen neuen Backofen, wollen den einweihen. Vielleicht machst du türkisches Brot –?«

»Danke für die Einladung. Aber das muß ich organisieren – laß die Kollegen nicht gern allein.« Er steht auf. »Paß auf dich auf, Rudolf.«

»Ja ja, du auch. – Auf deine Wut.« Langensiepen hält ihn einen Moment am Arm fest. Die Umarmung gelingt heute nicht.

Langensiepen geht davon, zum Jeep in der Nebenstraße. Es ist heiß, er klappt das Verdeck auf. Setzt dann zurück, fährt aus der Lücke heraus, langsam in die Segerothstraße hinein, kommt an den Arbeitern vorbei, einige sind aufgestanden, irgendwie in Aufregung – da fangen die plötzlich zu brüllen an, gestikulieren, ja, die werfen mit Steinen – ein brauner

Volvo mit einem gelben Streifen startet durch, rast an ihm vorbei, in die nördliche Richtung. Essener Nummer. Sollte Langensiepen nicht wenden, den verfolgen? – mit Sicherheit fährt der dorthin, wo der andere Trupp wohnt – nach Herne? ins Lager Kronprinzenstraße? – wieso mit Sicherheit? Was ist sicher in diesem Volvo-Vexierspiel – inzwischen gibt es eine Herner Adresse, eine Altenessener, eine Dortmunder, zwei in Rüttenscheid, in der Paulinenstraße oder in der Marthastraße, aber alles sei in Wahrheit in Berlin – Langensiepen gibt Gas, leidenschaftlich gern geh ich türmen. Fährt über den Limbekker Platz, die Hindenburgstraße hinauf, durch den Waldthausenpark in die Innenstadt.

Vor dem Kopstadthaus dreht er, fährt den Kreis um den Platz, sieht den Kupferkopf in der steilen Sonne. Kein Volvo hier. – Er findet eine Lücke dicht vor dem Eingang, einen Platz, den der Pförtner sehen kann, parkt, schließt das Verdeck und sagt Ampütte Bescheid.

»Ich denk, der Jeep gehört die schöne Lady?«

»Tut er auch, nur läßt sie mich manchmal fahren.«

Ampütte grinst. »Ja? Läßt se Se manchma?«

»Ist sie oben?«

»So gegen elf isse weg. Tut mir ja leid.«

Langensiepen geht zu seinem Briefkasten. Der Kölner Sender hat nicht geschrieben, aber die Bundespost und Katharina Ledermacher aus Berlin.

Und aus der Zeitung fällt ein Zettel, handgeschrieben: »Rudolf, du Luder, akzeptierst du, daß ich dich Harry Cane nenne? Ich merk, daß ich ganz schön festhäng, auch ohne Fliegenleim – der neue Cane ist mein Schicksal. Adio – bis um 13 Uhr im ›Kiepenkerl‹? Rrr –«

Langensiepen hat den Zettel im Transportflur gelesen. Um ihn herum Rufe, Lärm. Jetzt faltet er das Papier, geht rüber zum ›Pümpgen‹. ›Harry Cane‹? Im ›Pümpgen‹ stehen Bramkamp und Walter Kumpmann. »Kalla, mein Kaffee.«

»Wat denn wohl sonz.«

Langensiepen sucht die hintere Ecke, hofft noch, seine Post lesen zu können, da hört er den Bramkamp: »Langen«, sagt der, grad bevor du hier reinkams, da ham wir uns Gedanken gemacht – wie du dat eintlich schaffs, so ganz allein, mittemang inne Stadt – außerm Kopstadt-Konsum nu onnoch Ärger mitte Hassans, un alles in Heimaabeit –?«

Er stützt sich auf den Tisch, schaut einer Fliege zu. »Ich arbeite halt wie diese Fliege.«

»Als Detektiv? wie ne Fliege?«

»Da enttäuschße mich aba«, meint Kumpmann, »ich dacht, du wärß wie n Geier –«

»Nein nein, nur wie ne Stubenfliege.«

»Huch«, sagt Kalla und bringt den Kaffee, »wie aabeitet denn wohl ne Fliege!«

»Die?« Langensiepen trinkt. »Sieh sie dir doch an – die lauert. Wartet ab – bis irgendein Wind Signale zuträgt. Dann fliegt sie, in Kurven, zum Ziel. Zum Wassertropfen, zum Schweißtropfen – gegen eine Konkurrenzfliege, auf eine Liebesfliege. – Das Entscheidende: Sie stürzt sich auf all diese Ziele nie direkt, nie in der Geraden, sondern immer nur in kreisenden Bewegungen, in zickzack kurvenden Umzingelungen. Kuckt euch an, wie die auf diese Bierpfütze losgeht –«

»Pfütze?« beschwert sich Karlheinz Mönninghoff. »Wo sind hier Pfützen!«

»Für die ist dieser Tropfen eine Pfütze.«

Kalla kommt mit dem Lappen und wischt das weg.

»Hast du gesehen, wie sie ausweicht? – schnelle nervöse Umwege – inzwischen ist sie dem Lappen auf der Spur.« Langensiepen trinkt und zögert zu trinken, so genau versucht er das zu verfolgen: »Jetzt sind es zwei, die jagen sich – wie die sich verfolgen – weichen ständig aus, seitlich, wie Oszillographen – zittern um die eigentliche Richtung herum. Umkreisen sich wie Jagdflugzeuge, im Luftkampf – nur sehr viel wendiger – und relativ schneller. Und kommt die Übermacht und jagt sie weg –« – Langensiepen macht eine heftige Bewegung über seinen Tisch – » – dann flüchten sie nur gerade bis dorthin, wo die Hand oder der Kuhschwanz nicht hinreichen. Da warten sie dann einen Augenblick, in Lauerstellung, erholen sich, putzen sich – und stürzen sich auf neue Ziele. Oder, genauer, sie spiralisieren sich drauf zu, in unvorhersehbaren Flugbahnen, hektisch, wirbelig, in Strecken, an denen nur eins sicher ist: das sind keine Geraden. Aus dem Stand blitzartig in Fahrt – unberechenbar – so, denke ich, schaffe ichs.«

»Bis dat die große Wespe kommt«, sagt Kalla, »und sich Eulalia Langensiepen schnappt, Aame un Beine absäbelt und Flügelkes ausruppt und zu Hause bei Wespens aufn Mittachstisch tut.«

»Kann sein«, sagt Langensiepen. »Wespengeräusche hör ich in letzter Zeit immer deutlicher.« Er trinkt aus, zahlt und sagt: »Kalla, Bramkamp, Kumpmann – morgen abend bei mir da oben, wenn ihr Lust habt – da gibts zu essen und zu trinken.«

»Verlobung?«

»Firmengründung. Ab sechs Uhr. Gegen Wespen hilft nur die Solidarität der Fliegen – Rrr!« macht er und geht.

Er fährt den Lift hoch. Bis 13 Uhr ist noch viel Zeit, er will die Post lesen, die Zeitung, vielleicht die Hofer-Musik hören. ›Verlobung‹. Oben auf dem Sonnendach atmet er ruhig. Die Tauben fliegen ihre Strecke, hoch über ihnen brummt ein Reklameluftschiff. *Ruhr-TV.* Er geht um das Barackenhaus herum. Auf dem Kies, dem Backofen, dem Tisch die Ruhe, der Glanz. Die Wiesenplacken, die Kübel frisch gewässert. Aber wo bleiben die Wolkentumulte, der Schleiertanz – dies ist kein Wetter. Wespenwetter.

Er betritt seinen Wohnraum, setzt sich auf sein Bett. Nimmt dann die Post. Öffnet eine ›amtliche Mitteilung‹: »Sehr geehrter Fernsprechteilnehmer, erlauben Sie uns, Ihnen ein Angebot für Ihre Zukunft zu –« – er überfliegt seine vorgedruckte Zukunft, es geht denen um einen Vertrag über den ›Anschluß an das Breitband-Kabelnetz‹ und ob morgen um zehn Uhr, das ›zehn‹ ist von Hand eingetragen, »zwei unserer Herren Sie zu einem gründlichen Gespräch besuchen dürfen? Es wäre schön, wir könnten Sie um diese Zeit daheim antreffen und Sie persönlich beraten in dieser für Ihre Zukunft entscheidenden –« Er steckt das zurück ins Kuvert, öffnet den Brief aus Berlin.

»Lieber Rudolf, hab mich sehr gefreut, daß Du so prompt reagiert hast auf meinen Urlaubsgruß, wenn auch ›halb dienstlich‹. Bevor ich auf Deine spitzfindigen Fragen eingehe, darf ich Dir, was Du offenbar noch nicht wußtest, die Information nachliefern, daß auch ich meinen Staatsdienst quittiert habe – irgendwann schafft man das dann doch nicht mehr – oder es schafft unsereinen. Aber Dir muß ich das nicht erst begründen. Jedenfalls wird es für jemanden, der keine Familie zu versorgen hat, irgendwann zur Charakterfrage, ob er beim Staat weitermauschelt. Na, hoffentlich ergibt sich's mal, daß ich Dir meinen Fall mal genauer erzählen kann. Lebst Du nicht mehr mit Herta zusammen? Schreib doch beim nächstenmal anderthalb Zeilen mehr, also über das Halbdienstliche hinaus –

Deine Firma – hiesige Schreibweise: ›W. Körfgen Nachf. ITFA-KG‹ – ist ein zweifelhafter Verein. Die Großbuchstaben heißen: Internationale Treuhandstelle für Arbeitsvermittlung Kommanditgesellschaft – klingt eindrucksvoll, nicht wahr? Eine Beschönigung jagt die andere – statt ›Treuhand‹ stünde da wohl besser Faust (mit Schlagring), statt Arbeitsvermittlung wäre Menschenhandel genauer, nur das ›International‹ trifft zu, denn grenzüberschreitend ist dieser Menschenhandel allerdings. Sie ›verleihen‹ fast ausschließlich Türken, und zwar über Ost-Berlin (Flughafen Schönefeld) in die Bundesrepublik. Aber auch in München sollen sie zwei ›Auffanglager‹ haben, für den Nachschub aus Anatolien. Nach allem, was mir hier ein Türkenspezialist erzählt hat, heißt der im Handelsregister als verantwortlich eingetragene Herr Hermann Muhrmann und soll schon über 70 sein, ein Strohmann. Wie sie an den Namen W. Körfgen kommen und wieso ›Nachfolger‹, da muß ich passen. Die Anschrift ist Augsburger Straße 63, also auch nicht gerade die Vorzugsgegend. Kollegen von der Fürsorge und die Ausländerstelle sagen mir aber, daß es diesen Firmennamen ›Körfgen‹ schon sehr lange gebe, der Name habe sogar bei alten Türken noch einen ›guten Klang‹. Die ›große Zeit‹ dieser Firma sei in den Zwanzigern gewesen oder noch früher, so was würde über Generationen weitergegeben – was Opa sagt, ist gut und wahr: Gehst du nach Deutschland, Enkel, wende dich an ›Körfgen‹. Jedenfalls gingen denen noch heute die Jobsucher wie Fliegen auf den Leim. Man hat die Firma wiederholt verwarnt und auch schon mit Bußgeldern bearbeitet – weil sie halt Leute unversichert ohne Aufenthaltsgenehmigung zu Spottlöhnen arbeiten lassen, auch schon Drogenabhängigkeit et cetera ausgenutzt haben – also insgesamt: Vorsicht!

Schade, daß Dänemark vorbei ist; jetzt, wo's endlich sonniges Wetter gibt. Auf Dich bzw. Deinen versprochenen Besuch freut sich Deine (nunmehr wieder) Kollegin

Katharina

PS. Wohnst Du tatsächlich auf 'nem Kaufhaus? und wie hältst Du das aus?«

Er legt den Brief auf das Regal, auf das Vortragsmanuskript des Professors Lutz aus Dortmund. Über der Stadt draußen, im weißlich blauen Himmel, zorniges Dröhnen, ein Landeanflug – er sieht die Maschine nicht. Die ist über dem Barackenholz, unterwegs von Berlin nach Düsseldorf. Menschenwespe. – *Schnittstelle Mensch/Maschine.*

Langensiepen blättert die Zeitung auf. Siemenswörter auch hier? – Morgen abend, Punkt 21.00 Uhr, wird der Minister für das Postwesen den Startknopf drücken – das wird ›umrahmt‹ von einer Doppelveranstaltung in der Dortmunder Westfalenhalle und in der Essener Grugahalle. Beide über eine Schaltkonferenz ›synchronisiert‹, schön ausgewogen nach Rheinland und Westfalen, Bredenfeld, wie wahr, Elektronik kontra Mittelalter. – Von den zentralen Schaltanlagen ist ein Foto zu sehen: der Viehofer Platz, ›das unterirdische Nervenzentrum‹, für die *endgültige industrielle Revolution.* – Langensiepen blättert, sucht weiter. Nirgends Notizen darüber, welche neuen Kolonialziele erstrebt werden. Daß nachts die Wahnsinnskuh über Villa Hügel steht oder über dem Kaufhaus und wie es war zwischen Longo Siépi oder Harry Cane und Rosa Flamenco – diese Zeitung meint mich nicht. Drei Seiten über die neuen Technologien? Die meinen mich nicht.

Immerhin melden sie, unter Vermischtes, Demonstrationen von Arbeitslosen; in Hamburg, in Bremen, auch in Oberhausen; kurz, aber sie melden das. Groß dagegen und üppig bebildert der Sonderbericht über die Schaltzentrale unter dem Viehofer – hier arbeite das ›Gehirn‹ einer riesigen Vernetzung.

Dieses Gitternetz, in der Tat, übertreffe die Myriaden-Zellen-Struktur eines menschlichen Gehirns bei weitem.

Er läßt das Papier neben das Bett fallen. Streckt sich aus. Und bemerkt, wie er einschlafen wird. Denkt noch, das liege daran, daß er zwei Nächte nicht mehr in diesem Bett geschlafen hat. Meint noch, er solle in den ›Stechlin‹ – oder auf die Tiroler Höhen – sieht aber Wespen in gelber Wiese – das Telefon klingelt. Er schreckt hoch, bemerkt, daß es 13 Uhr ist, das wird sie sein, jetzt wird sie frotzeln, ob der neue Harry Cane –

Es meldet sich eine Frau, eine andere Stimme. »Nancy Caldera. Ich bin die Tänzerin, nein, ich *war* das. Im ›Eldorado‹. Siggi hat gesagt, Sie hätten mich gesehen vorgestern. Und jetzt bin ich hier oben in Bredeney, ja? Bredeney heißt das, das sind Wohnungen umgebaut zu Studios. Video. Mich hat der Zehrak aus der Show rausgenommen, hat gesagt, es kommt wieder die alte, die ist besser, die Rosie. Rita nennt der die. Hat mich hierher, ja, hat mich verkauft, an zwei Producer, die machen Movies, also klar, was die machen. Für Kassetten, zu Hause zum Ankucken, vielleicht auch für einen neuen Kanal im TiWi oder für das ›Freizeit‹-Kino Viehofer – verstehen Sie? Ich mach das nicht. Und Siggi sagt, ruf mal den Mann an, den Mister Hollywood, Polizei kann ich nicht, meine Erlaubnis ist schon abgelaufen, schon lang. Aber diese Rosie hat nie was gegen uns gemacht, hat das gewußt, die war gleichzeitig Polizei und hat uns alle prima geholfen, ist jetzt rausgeflogen, klar. Nun soll die Samstag wieder anfangen bei Zehrak, und der sagt, ich soll so lang hier im Pornohaus. Gleich um zwei Uhr geht das los, Sie wissen, bumßen mit einem. Dann mit einem anderen. Also ich bin Sängerin, Tänzerin, ich mach viel, sie sagen, ich säh gut aus und schwarz wäre sowieso gut, soll mich nicht so anstellen. – Aber ich muß hier raus – könnten Sie nicht hierher –? Verstehen Sie, daß ich ganz *un*möglich –« Nur um was zu sagen – in der Ratlosigkeit sagt er: »Ihre Stimme fand ich ganz wunderbar –«

»Ja, ich sing gerne, zieh mich auch aus und tanze, weil mir das Spaß macht. Aber ich kann unmöglich hier das mitmachen, auch bei besser Geld nicht – die sind jetzt weg zum Essen, ich hab gesagt, hab keinen Appetit. Ist mir auch vergangen, ja? ich bin religiös – eher spring ich hier von dem Balkon oder ruf die Polizei. Aber das bringt Kittchen und Abschiebehaft – können denn Sie nicht hierherkommen?«

»Ist das ein Terrassenhaus? Große Balkone und daneben ein Lift, auf Zahnrädern?«

»Ja, das ist hier. Bredeney, sagte der Zehrak. Ich müßte froh sein über den Job – die Leute hier sind, was weiß ich, sind Konkurrenz, aba wenn die Geschäfte machen können, Leute verkaufen: Das tun sie auch mit der Konkurrenz –«

»Welches Telefon haben Sie da, sagen Sie mir die Nummer.«

»Das ist hier das Chefzimmer.« Sie sagt ihm die Nummer. »Ich komme mir vor wie ein Dreck, verstehen Sie? In einer Stunde kommen die –«

»Ich komme.«

Er legt auf. Sakra, auch das noch. Steckt den Zettel mit der Telefonnummer in seine Jacke, läuft hinaus, sieht das Luftschiff fahren, schlägt die Metalltür hinter sich zu, schließt ab, springt die Treppen hinunter. Da operiert jetzt also, laut Doktor Bredenfeld, die dritte Ebene? zwar Konkurrenten auf Kabelebene, aber auf Programmebene machen sie miteinander Geschäfte – was heißt Programm, ›alles käuflich‹. Sagt sogar der Regierungsberater. Käuflich die Information, käuflich das Gedächtnis. Das Wahre ist das Absurde. Das Wahre ist das Warenhaus –

»Herr Langensiepen, gut, dat ich Sie seh – Sie sollten sich unbedingt dat ma ankucken, hier, kommen Se ma mit nach hintenhin, ja? unsern kleinen Hintereingang nache Weberstraße zu, wo't direkt außem Heizungskeller rausgeht –«

Er geht mit dem Hausmeister am Gebäude außen herum, bis zur Rückseite des Kaufhauses, »– kucken Se sich dat ma ganz genau an, ich sach ma getz ganix, ma sehn, wie Sie dat beurteilen.«

Volkradt, der Hausmeister, bleibt vor grauem Stahl stehen, schaut Langensiepen erwartungsvoll an. Der geht dicht vor die Tür, bückt sich, drückt die Klinke, öffnet, schaut auf das Sicherheitsschloß, nimmt sein Feuerzeug, hält die Flamme so, daß er auch im schattigen Winkel genug sehen kann. »Allerdings. Hier hats jemand versucht. Klarer Fall. Sagen Sie sofort der Firma Hillgruber in der Huyssenallee Bescheid, die sollen noch heute das Schloß auswechseln. Und zwar die Typen S 20 aufwärts, je härter, desto besser. Und ruhig noch ne zweite Garnitur hier oben, mit ner anderen Dicke. Nicht vergessen, die Alarmanlage wieder einzukoppeln. Ich seh mir's heut abend an, ob die anständig gearbeitet haben. Ich fürchte, das ist akut, muß noch heute passieren – ich hab so meine Gründe – machen Sie denen Dampf! Schalten Sie notfalls Verwaltung ein, Direktor Bräutigam.«

»Mach ich«, sagt Volkradt, »mach ich – also hatte ich doch recht heut morgen. Hab ich dat doch gleich gesacht zum Ampütte –«

Langensiepen bleibt auf der Weberstraße, sieht sich um. Geht dann im Schatten der Passagen um das Kaufhaus herum. Alles Körfgen Berlin? oder Spezialgorillas? Volvos mit gelbem Streifen? Essener Nummer – die einen für die Kanalarbeiter, die anderen fürs Programm? oder wie?

Er fährt mit dem Jeep über den Kennedyplatz, um die alte Oper herum, quert die Kettwiger, und stellt den Wagen zwischen Allianz und ›Essener Hof‹ ins Halteverbot. Im ›Kiepenkerl‹ wieder die Dunkelheit, die Blendung. Hinten im Eck sitzt sie, winkt sie, das Viertelglas Wein schon leergetrunken, er küßt sie, ihren Weinmund.

»Tach, liebes Luder«, sagt sie, ihn schwindelt – ist es die Spur Alkohol, ist es der Kuß –

»Wir müssen um zwei Uhr in Bredeney sein. Wär schön, du kämst mit. Wir sind jetzt doch die Firma –«

Ein schwitzender Mann in einer Lederschürze will Bestellungen notieren. Langensiepen nennt, was ihm auf der Karte vor die Augen kommt.

»Du warst bei Zehrak? hast wieder einen Vertrag als Rita?«

»Ab übermorgen in der alten Besetzung, aber warum jetzt nach Bredeney –«

»Eine Nancy Caldera rief mich an, aus Bredeney, Ahornweg.« – »Nancy?« – Langensiepen erzählt. »Und nun? was rät die erfahrene Sittenhüterin?« Er trinkt von dem Mineralwasser, das der Schwitzende gebracht hat. »Muß jetzt nicht diejenige, die den armen Nachwuchs aus Übersee ausbootet, eine Lösung finden?«

»O weh – Nancy! Die is so goldig. Eine Stimme wie aus dem schwärzesten, rauchigsten Backofen. Und n Körper wie Milchkaffee. Typisch, daß sie die rumkriegen wollen für Pörnchen – aba die ist eigen, die tut das nicht. Ach du je. Hat der Zehrak denen die schöne Nancy angedreht. Als ich aufhörn mußte im ›Eldorado‹ und die Nancy sollte das bringen, da hat die sich glatt geweigert. Nur Singen und Tanzen, alles andere wär unmoralisch, sagt sie – dabei hätte se das bloß als Pantomime machen müssen, also stilisiert, manche meinen, das wär noch erotischer als tatsächlich« – Rosa beugt sich vor zu ihm – »als tatsächlich rumzuvögeln wie diese ekelhafte Polizistensau – sobald die nur den richtigen Partner in die Pfoten kriegte, hat diese Rita-Rosetta das voll gebracht – aber bei der anderen Methode, trocken – läßt sichs viel besser anlegen, choreographisch, ja? – aber Nancy? nicht mal andeuten wollt sie – für mich geht das von Anfang an nur rhythmisch, vom ersten Swingen rüber bis zum Orgelpunkt – na, was solls, jeder braucht seinen Tick. Jetzt haben sie nice Nancy an ihren schönen Hammelbeinen. Und alles nur meinetwegen –« Rosa bekommt das zweite Viertel Roten.

»›Rausgeflogen‹ hat sies genannt. Allerdings – deinetwegen. Bist die Bessere. Victory!« Sie trinkt. Schaut ihn wieder an. »Also jetzt ich«, sagt sie. »Die Katze. Einer den andern. Leben auf Kosten von Leben.«

»Meist wirds nicht so deutlich.«

Ein anderer Ober bringt die Tellergerichte. Sie beginnen zu essen. Er legt die Gabel wieder hin. »Schmeckt gut – aber –«

Sie kann weiteressen. »Irgendwas fällt mir schon ein. – Je besser es schmeckt, desto besser die Idee.« Ihr scheint es zu schmecken.

»Ich hab hier die Telefonnummer, von der sie angerufen hat.« Er zieht das Zettelchen aus der Jackentasche und ißt ein bißchen von den Rösti.

Zwischen zwei Bissen nimmt sie sich das Zettelchen. »Ich ruf die an. Ich sag denen, ich bin ne Freundin. Bin ich ja auch. Strip-Kollegin aus München, zufällig in Essen, auf Durchreise, und will die Nancy besuchen, mein quicky Trinidad-Mädchen. Im ›Freizeitzenter‹ hieß es, die wär bei Ihnen, Mylord – kann ich ja gut verstehn, dat Se so knackige Kaffeeschenkel verhökern wollen en gros, allet wat Lechz is, son Köarper gehört vermarktet.« Sagt sie und ißt weiter.

»Und dann sagt Mylord, kommen Sie doch lieber erst heute abend, wir fangen jetzt grad mit einer schwierigen Aufnahme an.«

»Dann sag ich, tut mir leid, heut abend muß ich in München sein!«

»Dann fahren Mylord aus der Haut und erklären, daß Señora Caldera das zum ersten Mal mache und enorme Konzentration brauche –«

»Aba Mylord! Stört überhaupt nich, wenn ich dabei bin – im Gegentum! ich kenn doch den Betrieb, habbich doch alles schon mitgemacht, bin ne alte Freundin auße Brangsche! also bitte!«

»Und wenn dann Mylord meinen, kommen Sie her, vielleicht engagieren wir Sie gleich mit?«

»Auf alle Fälle haun wir die Nancy da raus!«

Sie ißt mit Unruhe, sagt, sie habe sich ihre ›Kiepenkerl‹-Sitzung entspannter vorgestellt. Sie steht auf, winkt den Ober. »Der Herr zahlt, die Dame geht so lange – telefonieren. Mit dem Mann als solchem.«

Während der schwitzende Ober das Rausgeld sucht, schaut Langensiepen ihr nach. Wie sie geht. Ihr Telefongespräch dauert lang. Sonntag früh hörte er sie zum erstenmal. Seither diese Frau im Ohr.

Endlich kommt sie zurück, setzt sich. Nimmt die kleine Wasserflasche, trinkt sie aus. Sie schüttelt den Kopf, sieht ihn an. Zusammengekniffene Lippen. »Arme Nancy.« Sie bemerkt die Wasserflasche in ihrer Hand – »– hast du die Beedies?«

Er gibt ihr die indische Box, sie nutzt das Kerzenfeuer. »Die verbitten sich jeden Besuch. – Bei ihnen würde ernsthaft gearbeitet und nicht, wie ich es offenbar in München kennte, vor Publikum, sie hätten keinen Kirmespalast, sondern Studios. ›Unsere Akteure brauchen äußerste Ruhe! Und wenn ich meine Freundin unbedingt sehen wollt, dann könnt ich ja wohl auch zwei oder drei Züge später nach München weiterfahren.« Rosa bittet das Pärchen am Nachbartisch um den Aschenbecher. »Ich hab gesülzt und gekohlt, hab schließlich erklärt, ich würd trotzdem kommen. ›Unterstehn Sie sich! woher wissen Sie überhaupt unsere Adresse und diese Nummer!‹ ›Von Ihrem Geschäftsfreund Zehrak, falls Sie nichts dagegen haben.‹ Der Mylord hatte aber was dagegen. Der Name Zehrak machte den endgültig grantig.«

»Also los, fahren wir, es ist fast zwei.«

Sie stehen auf, gehen in die Sonne, zum Wagen. Kein Strafzettel. Sie fährt.

»Ich hab den nur noch angebölkt – hat man das nicht gehört im Restaurant? – Sie Drecksack! Sie und Kunst? Sie kämen nichmal inne Fleischerinnung, Sie! Ich weiß genau, wat die Caldera bei Ihnen liefern soll und dat die dat nie im Leem freiwillig – bis ich endlich gemerkt hab, daß der längst den Hörer aufgelegt hatte. – Aber tat gut, das Schimpfen.«

Die Alfredstraße hinauf. Hinten die Goethestraße – er sollte Herta den Brief zeigen vom Sohn und vom Zerbröseln. Zuschauen, wie etwas in sein Unglück rennt, und sei's mit halbem Knoten –

Die Grugahalle. Da wird morgen abend – NUR NOCH 1 TAGE BIS ZUM START. Auf Automaten die Mehrzahl tilgen.

Rosa Bergmann fährt den Wagen bis in den Ahornweg hinauf, setzt rückwärts unter die Mauerdeckung. Hält gut zehn Meter unterhalb des Eingangs, stellt den Motor aus.

Der Torbogen in Naturstein. Stille. Blätterlispeln. Wespen. Und unvermindert die Sonne. Unmöglich. In Filmen wäre jetzt Regen, Nebel. Womöglich Gewitter. Wenigstens widriger Wind, Blättergeräusch, akustisch aufgeblasen. Aber diese völlige Abwesenheit von Wetter. Dieser einfallslos hellgelbe Himmel.

Sie sind unter der Mauer vorgegangen, bis an den Eingang heran. Sie legt den Finger auf den Klingelknopf.

»Hey, Langen. Ich werd einfach hochsteigen. Die Treppe rauf – du läßt dich hier unten deutlich sehen, aber schön hier beim Ausgang bleiben! damit denen klar ist, daß da notfalls einer abhaun kann, der Bescheid weiß.«

Sie klingelt, es wird geöffnet, sie drückt die Tür auf, langsam –

Er hat noch genickt, ihr zugestimmt, hatte den Arm auf ihrer Schulter, wie wenn er sie zur Eile mahnen oder ermuntern wollte – da ist es dieser Schrei gewesen. Dann ist sie vorgelaufen durch den Eingang in den Garten hinauf.

Nancy – in dem Moment, in dem es klingelte, hat sie die Ablenkung ausgenutzt, ist auf die Terrasse hinausgerannt und ist gesprungen.

Oben auf einer der Balkonkanten erscheinen zwei Männer, schauen hinab. Verschwinden wieder, zurück ins Innere – unten, zwischen den Sträuchern, halb auf den Stufen, Nancys Körper.

Rosa stürmt die Treppe hinauf. Er ist im Eingang stehengeblieben, sieht, wie sie oben ankommt, sich bückt, neben dem Körper kniet, ruft, schreit: Nancy! Rosa richtet sich halb auf, schaut zu ihm hinunter, gleich wieder zurück, die Stufen hinauf, von oben kommen die Männer über die Treppe herab, die beiden von der Balkonkante. Die kennt er nicht, die nahen eilenden, springenden Schritts. »Machen Sie, daß Sie verduften, Sie haben hier nichts verloren!«, die packen Rosa bei den Armen.

»Rühren Sie mich nicht an, Sie Metzger!« schreit sie, reißt sich von denen los, daß ihre Hand hochfliegt, hell in die Sonne. »Machen lieber Sie, dat Sie hier abstinken, bevor Streife hier ist!« und in ihrer Siegesfrechheit ruft sie: »Und ich heiße Roswitha Bergmann, der Name dürfte Ihnen bekannt sein.«

»Bullen!« wird von oben gerufen. Drei Meter über ihnen, an der Balkonkante, sind zwei weitere Männer erschienen, einer in Frottee. Rosa winkt Langensiepen zu sich heran und schreit dann wieder auf die Männer ein: »Bringen Sie sofort eine Trage, die Frau gehört ins Krankenhaus, los! Ne Trage! oder es gibt unterlassene Hilfeleistung! Ab! Zack! Ihr habt doch da oben Liegen, ihr Zocker, steht nicht so bescheuert rum!« Die gehen tatsächlich. Um eine Trage zu holen?

Langensiepen ist jetzt neben ihr, sieht, daß die Nancy sich bewegen will. Dann hat sie sich hinuntergebeugt und leise gesprochen: »Hey Nancy, poor Nancy! Wat machße für

Sachen! wir holn dich hier raus! Nur noch das *eine* Aunblicksgen hättse doch noch waaten könn, getz hasse deine lecker Sahnebeine im Aasch – kuck, da kommen diese Halunken tatsächlich mit ne Trage.« Die bringen eine Art Feldbett, stellen das ab, neben Nancy. »Kommt wirklich Streife?«

Zusammen mit Langensiepen hat sie Nancy Caldera unter die Arme gefaßt, R & R haben die wimmernde Frau angehoben. »Los! schiebt dat Dingen drunter!« Die tun das, aber »Mein Gott, seid Ihr tranfunzelich!« schimpft Rosa, »und getz bringt die Nancy an den Wagen! sonz gibt dat zusätzlich zwölf Monate wegen Dummheit. Is ja polizeiwidrich –«

So, unter solchen Beschimpfungen, tragen die gestiefelten Herren das Feldbett mit Nancy hinunter. Langensiepen geht voraus, öffnet die Tür, ist als erster am Jeep, löst den Beifahrersitz von der Verschienung, hebt ihn herüber auf die Rückbank. Nancy auf der Liege wird über das Dach hineingelassen, im Wagen steht das dann zwar schräg, die Trinidad-Frau jammert leise, aber das geht, muß so gehen, Langensiepen zwängt sich auf die Rückbank zwischen den Beifahrersitz und die Liege. »Is der nich auch bei die Bullen«, hört er und »den kenn ich doch!« – Rosa startet, fährt ab, kurvt den Ahornweg hinunter.

Er hält die Liege, die Frau zittert, trägt nur diesen dünnen plissierten Kittel, der im Fahrtwind auffliegt, er zieht sich die Jacke aus, legt die über die Frau, zieht das zurecht, über diese Beine, Café Olé, die stöhnt, ein brummiges Stöhnen. »Schrei, Nancy! Du hass Sauschmerzen, lasset raus, ruhich laut!« ruft Rosa. »Schrei nur«, sagt sie, »das ist gut, gegen den Schock.« Und er stellt fest, daß er die Hand der Frau in seine genommen hat, mit der anderen stützt er die Liege. »Es dauert nicht lange, in drei Minuten sind wir an der Klinik.« – Hier bringen wir Ihnen der Welt beste Sängerin. Und die schönsten Beine. Und dann werden sie auch die untersuchen und sagen, aber es sind zerbrochene.

Sie biegen vor das Klinikum der Universität. Chirurgie, Unfallstation. Rosa ist ausgestiegen, ruft in ein Sprechgerät. »Hier ist ein Sturz«, sagt sie, »aus großer Höhe, mit inneren Verletzungen, Knochenbrüche ganz sicher – Angestellte – ja, ich komm mit rein, ich schreib Ihnen das auf, Betriebsunfall, ITKG.«

Es kommen Arzthelfer in weißen Kitteln, die heben die Trage aus dem Jeep, Rosa geht mit denen hinein, hinter den Glastüren wird Nancy auf eine Bahre hinübergehoben, Langensiepen rangiert den Jeep an den Zufahrtrand, stellt den Motor aus, setzt den Beifahrersitz wieder ein, wartet. Sieht Bewegungen hinter den Scheiben.

Aus dem Wirrwarr löst sich ihre Gestalt, sie tritt heraus, neben ihm fällt sie auf den Sitz. »Puh!« Sie lehnt sich an ihn, atmet tief. Beginnt dann, nach einer langen Pause, leise zu reden: »Hab denen beide genannt. Beide ›Firmen‹ Ahornweg 6 und Viehofer 57. Mal sehn, wie die klarkommen.« Sie schaut ihn an. »Hey« sagt sie, und: »–'dammte Hacke –«. Er sieht ihre grauen großen Augen, darüber die hochgezogenen Brauen.

Ein Träger bringt die Liege wieder. »Nein, die können Sie behalten«, sagt Rosa. »Wir verzichten dankend«, sagt der und hebt das Feldbett hinüber auf die Rückbank.

Langensiepen nimmt eines der braunen Tabakröllchen. Sie rauchen »Wir sollen hier warten, auf das Ergebnis der Untersuchung.«

»Darf ich der Frau Bergmann sagen, daß ich sie gut fand? Beängstigend zupackend.«

»So was war doch mein Dauerdienst. Frauen raushauen. Aus dem Paschasystem. Hinterher bin ich selber immer ganz alle.«

»Du warst zwischen diesen Kerlen – ein Tai-Fun.«

»Aha?« Sie küßt ihn, vorsichtig. »Tai-Fun?«

»Uralte chinesische Frauenselbstverteidigung.«

»Gefährlich für jeden Harry Cane.« Sie springt aus dem Wagen. Geht wieder hinüber, auf die Eingänge zu, verschwindet zwischen den gläsernen Schnittmusterbögen.

Nachmittagsbesucher. In den Taschen Flaschen, Fruchtsaftflaschen, Obst, Blumen. Unser Omma besuchen.

Plötzlich steht sie wieder vor ihm und sagt: »Das geht noch mal gut, sagt der.« Sie setzt sich. »Keine inneren Befunde – falls nichts Unvorhergesehenes eintritt. Mußte der sagen, für alle Fälle. Nur die Beine. Wir sollen wieder anrufen. – Und jetz fahr mich auf dein Dach.«

»Wollten wir jetzt nicht den harten Kern – knacken – ?«

»Deine Revolvo-Helden? – Jetzt brauch ich Erholung.«

Er zündet den Motor, setzt zurück, wieder vor, kurvt davon.

»Hab dem Harry Cane noch gar nicht verraten – daß wir gleich Besuch kriegen.«

»Deine Handwerksfreunde?«

»Deine Freundin.«

»Wie?«

»Getz schalt nur nich aus Versehn in n Vierten! Hab mir erlaubt, eine gewisse Siggi aus Regensburg einzuladen. Machte komischerweise keine Mühe. Als sie hörte, ein gewisser Herr Hollywood sei höchstwahrscheinlich anwesend –«

»Hm. Siggi kommt? – Dann müssen wir noch Kuchen und Sahne besorgen.«

»Stimmt!«

Er schaut sie an, ob sie's ernst meint.

»Kuchen und Sahne. Genau die Genüsse fallen mir auch immer ein, wenn ich an Siggi denke.« Sie greift ihm zwischen die Beine. »Ganove! Eins wird mir immer klarer – diese sogenannten sozial denkenden Menschen – ne Zeitlang hießen die mal Softies – es gibt keine größeren Egoisten. Oder sagen wir besser: keine raffinierteren!«

Er hält an. »Darf ich drauf aufmerksam machen, daß wir hier auf dem Kopstadtplatz sind.« Er küßt sie. Hat einen Platz neben den Taxileuten gefunden – die Fahrer schauen interessiert herüber. Sie sieht es, nickt. Er küßt ihr Ohrläppchen.

Sie steigen aus, er nimmt die Liege. Sie klappen wieder das Verdeck vor, schließen ab, blicken sich an. Sie geht dicht zu ihm hin. Sieht ihn weiterhin an. »Diese raffinierten Egoisten, warum müssen die immer wieder wonnig sein.«

»Herr Langensiepen! Ham se't schon gesehn? die neuen Anlagen? – nach hinten raus! vorne! übberall! Wenn die dat hier weiter so einpanzern, dann werden auch wir zwei noch aabeitslos.«

»Mein Traum, Ampütte.«

Im Lift stehen sie an den entgegengesetzten Seiten der Metallkabine, sehen sich wieder an. Im fünften Stock wird ein Stapel Gartenstühle aus dem Lift geschoben. Sie sind jetzt allein. Er stellt das Feldbett hoch, so daß sie ihn nicht mehr sieht. Hinter dem Bett dreht er sich schon zum Ausgang, geht dann im achten Stock vor ihr her, die Liege auf dem Rücken. Oben vor der Metalltür bleibt er stehen, will sie aufschließen lassen. Sie, den Schlüssel in der Hand, zögert, ihn einzustekken. »Immer«, seuft sie, »gerat ich an so Schluries.«

»Und ich?«

»Ja? – an was gerätst du?«

»An Backöfen.«

»Bist eben noch immer nicht ganz gebacken.« Sie schließt die Tür auf. In der Helligkeit, im leichten Wind, hinter der Baracke, zwischen Backofen und Tischplatte stellt er die Liege in die Sonne. Wirft seine Jacke über den Ofen und legt sich auf das Bett, auf die Seite, zieht die Knie an. Sie setzt sich in die Kuhle zwischen seinen Beinen und seinem Bauch, wie in einen Sessel lehnt sie sich zurück, breitet die Arme über ihn, seufzt und sagt: »Nun warten wir auf deine Freundin.«

»Ist es nicht auch deine?«

Er legt seine Hand in ihren Nacken, spreizt den Daumen und faßt unter ihren Haaren den Hals. Spürt ihre Kopfbewegung. »Wie ging gestern nacht deine Tanzpredigt? Dein Gesang auf dem Feuerofen? Hier oben würden Katze und Vogel sich vertragen und keiner dem andern –«

»Find dich doch mal ab – irgendwann.«

»Womit.«

»Daß du, daß ich, daß jeder – Himmelstier ist.«

»Nur weil die allgemeine Viecherei himmlisch ist, soll ich mich mit ihr abfinden?« Er blinzelt in die große Helligkeit hinauf. »Erst stoßen die Herrschaften uns die Treppe hinunter, dann bieten sie gnädig ihre Hand an. Siehe! ich bin bei euch alle Tage! – Vielen Dank.«

Sie schüttelt den Kopf. »Auch die Mamma Jesus bettelt. Will ebenfalls nichts anderes – will geliebt wern.«

»Hm. Ein ganz neuer Ansatz. Du solltest da drüben in der Uni die Theologie übernehmen. – Jesus als Mamma. Warum nicht? Vau hat eh versagt. – Da hat sie erst mal nur geübt. Die blinde Kuh. – Freunde! alle mal herhörn: Das Ganze ist nur ein

Versuch. Ein Liebesversuch. – Wobei die Geliebten leider erwürgt werden müssen. Vorerst.«

Eine Weile bleiben sie still. Sie sitzt immer noch in der Kuhle, zwischen seinen Beinen, seinem Bauch. Er, mit dem Rücken zur Baracke, hatte zunächst in das blendende Weiß über sich geblinzelt. Nun hält er die Augen geschlossen. Hört die Passagiermaschine. Solange der schwere Ton über ihnen heult, schweigen sie.

Dann beginnt er zu schildern, wie er bei der Suche nach denen, die Iman Honva umgebracht hätten, nur Rückschläge einstecke. Er sehe immer weniger durch. Jedenfalls keinerlei Fortschritt. Er wisse zwar inzwischen ein Dutzend Adressen und Anlaufstellen, aber wann immer er anlaufe, sei er es, der aufpassen müsse, nicht zerbröselt zu werden. Und je mehr an Einzelheiten und Hintergründen klar werde, desto verworrener werde das Ganze.

»In dem Kuddelmuddel braucht der Herr jetzt sein Erfolgserlebnis. Aha. Will seinen Blattschuß. Und diese doofen Schicksen, die denken bloß an Feten, ans Backen und ans Kneten. Mit Singen und mit Treten. Kapiere, okay: Am Morgen danach, Freitagmorgen gehen wir zwei in die Volvo-Zentrale!«

»Schönen Dank – aber wo ist die? Und finde ich da einen kleinen Türken mit Glatze?« Er richtet sich auf, sitzt neben ihr. Findet mit dem Mund durch ihr Haar den Nacken. Und erzählt dann: »In einem Münchner Kaufhaus, da hatte einer einen Job wie ich. Eines Tages hat er der Geschäftsleitung melden können, jemand habe in der Lebensmittelabteilung Gift injiziert, ins Brot, in die Apfelsinen. Es müsse mit Erpressung gerechnet werden. Vorsichtshalber haben sie die Lebensmittelabteilung geschlossen, haben alles untersucht. Und dann fand man tatsächlich Giftspuren. Aber in der Wohnung des Kaufhausdetektivs die passenden Spritzen und Lösungen. Auch dieser Kollege wollte seinen Blattschuß.«

Langensiepen dreht sich zur anderen, zur Barackenseite, geht in seinen Wohnteil, öffnet die Fenster, kommt wieder heraus und holt aus dem Fenster das Telefon. Die Schnur reicht bis auf die neuen Wiesenplacken.

Er telefoniert mit der Klinik, fragt sich zur Unfallstation durch – ja, Nancy Caldera, zu diesem Fall lägen die Röntgenbilder inzwischen vor, beide Beine gebrochen. Aber diese Brüche hätten den Aufprall abgefangen, keine inneren Verletzungen, offenbar nichts weiter. Frau Caldera habe aber keine Papiere, wo, bitteschön, sei die Patientin versichert. – Hatte Ihnen denn Frau Bergmann nicht die Namen der Firmen –? – Vorsichtshalber nennt Langensiepen die Telefonnummern vom Ahornweg und von Zoltan Zehrak.

Er legt auf, telefoniert weiter. Die Tauben drehen die Runde, eine Wespe zittert zwischen den Kübelbüschen heran. Langensiepen lädt Kirchberg ein, es gebe eine Einweihung, eine neue Nachbarin sei eingezogen hier oben, er, der Doktor Kirchberg, sei unbedingt erforderlich, auch Vordenbäumen komme. Kirchberg sagt zu, ihn interessiere, was die Ermittlungen inzwischen ergeben hätten, wie das alles mit Körfgen zusammenhänge. Er sei da jetzt selber einer wichtigen Sache auf der Spur. Auch den Polizisten Lutz Salzinger lädt er noch mal ein, o ja, sagt der, er vergehe vor Neugier, sie im Präsidium hätten sich schon den Kopf dunkelgrün gequasselt, wie denn wohl der berühmte Langensiepen da oben auf seinem Kaufhaus lebe. »Wie ein Säulenheiliger«, sagt Langensiepen. »Nur von Luft und Liebe – ein reiner Türmer. Aber komm, schaus dir an.«

Er legt auf. »Jetzt wähle ich meine alte Nummer im Präsidium – spreche mit Heinz Nöggerath, meinem Nachfolger.«

»Lad doch auch den ein.«

»Ausgerechnet!« Langensiepen tippt die Nummern. »Wirst sofort begreifen, wieso nicht. – Tag, Heinz, wie gehts denn.«

»Och. Danke – und dir?«

»Ich hock hier oben auf meiner Säule, bin froh, daß ich so heilig bin und daß ihr da unten alles Böse schön ordentlich regeln müßt.«

»Orntlich regeln? dat is ja wohl widder nur ironisch gemeint. – Is wat Konkretes?«

»Was macht die Fahndung im Mordfall Honva und was die in Sachen Osman Zehrak.«

»Ganz einfach. Fall a) ist kein Mordfall und Fall b) ist mir unbekannt.«

»Heute früh wurde ein Geschäftsmann aus der Viehofer Straße vorgefunden, wie er in einem Kabelgraben im Segeroth, direkt vor der Universität, festklebte. An seinen eigenen Kabeln. Man hat ihn bis zuletzt nicht davon lösen können, die Feuerwehr mußte kommen und das Kabelstück abschweißen – mich würde interessieren, ob ihr ihn inzwischen losbekommen und ob ihr raushabt, wer den geleimt hat. Zumal ja vor wenigen Tagen, ganz in der Nähe, ebenfalls in einem Graben –«

»Also hömma! Ruddoff, wat du da erzählz – da weißte do säpps, dat bei son Jux wir nich zuständich sind, Köaperverletzung – soll ich dich mit Kollege Rendelsmann –?«

»Ich bin sicher, auch Rendelsmann weiß nichts. Und daß auch diese Story morgen in keiner Zeitung steht, obwohl sich jeder Schreiberling nach so einer Fliegenleim-Arie die Finger lecken würde – aber die Zeitung braucht jetzt allen Platz für den Start ins neue Jahrtausend. – Oder meinst du, es hat Sinn, mit Staatsanwalt Schürmann zu reden? Wenn ich dem nun sage, du hättest mir den Tip gegeben, mich an ihn zu wenden?«

»Dat meinze ja nur widder ironisch.«

»Mit dir Spaßverderber red ich einfach nicht mehr.« Er legt auf. »Na? – wie klang das.«

»Eindrucksvoll. Männer, einander unter die Weste reibend, was sie voneinander halten.«

»Immer noch besser als hacken.«

»Als wär dat *kein* Gehack! Ach du indirekter Hackelberry Hurrycane – erwürgst die anderen nur mit Samthandschuhen und Seidentuch, wie?«

Er setzt sich wieder neben sie auf die Liege. »Warum ich bloß immer wieder an so eine gerate. Nicht nur verführen und sich einnisten – hier oben und überall – sondern mich auch noch durchschauen, das geht zu weit! – halte ich nicht durch – hey –« Sie umarmen sich. »Hey, ich hab ja nichts gegen deine Sorte Christkind-Tricks.« Sie kuschelt sich in die Kuhle. Er schaut senkrecht hoch, schließt halb die Augen. Die Helligkeit über ihm ist plötzlich überrollt von einem Traum. »Die Lösung!« sagt er. »Die Lösung von allem und das absolute Erfolgserlebnis, das ist in fünfzig Jahren. Dann ist das Pol-Eis geschmolzen. Dann werden die Meere aufsteigen. Die Nordsee wird über das Flachland heraufkommen bis an den Viehofer Platz. Der Norden Essens – Altenessen, Katernberg, Borbeck – das alles hat dann für zehntausend Jahre Land unter. Der Süden ist Hafenstadt. Am Stadtwald schäumt die Brandung. Schaukeln Boote –«

Sie tippt ihm an die Stirn. »Du Essener Leichtmatrose!«

Er zieht sie zu sich auf die Liege. »Lust aufs Anlegen«, murmelt er, »im Hafen« und noch mal »Anlegen«. Und »Anliegen« –

– das Telefon mischt sich ein.

»Ja?«

»Hier is Foarte. Eemt ging ne Dame vorbei – also ich muß schon sagen: Neuerdings, Härr Langensiepen, ganz schönen Quärverkähr! – hähä, ich wollt ja nur mitteilen: Et kommt Besuch.«

»Danke, Ampütte.« Er legt auf.

»Was hat der gemeldet?«

»Wir kriegen Besuch. Und jetzt werde ich mir mal ansehn, wie *Frauen* miteinander die indirekte Hacke pflegen.«

»Siggi?«

»Ist im Lift.«

»Ja dann mach doch auf?«

»Wieso ich. *Du* hast sie eingeladen.«

»Für wen wohl!«

Er steht auf, richtet sich Hemd und Hose. »Vielleicht können wir uns einigen: für dich wie für mich?«

Er geht zur Stahltür. Schließt auf, Siggi kommt die Treppe herauf. »Hallo?« fragt er, »einfach am hellen Nachmittag das Geschäft im Stich lassen?«

»Wieso? – hab öfter mal Auswärtskunden.« Sie ist oben, gibt ihm einen Kuß. »Sie Flegel! Nur für mein bißchen Auskunft über einen verdreckten Kunden Samstagnacht soviel Informationshonorar? Merken Sie sich: *ich* bin nicht käuflich! Geld macht Sie mir höchstens zuwider! Aber –« Sie gibt ihm noch mal einen Kuß. »Siehst ganz schön ausgemergelt aus, Freundchen. Wer hat dich denn so ausgenommen – wie n Fasan – hm?«

»Fasan?«

Sie tritt vor, kommt auf die Dachfläche und sagt nun ein lang gedehntes »Hoo! – Habt ihrs hier gut! Haß! Klassenhaß! – hier bleib ich! joi! – ein Blick – und Sonne! Du schließt die Tür zu? edel! – da kann man ja ein Sonnenbad nehmen – und da ist ja die Rosie, Tag du Schlimme, nimmst –« sie küssen sich »– nimmst mir hier den Platz an der Sonne weg und den armen Langen in die Mangel.«

Rosa zieht Siggi hinüber zu ihrem Eingang, zeigt ihren Teil der Baracke – er hört ihre hellen Stimmen, Siggis ›prima‹, ›spitzenmäßig‹, ›bärenstark‹, beide glucksen dann auch an seiner Küchenecke vorbei. »Aber wie fein er das alles kann, Kaffee macht er, der Herr Longo Siépi aus Pasadena«, hört er Siggi und danach Rosa: »Is halt n Top-Typ. Zu deutsch DachDecker« und fürchtet, sie kämen aus dem Eindeutigen nie mehr heraus. Doch draußen, hinter dem Fenster, geht das so weiter, er hört deutlich, wie Siggi alles ›märchenhaft‹ findet: »Wiese und Backofen! – und wer ist hier die Frau Holle? und wer die Gold-Mary?«

»Die mußt jetzt du darstellen. Schon seit Stunden schreit der: ›Hol mich raus! hol mich hier raus! – ich bin fertig!‹ Obwohl er noch immer nicht ganz gebacken ist.«

»Diese Liege ist jetzt genau das Wahre!« – So hört er Siggi reden, zweifellos streckt sie sich jetzt aus. – »Das ist wunderbar!« ruft sie, »so schwach wie jetzt anfangen – und dann stark nachlassen –«

Als Langensiepen mit Scherbe, Keksen und Tassen hinauskommt, sagt er, noch auf dem Kies, balancierend: »Ich wollte ja Torte kaufen und Sahne. Aber mit dieser Frau hier – – wie? schon blank gezogen?« Die Tassen zittern.

»Nur für die Sonne, mein Guter«, beruhigt Siggi.

Er setzt alles ab auf dem Scheunentor-Tisch. »Und wenn nun der Oberbürgermeister, aus seinem zweiundzwanzigsten Stock, sein Fernrohr auf euch richtet?«

»Solang es nicht sein Nahrohr ist –«

»Also die Frauen! Hier oben neigen sie nicht nur zu den derbsten Anzüglichkeiten, sondern auch zu blitzartigem Striptease. Wenn ich richtig mitgezählt habe, sind es nunmehr drei. In nur drei Tagen.«

»Drei? Ich komm bloß auf zwei.«

»Ich hab dir alles erzählt. Auch von der Agentin Sibylle.« Er geht zurück in die Baracke, murmelt »drei, immer wieder drei«. Will den Kaffee holen, hört, wie Rosa von der K.U.K.-Frau erzählt. Als er mit der Kanne zurückkommt und einschenkt, hört er Siggi: »Auch Herr Hollywoody sollte endlich sein schmales Hemd lüften. Ist das überhaupt erlaubt, bei so einem Sommer ein so käseweißer Kerl? Solche Kunden schicke ich glatt wieder heim. Oder sie zahlen doppelt. – Weiß wie n Toastbrot!«

»Müssen wir rösten«, rät Rosa.

»Kurze schnelle Hitze«, sagt Siggi. »Dann werden sie knakkig wie Omelettes Soufflées.« Langensiepen stellt den Frauen die Tassen in Reichweite.

Rosa erzählt, was Nancy Caldera passiert ist. Siggi springt auf, geht herum, fragt immer wieder, ob das wahr sei – dieser Schuft, der Zoltan. Wo er doch genau gewußt hätte, die Nancy mache so was nicht. Je mehr Geld die verdienten, desto widerlicher würden sie. Siggi schimpft, sie braucht einen zweiten Kaffee, kann sich lange nicht beruhigen. »Geld und Mattscheibe im Hirn, sonst nichts.«

Langensiepen hat sich seinen Schaukelstuhl herangeholt, trinkt seinen Café au lait. Hört zu.

Rosa erzählt die Begegnungen mit denen, die sie ›Revolvo-Helden‹ nennt. Auch von Zoltans Bruder. Siggi lacht, das gönnt sie dem. Sie wüßte noch viele, denen was geklebt gehört.

Siggi gluckst, lacht wohlig, von tief innen, streckt sich auf der Liege aus, macht mit den Hüften kleine Voranmeldungen. »Traumhaft ist es bei euch«, sagt sie. »Wie im Film. Nein, schöner.«

»Pah! wenn hier oben gefilmt würd?« fragt Rosa, »dann gäbs garantiert keinen Wind hier. Die Haare wären alle piccobello in Ordnung, frisch aus der Dose. – Und nackicht? Unmöglich. Höchstens schön mitm Handtuch über't Schlimme. Auch nicht so was wie hier diese Wespe, nirgends Geräusche von hinten, von unten. Käm das Martinshorn? sofort abbrechen, klar. Jedesmal im Kino wird mir das klar: Studio. Und die Hochhäuser ringsum? – Pappe.«

»Die Filmer«, sagt Siggi, »die haben vor lauter Filmerei keine Ahnung mehr, wies läuft. Wenn bei denen einer ausm Auto steigt – Abschießen kennen die nicht.«

»Nirgends könnte man so viele Autos mopsen wie ausgerechnet in Fernsehkrimis.«

»Wenn man nur n einziges Mal säh, wie die *keinen* Parkplatz finden.«

»Diese sogenannten Männer«, weiß Rosa. »Im Kino haben sie unter ihrm Oberhemd nie n Unterhemd. Nie! wäre ja unerotisch, klar.«

»Solltst die mal sehn, wie die sich auswickeln bei mir. Du kriegst das Kotzen.«

»Dagegen *nur* Unterhemd! Das ist schon wieder vital, woll? Proleteneffekt.«

»Haste n einziges Mal gesehen, wie der große Liebhaber, wie der sich, bevor er Liebe macht, aus Schuhen und Socken und Unterzeug und allem möglichen rauspellen muß! – nee. Mogeln die jedesmal. Sollten nur mal ne Woche bei Siggi Bayernland zugucken. Ach je! kriegst was geboten von all den edlen Herrschaften, denen ich beim Absamen behilflich zu sein hatte. – Wieso lacht ihr? dann sagt doch ihr, wie ich meine guten Taten anders nennen soll. – Kino verkitscht.«

»Und die Frontschweine, in Vietnam, Verdun, Korea, Stalingrad? – die haben eins a Bügelfalten, unterm Dreck Hose und Hemd immer schön frisch, sogar im Schlamm: direkt von der Garderobenfrau.«

»Marylin auf dem Floß im Wilden Westen? – tadellos geschminkt.«

»Für wie doof die einen halten – wenn da einer verreist und Koffer schleppt – nie ist was drin! Bei denen baumeln die Köfferkes so trallala hin und her, schon kilometerweit sieht man – stimmt wieder alles nicht. Kinos sind Märchenbunker.«

»Aber hier oben, bei euch –« Siggi reckt sich »ist es tatsächlich – märchenhaft.«

»Filme!« Rosa mag sich nicht beruhigen, stellt gegen das Kino den Kriminalroman, von dem sie fast nie enttäuscht würde.

Da hat er sich eingeschaltet. *Ihn* enttäuschten diese Bücher. Fast jedes Mal. Er ist aufgestanden, sie schauen ihn an. Er umrundet das Wiesengebiet, tappt auf den Kies hinaus und kommt sofort wieder zurück. Beginnt zu reden, indem er die Hände zum Horizont kreisen läßt, als wolle er sich seine Argumente von dort holen, aus der Stadt. »Ein einziger Tag! der wirbelt soviel vor den Kopf. An Wörtern, Bildern, Geschichten, ganz oder fetzenweise – meist Fetzen. Und alles hängt unerklärlich mit allem zusammen – auch und gerade weil es sich widerspricht. Aber diese Krimis? Fast alle laufen sie ab wie zwischen zwei Leitplanken, einlinig. Diese Kommissare, stur hinter ihrer Aufgabe her. Nie hinterm ganz anderen, nie träumen, nicht links und nicht rechts sehen. Keinen Blick für diesen unaufhörlichen Wirbel und Hack um sie herum – von dem ihr ›Fall‹ doch nur einer dieser Fetzen ist! Selten mag ich das lesen, Highsmith ja, auch Chandler. Ich finde, Krimis müssen immer auch Roman sein. Romane allerdings sind nichts, wenn sie nicht auch Krimi sind.«

»Na wunderbar«, sagt Rosa. »Die Formel ist sogar brauchbar als Entschuldigung für dich: Weil du noch immer keinen Kabeltäter hast.« – Er setzt sich, legt seine Beine auf das Scheunentor. »Hab halt Probleme mit Leitplanken. Kann die schlicht nicht erkennen. Höchstens Verzweigungen, Kreuzungen, Absurditäten – Schnittmusterbögen quer übers Revier.«

»Ihr Glückspilze! – seid froh, daß ihr euch über so was auslassen könnt und sogar über richtige Mörder – andere hocken ihre acht Stunden ab, vollklimatisiert –«

»Dies hier oben wird meine erste unbürokratische Woche«, sagt Rosa.

»Gratuliere! – Ich habs mal, fast ein Jahr lang, in nem Büro ausgehalten. Ganz am Anfang, im Rathaus Regensburg.« Siggi hat sich ihre violette Tasche vom Wiesenboden geangelt, wühlt darin, klappert und findet schließlich eine Feile, mit der sie ihre Fingernägel bearbeitet. »Acht Stunden täglich vorm Bildschirm. *Nur* Zahlen. Wirst rammdösich. Und statt daß dir die Kollegin von nebendran mal erklärt, so bestimmte Kniffe, wie man das schneller hinkriegt und dann mal ne Pause machen kann, um die Augen zu erholen – brauchst n halbes

Jahr, bis du endlich selber hinter die Tricks kommst. Nä, nie wieder. Und der Chef da, in dieser Bildschirmabteilung, Archiv war das, Amt für Statistik? Ich habs nie genau geschnallt, worum es da eigentlich – is auch egal, an Schmarrn wars. Der Chef jedenfalls, der war noch gar nicht so alt, 35 oder so. Der hatte n Vogel. Also wirklich einen! Wir anderen mußten pünktlich im Dienst erscheinen, bloß der nich. Der hatte ja seinen Ausgleichssport, seinen Piepmatz. Eines Tages brachte der den glatt mit ins Büro. N Mauersegler, noch ganz jung, ganz flaumig. Das Wuschelchen war ausm Nest gefallen – und den bringt der nun tatsächlich im Körbchen mit auf seinen Schreibtisch. Und füttert den da, wochenlang. Für den warn Tiere eh wichtiger als Menschen. Jeden Tag, nur grad zwei Meter neben meinem Tisch, kriegt das Biest da die Maden reingestopft.«

»Maden?«

»Die hat der sich gekauft, bei ner Tierhandlung. Aber das süße Mauerseglerchen mochte die überhaupt nicht. War noch viel zu harte Kost für den Kleinen. Un jetzt! damit sich diese Maden nicht festsaugen im Magen des Vögelchens, schneidet mein Chef jedem dieser dicken weißen Dinger, bevor er sie in sein Tierchen reinstopft, schneidet der denen mit seinem Taschenmesser den Kopf ab. – Grad neben mir, zwei Meter neben meinem Bildschirm. – Von früh bis spät, immer wieder schnipp ratsch, und dann, mit der Hand, wischt er diese kleinen runden Madenköpfchen runter von der Tischplatte. Auf unsern Teppichboden. Mir kams fast! – Aber ich durft ja nix sagen – un auch der Vogel: wehrte sich! Und weils nich klappte mit dem Füttern, da verlangte doch dieses Ekel tatsächlich, ich sollte ihm seinen Vogel festhalten! Da gabs dann den ersten Krach. Plötzlich hab ich mordsmäßig Partei ergriffen für die Maden, gegen den Vogel. Die Würmchen, hab ich gewettert, die wären genauso vom lieben Gott erschaffen wie wir und wie der Vogel. ›Ja‹, sagt der, ›stimmt, die sind genauso erschaffen – aber nur, damit der Vogel sie frißt.‹ – ›Toll‹, sag ich dem, ›Sie spielen hier also den lieben Gott und wissen genau, wer hier wen fressen darf und wer den Kopf abgeschnitten kriegt und wer nicht!‹ Da war der ganz baff. Daß ich mir da überhaupt n Widerwort erlaubte. Was solls, ich hab mich geweigert, dem zu helfen beim Kopfab und Reinstopfen. Ne Ältere hats ihm dann gemacht. Die meinte, sie müßte. Ich hab gesagt, ich hab hier n Vertrag als Bürolehrling und sonst nix.« Siggi richtet sich auf, beugt sich vor, setzt die Feile nun bei den Fußnägeln an. »Ich kann dir sagen – verdammte Hacke! – da war sie im Gang, die Hacke. Am Ende fütterte der Kerl ganze drei von diesen Mauersegler-Kindern. Das älteste fraß dann die Würmchen schon ganz gerne und fast freiwillig. – Vor allem, seit der Chef dann mittags immer hinausging auf die Donauwiesen, um hinter Heuhüpfern herzuspringen. Wir haben ihn beobachtet. Heuschrecken, lebende Fliegen, alles das jagte der. Schnaken. Spinnen. Das wichtigste: Die *mußten* noch leben. Wie der da rumschoß durch die Wiesen. Der Heuschreckenschreck. Aber auch diese Heuhüpfer, die hat er jedesmal vorher auf seinem Tisch präpariert. Gekillt. Immer direkt vor meinen Augen: Glieder ab, Flügel ausgerissen. Rupf knack zack! Die Augen kannste ja zumachen – aber du hörst das! Ja, hat er gesagt, so sei es nun mal im Leben. ›Leben ist Kampf, Fräulein.‹ ›Die Natur ist hart. Nur der Stärkere setzt sich durch.‹ Das war so seine Philosophie. Besonders liebenswert war der Herr, wie der dann selber seine Vesper aß! – mit grad dem Taschenmesser, mit dem er vorher die Maden geköpft hatte und die Wiesenwusel zerschnippelt. Schweizer Patentmesser. Mit dem säbelt der an seinem Brot, stopft sich Kanten und Käse rein – natürlich ohne – ich schwörs! – ohne daß er sich das gewaschen hätte, oder wenigstens seine Hände.« Sie pustet gegen die Feile, wirft sie zurück in ihre Tasche. Legt sich wieder und streckt sich. »Mir jedenfalls war klar – bei dem Schweinickel kannste nicht bleiben. Und in som Bildschirmbunker eh nicht. – Heut hab ich sechsmal soviel Kohle. Und n sauberen Beruf!«

»Sauber?«

»Hast dich nicht verhört, Hollywood. Gell? da schaugst! Meine Mamma, die hat Silberbesteck für mich gehortet. Besteck und Bettgarnituren, turmhoch! – Ich brauch den Quatsch nicht, hab ich immer gesagt, aber die Mamma hat gedacht, ihr Kind muß eine gute Partie werden. Eine bessere als sie selbst eine gewesen is. Ist das sauber? Verkauft die eigene Tochter. Meistbietend. Ob du München nimmst oders Ruhrgebiet – ist alles ein einziger Puff. Ach, ist das herzig bei euch hier! Ab und zu ne Wespe, und keiner jagt sie weg. Geschweige denn schneidet ihr den Kopf ab, rupft die Beine aus. Redn wer nicht mehr davon!« Sie streckt das eine, das andere Bein, strahlt, reibt die Beine in kleinen schnellen Bewegungen aneinander – da schrillt neben ihnen auf den Wiesenplacken das Telefon.

»Sakra«, beschwert sich Siggi, »hängs aus!«

Langensiepen nimmt den Hörer.

»Hallo? Sie sind zu Hause?« fragt eine Frauenstimme.

»Wer ist da?«

»Ist meine Stimme nicht mehr im Gedächtnis? Schade.«

»Sibylle.«

»Richtig! Ich hab ein Angebot zu machen.«

»Ihre Angebote kenne ich.«

»Werden Sie nicht unfein.«

»Wer wurde es denn.«

»Herr Trockensiepen: Es handelt sich kein bißchen um meine Person, weder leiblich noch sonstwie, dies zu Ihrer Beruhigung. Es handelt sich um nichts weniger als um die Figur, hinter der Sie seit Tagen her sind wie der Kopfjäger hinter der armen Seele.«

»Wovon sprechen Sie.« Wieder drehen sich ihm die Tagesfetzen und sieht er zugleich, wie sich die Frauen auf der Liege nebeneinander legen.

»Wir wollen Ihnen, wie gesagt, ein Angebot machen. Und zwar: Wir lassen Sie in Ruhe – und dafür lassen Sie *uns* in Ruhe. Ist das deutlich? und einfach genug?«

»Wer ist ›wir‹. Und womit wollen Sie sich Ihre ›Ruhe‹ erkaufen?«

»›Wir‹, das sind, wie Sie inzwischen erkannt haben dürften, überaus heterogene Kreise. Und womit wir uns die Ruhe verdienen wollen? Ich schlage vor, informieren Sie sich über diesen Punkt selber. Bringen Sie meinetwegen Ihre reizende Mitarbeiterin mit. Mich – noch mal zu Ihrer Beruhigung – werden Sie nicht antreffen.«

»Wo.«

»Marthastraße elf.«

»Und wen treffe ich da – wenn nicht Sie?«

»Auf unser Angebot treffen Sie. *Friedens*angebot. Kommen Sie bald, möglichst umgehend – es könnte sonst zu spät werden.«

Er will noch fragen, wie viele Leichen ihr Frieden kostet, merkt aber, daß sie eingehängt hat. Er legt auf. Pustet Luft aus, hebt seine Tasse, will einen Rest Kaffee – findet einen in einer anderen Tasse, trinkt. Läßt sich in den Schaukelstuhl fallen. Sieht die Frauen an, die, still beieinander, ihn anschauen. »Ich sags ja. Drei auf einmal, das pack ich nicht. – Aber im Ernst: Ein ›Friedensangebot‹, von einer Gaunerin. Von dieser Sibylle. Die irgendwie mit dem Ahornweg 6 bis 8 zusammenhängt. Mit den Caldera-Händlern. Sie fordert auf, möglichst umgehend zu kommen. In die Marthastraße elf. Dort warte – tja, sie nennt das: ›unser Friedensangebot‹. Hm. Vielleicht haben sie sich den A. Hoffmann geschnappt. Damit alle Beteiligten endlich, sagt sie, ›Ruhe‹ bekämen, voreinander.« Er schaut Rosa an. »Ich fürchte, nun kommt er schon *vor* unserer Fete. Der ›harte Kern‹. Und der Blattschuß. Meine ›reizende Mitarbeiterin‹ dürfe ich ruhig mitbringen.«

»Reizend«, sagt Siggi, steht auf. »Machts ihr nur euern Job. Wenns die Menschenhändler sind, dann sag ich nix. Da langt bloß zu.« Die Frauen umarmen sich.

Langensiepen geht in seine Wohnung, sieht drinnen auf dem Stadtplan nach, findet die Marthastraße, mitten im engsten Rüttenscheid, in den Quadraten westlich vom S-Bahnhof Süd.

Siggi erklärt, sie werde mit hinauffahren in den Süden, wolle zum Klinikum, Nancy besuchen.

Packer und Lehrlinge schauen hinter ihnen her. Im Jeep setzen sich die Frauen auf die Rückbank, schmusen. Langensiepen fährt an, sieht noch, wie Pförtner Ampütte seinen Kopf schüttelt.

Die Schützenbahn hinauf, unter dem ›Porsche‹-Panzer vor dem Rathaus hindurch. Im Rückspiegel sieht er, wie sie sich streicheln. Vor dem Klinikum hält er an. Siggi umschlingt ihn von hinten. »Siépi, tschau, laßt euch nicht austricksen.«

Rosa hat sich neben ihn gesetzt, er fährt über den Rüttenscheider Stern in die Klarastraße, eine kurze Weile durch Gärten, durch einen Park, dann sind da die Häuser, immer enger stehen sie. 1910 war hier kein Platz für Baum und Strauch. Und jetzt die Marthastraße.

Langsam fahren sie weiter. Mustern die Fassaden, suchen nach den Nummernschildern. Nun müßte sie kommen, die elf –

– plötzlich quietschen die Reifen. Von ihrem Gurt gehalten, schaut Rosa ihn entsetzt an. Er, genauso, starrt auf sie. Der Wagen steht. Er blickt wieder auf das Haus, das die ›11‹ zeigt. Fummelt dann zittrig mit der Hand, findet den Zündschlüssel nicht sofort, versucht, den abgewürgten Motor wieder anzuwerfen – gibt es auf. »Fahr du.«

Das Haus mit der Nummer elf verfällt stark. Während die Nachbarfassaden renoviert sind, bröckelt diese Elf-Wand in Gelb und Schwarz. Und die fehlenden Bäume in der Marthastraße hat der Bauherr in Stein ersetzen lassen. In einem runden Erker sind zwar inzwischen die Fenster erneuert, da gibt es keine Zwischenleisten mehr, aber damals, 1910 oder noch früher, hat der Herr des Hauses den Sockel des Erkers verkleidet mit einer Jagdszene. Gestützt wird sie vom Nacken eines Ebers, den dunkle Steingirlanden umranken. Im Steinwald lehnt sich ein Jäger vor im Moment des Schießens; sein runder Hut ragt über die Unterkante des mittleren Erkerfensters. An zwei Bäumen vorbei zielt er auf das Tier, das in diesem Augenblick, so sieht es aus, zusammenbricht. Im Rücken des Jägers der Greifhund.

Er hat nun immer nur ihr Gesicht angesehen, hat beobachtet, wie sie das Haus anschaut. Schützenbahn. Sie nickt, steigt langsam aus, auch er – sie wechseln die Plätze.

Sie zündet den Motor, erst beim dritten Versuch springt er wieder an. Sie setzt den Jeep langsam zurück, bis fast ans Ende der Straße, biegt dort in eine Lücke. Sie steigen aus, schließen das Verdeck, die Türen. Gehen wieder vor, auf der gegenüberliegenden Straßenseite. Betrachten das Haus.

Das Friedensangebot.

Das Haus wirkt leer. Zerbröselt. Oben wie unten keine Gardinen. Scheint unbewohnt. In der engen Straßenschlucht kann die Sonne um diese Uhrzeit nichts mehr beleuchten. Sie bleiben eine Weile, gehen dann etwas auf und ab, beobachten. Wenig Passanten, türkische gar nicht. Kaum Autoverkehr. In zwanzig Minuten ist es fünf Uhr.

Auch Rosas Hände sind kalt.

Die Tür im Haus Nummer elf liegt etwas erhöht. Man geht in einer Nische sechs Stufen hinauf. Sie machen es wie am Ahornweg, einer bleibt erst mal unten. Diesmal sie, behält die Straße im Blick. Er steigt die Stufen, will die Klingelschilder erkennen in dem Schatten, aber da sind keine Beschriftungen, die Pappen und Papiere herausgenommen.

In der Türnische ist Dämmerung. Die Tür selbst hat vergitterte Scheiben, schwarz ist es dahinter. Er drückt den roten Knopf unter den Klingelschildern, den Lichtknopf. Es springt nichts an, bleibt schwarz.

Er versucht durch die Scheiben zu sehen, sich an die Dunkelheit zu gewöhnen, hält die Hand über die Augen – schwach schimmern Bodenfliesen. Schwarzweißes Karomuster. Er bewegt die Klinke, drückt gegen die Tür, lehnt sich gegen sie – erst seinem vollen Gewicht gibt sie nach.

Im schwachen Tageslicht sieht er einen langen schmalen Flur. Ein Feuerlöschgerät. Briefkästen aus rostrotem Blech hängen daneben, keine Aufschriften. Das untere Drittel der Flurwand ist gelb gefärbter Bast, abgestoßen, fleckenreich. Über der gelben Leiste, die teilweise fehlt, in den oberen Dritteln rostroter Verputz, in großen Flächen schon abgefallen.

Er nickt Rosa zu, deutet mit dem Kopf an, sie solle heraufkommen. Sie nähert sich, stellt sich neben ihn. Er läßt sie schauen, bittet sie, wieder erst hier zu warten. Sie stellt einen Fuß gegen die Tür.

Über den Fliesenboden geht er vorwärts. Nach knapp fünf Metern weitet sich der Gang zum Treppenhaus: Links geht es zu einer Tür, schimmert Glas, eine Klinke. Von dieser Tür aus führt eine Holztreppe nach hinten hinauf. Auf halber Stockwerkhöhe biegt die Treppe nach rechts und führt über der Verlängerung des Fliesenganges zurück, hinauf zum ersten Stock. Auf der halben Treppenhöhe ein großes Fenster in Buntglas, matt schimmert grünes und rotes Licht. Der untere Flur endet hinten im Dunkel, nach zwei Stufen scheint da eine Tür zu sein, offenbar der Ausgang zum Garten oder zum Hof. Links, neben diesem Ausgang, unter der Treppe in den oberen Stock, eine weitere Tür in einer Holzwand. Zum Keller?

Eine Weile horchen sie in das Haus. Draußen fährt ein Baufahrzeug vorbei. Er winkt ihr, die Tür zu schließen. Der lärmende Wagen draußen entfernt sich. Im Haus scheint es vollkommen still. Rosa kommt näher, ist nun wieder dicht bei ihm, beide stehen an der Ecke des Treppenhauses. Sie sehen, horchen. Schauen sich an: wo? wo soll hier ein ›Angebot‹ sein.

Er zieht die Schultern hoch, geht dann vor, nach links, zur ersten, zur unteren Wohnungstür. Auch hier vergittertes Glas, dunkelgrün eingefärbt. Er drückt die Klinke, lehnt sich gegen das schwarzbraun gebeizte Holz. Die Tür ist verschlossen. Er klopft. Wartet. Klopft noch mal, lauter, wartet. Sucht im Dunkel eine Klingel, tastet den Bast ab, da ist kein Knopf, kein Schalter.

Sie sieht die Treppe hinauf. Er nickt, geht die Holzstufen hinauf. Jeder Schritt tönt, knirscht. Auf der halben Höhe, vor dem bemalten Fenster, bleibt er stehen, schaut weiter hinauf in die Gegenrichtung. Dann wieder zu ihr zurück, zeigt auf das Fenster, sie nicken sich zu, er versucht das zu öffnen, einen der rotgrünen Flügel mit den Fischen, den Reihern. Das klemmt, es läßt sich aber aufmachen. Er sieht in einen Garten, hohe Bäume, tiefes Gras, das ist seit langem unbenutzt. Sie kommt zu ihm hinauf.

Wieder zieht er die Schultern und geht weiter. Steigt die Treppenkehre zu Ende, die letzten Stufen hinauf, kommt oben vor eine weiße Flurtür, die mit zwei Brettern vernagelt ist. Kreuzweise, mit großen Nägeln, die haben sich verkrümmt. Er greift hinter die Bretter, zieht, zerrt, reißt das heraus. Der Krach verhallt, er stellt das Bretterkreuz gegen die Bastwand. Die weiße Tür ist nicht verschlossen, er stößt sie mit dem Fuß weit auf, schaut in eine Wohnung hinein.

Sie kommt zu ihm, bleibt wieder an der Tür. Er betritt den Wohnungsflur, in den vom Treppenfenster her schwach das Licht dringt. Findet einen Lichtschalter, dreht ihn – mattes Gelb beleuchtet einen ausgetretenen Parkettgang. Keine Möbel. Viel Staub, ein rotweiß kariertes Tuch am Boden. Er stößt links die erste Tür auf – ein helles großes Zimmer. Verbrauchtes Parkett, keine Möbel, Kehrreste. Die drei hohen Fenster des Erkers. Im mittleren sieht er unten, als steinerne Wölbung, den Hut des Jägers.

Sie steht in der Tür, sie sehen sich an. Er hebt die Hände – wo? »Sakra«, sagt er laut, spricht zum erstenmal. »Dammte Hacke«, stimmt sie zu.

Mit großen Schritten geht er zur nächsten Tür hinüber, stößt sie auf – auch dort Leere, trübes Licht, Staub. Dies das Zentrum? der Kern? Er wendet sich zurück, überquert den Wohnungsflur. Öffnet die gegenüberliegende Tür – nichts.

Sie gehen zurück in das Treppenhaus. Bleiben oben stehen, horchen. Ist nicht doch etwas zu hören? Dieses ganz ferne Klopfen –? Oder kommt das gar nicht aus diesem Haus. Natürlich nicht. Was könnte das sein. Extrem leise, extrem regelmäßig. Vielleicht ist es nur mein Puls. Eher wie ein Metronom. Und jetzt ist draußen wieder Verkehr, nun hören sie gar nichts.

Wohin jetzt? Er steigt die Treppe weiter hoch. Als enge Stiege führt sie ins Dachgeschoß. Schon von der Treppe her erkennt er, daß auch diese Flurtür mit Brettern vernagelt ist. Er hebt die Schultern, steigt wieder zu ihr hinunter.

Sie gehen die Treppe weiter nach unten. Er schließt das Fisch- und Reiherfenster – hält an. »Horch!« haucht er. Ob sie's nicht auch höre. Lange warten sie. Nun zieht sie die Schulter: – es könnte sein – ein Klopfen – in der Nachbarschaft? – Hm. Was Mechanisches. Eine Werkstatt nebenan?

Alle Zimmer leer, das meiste verschlossen. Der Garten unberührt. Die muffige Luft hier drinnen, Schmuddel. Das schwache Licht, oder gar keins.

Und der Keller? Das Kind in den Keller schicken. Erzähl ihm mal eine Geschichte, sing was – besser was als nichts.

Er geht in die Verlängerung des unteren Hausflurs hinein, die zwei Stufen hinunter. Der Muff hier intensiver. Die Tür zum Garten ohne Fenster, grau bemalt. Er zündet sein Feuerzeug, will wenigstens den Türgriff sehen. Die Lackfarbe wie alte Haut, in Wellen biegt sie sich ab. Er berührt sie mit den Fingerspitzen, sie fällt in Plättchen. Er drückt die Eisenklinke – auch der Ausgang zum Garten ist verschlossen. Nach links also, zur Kellertür. Die Holzwand unter der Treppe ist ebenfalls grau übertüncht, verrunzelt. Das zischende Feuerzeuglichtchen, noch mal stehenbleiben. Horchen – kein Ton. Oder doch? Irgendwo so was wie eine Apparatur. Paar Häuser weiter?

Er zündet das Gasflämmchen, hält es an die Eisenklinke, sieht die Rostflecken in dem Schwarz. Drückt den Griff – die Tür geht auf. Er läßt sie aufgleiten.

Im Dunkel stößt die Tür gegen kalkgraue Steinwand. Das Geräusch? Er tastet mit dem Arm hinter die Holzwand, findet einen Lichtschalter, dreht den herum – mit dem Kellerlicht ist da nun der Schlag der Automatik, das wiegende Gerüttel.

In der funzligen Helle erkennt er die Kellertreppe, eine rohe Wand, ehemals weiß verkalkt, das Vor und Zurück der Natursteine. In den Mulden sind sie schwarz verrußt, bedeckt von Spinnwebfetzen. Als Handlauf zum Festhalten ein verrostetes Rohr; auf den engen Treppenbrettern Eimer, Papierrollen. Zwischen die Stufenbretter hindurch der Blick in das Loch unter der Treppe, ins Schwarze.

Redet jemand? – Im Nebenhaus? Nachrichten?

Er nickt ihr zu. Ich gehe also da hinunter, sagt sich Langensiepen. Balanciert nun zwischen den Tapetenrollen, den Eimern hindurch, hinunter in den schwach beleuchteten Raum aus Kohlenschwärze. Und wenn die Automatik nun aussetzt? zu Ende getickert hat, gerade wenn ich unten – er macht eine Bewegung, bittet Rosa, die hinter ihm herblickt, zeigt ihr eine drehende Bewegung. Deutet auf den Lichtschalter.

Hier unten die Kühle, sogar im August. Kalt ist das, kalter Muff. Widrig. Kopfloser Madenmuff. Die Großeltern in Westfalen wohnten ›Im Kühl‹. Gruftmuff. Riecht pappig. Feuchte Pappe.

Er steht jetzt unten vor der Treppe. Aber hier ist doch eindeutig irgendwas zu hören. Verkehrsdurchsagen? Oder etwas rhythmisch Wiederkehrendes – oder beides? Gerede und dieses Ticken? – nein, nicht die Automatik für das Treppenhauslicht. Das ist was metallisch Pochendes und ein Gerede – hier unten?

Er nähert sich der ersten Tür. Rosa kommt die Treppe herab, wird dabei sein. Gibt Rückendeckung, wenn ich – jetzt – die Tür aufreiße:

Dämmerschuppen, Kohlenreste. Kartons schimmeln. Die alte weiße Tünche an der Wand ist im unteren Drittel überkrustet von Dreck. Von Kohlenstaub und Kartoffeldreck.

Wieder zurück in den Kellergang. Weiter, zum nächsten Raum. Ja wird denn hier nicht doch geredet? Er schaut Rosa an – es klingt zu mechanisch, nicht wahr?

Anhalten vor der nächsten Tür. Altes Weiß, Staub darauf. – Hierhinter? Kann sein. Aber die schwarze Klinke läßt sich nicht nach unten drücken. Kein Schloß, absolut zu. Attrappe, Blindgang. Es gibt undurchlässige Schichten, weiß der Doktor Bredenfeld.

Aber die nächste Tür, am Holz wieder das blätternde Weiß – diese Klinke hat man benutzt, die ist abgefingert.

Hier hören sie's. Das sind nicht Nachrichten aus dem Nachbarhaus – das kommt aus diesem Raum. Er legt das Ohr gegen die kalte Türfläche. Auch das Ticken ist hier, der Metronom. Nun also. Er faßt sie bei der Hand. Mit der anderen drückt er die Klinke, die gibt nach. Als er meint, die Tür müßte jetzt unversperrt sein, tritt er gegen sie, stößt die Tür mit dem Fuß ganz auf und hört nun und sieht nur noch irgendwas ganz knapp – denn nun, mit rasselndem Nachklapp, endet die Lichtautomatik. Dunkelheit.

»Ich geh rauf«, hört er sie.

»Bleib, ich versuch – hier muß doch – ein Schalter –« – er greift zum Feuerzeug, faßt in das geöffnete Schwarz hinein und wird bedröhnt von einer ausgeleierten Kunststimme. An der Wandkälte wandert seine Hand hinauf, hinunter. Und während immerzu der mechanische Befehl schnarrt *Du gehorchst oder du bist weg,* findet er den Drehschalter, glüht vor ihnen die Birne auf unter grauem körnigem Sichtbeton, erhellt einen größeren Raum, grau auszementiert, mit einem

Abfluß in der Mitte, mit einer Stahltür zur Gartenseite. Dies ist die Waschküche. An der linken Wand grau verputzte Zementbecken, darüber die Hähne – von einem der Becken geht ein schwarzgelber Wasserschlauch ab. Aus der Verschraubung tropft es, zischelt es, der Schlauch hängt über dem Rand des Betons, krümmt sich nach außen hinab und läßt Tropfen hinunterfallen – Wassertropfen, die zusammen mit dem mechanischen Gerede auf den Kopf eines Menschen fallen. Eines älteren Menschen. Der Mann sitzt – liegt? – unbeweglich, vielfach gefesselt, auf einem liegenden Stuhl. Die Beine über dem Holzsitz nach oben, je ein Bein an je ein Stuhlbein verknotet, der Leib mit Wäscheleinen fest am Sitz, Oberkörper und Arme an der Rücklehne des Stuhls vertäut. Der Stuhl liegt mit dem Mann auf dem Boden des Waschraums. Nur sein Kopf ist nicht umschnürt – der bewegt sich nicht. Liegt auf dem Betonboden, der Mund halb geöffnet, pfeift ein leises Röcheln.

Dem Mann fallen aus dem Schlauch in gleichbleibenden Abständen Tropfen auf die Stirn. Diese Stirn ist hoch, der Mann hat Glatze.

Sie sind bei ihm, schlagen den Schlauch zurück ins Becken. Sie fassen dem Menschen unter die Schultern, heben den Stuhl, richten ihn auf. Der sitzt nun, aber der Kopf hängt, der ist nicht bei Bewußtsein. *Kleiner älterer Türke mit Glatze.* Langensiepen will anfangen mit dem Aufbinden, schaut sich aber um, woher dieses künstliche Geschnarre kommt. »Langsam«, sagt sie, »erst mal nur die Beine, die Durchblutung ist weg. Der fällt uns bloß zusammen.«

Sie knoten die Beine frei; Langensiepen, während sie die Knie, die Waden massiert, findet auf einem Wandbrett den Kassettenrekorder. Eine Schleife liefert immer nur diesen einen plärrenden Satz *Du gehorchst oder du bist weg.* Er stoppt das.

Neben dem Apparat ein Papier mit Maschinenschrift; er nimmt das vom Brett, liest laut vor, während sie dem Mann vorsichtig weitere Fesseln löst und massiert: »Ich heiße Nazim Tarhan, geboren am 12.1.1924 in Ankara, wohnhaft jetzt in Essen, Marthastraße 11. Ich habe in der Nacht vom siebten auf den achten August am Viehofer Platz meinem Arbeitskollegen Iman Honva mit einem Hammer den Schädel eingeschlagen. Ich schwöre, dies ist die Wahrheit. Und dies ist meine eigenhändig ausgeführte Unterschrift:

Nazim Tarhan.«

Sie schauen zurück zu dem Mann. Der hängt in den Seilen. Du gehorchst oder du bist weg. »Im alten China wurden Menschen damit umgebracht. Einfach mit Tropfen, auf den Kopp. Nach zwei Tagen ist man wahnsinnig. Am dritten Tag hin.«

»Möglichst umgehend oder es könnte zu spät sein – sagte diese Sibylle.« Die Tür zum Garten ist verschlossen. Er öffnet die Fenster – Luft fällt ein, überströmt sie aus der Gartenwiese, milde, würzige Sommerluft.

Sie tragen den Mann auf dem Stuhl unter die Fenster – da kommen nun andere Seufzer: »Komm, laß was hören!« Sie massiert ihm wieder die Beine; er den Nacken. »Hallo, erzähl uns – wer hat dich hier eingebunkert! Los, sag was!« Der macht die Augen auf – sie fallen ihm zu. Der reißt sie wieder auf, stöhnt heftiger. »Na wenigstens klagen geht ja schon wieder.«

Sie löst ihm nun auch die Arme, öffnet ihm die Hand, massiert die Gelenke. »Gut zwei Stunden liegt der hier, mindestens. Reizend, diese Sorte Friedensangebot.«

Sie hört nicht auf, ihn zu bekneten, die Schultern, die Gelenke, den Nacken. »Der ist fertig.«

»Ich weiß nur, ich muß mit ihm reden.«

Der Mann redet aber nicht. Seufzt nur, grollt trauernde Töne. Doch die werden aggressiver. Sie ruft ihn wieder an, bearbeitet ihm die Knie, dann wieder den Nacken. »Hepp hepp! Nun knurr endlich mal deutlicher!« In der oberen Wandhälfte, in den beiden Fenstern die Gräser und Gartenbäume. Die Luft, die da herabweht, scheint sich zu einem Durchzug zu verstärken, berührt unangenehm. Langensiepen hat für einen Augenblick das Bedürfnis, die Waschküchentür zu schließen, gegen die Zugluft. Doch Rosa meint in diesem Moment, daß Nazim Tarhan wahrscheinlich jetzt etwas trinken wolle.

Er greift von dem Wandbrett eins der staubigen Gläser, in denen Babynahrung war, geht zu den Becken, wäscht und spült das durch und kommt mit Wasser zurück, setzt dem Tarhan das Glas an den Mund. »Hee, Nazim!« ruft sie, »trink – trinken! – wach auf! Wir helfen dir!«

Tarhan, die Lippen an dem Wasser, hebt die Lider. Starrt noch eine Weile ins Ferne, während sie weiter auf ihn einredet. Der trinkt – bricht aber sofort ab, schaut über Langensiepens Arm, der ihm das Glas hält, zu ihr hinauf, zu ihm hinüber, dann sagt er etwas Türkisches.

»Nazim Tarhan?« fragt sie.

»Was wollen.«

»Wir haben dich hier gefunden. In diesem Keller hast du gelegen, unter dem Schlauch da.«

Er stöhnt.

»Hier das Glas – nimm selbst – wenn es geht –«

Er greift sich das Glas, trinkt, zitternd.

»Kannst du sitzen? – wir machen dich los, ja?«

Er schaut an sich herunter, seufzt. »Losmachen.« Und dann, während sie die letzten Knoten öffnen: »Was wollen.«

»Wir wollen dir helfen, mit dir reden«, sagt sie.

»Wo wohnst du«, fragt Langensiepen.

Als Antwort wieder nur ein Stöhnen. Das Denken, das Erinnern scheint Widerstand zu finden. Aber dann sagt er: »Ich wohnen nicht hier. Nicht hier.«

»Du weißt, wo du hier bist?« fragt sie.

»Früher hier. Marthastraße. War unser Haus bis voriges Jahr, mit Kollegen.«

»Und jetzt? Wo wohnst du jetzt?«

»Du Polizei.«

»Nein. Nicht Polizei«, sagt Rosa. »Du hast keine Aufenthaltserlaubnis?«

Er schaut beide an, abwechselnd.

»Nein, nicht Polizei«, sagt sie noch mal. »Wir haben dich hier gefunden. Und hier lag auch ein Brief, ich les dir den mal vor.« Sie tut's.

Wieder das Erinnerungsächzen.

»Ist das deine Unterschrift?« Sie zeigt ihm das Blatt.

»Lüge«, stöhnt er. »Die machen mich kaputt – ich unterschreiben.«

»Gezwungen?«

»Gezwungen.«

Langensiepen drückt die Transistortaste, beim ersten Ton jammert der auf. Langensiepen schaltet aus. »Aber Nazim«, sagt er, »du bist gesehen worden. In der Nacht zum Sonntag hat jemand gesehen, wie du auf Iman Honva eingeschlagen hast.«

»Ich kenne kein Honva – was fragst du das – du Polizei!«

»Nein, wir sind Freunde von deinen türkischen Kollegen. Wollen wissen, warum Iman Honva tot ist.«

»Ich kenne kein Iman Honva.«

»Du hast auf ihn losgeschlagen. Am Viehofer Platz, Altenessener Straße. Es gibt Zeugen. Die haben das gesehen.«

Er schweigt.

Da redet wieder sie und sagt: »Okay, du kennst keinen Iman Honva – hast ihn erschlagen, ohne ihn zu kennen.«

Der Mann schweigt.

»Du wohnst in Ankara?« fragt sie.

Er nickt.

»Kinder?«

»Acht. Und Enkel, zwei.«

»Und dann sind welche gekommen und haben dir gesagt: du verlierst deinen Job. Andere nehmen ihn dir weg.«

Er bewegt sich nicht, redet nicht. Aber dann: »Wir alle verlieren Job. Ende Oktober. Die haben uns verschaukelt, die PKK – ja, die Kollegen. Die nehmen Kabelarbeit weg. Sind linke Kollegen, lügen.«

»Wer hat euch das gesagt.«

Er schweigt. Langensiepen hebt den Kassettenrekorder hoch: »Hat der euch das gesagt?«

Nazim schaut auf, starrt wieder zwischen den beiden hindurch. Trinkt das Glas leer.

Rosa tippt auf den Rekorder: »Die haben dich hier eingelocht, die Schmierscheiche, wie?«

Er nickt. »In Keller getan.« Sie nimmt ihm das Glas ab.

»Mehr Wasser?«

Er schüttelt den Kopf.

»Diese Herrschaften«, sagt Langensiepen, »die haben euch also erzählt: die Kollegen, die von der Vogelheimer Straße in Altenessen – die nehmen euch die Arbeit weg.«

Er nickt.

»Es gibt Leute, die haben dich gesehen Samstagnacht. Die sagen, du hast den Iman Honva erschlagen. Und nun gibt es auch dieses Papier, das du selber unterschrieben hast. – Wer hat dich gezwungen?«

»Die machen verrückt. Immer Angst, Angst. Ab Oktober wir verlieren Job, kein Geld. Die Konkurrenz, die anderen, die machen mit Unternehmer Geschäft. Verraten Landsleute, denen ist egal, ob türkische Kollegen Geld haben im Winter.«

»Und da hattest du die Riesenwut?« fragt Rosa.

»*Alle* haben – ich hab nicht allein geschlagen. *Alle* hatten – Riesenwut. Schlägerei, ja? Alle haben mitgemacht, alle, nicht ich allein. Das ist Wahrheit. Aber ich soll kaputtgehen. Für die andern.«

»Okay. Kannst du gehen? Wir bringen dich hier raus.«

Er schaut die beiden an. »Versuchen.«

Sie stützen ihn – er steht. Sie warten einen Moment. Sie reibt mit beiden Händen beide Beine. Die Waden, die Knie, knetet hinauf, hinunter – dann, Schritt für Schritt, tappt er vorwärts. In den Kellergang, zur Treppe. Dort die engen Stufen hinauf. Gestützt, stolpernd. Langensiepen stößt mit dem Fuß Eimer und Papierrollen aus dem Weg. So kommen sie nach oben, es zieht ganz erbärmlich –

»Wohin!«

Oben steht einer. Vor ihnen, in der Verlängerung des Flurs, steht der, im Dunkeln – und zeigt auf Langensiepen mit diesem Rohr –

»Wo-hin –?« fragt Langensiepen sanft zurück. Als müsse er darüber erst einmal nachdenken – und hat im selben sanften Moment mit der freien rechten Hand das Rohr nach oben geschlagen, man sieht, wie es wegblitzt, wie es auf den Kachelboden fliegt und sich auf dem Karomuster dreht, kreiselnd schlingert es vor die Füße einer zweiten Figur. Die hat ebenfalls ein Eisenrohr und richtet es aus genügend großer Entfernung auf Langensiepen.

»Wohin!« kommt es nun von dort.

Hinten steht die Haustür einen Spalt breit offen. Der Zweite, der an der Haustür, stößt mit dem Fuß gegen die

Waffe, wieder gleitet sie über die Karos – der Kollege, der sich, den Rücken zur Wand, außer Reichweite bewegt hat, greift sie, hebt sie auf. »Was gibt das hier!«

»Wir bringen Herrn Tarhan nach Hause.«

»Herr Tarhan ist *hier* zu Hause.«

»Hier hat es ihm nicht gut gefallen.«

Der an der Flurtür kommt etwas näher – Nazim Tarhan hängt zwischen ihnen, hängt schwer auf ihren Schultern.

»Der bleibt hier.«

»Und wenn wir ihn nun zur Polizei brächten? Wäre Ihnen das recht? Nachdem Sie ihm so ein wunderbares Zeugnis ausgestellt haben?

»Okay. Bringen Sie ihn zur Polizei«, sagt der an der Haustür. »Den Brief mit Herrn Tarhans Unterschrift haben Sie.«

Da sackt der Tarhan in die Knie, fällt. Liegt. Aber plötzlich richtet er sich wieder auf, torkelt los in Richtung Ausgang. Der an der Wand stellt ihm ein Bein vor, Nazim fliegt nach vorn, rutscht auf dem Bauch über die Fliesen, bleibt liegen. Wimmert.

»Wie sollen wir das nun alles der Polizei klarmachen«, beschwert sich Langensiepen.

»Verschwindet! Polizei findet den *hier.*«

Langensiepen schaut Rosa an. Sie nickt, bleich.

»Nicht gehen!« hören sie von unten, vom Boden her.

Langensiepen schaut sich um. Hinter ihm wie vor ihm ein Eisenrohr. »Gegen diese Herrschaften können wir dir nicht helfen, Nazim. Aber wir kommen wieder. – Mit Polizei.«

»Nix Polizei!« ruft der.

Als Langensiepen in der Tür steht, die ihm der eine der beiden etwas aufhält, läßt er Rosa an sich vorbei. Erst als sie draußen ist, holt er das Papier aus seiner Jackentasche, hält es hoch in das Licht hinaus, als müsse er es noch einmal lesen: »– wohnhaft Marthastraße – ts! – wunderbar, diese Wohnhaft!« Er zerreißt das – wirft die Papierfetzen in den Flur zurück. »Dies, meine Herren, ist *kein* Angebot.«

Er geht die sechs Stufen hinunter, mit schmerzendem Kreuz, wankt nach rechts hinter die Hauswand. Hält sich zitternd fest an der Wand, löst sich, geht schneller, erreicht den

Jeep, Rosa sitzt am Steuer. Sie fährt aus der Lücke, dann rückwärts, so daß sie am steinernen Bild nicht mehr vorbei müssen. Unterwegs sprechen sie nicht. Schließlich spürt er ihre Hand auf seiner. »Deine Pfoten. – Genauso kalt wie meine.«

Dann bleiben sie wieder still. Dieses milde Abendwetter in den Glasfronten. Wie aus höheren Welten. Der RWE-Palast, zwanzig Stockwerke – zwanzig auch im Rathaus – im goldenen Widerschein – glühn im Glanze ihres Glückes.

Oben, in der untergehenden Sonne, bei den geöffneten Fenstern. Beide auf seinem Bett. Ein neuer Kaffee; die Balken wie der Himmel in Rostrot. Der Schädel, als wenn er leuchtete. Lange Zeit bleiben sie still, versuchen aber zu reden.

Rosas Frage, was jetzt. Was machen wir mit diesem Nazim Tarhan.

Das Fernsehluftschiff kreist, sie hören es. Und hören dann das Telefon. Zweimal, dreimal läßt er es lärmen, dann nimmt er ab. Kirchberg meldet sich, er habe einen alten Bericht gefunden, in Sachen Körfgen, Körfgensche Villa, o doch, das habe ihm keine Ruhe gelassen. In Nürnberger Protokollen, aus einem Prozeß gegen Wirtschaftsbosse der Nazizeit, habe er gefunden, daß sich schon am 9. Januar 1928 zwölf Männer in der Körfgenschen Villa zur sogenannten ›Ruhrlade‹ getroffen hätten. Die ›Ruhrlade‹ sei die wahrscheinlich mächtigste Industriellenvereinigung gewesen, die es je in Deutschland gegeben hat. Und schon an diesem 9.1.28 seien die Chefs vom Harpener Bergbau dabeigewesen, vom Rheinisch-Westfälischen Kohlesyndikat, ferner Karl Haniel, Peter Klöckner, aber auch die Chefs der Gutehoffnungshütte, alsdann Gustav Krupp von Bohlen und Halbach, Ernst Poensgen, Fritz Thyssen, außerdem der Generaldirektor der Hoesch AG, der Boß des Rheinischen Braunkohlekartells und und und – die Treffen hätten reihum monatlich in den Stadtvillen und Landhäusern der Mitglieder stattgefunden. »Für Zuwahlen«, weiß Kirchberg, »nach Rücktritt oder Tod war Einstimmigkeit vonnöten. Und eins der wichtigsten Ziele dieser ›Ruhrlade‹ war die Parteienfinanzierung: Unter der Tarnbezeichnung ›Konto Wirtschaftlichkeitshilfe‹ sind schon im ersten Jahr vier Millionen gespendet worden, raten Sie mal, für wen! vier Millionen, für die Jahre des knappen Geldes eine immense Summe, allein 1928 –«

»Ja, ja«, nickt Langensiepen immer wieder. »Und danke! Herzlich danke!« Kirchberg solle diese Papiere morgen mitbringen. Und legt auf.

Da hören sie wieder das Fernsehluftschiff. Es scheint, als biege es nun ab, in Richtung Norden. ›Ruhrlade‹. Körfgensche Villa. Das Gründermotiv. Ruhrrevier, Jägerrevier.

Weil ich Kind war im Krieg. Und sage mir noch einer, sagt Langensiepen leise, ein Kind wisse nicht, was die Bilder bedeuten. Es erkennt sie mit dem ganzen Körper. Die Zeichen an den Wänden. Die märchenhaften Steinwälder. Die frühesten sind die wahren. Normal ist die Kriegswelt.

Statt über den Nazim Tarhan, über Honva und die Herrschaften zu sprechen, gehen ihm andere Sätze durch den Kopf, die er alle nur anfängt und nicht zu Ende bekommt und nicht sagen kann. Was über unseren Köpfen aufgezogen ist als Ende und längst schon niederstrahlt, das staut sich wie Hitze zwischen den Kaufhauswänden. *Mars macht mobil.*

»Ich weiß es wirklich nicht, was jetzt«, sagt er dann. Und, nach einer weiteren Pause, in der er meint, er solle sich zusammennehmen, aber wie könne er das, wenn's ihn auseinander nehme, da redet er nun doch. Sehr leise. »Vielleicht erst mal – schlafen«, sagt er. »Im Augenblick ist alles Strudel. Zwar ist der Fall klar – Tarhan erschlug Honva. – Und? was sagt das? wie machen wir nun weiter? wie finden wir die raus, die dazu die Aufträge erteilen?«

Sie kuschelt sich neben ihn, raunt Worte, aus denen er seine eigenen wiederhört, nur anders. Vor allem, daß sie jetzt nichts sollten, nichts müßten, nichts rausfinden, nichts auseinanderkriegen.

»Aber denk an Nancy. Auf kaputten Beinen. Mich regt schon dieser Himmel auf, dieses violette Wunderlicht. ›Strahlender Abend‹. Als läge nicht Nazim Tarhan verletzt am Boden. Vater von acht Kindern, auf die Fliesen geschmissen. Was machen sie in diesem Augenblick mit dem. – ›Erst mal schlafen‹?«

Er schweigt. Läßt sich ihre Fingerspitzen gefallen. »Aber was anderes weiß auch ich nicht. Als ob die Reviervernetzung auch im Kopf nur noch Kurzschlüsse –«

Sie legt sich dicht an ihn heran, er streicht über ihr Haar. »Dabei fand ich hinreißend, wie du mit dem Nazim Tarhan umgegangen bist. Wie du den lebendig gemacht hast – zum Reden gebracht hast –«

So redet er, streckt sich aus. Den Kopf unter das Kissen, murmelt nur noch sehr fern. Grummelt leise von der lösenden, von der Tiefenwirkung des Schlafs. Der helfe über den röhrenden, über den Eisenrohrmenschen hinweg. Heilschlaf. Redet nicht weiter – träumt.

V

KOPPSTATT UND ZWERCHFELL

Donnerstag, zwölfter August
Letzter Tag Langensiepens

Die Töchter der Mnemosyne
hatte Herakles schon früher verprügelt,
als diese sich anmaßten, allein ausschlaggebend
zu sein in allen Fragen des Tanzes, der Musik,
des Gesanges und der Poesie.
Er zog die Lieder vor,
die in den Gassen gesungen wurden,
die schrillen Rohrflöten, die gellenden Dudelsäcke,
das Gepolter der Trommeln
in den Wirtshäusern.

Er wacht von einer Art Schlag auf. Und bemerkt zwar, daß er den Einschaltknopf des Kassettenrekorders gehört hat. Aber das war zugleich auch – wie begann er, Langensiepens letzter Tag?

Er hebt seinen Kopf und sieht, wie sich Rosa vom Regal her zurück ins Bett hinaufschiebt, und zu ihm hinüberblinzelt. »Aha?« sagt sie und robbt näher, kommt, auf die Ellenbogen gestützt, dicht vor ihn, ist Sphinx über ihm und schaut ihn forschend an. »Ausge – – heilt?«

Ihr langer Kuß, dazu die allmählich hochschwirrenden Harfentöne. Da steigen auch die Schlafbilder wieder auf, der wahre Schlag. »Hast du geträumt?«

Er legt sich zurück. »Wunder«, sagt er.

»Erzähl!«

»Ich hab dem Jäger auf dem Steinbild, dem hab ich das Rohr aus der Hand geschlagen. Im letzten Augenblick. Das wirbelte herum, flog durch den Wald, schwebte zwischen den Stämmen dahin wie ein sehr langes glückliches Luftschiff.«

»Glücklich?«

»Weil das Steintier gar nicht getroffen war und weil der Wald golden wurde. Vom Luftschiff aus sah ich die Bäume unter mir dahingleiten – durchsichtig golden – und wußte immer, das Tier hats geschafft, das ist gar nicht getroffen, und ich war überaus froh, da ich ja von dir gehört hatte, ich selber sei das Tier. Aber dann kam doch noch ein Schlag. Von dem bin ich lieber aufgewacht –« Sie hat sich neben ihn gelegt, streckt ihre Hand nach ihm aus.

Beugt sich über ihn, küßt ihm die Stirn, die Augen, den Mund. »Gratuliere.« Sie küßt ihn wieder. »Ich überreiche dem Schlichter und Lichter des deutschen Städtedickichts – Mister Harry Cane – für seinen Spitzentraum – für den Freiheits- und Glücksflug – den zweiten Gürtel der Tai-Fun-Frauen. In Anerkennung seiner neuen friedlichen Siege.«

»Danke. Wer seine Siege bloß träumt, kann gut friedlich bleiben.«

»Sehr brav gesagt. Später Schiller. Früher Jean Paul.« Sie legt sich neben ihm flach auf ihren Bauch. Schaut aus ihrem Haarwald von schräg unten zu ihm herauf. Er richtet sich auf, gleitet über das helle Gewirr dahin, über ihr durchsichtiges Strahlen. Und sagt: »Aber Sie? Sie brauchen keineswegs zu hoffen, ich begnügte mich mit Träumen.« Er küßt sie über den Rükken hinunter, die Wirbel entlang und wieder hinauf. Sie macht sich noch flacher, schnurrt, worauf er die Wirbelleiter noch mal hinuntersteigt.

»Hey, Sie«, beschwert sie sich. »Gestern abend war die Rede von ›Heilschlaf‹. Kein Wort von ›Bei –‹«

Er drückt seinen Mund zwischen ihre Schenkel, sie öffnet sie ein wenig. Er arbeitet sich vor, wühlt, findet mit seinen Lippen die ihren, murmelt küssend »Was heißt ›Bei –‹! Beiliegend erhalten Sie –«

Sie liegen dann nebeneinander, machen nach und nach die Augen wieder auf. Haben noch immer ihre Hände ineinander, bemerken, daß auch der andere bemerkt, daß die Augen wieder offen sind. Schauen sich an. »Langen«, sagt sie. Sie sieht ihn weiterhin an, mit wunschlosem Interesse.

Plötzlich richtet er sich heftig auf.

»– is wat?«

Er springt vom Bett. »Ich halts nicht aus – wir ziehen uns hier am eigenen Zopf ins Nirwana – und da unten wird massakriert. Hör das Geschrei! und das sind nicht Tiere! keine Meisen, Hirsche, Läuse.

Er zieht sich an, geht hinaus. Der Himmel gleißend weiß. Die Sonne schon hoch über den tausend blinden Fenstern. Er sieht aber nicht das Rathaus, sieht nicht zurück auf die Baracke, macht, daß er über den Kies hinüberkommt zur Metalltür, hört die Vierstrahlige über sich hinabsacken zum Flughafen zwischen Düsseldorf und Essen.

Langensiepen macht seine Stockwerkvisiten. Nein, heute keinerlei Spuren. An den neuen Sicherheitsschlössern nirgends Veränderungen, keine Kratzzeichen. Und die Fehlbestände? – wieder nur in diesen zwei Stockwerken, die er ja kenne, wo sie noch nicht greife, die elektronische Falle – ansonsten das Minus lächerlich gering.

»Und hier«, sagt der Chef vom Dienst, »hier hab ich für Sie ein Exemplar vom Jahresbericht, kucken Se ma nach auf Seite zwölf, die Bemerkung da – – reicht aus für Gehaltserhöhung –«

Besten Dank. Im Erdgeschoß öffnet er seinen Postkasten. Findet einen Brief vom Kölner Sender. Daneben die Zeitung. Mit rot unterstrichener Schlagzeile, heute werde die Ruhr in eine neue Zukunft starten. Darunter ein weiterer Brief, ohne Absender, aber auch ohne Briefmarke – ›Für Langen‹ ist mit Filzstift draufgeschrieben.

Als er den Brief öffnen will, unterbricht ihn ein Zuruf. Ampütte beugt sich aus seiner Glasecke, weist auf zwei Besucher.

Die zwei kommen auf ihn zu, Ruhrgesichter, im ordentlichen Beamtengrau. »Guten Tag, wir hatten uns angekündigt, für heute um zehn Uhr – bedauerlicherweise ist es etwas später geworden. Dürfen wir, wie vorangemeldet, Ihre Wohnung kurz einmal in Augenschein –«

»Moment – sind Sie der technische Trupp?«

»Haha, sehen wir so aus? Nein, wir wollen das Vertragliche mit Ihnen regeln und dazu –«

»Mit mir werden Sie nichts regeln. In meiner Wohnung schon gar nicht.«

»Sollten wir nicht, im Sinne eines vernünftigen Gesprächs, wenigstens eine ruhigere Ecke suchen – vielleicht nebenan, in der kleinen Pinte?«

»Daß ich keine Kabelvernetzung will, das können Sie auch hier verstehen.« Langensiepen schlägt sich mit seiner ungeöffneten Post auf die flache Hand.

Die unauffälligen Herren sehen sich an.

»Kenne ich Sie nicht sogar?« fragt Langensiepen den älteren. »Vor einigen Jahren war ich mal in einem staatlichen Überwachungsinstitut, in dem auch so einer wie Sie –«

»Tut mir leid. Wir stehen beide nachweislich bei keiner Überwachung in Diensten – ich kann Ihnen den Ausweis zeigen –«

»Lassen Sie n stecken.«

»Machen Sie sich also keine unnötigen Gedanken.«

»Danke.«

»Wir wollen, wie gesagt, mit Ihnen einen Verkabelungsvertrag abschließen – oder wenigstens vorbereiten, das muß ja nicht alles schon heute –« Der holt aus seinem Pilotenköfferchen ein Formularpaket, zieht, nachdem er geblättert und gesucht hat, ein Exemplar heraus, legt es auf die Thekenfläche und tut den übrigen Papierstapel wieder in seinen Koffer. »Langensiepen, Rudolf«, murmelt er, »stimmen die Personalien? Geboren am elften –«

»Woher haben Sie meine Daten. Auch die Daten der Kinder, hören Sie –«

»Sie bestätigen also diese Angaben? Wohnung Kopstadtplatz acht? ist das richtig? nur Ihre Zweitwohnung?«

Langensiepen antwortet nicht. Er schaut sie an, beschließt dann aber, ganz ruhig zu bleiben, Informationen zu sammeln. »Wie, bitteschön, wenn Sie mich wirklich verkabeln wollten, wollen Sie das technisch lösen.«

»Technisch?«

»Ich wohne hier überm achten Stock. Auf dem Flachdach.«

»Da Sie Telefon haben, läßt sich das einrichten.«

»Telefonnummer, sogar Personalausweisnummer – auch schon Kontonummer? Bankleitzahl?«

»Ich verstehe Ihre Nervosität«, lenkt der ein, »mag ja sein, daß Sie Vorbehalte haben gegen kommerzielles Fernsehen. Aber etwas anderes, Herr Langensiepen: Sie sind doch, wie ich sehe, Privatdetektiv. Pardon, wenn ich ganz offen rede: Sie werden binnen kurzem schwerlich konkurrenzfähig bleiben, wenn Sie nicht angeschlossen sind an all die Möglichkeiten, die das Breitbandkabel nun mal bereithält. In *Ihrem* Beruf haben Sie doch ständig mit Faktenüberprüfungen zu tun, mit Personaldaten vor allem – wie wollen Sie denn künftig noch schnell und effizient genug arbeiten? Ohne von der Konkurrenz glatt überfahren zu werden – wollen Sie Daten und Informationen nur über Telefon einholen? oder gar über Briefe? Sollten Sie es wirklich noch nicht akzeptiert haben, daß Erfolg und Wachstum nur über Mikroelektronik erreichbar ist? Steigen Sie ein – gerade Sie! Nutzen Sie den Anschluß an die größten Datenbanken, Bibliotheken, Zentralcomputer, an die endgültige Industrierevolution – wenn nicht, wären Sie sehr bald der letzte hinkende Bote aus Dingsdorf oder, pardon, wie Sherlock Holmes, der sich im Jahrhundert vertan hat – das mag ja romantisch sein, aber – überleben werden Sie damit nicht!«

»Ich kann Sie beruhigen, ich komme mit meinen antiken Methoden ganz gut zurecht – und überlebe allerhand.«

»Was dürfen wir daraus schließen?«

»Ich lasse mich nicht anschließen.«

Der verzieht keine Miene, öffnet sein Köfferchen, legt das Vertragsformular wieder hinein, klappt zu. »Ich glaube, Jupp, diesen Herrn überlassen wir seinen antiken Methoden.«

Als Langensiepen wieder oben ist, telefoniert sie, lacht und legt auf, lacht, umarmt ihn. Was es denn, fragt er, wieder so viel Lächerliches gebe, die Welt sei im Grund wund, wann sie das endlich einsähe – öffnet den Brief vom Kölner Sender und liest vor: »›Besten Dank für Ihre Anfrage vom 8. 8. und für Ihr Interesse an unserem Programm. Wir können Ihnen jedoch Ihren Wunsch, die Herkunft einer einzelnen Textstelle in einer Oper klären zu helfen, unmöglich erfüllen. So berechtigt ein gewisser Dienst am Hörer ist – Sie zahlen schließlich Gebühren – wir bedauern, keine andere Auskunft geben zu können. Mit freundlichem Gruß, im Auftrag: Gwendolin Giradet‹.« Er faltet den Brief, sinkt auf das Bett und versucht, den anderen Brief zu öffnen, auf dessen Umschlag Absender und Marke fehlen. Eine Schreibmaschinenschrift – da grüßt jemand ›von Kumpel zu Kumpel‹ – weil's nun mal nicht anders ginge, wolle der, der hier schreibe und ungenannt bleiben müsse (was am besten er, Langensiepen, verstehen werde), wolle der ihm auf diesem Weg eine Information zukommen lassen, die wohl nicht unwichtig sei für Langensiepens neueste Ermittlungen, ›jedenfalls typisch‹, erklärt der Maschinenschreiber. Dann folgt, in Fotokopie, nichts weniger als ein Bescheid von Staatsanwalt Schürmann an das Mordkommissariat, ›betrifft Iman Honva‹.

Sie beugt sich über seine Schulter, überfliegt mit ihm die ersten Zeilen und buchstabiert dann laut: »... zwar schließt der

Autopsiebericht unseres Doktor Ashoff, insbesondere seine Deutung der Röntgenbefunde, nicht mit letzter Klarheit aus, daß zum Sturz des H. nicht auch zusätzliche Gewalteinwirkung erforderlich war, doch ist angesichts der ungewöhnlichen Topographie des Unfallorts und vor allem eingedenk der zentralen Bedeutung, die gerade der Viehofer Platz in der aktuellen Situation erlangt hat, ein solcher Restverdacht von keiner hinlänglichen Relevanz. Jedenfalls hat dieser Vorfall kaum soviel Bedeutung, daß deswegen, ausgerechnet in dieser historischen Stunde des Ruhrgebiets, der reibungslose Start der Kabelprojekte und damit das ökonomische Wiedererwachen einer Region von fünf Millionen zurückgestellt werden darf zugunsten einer punktuellen erkennungsdienstlichen Maßnahme. Es sollte statt dessen auch dieser Fall, bei dem die Wahrscheinlichkeit eines Unfalls deutlich größer ist als die einer Absichtshandlung, vorläufig zu denjenigen versammelt werden, die schon in ähnlichen Zusammenhängen nicht vollends aufgeklärt werden konnten. Der so gesammelte Komplex wird dann, im nötigen Abstand zu den gegenwärtigen politischen Ereignissen, zu einem gesonderten, konzentrierten Ermittlungseinsatz führen und zwar unter meiner persönlichen Leitung. Den passenden Zeitpunkt dafür zu erkennen, liegt, ich betone es, nicht im Ermessen der ermittelnden Stellen.«

Er blickt sie an, lächelt, steckt dann den Brief zurück in den Umschlag, als müsse er ihn dort verbergen. »Danke, alter Kumpel. Könnte Lutz Salzinger gewesen sein.«

Er geht zum Kassettenrekorder. Vollenweiders Wüstenschiffschaukel für Harfe und Gewitter liegt noch vor dem Gerät. Er läßt das liegen, schnurrt statt dessen die Andreas-Hofer-Spule zurück und startet sie wieder. Legt sich hin. Wieder locken und trotzen die Höhen. Den Schürmann-Bescheid hält er fest in der Hand, auf der Brust. So schaut er in die Balken hinauf, in die Konstruktion.

»Deine Jenseits-Ouvertüre?« Sie setzt sich neben ihn.

Er versucht ihr zu sagen, was er zu dieser Musik sieht. Wie er sich mit ihr in seine Barackenbalken hinaufträumt, um neue Möglichkeiten zu finden. Stützen, Pfosten, Aktionen gegen das, was trägt und unterhält – untenhält. Vom Sandwirt ein

Sandkorn – wenigstens das – ins Getriebe. Vom Berg Koppstatt herab gegen die anrückenden Armeen, gegen die nunmehr endgültigen imperialen Mächte des elektronischen Weltmarkts.

Als das ausklingt, hört er sie: »Und? – hat sich was geklärt? im Tiroler Heilschlaf?«

Er wartet noch, sagt dann, nach tiefem Atem: »Daß ein einzelner so gut wie nichts ausrichtet – gegen einen geschlossenen Regierungsapparat. Gegen den endgültigen Markt.«

»Bist ja kein einzelner.« Sie legt sich vorsichtig auf ihn, küßt ihm die Nasenspitze. »In der Ruhrsuppe gibt es nicht nur Harry Cane und nicht nur solche Salzingers.«

»Einige wenige Kirchbergmänner nach dem Prinzip Schneiderlein, tapfer sein: Die Riesen aufeinanderhetzen. Zum Beispiel PKK gegen ITKG. Wenns gut gemacht ist, braucht man nur noch zuzuschaun.«

Sie steht auf. Eine Wespe will durchs Fenster herein, sie schlägt sie mit der Bluse hinaus und merkt, wie er sich das ansieht. Während sie sich vor der spiegelnden Fensterhälfte kämmt, erzählt er, in Zürich sei der Hauswart der kantonalen Telefonzentrale nach vierzig Dienstjahren in Rente gegangen. »An seinem letzten Arbeitstag hat er das ganze komplizierte Schaltwerk fein säuberlich mit Putzlappen ausgelegt.«

»Putzlappen?«

»Sie waren mit Petroleum getränkt. Und die hat er angezündet.« Sie hört auf, sich zu kämmen, schaut ihn an. Die Wespe ist wieder da, sie läßt sie.

»In Zürich konnte man zwei Wochen lang nicht telefonieren. Stell dir vor: Blockade von soviel Hoch- und Weltfinanz. Trotzdem: Erstaunlich viele Zürcher haben den Mann verstanden. Und haben seinen Namen, Hürlimann hieß der, umgemodelt zu Fürlimann. – Feuermann.«

»Aha.« Sie kämmt sich wieder. »Harry Cane als Großer Jäger Orion, der am Ende selber alles zerbröselt?«

»Keine Sorge. Höchstens tapferes Schneiderlein. So daß hinterher dreißig Türken obenauf sind, bowendrop – hier oben. Zum Backofenfest, mit Rosettas Sternentanz.«

»Optimist. Und was hängt er sich als Lampe in die Balken? Den Schädel seiner letzten Leiche – leck mich doch am Leibchen!«

»›Kopf‹ und ›Kapital‹ haben dieselbe Wurzel. Und obendrein das Wörtchen ›kaputt‹.«

»Kopf – Kapital – kaputt?«

»Kommen aus gemeinsamer Wörtermangel. Daran erinnert mich meine Schädellampe. Täglich.«

Sie dreht sich zu ihm um, läßt den Kamm sinken. Er läßt den Blick nicht von der Knochenlampe. »Irgendwer, bewußtlos, zeugt uns da hinein. – Und dann? Hängen wir drin – von Falle zu Falle.«

»Die du dir vor allem selber stellst.«

»Sehr gut, Partner!« Er richtet sich auf: »Beim Schwanze meines Urgroßvaters! Heute abend werde ich einen Wettbewerb ausschreiben: Wer von unseren Gästen den besten Störtrick ausdenkt. Die absolute Falle, den totalen Suppensalzinger, à la Fürlimann, gegen die Digitalisierung des Ruhrreviers den letzten Aufruhr – den krönt meine rosa Himmelskuh –«

Sie gehen hinaus mit Taschen und Beuteln und Einkaufszettel. Im Lift und auch noch auf der Straße spricht er, murmelt, daß beides von Übel sei, Elektronikhysterie wie Computer-Autismus. Sie antwortet: »Gurken!« Und notiert. Er sagt: »Auf! zum letzten Gefecht!«, sie: »Zucchini, Brokkoli! – und getz hältse deine süße Klappe oda du kriss wat hintere Ohrn! Kuck gefällichst, wo hier die besten Sachen sind.«

Sie sind auf den Markt gekommen, bummeln über den Platz, kaufen ein, wählen Gemüse, Obst, im Nu sind die Taschen gefüllt.

»Halt! noch Melonen!« sagt er und greift sich aus dem Stand, neben dem sie gerade stehen, eine Honigmelone heraus, macht die Probe, riecht.

»Wenn Se nich aufe Stelle Ihre dreckige Footen aus meine Südfrüchte nehmen!« hört er eine Stimme. Groß und umfangreich ist diese Frau. »Wat soll dat! Sieht die etwa nich schön genuch aus? is die für Sie nich gut genuch?«

Er legt den grüngelben Ball zurück, läßt die Frau weiterblaffen. Geht zum Stand direkt gegenüber, zu einem Italiener. Der grinst und redet betont laut: »O bitte! suchen Sie aus, was gut riecht! Lassen Sie sich Zeit!«

»Sieh mal einer kuck«, murmelt Rosa neben ihm, »so also übt sich der Herr Kollege? Riese gegen Riese hetzen?«

Er hält ihr das gelbgrün Marmorierte hin, sie schnuppert, und sie hören wieder die Frau. »Dat fehlte gerade noch – könnt ja jeden komm un mit seine Fottfinger am Gemüse packen! Hasse't gesehn, Hömmuth? wie der da rumgrabscht? und der Ittacker läßt n nu noch extra!«

»Wenn Sie«, wendet sich Langensiepen angriffslustig zurück, während Rosa die Melonen kauft, »wenn Sie sonntags hier über eine Kreuzung wollen und es ist Rot – aber kein Auto kommt – was tun Sie dann?«

»Verdorri! getz will den Pannemann mich onnoch verkackeiern! da müssen aba andere komm als Sie halbe Portion Sie!«

»Mutter!« ruft ihr der Alte vom Nachbarstand zu, »laß dich nix gefallen von dem Hiarnie!«

»Wofür hälze mich, Hömmuth, der Hiarnie hat sich wahrscheinds abgefüllt mit Dividendenjauche und meint, er könnt hier n dicken Hottemax makiern. Zieh Leine, Männeken!«

Langensiepen hält ihr vergnügt die zwei gekauften Honigmelonen entgegen.

»Die vonne Uni sind echt geistesgestört«, schimpft Nachbar Hömmuth und noch mal: »Laß dich nix gefallen von die.«

»Halt dich da raus«, antwortet ihm die ›Mutter‹, »kiebich werden kann ich ganz alleine.« Sie beugt sich vor, zu Langensiepen: »– und dat eine sach ich Sie: Hier den Hömmuth, bisken bescheuert isser ja, aba in einem hat er recht: N Hiarnie sind Sie! Sie Säger! Ab ab! zieh ab! zieh Leine! schieß innen Ofen! ab nache Makkaronis! bei die kannze noch genügend Kohldampf schieben, mickerigen Piesepampel watte biss!«

Rosa strahlt, lacht ihn an: »Getz hasse't aba ma gehört, Langen! – die Mutter sacht, wie't is!«

»Jawoll Frollein! nehm Se den bloß nich in Schutz! – der is doch plemkacki is doch der! – ich bei Rot übbere Ampel – als lebten wer hier inne Pollackei!«

Nun riskiert auch ›Hömmuth‹ fix noch einen starken Kommentar: »Dem seine Eltern, die ham bei de Geburt glatt dat Blach weggeschmissen und statt seiner die Nachgeburt großgezogen.«

Da setzt es Echos ringsum. Inzwischen sind viele stehengeblieben, verfolgen die Debatte, riskieren Zurufe. »Gib ihm Saures!« »Machen alle, den Schnippedillrich!« Rosa zieht laut Bilanz: »Also, du Säger, du Plemkacki Pannemann Schnippedillrich Nachgeburt – worauf waateße noch – ab nach dat Land, wo die Melonen blühn!«

»Recht ham Se, Frollein!« ruft die Frau, »stoßen Se dem man orntlich Bescheid, dem Waldheini – seit wer hier die Uni ham, gibt dat hier viel zu viele sonne Windbeutels! wennze da nich aufm Kiewiew bis, hasse verschissen.«

Die Leute freuen sich, verteilen Beifall und Lacher. »Die Altsche, die is auf Zack!« Langensiepen hört und schaut sich's an, als sei er gar nicht mit im Spiel. Dieser Tag, sein letzter Tag, ist in Opernhausen. Ist übervoll von Szenen, die ihn staunen lassen. er bewundert diese Mutter, die ihr Kind, das quengelt und lieber weiter zuhören möchte, fortzieht: »Komm wacker! wir müssen donno nachm Friedhof, toten Oppa begießen.«

Sie schleppen Taschen und Tüten zurück zum Kopstadtplatz.

Oben hinter der Metalltür die Helligkeit, die Mittagshitze. Über dem Barackendach, im weißlichen Blau, der Blechvogel. Murrend sinkt er nach Südwesten ab, überläßt das weite Feld dem TV-Zeppelin: HEUTE –

Während sie Gemüse putzen, Paprika, Artischocken, Auberginen, Erbsen, Pepperoni, beginnt er, auf einem Papier Linien zu zeichnen und Kästchen.

»Was gibt das?«

»Meine Übersicht. Exmordkommissare können das nicht lassen, auch beim Putzen von Paprika denken die an ihre Leichen.«

Sie läßt Messer und Artischocken in die Schüssel fallen – »zeig mir, was du da machst!«

Sie knien auf dem Boden. Das Papier liegt auf einem der

Holzklötze. Langensiepen zieht Linien, starke Querbalken. Aber feinere auch, gekrümmte, die von unten nach oben weisen: Pfeile, die durch die Querbalken hindurchwollen. »Selten«, sagt er, während er die Striche zieht, »bin ich bei einem, der gemordet hat, so überzeugt, daß auch er – und erst recht er – das Opfer ist. Der Mörder? – ist das Ganze hier. – Und von allen Schichten die aktivste und auffälligste ist diese hier – auf dieser Ebene stößt sich die härteste Konkurrenz. Oberhalb dieses Balkens – malen wir ihn schön dick und schwarz – oberhalb heißt das alles ›Geschäft‹, ›Umsatz‹, ›Einschaltzahl‹, ›Wachstum‹. Und unterhalb – unter dieser undurchlässigen, unter dieser Agenten- und Halbweltschicht – da heißt das ›Überleben‹. Was oben Markt ist, ist unten nackte Hacke. Brutal ist beides.«

Er malt weitere Kästen, trägt Abkürzungen ein, zieht Verbindungen, zeichnet die Schnittmuster. »In Wahrheit läuft alles über Netze ab. Fallennetze. Neuerdings über Regelkreise; kybernetisch. Nur noch kybernetisch – in Systemen – ist was zu erahnen. Hier ganz oben agieren – nicht nur beim Ruhrfernsehen – neben Verlagskonzernen mehrere neue Multis, die mit Information oder ähnlichen Menschenfreundlichkeiten nichts im Sinn haben oder nur zum Schein, Elektromultis, aber auch ganz und gar Medienfremde: Großhändler, Banken, Versicherungen, PR-Unternehmen, Immobilienagenturen, Lebensmittelketten, der Zahnärzteverband, Autofirmen, Industrie- und Handelskammern, die Innung zum Schutz der Apothekeridee –«

»Jetz spinnste!«

»– je besser getarnt, um so brutaler ist der Reibach. Diese Spitzen hier – ihrerseits mit Lizenzen von ganz oben, von Regierungsseite – eigentlich müßte ich also jetzt noch eine Überschicht darüberzeichnen, wenn noch Platz wäre auf dem Papier – die beauftragen und subventionieren ein weiteres System oder sagen wir ein ganzes Ruhrgebiet aus mittelgroßen Firmen und deren Konsortien und Beteiligungen – hier, in diesem Mittelbereich, da läuft die heißgeliebte freie Marktwirtschaft auf vollen Touren mit wilden Firmenneugründungen unter exotischen Namen –« – »Aha, Markt. Da geht es nicht um Melonen, sondern um Millionen, kapisko.« – »Da winkt Zaster in Milliardenhöhe. Da sind von ganz oben dauerhaft Subventionen in Aussicht, für das neue Hätschelkind Mikroelektronik, von dem man sich technisch wie wirtschaftlich Wunder verspricht, die Rettung des ›kranken Reviers‹, die neue Konkurrenzfähigkeit auf dem Weltmarkt – und wenn ich meinen Doktor Bredenfeld richtig verstehe – und nun auch Staatsanwalt Schürmann und seinen Brief – dann steht hier nicht weniger auf dem Spiel als die Wirtschaftsmacht Deutschland.« – »Gegen Japan.« – »Auch gegen die Amerikaner. Ausgerechnet meine Winzigkeit geriet da hinein. Das Hofersche Sandkörnchen kriegte zu tun mit der untersten Ebene dieser Mittelschicht aus Baufirmen und Installationsvermittlern, wo die Grabenkämpfe am härtesten sind. Die Arbeiter begriffen das mit Recht als Kampf um ihre Arbeitsplätze – prompt hat man sie aufgehetzt als Kanonenfutter – Bauernopfer – und was dabei rauskam, wäre Fahndungssache gewesen. Eine pfiffige Polizistin spürte rechtzeitig, hier würde wieder mal vertuscht und meinte, hier müsse ein Autonomer her. Und verfiel – ihre schier letzte Amtshandlung – auf einen Kaufhausdetektiv –«

»– den sie sowieso immer mal hatte kennenlernen wollen.«

»Nur seine Vergangenheit. Aber diese Dimension lassen wir ja weg im Schema. Obwohl die Vergangenheit, zum Beispiel bei der Firma Körfgen, aufschlußreich wäre.«

»Wie bei der Firma Langensiepen.«

Er betrachtet sein Gewirr aus Kästen und Linien, die Gitter, die Schaltstellen, die Querbalken. »Bei diesem Versuch, wenigstens mal schematisch – flächig – durchzublicken, wird mir klar, daß da unten, in dieser fast unzugänglichen Zone der Menschenhändler – ob nun mit Berliner Nummern oder mit Essener Kennzeichen –«

Das Telefon. Er nimmt ab. »Ja?« – Jemand legt wieder auf.

Sie sitzen nebeneinander; sehen auf das Papier. »Ich möchte dir das alles mal in einem einzigen Satz erklären. Mit eingebauter Lösung.«

»Den Satz, den rahm ich ein! – Also los!« Sie steht auf, arbeitet weiter mit den Artischocken und Paprikas. »Die Frau konzentriert sich auf die Küche. Auf Knofel und Hackepeter – und der Mann – entdeckt die Lösung. Die Weltformel.«

»Ruhe –«

»Jau, du Geistesriese. Schieß los! Oder aber: ich sag ›also‹ – und du fängst dann an – aber 'ne echte *Lösung* bitte! nicht vergessen!«

Es entsteht eine Pause.

»Wie? kommt nix? – Is zu schwer. Dacht ich mir gleich –«

»Ich hab auf dein ›also‹ gewartet.«

»Wieso! habbich dochesacht.«

»Nein.«

»Wohl! Ich hab laut gesagt: ›Also – ich sag also‹ – und dann kam nix.«

»Damit hattest du nur angekündigt, daß du ›also‹ sagen wolltest, aber das eigentliche ›also‹ war noch keineswegs ausgesprochen.«

»Du hass doch 'n Rad ab! – Und mindestens so n Sprung inner Denkschüssel wie ich – nun schieb bloß nich immer alles *mir* in die Schuhe, Partner! *Zwei* ›also‹ hatte ich dir angeboten! Zwei! hätts doch eins davon schomma benutzen können. – *Das eigentliche also!* Wenn ich so was schon hör! Du Hirnie!«

»Wenn ich jetzt sagen würde: Gleich wirst du nach Strich und Faden zwangskopuliert –«

»Aua!«

»– wurdest du damit zwangskopuliert?«

»Dammt schaaf, dat Pittermesser – habbich mich geschnitten – wat du auch immer für Sachen sachs.« Sie lutscht sich einen Finger. »Tusset ja donnich. Allet immer nur großaatich ankündigen, dat kannze. Außerdem, mit Bumßen bestrafen? Wat soll dat! Im Segeroth anne Uni stand auf ner Mauer: *Schluß mit dem Penetrationszwang!* – Meinze, ich hätt dat kapiert? Wo is denn da Zwang? – wennet doch überhaupt *nur* flutscht *ohne* – also zwanglos –«

»Formulierst du hier deine Lehrsätze?«

»Als wenn es da irgendeinen Zusammenhang gäbe zwischen also und Zwingen. Den hast jetzt allein du herbeigezwungen.«

»›Also‹ ist sogar der *größte* aller Zwinger und Vergewaltiger. In seinem Namen wurden Jahrtausende eingeschüchtert.

Wurde, was zusammengehört, in Schubfächer getrennt oder aber kopuliert, wurden logistische Lehrgebäude aufgetempelt! Machtmethoden, an denen wir noch heute zu kauen haben und zu leiden, bis in unsere Kapital- und Kabelzeit – ›ergo‹ hieß das früher mal –«

»Kenn ich. Brauchs dich ganich so aufzuplustern! – kenn ich alles. Das ist das, was wir Frauen nicht haben, weil wir nicht richtig ticken – aber heute, im Digitalzeitalter, wo eure Also-Akrobatik nicht mehr weiterweiß, da dürfen wir Weiber die Karre aussem Dreck ziehen – ›wer hört die Karre vorre Tür? – Ich.‹ Machße eintlich Sardellen aufe Pizza?«

»Nein.«

»Thunfisch onnich?«

»Nein.«

»Ja wat denn dann?«

»Ich möchte meinen Satz loswerden.« – »Denker sollen die Finger von Halbweltdamen lassen.«

»Sag bitte dein ›also‹.«

Nun flüstert sie: »Kann man sich jetzt noch was wünschen? für deinen Satz? – ›aufgetempelt‹ – dies Wort – das fand ich riesig. – Könntest du das nicht noch schnell in deinen Lehrsatz reintun? – ich mein, wenn nicht, dann eemt nich –«

»In Lehrsätzen gehts um Wahrheit, nicht um Schönheit.«

»Gib dir mal Mühe!«

»Gib den Start.«

»Jau. Es folgt nun, in einem einzigen Satz, Erläuterung und Lösung sämtlicher Kriminalität des Daseins – three – two – one – zero – admission – ALSO!«

Langensiepen zieht tief am Rest des Beedy, das er sich inzwischen hat anzünden müssen und sagt: »Wenn alle bisherigen Erkenntnisse übers Verkauftwerden von denen, die ihre Arbeit und damit ihr Selbstbewußtsein verkaufen, nicht akzeptiert, ja nicht einmal erkannt wurden und wenn diejenigen, die sich verkaufen, statt dessen alles daran setzen, dem Vorbild nachzulaufen, das sie kauft, dem Bürger – indem sie ihn als Kleinbürger imitieren – dann bleibt heute nur noch die Hoffnung, daß statt der Käuflichen und der Verkauften vielleicht die Frauen ihre Lage erkennen und ändern – nicht, indem auch sie ein Vorbild imitieren, womöglich den Mann, sondern indem sie ihr Leben außerhalb des darwinistischen Menschenzoos und der Supermarktgesellschaft – auftempeln – zur autonomen Schönheit.«

»Bravo!« Rosa Bergmann hat mit offenem Mund zugehört, läßt nun das Küchenmesser fallen, klatscht, ruft wieder »Bravo!« und umarmt ihn: »Das ist der Tempel! Dat isser! In den tret ich ein!« sagt sie – und legt ihm ihre Schürze auf die Knie, setzt die Tomatenschüssel darauf: »Gewaschen sind sie schon – annerthalb Killo, meinze dat reicht? – hier is dat Pittermesserken, klar? Und die Frau hat nun endlich ihre Lage erkannt und hockt sich hier auf die Japanmatte und staunt ihren lieben Scholli an! Mann! du Weltmeister, woher holst du das! hier aus deinem ›Stechlin‹? Hat der Fontane das geahnt – das mit der Verkaufe?«

Während er die Tomaten zerkleinert, ist sie auf dem Boden immer dichter an ihn herangerutscht, nimmt seinen Fuß zwischen ihre Beine, »Vorsicht, die Schüssel«, mahnt er und setzt sich so, daß sie seinen Fuß in ihren Schoß schmiegen kann und ihren Kopf gegen sein Knie drücken. »Was findest du an dem ›Stechlin‹ – früher hab ich den mal angefangen, fand das öde –«

»Mir gings genauso.«

»Und heute?«

»Wird mir schwindelig.«

»Wat is? – Soll ich dich loslassen?«

»Beim *Lesen*! Schwindelig vor Glück!«

»Erklär.«

»Fontanes letzter Roman, 1899. Passiert schier nichts. Eigentlich kaum mehr, als daß Leute bei ihren Mahlzeiten, bei ihren wechselseitigen Einladungen rumsitzen und reden, bei ihren Tees – die gehen höchstens mal spazieren. Machen Konversation. Und trotzdem – einmal hab ich gemerkt, ich hab Tränen in den Augen. Das hab ich nur, wenn ich weiß: Das stimmt. Das ist der Tempel, in den ich eintreten will. Lieber alter Knacker aus dem vorigen Jahrhundert, sag ich dann beim Lesen, du hast, noch kurz vor deinem Ende, unsere Zeiten gesehen! – und hast das aufgeschrieben, in deinem tantigen, onkeligen Konversationston.«

»Du mußt ja jetzt nicht weiterschnippeln –«

»Laß man, geht gut so. Außerdem wird so mein Fuß schön warm. – Am heftigsten lieb ich den Alten, den Stechlin. Obwohl der n ostelbischer Junker ist, Gutsbesitzer. Den und seinen Diener. Die beiden snacken Platt. Sogar beim Sterben – ich bin grad dabei, das zu lesen – da ist der Alte allein, aber er hat diesen Butler. Und er hat sein Platt. Und wann immer mir einer sagen will, du hast eh nix im Sinn als sex und crime, dann halt ich dem diesen ›Stechlin‹ dagegen. Da spielt weder sex noch crime auch nur in Andeutungen eine Rolle – und ich bin trotzdem weg und hin.«

»Aber worum geht dat denn dann? wenn nicht um –«

»Passiert alles einfach so bei Tische.« – »Wie wir heut abend auf unserem Dach?« – »So locker grad nicht, aber – es wird halt parliert. Manchmal nur genölt. Man erzählt sich Sächelchen. Einmal von einem Lehrer, der entlassen worden ist, weil er so verrückt war, zu erklären, daß er keinesfalls ein Gewehr in die Hand nehmen werde, geschweige denn sonstige moderne Mordmaschinen. So ein Verrückter! Ein Pazifist unter Wilhelm II. – mitten in Preußen! – Oder es ist da von einem Tunnel unterm Ärmelkanal die Rede. – Oder von einer Chemiefabrik, die in der Nähe immer größer werde und rings die Gegend vergifte – 1899! Und dann sagt jemand, man frage sich, ob nicht jener andere Irre, dessen Namen man inzwischen gar nicht mehr wisse, ob der nicht vielleicht doch recht gehabt habe, als der vorgeschlagen hatte, das preußische Land unter allen Familien zu gleichen Stücken aufzuteilen – da wäre dann eine Besitzgröße von zwölf Morgen für jeden herausgekommen, für jeden ein bißchen Acker, ein bißchen Vieh, grad genug zu essen für jeden, und für immer. Und nie die Chance, daß einer den anderen schikaniert und die Natur großflächig vergiftet.«

Sie will ihm die Schüssel wegnehmen. »Laß das doch – bin sowieso gleich durch! – Und dann, Gipfel der Verrücktheiten, gebe es neuerdings Pläne für fliegende Fahrzeuge – im Ernst! – fliegende Droschken oder Schiffe – da sei doch vorauszusehen, wie solche schwebenden Schiffe auch Bomben an Bord haben würden, die man dann in unverantwortlicher Weise und ohne jede Behinderung über Zivilisten abwerfen könnte – wehe! Diese Menschen, welche Unwesen! – ›Stechlin‹ heißt übrigens –« – er setzt die Schüssel seitlich auf einen der Holzhocker – »– so heißt der See im Wald des alten Stechlin. Von dem See geht die Sage, der habe früher mal was Aufbrausendes gehabt. Einen umgekehrten, einen sich aufstülpenden Strudel.«

Rosa, das Kinn auf seinem Knie, schaut ihn aufmerksam an. »So n allgemeinen Aufbraus? so n urigen – den hättest du wohl gern? – Du klammheimlichen Fürlimann?«

Langensiepen antwortet erst nach einer Pause. »Ich glaube nicht. Zwar sagt mir Vordenbäumen ›Ruhr‹ und ›Aufruhr‹ hätten eine gemeinsame alte Wörterwurzel – und zwar ist mir neuerdings immer häufiger danach zumute, nach umgekehrtem Strudel. Aber andererseits – ich mag ja den Fontane. Und bewundere die Wunder aus der Wörtermangel. Aber wenn ich den Fontane lese, dann weiß ich Zeile für Zeile, warum –«

Das Telefon surrt.

»– warum ich hier oben wohne.« Er hebt seinen Fuß ein wenig, drückt den Spann zwischen ihre Beine und küßt sie, sie küßt zurück – immer wieder hören sie drüben das Telefon – schließlich, aufbrausend, läßt er sie los, läuft hinüber in seinen Raum, nimmt ab. Er hört die Sekretärin von Doktor Bräutigam, dem Mann, der vorgestern im Aufzug so rücksichtsvoll weggeschaut hatte, dermaßen dezent, daß es nicht unbemerkt blieb. Ob Herr Langensiepen mal runterkommen könne? Gleich jetzt? – Aber ja doch.

Er kommt zurück. »Bräutigam – kann sein, es geht um mehr Geld.«

»Wie war das mit der Verkaufe?« Sie versucht, ihm einen Tomatenspritzer vom Ärmel zu wischen.

Unten im Vorzimmer der Blick der beiden Sekretärinnen. »Sie können hinein.«

Der Doktor, ohne von seinem Schreibtisch aufzuschauen, bittet, mit ausgestrecktem Arm, näherzukommen. Nein, hier neben ihn solle er sich einmal stellen. Und soll mit ihm zusammen diese Papiere durchsehen. »Wir haben die Diebstahlsverluste mal grafisch darstellen lassen – unschwer erkennen Sie unsere acht Verkaufsstockwerke. Und ebenso deutlich, in Farbe, die jeweiligen Fehlbestände. Schwarze Säulen: *vor* der elektronischen Überwachung. Rote Säulen: danach. Jahreszahlen.«

Langensiepen sicht neben großen schwarzen Türmen verschwindend kleine rote.

»Das heißt erfolgreich investiert«, erklärt der Direktor und nickt ihm zu. »Aber«, sagt er dann und blättert nun und zieht aus den acht Grundrißpapieren zwei heraus und legt sie nebeneinander, über alle anderen. »Hier, in Stockwerk I und III, da sind auch die roten Säulen immer noch zu groß. Zwar ebenfalls kleiner als die schwarzen. Aber eben nicht verschwindend klein, wie es eigentlich sein sollte.« Dies seien die ›Schwachstellen im Haus‹, sagt Doktor Bräutigam. Hier habe man nun mal die Artikel, die elektronisch noch nicht ›greifbar‹ seien. »Stoffe, Kleinartikel, Sie wissen, Langensiepen, um welche Bereiche es sich handelt.«

Darum habe nunmehr er, Bräutigam, sich erlaubt, einen Rat aus der Frankfurter Zentrale zu befolgen. »Da weder über kurz noch über lang bei diesen Artikeln die Sicherung greifen wird, müssen wir das wohl so machen.«

»Was?« Der Direktor zögert, hat offensichtlich Zweifel? »Was, bitteschön, müssen wir machen?«

»Die Frankfurter haben in acht verschiedenen Filialen sehr gute Erfahrungen mit Ausländern.«

»Wie bitte?«

»Sie sind erstaunt, natürlich. Ausländer sind, wie wir wissen, gewöhnlich die, von denen es heißt – und manche Statistiken möchten das nahelegen – sie seien in der Regel auf Klausafari. Nicht wahr? Machen wir uns nichts vor. Ausländer stehen also alles andere als in dem Verdacht, dem Kaufhausdetektiv unterstellt zu sein. Eben deswegen.« Der Doktor Bräutigam sieht ihn neugierig an, beläßt es bei diesem Blick. Langensiepen zieht es vor, keine Reaktion zu zeigen. Will das nicht begriffen, will das nicht mal gehört haben.

»Ich gratuliere Ihnen«, hört er den Direktor. »Erstens zu mehr Geld ab erstem Neunten. Wir haben uns da bei Ihnen für sehr viele Ratschläge und Erfolge zu bedanken – und haben das auch zu entlohnen. Und zweitens gratuliere ich Ihnen zu zwei neuen Mitarbeitern. Die Sie bitteschön gleich Montag, sechzehnter Achter, einzuweisen haben.«

»Ausländer?«

»Sie haben richtig gehört, und doch wohl auch die Psychologie dabei begriffen. Die arbeiten selbstverständlich im Räuberzivil. Wehe, ich sehe, daß diese Burschen auch nur einigermaßen so adrett-salopp daherkommen wie Sie. Bitte keinerlei Mimikry. Ist absolut unerwünscht, weil, wie die Erfahrungen gezeigt haben, ineffektiv. Die Herren warten übrigens draußen auf Sie. So wie die jetzt in diesem Moment aussehen, so versehen die ab Montag ihren Dienst, nicht wahr?« Langensiepen versteht, kann aber nicht nicken. »Woher – haben Sie die Leute?«

»Beide können kaum Deutsch, Türken. Sitzen, wie gesagt, nebenan im Besprechungsraum. Ich überlasse die jetzt Ihrer Obhut. Zu einer kleinen Runde des Kennenlernens – kommen Sie, ich gehe da eben mal mit rüber – ich habe zwar längst einen Termin, sollte seit zehn Minuten drüben im Rathaus sein – ich überlasse also die beiden jetzt Ihnen und bitte –« – Bräutigam hat schon die Klinke der Tür gedrückt, senkt nun die Stimme: »Bitte, von dieser kleinen Runde Ihren Eindruck – nur zehn Zeilen, für Montag. Empfehlung!«

Weg ist Doktor Bräutigam. Langensiepen steht in der geöffneten Tür, sieht den Ledersesselraum. Hier hat auch er gesessen, damals, als es darum ging, die Kameras – sein Vorschlag – nicht abzubauen, sondern trotz der Digital- und Radarzukunft zu belassen und zu verbessern. Nun sitzen *die* hier. Sehen ihn an.

Er geht zu denen hin, sagt, er heiße Langensiepen, gibt denen die Hand und redet. Er freue sich, daß sie mitarbeiten wollten, sagt er. Setzt sich und merkt, daß er Bräutigam ist.

Frau Best, die Sekretärin, ist in der Tür, ob ein Kaffee? – Aber ja doch, gern. – Einen starken? haha, diese Herrschaften wollten sicher einen starken.

Als sie wieder draußen ist, hat er seinen Schwindel fast unter Kontrolle. Kein Strudel mehr; jedenfalls an der Oberfläche ist wieder Ruhe. So daß er fragen kann: »Wer hat euch gesagt, hier gibt es Arbeit?« Die antworten nicht. Schauen sich an, schauen ihn an. Hat er diese Frage zu früh gestellt? Nicht einmal nach ihren Namen hat er sie gefragt. Er fragt sie, wie sie heißen und hört Namen, die er nicht schreiben könnte. Hört ihre Adressen – Paulinenstraße. Die ist ihm in den letzten Tagen genannt worden. »Hat Doktor Bräutigam gesagt, was ihr hier arbeiten sollt?«

»Ja, aufpassen, dat nix wegkommt«, sagt der eine, der mit der dunklen Jacke.

Frau Best kommt mit dem Kaffee. Sie balanciert heran, läßt das Tablett mit den gefüllten Tassen auf die Tischplatte hinunter. Langensiepen hätte es ihr abnehmen sollen. Sie geht, in der Tür bleibt sie stehen: »Gebäck?«

Langensiepen schüttelt den Kopf; zu deutlich, zu ärgerlich. Die geht, schließt die Tür.

»Woher kannte Herr Bräutigam euch.« So herum sollte es doch gelingen. Einfach einen Unsinn behaupten, den sie richtigstellen müssen.

»Nix Bräutigam«, sagt tatsächlich der rechte, der Größere, der diese schwarze Jacke trägt.

»Wie dann? übers Arbeitsamt?«

»Nix Arbeitsamt.« Wieder der Größere.

Nun sagt Langensiepen einfach: »Also Körfgen?«

Als sie schweigen und ihren Kaffee bevorzugen, sagt er: »Leute, ihr müßt mir glauben, ich arbeite nicht mit der Polizei. Ich weiß, wie die Schlepper das machen. Nur muß ich wenigstens eine Ahnung haben, mit wem ich arbeite. Kaufhaus Kopstadt also arbeitet mit Körfgen. Das ist nicht ungewöhnlich in Essen, das könnt ihr ruhig zugeben. Das machen viele.«

Die nicken. Blicken aber auf ihre Tassen.

»Hat man euch gesagt, was ihr verdient?«

»Zehn Mark Stunde«, weiß der Größere.

»Stundenweise. Interessant.«

»Erß mal ein Monat Probe, sagt Doktor.«

»Ach ja. Soweit hat er euch das schon erklärt. Und? Tut ihr die Arbeit gerne?«

Die beiden bewegen die Augen. Hierhin, dorthin. Unsicherheit darüber, wie jetzt die falsche Antwort aussähe. Nicht gern arbeiten, bringt Negativpunkte. Also nicken beide fast gleichzeitig. »Gerne arbeiten.«

»Gerne? – andere Leute erwischen? Landsleute? Leute, die glauben, ihr seid Türken? also keine Aufpasser?«

Beide schauen finster, blicken weg, schweigen. Sie haben diesem neuen Chef das Falsche geantwortet.

»Na dann – dann mal bis Montag. Acht Uhr. Kommt bitte in den alten Klamotten. Ihr wißt, warum. Ich verstehe euch, ihr braucht Geld.«

Er schiebt seine Tasse in Richtung Tischmitte. Steht auf. Sie erheben sich mit ihm, gehen zur Tür, die auf den Flur führt. Er läßt sie hinaus. »Bis Montag! Kommt unten an die Pforte. Meldet euch beim Pförtner Ampütte.« – »Am Pütte –« sagen sie. – »Pförtner«, ruft er ihnen nach.

Von Frau Best läßt er sich die Straßennummer sagen. Paulinenstraße 18. »Haben die schon ihre Papiere abgeliefert? – damit die Versicherung –«

»Natürlich, wo denken Sie hin. Das geht alles ordnungsgemäß, über eine namhafte Agentur.« Der Blick der Chefsekretärinnen.

»Und diese Agentur behält sich vor, Ihnen die Papiere zu zeigen?«

»Solche Fragen doch bitte an unser Lohnbüro – oder?«

Er steht auf dem Flur, im achten Stock. Verwaltung, unter anderem auch das Lohnbüro.

Was macht er jetzt. Rosa wird ihn verachten. Nun auch du. Luder, Piefke. Schlepper Nepper Langensiepen.

Er fährt abwärts. Geht unten auf den Platz hinaus, versucht durchzuatmen. Kopstadt glänzt. – Mehr Geld kriege ich. Glänzender Verkauf. Von wegen *Tempel.* Von wegen *autonom.* Die Welt als Falle und Vorstellung.

Er traut sich jetzt nicht, irgendwo anders hinzugehen. Biegt ab ins ›Pümpgen‹. Im dämmrigen Licht dort herrscht milder Aufruhr. Otto zur Linde sei dagewesen, der Predigkeit, der habe wieder für die Volkskunst gepredigt, für seinen ›Pöbelpalast‹, das ›Colosseum‹. – An den Tischen erkennt er Walter Kumpmann und Kurt Hackenesch. – Im ›Colosseum‹, so hätte Predigkeit behauptet, seien noch spielend die Klassen überwunden worden. Ob im Varieté oder beim Poker, beim Billard oder freitags bei den Damenringkämpfen im Schlamm – alle seien sie dabeigewesen, die Ratsherren wie die Kumpel, die Fabrikherren wie die Pohlbürger. Das sei noch eine Zeit *ohne* die Elitären gewesen und deshalb die letzte Zeit der Phantasie, die Zeit der ›Schwarzen Lene‹, der ›Heimlichen Liebe‹, des ›Krausen Bäumchens‹ und der ›Zornigen Ameise‹. Heute aber, so hätte dieser ›Zur Linde‹ oder Predigkeit laut ins ›Pümpgen‹ gerufen, heute sei die Kunst so tot wie diese Stadt Pseudostadt sei. ›Kruppstadt Kaputtstadt!‹ habe der geschrien.

Kumpmann weiß es wörtlich. Langensiepen hat die Zickzacks der Fliege beobachtet, bekommt nun seinen ›Kaffee Olé‹ und zwei Mettbrote. Hebt das Zwiebelmuster und trinkt. Und bemerkt, daß dieser Predigkeit draußen auf dem Platz hin- und hergeht.

Kumpmann fährt fort, ihm den Aufruhr zu erklären: »– und wie er gerade so richtich in Fahrt war, da habbichem einfach ma gesacht – er wär n Träumer. Jau, habbichesacht. Von wegen dammals keine Klassen – ob er schomma wat vonner ›Ruhrlade‹ gehört hätte, vom Geheimclub der Konzernchefs. Huch! hatter sich aufgeregt. Natürlich wüßter vonne ›Ruhrlade‹ un von Körfgen und von Krupp und die alle – aba in seim ›Colosseum‹! Da wär dat allet ganz anders gewesen. Warer sauer. Isser raus aussem ›Pümpgen‹.«

Die schwarze hohe Menschenspinne, mitten im Sommer im Mantel, zeigt sich noch immer am anderen Ende des Kopstadtplatzes. Geht dort hin und her, als hätte sie ihr Netz zu ziehen.

»Mamma Mönninghoff«, fragt Hackenesch, »weißte eintlich, wat der wirklich ma war, früher?«

»Türlich weiß ich dat.«

»Dann sach dat domma.«

Die Wirtin beginnt die Theke zu wischen.

Kumpmann beugt sich zu Hackenesch. »Der da draußen, dat is der einzige, der't bei de Mönninghoffsche für lau kricht. Hä. Dat Bierken. Weil dat den berühmten Predichkeit is – der wa ma dat As hier. Im Orientpalast Colosseum – *und* anne Zeitung. Krittiker!«

»Is nich wahr.« Hackenesch schaut hinaus auf den Platz. *»Dat* wa dä berühmte Predichkeit? Sach bloß! Un wat isser heute?«

Kumpmann trinkt sein Bier. »Siehße doch. Penner isser. – Heute? Hatter nix an unterm Mantel.«

»Dat hasse abba getz gekohlt.« Hackenesch schaut wieder hinaus. »Kommt der etwa widder rein?«

»Rum nich? Lassen doch.«

Der Dunkle draußen in der Sonne hat den Platz überquert, taucht ein in den Hausschatten.

»Wehe!« ruft Elsbeth Mönninghoff. »Wehe, Hackenesch, du sachs wat von dem, wat der Kumpmann dir gätz verraten hat. Auch nix vonne ›Ruhrlade‹ – Schnauze!«

Die ›Pümpgen‹-Tür tut sich auf. Der hohe alte Mann wartet einen Augenblick, geht dann vor, in die Mitte des Raums. Stellt sich an den Stehtisch neben dem Thekeneck. Die Tür schließt sich.

Eine Weile ist es still. Mutter Mönninghoff zapft.

Die andern tun, als hätten sie ihn nicht bemerkt. Haben ihr Bier, aber kein Gespräch.

Die Wirtin geht um die Theke herum, setzt dem das gefüllte Glas vor. »Ganz schön heiß widder. Nich?«

Predigkeit antwortet nicht.

»Musse nich so genau nehm, wat der Kumpmann so alles redet.«

Der Mantelmann schweigt. Elsbeth geht zurück hinter die Theke. Kumpmann und Hackenesch sehen im Spiegel, wie der trinkt. Sie sehen sich an, Hackenesch zieht die Brauen hoch, die Schultern – und schaut zur Mönninghoff rüber. »Vor der Mamma müssen wer wohl kuschen, wie?«

»Wieso denn kuschen! wer sind wir denn!« sagt Kumpmann. Und dreht sich zu dem alten Mann um und fragt: »Wat sind Sie denn eintlich kein Krittiker mähr!«

Mamma Mönninghoff hebt die Hände, rollt die Augen, tippt sich an die Stirn.

Der Schwarze scheint nicht gehört zu haben. Hebt aber dann sein Bier, schluckt, setzt ab und schaut sich um. »Krittiker? – Flappe Klappe.« Trinkt noch mal, setzt wieder ab und murmelt. Und, nach einer Pause: »Zum Beispiel diesen Dingeskiarchen – na wie heißter denn, diesen Kaiser der Süddeutschen. Noch letztet Wochenende. Ich denk, mich krault ne Schaltanlage. Weint der sich seitenlang ein' ab, wie traurich et doch wär, dat fünnef Chopeng-Briefe weg wärn, seit vorgen dammals, im Waaschauer Ghetto. Also: diese fünnef weckenen Briefe – wie schreibt der dat? – *dat wiarkt auf unser Gefühl* – also auf dat Gefühl von sonnem krittischen Kaiser – *mehr als abstrakte Millionenzahlen.* Sowat schreibt so einer. Wöartlich. Fünf Papierkes – mähr als fünf mal Millionen Menschen! – So funktioniert dat, wat als Krittiker rumläuft. – Schaltanlage!« Predigkeit trinkt.

Die ›Pümpgen‹-Tür öffnet sich, von draußen kommt einer der Taxifahrer. Der wirkliche Predigkeit. Hackenesch bedeutet ihm, sich ruhig zu verhalten. Der versteht nicht warum, ist aber ruhig.

Man erwartet weitere Erklärungen. Und in der Tat, der Mann im schwarzen Mantel schiebt sein Bier zur Seite und beginnt: »Heut weiß ich, wat die fehlt, die Krittiker. Mitten in die drin. Da fehlt wat. N Organ, wat sonz jeder hat. Nä, nicht wat ihr getz widder meint – keine Soarge. Kopp un Schwanz, dat ham die. Die Schicht *dazwischen* mein ich. Dat inne Mitte – dat *Zwerchfell.* Dat Dingen für't Lachen. Für't Heulen. Für allens, wat ein erschüttern könnt aus Versehn. Dat is denen total verschrumpelt.«

Der alte Schwarze holt sich neuen Stoff aus dem Glas, setzt dann ab und sagt: »Und weil die kein Zwerchfell ham, lassen die sich hier unten im Revier auch ganich erß blicken. Könnt ja plötzlich gelacht wern. Und dat wär doch zu peinlich, da märkte ja jeden, wie son Krittiker bloß noch so gicksen kann. Bloß noch Koppstimme. Fistel luckilulli hippelich. Ein Papst als Kiki? Könn die sich nich leisten, sonne Blamage.« Nun schaut er auch zur anderen Seite, zu Langensiepen. Als er sieht, daß man ihm zuhört, erklärt er: »Vollkommen schwerelos sind die Krittiker. Obzwar: den berühmtesten, der heißt Handke. Da könnten wir genausogut unsern letzten Handabeiter unten in Katernbärch ›Kopfke‹ nenn.«

Trinkt, blickt sich um, und als er weiterhin überall Aufmerksamkeit bemerkt, sagt er: »Staunder, wa? – Is eemt Staunder-

Pils! Elsbeth, n neuet in Aabeit! nich dat ich gleich widder aum Trocknen hock.«

Und fängt dann erst richtig an, der sogenannte Predigkeit. Kritiker seien Papiertiger. Tastenakrobaten. Glatzenfriseure. »Hinten aufe neptunischen Lockendreherkarawanken, da jonglier die sich ihrn erhabenen Zickendraht zusamm. Und meinen: So hoch oben, dat wär automatisch Gipfel. Nu sacht aba ma säpps: Wer aufm Neptun is, is der aufm Gipfel?«

»Nä«, weiß Kumpmamn. »Ich würd ähr sagen, der is im Abseits.«

»Der ärste klare Gedanke, den du heute denks, Spoartsfreund. Gipfel? dat is bekanntlich dat Oberste vom Bärch. Und? – wo fängt son Bärch für gewöhnlich an?«

»Unten«, ruft Elsbeth Mönninghoff, »ganz unten.«

»Elisabeth, du bist Gold! Du weißt mähr vonne Ästhetik als sämtliche Ästhetiker zusammen! N Bärch is da am bergichsten, wo er ganz tief unten anfängt. Möchlichst am Aasch der Welt. Anne Emscher. Wie Mamma Mönninghoff dat sacht, so iset. Und getz sehter't auch klar vor euch – danke, Else, dat maschiert ja heut, wat is denn los mit eima? – Gipfel? dat is auch inne Kunst immer erß dann, wenn der Dreck nich vergessen is, der Schlamm ganz unten. Kunst? – is immer nur mit ALLES! – mit Kopp, mit Schwanz *und* mit Zwerchfell. Minnigens mit die drei. Stimmdet odda habbich recht? Sach mir einer hier im ›Pümpgen‹, er wollte auf irgendeint verzichten – auf Kopp? Schwanz? Zwerchfell?«

Er sieht seine Zuhörer der Reihe nach an. Niemand schüttelt den Kopf. Keiner möchte auf irgendwas verzichten.

»Prost Freunde! – *Ihr* nich! – Aba die Krittiker. Dat der Mensch n Bauch hat un dat der in Masse lebt und meistens tief unten, dat ham die glatt verpennt. Wie allet, wat Sache is. Dat Leem hier im Ruhrpott, davon ahnen die nichma wat. Wieso? weil dat auch ganich zu ahnen is – ohne Zwerchfell.« Er trinkt, setzt ab und schaut seine Zuhörer an. »›Bekloppt‹ und ›Volk‹, dat is für die datselbe Wort. People? Auf deutsch heißt dat: Pöbel.«

»Hack mich die Tante klein!« ruft Kumpmann, »dann sind ja in Wahheit die Krittiker die Bekloppten.«

»Du märks au alles.«

»Ja abba wat tun die denn dann den ganzen Tach?« möchte Hackenesch wissen.

»Die? – die pusten Plastiktüten voll. Am liebsten mit der Mitteilung, nix wär hohler als dat Mitteilen.«

»Hä? wat is kaputt?«

»Wie solln se denn auch wat mitteilen? – teilen?« ruft Predigkeit. »Has du schomma heiße Luft eingeteilt?«

»Sach ma zur Abwechslung wat Einfachet«, bittet Hackenesch. »Erklär mir domma zum Beispiel: Woran erkenn ich die denn – diese Glatzenfriseure.«

»Ganz einfach – wat die schreim, dat kannze genausogut rückwärts lesen. Daran erkennze die.«

»Ja dann laß die doch!« ruft Hackenesch, »wenn die partout raufwolln auf ihrn Nepp-Neptun? – ja dann laß die doch!«

»Jau Kärl!« ergänzt Kumpmann, »dann bleim wer hier unten anne Emscher schön für uns alleine. Kömmer uns in aller Ruhe unsere Zwerchfell-Dönekes ›mitteilen‹.«

»*Zwerchfell-Dönekes!*« Der in dem langen Mantel lacht und wiederholt immerzu *Zwerchfell-Dönekes* und auch dieses *Nepp-Neptun* und kichert und kommt gar nicht mehr zur Ruhe. »Is dat dat Staunder-Pils?«

Da hört Langensiepen, wie der Taxifahrer am Nachbartisch leise den Hackenesch fragt: »Äi – Kutti! – verstehß du hier irgendein Woart?«

»Wozzudänn!« zischt Hackenesch zurück. »Hauptsache, der hat recht!«

»HICK!« zuckt es nun aus dem Mann im Mantel. »Vadammich. Getz geht dat widda los mit mein Hickeschlick. Bin ich abba saua!« Schlagt sein Glas auf den Tisch, daß das Bier spritzt.

»Josef!« schreit Elsbeth von der Theke her. »Untersteh dich! Noch einma ein Glas kaputt un du kriss Hausverbot!«

»Schulligung, Lisbeth. Willich au nimmähr widda tun. Aba – HICK! – musso vastehn. Nu habbich den BauchBums – un vor ner Stunde hört der nich mähr auf – dat is – tja – dat is *Zwerchfell* is dat!«

»War da denn nich«, meldet sich der Taxifahrer, »war da denn nich vormaleinst so ein Papst? – Pius? – der dadran auch gelitten haben soll?«

»Jau!« ruft der Alte, »Papst Pius wurd blitzaatich schwärhörich, sowie er mitkriegen sollte, diese Deutschen, die wärn systematisch am Judenamabammuarksen. Jau! – Und? woran is der krepiert? dieser Pius? vormaleinst? – Dieser mir gänzlich unbekannte Kollege deutete es bereits an –«

»Sach bloß: am Hickeschlick.«

»Sisse, Kumpmann, nu hasse hundert Punkte! – allerdings! anne Zwerchfellrevolution isser – jawoll! und wahlich wahlich – HICK! – der Predichkeit, der sachtet euch: alle diese Päpste und Handkes und Kaisers, die verrecken onnoma am Hickeschlick! Mit eima, da stülpt sich – HICK! – bricht da mitten in die drin wat hoch – so lose Hose Wasserrose – und RUMS! – weil se't nie trainiert ham – haut se't glatt vonne Socken – HICK! – Wo unsereiner Zwerchfell hat, da ham die: spermanente Introversionsevidenzkohärenz phasenweise weise Phrasen schreiße Scheiße. HICK!« Der Mann am Stehtisch nimmt einen kräftigen Schluck, auch der schafft seinem Bauch keine Ruhe. »Verdammichvadollich. Getz kommt mich onnoch dat Mett vonne Mamma Mönninghoff inne Röhre. Bin ich aba ärgerlich. Rauf schmeckt dat nur halb so toffte. – Der casus knaxus: Gipfelkunst – ja wie war die denn? – Formalinfisimatenten? Mitteilungsmitteilungen? – Ich willet euch sagen – HICK! – Kotzmisecki! nu is abba ma Schluß mit diese ekelige PiusSackerei –«

»Josef!« ruft Elsbeth, »wenn du man nur halb so viel quasseln täts, dann verzöch sich dat von ganz von allein!«

»Lisbeth! wenn ich angefangen hab, deine Gäste klarzumachen, wieso ich kein Krittiker mehr bin, dann muß ich dat auch bis zu Ende – HICK! – Pius Dutzend, sobald dem einer wat aus Deutschland verklikkern wollt, der kniff, der wurd taub, der nahm sich sein Hickeschlick un war nich mehr zu sprechen. *So nich,* Predichkeit! Und darum jetzt – pardon, verährte Gäste – muß ich mich – HICK! – vorübergehend erkälten. Mit eim niedlichen klein Hick-Trick –«

Knöpft sich seinen schwarzen Filzmantel auf, breitet ihn weit auseinander. Darunter trägt er nichts. So steht er, der Predigkeit, mit ausgebreiteten Mantelfittichen und hagerem weißem Leib, der noch immer heimgesucht wird von Zwerchfell-Attacken, so stellt er sich, zuckend, den ›Pümpgen‹-Gästen dar – und erläutert:

»Ja, wie sind se denn – die Gipfelstücke der Gaurisanka-Dichter? Hat denn diesen Goethe seinerzeit die raffiniertesten Tricks auf't Spielfeld geschickt? Oden? Sonette? Alexandriner? – HICK! – Jamben? Trochäen? Daktylen? Distichen? Akrostichen? Orakel-Kakel? Xenien? Aphorismen? hintersinnich spitzfindich glatzenlockich abstrakt? Tinneff! Unsa alla eins a Spitzenpoet? für sein Jahrtausend-Super-Epos-Opus brachte der dat Einfachste vom Einfachen aufn Platz. Fürret Volksbuch vom Faust? Mann, Leute: *Knittel*verse! – Wißter – HICK! – Wat dat is?«

»Knittel?« fragt Hackenesch.

»Knittel sin rech un schlech wie Mamma Mönninghoff ihre Versges, wenn se fürn Oppa seim Achtzichsten n Sprüchsgen bastelt. – Dat! – Ihr ›Pümpgen‹-Proleten! – dat hat gereicht – fürm Herr Goethe. Und warum haddet gereicht? Weil er wat *mitzuteilen* hatte. Und? wat kam fürn Knittel ausm Sack? – So einen sagenhaften Märchenberch, wie en sich die NeppNeptunLockendrehExperten in ihre ImmanenzRelevanzGlatzen als Endspiel auf ihrm kahlen Asten nie – – ja? – nie – ja? –«

Noch immer mit ausgebreiteten Mantelflügeln, scheint er jetzt am Ziel seiner Übungen und Überlegungen, spricht nur noch dieses abwartende ›Ja?‹ – leise, wie neugierig sagt er das, mit halbgeschlossenen Augen, die er nach oben richtet, zur Thekenvitrine empor, dorthin, wo Kalla Mönninghoffs Grubenlampe Licht gibt – so, den Blick empor, flüstert er dieses lauernde ›Ja?‹ –

– und dann hat er sie geschafft, seine Bauch-, Haupt- und Zwerchfell-Erschütterung. Die läßt ihn zusammenfahren, daß es ihm die Mantelhälften an den Leib klatscht. Noch ein zweitesmal explodiert das, wirft ihm den Kopf nach vorn. –

»Baah –«, singt er dann. Wischt sich den Rotz vom Ärmel, schaut aber weiterhin nach oben, ins Licht, und reibt Ärmel an

Ärmel. Endlich löst er den Blick und kann aufatmen, lockert sich tief durch, wendet sich um und nickt und schaut in die ›Pümpgen-Runde‹, entspannt und wohlgelaunt. »Seht ihr? Nu isser weg! Einfach weg! – mein tödlichen Hickeschlick.«

Hebt sein Glas, trinkt es feierlich aus. Setzt es mit Bedacht wieder ab und spricht: »Und? *warum* isser weg? wie habbich dat getz gepackt? Habter't verfolcht? Gefressen? – Weil ich eemt noch wat weiß: vonne Volkstechnik und vonne Überlebenskunst! Weil ich die noch gelärnt hab – die Zwerchfelltricks. Niese! und wirst genesen! – Genieße! oda du bis kein Genosse! – Prost!«

Da trinkt man ihm zu. »Predichkeit, du bis den Größten«, sagt Mamma Mönninghoff. »Wemmer dich nich hätten, du mit dein Fell!«

»Du Riesenzwerch!« ruft Kumpmann.

»Else, wat der schluckt, geht auf Rechnung Hackenesch«, sagt Hackenesch.

Predigkeit ergreift Hackeneschs Arm. »Sowat nenn ich sozial! genossisch! Aber wen, so frage ich, wen außer uns ›Pümpgen‹-Brüder – seit et mein ›Colosseum‹ nich mehr gibt – wen juckt heutzutage noch sein Zwerchfell! Quem jucket? fragten schon die Römer. Wohinze kucks: Gehiarn! Kopp-Stimme! Mikroprozessiönchen Söhnchen. Und die Krittiker, diese Unterscheide-, Beschneide- un Bescheid-Priester? Die schaffen ja nich ma mehr ihre Feuilletonanie. Peinsäcke. Karasäcke.«

»Nu mach aba ma n Punkt!« protestiert Kumpmann. »Dröhnß uns hier de Ohrn voll – wenn man nur de Hälfte von wahr is, dann verrat domma ausnahmsweise, wie man sonne Knackfußkuckuschinskis innen Mond schießt!«

Frau Mönninghoff hinter der Theke ringt die Hände, sucht den Kumpmann zu beschwichtigen – aber Predigkeit bleibt ruhig, blickt in sein Glas und schüttelt den Kopf. »Die werden wir nich mehr los. – So Heißlufthohlkörper, die sind nu ma absolut fleischlos. Aufspießen is nich. Zum Rösten, ja? Geschweige denn tranchieren. Vierteilen, odda rädern, und danach ganz sachte vermanschen zu Hackepeter? Alles unmöchlich. Nee, nich ma geschlechtlich schänden geht. Odda hass du schomma ne Null gevögelt?«

»Pfui!« ruft Elsbeth.

Predigkeit sucht Rat in neuem Zufluß. »Plastik«, sagt er, »is unverdaubar. Päpste vergehn nich. Alle diese ausgewrungenen Wehen seit dem Jahre des Hans Werner Richter siebenundvierzich, alle diese ehrenwerten Halunken auße Mattscheibenmafia. Die Mainhättener und Humburger Peinsäcke, ekelerregend nachschleimend, wat der ein- und ausflußreichste Mastdarm unter sich gelassen hat. Sitzt in jede Jury, an jedem Hebel. Unser Unglück is der. Lähmt seit dreißich Jahre. Wenn der ma alle is, dann wird ein ungeheuerliches UFF duich so viele Friedhöfe ächzen.«

Else Mönninghoff tauscht sein leeres Glas mit einem vollen; Hackenesch hält ihr seinen Bierfilz hin, bei ihm kreuzt sie an.

»Tja, Kumpmann, wat kamman machen gegen Kopffüßler. Hat jedenfalls kein Sinn, den OberUnterscheidungsrat mit die EmPi umzunieten, wie dat der Rolf Dieter Brinkmann verlangt hat. Odda diese Dorfrichter aus München odda Berlin inne Abortgrube tunken, wie dat Volkssänger Härkules vorgemacht hat. Is piepegal, obße die im Reißwolf verhäcksels odda ob diese sogenannten Handkes von ihre eigene Bücherregale plattgedonnert werden – weil die Dübel, diese Teufelkes, weil selbst die Teufel so vielen abgehobenen Kurzschlußkleister einfach nich mehr ertragen konnten un wuppdich raus sind außem Verputz – schnurzegal! Dat System bleibt, un dat System, dat is die Rampe.«

»Wat heißt denn dat nu wieder«, fragt Else.

»Dat heißt: *Ab* mit dir! Da steht n Priester un sacht: Sie, Else, tut uns leid, sind nichefracht! Weg mit Sie. People is Pöbel. Nich rellevant. Wo't Zwerchfell verkümmert, da kümmert sich auch keiner mehr um den Schweinkram hier unten. Wat Sache is, is aufe Abschußliste. Du und ich, die Aabeitslosen und die Ausländer – wir alle. Nur: Auch der Kiarchenpapst, der wollt' dat nie so genau wissen, wat mit die aamen Säue passierte. Un weil auch den am Ende sein eigener Schwachpunkt erwischt hat, bin ich sicher: Auch zu de LiteraturPäpste kommt dermaleinst der große KaWumm. Un schickt den absoluten Aufstülp – seinen heiligen Hickeschlick!«

Langensiepen sieht den Stechlin-See, sieht den Direktor Bräutigam und beobachtet die Fliege auf dem Tisch. Ihre flüchtenden hektischen Umwege.

»Dat muß doch unsereiner hier im Ruhrrevier endlich ma einsehn, wie minderwärtich dat wir sind. Dat wir fünf Millionen auf die Gefühle von so Schaltanlagen nich halb soviel wirken wie fünf Blättges Papier. So welche wie diese Zombies? diese zwerchfellfreien? die schubsen die eigene Omma de Treppe runter un fragen: Wat läufße eintlich so unästhetisch.«

Predigkeit trinkt lang und wie in Trauer. Und wendet sich dann an Kumpmann. »Aber du haß gefracht, ob man se im Mond schießen sollte. Dat is nich nötich. Dafür sorgen die säpps. Schon der uralte Johnny Nestroy hat gesacht, man sollte am Ende den Kaiser gegen den Kaiser hetzen und den Handke gegen den Handke und den Reich gegen den Ranicki – nur um ma zu kucken, wer jeweils von die zwei der Größere is. Tja, und dann? Alle diese heranwichsenden Dichterkes? Da baumeln se dann mit ihre *überragenden* Wearke – schwerelos – als kosmischen Kappes. Ohne die geringste Bodenhaftung. Nich dat Schwatte unterm Fingernagel. Allet rein geistich, woll? Hooch oom, mittenmang ihre krittischen Seifenblasen, schillernd und ballongroß, geblendet vonne säppsfabrizierte Faabichkeit, seelich saugend anne gegenseitigen Nabelschnüre –

– so schweben se dahin.

Un kommen se endlich an auf ihrm NeppNeptun, dann knien se nieder. Vor ihrm eigenen erlesenen Gedankenwichs im Nix. Bis am Horizont kannze se knien sehn. Aaschloch reiht sich an Arschloch – ein wahrhaft überwältigender Anblick. Weil et sich ja ausschließlich um Klugscheißer handelt.

So, nu wißter't. Wieso Predichkeit kein Krittiker mehr is. Der bleibt bei so vetrackte Knittelversges, bei so säuisch teuflische Zwerchfellmärchenberge wie die vonnem Heinrich un vonne Grete. Un vonnem uralten ausgebrauchten Anton nebenan. Prost.«

»Prost!« grüßt die Runde und trinkt. Hackenesch klopft dem Schwarzmantel die Schulter, will mit ihm anstoßen. Kumpmann lallt etwas, das man verstehen könnte als ›Glatzenlokkenwickelwichs im Nix‹. Aber dann ist es erst einmal still.

Draußen setzt ein Lieferwagen zurück. Der Schatten vor dem Fenster, die Rufe, die den Fahrer einweisen. Dann wird der Motor ausgestellt, ist wieder Stille. Der Taxifahrer zahlt, ist beim Münzensuchen auffallend leise. Geht hinaus.

Der Schwarze hat nicht mehr geredet, scheint die anderen vergessen zu haben. Hat dann nur was gemurmelt, »Bis die Tage« und »Muß ma na neeman« und ist zur Tür geschwankt, das hohe schwarze Insekt. Ist draußen um den Lastwagen herum, verschwunden im Schatten.

Oben, über Stockwerk VIII, hinter der Metalltür, wieder der wetterlose Himmel. Mittendrin das Luftschiff. HEUTE – 20 UHR – TV RUHR.

Schon vom Dach aus, durch die offenen Fenster, hört er sie telefonieren. Schüsseln werden bestellt, Pötte solle man mitbringen, »dieser Mann hier, dat is wie bei aame Leute, hat bloß ne Schäarbe! – und n Schädel als Lampe, leecht der größten Wert drauf –« – sie lacht. – Er zieht sich zurück, geht zum anderen Eingang, betritt ihren Wohnteil. Setzt sich, wartet.

Sie hängt ein, erscheint in der Tür, schaut ihn nachdenklich an. »Hey, wat kuckse mit eima so alt –« Sie umfaßt seine Knie, schaut ihn an. »Waret nix – mit mehr Penunsen?«

»Doch. – Ab nächstem Ersten.«

»Na bitte! – Aber?«

»Ich – weiß nichts mehr.«

»Wie bitte?«

»Ich weiß nicht mehr weiter. Im Ernst.«

»Merk ich, hey, du! Sanftensiepen. Alkoholfreien Melancholiker – erzähl.« Sie nimmt wieder seinen Fuß, zieht ihn dicht an sich heran. – Er berichtet, so genau wie möglich, die Gespräche. Mit Bräutigam, und mit den neuen Helfern. »Und die sollen in den Klamotten Dienst machen, die sie jetzt anhatten. ›Bitte keinerlei Mimikry!‹ Dieses Talent, so was auch noch als Ehrlichkeit zu empfinden.« Er schweigt.

Auch sie bleibt still. Ihr Kopf an seinen Knien. Wiegt sanft hin und her. »Wie hast du das gesagt? Die Welt als Falle und Vorstellung? – Jetzt hängen wir drin. Wenn wir das mitmachen, dann –«

»Dann?«

»– sind wir kein bißken besser als die alle hier.« Sie legt ihr Gesicht wieder auf sein Knie. – »Das hab ich nie bezweifelt.«

»Von Falle zu Falle. Nun also mit Lockvögeln. Haben doch die Volvos genauso gemacht. – Wie hieß der? den die vorgeschickt haben?«

»Brezan.«

»Hat die Altenessener an den Viehofer gelockt. Jetzt, lieber Geistesriese, brauchen wir keine Theorie mehr, jetzt brauchen wir eine Lösung.«

»Gibts nicht.«

Er sieht, wie in ihrer Küchenecke zwei Wespen schweben. Über dem Angerichteten. »Du wolltest immer mal wissen, wie ich das vor dreizehn Jahren geschafft habe. Als Akoholiker. Den Satz, den ich dir heute gesagt habe, den hab ich schon damals formuliert.« Sie beobachten die Wespe.

»Hab ihn seit damals im Kopf. Auch den Satz von Vordenbäumen, wonach es kein Objekt mehr gibt, aber auch kein Subjekt. Und zum Schädel, zum Leben als Falle, auch dazu weiß ich einen solchen Satz. Von einem Frankfurter Philosophen. Der sagt, daß es keine Lösung gibt. ›Noch der Baum, der blüht, lügt in dem Augenblick, in welchem man sein Blühen ohne den Schatten des Entsetzens wahrnimmt. Noch das unschuldige ›wie schön‹ wird zur Ausrede für die Schmach des Daseins. Und es ist kein Trost mehr außer in dem Blick, der aufs Grauen geht.‹«

Sie hören das Rauschen von draußen. Die Insekten. Dann sagt er: »Wenn ich heute nacht hinginge und löste alles so, daß ich eine Bombe würfe, den absoluten Aufstülp, wie im Stechlin-See – Konjunktiv, liebe Ruhrhexe, Möglichkeitsform – schon jene Oper von 1848 hatte so enden sollen – und würfe diese Bombe in die zentrale Schaltstelle unterm Viehofer. Dann? Dann sagten morgen alle Überschlauen: Maschinenstürmer. Wieder mal so ein Rationalisierungs- und Rationalitätsfeind. Nichts davon wäre wahr. Wahr ist, daß das Dasein selber die Zumutung ist. Die gegenseitige Falle. Lebensvernichtendes Leben. Der Schöpfungstrick. Und diesen Trick müßte man dort treffen, wo er nunmehr endgültig mobil macht. Per Mikrochip –«

»Hey! Sag doch diesem Bräutigam: mit mir nicht! so linke Touren bitteschön nicht!«

Er läßt den Blick nicht von den Wespen. »Irgendwann hab ich mal A gesagt. Mitgemacht beim Überwachen. Wenn ich jetzt die Türken als Lockvögel ablehne – wo wäre das konsequent.«

»Lockvögel sind ekelhaft.«

»Video und Radar etwa nicht?« Er findet ein Beedy, das Feuer. »Der Unterschied ist nur, daß erst jetzt, ohne Fernsteuerung, deutlich wird, was läuft.« Er raucht, tippt dann auf sein Schemapapier: »Wie in diesem Schnittmuster. Nur in der untersten Schicht gilt es als kriminell. Erst wenn Menschen auf Menschen angesetzt werden, entdeckt man die Menschenrechte.«

»Sag dem Bräutigam am Montag, du machst so was nicht.«

Er reibt sich die Stirn, die Augen. Das Luftschiff ist jetzt direkt über ihnen, sie hören den Motor.

Sie wühlt ihren Kopf unter seine Jacke. Zieht ihm das Hemd aus der Hose, knöpft sie auf.

»Und Tarhan? In der Marthastraße?« Er lehnt sich zurück, läßt sich ihre vorläufigen Lösungen gefallen. Und merkt, wie wohl es ihm tut, mit dem Kopf über den Wolken zu schweben – nur, weil sie ihm unter die Haut geht. Er hat die Augen geschlossen – um so deutlicher hört er das Motorengeräusch von oben. Und dann auch von drüben sein Telefongesirre.

»Dein Moloch«, sagt sie. Sie springt auf, geht hinüber in Langensiepens Raum, kommt sehr schnell zurück. »Aufgelegt.« Sie setzt sich neben ihn, greift sich ebenfalls ein Beedy. Der Rauch dreht sich hinauf ins Gebälk. Schließlich sagt sie: »Wieso hast du eigentlich gestern den Gaunern in der Marthastraße gesagt: ›Wir bringen den nach Hause‹, den Nazim Tarhan. Hm? wie hattest du das gemeint.«

»Nur so wäre rauszukriegen gewesen, wo Tarhans und Brezans Arbeitstrupp derzeit haust und welche Vermittler dahinterstehn, welche Nepper sie aufgeheizt haben –«

»Und du hättest den Nazim Tarhan tatsächlich bei seinen Leuten abgeliefert?«

»Sicher.«

»Den Mörder?«

»Honva wie Tarhan – wo ist der Unterschied.«

»Honva hat keinen erschlagen. Kleiner Unterschied.«

Sie schweigen wieder. Er zündet sich ein Beedy neu.

»Und wenn sie den Tarhan nun wirklich in der Marthastraße festhalten? zum Herzeigen für die Polizei? mit Blümkes im Fenster? frische Gardinen?«

»Die Polizei würde ihn auch dort nicht abholen. Das wissen die Sibyllen, und wir auch. Aus dem Schürmannbescheid.«

Er springt auf. »Ob ich jetzt in die Paulinenstraße 18 fahre, in den Ahornweg, in die Marthastraße oder gleich in die Ministerien und Chefetagen, die von den ersteren natürlich nie was gehört haben – was sollte ich da? Sicher, ich bin ein Stümper, ich hätte dem Nazim Tarhan einen Geheimsender unter die Weste mogeln müssen, dann hörte ich jetzt alles mit und wüßte, wo er steckt und wies ihm geht. Ich geh noch mal runter. Ins ›Pümpgen‹.«

»– hey!«

Er kommt zurück, umarmt sie, küßt sie. »Was soll ich denn tun?«

Sie streichelt ihn. »Dich nicht verrückt machen.«

Er umarmt sie fest, drückt sich in sie hinein. Und wird so, was ihn schüttelt, nach und nach wieder los, wird wieder ruhig. »Zwerchfell«, sagt er. »War nur das Zwerchfell.« Dann richtet er sich auf, holt tief Luft. »Wer sich nicht verrückt machen will, muß sich was vormachen. *Blümkes. Gardinen.* Oder *die Kunst.* Dein Bangensiepen wird jetzt hinfahren.«

»Wie bitte? – wohin?«

»Nachsehen. Was los ist in der Marthastraße.«

»Hilf mir lieber – alles fertigmachen für heut abend – – – äy!«

Er ist schon auf dem Dach. Drehen die Tauben ihre Runde oder dreht sich die Stadt? Stülpt die sich als Strudel auf und um? Er taucht ab, durch Türen, über die Treppen, läßt den Lift ungenutzt, springt die Stufen hinab, will wieder in seine Beine hinein. Alle acht Stockwerke zu Fuß, kommt in den Lieferflur.

Was tut er? Macht er etwas, was er ohne sie nicht gewagt hätte?

Ich werde nichts wagen. Gehe leidenschaftlich gern türmen. Wie die Fliegen. Er hebt für Ampütte rasch den Arm, der muß sein Gesicht jetzt nicht sehen. *Die Fliege machen.* Die Wörtermangel.

Über den Platz kommen Peter, Frank und ein weiterer junger Mann. »Sie ist oben – bis nachher!« Die schleppen Tüten, Tellerstapel, Holzkohle, Instrumente, der dritte, der neue, »ich bin der Werner«, trägt einen Bildschirm und kleine Schaltgeräte.

Langensiepen startet zu rasch den Jeep, würgt den Motor ab; startet noch mal, kurvt heraus. Über die Fontänengasse auf die Schützenbahn nach Süden hinauf, nach Rüttenscheid zur Marthastraße.

Die enge Straße liegt schon wieder im Schatten. Beide Häuserreihen eng gegeneinander und lückenlos, Sonne nur bei den Dachgauben und den Tauben – er fährt langsamer. Das Haus Elf – der steinerne Wald –

In den Fenstern des unteren Stocks hängen jetzt in der Tat Gardinen. Das einfachste Weiß. Er biegt in eine Nebenstraße, um den Block herum, über die Von-Einem-Straße wieder in die Marthastraße, fährt soweit vor, bis er die Nummer Elf wieder sehen kann. Er hält an, da ist zwar Parkverbot, aber er bleibt ja im Wagen. Stellt den Motor ab.

Direkt vor dem Haus steht ein Volvo. Braun, gelbe Streifen. Er schreibt sich die Nummer auf. Essener Nummer. Vielleicht weiß Lutz, wer so einen vermißt. Langensiepen beobachtet das Haus. Haben die seine Bemerkung, die Polizei werde eine Streife vorbeischicken, für bare Münze genommen? oder haben die eingesehen, daß ein Haus in jedem Fall weniger verdächtig scheint, wenn in den Fenstern Gardinen hängen. Er versucht, sich ihre Interessen auszudenken, ihre Befürchtungen. Betrachtet das alte Relief. Im Schatten verendet noch immer das Tier. Kein Goldstrahl. Keine Lösung.

Fast hätte er übersehen, daß aus der Nummer Elf zwei Männer herausgekommen sind und in den Volvo steigen. Eine

Schrecksekunde lang hat er die Hand am Zündschlüssel. Doch der Volvo dort parkt in der anderen Richtung, die fahren davon, Richtung S-Bahnhof Süd.

Heißt das – das Haus ist nun leer?

Er merkt, wie er aussteigt. Kann kein Argument finden gegen seine Angst. Aber auch keinen Einwand, der ihn hinderte, auszusteigen. Da hinüberzugehen. Bis vor den Hauseingang. Und dann die sechs Stufen hinauf. Die Tür einfach aufzuschieben – in den dunklen Flur hineinzugehen.

Er bittet sich inständig, er solle dies auf ja keinen Fall verwechseln – dies sei kein Film, er schaue nicht bloß zu, er selber sei jetzt in diesem Flur. Und dieses sei kein Opernhausen, sondern ein wirkliches Haus, hier und jetzt könne man ihn jeden Augenblick schnappen und zusammenschlagen.

Geht nun immer weiter vor, bis zu der dunklen geschlossenen Tür, die in den Garten führt. Öffnet daneben die Kellertür, schaltet das Licht, weiß ja, wo hier die alten Schalter sind, welche hier funktionieren. Es ist still da unten, die Treppe noch immer mit den umgestürzten Eimern, den Papierrollen. Diesmal aber weder mechanisches Ticken noch fernes schnarrendes Reden vom Kassettenband – wie im Filmtraum geht er, und nur so scheint er es zu schaffen. Schleicht von Raum zu Raum.

Öffnet auch die Waschküche: Der Schlauch, gelbschwarz, im Betonbecken. Gerüche nach Gruft, nach nasser Pappe, das ist der Dreck von Kohlen und Kartoffeln und nirgends eine Spur von Verbrechen, keine abgehackten Finger und keine gekappten Madenköpfe. – Kein Nazim Tarhan.

Er geht wieder hinauf. Es ist still geblieben. Draußen ein Auto, fährt vorbei. Die Arbeitszeit für den Tarhan wäre seit einer Stunde vorbei, würde der hier nun wirklich wohnen, müßte der längst –

– er bemerkt, wie er ohne Zögern in die untere Wohnung hineingegangen ist. Die Türen stehen jetzt offen, die Gardinen sind frisch gehängt. Möbel stehen hier auch jetzt nicht, auch keine Blumentöpfe, das bleiche Hängen in den Fenstern muß genügen.

Langensiepen geht zurück in den Flur, will die Treppe hinauf, steigt auf die grünrote Dunkelheit zu, das gemalte Fenster.

Er ist schon zwei, drei Stufen gestiegen, da hört er die Haustür. Schritte. Die kommen heran.

Er springt zurück, hinter den Wandvorsprung. Das ist ein einzelner, der da kommt. Das Herz will ihm über die Schlagadern in den Kopf.

Der steht vor ihm. »Was du suchen!«

»Nazim Tarhan. Der wohnt hier.«

Der packt ihn, dreht ihm Hemd und Jacke zusammen und schreit zur Haustür hin, ruft einen türkischen Namen.

Langensiepen, so dicht an den Mann herangezogen und festgehalten, muß nur blitzartig das Bein hochzucken, haut sein Knie dem in die Hoden, der stöhnt, läßt aber nicht los, drückt ihn gegen die Wand, das Bein trifft noch mal, irgendwo in den Unterleib trifft es, der Mann krümmt sich, so daß sein vorgebeugtes Gesicht den Fausttreffer voll hinnehmen und der große Mensch wegkippen muß – Langensiepen rennt die halbe Treppenhöhe hinauf, hinter ihm Stöhnen und neue Rufe, andere Schritte, schnelle von der Haustür her, aber bis die heran sind, hat er das Reiher- und Fischefenster aufgerissen und ist er hinaus, ist in den Baumgarten hinuntergesprungen und hört, während ihm der Kopf bis ins hohe gelbe Gras niederfährt, über sich das Klirren. Die Fische und die Reiher hat er zu stark gegen die Wand geschlagen.

Im Davonlaufen spürt er, daß der rechte Fuß verstaucht ist, aber der Garten ist schmal, die Mauer zum Nachbargrundstück niedrig, leicht zu überklettern, Spalierstangen als Halt. Drüben weicher Boden, frisch umbrochen, aber der rechte Fuß knackst, schmerzt –

»Ja wat fällt Sie ein, mir hier die Spalieräppel runterzutrampeln, Sie Feifenkopp – wird dat getz die neuste Mode? Kafäkkelt mich die Woche schon dat zweite Rindvieh hier durch –«

Im Haus ist die untere Tür unverschlossen, auf pieksendem Fuß hüpft Langensiepen über die Flurfliesen, der Gartenschreck hinter ihm her, Langensiepen wartet kurz, läßt den Schimpfer ruhig näherkommen, wartet in der Haustürtreppe. Soll der nur zuschauen, wie er nun auf die Straße gehen wird.

»Können Se sich nich wenichstenz entschuldigen für den Flurschaden – ja! *Sie* da!« ruft der ihm auf die Straße nach,

»Brettert wie geistesgestört über mein frisch Gesätet, ja Margott, kuck dir den an, merk dir ma die Nummer von dem, ich hol wat zum schreim!«

Langensiepen ist im Jeep, die ›Margot‹ schreit ihn an, »Is dat gätz die neuste Sitte?« Nickend kurvt er heraus und herum, zurück in Richtung Rüttenscheider Stern.

Von dort zur Innenstadt hinunter, über Huyssenallee und Schützenbahn auf den Viehofer Platz, dort setzt er den Wagen unmittelbar neben Hottes ›City-Imbiß‹ und steigt aus, tritt vorsichtig auf. »Hey, Hotte, mach deinen Laden dicht! – ab jetzt bist du mein Gast. Ja – hast richtig gehört, schließ zu! Kriegst heute eh keine Kundschaft mehr, fahr mit rüber, wir machen ein Fest, komm zu mir auf mein Kopstadt-Palais – wir feiern den Start des Ruhrfernsehens.«

»Bisse nu plemplem? Na gut – soll ich Buletten mitbringen? Fritten? ich werd dat Zoich wieso nich mehr los, seit die Tüarken hier wech sind. – Mach ich halt mein Hackbrateninstitut einfach schon zu.« Er sortiert, was übrig ist, füllt Tüten, bückt sich und holt unter seiner Theke eine Eisenstange. Kommt heraus, zielt mit der am Ende umgebogenen Stange in eine Öse unterm First des Kiosks und zieht den grauen Rolladen herunter, der die volle Vorderbreite seines ›Instituts‹ abdeckt. Hotte zeigt, abwägend, die Eisenstange. »Dat is meine eiserne Reserve, sozusagen. Sowie mir hier einer komisch kommt – ich dem dat übbere Rübe.«

»Den schlägst du glatt tot.«

»Eh der *mich* plattmacht? – ja lieste denn keine Zeitung? wie viele Büdkesbesitzer se inner letzten Zeit widder erstochen ham? – bloß wegene Tageseinnahme von hundertfümmenneunzich Mark – nä, bevor ich dran bin, is *der* dran.« Hotte schiebt die Eisenstange sorgfältig unter dem Kiosk in zwei Halteösen. »Türlich ist dat kein Schäarzatickel.« – »Hast du Nachrichten gehört?« – »Jau! Die Aabeitslosen maaschiern! gegen de Regierung! in Gelsenkiarchen, in Doartmund, Obberhausen – mähr als hunnerttausend! Ham se duichgegeem, grad ebent.«

Hotte geht wieder in sein ›City-Imbiß‹, rumpelt drinnen, knistert und klappert. Kommt dann mit drei gefüllten weißen

Plastiktüten heraus, schließt ab, dreht sich um und schaut Langensiepen an. »Getz meinze wohl noch, mit dem Prengel hätt getz *ich* den Tüarken zu Wirsingkohl gemacht?«

»Darf ich Sie bitten, mir unauffällig zu folgen.« Langensiepen steigt in den Jeep, öffnet die Beifahrertür.

»Tut gedesmal so haamlos, diesen Ruddoff. Un in Wahheit leechter einen rein. – Wat? in die Gitsche soll ich?«

Langensiepen nimmt ihm zwei Tüten ab. – Hotte stellt ein Bein vor den Beifahrersitz, läßt sich fallen.

Langensiepen startet, fährt in die Fußgängerzone Viehofer Straße. »Wat willze denn hier?«

»Noch jemand anderen mitnehmen und außerdem –« – Langensiepen redet leise –, »hier arbeitet einer der Gauner, die heute abend dran sind. Willste mit rauf?«

»Tu dem Schmierfink orntlich ein rein – ich waat hier unten so lange.«

Langensiepen wirft die Jeeptür zu. Betritt den ›Freizeitpalast‹. »Ja ist das hier eine Beerdigung? wo sind die Girlanden? Fahnen? ich denke, Ihr startet heute das Ruhrfernsehen?«

»Wir donnich«, sagt eine Verkäuferin. Sie hat ihm den Rükken zugewendet, sortiert die Plastikware, die vibrierenden Geräte, die Wäsche, die Hefte. »Geh man ruich nach oom. Da sind die BigMacs ganz allein am Staarten.«

Er steigt die flackernde Treppe hinauf. Kommt oben zu den wartenden Frauen. »Hallo, Sie da im Trauertrikot, Sie haben mich neulich so nett zu Ihrem Geschäftsführer gebracht« – Siggi umarmt ihn – »könnten Sie das noch mal machen?«

»Immer wieder«, sagt sie und umarmt noch enger. »Komm, du Schlimmling, ich wollte sowieso grad Schluß machen, weil ich nämlich heute abend in gehobenen Kreisen verkehren werde. Acht Stöcke hoch, und nur seriöse Kunden –« Sie führt ihn zu der Tür im Hintergrund. »Aber die Gebrüder Zehrak kucken heute ziemlich geleimt – sieh dich bloß vor.«

Er geht durch den dunklen Vorraum. Klopft an das lichtschimmernde Glas. Tritt ein – hinterm Schreibtisch, im halbdunklen Raum, Zoltan und Osman Zehrak. In der Couchecke zwei Männer, die ihm als ›meine Anwälte‹ vorgestellt werden.

»Gut, daß Sie kommen! Dies«, sagt Zoltan zu den Anwälten, »dies ist meine neue Geheimwaffe, mein Privatinspektor, der, wie ich annehme, nunmehr melden will, wie unser Mitarbeiter Iman Honva ums Leben kam. Bitte, hier ist noch ein Stuhl. Osman, würdest du unserem Gast Bitter Lemon bestellen.«

Langensiepen setzt sich. Die Herren schauen ihn an. Osman geht hinaus. Seine Hände sind umwickelt.

»Nun?«

»Tja, ich kann Ihnen an diesem offenbar so wichtigen Tag tatsächlich ein paar Informationen liefern, auch Beweise.«

Osman kommt wieder herein, setzt sich. »Getränk kommt sofort.«

»Was wissen Sie, Herr Langensiepen.«

»Ihr Mitarbeiter Iman Honva wird von der Polizei und von der Staatsanwaltschaft für ein Unfallopfer gehalten. Aber so was dachten Sie sich wohl, sonst hätten Sie mir nicht Ihren Auftrag erteilt.«

»Und? Was ist wahr?«

Siggi kommt herein, hauteng, serviert Bitter Lemon, beugt sich dabei so vor, daß sie ihm ins Ohr raunen kann. »Ganove.« Sie geht hinaus.

»Iman Honva wurde am Sonntag, den 8. August, um etwa ein Uhr früh von türkischen Landsleuten erschlagen. Vorher hatte man ihn mit zwei anderen Kollegen durch einen Anruf an den Viehofer Platz gelockt. Ein Freund ihres Truppführers Kemal, ein gewisser Mahmed Brezan, ist gezwungen worden, in der Vogelheimer Straße anzurufen.«

»Von wem gezwungen«, fragt Zehrak.

»Wahrscheinlich von diesen ehrenwerten Herren hier.« Langensiepen legt das Polaroidfoto vor. Die Brüder schieben es sich zu, reichen es den Anwälten hinüber. Zoltan nickt. »Wenn Ihnen das nicht genügt, ich kann Ihnen die beiden auch in Bewegung vorführen, auf Video.«

»Das Foto reicht uns«, sagt Zehrak. »Sie haben sich meine Zündkanone verdient.« Er schiebt ihm das phallische Feuerzeug über den Tisch.

Osman schaut auf: »Aber das sind doch die, die mich –«

»Laß Langensiepen reden.«

»Mahmed Brezan ist gezwungen worden, im Lager Altenessen anzurufen. Mußte seinem Freund Kemal sagen, es sei eine Sabotage geplant, an der Viehofer Baustelle. Auch Kemals Leute hatten Sorge um ihre Arbeitsplätze und beschlossen, eine Wache aufzustellen. Sie sind zu dritt mit Rädern von Altenessen zum Viehofer Platz und haben sich dort auf drei Stellen verteilt. Iman Honva am unteren Ende der Altenessener Straße. Dort haben sie ihn sich geschnappt. Ein Anwohner, der etwa um ein Uhr seine Gäste zum Wagen begleitete, hat mitbekommen, wie auf Ihren Mitarbeiter eingeschlagen wurde, mit harten Gegenständen. Später kam es dann zu einer allgemeinen Schlägerei.«

»Der unseren Honva gesehen haben will, glauben Sie dem?« Zoltan hat eine Zigarette im Mund, holt sich das Kanönchen zurück, läßt Feuer sprühen und setzt den Messing-Phallus wieder auf die beiden Kugelräder. »Hat der beschreiben können, *wer* da zugeschlagen hat? Und haben Sie von diesem Zeugen ebenfalls Namen? Adresse?«

»Seine Aussagen sind in Ordnung. Er beschrieb den, der besonders aktiv zugeschlagen hat, als einen kleinen Mann mit Glatze. Den habe ich gefunden. Heißt Nazim Tarhan. Auch er hatte Angst, seinen Job zu verlieren und ist von diesen Herren, von denen auf dem Foto, aufgehetzt worden. In der Tat von denselben, die Ihren Bruder Osman festgeklebt haben.«

»›Festgeklebt‹!« ruft Osman. Zoltan Zehrak sieht ihn strafend an, Osman beruhigt sich. Zoltan schaut hinüber zu den Herren in der Couchecke. »Gut«, sagt er, »Ihr Geld wären Sie endgültig wert, wenn Sie mir sogar sagen könnten, wo sich dieser ›aufgehetzte‹ Tarhan jetzt befindet, möglichst mit Straße und Hausnummer und vielleicht auch noch – aber da sind Sie sicher überfordert – auch die derzeitige Anschrift dieser Menschenfreunde, die Sie hier fotografiert haben.«

»Noch vor einer Stunde hatte ich mit ihnen zu tun. Sie halten Tarhan fest. In der Marthastraße elf. Eine Frau, die sich Sibylle nennt, bot am Telefon ›Frieden‹ an. Ich könne mir Honvas Mörder in der Marthastraße abholen, fertig verpackt und verschnürt. Etwa so hab ich ihn dann auch gefunden, im

Keller von Nummer Elf, in der Waschküche. Gefoltert. Als ich ihn dann tatsächlich mitnehmen wollte, wurde ich daran gehindert, unter unerfreulichen Umständen. Wieder von diesen hier.« Langensiepen steckt das Foto in seine Jacke zurück. »Anfangs hatten die mir weismachen wollen, Sie selber, Sie hier –« Langensiepen schaut seine Gesprächspartner der Reihe nach an »– Sie selber hätten Ihren Mitarbeiter beseitigt. Um eine Versicherungssumme zu kassieren. Da ich dies nun schon überhaupt nicht glauben mochte, sondern weitersuchte, lockten die mich in die Falle, mit ihrem ›Friedens‹-Angebot. Wollten mich damit ruhigstellen. Ich konnte durch den Garten entkommen, mußte aber Tarhan zurücklassen. Hab noch drohen können, daß ich nunmehr die Polizei einschalten würde. Es sah so aus, als hätten die gegen diesen Vorschlag gar nichts einzuwenden.«

Zehrak blickt hinüber, zu seinen Mitarbeitern. Und sagt, während er dorthin schaut: »Es war klug von Ihnen, die Polizei rauszuhalten. Erst einmal.« Osman will reden, Zoltan legt ihm die Hand auf den Arm, redet selber. »Die Polizei unternimmt im INTERNET allerdings erst einmal nichts. Um so besser, daß Langensiepen seine Informationen bei uns abliefert.« Zehrak blickt von den Anwälten, die zu nicken scheinen, sehr rasch zurück auf Langensiepen. »Die Angelegenheit läuft also vorerst nur zwischen uns und diesen Herrschaften in Martha elf. Wie gefällts Ihnen im ›Eldorado‹?« Er zieht eine Schublade auf, nimmt ein Scheckheft und schreibt.

Langensiepen gibt seine Antwort zerstreut. »Im ›Eldorado‹? – ich hätte nicht geglaubt, in dieser scheinheiligen Stadt soviel Freizügigkeit zu finden.«

»Schauen Sie sich das Programm übermorgen an! Dann präsentieren wir wieder unsere Spitzenbesetzung.« Zehrak erhebt sich, überreicht ihm das Papier. Auch Langensiepen steht auf, hat die Zahl 2000 irgendwie gesehen, nickt Dank und hört: »Sie haben sich auffallend engagiert für uns. Erstaunlich und auffallend. Das bleibt nicht unbelohnt – das bleibt aber auch nicht unbemerkt. Ich bin sicher, Sie werden von jetzt ab Schutz benötigen. Wir helfen Ihnen – schon deswegen, weil wir nicht möchten, daß die Informationen, über die

Sie verfügen, in die falschen Hände kommen. Wie gesagt, falls diese Zorros noch mal auftauchen, rufen Sie uns! Das ist mein Ernst. Und was Sie uns zu erzählen hatten: Bitte schriftlich!«

Langensiepen verbeugt sich ein bißchen, geht. Den Phalluszünder hat er stehenlassen. Draußen knöpft er sich die Jacke, das Hemd auf. Legt seinen Kopf auf Siggis Schulter. »Puuh.«

»Warn die nicht lieb zu dir?«

»Haben den Hack am Viehofer wahrscheinlich selber provoziert. Interner Bandenkrieg.«

»Und jetzt?«

»Was Rosa gestern gemacht hat, wegen Nancy Caldera: Ahornweg 6/8 aufstacheln gegen Viehofer 57 und umgekehrt – das hab jetzt auch ich gemacht. Warts ab.«

»Gib bloß acht! Hollywoody –«

Sie steigen die Flimmertreppen hinab. Siggi trägt ein Kleid, will wissen, wie es ihm gefällt. Er nickt. »Du kuckst überhaupt nicht«, sagt sie und führt seine Hand an das Kleid.

»Doch doch – bezaubernd. Meinen Sie nicht, Sie erkälten sich? – einfach nur dies dünne Etwas?«

»Ich verbitte mir Bemerkungen über meinen Busen. Außerdem nehm ich stark an, bei euch da oben wird es Warmes geben –«

Hotte sitzt noch immer auf dem Beifahrersitz. Er scheint über Siggi zu erschrecken, steigt aus. »Hättße mir dat nich n bißken früher sagen können? hätt ich noch orntliche Klamotten angezogen.« Er bemüht sich nach hinten, findet Platz zwischen seinen Tüten. »Un keine Blümkes – hätt ich so schöne im Gaatn, Dahlien, schwaazlilane!«

»Aber Herr Hotte«, sagt Siggi und setzt sich ebenfalls nach hinten, neben den verwirrten Mann. »Finden Sie meine Klamotten etwa ›ordentlich‹?« Sie zeigt ihm, wie weit der Schlitz geht. »Und wie wärs, wenn Sie *mich* mitnähmen? als *Ihr* ›Blümken‹?« Langensiepen startet.

Hotte setzt sich aufrecht: »Nett! – aba Frollein, ich muß Sie dringend waanen vor diesen windigen Vertreter – Sie als Blümken? für *den*? – schon am andern Morgen ließen Se't Köppgen hängen – wetten?«

»Aha? Der Herr Hollywood hat ja einen sauberen Ruf.«

»Wissen Sie denn überhaupt, wat der allet als Kommissar angestellt hat? warum der geflogen is? – Ich klär Sie auf.« So, unter Aufklärungen, kommen sie zum Kopstadtplatz, gehen sie ins Kaufhaus, das längst geschlossen hat. Langensiepen schließt die Tür im Lieferantentor auf. – »un dann hat der dammals, ob Se't glaum oda nich, die ganze Ruhrprominenz bei gewisse Sachen enthüllt –«, sie betreten den Lift, »– eh Se Kniest kriegen mit dem, sach ichet Ihnen im Guten: Nich die Nasenbleiche hat den Mann zu nem falschen Fuffziger gemacht, nä: dat wüste Weib damals. Und die aame Sau, die hat dat büßen müssen. Un auch Sie, lassen Se't sich gesacht sein, Sie gehn bei diesen Schmecklecker ein wie n Primeltöppgen!«

»Da kennen Sie mich schlecht, Herr Hotte. Ich bin keine Primel. Ich bin Kaktus!«

In diesem Augenblick öffnet Langensiepen die Metalltür. Siggi betritt den Kies, bleibt dann stehen –

In der tiefen Sonne scheint die Baracke zu brennen. Durch die Fenster leuchtet grelles Weiß, über dem Dach schießt Rauch auf.

»Welcher Film wird hier gegeben?« sorgt sich Siggi und betrachtet die schnell steigenden schwarzen Wirbel.

Rosa umarmt Siggi, dann Langensiepen – Hotte schaut sich die Umarmungen an und tappt kopfschüttelnd – »Watten Bohei!« – über den Kies vor, mit schaukelnden Tüten hinüber in die Abendsonne.

»In Martha elf hängen jetzt tatsächlich Gardinen. Aber Tarhan ist fort, wahrscheinlich genauso geflüchtet wie ich. Durch den Garten ins Nachbarhaus.« Er brauche jetzt einen kalten Umschlag ums Fußgelenk. Immerhin, er habe was in Gang gesetzt. Sie sollten heute nacht nicht vergessen, den Stadtfunk abzuhören.

Sie denke heute nacht an nichts anderes, sagt Rosa und zieht ihn mit Siggi hinüber auf die andere, die gleißende Seite.

An der Barackenecke bleibt er stehen, will sich das anschauen. In der Abendsonne sitzen die meisten schon um den langen Scheunentortisch, trinken und reden. Frank und Peter, sagt Rosa, hätten Freundinnen mitgebracht, er hört die Namen Kerstin und Kosie, oder Cosy? Cosie? Kerstin ist eine von diesen ›Halbnackten‹. Frank, der Bäcker, heizt ein, Funken fliegen. Rings um den Ofen, auf langen Brettern die Salate, die Zutaten.

Rosa zieht ihn in die Baracke, in ihren Raum, will ihn zärtlich begrüßen. – Er weicht aus und erzählt, während er vor ihr her in seinen Wohnteil hinüberhumpelt, von seiner Flucht durchs Jagdfenster. Neben seinem Bett sieht er den Werner am Telefon. »Oh«, entschuldigt sich der und geht. »Bleib nur.« Aber der ist weg. Langensiepen wickelt sich seinen Fuß in einen nassen Lappen.

Dieser Werner habe gefragt, ob er für die Zeit des Backfestes Langensiepens Telefon blockieren dürfe – das koste rund zwanzig Mark Gebühren, man könne ja sammeln.

»Wunderbar. Für bloß zwanzig Mark keine Anrufe mehr.«

Werner und Peter seien mindestens zwei Stunden beschäftigt gewesen, hier neben seinem Bett, hätten schließlich ein Gerät angeschlossen, ein »Modem«. »Mit ner raffinierten Tastatur, steht draußen neben dem Bildschirm auf der Terrasse. Damit konnt der Bilder machen – ne toffte Marylin, täuschend echt, virtuell, mit Krüssel-Löcksges!«

»Hauptsache, das Telefon ist blockiert.«

»Aber es hat vorher noch Frau Sibylle angerufen – wollt partout wissen, wo du nun steckst. Hab ihr gesagt, du wärst mit Tarhan verabredet, in der Marthastraße – was dagegen?«

»Nein, nur was dafür.«

»Und warum kuckst du dermaßen finster?«

Er setzt sich aufs Bett, legt den kalt umwickelten Fuß auf ihren Schoß, streckt sich. »Ich kann unmöglich feiern.«

Sie schaut ihn an, wie einen kaum noch heilbaren Fall. »Das große Muffensausen? Mann! Selbst wenn du Montag hier im Kopstadt in n Sack haust – gerade deswegen wird jetzt gefeiert, klar? Denk an die Jungen hier! – Du ahnst nicht, was die alles vorbereitet haben!«

Sie beugt sich zu ihm, gibt ihm sanfte Küsse. Er nimmt den Fuß herunter, setzt sich auf, bückt sich, zieht die Jogging-Turnschuhe an. Bindet den rechten nicht zu. Spürt im Nacken zarte Lippenberührungen. »Also gut – bevor ich anfange, auch noch ›Feier‹ mit ›V‹ zu schreiben – wie Vater – wie Volvo.«

Sie zieht ihn zur Tür, er bleibt stehen, schaut durch die Fenster, auf die Köpfe in der untergehenden Sonne. »Was«, fragt er, »ist eigentlich in den beiden Kisten, auf denen die sitzen?«

Sie lehnt sich gegen ihn. »Büchner, Montaigne – Rosa Bergmanns Studienfutter. Macht sich doch gut – als Basis für ne Freßorgie?«

»Die nehmen wir mit, Montag. Wenn ich hier ›in den Sack hau‹.«

»Ach? – ich fürchte, die lassen uns am Zoll nicht durch – mit meinen Büchern.« – »Wieso nicht?« – »Sind ganz schöne Hämmer dabei. Explosiv! Aus jenen Tagen, als ich den harten Kern des Staates knacken wollte.« Sie zieht ihn auf den Kies hinaus.

Kirchberg sitzt dort neben Vordenbäumen, die haben zu reden, die sitzen auf diesen Kisten. Siggi fällt gerade dem Walter Kumpmann um den Hals. Der wird ein bißchen rot in Siggis Schwitzkasten, aber das kann auch der Widerschein vom roten Sonnenball oder vom Feuerofen sein.

Kemal, nach mehrfachem Bitten, fängt an zu erzählen. Von Honva und von dessen Familie, dann über die Nacht vom Samstag auf den Sonntag.

Da setzt es Deutungen und Fragen, vor allem über die ›Grauen Wölfe‹. Lutz Salzinger vermutet – »aba ich muß betonen, mähr als ne Vermutung is dat nich« – daß die Polizei unter den Volvo-Leuten V-Leute habe, die Informationen über ›kriminelle Vereinigungen‹ besorgten, was denen wichtiger sei, als den ›Grauen‹ beim Menschenverkaufen das Handwerk zu legen. »Aba wie gesagt –« Lutz vermutet nur. Er als Kfz-Fahnder kriege das sowieso nur am Rande mit, aber immerhin, einige Adressen seien ihm bekannt vorgekommen, und die Figuren, die ihm manchmal auf den Fluren im Präsidium begegneten – doch er verbrenne sich hier längst den Mund.

Rosa hat Windlichter aufgestellt und Lampions gehängt, rings um die grüne Insel. Langensiepen solle sich nicht so anstellen mit seinem Fuß und ihr helfen beim Kerzenanzünden. Er nickt, folgt ihr mit dem Feuerzeug. Beim Anzünden hören sie, wie Vordenbäumen und Kirchberg reden. Mindestens neunundneunzig Prozent Kriminalität käme auf leisen

Sohlen, im weißen Kragen. Frank, der seinen Ofen heizt, hat mitgehört und sagt: Am aufregendsten seien nun mal die ein Prozent Mord und Totschlag. Dann müßten unsere Krimis ›Ein-Prozent-Romane‹ heißen, sagt Vordenbäumen. Oder noch besser: ›Leichenromane‹.

»Ich hasse Krimischreiber«, ruft Kosie. – »Wieso!« ruft Frank. – »Warum muß ne Frau erst krepieren, bis so einer über die Ausnützung der Frauen schreibt! oder is Ausbeutung etwa *nicht* kriminell?«

»Was denn, bitteschön, ist nicht kriminell«, sagt Vordenbäumen. »Auch dieser Sonnenuntergang – alles!« Otto Vordenbäumen biegt aus der Hecke hinter sich eine rote wilde Rose hervor: »Gerade das Schönste! – Jedesmal ein Appell! das andere soll eingehen! ich aber will triumphieren, will meine Gene fortzeugen!«

Langensiepen hält das Feuerzeug falsch – im Nu, wie im Husch, steht der rote Lampion in Flammen. »Lappes! Paiazz! HIER spielt die Musik! – laß dein Vordi labern und paß endlich auf!« Langensiepen konzentriert sich, bekommt trotzdem mit, was drüben geredet wird. Ein einziges Mal, nur aus Versehen, solle man doch mal richtig hinschauen auf seine ›Mutter Natur‹. Blutiger Kampf, raffiniert kaschiert, Gewürge ums Überleben und um Fortpflanzung. Gemetzel, was die romantischen Dichter manisch verklärten.

Da steht Werner neben Langensiepen: Er könne auch jetzt telefonieren, müsse nur eine Neun vorwählen, dann habe er Amt. Langensiepen sagt danke, ist zerstreut, hört Vordenbäumen reden.

»Als Großgoethe zum erstenmal den Schiller sah, fing er sofort an mit seiner ›Natur‹. Mit seiner ›Urpflanze‹! Schiller, knapp gekontert: ›Das, Verehrter, is n Ideal‹. Da war Goethe sauer. Genauer: Er war furchtbar durcheinander. Ausgerechnet dieser Kopftyp Schiller, just der muß ihn, den berühmten ›Augenmenschen‹, dabei erwischen, wie er nem Wolkenkuckuckskondom hinterherhechelt. Ein *Denker* muß kommen und ihm verklickern, was ›Natur‹ ist. ›Eh den Bau der ganzen Welt‹, sagt der Schiller, ›Philosophie zusammenhält, erhält sie ihr Getriebe durch Hunger und durch Liebe‹. Mehr ist dazu nicht zu sagen.«

Frank bleibt beim Feuer, die anderen holen Instrumente, stimmen, probieren, haben Lust ›auf ne kleine Session‹.

Vorn aber, am Tisch, redet O. Vordenbäumen. Mit ihrem Selektionsterror könne ihm *Allmutter Natur* gestohlen bleiben. Wenige Menschen, für kurze Momente, schafften Ausnahmen von der gegenseitigen ›Natürlichkeit‹. Zum Beispiel, wenn sie zusammen Musik machten. »Am konsequentesten und perfektesten ›nach der Natur‹ arbeiteten die Nazis. Die Resultate sind so bekannt wie ihre göttlichen Ursachen verdrängt. Prost Kumpmann! Auf deinen himmlischen Vorgarten!«

Breitbeinig, feuer- und feiereifrig steht Frank vorm Backofen. »Essen fassen!« ist zu hören. Man greift Platten, Brettchen, Besteck, bekommt von Frank die Teigbasis, die Pizza-Grundmasse à la Bolognaise, Tomaten und Hack alsdann je nach Geschmack Dutzende Zutaten, Rosa überläßt Frank die Regie.

Langensiepen stellt sich ans Ende der Schlange, sieht, wie Rosa zum leeren Tisch hinübergeht. Wie sie sich rasch unter das Scheunentor bückt und, wieder hochgekommen, nach ihm sucht; nun steuert sie auf ihn zu, kommt sehr dicht heran und raunt ihm ins Ohr: »In der dunkleren – in der rechten Kiste – sag das keinem weiter, wehe! – da drin ist Dynamit –«. Sie dreht sich einmal um sich selbst »Bibobdibibop«, schaut ihn dann groß an: »Ich sagte bereits: – ex – plo – sive Bücher –«

Langensiepen vergißt, daß er auf Franks Beratung wartet. Vor ihm steht Vordenbäumen, der Rosas letzten Satz mitbekommen hat und Lust zeigt, über ›explosive Bücher‹ zu reden.

»Moment mal«, murmelt Rudolf Langensiepen und tappt, den Pappteller immer noch in der Hand, um die Baracke herum. Torkelig über den Kies, in die Schattenseite hinüber. Von dort gleich wieder zurück, in seinen Wohnraum. Legt sich auf sein Bett, sieht über sich, was er kennt. Schließt die Augen. Ihm ist jetzt nach den letzten Seiten ›Stechlin‹. Oder nach seiner AH-Musik. – Von draußen hört er »So einen wie August Gottschalk? so einen deutschen Fußballmeister gibtet heute garnich mehr. – Kopfstark! Der wuchtichste Mittelstürmer aller Zeiten – die Seele von Essen!« – »Aber der Bauch!« – »Nix Bauch! allet Muskeln! sogar die Glatze: Muskeln! Seit Sport Geschäft is, is kein Gottschalk mähr möchlich. – Un kein Aaldering. – Un kein August Blumensaat – Essen Achtenachtzich, dat warn noch Zeiten. – *Gottschalk!«* – Langensiepen nimmt das Telefon, drückt die Neun, dann 0101 und hört: »... Rechner beschleunigen jetzt auch den Einsatz der Polizeikräfte. Ein Leitrechner macht einen Einsatzvorschlag. Nach Freigabe wird automatisch der Alarm ausgelöst. Ein Display am Armaturenbrett zeigt dem Fahrer in jedem Moment die aktuelle Richtung, in dynamischer Leittechnik ... « Langensiepen hält den Hörer eine Weile von sich weg, vernimmt von draußen die Rufe, die Gitarrenmusik, das Lachen; – »habbich mir omma so n Pörnchen geleistet – denk, lieste ma nach, wie se't heut so treim. Egal waanse da am sumsen un am brumsen – bis ich endlich mäark: die sind am ›bumßen‹! Ja du mein lieben Scholli! wenn irnswat en schaafet ›ß‹ nötich hat, dann ja wohl ›bumßen‹! Ich dacht schon, Bienchen Maja wär da am Säuseln –« Langensiepen drückt sich den Hörer wieder gegen das Ohr. »... Rechner ermitteln ein Querschnittsbild des Körperinneren. Zusätzlich zu den Erfassungsmodulen für die klassischen Vitalfunktionen werden zur Zeit weitere entwickelt bis hin zum Datenbus ... «.

Er legt auf, geht hinaus, wieder über die Schattenseite, will zurück, überm Nachbarkaufhaus stehen die grünen Fahnen in orangenem Licht, wie von unten her angestrahlt.

Vordenbäumen hat Langensiepen was mitgebracht. »Von wegen ›explosive Bücher‹.« Otto zur Linde oder Predigkeit heiße in Wahrheit Rempart – er, Vordenbäumen, habe nun den Artikel gefunden, den letzten, den Josef Rempart veröffentlichen durfte und über den es zum endgültigen Krach gekommen sei. Vordenbäumen kramt ein Zeitungsblatt heraus, sie setzen sich, Langensiepen liest:

WEM, HÜLFE EIN ›GUTER TEXT‹?

Gesetzt den Fall, an dieser Stelle des Papiers, auf das Du, Leser, in diesem Moment starrst, entstünde vor Deinen Augen in dem bekannten inneren Zusammenstricken von

Buchstaben zu Buchstabenketten das, was unter gewissen Ordensregeln, die bekannt wurden als ›Literaturkritik‹, als ›guter Text‹ gilt – wem ›hülfe‹ das was?

Die Priester jenes Gewerbes raunen, ein Text der ›gut‹ sei, ›hülfe‹ zumindest dem, der ihn geschrieben habe. Weil in seinem Kopf etwas ›geklärt‹ sei.

Wie aber, frage ich, kann je, was so ist, wie nichts ist, nämlich ›geklärt‹, helfen?

Seien wir freundlich, lassen wir der Mission, versuchsweise, den süßen Sektenwahn. Sollte etwas, was ist wie nichts sonst, tatsächlich dem helfen, der es sich einbildet, wäre ein solcher Text ›gut‹ für einen einzigen. Jene Geheimgewerbler aber munkeln, ein Text, der ›gut‹ sei, ›hülfe‹ auch denen, die ihn, lesend, nachzustricken wüßten, weil auch in ihren Köpfen Dunkles sich kläre.

Sehen wir davon ab, daß sich also auch in ihren Köpfen ereignete, was nicht von dieser Welt ist, und nehmen wir an, das ›hülfe‹. Dann wäre der Text ›gut‹ für wen? Doch nur für solche, die jede Text-Masche aufnehmen könnten und nie eine fallen ließen. Wenn es hochkommt, für, sagen wir, zwölf Köpfe. Oder elf. Mehr sollen auch bei Jesum auf die Dauer nicht mitgekommen sein.

›Gut‹ aber – bei Zeus & Joyce & Company – kann weder für den einen noch die zwölf oder elf sein, was in sich ›geklärt‹ ist. Was nirgends sonst existiert als in Köpfen. Wie inbrünstig die Eingeweihten einen solchen Text auch preisen: als ›triftig‹, ›bestrickend‹, ›stimmig‹, ›konzis‹, ›präzis‹, ›brisant‹, ›überzeugend‹, ›überragend‹, ›überraschend‹ – *gute Texte* gaukeln vor, es existierten Schlüssigkeiten, fatamorganisieren Inseln der Klarheit. Diese kritischen Nullen und Nebelkrähen irritieren uns mit dem Zopf, den sich einer oder zwölf oder elf Schreibschamanen aus ihren Selbsthilfeköpfen hervorgemogelt haben. Und an denen nun auch wir, so wirbt das transzendierende Gewerbe, uns hinausheben sollen aus dem, was ist.

Zum Teufel mit den ›guten Texten‹ – unter den Drogen sind sie die schleichendsten. Von allem Irrsinn der nachhaltigste. Und der süßeste.

»Danach«, sagt Vordenbäumen, »kam er ins Aus. Er wußte zuviel.« Der Hauptlehrer im Ruhestand steckt das Zeitungsblatt zurück in seine Tasche. »Ich glaube auch«, sagt Langensiepen, »das wäre die Lösung.«

»Was?«

»Wenn etwas so ist wie nichts sonst. Und alles auf den Kopf stellt.«

Vordenbäumen nickt und verstaut seine Tasche wieder unter dem Rosenstrauch. »Den Text über die ›guten Texte‹ zeichnete er mit ›Rempart‹. Das steht für Kopf. In Zwerchfell-Angelegenheiten nannte er sich ›Predichkeit‹. Und in Schwanzsachen ›Otto zur Linde‹.«

Die Sonne ist jetzt tief unter der Sparkasse, der Orange-Himmel ist rosarot.

Vordenbäumen redet weiter, Langensiepen hört ihn wie von fern. Hört und sieht alles zugleich. Die anderen drängen sich drüben, probieren, kombinieren, komponieren ihre Pizzen; das weht herüber, in Gerüchen, Gesprächen. – Is dat denn au wiarklich eßba? – Lamma riechen! – Bah! wie bei Omma unterm Arm – fui datte gehß! – von Rempart weiß ich noch, wie er kurz nach dem Krieg abgemagert war bis – Wennze dat ißt, dann spürße die Rache Montezumas – hab ma einen gekannt, der stand auf Knofel mit Guarken un – Damals gab es noch keine Autos, nix zu essen und natürlich auch sein Varieté nicht mehr. Da ist der Rempart – Wat kuckßänn so bedröppelt! – Ährlich gesacht, 'n anstänniget Gulpopo wär mir getz lieber. Oda ne Kniffte, mit Mett – Hör auf Flappe ziehn, dat sind die modärnen Zeiten – ist der Predigkeit tatsächlich als Pianist über die Dörfer gezogen, also durch die kleinen Städte – der Hotte kann do immer nur knöttern, alten Quaterkopp – na gut, hinterher pfeif ich mir n paa Klare rein – schnurzepiepegal, wovonnet eim schlecht wird, schlecht wirdet eim sowieso, Schißkojenno – ich traf ihn einmal im kaputten Hauptbahnhof, wie er gerade losfahren wollte auf eine seiner Konzertreisen: Im Frack und mit Rucksack, so stand er da, der ›Otto zur Linde‹ – also ich hab jetzt richtich n Schmacht! – den Frack wollte er nicht in den Rucksack tun, da wäre der ja zerknittert worden. – Samma, Bramkamp, nu gibbet doch zu:

hasse mit der Kleinen n Krösgen? – Hör auf mit den Woffgang kretten – rattenschaaf schmeckt dat – Dat Krösgen? – und einen Koffer wollte er auch keinen tragen, weil sonst die Finger zu lahm werden und er nicht mehr so gut hätte spielen können. So stand er also da, unser Predigkeit: Mit Rucksack, aber im Frack! – hab Kohldampf – iß do schomma n Knäppsgen Brot – wir hätten Pinnekes ziehn solln für wer am ersten sein Dingen reinschieben daaf – Wovon reds denn du – Pottsau watte biß, kriss wat vorm Latz – rote Kaate – Satz heiße Ohrn! – der kommt außem Segeroth, da wird no heute de Miete mit de Brechstange kassiert – stand der da auf Bahnsteig fünf, ich seh ihn jetzt noch, stand der da und fing an zu singen *heut spiel ich für Schinken, Kartoffeln und Mehl* nach einer bekannten Melodie – der Schluckebier – heißt der wiarklich so? – laß doch den Kalla ma sein Satz sagen! – der is vorgestern mit seim Moffa übern Ruhrschleichwech bis nach – Na und? warer garantiert Ärster in Wattenscheid – Mir dauert dat hier zu lang, ich setz mich solang widder hin –

Die Gitarrentöne, der Duft, das Licht. Die Konsumfahnen drüben auf dem Nachbarkaufhaus werden nun elektrisch angestrahlt, stehen steif. Grausteifes Grün.

Kirchberg bittet, daß Langensiepen von seinen neuesten Ermittlungen berichtet. Langensiepen erzählt, stockend. Sagt wie sie den, der Honva erschlagen habe, gefunden und doch wieder hätten zurücklassen müssen und warum er meine, der eigentlich Schuldige sei – er holt sein Schemapapier, zeigt denen das Schnittmuster, seinen Revierquerschnitt. Kirchberg und Vordenbäumen kennen nur wenige Firmennamen, allerdings in den höheren Kästen fast alle. Die da oben haben Tradition, sagt Kirchberg und rät dringend, in diesen höheren Ebenen nicht die Querverbindungen zu vergessen; durch Verflechtungen seien diejenigen, in deren Auftrag auf den unteren Rängen die Kämpfe liefen oder vielmehr der ›Wettbewerb‹, längst miteinander einig. »Sind im gleichen Kartell. Nach wie vor die ›Ruhrlade‹! Union der traditionsreichen Hand.«

»Wie gehtet deim Fuß?« hört er Rosa hinter sich. – »Ich glaube, ich merke ihn nicht mehr –«

»Geht nix übbern praktischen Glaum.«

Vordenbäumen freut sich über diese Einsicht und Langensiepen fragt Peter, den Ofenbauer: »Du machst doch Architektur. Hier oben, bei Stürmen, da rappelts oft unheimlich. Dann frage ich mich, hält das?« Peter scheint gegrinst zu haben, geht vor bis an die Nordkante, Langensiepen stakst ihm nach, sieht die Tiefe hinter dem Viehofer Platz, die Universität vor dem violetten Horizont; der Peter aber wendet sich, schaut das Barackendach an; Langensiepen, als müsse er sich entschuldigen, redet: »Wirbelstürme über Texas und Florida räumen mit Vorliebe Holzhäuser ab, also jedenfalls, wenn das Fernsehen dabei ist.«

»Ich kann dich beruhigen. Ne Bauleitung setzt sich in kein Windei. Hab mir schon vorgestern angekuckt, wie gut das gestützt ist, in sich. Vor allem: Die größere Dachfläche geht gegen Südwesten. Ist geduckt gegen die Hauptangriffsrichtung. Verteilt jeden Druck auf viel Fläche. Selbst wenn in diese Gegend n Orkan käm – dies Dach übersteht das.«

»Das heißt, dann fliegt die Baracke als Kompaktpackung runter. Auf den Kopstadtplatz.«

»Ach Harry Cane, jetzt versteh ich auch, wieso die Rosa dich so nennt – so ›wonnig‹ – ist dir aufgefallen, daß du beim Eintreten immer n Stüfsgen erklimmst? Dadrunter haben die Burschen für solides Fundament gesorgt, für Kontakt mit dem Kaufhaus. All die Balken, die senkrecht stehen, sind dadrin rammeldick einbetoniert – soll ich dir n paar Bodenbretter rausreißen? zur Beruhigung?«

»Danke. Hättest mir das nur schon früher mal erklären können.« Sie gehen wieder vom Rand weg, hinüber zu den Lichtern.

»Bloß«, sagt Peter, »beim Overkill – wenn die Atomautomaten durchdrehen – dann erwischts dich im ersten Sekundenbruchteil.«

»Ich sag ja. Ideale Wohnlage.«

Unter den Lampions, im dunklen Fenster, im ersten von Langensiepens Wohnhöhle, erscheint zitternd, mattblau, das Signé. Der alte Malakowturm. Stilisiert. »Und nun, Freunde«, sagt Werner, der seinen Platz unter dem Schirm eingerichtet hat, die Hand auf dem Tastengerät, »und nun, nach dem Staatsfernsehen – der Start ins Geschäftsfernsehen!« Starren auf den flirrenden Turm.

»Wo früher Parlamente Rundfunkverträge diktierten, tuns ab heute Konzerne.«

Man will murmeln, aber im Malakowturm zählt eine Stimme den Countdown: »Noch zehn Sekunden – neun – acht–« – bei ›Null‹ ein Kinogong, und es öffnet sich mit Trickblende das Bild auf einen feierlichen Saal, Holztäfelung, Orgelgepränge in Gold und in Weiß, auf dem Podium ein glänzendes Präsidium unter Feuerwerken aus Gladiolen und Palmen. Im Parkett Herrschaften im Frack, Damen in Roben, und über den Mittelgang, auf rotem Teppich, zieht er nun ein, zu den Klängen des alten Bergmannsmarsches, nein, nicht der Steiger ist es, der kommt, sondern, so sagt es ein flüsternder Sprecher, es nähere sich nun der ab heute amtierende Aufsichtsrat der K.U.K.-AG, jener Rahmenorganisation, die das Ruhrfernsehen ›trage‹ und ›betreibe‹.

Das sind dreißig Herren, ebenfalls im Frack. Die haben noch nicht ganz das Podium erreicht, da schiebt sich von rechts der Kommentator, ebenfalls mit Fliege und in Schwarz und Weiß ins Bild: »Ein festlicher Rahmen«, sagt er leise, traut sich nicht, den Mund deutlich aufzumachen. Er steht offenbar selber in diesem ›Rahmen‹, oben im Saal auf einer Empore, so muß man es glauben, so eingeschüchtert flüstert er. Aber er bekennt sich zu diesem Aufwand, der, sagt er, richte sich gegen alle jene, die behauptet hätten, nun, mit dem ›privaten‹ Fernsehen, gehe es bergab mit Kultur und Geschmack, nein, festlicher sei nie dieser Saalbau gesehen worden als heute, am Tag des denkwürdigen Starts in die neue Ruhr-Zeit.

»Ich begrüße Sie, liebe Zuschauer, zur Eröffnungsfeier des ersten autonomen Ruhrfernsehens!« Soeben sähe man sie emporschreiten, die ›Verantwortlichen‹, Männer, die Jahre, ja Jahrzehnte ihres Arbeitslebens darangesetzt hätten, damit dieser Moment Wirklichkeit werde: der Einzug des Ruhrgebiets ›in eine neue, in eine zeitgemäße, in die elektronische Zukunft‹. »Sie nehmen jetzt Platz«, erläutert raunend der Mann auf der Empore, obwohl man sieht, was er sagt. »Am Aufsichtsratstisch der K.U.K.-AG sehen Sie von links nach rechts – « der

Fliegenmann wird wieder nach rechts aus dem Bild geschoben, man erblickt nun unbeschränkt die Pracht des Podiums, belebt von dreißig Köpfen. »Links außen, der Herr im weißen Haupthaar, das ist Josef Wolf von Angelmodde, der Arbeitgebervertreter im Aufsichtsrat. Dann, im dunkelblau gehaltenen Anzug – diese feinen farbtonalen Unterschiede werden Sie, liebe Zuschauer, die diesen Eröffnungsakt bereits über Kabel sehen können und damit in optimaler Bildqualität – in Dunkelblau also Philipp Opdenburg, genannt der Zeitungszar von Essen, Lenker des zweifellos mächtigsten westdeutschen Zeitungs- und Verlagskonsortiums, das wesentlich am Zustandekommen der neuen Reviertechnologie beteiligt war. Hinter Opdenburg sehen Sie Staatssekretär Ludger Klötzges aus dem Bundesinnenministerium, neben ihm werden Sie den Bundespostminister bereits erkannt haben, er wird das Ruhrfernsehen offiziell, mit *seinem* Knopfdruck, starten. Neben dem Bundespostminister sodann der frühere Landesinnenminister von Nordrhein-Westfalen, Professor Bernd Murrkatz, dem zu danken ist, daß in den neuen Rahmenrichtlinien für das kommerzielle Programm entschiedene Anhaltspunkte für ein sittlich sauberes – also, wie gesagt, daß Momente, die das religiöse Empfinden einer Mehrheit berühren könnten, ausgeschlossen bleiben. Neben Murrkatz dann, für Wirtschaftsfachleute kein Unbekannter, der Aufsichtsratsvorsitzende des bedeutendsten deutschen Elektrokonzerns, dessen vielfältige private Initiativen von Kennern als wesentliche Antriebskraft beim Überwinden all der Hindernisse dieses Milliardenunternehmens High-Tech-Vernetzung gewertet werden. Alsdann als altes Schlachtroß der Ruhr-Idee, in diesem Falle allerdings als Vertreter der Arbeitnehmer, Willi Hilfsschmidt von der Bank für Gemeinwirtschaft, gleichzeitig bekannt geworden als Präsident des Fußballclubs Schalke 04, er ist für viele hier im Revier der Garant für Frische und Volksnähe im neuen ruhreigenen Programm. Neben ihm dann wieder ein Chef aus den oberen Etagen der Wirtschaft, Eugen Breit, maßgebender Mann aus dem Verband rheinisch-westfälischer Elektrizitätswerke. Sie sehen, meine Damen und Herren, schon an der Zusammensetzung dieses Gremiums, welche Bedeutung dem heute zu eröffnenden Projekt beigemessen wird. Neben Breit alsdann – die würdige Gestalt verrät schon, in Habitus und Kleidung, ihre Funktion – das ist Franz Hölder, Bischof von Essen. Neben dem Ruhrbischof Landesbischof Adolf Geisthövel von der evangelischen Kirche, hinter ihm, für den kommunalen Ruhrsiedlungsverband, Hermann Ostrup. Dann wiederum ein Mann aus der Praxis, Alexander von Brauch, ja, der Herr, der sich soeben schneuzt, dies ist der Initiator einer wirksamen Selbstkontrolle der Videobranche –«

»Ach? *mein* Alex? der und Selbstkontrolle!« Siggi richtet sich auf, will genauer hinsehen, aber der schneuzende Mann ist schon aus dem Bild, jetzt präsentiert der Reporter den Regierungspräsidenten von Arnsberg, Doktor h. c. Baldur Lippke, neben ihm die Regierungspräsidenten von Münster, Konrad Schockemöller, und von Düsseldorf, Doktor René Königstein –

»Der Alex! wißt ihr, wieso der immer zu seinem Freund kam? zu Zehrak?«

»Ruhe«, verlangt Werner.

»Laß sie doch!« ruft Rosa, im Nu lärmt es, andächtiges Lauschen ist eine Weile unmöglich, eine Mehrheit will wissen, was Alexander von Brauch im ›Freizeitpalast‹ wünschte, eine Minderheit verlangt Ruhe vor dem Schirm. Siggi hat es schließlich herausgelassen, es spricht sich rasch rum, Alex, der Videofreund und Initiator, wollte seine Begegnungen mit Siggi stets aufgezeichnet wissen, wünschte das auf Kassette gleich mit nach Hause zu nehmen. Allerdings, das weist ihn aus als ›Mann der Praxis‹. »Krisset anne Pimpernellen«, zischt Rosa, sie wird ermahnt, endlich wird es wieder ruhiger. Die Dachgesellschaft bekommt nun nur noch den zweiten Mann von rechts mit, Ingomar Montenbruck, den Präsidenten der Industrie- und Handelskammern von Nordrhein-Westfalen, sowie den Mann ganz rechts außen, »Joachim Schumanski, Leiter des Ressorts ›Unterhaltung‹ und ›Bunte Beilage Fernsehseiten‹ in der größten Zeitung des Reviers«. Die Kamera zeigt wieder die große Übersicht, die volle Front des Saals, alle Orgel-, Palmen- und Gladiolenpracht und Putz der Männer, Glanz der Fräcke. Der Reporter freut sich ›ausdrücklich‹, daß in diesem Fernsehrat erstmals kein einziger Delegierter der Parteien sei, »jedenfalls nicht als solcher«; endlich werde nicht mehr Proporz und sachfremder Klüngel die Programme lähmen. »Dafür die neue Ruhrlade«, murmelt Kirchberg.

Nun, vor den Augen der Aufsicht, springt von beiden Seiten des Podiums Ballett in die Szene, das ›Folkwang-Ensemble‹ tanze jetzt, hört man, das Vorspiel zu Richard Wagners ›Die Meistersinger‹. Pantomimisch wie akustisch ist da der Aufschwung allerwärts zu hören und zu greifen. Inmitten des drängenden Geschmetters übersehen die Andächtigen auf dem Dach nicht, wie Werner auf den Tasten seines Modems arbeitet, wie er tippt, wie er dann zum Bildschirm schaut und schließlich einen rot gefärbten Hauptknopf betätigt – und deutlich lesbar erscheint über dem prunkenden Wagner-Getöse in großen Buntbuchstaben die Schrift:

GESUNDER MARKT KRANKE MENSCHEN

»Hm?« – »Hast *du* das jetzt gemacht?« – »Aber das ist doch jetzt nur bei uns, oder?« – »Sag bloß, du Gauner –«

Werner nickt, betrachtet sein Menetekel mit Genugtuung. »Das steht jetzt so auf allen eingeschalteten Geräten.« Er drückt die Austaste, die Schrift erlischt, nun schreitet wieder und schwingt unbehelligt das Ballett, formiert sich zum Finale. Schlußbeifall

»Nun, verehrte Zuschauer, sollten wir unsere Aufmerksamkeit Oberbürgermeister Wilhelm Hartwindt widmen, dem Stadtoberhaupt von Dortmund. Er spricht für fünfzehn Kollegen aus fünfzehn Ruhrgroßstädten.«

Hartwindt begrüßt eine Weile und ist ›überaus glücklich‹. Während der so redet, verlangt man von Frank und Peter Getränkenachschub, so gehen sie etwas unter, die bedächtigen Worte des Dortmunders, der mitteilt, auf diesen Tag habe er Jahr für Jahr hingearbeitet. »Ich spreche hier für fünfzehn Ruhrgroßstädte und muß gestehen, erst die Not hat uns gelehrt, über unsere Kirchturmsgrenzen hinauszublicken.« Durch gefährliche Niederungen sei dieses größte Industriegebiet des europäischen Festlands schon oft gegangen, krisengeschüttelt, von Arbeitslosigkeit geplagt – nun aber habe man es gewagt, über uralte Interessengegensätze hinwegzuschreiten in die moderne Zukunft, offenen Anfeindungen zum Trotz. Er, Hartwindt, bekenne sich zur Zukunftstechnologie, weil sie neue, ganz andere Arbeitsplätze schaffen werde und ein neues, wettbewerbsfähiges Revier.

Da hat Werner wieder getippt: WEG MIT DER FALLE/ ARBEIT FÜR ALLE, das steht plötzlich quer über der Festversammlung. »Jau!« ruft Bramkamp. »Bravo«, sagen Hotte und Rosa.

Langensiepen hat in dieser Zeit abseits gesessen, irgendwo im Schatten, nein, fast genau an der Stelle, von der er Rosas Tanz auf dem Ofen betrachtet hatte. Nur von dort her hat er die Eröffnungsfeier mitbekommen. Nun auch die Erklärung des Stadtoberhaupts, jeder hier im Saal dürfe sich sagen, er habe seine Kraft keiner unwerten Sache zur Verfügung gestellt, wenn er nämlich sehe, wie jetzt endlich auch einmal die hart arbeitende Bevölkerung an der Ruhr bevorzugt werde – erst recht sie habe das verdient: kulturelle Angebote, aufbauende Unterhaltung, einen sinnvollen Feierabend. Peter schreit, wie lange sie sich diesen Gipskopf noch antun sollten, »Warts ab!« herrscht Werner ihn an, der inzwischen schon wieder vorprogrammiert hat und als neue Schrift auf den Hartwindt-Kopf setzt: KOPF STATT KABEL. Hinter diesen Buchstaben kommt der feierliche Redner zu dem Schluß: Das Ruhrgebiet werde nie mehr wieder Kolonie sein. Bewegter Beifall. Werner nimmt die Schrift weg, man sieht, wie Hartwindt an seinen Platz zurückkehrt und hört, wie der Reporter sagt, Hartwindt kehre nun an seinen Platz zurück. »Und jetzt«, flüstert er, »als Haupt- und Festredner der Bundespostminister! – aber, meine Damen und Herren, uns ist gemeldet worden, diese Übertragung wird gestört und zwar in unverantwortlicher, in ideologischer Weise. Sie dürfen versichert sein, unsere Technik arbeitet fieberhaft daran, diese Störungen auszuschalten.«

Der Minister hat derweil zu sprechen begonnen. Er beschwöre, sagt er, keine Ruhrromantik. In der Tat, er spricht nicht so feierlich wie Hartwindt, hat einen eher geschäftsmäßigen, einen unbeirrten Ton. Ja, die Widerstände gegen die neuen Medien seien groß gewesen, und ausgerechnet im alten deutschen Industriegebiet habe sich eine merkwürdige Maschinenstürmerei aufgetan. Mit den Traumtänzern aber sei man besser fertiggeworden als mit einem hartnäckigen, mit einem ›uraltbackenen Traditionalismus‹, der gerade hier, im alten Kohle- und Stahlrevier, alles Weiterkommen hemmen wolle. Das Ausmaß an kleinlicher, rückständiger Kompetenzrangelei, das gönne er nicht mal seinem ärgsten Feind, und insbesondere Männern wie Hartwindt sei es zu danken, daß die nötigen Schneisen ins Verwaltungsdickicht geschlagen werden konnten. Das setzt Beifall. Man sieht den Dortmunder noch mal, der sitzt wieder im Saal, man sieht, wie sein Kampfgesicht müde ist und kaum merklich nickt, wissend.

»Entgegen allen Unkenrufen«, hört man den Minister und sieht ihn dann auch wieder, »wonach die Ruhr in ihrer Struktur rettungslos veraltet sei, die Verkabelung sei viel zu kostspielig und das Publikum für eine neue Programmvielfalt kaum zu gewinnen und längst übersättigt von viel zuviel Fernsehen, entgegen solchen Berufsunkern sind wir hier und heute Zeuge: Es geht! Es geht aufwärts!«

Über den aufsteigenden Beifall schiebt sich die Schrift

VERHEDDERT DIE VERNETZER
BLOCKT DEN ROBOT
SCHAFFT KABELBABEL
ARBEIT FÜR ALLE

»Man kann nun mal«, sagt der Minister und muß es wiederholen, weil der Beifall noch zu laut ist, »man kann nun mal das Marketing für eine so weiträumige Verkabelung wie für diese Region mit ihren mehr als fünf Millionen Bewohnern, man kann so was nicht mehr organisieren nach mittelalterlichen Zunftregeln.« Wieder erhebt sich Beifall, man scheint zu wissen, wen der meint. Nein, mit Mittelalter und Zunftregeln und Kirchturmsgrenzen ist es endlich vorbei, das wird nun deutlich. »Wenn das Fernmeldehandwerk sich bisweilen nicht gerade mit Fortschrittsruhm« – der Minister macht eine Pause, sucht ein anderes Wort, sagt – »geschmückt hat – nun, ich bin bereit, dies mit diesem heutigen Tage zu vergessen! und vertraue im übrigen auf das Management der höheren Etagen, in Firmen, die sich den neuesten Entwicklungen nicht verschließen werden.«

Erst die Geschichte werde erweisen, welcher Segen mit dem heutigen Tage dieser alten Arbeitslandschaft zuteil werde, wie statt der Plackerei von nun an Intelligenz und Know-how die Stunde regierten. Nicht mehr Ruß und Qualm, sondern Klarheit, Sauberkeit, Schnelligkeit, Effektivität. Er schäme sich nicht, seit dem Beginn seiner Ministerzeit viele Milliarden und auch künftig noch viele Milliarden zu investieren in die Branche mit dem größten Wachstum aller Zeiten, in die digitalisierte Zukunft.

DER MIKRO MACHT DEN PROZESS ist da zu lesen. Vordenbäumen applaudiert, und gleich darauf: FÜR EIN UNREG(UL)IERBARES REVIER! WEG MIT GERMONEY!

Unter den Buchstabengittern hebt der Minister jetzt die Stimme: »Die Industrienation Deutschland braucht, ich sage es bewußt so deutlich – diese Nation braucht einen Zukunftsschock! Eine technologische Revolution! Das Innovationstempo der USA wie der Japaner ist von Europa in den nächsten Jahren durch nichts sonst mehr aufzuholen. Und wenn sich allmählich die Einsicht durchsetzt, daß Computer zwar die Killer der Jobs von gestern sind, dann sollte sich endlich auch die Erkenntnis durchsetzen, daß sie die Voraussetzung sind für die Arbeitsplätze von morgen!« Beifall prasselt. »In nur zehn Jahren schuf Mikroelektronik allein in Kalifornien vier Millionen neue Arbeitsplätze! ich wiederhole: vier Millionen. Dem Ruhrgebiet wünsche ich von Herzen ein annähernd ähnliches ›Glück auf‹!« Da setzt es abermals prasselnden Beifall, da stehen sie sogar auf im Saal und die auf dem Podium sind ›sichtlich bewegt‹, der Minister verneigt sich, lächelt. Einem Lebenswerk wird gehuldigt. Der Mann bleibt stehen, will wieder sprechen, verneigt sich abermals, gebietet dann mit der abwehrenden Hand Ruhe, es wird nach und nach stiller, und man hört, wie der Minister erklärt: »Und diese eigentliche, diese wahre Revolution der Arbeit, die wird nunmehr ihren sichtbaren Ausdruck finden in der jetzt vorzunehmenden Eröffnung des neuen, des unabhängigen Ruhrfernsehens.«

Über die Orgel herab, über die Pracht der Stirnseite fällt eine riesige Leinwand. Der Saal verdunkelt sich, der Minister am Rednerpult erscheint, ins Riesige vergrößert, auf der Leinwand. Aus blinkendem Blech tönt wieder das Marschlied vom Steiger, der jetzt komme. Alle im Saal und alle auf der Dachhöhe können beobachten, wie der Minister seine Hand auf einen mächtigen Hebel herabsenkt, als wolle er einen Sprengsatz zünden.

Man sieht es, wie seine Hand – da er zur Leinwand hinaufschaut und nicht auf den Hebel hinab – wie seine Hand den zu drückenden Hebel zunächst ein wenig verfehlt, ihn sucht, findet und nun doch fest umfaßt. Man spürt, wie in der Stille die Spannung sich immer noch steigert und liest plötzlich über der riesenhaften Hand eine Schrift – und aus dem Schreckensschrei im Saal ist zu schließen, daß man das auch dort lesen kann:

HOMUNKEL & HOMUTER
SIND TOT
ES LEBEN DIE FEHLKONSTRUKTIONEN
ADAM & EVA

Doch man hört auch, wie unterm Geisterspruch auf der Leinwand der Minister unbeirrt bleibt und die Worte hervorstößt: »Hiermit erkläre ich – das größte deutsche Vernetzungsprojekt K.U.K.-AG – hiermit erkläre ich das Ruhrfernsehen – für eröffnet!«

Unterm Beifall erlischt die Schrift. Man sieht wieder die riesenhafte, saalüberragende Hand. Und die drückt nun den Hebel nieder: Der Griff leuchtet auf in hellroter Farbe und verschwindet alsbald samt Hand, wird ausgeblendet zugunsten des Malakow-Signés. Wo eben noch der glühende Hebel war, flimmert jetzt der alte Turm. Und dieser Turm gibt seinerseits, von innen heraus, ein neues Bild frei, abermals ein festliches: ein Bergleutebild. Zu dem will wieder jene Wagnersche Vorspielmusik schallen – aber der Chor der Bergleute und

Stahlkocher kippt. Das prächtige Arrangement der Meisterarbeiter zuckt, fällt um. Und statt des städtischen Opernchors öffnet sich in Bild wie Ton eine ganz andere, eine rhythmische Show. Zwei Tanzende bewegen sich, ganz und gar unverhüllt, ein kaffeebrauner Jüngling und – Rosa schreit auf, auch Siggi: »Nein!« Langensiepen nähert sich von der dunklen Ecke, in die er sich zurückgezogen hat und ist verwirrt, erschrocken, ihm scheint dies bekannt, auch die Musik, die bekam er im ›Eldorado‹ zu hören, aber jetzt wird sie neu getanzt, wilder, leichter, nackter –

»Ja, is dies denn getz tatsächlich die Eröffnung?« will Kumpmann wissen, er hat's noch nicht ganz gepackt – alle schauen den Werner an. Der grinst und drückt über das tanzende, schwingende Paar noch mal die Schrift, die Adam und Eva leben läßt.

Alle haben Rosa erkannt, sind aufgesprungen, nicken, beginnen zu klatschen, bewegen sich zur Musik, bewundern Rosa und den schokoladenbraunen Partner, raunen sich zu oder wissen schon, daß dies sich steigern wird zur ›perfekten Nummer‹, da wippen, klatschen oder hüpfen nun auch die Stammtischbrüder, auch die ›Pümpgen‹-Leute kommen in Fahrt –

– es erscheint das Dia STÖRUNG. Es pfeift der Tausend-Hertz-Ton. Werner, befriedigt, schaltet den Ausknopf.

»Mann Werner, erzähl! Wie habt ihr dat geschafft, wie viele haben da mitgemischt, wie viele Zapfer, Hacker –« »Habt ihr doch gehört«, sagt Werner, »der Minister selber hat es gewußt: *Gefragt ist von nun an Know-how!*«

Werner wird beklatscht, von Siggi beküßt. Denen habt ihr's gezeigt. – Das Meistersinger-Finale aus dem neuen Essener Opernhaus hätte jetzt gesendet werden sollen, das sei nun gesprengt worden. *»Zergangen in Dunst«,* lacht Vordi. Dann wird diskutiert, ob sie rauskriegen werden, wer das getrickst hat. Lutz Salzinger zuckt traurig die Schultern, er, der Verkehrspolizist, verstehe schier nichts von Technik und sei einfach nicht mehr mitgekommen. Werner deutet an, daß jene Techniker, die ›fieberhaft‹ versucht hätten, die Störer auszuschalten, sehr genau wußten, was sie auf keinen Fall ausschalten durften.

Das Telefon ruft, nach Werner wird gefragt, die Kollegen, die ›fieberhafte Technik‹ meldet sich, alles hat geklappt, sie bestätigen sich gegenseitig ihren Erfolg, gratulieren sich.

Langensiepen hat zwischen ihnen gesessen, hat aber niemanden angesehen. Später hieß es, er sei mit seinen Gedanken woanders gewesen. Andere meinten, er habe sehr genau zugehört. Doch wenn er jemanden angeschaut habe, sei es gewesen, als hätte er durch ihn hindurchgesehen.

Dann hat Otto Vordenbäumen erklärt, »Elektronik ist festgelegt auf ›binäre Entscheidung‹. Das heißt: Was nicht Ja ist, muß Nein sein. Das ganze System funktioniert ausschließend. Nach dem Prinzip des ausgeschlossenen Dritten – und gibt so dem größten Kappes die Weihe von Rationalität. ›Rationalisierung!‹ – so dröhnen die jetzt von früh bis spät. Das heißt: Schluß mit allen Mehrdeutigkeiten. Schluß mit allen offenen Widersprüchen. Mit jeder Relativität. Schluß also mit dem Lebendigen.«

So weiß es Vordenbäumen. So verdeutlicht es dann Werner und erzählt von seiner Arbeit im neuen Sender. Und Kirchberg ergänzt, wie gleichzeitig mit den Milliarden für Breitbandverkabelung Hunderte Bibliotheken geschlossen würden. »Sie möchten gern, daß wir sprachlos sind. Das Maul halten. Das Gedächtnis hat ab jetzt der Computer, basta!« Die anderen sind still geworden, hören dem Kirchberg zu. »Wenn ich hier nicht sähe, wie diese jungen Hacker sich das nicht gefallen lassen und topfit dazwischenfunken und wenn ich nicht wüßte, daß gleichzeitig in Dortmund und anderswo die Arbeitslosen Rabatz machen – ich hätt kaum Hoffnung.«

Rosa ist aufgestanden, hinter Langensiepen hergegangen. Sie findet ihn, wie er wieder auf den Schienen am Rand sitzt; dort, hinter den Büschen, hatte er auch in ihrer ersten Nacht gesessen. »Hey! wat is –«

Er sieht sie an, antwortet nicht, schaut sie aber an. Küßt sie dann zart. Eine Weile sitzen sie still.

»Noch nicht zu sehn? Deine Kuh? – Ach so, im Sommer nur kurz nach Mitternacht.« Sie hält ihn fest, schmiegt sich dicht an. »Jetz hömmirma gut zu, du Kuhkalb – ja? – nur wennet absolut zappenduster is, dann erscheint dein friedliches, dein

Anti-Vau-Vieh! Dein Wahnsinns-AntiWahnsinnstier. Und son bißken – märks dat denn nich bei Kleinem? – son bisken bin doch auch ich sowat wie deine Kuh. Dein Bauchvieh – oder?«

»Doch, ich merk es. Du machst ein schönes Fest. Ein schönes sinnloses Kuhfest.« Und läßt sich schließlich von ihr wieder hinüberziehen, zu den anderen, in die Gespräche, wo sie noch lange seine Hand nicht losläßt. »Marktwiartschaft!« hören sie den Werner, »*das* is unsere heilige Kuh. Profit, Effizienz – sonz nix.«

»Und es ist keiner mehr«, murmelt Kirchberg, »der hinterher sagen könnte, er hätte von alledem nix gewußt.«

Eine Weile ist Stille auf dem Dach. Aus dem Ofen knistert's.

»Hat lang genug gedauert, bis den Arbeitslosen der Groschen fällt«, sagt Werner. »Immerhin, jetzt marschieren sie. Ohne Gewerkschaft. Einfach so.«

»Hoffentlich machen sie auch die Autobahn dicht. Genauso wie diese Datenautobahnen«, murmelt Wolfgang.

Dann sagt Kirchberg: »Grad heut fand ich n Papier von einem Pfarrer, wie der 1919 gepredigt hat. Hier, hört euch das an – 1919: ›Es lebt in der Arbeiterschaft was von urchristlicher Stimmung. Die Leute fühlen sich an einem Wendepunkt. Sie haben das Bewußtsein, in einem historischen Kampf zu stehen – das über den Menschen kalt hinwegschreitende Unternehmertum ein für allemal zu vernichten.‹ – Und so weiter. Diese Predigt, die würd ich den Hunderttausend in Dortmund und Gelsenkirchen gern in die Hand geben.«

»Das war 1919«, sagt Peter. »Heute hängen wir am Elektroniktropf!«

Langensiepen verzieht sich, geht in seinen Wohnraum; wartet eine Weile, hört von draußen die Reden, das Lachen, saugt alles auf, überwach, aber in großer Unruhe. Ohne Licht einzuschalten, tastet er sich vor. Duft und Gelächter ziehen durch die Fenster, er tastet sich durch den Raum, bis an sein Bett, setzt sich, steht wieder auf. Bekämpft den dringenden Wunsch, jetzt quer durch die Stadt zu laufen. Oder mit dem Jeep zu fahren, bis in die Marthastraße. Er setzt sich wieder, drückt die Radiotaste, hört die Stadtnachrichten. An erster Stelle der K.U.K.-Start. »In der leider durch Sabotage empfindlich gestörten Übertragung« – »Anstrengungen um die Genesung der Ruhr« – »ein Ende des Verwaltungschaos versprochen«. Der Start des Ruhrfernsehens sei ein festlicher Akt gewesen, sei gekrönt worden durch die Festwiesenszene aus Richard Wagners ›Die Meistersinger von Nürnberg‹, die allerdings für die Zuschauer daheim einer Störung zum Opfer gefallen sei. Der Sprecher zitiert dann, daß der Unabhängige Gewerkschaftsbund in einer Erklärung zur Revierverkabelung noch einmal gewarnt habe vor einer weiteren Automatisierung der Arbeitswelt, sie führe nur noch tiefer hinein in einen neuen Wilden Westen an der Ruhr. Es gehe nicht an, einen hochmodernen Computerstaat zu errichten, von dem nur eine Elite profitiere. – Gemeldet werden mehrere größere Kundgebungen, Massenversammlungen in Dortmund. In Oberhausen und in Gelsenkirchen hätten sich diese Züge bis zum späten Abend noch nicht aufgelöst, zögen offenbar in Richtung Süden; die Polizei habe Informationen, daß unter den Versammelten Bewaffnete seien. – Am Schluß, kurz vor dem Wetterbericht, sagt der Sprecher: »Wie soeben gemeldet wird, ist es im Bezirk Rüttenscheid zu einer Schießerei gekommen. Die Polizei vermutet, daß es sich um rivalisierende ausländische Gangsterbanden handelte, es gab einen Toten, zwei Schwerverletzte. Wahrscheinlich ging es um die Vorherrschaft auf dem illegalen Drogenmarkt.«

Schaltet aus, tastet sich in die Mitte der Baracke, in den Schaltraum. Steht dort im Dunkeln, neben dem Betonhaus über dem Aufzugschacht, kennt die Griffe auch ohne Licht, die Bild- wie die Tonkontrollen laufen an; er hört in die Stockwerke hinab, sieht die Tore durch, die Gänge. Es scheint alles ruhig. Nur der Bildschirm links unten flackert, ist ausgefallen. Das wäre der Hintereingang, wo es die Kratzer gab und jetzt die neuen Schlösser. – Gleich morgen, Freitag früh, muß er Bescheid geben. Die Anlage reparieren lassen.

Schaltet die Geräte aus, tastet sich hinüber in Rosas Wohnung. Will zurück auf die Lampionterrasse. Da sieht er, auf dem Bett, im Schatten der Lichter, die zwei nebeneinander.

»Komm her«, hört er Siggi.

Er setzt sich in den Safaristuhl. Sie bewegen sich nicht. Das ›Komm her‹ ist im Raum. »Ich komme hier rein, aus dem Schaltraum, sehe euch – hab aber noch im Ohr Radionachrichten. Daß sie sich in Rüttenscheid Straßengefechte geliefert haben. Wahrscheinlich die Zuhälter von PKK und ITKG. Körfgens Nachfolger und Konsorten. Einer ist tot, zwei schwer verletzt. – Und so, noch durcheinander von so einer Nachricht, bei der ich mir sage, du selber hast das angekurbelt – da« – er steht auf. »Kommt mit! Auf die andere Seite! ich will wissen, ob Siggi die Himmelskuh sieht.«

»Was soll ich?«

»Komm mit raus.«

Leichter Wind ist aufgekommen. Auf dem Kies schwanken sie, halten sich aneinander fest. »Was soll ich sehen?«

Auch in dieser Nacht ist der Himmel klar. Da sie aus dem dunklen Zimmer gekommen sind, blinkt über ihnen sofort aller Glanz. Rosa zeigt ihr am Horizont die drei Orionsterne. »Das ist die Stirn –« Auch Siggi erkennt das Tier.

Die Frauen küssen sich. »Prüfung bestanden. Hast alles durchschaut: die Tiefen des Perversums in dir – wie über dir.«

Das übergroße Steifftier am Firmament steht wieder auf den Hinterbeinen, scheint sich auch in dieser Nacht aufbäumen zu müssen über Kaufhaus und Sparkasse.

»Unser Napoleonsiepen meint, die Kuh da oben, die hätt vor ihm noch nie einer entdeckt.«

»Und wieso nicht?«

»Ein Rindvieh als Himmelszeichen? Stier muß das bei uns sein. Widder, Steinbock, Drache, Bär, Schlange, Herkules, Löwe, jagender Riese Orion, Schütze! Aber bitte doch nicht die blöde Kuh! Ein Tier mit Riesenmasse und Kraft – aber ohne Angriffslust? ohne Drang, ihr Gewicht, ihre Energie, ihre Hörner einzusetzen? Läßt sich melken, schlachten – unmöglich! Kein Vorbild, nicht gesellschaftsfähig! seit eh und je und für immer.«

Der leichte Wind, der aufgekommen ist, bewegt drüben auf dem Kaufhausturm die Fahnen. Jemand scheint in die langen grünen Tücher hineinzugreifen. Schatten steigen darin auf und ab. Während er das zu beobachten versucht, spürt er von beiden Seiten die Frauen. Er möchte ausweichen, schützt seinen angeknacksten Knöchel vor. Da will Siggi wissen, wie er sich die Verstauchung geholt habe. Er erzählt, warum er bei der Suche nach Tarhan durchs Fische- und Reiherfenster springen mußte. »Seine größte Leidenschaft bist nämlich nicht du«, sagt Rosa.

»Natürlich du«, sagt Siggi.

»Weder noch«, sagt Rosa. »Türmen gehen!«

»Pah! Mir entkommt er nicht!«

Ein besonders heller Sternenpunkt bewegt sich schnell von der Gertrudiskirche herab, auf die Kuh zu. »Inzwischen darf man sich auch bei Satelliten was wünschen.«

»Ich wünsch mir«, sagt Siggi, »daß die Gaudibuben da drüben möglichst rasch Leine ziehen und wir hier endlich zur Sache kommen.« Langensiepen macht ein, zwei Schritte, um das Gleichgewicht zu halten. »Und der Herr Allensiepen?« fragt Siggi. »Was wünscht sich der?«

»Ich?« Er macht eine Pause. »Ich wüßte gern, was ich am Montag noch tun kann.«

»Hm –« Siggi ist nicht zufrieden. »War das jetzt ein Wunsch?«

»Wieso nicht.«

»Wünsche fangen an: Ich wünsche mir, daß –! Also: daß ich am Montag dies oder jenes machen kann.«

»Eben!« sagt er, »das eben weiß ich nicht.«

»Wie?«

»Ich wünsch mir, überm Präsidium des Bundestages hinge kein Adler, sondern eine Kuh.«

Die Frauen schauen sich an. »Knorke!«

»Und Rosa?« – »Ich wünsche mir, daß es heute in der Marthastraße – wenn schon – die Richtigen erwischt hat. Die Falschesten.«

Rosa umarmt ihn. Und sagt: »Der Mann flattert. Fühl mal – wie n Tor nachm Lattenschuß – hey, was ist los!«

»Okay«, sagt Siggi leise, »schicken wir die Computerkumpel nach Hause und kümmern uns um unsern Himmelskomiker.« Sie gehen hinüber, auf die Lampionterrasse. »Langen!« ruft Bramkamp, »komm domma her.«

Langensiepen setzt sich neben ihn. »Los, erklär! – wo is dein Möarder. Dat willich getz erzählt kriegen.«

»Massakriert. Oder untergetaucht.« Er erzählt leise, was er im Stadtfunk gehört hat. »Die Polizei meldet ein Straßengefecht. Man vermutet Rauschgifthandel. So nennen sie das Geschäft mit dem Geschäftsfernsehen.« Er schaut vom Tisch auf, hinüber zu Vordenbäumen. »Bei den Türken sprechen sie von ›rivalisierenden Gangsterbanden‹. Wo die Arbeitslosen sich versammeln, sind es ›Zusammenrottungen‹. Die Herren im städtischen Saalbau sind ›Verantwortliche‹.«

»Und du –?« fragt Frank, »du sitzt hier schön abgehoben, oben aufm Dach des Systems. Mit monatlichem Fixum. Wahrscheinlich zusätzlich Fangprämie. Mit Kalt- und Heißwasser, mit Strom- und Überwachungsanschluß. Optimal versorgt. Indirekt machst du da mit, bei denen im Saalbau, bei den Meistersingern.«

Die Runde blickt betroffen auf Langensiepen. Der sieht auf den Tisch. Sagt schließlich: »Was schlägst du vor.«

»Fängst da unten arme Schweine ein. Kleine Klemmis, mit raffinierter Technik, mit Video. Sauber! mit Elektronikradar. – Und hier oben? machße einen auf gesellschaftskritisch.«

»Aufhörn!« verlangt Rosa.

»Nur nich ma aus Versehen nachdenken.«

»Mann Frank«, sagt Werner, »wer denn von uns hier oom hat sich denn *nich* verkauft? Hä? Kuck do mich an! ich helf denen ihr Geschäftsfernsehen aufbaun.«

»Ja, aba machßet gleichzeitig zur Sau.«

»Irgendwie macht dat doch jeder hier – Kirchberch? tachs isser bei ›Betten-Singer‹. Aamts im Aachiv – kricht er raus, wie dat Ganze gekommen is. Vordi? Rentner beim Staat – un in Wahheit? sozial am wiarbeln, dat die Emscher bald rückwärts fließt. – Kommt do immer noch drauf an, wieweit einer dazwischenhackt – innet Gehack.«

»Aufhörn!« ruft Rosa wieder, »hört bloß auf mit Denken: Jetz, wo er alle blau seid, is dat Denken leemsgefährlich! – dat kann ich soga beweisen! Fümfzehn Prozent aller Autounfälle werden von betrunkenen Fahrern verursacht. Also – ergo! – fümmenachtzich Prozent von *Nicht*betrunkene. In meim besäuselten Zustand denk ich doch dann bloß noch: Wie *kann* die Polizei noch einen einzigen Nüchternen annet Steuer lassen! wenn die doch so rabiat sind. Ergo: Schluß getz mit dat Denken! – «

In diesem Augenblick erlischt auf den wallenden Kaufhausfahnen das Licht. Einige am Tisch lachen, halten das für den angemessenen Kommentar.

Langensiepen hat sich, wenn sie sich später zu erinnern versuchten, aus fast allem herausgehalten, blieb im Hintergrund. Er war, auch wenn er mit am Tisch saß, anderswo. Aber er schien die Gespräche genauestens mitzubekommen, mit übergroßer Aufmerksamkeit. Zeigte durch plötzliche Zwischenfragen, wie sehr ihn alles interessierte. Doch schien es, als hätte er durch alles nur hindurchgehört und sei woanders gewesen. Vielleicht bei den Polizeisignalen, die von fern herübertönten, von den Ringstraßen.

Langensiepen hat mitbekommen, wie Kirchberg, der Archivar, leise gesagt hat, es sei jämmerlich, wenn in einer Automatenwelt ende, was durch Jahrzehnte, ja Jahrhunderte Opfer gekostet habe. Alle Opfer hätten Freiheit gemeint. Und Gerechtigkeit. Und Menschenwürde und niemals Maschinen.

»Die Sache ist teuflischer«, hat Vordenbäumen geantwortet. Es wachse jetzt eine Intelligenz, die gewönne selbst dem Beschuß durch Bilder Informationen ab. Und Wonnen. Eine Herrenschicht, sagt Vordenbäumen, sei mal wieder fein heraus. – Wieso, will Werner wissen.

Bildschirme machten nur die Dummen dümmer. Eine Elite dagegen werde mächtiger. Zwar hirnmäßig einseitig, aber um so befähigter. Am Ende, sagt der kahle Graue, am Ende klaffe die Schere zwischen den wenigen Abgehobenen und der Mehrheit der Reduzierten auseinander wie nie vorher. »Und diese Mehrheit wird abgerichtet sein auf Arbeitslosigkeit. Oder auf affenartiges Arbeiten. Und am Ende wird sein die Erweichung der Gehirne. Schon jetzt herrscht vom Nordkap bis Australien der Lärm um Nichts. Aufgedrehtes Moderatorengezappel. Der amerikanische Jockey- und Jokerquatsch mit Elektrosoße. Und sie haben ihn reden lassen. Solange, bis Siggi »Kopf ab« rief, »Kopf ab wie bei den Maden – damit sie besser gefressen werden können.« Langensiepen, vom Rand des Daches her, wo er auf den Schienen steht, wird auch dies gehört haben. »Der Mensch als Made?« – »Als kopflose.« – »Sehr gut«, murmelt Vordenbäumen. »Es werden Zustände kommen, gegen die war die Erfindung des mechanischen Webstuhls ein romantisches Räuberstück. Gegen die waren sogar Akkord und Fließband Schindereien aus der Steinzeit. Das Groteske ist, was Langensiepen ermittelt. Einen mörderischen Kampf zwischen Leihsklaven, die sich gegenseitig ihre Jobs wegschnappen. Jobs, die nichts anderes vorbereiten als das Vernichten eben dieser Jobs.«

Da sagt Werner: »Roboter sind billiger. Sind williger. Brauchen keine Rente, keinen Urlaub. Es lebe das menschenleere Ruhrrevier.« – »Das arbeitslose«, korrigiert Peter.

Und Vordenbäumen, leise, als rede er mit sich selber: »Es lebt der Tod.« Darum hat Kemal genickt.

Da ist noch von vielem die Rede gewesen. Es würden nun die, die das Gewinnen über das Leben gestellt hätten, in ihre selbst errichteten Intensivstationen eingeliefert.

Der Wind weht in den Ofen hinein, wirbelt Aschenstaub. Frank springt auf, schiebt die Glut nach hinten, legt Steine vor. Rosa sammelt die Papierservietten vom Tisch.

»Von der Datenbank auf die Schlachtbank!« ruft Frank. »An die Disketten mit euch!«

Langensiepen bleibt bei all dem still. Als zöge er an Knoten. Statt sie aufzubekommen, hat er sie nur fester gezogen. *Das alles ist nichts als ein kapitaler Mumpitz.*

Während er sich zusammenduckt, hört er Berichte auch über das ganz andere. Werner, der Hacker, erzählt von einer Schule, in der die Schüler die Computer selber zusammensetzen, spielend; in der sie auch die anderen Fächer im Spiel lernten, ja, fast jeder hatte die gesehen, hier, mitten im Revier, beim Schweißen, beim Landvermessen, beim Werkzeugmachen, Möbelschreinern, Bücherbinden, beim Musizieren auf selbstgebauten Instrumenten –

Während Langensiepen sich wegdreht, wie in Krämpfen, als beobachte er die Lampions im Wind, hört er den Vordenbäumen sagen, er habe zwar was gegen den neuen Emotionalienhandel, aber wohl nur so, mit Bäumchenpflanzen, wäre zu widerstehen.

Schlag zwei von der Gertrudiskirche haben Kerstin und Peter, Peter mit der Gitarre, zu singen begonnen:

Freude schöner Glitzerfunken
Tochter aus Delirium
wir betreten flimmertrunken
Plastikland dein Heiligtum
Dein Gedudel spiegelt wieder
was die Herren streng geteilt
Alle Menschen werden bieder
wo dein sanftes Lügen weilt
Seid verschlungen Millionen –
diesen Stuß der ganzen Welt!
Brüder! überm Zirkuszelt
muß ein GROSSER Bruder wohnen!

Und dann, mit »Schüßkes« und »bis die Tage« und »bis wenn Kemal kocht« und »uns Indianer müssen zusammenhalten«, wurde jeder geküßt, viva Rosa! viva Rosé! avanti! conspiranti! in Ewigkeit friend-Chip AMEN, so, Chip Chip Hurra, Töchter aus Delirium, wankten sie über den Kies zur Dachtür hinüber Freude schöner Göttertrick –

Langensiepen, als er die Dachtür öffnet, damit sie die Treppe zum Lift hinabgehen können, meint in dem Lärm etwas gesehen zu haben, als sei da schon einer vorausgegangen gewesen, was auch möglich sein mochte, da ja die Dachtür offen geblieben war und er, vom Lärm in der Nacht und in der Mudigkeit und von all den Reden über die abgehobenen Dinge so gut betrunken gewesen sein mochte wie die anderen auch, da hat auch er sie überall gesehen, die Gestalten, die vielen Leute – so verwirrend viele wie zuvor nie auf seiner Höhe, die wie umgewandelt schien und keinen Platz mehr hatte für einsames Tauchen oder Joggen am Kantenrand nach Andreas Hofers Rachetraummusik –

– poltern in den Lift, alle passen hinein, lehnen gegen das Metall, aber gegeneinander viel lieber, setzen Wünsche und

Verwünschungen fort, nieder mit unserer byte-seitigen Lähmung, so schweben sie hinab, einig, selig und laut.

Unten schließt er auf. Auch auf dem Kopstadtplatz diese Umarmungen, noch mal die Drohungen und Verschwörungen, die hallen hin und her zwischen den Steinglasfronten. Wo bleibt das ›Colosseum‹! Avanti Assinthi Koppstatt. Kruppstadt –

Dem kupfernen Kopstadt-Kopf, da Werner beteuert, den Apparat nie mehr zu benötigen, dem wird mit Wucht der Portabel übergestülpt, daß ihm die Mattscheibe wie eine zu große Nachtmütze bis vor die Augen kracht. Gegrüßet seist du! Du echter Pseudo-Krupp –

Nach genügend Ehrenbezeugungen vor dem Kopf der Verkauften gehen sie auseinander, Rosa und Langensiepen und Siggi sehen ihnen nach.

– und gehen wieder auf das bleiche Haus zu. Über den leeren Platz, über den von Ferne noch die Rufe hallen, das Schlagen der Autotüren – da will es auch Rosa so sein, als habe sie Gestalten gesehen, die aus dem Haus gestürzt sind, aus der Tür im Liefertor, die ja nur angelehnt war. Da sie aber nun mal im Schwindel ist, eingetaucht in Abgehobenheit wie Untergang, in Wehmut wie Gegenlust, will sie jetzt nichts wissen, bevorzugt die Haare links, die Haare rechts, glaubt über sich als Blödsinn der Welt die Himmelskuh fliegen zu sehen und schaut gern nach oben. Sie halten an, beobachten ihren Langensiepen. Um so interessierter, als er in den letzten Stunden kaum noch gesprochen hat. »Kuckn dir an. Stierter widda nach seim Steifftier. Nu kuck domma, wie der kuckt – dat geht ja auf keine Kuhhaut! Wie soll ich mit dem ab morgen Fiarma Rr un Rr machen –!«

Er sieht die beiden an, scheint zu lachen. Und hat plötzlich geredet. »Auch die Kuh«, hat er gesagt, »hat eine Leidenschaft. Vollkommene Verdauung. Stoffwechsel. Verwandlung. Zwerchfell. Und ab und zu, da überkommt sie dann der Wahnsinn – dann springt sie auf und preßt ihren Bauch fest auf den Hintern der besten Freundin.«

Siggi stimmt zu: »Let's fetz!« und zieht ihn mit in den Flur und in den Lift.

Dort lehnen sie aneinander und Rosa hat gemeint: »Ich weiß nicht. Irgendwie ist mir ganz so, als würd uns heute noch was zustoßen –«

»Hi –«

So fahren sie wieder aufwärts, im Lift wie im Leichtsinn, küssen den Mann, küssen sich, und Siggi teilt mit, nun würden sie Liebe machen, und es werde verboten sein, sich zu verlieben. O ja, sagt Rosa, wer seufzt und Strahlaugen bekommt, scheidet aus. Ausscheiden ist gut, sagt Siggi und faßt den Mann an. Greifen Sie nur zu, sagt Rosa, solange der Vorrat reicht. Und wehe, jemand hält sich nicht an die Regel. Jawohl, sagt Siggi, wie die Chinesen, wir machen es sachlich. Und von Liebe reden wir, wenn überhaupt, übermorgen. Nun sieh zu, Harry Cane, wie du ihn schaffst, den dritten Gürtel der Tai-Fun-Frauen!

Er macht eine Bewegung, als wolle er sich frei winden.

»Handeln kommt von Händchen«, demonstriert ihm Siggi.

»Und Ruhr von Aufruhr!«

So, im Gerede, kommen sie an im obersten Stock, steigen die letzte Treppe hinauf. In süchtigen Berührungen. Gehen durch die Tür auf das Dach hinaus und sehen vor sich, auf den Steinen, den Körper.

Klein, älter, glatzköpfig. Die Arme am Kopf gekreuzt. Am Handgelenk ein Paketzettel. *Du gehorchen oder kaputt.*

Niemand macht Bewegungen. Keiner redet.

Vor ihnen, auf dem Kies, spricht das Mondlicht. Redet mit dem erschlagenen Erschläger.

Dann, nach der langen Erstarrung, tritt Langensiepen vor. Geht langsam, mit den knirschenden Schritten, um den Körper herum. Einmal ganz herum. Bis er wieder zwischen ihnen steht, auf den Nazim Tarhan schaut. Er will wohl reden. Wird etwas gesagt haben wollen wie »Das ist es.«

Aber er kann nicht. Nichts sprechen. Kriegt nur den Rest eines Wortes heraus, das in einem Brief gestanden hat, »-bröseln.«

Er hat ihre Hände angefaßt.

Und geht dann mit ihnen zur Seite hin, rascher jetzt. Zieht sie hinüber, bis hinter die Baracke. Drüben ist es still, im Wind die Lampions, einige leuchten noch. Im Ofen ein Glimmen. Der Tisch. Die offenen Fenster. Seine Lampe unter den Balken ist noch eingeschaltet. Hier scheint nichts verändert, hier waren die nicht, die den Tarhan gebracht haben. Im Kontrollraum noch immer die zerstörte Kamera, links unten. Die waren längst im Haus, mußten nur abwarten, bis sie sich hier ausgefeiert hatten.

Kein Laut. Als hätten hier nicht eben noch Jux und Dollerei gelärmt. Nur der Wind geht. Das schwingende bunte Papier. Er hört das Knacken in den Dachbalken, hört die Stille. Sieht den Sprung in den Schädelschüsseln.

Sie haben gesehen, wie Langensiepen auf die Fensterbank geblickt hat, wo noch die Flasche Korn für die ›Pümpgen‹-Brüder –

»Wat is?«

Das Vernichten vernichten. Und haben gesehen, wie er die Flasche genommen und heftig getrunken hat. »Hey Langen! Hör auf!« Und haben ihm das weggenommen und dann geglaubt, vor so einer Tat, da müsse der wohl – trotz allem – um diesen Mut aufzubringen –

Er sieht die Frauen an, Rosa. Dann geht er an den Tisch, hebt die Platte. Auch Rosa geht die zwei Schritte vor, bis zum Tisch, betrachten nun beide die Kisten. Graues hartes Plastik.

Er schaut Rosa an, sie ihn. Dann bückt er sich, riegelt eine der Kisten auf, klappt den Deckel zurück. Sieht das schwarze Tuch, bemerkt das Papier, das Blatt mit Maschinenschrift. Er zieht das aus der Verschnürung, schaut wieder Rosa an, gibt ihr das Papier, die setzt sich. Alle hocken sich auf das Feldbett aus dem Ahornweg. Siggi liest laut vor. »Dear Rosie, ich danke Dir. Und wünsche, daß Du dies hier nie nötig haben wirst. Falls doch, dann beachte unbedingt, was hier beschrieben wird. Es ist relativ einfach. Machs gut – ich glaub nicht, daß wir uns so bald wiedersehen – Harry.«

Rosa schaut zur Seite. Langensiepen bückt sich wieder, mit zitternden Fingern zieht er aus dem dunklen Tuch in der Kiste ein zweites Papier, gibt es Rosa. Hebt dann das ganze schwarze Gebilde aus dem Behälter, wickelt das Tuch davon ab.

Er, auf dem Schoß, hält das Gerät. Rosa liest die zweite Schrift vor, langsam, Wort für Wort. Er, in der Mitte, hält das Zündsystem vor sich auf dem Oberschenkel, so daß alle drei die vorgelesenen Anweisungen ausprobieren und das Probieren der anderen beobachten können.

»Das Einschalten«, liest Rosa Bergmann, »ist nicht schwieriger als das Einstellen eines Weckers. Aber es hat sich auch beim Wecker mancher vertan. Beim Wecker erwachst Du nur zu früh. Also, wenn's auch einfach ist, paß auf: Zunächst schalte den kleinen schwarzen Hebel mit dem Buchstaben ›E‹ und prüfe, ob die Digitalzahlen laufen, ob also nicht etwa die Batterie leer ist. Unbedingt eins nach dem andern! – diese Ladung zerreißt Beton.«

Siggi legt den Hebel um, vier Zahlenreihen beginnen zu leuchten, die Sekundenzahlen flackern im Herzschritt. »Stell dann auf der Uhr, deren Zahlenkolonnen Du vor Dir hast, die Zahl der Stunden und Minuten ein, die bis zur Zündung vergehen sollen. Zum Beispiel bei fünfeinhalb Stunden von links nach rechts die Zahlen 0 5 3 0. Jede Zahlenkolonne hat ein eigenes Laufwerk mit einem blauen Schaltknopf. Laß das ruhig mal lossurren, spiel damit rum, damit Dir klar wird, wie man schaltet und stoppt. Maximal kannst Du also 100 Stunden und 39 Minuten im voraus den Zeitpunkt bestimmen. Das wären dann die Zahlen 9 9 9 9.«

»No more system«, sagt Siggi und spielt, läßt lossurren und stoppt. »Am besten«, sagt Rosa, »wenn das neue Ruhrfernsehn währenddem die große Show zeigen würde – senden die nicht am Samstagabend Rockpalast? aus der Grugahalle?«

»Aber ja doch – Rocknacht«, sagt Siggi, »mit sämtlichen Stars.«

»Ich lese schon: ›In der Nacht von Samstag auf Sonntag, um fünf vor zwölf, erlosch auf hunderttausend Bildschirmen zwischen Duisburg und Dortmund –«

Langensiepen rechnet schon. Mit fahriger Hand schreibt er Zahlen auf die Rückseite der Anweisung. Gibt ihnen sein Resultat. Einundzwanzig Stunden, fünfundzwanzig Minuten.

Sie rechnen nach, nicken. Sie stellen die Uhr. Rosa die Stunden, Siggi die Minuten.

»Erst wenn die Vorlaufzeit gespeichert ist«, liest Rosa, »darfst Du den Wecker einschalten. Dafür ist der rote Knopf zu drücken. Und erst nach dem Auslösen des Weckers darfst Du die Verbindung zum Zünder herstellen – dazu ist der weiße Knopf da. ATTENTION! – Weiß erst *nach* Rot!«

»Sakra«, sagt Siggi, »hab ich n Puls – und jetzt?«

»Rot«, sagt Rosa. »Den Wecker.«

»Rot.« Siggi drückt Rot.

Sie glauben ein Ticken zu hören. – Und Rosa drückt Weiß.

Es ist still auf der Sommernachtsterrasse. Wind wirbelt Ofenasche. Die Sterne wie blankgefegt.

»Und nun, meine Herrschaften«, hat Rosa Bergmann noch gesagt, »und nun bekommen Sie, wie gewünscht, Ihren *Zukunftsschock*. Und bringen wir Ihnen – den besten Kabelgrabengräber von Kleinasien.« – »In einundzwanzig Stunden, vierundzwanzig Minuten«, sagt Siggi.

Rosa wickelt die Uhr mit Kabel und Gerät wieder zurück in das Tuch, steht auf. Er, vor dem offenen Fenster, nimmt wieder zwei, drei Schluck, sie lassen ihn: Er greift die Liege, trägt sie um die Baracke herum. Wieder seine zitternden Hände. So gehen sie hinüber. Er stellt das Feldbett neben den Körper, Siggi und er heben den Tarhan auf die Liege.

»Und? Langen? wohin gehn wir hinterher?«

Darauf kam von ihm, ganz deutlich ist das zu hören gewesen:

»Auf den Neptun. Wohin sonst.«

Sie heben die Trage auf, Langensiepen greift sich das Paket, gibt das der Siggi, er und Rosa schleppen die Trage mit Nazim Tarhan die Treppe hinab, in den Lift.

Stellen das Bett dort zwischen sich. Rosa drückt den Knopf *Basement I.*

Der tote Tarhan. Normal ist. Der Weltkrieg, antwortet Kafka den Eltern. ZerbröselStrudel. Baldeney-Stechlin.

Im Erdgeschoß gibt er Siggi die Schlüssel, sie geht vor, schließt auf, sperrt hinter ihnen wieder ab.

Draußen setzen sie die Liege neben dem Jeep auf den ölfleckigen Platz, horchen in die Stille hinaus. Autogeräusche in der Ferne. Kopstadt trägt seine Mattscheibenmütze.

Sie heben die Liege auf die Hinterbank, Langensiepen, im Schwächeschweiß, setzt sich hinten mit hinein. Klemmt und stemmt sich darunter, hält die Trage mit der Schulter. Wie bei Nancy Caldera. Seine flatternden Finger. Und sind so mit dem Jeep und dem Körper hinuntergefahren, zum Viehofer.

Dort, in der Stille, im Mond, haben sie das Feldbett vor die Gertrudiskirche gestellt, dicht vor die kleine schwere Tür, durch welche die Journalisten hinabgeführt wurden zur zentralen Schaltung, zur *Kopfstation.* Und haben dort, vor der Kirchentür, Nazim Tarhans Kopf halb aufgelehnt gegen die dunkle bronzene Platte. Gegrüßet seist du.

Ein Wagen jagt von der Friedrich-Ebert-Straße heran. Discomusik wie Hiebe, die schlagen näher. Peitschenknallen. Das Schlagen biegt herum, heult die Rottstraße hoch. Ist davon.

Langensiepen, im Schwindel, im Schwirren, bewegt sich von der Bronzetür hinüber zu Hottes Bude. Findet darunter, in den Ösen, die Eisenstange, zieht die aus den Halterungen. *Eiserne Reserve.* Kommt mit dem Gerät zu den Frauen zurück, geht mit ihnen bis in die Mitte des Platzes, zum Deckel über der Kopfstation. SpengKopf. Sie nicken sich zu.

Mars macht mobil, die V-Regierung, die Ruhrlade. Rosa und Siggi entfernen sich, Roswitha Bergmann geht in die Friedrich-Ebert-Straße unter das Gemeindehaus von Sankt Gertrudis, Siggi unten an den Buchläden vorüber, an der Heine- und der Liebknecht-Handlung. Zwischen der Kirche und den Buchgeschäften steht Langensiepen allein. Breitbeinig steht er über dem runden Eisendeckel. Horcht in den Wind.

Der Eisendeckel hat zwei Ösen. Die Lampen über dem Platz schaukeln. Schatten springen über die Fahrbahnen. Irgendwo heult Autolärm, der bleibt im Süden. Die Krümmung von Hottes Stange paßt in die Ösen.

Im Überfallgefühl die Mangeln, der Wörtersturm. Die würgen wie Halsklemmen. Besser nichts als das.

Ohne noch sagen zu können, warum, scheint er genau gewußt zu haben, was zu tun war. Hier bringe ich euch des

Reviers beste Reaktion. Das UFF durch die Friedhöfe. Schweißnaß. Im Kopf die Rede an die Herren, für die selbst Zergliedern und Schänden zu milde wäre, und nun, ihr da oben, wird für euch noch eine schwere Zeit kommen.

So zieht er das Gewicht hoch, den porscheplatten Pottdeckel. Nein, keine Hochzeit mit Bräutigam. So, im Kopf die Wörtermangel, so, no more system, tut er's, nun, o Trick, bin ich ganz dein, so, im Rochus, schafft er's: hebt den Deckel, rückt den, schiebt, zieht.

Nimmt dann, mit den flatternden Händen, das Paket, wikkelt das Tuch ab; richtet die Zahlen gegen das schwankende Viehoflicht. Sind jetzt noch zwanzig Stunden zweiundfünfzig Minuten.

So steigt er hinab, ins Gewölbe unter dem Revier, unter Viehof und Schützenbahn. Noch der Baum, der blüht, lügt

Klettert an senkrechter Eisenleiter hinunter in das K.U.K.-Terminal Daten- und Schlachtbank beim Licht des Feuerzeugs, im kühlen Geruch die Boxen Schaltschränke mit den Kabelenden klickenden Kommunikationen die Gänge von allen Seiten ich zittere schlottere bin in ihrem Hirn wo Honva lag in Körfgens Mordskeller wo die Vernichteten sich aufrichten und auftempeln zum Freiheitssee –

Dort hat er die Ladung niedergelegt und ist aber nicht wieder hinaufgekommen zu den anderen, zu den Frauen. Sondern hat statt dessen –

Aber das Ende wird live sein

– die Uhren zurücksurren lassen. Die Zahlen an den blauen Knöpfen zuerst, die Stundenzahlen Nehmen wir uns das Leben gehört uns. Die Stundenzahlen zurück auf Null. Schnittstelle Mensch Maschine. Aufstülpt der Strudel, die Minutenzahlen bröseln in zwei Sekunden über den Mond hinaus –

Er habe, sagten sie nachher, am Viehofer Platz nicht mehr gesprochen. Nur noch einmal gemurmelt. Könne ein Wort wie ›Himmelstier‹ gewesen sein. Vielleicht ›Himmelstrick‹. Und ›Schnittstelle‹ wiederholt ›Schnittstelle‹.

Aber, sagte Rosa Bergmann dem Vordenbäumen, wieviel sie doch zusammen gelacht hätten, die Tage zuvor. Auch er, oder? Wie lustvoll sie alle – aber dann der gefolterte Tarhan –

Immer mehr erinnerten sich dann, weie oft er sie in den letzten Tagen gefragt und wie niemand Antworten gewußt hatte. Nicht nur auf die Frage nach dem ›Besser was als nichts‹.

Als nach Blitz und Detonation nur die Dunkelheit war und der Staub, da hat man sich erst zwanzig Minuten später der qualmwirbelnden Stelle genähert. Mit Licht. Die Feuerwehr mit Flutlicht. Der Viehofer Platz war durch die Mitte zerrissen. Die neue K.U.K.-Kopfstation, der alte Körfgensche Keller ein Riß –

JÜRGEN LODEMANN

Der Solljunge

Autobiographischer Roman,
vom Autor überarbeitete Neuausgabe
256 Seiten, stb 92, DM 16,80

*

Er war der Jüngste, der Dritte, der, mit dem sein Vater das »Soll« gegenüber Volk und »Führer« erfüllte. Einer, der oft krank war, allein mit seiner Eisenbahn spielte, stundenlang am Radio saß und fremden Stimmen lauschte. Mit den Helden seiner Zeit hatte er wenig gemein – und litt darunter.

»Werde einst ein ganzer Mann« schrieb ihm der Vater ins Stammbuch – bis ins intime Detail geht es in »Der Solljunge« um die Verweigerung der Männlichkeit, um die nahezu autistische Abwehr einer Erziehung, um eine Art Selbstblockade in Sachen Leistung und Erfolg. Wüßte der Leser nicht, was aus diesem zarten Jungen wurde, es könnte ihm bang werden um ihn.

JÜRGEN LODEMANN

Anita Drögemöller

und Die Ruhe an der Ruhr

Roman

vom Autor überarbeitete Neuausgabe

304 Seiten, stb 93, DM 19,80

*

Anita Drögemöller, ihres Zeichens erste Hure in der Stadt, findet in ihrem Bad einen Zuhälter mit gebrochenem Genick. Ein Unglück im Suff? Ein Mord? Welche Rolle spielen der konkurrierende Bordellbesitzer, welche der eifersüchtige Stammkunde der tollen Anita? Die Frage wird um so dringlicher als der amerikanische Vizepräsident auf einen Seitensprung von Bonn herüberkommt. Ein heikler Auftrag für Kommissar Langensiepen, der gleichzeitig für die Sicherheit der freienden Prominenz sorgen und flüchtige Kriminelle dingfest machen soll. »Anita Drögemöller« ist zugleich Schlüssel- und Schlüssellochroman, Krimi und engagiertes Gesellschaftsporträt, eine saftige Parabel über große und kleine Verbrecher und das sie alle verbindende ewig Männliche.